결정판
아르센 뤼팽 전집

모리스 르블랑 지음 | 성귀수 옮김

5

포탄 파편
황금삼각형

arte

ARSÈNE LUPIN

Contents

【 일러두기 】

1. 번역에 사용한 저본은 다음과 같다.
   - 『모리스 르블랑(Maurice Leblanc)』 I - IV, 르 마스크(Le Mask) 출판사, 1998~1999년
   - 「이 여자는 내꺼야(Cette femme est à moi)」, 1930년 타자원고
   - 「아르센 뤼팽, 4막극(Arsène Lupin, 4 actes)」, 피에르 라피트(Pierre Lafitte) 출판사, 1931년
   - 「아르센 뤼팽과 함께한 15분(Un quart d'heure avec Arsène Lupin)」, 1932년 타자원고
   - 『아르센 뤼팽의 마지막 사랑(Le Dernier Amour d'Arsène Lupin)』, 1937년 타자원고
   - 『아르센 뤼팽의 수십억 달러(Les Milliards d'Arsène Lupin)』, 아셰트(Hachette) 출판사 1941년 판본과 거기서 누락된 에피소드의 1939년『로토』연재원고 편집본
   - 「아르센 뤼팽의 귀환(Le Retour d'Arsène Lupin)」, 로베르 라퐁(Robert Laffont) 출판사의 1986년 판본 '아르센 뤼팽 전집' 제1권 수록
   - 「아르센 뤼팽의 외투(Le Paredessus d'Arsène Lupin)」, 마누치우스(MANUCIUS) 출판사, 2016년
   - 「부서진 다리(The Bridge that Broke)」, 인디펜던틀리 퍼블리쉬드(Independently published) 출판사, 2017년
2. 고유명사의 한글 표기는 국립국어원 외래어표기법을 따르는 것을 원칙으로 하되, 몇몇 예외를 두었다.
3. 모든 주석은 옮긴이의 것이다.

ARSÈNE LUPIN

포탄 파편

L'Eclat d'Obus

1915년

작품 정보

『포탄 파편(L'Eclat d'Obus)』은 제1차 세계대전에서 영감을 받아 쓴 모리스 르블랑의 대작(大作) 중 첫 번째 작품이다. 1915년 9월 21부터 11월 7일까지 『르 주르날』지에 연재되고 나서 1916년 6월 13일 처음 단행본으로 묶일 때만 해도, 이 박진감 넘치는 소설은 분명 빼어난 걸 작임에도 뤼팽 시리즈와는 무관했다. 그런데 1916년 3월 21일 르블랑 은, 뤼팽 시리즈를 출간해온 편집장 피에르 라피트에게 다음과 같은 내 용의 편지를 보낸다. "내가 보기엔 당신도 나와 같은 생각일 것이오. 나 중에 이 작품을 뤼팽 시리즈에 포함시키는 것 말이오. 하긴 작품의 전 체적인 분위기로 볼 때, 잠깐이라도 뤼팽을 등장시키기만 하면 될 겁니 다. 그리 어려운 일이 아니지요." 하지만 이 기발한 아이디어가 현실로 구체화된 것은 1923년이 되어서였다.

이 작품은 연재 당시부터 이례적으로 르블랑의 서문이 첨부되었는 데, 작가는 유독 이야기가 실화에 바탕하고 있음을 강조하면서, 전쟁

뤼팽이 등장하지 않는 1916년 판본

중의 검열을 감안해 현실의 지명과 인명을 부득이 변형시켰음을 명시하고 있다. 다음은 1915년 9월 20일 자 『르 주르날』에 게재된 그 서문인데, 결국 검열의 벽에 부닥쳐, 이후 어떤 판본에도 게재되지 못했다.

전쟁 초기에 조프르 장군(제1차 세계대전 당시 프랑스의 북동부전선 최고사
령관으로 마른전투에서 독일군을 저지해 역전의 발판을 마련한 명장―옮긴이)으
로 하여금 위대한 승리를 위해 차근차근 준비를 하게 만든 기막힌 후퇴
작전에 대해서는, 아직 그 전모가 분명하게 밝혀지지 않았다. 그중 더없
이 심각하고 절박한 계기가 되어준 사건이 하나 있었는데, 불과 몇 시간

뤼팽이 등장하는 1923년 판본. 로제 브로데르스가 표지를 맡고, 프레데릭 아우에르가 삽화를 맡았다.

만에 국경 근처의 어느 한 요새가 어처구니없이 함락되어 프랑스군의 거점을 일거에 박탈함과 동시에, 적에게는 아주 훌륭한 침투로를 열어 준 사건이 바로 그것이다. 이 사건의 미스터리는 아직까지 전혀 밝혀지지 않았거니와, 적어도 군 당국으로서는 그 일단의 진실을 알면서도 공개하기가 무척 거북스러웠을 것이다. 아무튼, 저자 자신도 우연히 그 비밀을 엿보게 된 이 사건의 정확한 실상은, 여태껏 그래왔듯, 그냥 어둠 속에 남겨두는 것이 옳다는 판단이다. 따라서 이 책에서는 당시 사건과 연루된 주요 실존인물의 이름과 관련 지명들을 부득이 변경했음을 밝혀 둔다. 하지만 언젠가, 저 야만인들이 안전하게 묻어두었을 거라 믿는 사실들을 어둠에서 과감히 끌어낼 날이 오면, 그때 역사는 저자의 증언을 바탕으로 이제 독자 여러분이 읽을 이 이상하고도 엄청난 모험담의 전모를 제대로 규명해주어야만 할 것이다.

어쨌든 『포탄 파편』의 전체적인 분위기나 탄탄한 추리적 구성, 서스펜스는 뤼팽 시리즈에 충분히 편입될 만한 수준이다. 아울러 세계대전이라는 역사적 드라마 속에서 전쟁의 의미와 정의의 가치, 사랑과 신념의 위대함이라는 결코 가볍지 않은 메시지까지 읽을 수 있어, 감상의 폭과 깊이가 만만치 않은 수작(秀作)이다. 다만, 독자 여러분은 정신을 집중한 채 뤼팽의 등장을 예의 주시해야만 할 것이다. 그가 언제, 어디서, 어떻게 정체를 드러내 사건의 흐름을 주도할지, 잠깐 넋을 놓고 있다가는, 포연(砲煙) 가득한 전쟁의 소용돌이 속에 놓치고 지나칠지 모르니 말이다.

제1부

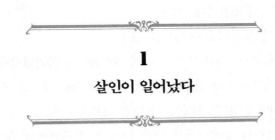

1
살인이 일어났다

"만약 내가, 그것도 프랑스 영토 안에서, 그와 마주한 적이 있다고 얘기하면 많이 놀라겠지?"

엘리자베트는 사랑하는 연인의 말 한마디 한마디가 신기하기만 한 젊은 신부(新婦)의 다정다감한 표정을 띤 채, 폴 들로즈를 휘둥그레 바라보았다.

"빌헬름 2세(카이저수염으로 유명한 프로이센 황제—옮긴이)를 프랑스에서 직접 만나봤다고요?"

그녀는 자못 놀랐다는 듯 불쑥 내뱉었다.

"이 두 눈으로 직접 봤다오. 어느 한순간도 도저히 잊지 못할 만남이었지. 무척이나 오래전 일이긴 하지만…….""

그렇게 얘기하며 남자의 태도가 갑자기 숙연해졌는데, 머릿속에 그때 기억이 환기되면서 대단히 힘겨웠던 생각까지 더불어 떠오르는 모양이었다.

엘리자베트가 조심스레 말했다.

"그때 얘기 좀 들려줄 수 없나요, 폴?"

"그렇게 하리다. 사실 당시 난 아직 어린아이에 불과했지만, 그때 사건이 워낙 처절하게 내 인생을 파고들었기 때문에, 지극히 세세한 부분들까지 당신에게 털어놓지 않을 수 없을 거요."

둘은 코르비니 종착역에서 내렸다. 도청 소재지에서 출발한 기차는 리즈롱 계곡으로 들어가, 종국에는 국경에서 24킬로미터 떨어진 이 로렌 지방의 작은 도시 어귀에서 멈추도록 되어 있는데, 그곳은 보방 (Sébastien Le Prestre de Vauban. 1633~1707. 프랑스의 군인이자 위대한 축성가(築城家). 루이 14세 때의 요새 중에서 그의 손을 거치지 않은 것이 없을 정도이며, 실전에 참호를 쓴 것도 그가 최초였음—옮긴이)의 회고록에도 나와 있듯, "인간이 상상할 수 있는 가장 완벽한 반월보(半月堡. 반달형 보루—옮긴이)"가 구축된 곳이기도 했다.

역은 사람들로 들끓었다. 일단 수많은 병사와 장교가 모여 있었고, 그 밖에도 외국인 여행객들과 중산층 가족들, 농부들과 노동자들, 그리고 코르비니를 경유하게 되어 있는 인근 온천 도시의 관광객들이 플랫폼에 산더미처럼 쌓인 짐짝들 틈에서 도청 소재지로 향하는 열차를 기다리고 있었다.

때는 7월의 마지막 목요일, 즉 동원령을 코앞에 둔 바로 그 목요일이었다.

엘리자베트는 불안한 기색으로 남편을 꼭 껴안고 몸서리를 치면서 속삭였다.

"오, 폴! 제발 전쟁만은 일어나지 않았으면……."

"전쟁이라니! 당치 않은 소리요!"

"하지만 모두가 떠나고 있잖아요! 전 가족이 다 국경에서 되도록 멀리 벗어나려 하고 있어요."

"그렇다고 해서 전쟁이 일어난다고는……."

"그야 그렇죠. 하지만 당신도 방금 전에 신문 보셨잖아요. 점점 암울한 소식만 들려온다고요. 독일은 이미 준비를 갖췄어요. 이미 작정하고 있단 말이에요. 아, 폴! 우리도 서로 떨어지면 어떡해요! 당신 소식도 모르고……. 혹시 어디 다치기라도 하면……. 그러다 잘못해서……."

남자는 여자의 손을 꼭 쥐어주며 말했다.

"두려워하지 마요, 엘리자베트. 절대로 그런 일은 없을 거요. 전쟁이 일어나려면 어디든 선전포고를 해야 하는 법이라오. 한데 어떤 정신 나간 범죄자가 있어 감히 그런 끔찍한 결정을 내린단 말이오?"

"두려워하진 않아요. 그리고 당신이 반드시 떠나야만 한다면 의연히 받아들일 수도 있어요. 단지……. 단지 그런 일은 다른 어느 누구보다도 우리에게 너무도 가혹한 일이라서 그래요. 생각 좀 해보세요, 여보. 우린 바로 오늘 아침에 결혼한 처지이잖아요."

그렇게 갓 결혼한 일, 그래서 앞으로의 가없는 행복에 대한 서로의 언약이 머릿속에 떠오르자, 황금빛 곱슬머리가 마치 후광(後光)처럼 드리워진 아리따운 얼굴에는 어느새 더없이 신념에 찬 미소가 살포시 피어오르는 것이었다. 그녀는 이렇게 중얼거렸다.

"우린 오늘 아침에 결혼했어요, 폴. 그러니 우리 행복이 어찌 될까 불안해해도 이해해주세요."

문득 군중 틈에서 이상한 움직임이 일었다. 모두가 별안간 출구 쪽으로 몰려들고 있었다. 알고 보니 어느 장군 한 명이 자동차가 대기하고 있는 역전(驛前) 광장을 향해 고위급 장교 두 명의 호위를 받으며 걸어가고 있었다. 그러더니 곧이어 군악대의 연주 소리가 우렁차게 들려왔다. 역 앞 가도에는 일군의 엽보병(獵步兵) 부대가 행진하는 중이었다.

이어서 열여섯 마리의 군마(軍馬)에게 이끌려 거대한 포가(砲架)가 등장했는데, 그 자체의 묵직한 위용에도 불구하고 워낙 포신(砲身)이 장대한지라 오히려 빈약하게 보이는 것이었다. 마지막으로 일군의 황소 떼가 뒤를 따르고 있었다.

여행용 배낭 두 개를 손에 든 채, 보기로 한 고용인을 만나지 못해 보도(步道) 위에서 마냥 기다리고 서 있는데, 짙은 벨벳 반바지에 뿔 단추가 달린 사냥용 웃옷을 걸치고 각반을 찬 어떤 남자 하나가 폴에게 다가와 모자를 살짝 벗으며 이렇게 말했다.

"므슈 폴 들로즈 맞습니까? 저는 성(城)지기입니다만……."

보아하니 솔직하면서도 힘 있어 보이는 얼굴 표정에 햇볕과 냉기로 번갈아가며 단련된 피부가, 흡사 직책상 완전한 재량권을 가진 노련한 집사 같은 태도를 풍기는 사람이었다. 그는 지난 17년 동안, 엘리자베트의 부친인 당드빌 백작을 위해 코르비니 위쪽에 위치한 오르느캥의 방대한 영지 관리를 도맡아 해오고 있었다.

"아, 제롬 당신이로군요! 당드빌 백작으로부터 전갈을 받은 모양입니다그려. 그나저나 우리 하인들은 도착했나요?"

폴이 반갑게 소리쳤다.

"네, 오늘 아침 세 명 다 도착했습니다. 두 분을 모시기 위해 저와 제 아내를 도와 성안 단장까지 모두 끝마쳤습니다."

그러면서 늙은 성지기는 이번엔 엘리자베트를 향해 다시 한번 깍듯하게 인사를 했다.

"그럼 나도 알아보시는 거예요, 제롬? 이렇게 오랜만에 온 건데!"

"그때 마드무아젤 엘리자베트는 네 살이었죠. 저나 제 아내나 마드무아젤이 성으로 돌아오지 않는다는 걸 알고 얼마나 상심을 했는지……. 물론 돌아가신 마님 때문에 백작님 역시 못 오시는 것도 마찬가지고요.

한데 올해도 백작님께선 이쪽으로 한 번쯤 들러주시지 않을 건가요?"

"네, 제롬. 아마 못 오실 거예요. 그렇게 오랜 세월이 흘렀는데도 아버지는 여전히 슬픔에 잠겨 계신답니다."

제롬은 코르비니에서 주문해 직접 몰고 온 사륜마차에다 배낭을 받아 넣고, 좀 더 큰 짐짝들은 농장용 수레에 실었다.

날씨가 쾌청해서, 마차의 덮개는 활짝 열어둔 상태였다.

폴과 엘리자베트는 나란히 마차 위에 올랐다.

"그리 멀지는 않습니다. 한 40리 정도 될까. 좀 언덕길이긴 하지만."

성지기의 말에 폴이 반문했다.

"어때요. 성은 좀 들어가 살 만합니까?"

"웬걸요, 늘 사람이 살던 성에야 비할 수 있나요! 하지만 직접 보면 아실 겁니다. 할 수 있는 한 최선을 다해놨으니까요. 제 아내는 두 분 주인님이 오신다고 얼마나 즐거워하는지! 아마 계단 앞에까지 나와 서 있을 거예요. 두 분이 6시 반이나 늦어도 7시쯤엔 도착할 거라고 해놨거든요."

"좋은 사람이오."

마차가 출발하면서 폴이 엘리자베트에게 속삭였다.

"단, 별로 사람과 얘기할 기회는 없었던 것 같지만, 곧 나아지겠지."

길은 코르비니 언덕을 따라 가파르게 이어져 있었고, 도시 한복판으로 들어서면서부터는 양쪽으로 즐비하게 늘어선 상점들과 거창한 공공 건물들, 호텔들 사이로 요즘 들어 예사롭지 않게 북적거리는 중앙 도로가 뻗어 있었다. 그리고 다시 내리막길로 이어져, 보방이 이룩한 옛 능보(陵堡)를 따라 빙 돌아가게 되어 있었고, 계속해서 좌우로 소(小)요나와 대(大)요나라는 이름의 요새가 굽어보는 평야 지대를 가로질러 다소 기복 있는 길이 펼쳐졌다.

즐비하게 늘어선 포플러 가로수들이 만들어내는 그늘 아래, 귀리와 밀밭을 헤치며 구불구불 이어진 길을 따라 가면서 폴 들로즈는 다시금 아까 엘리자베트에게 해주겠다고 약속한 얘기로 돌아왔다.

"엘리자베트, 아까도 말했지만, 그때 일은 어떤 끔찍한 비극과 너무도 밀접하게 연결되어 있어서, 내 기억 속에는 그 둘이 하나로 뭉뚱그려진 채로밖에는 떠오르지가 않는다오. 당시에 그 비극은 사람들 입에 무수히 오르내렸고, 알다시피 내 아버지 친구이신 장인어른께서도 그때 신문을 보고 알고 계셨소. 당신한테 아무 말씀도 안 해주신 건, 내가 그래달라고 했기 때문이었고요. 왜냐면 그 이야기만큼은 내 입으로 직접 당신에게 해주고 싶었거든. 그만큼 나한테는 고통스러웠던 일이라서……."

둘은 서로의 손을 꼭 쥐어주었다. 남자는 이제부터 자신이 해줄 얘기 한마디 한마디를 아내가 열심히 귀담아들을 거라는 것을 느끼자, 잠시 침묵하고는 마침내 얘기를 이어갔다.

"내 아버지는 누구든 접하는 사람에게서 공감대와 애정을 끌어내지 않고는 배기지 못하는 타입이셨소. 다분히 열정적이고 의협심이 강한 데다, 성격도 호방하고 매력 넘치면서, 대의명분이나 멋진 장관(壯觀)이라면 언제든 기꺼이 열광하시는 분인지라, 인생을 조급하다 싶을 정도로 사랑하며 또 원 없이 즐기곤 하셨다오. 아버지는 1870년 전쟁(프로이센·프랑스 전쟁—옮긴이) 때 자원입대로 전쟁터에 나가 싸워 육군 중위 계급장을 단 바 있었소. 한데 군인으로서의 영웅적인 삶이 적성에 어찌나 잘 들어맞았던지, 그 후 두 번째로 자원입대해 이번엔 통킹에서 싸웠고(1873년부터 베트남 통킹에 진출한 프랑스는 종주권을 주장하는 청나라와 청·프랑스 전쟁(1884~1885)까지 벌여가며 결국 베트남 식민 지배를 성취함—옮긴이), 세 번째로는 마다가스카르 정복에 나섰지(19세기 초부터 마다가스

카르는 영국과 프랑스의 먹고 먹히는 쟁탈전의 무대가 되었고, 결국 1896년에 프랑스의 식민 지배가 이룩됨—옮긴이). 그렇게 마지막 원정에서 돌아오셨을 땐, 이미 레종 도뇌르 훈장에 빛나는 위풍당당한 지휘관이 되어 있었고, 그 길로 곧장 결혼을 했다오. 그러고는 6년 뒤 홀아비 신세가 되셨지. 난 어머니가 돌아가셨을 때 고작 네 살밖에 안 됐는데, 아버지는 그때 당신 아내의 죽음에 충격이 큰 만큼 나를 극진한 애정으로 보듬어주셨소. 나를 제대로 교육시키는 데 적극적으로 매달리셨지. 특히 육체적인 면에서 씩씩하고 단단한 청년으로 만들어보려고 온갖 단련 방법을 개발하시느라 갖은 애를 쓰셨다오. 해서 여름에는 바닷가로, 겨울에는 눈이 오든 얼음이 얼든 가리지 않고 사부아의 고산준령(알프스 지대—옮긴이)으로 나를 데리고 다니셨소. 그런 아버지가 나는 진심으로 좋았다오. 지금도 아버지 생각만 하면 가슴이 뭉클할 정도로 말이오. 내가 열한 살이 되었을 때, 아버지는 지난 수년 동안 미뤄두었던 프랑스 횡단 여행을 내 손을 붙잡고 떠나셨소. 사실 내가 그러한 여행의 의미를 깨달을 수 있는 나이가 되어 당신을 따라나설 수 있을 때까지 아버지는 여행을 미뤄두고 있었던 거요. 끔찍한 시절, 당신께서 열심히 싸우면서 거쳤던 장소들과 도로 위를 다시금 아들과 더불어 순례한다는 데 그 여행의 의미가 있었던 거요. 어쨌든 종국에 가서는 더없이 처참한 재앙으로 끝난 그때 그 나날이 나에게는 깊은 인상을 남겼다오. 루아르 강(江) 어귀와 샹파뉴의 평원, 보주 산맥의 험준한 협곡들, 그리고 무엇보다도 알자스의 마을들에서(루이 14세 시대부터 프랑스 영토였던 알자스 지방은 1870년 프로이센·프랑스 전쟁 이후 작품 배경이 되는 시점까지 그 대부분과 로렌의 동반부(東半部)까지 독일에 병합된 상태—옮긴이) 아버지가 흘리는 눈물을 보고 나 또한 얼마나 울었던지! 아버지가 내뱉으시는 희망의 말을 들으며 나 역시 얼마나 순진한 희망에 가슴이 두근거렸는지! 아버지는 이러셨다오. '폴, 너도 언젠가는 이 아빠가 싸웠던 같은 적을 상대해야 할 날이 올 게 틀림없단다. 그러니 지금 이 시각 이후부터 네 귀에 그 어떤 달콤하고 평화로운 얘기가 들려온다 해도, 그 적(敵)에 대해서만큼은 절대로 증오의 마음을 버려서는 안 돼. 누가 뭐라고 해도 저들은 야만인이고, 오만불손한 짐승이며, 피와 먹이를 가리지 않는 잔인한 족속이란다. 저들은 옛날에도 우리를 한 번 깔아뭉갠 적이 있는데, 앞으로도 결정적으로 압살하기 전에는 아마 포기하지 않을 것이다. 그때가 되면 폴, 너는 반드시 머릿속에 떠올려야만 한다. 우리가 지금껏 함께 거쳐온 여정(旅程)을 말이다. 확신하건대 그 여정이야말로 네가 그때 가서 거쳐가야 할 승리의 여정이 될 것이다. 하지만 그때가 오더라도 승리의 기쁨 때문에 고통과 굴욕에 찌들었던 숱한 지명들을 잊어서는 안 된다. 프뢰슈빌러, 마르스라투르, 생프리바 등등 너무도 많구나(이상의 지명은 1870년 프로이센·프랑스 전쟁 당시, 프랑스 측 패전으로 얼룩진 유적지임―옮긴이). 절대로 잊지 마라, 폴.' 거기까지 말씀하시고선 지그시 웃으셨지. 그러곤 또 이러셨다오. '하긴 내가 미리부터 안달할 필요는 없지. 경험해보지도 않았거나 이젠 다 잊어버린 사람들에게 저들이 굳이 증오심을 불어넣어 줄 텐데 말이야. 저들이 어떻게 변하겠어? 두고 보아라, 폴. 두고 보면 알 것이다. 내가 지금 아무리 얘기를 해도 정작 끔찍한 현실에 직면하는 것만 하겠느냐? 저들은 그야말로 괴물들이나 다름없단다.'"

거기서 폴 들로즈는 말을 멈추었다. 아내는 다소 조심스러운 목소리로 이렇게 물었다.

"당신 생각에는 아버님이 옳았다고 보세요?"

"아마도 내 아버지는 너무 가까운 과거의 기억에 사무쳐 계셨던 듯하오. 나는 독일 여행도 많이 해보았고, 그곳에 잠시 체류한 적도 많아 그

　　　　　결정판 아르센 뤼팽 전집

런지 정신 상태가 예전과는 결코 같지 않다는 생각이오. 솔직히 말해서 아버지가 그때 하신 말이 얼마간 이해 안 되는 부분도 없진 않다오. 하지만……. 하지만 그 말은 꽤 자주 내 마음을 흔들어왔어요. 게다가 요즘 들어 돌아가는 상황이 여간 이상하지가 않으니!"

마차는 어느새 속도를 늦춰가고 있었다. 보아하니 길은 리즈롱 계곡을 굽어보는 구릉지대로 서서히 오르막을 형성하고 있었다. 태양은 코르비니 쪽으로 기울기 시작했다. 여행용 트렁크를 실은 웬 승합마차 한 대가 맞은편으로부터 지나쳐갔고, 그 뒤로 여행객들과 짐짝들로 가득한 자동차 두 대가 지나갔다. 저만치 들판에는 기병 기동대가 어디론가 달려가는 것이 보였다.

"우리 걸읍시다."

폴 들로즈가 말했다.

부부는 이제 마차 뒤를 따라 걷기 시작했고, 곧이어 폴이 입을 열었다.

"엘리자베트, 내가 당신에게 해줄 남은 얘기는, 나 자신조차 뭐가 뭔지 분간이 어려운 일종의 짙은 안개 속에서도 너무나 뚜렷하게 떠오르는 것들이라오. 그때 그 여행길이 거의 끝나갈 무렵, 적어도 내가 자신 있게 얘기할 수 있는 건, 우리가 스트라스부르에서 포레느와르('검은 숲'이라는 의미. 독일 명칭으로 슈바르츠발트. 독일 남서부 라인 강 동쪽의 산맥 지대로 프랑스의 보주 산맥과 연결되어 있음—옮긴이)로 향했어야 했다는 것이오. 근데 왜 갑작스럽게 여정을 바꿔야 했을까? 그건 아직도 모르오. 하여튼 어느 날 아침 나는 스트라스부르 역(驛)에서 보주 산맥 지대로 향하는 열차에 몸을 실었고……. 그래요, 우린 보주 산맥으로 갔소. 그때 아버지는 방금 받은 편지 한 장을 읽고 또 읽었는데, 그로 인해 왠지 기분이 좋아진 것 같았다오. 과연 그 편지가 우리의 여정을 바꿔놓았을까? 물론 그것 역시 알 리가 없지. 우린 길을 가는 중간을 이용해 끼니를 때웠고, 우기(雨期)의 폭염에 시달리다 지친 나는 그만 잠이 들었다오. 그래서 그 와중에 단지 기억나는 거라곤, 어느 자그마한 독일 마을의 중앙 광장에서 아버지와 나 둘이 각각 자전거 한 대씩을 빌려 탔다는 사실이오. 짐은 수화물 보관소에 맡겨두고 말이지. 그러고 나서는……. 아, 모든 게 어렴풋하기만 하네! 우린 함께 자전거로 그 지방을 가로질러 여러 군데를 다녔는데, 어느 하나도 인상에 남는 건 없었다오. 그러다 어느 순간 아버지는 이러셨다오. '자, 폴, 우린 지금 국경을 넘는 거다. 여기는 프랑스야(폴과 아버지의 프랑스 횡단 여행은 프로이센·프랑스 전쟁 이전 모국의 영토를 강력하게 추억하는 아버지의 의지에 따라, 현재 독일에 편입된 스트라스부르를 포함한 알자스 지역까지 갔다가, 다시 프랑스 국경을 넘어 프랑스 영토로 들어오는 길임—옮긴이).' 얼마쯤 지났을까? 아버지는 잠시 멈춰서 한 농부한테 길을 물었고, 농부는 숲 한가운데를 가리키며 지름길을 알려줬지. 하지만 어디로 가는 길인지, 어느 지름길이라는 건지……. 아무튼 내 머릿속이 칠흑 같은 어둠으로 꽉 막혀서 마치 모든 생각이 땅속에 파묻혀버린 것만 같았다오. 그런데 어느 한순간, 그 어둠이 단번에 가시면서 놀랄 만큼 선명하게 눈앞에 펼쳐지는 게 있었는데, 거대한 나무숲 한가운데 벨벳처럼 부드러운 이끼가 잔잔히 덮인 공터와 더불어 낡은 예배당이 보이는 게 아니겠소! 그 위로는 점점 거세지는 빗줄기가 하염없이 내리고 있었고 말이오. 그때 아버지가 '비부터 피하자꾸나' 하시더군. 그때 그 목소리가 난 아직도 귓가에 선하다오! 그뿐만 아니라, 습기 땜에 푸르죽죽해진 그 작은 예배당의 벽면도 어쩜 그리 눈에 선한지! 우린 뒤쪽으로 가, 건물의 내진(內陣) 구역 위로 넘칠 듯 드리워진 지붕 아래에 자전거를 끌어다 놓고 비를 피했지. 바로 그때 안쪽으로부터 웬 대화 소리가 새어나왔고, 잠시 후 옆쪽에서 문이 열리는 소리가 삐거덕거리며 들리는 게 아니겠소! 그러더니 누군가 밖으

결정판 아르센 뤼팽 전집

로 나오며 독일어로 이러는 거예요. '아무도 없다! 어서 서두르자!' 한데 마침 그때 아버지와 나는 예배당을 돌아 하필 바로 그 문을 통해 안으로 들어가 보려던 참이라서, 앞서가던 아버지와 독일어를 지껄인 바로 그 사람이 덜컥 마주치지 않았겠소. 두 사람 다 멈칫하는 것 같더이다. 그쪽에서도 상당히 놀란 눈치였고, 아버지도 낯선 사람과의 갑작스러운 마주침에 기겁을 한 듯했소. 잠시 동안 두 사람 다 그 자리에 꼼짝 않은 채, 서로를 마주 보고 있었지. 그때 내 귀에 아버지가 이렇게 중얼거리는 소리가 들려왔소. '이럴 수가? 황제가 어떻게……' 나 역시 카이저의 초상을 종종 보아왔던 터라, 그 말을 듣고 적잖이 놀랐다오. 아닌 게 아니라 이렇게 보니, 거기 아버지와 마주하고 서 있는 사람이 과연 독일 황제가 아니었겠소! 독일의 황제가 프랑스에 있었다 이거요! 그는 후닥닥 고개를 숙이고는 넉넉한 외투의 벨벳 깃을 테두리가 처진 모자챙에 닿을 정도까지 바짝 추켜올리더군. 그런 다음 다시 예배당 쪽으로 돌아서는 것이었소. 바로 그때 어떤 귀부인 하나가, 잘은 못 봤지만, 하인처럼 느껴지는 다른 한 사람을 대동하고 거기서 막 나오지 않겠소. 키가 늘씬하고 꽤 젊은 데다 무척이나 아리따운 갈색 머리 여성이었소. 황제는 다짜고짜 그 여인의 팔을 거칠게 낚아채고는 마구 화를 내는 투로, 우리가 알아들을 수 없는 말을 퍼부어대며 끌고 가더군. 그러더니 우리가 온 방향을 거슬러서 국경 쪽으로 가는 것이었소. 하인인 듯한 자가 숲 속을 헤집으며 앞장서고 말이오. 한데 그걸 물끄러미 보시던 아버지가 글쎄 이러는 게 아니겠소! '거참, 괴이한 일이 아닌가! 대체 무슨 이유로 저놈의 빌헬름 2세가 여기까지 위험하게 나다닌단 말인가? 게다가 이 벌건 대낮에! 혹시 이 예배당에 무슨 예술적 관심이라도 있어서 그러나? 어때, 우리도 한번 둘러볼까, 폴?' 결국 우린 예배당 안으로 들어섰다오. 먼지와 거미줄로 시커멓게 뒤덮인 스테인드글라스를 통해 희미한 빛줄기만이 쓸쓸히 들이치고 있었소. 하지만 그 정도 빛만으로도 뭉뚝한 기둥들이나 썰렁한 벽들하며, 아버지 표현대로 황제가 납실 만큼의 무엇이 있는 것 같지는 않다는 게 뻔히 보이더구려. 아버진 이랬지. '빌헬름 2세는 아마도 그저 구경 삼아 근처를 어슬렁거린 것 같은데, 그렇게 몰래 국경을 넘어온 걸 누구한테 들킬까 봐 조마조마했나 봐. 아까 그 여자가 별일 없을 거라고 부추겼겠지. 그래서 결국 그녀한테 그렇게 신경질을 부리며 탓한 것일 테고.' 어떻소, 엘리자베트? 그때 나 정도 어린 나이에는 좀 더 중요하게 각인될 만한 일이 많았을 텐데, 어찌 보면 그리 심각할 것도 없을 이런 사실들을 꼼꼼하게 기억하고 있는 게 신기하지 않소? 한데도 나는 그때 일을 고스란히 두 눈으로 보고 말소리도 또렷이 듣고 있는 것처럼 당신한테 얘기하고 있소. 그리고 아버지와 함께 예배당에서 나왔을 때 보았던 그대로 지금도 이렇게 얘기하면서 내 눈에는 그때 그 광경이 또렷이 보이는 듯하다오. 글쎄, 황제와 동행하던 여자가 다시 나타나 공터를 허겁지겁 걸어오더니 아버지에게 이러는 게 아니겠소! '부탁이 있습니다, 므슈!' 몹시 헐떡거리는 걸로 봐서 내내 달려온 것 같더이다. 한데 아버지가 대답하기도 전에 이러는 거요. '아까 당신과 우연히 마주친 사람이 잠시 얘기 좀 나누자고 하십니다.' 낯선 그 여자는 전혀 악센트 없는, 아주 능란한 프랑스어를 구사하고 있었다오. 아버진 순간 머뭇거렸지. 한데 그런 아버지의 태도가 그녀에겐 마치 자신을 보낸 분에 대한 심각한 결례나 되는 것처럼 느껴졌는지, 발끈하는 태도로 이러는 것이었소. '설마 거부하리라고는 생각지 않습니다!' 그러자 아버지가 이러시는 거였소. '거부하지 말라는 법도 없지 않소? 내가 명령을 받을 입장도 아니니까.' 난 그때 아버지가 왠지 안달을 내시는 것 같다고 느꼈소. 여자는 태도를 약간 누그러뜨리더니 '이건 명령이 아니라, 청하는 겁니다' 하더군. 한데

아버지가 '좋소, 그럼 어디 해봅시다. 자, 난 준비됐으니 언제든……'
하자, 여자는 성깔을 드러내면서 이러는 게 아니겠소! '아냐, 그게 아니
라……. 당신이 좀…….' 아버지는 냅다 이랬다오. '오호라, 내가 좀 움
직여달라 이건가? 황공하게도 그 사람이 저 너머에서 날 기다리고 있으
니, 나더러 국경을 넘어달라? 이런 맙소사. 마담, 유감스럽게도 난 그렇
게는 못하겠소이다. 그러니 가서 전하시구려. 혹시 내가 어디 가서 입
을 놀릴까 봐 걱정된다면, 안심해도 좋을 거라고. 우린 이만 가자, 폴!'
아버진 그대로 모자를 벗고 꾸벅 인사를 한 뒤, 지나치려 했소. 한데 그
여자가 앞을 떡 가로막더니 이러지 않겠소! '안 돼요! 내 말을 들어야
합니다. 입조심하겠다는 약속 따위가 무슨 소용이겠어요? 양단간에 어
떻게든 결단을 내려야 하는 문제입니다. 그러니 부디…….' 그 순간부
터는 내게 아무 소리도 안 들렸다오. 여자는 적의에 찬 격한 표정으로
아버지 앞에 떡 버티고 섰는데, 어찌나 인상을 쓰는지 되게 무섭게 보
였다는 기억뿐이오. 아! 그때 미리 알아봤어야 하는 건데. 하지만 난 너
무 어렸다오! 게다가 워낙 눈 깜짝할 사이에 벌어진 일이라……. 여자
는 느닷없이 아버지 앞으로 바짝 다가서면서, 예배당 오른쪽 나무둥치
까지 밀어붙이는가 싶었는데, 별안간 두 사람의 언성이 높아지는 것이
었소. 하지만 여자의 위협적인 태도에도 아버진 그저 껄껄거리고 웃음
을 터뜨렸다오. 그리고 퍼뜩하는 사이―아! 그 번쩍하던 칼날이 아직
도 눈에 선해!―여자가 아버지 가슴 한복판을 날카로운 단도로 두 차
례……. 두 차례나 내리찍는 것이 아니겠소! 가슴 한복판을 말이오. 아
버지는 그대로 쓰러지셨지."

폴 들로즈는 살인의 기억에 얼굴이 창백해진 채, 그만 입을 다물었다.

"아! 아버님께서 살해당하셨군요. 오, 가엾은 폴."

엘리자베트는 숨을 몰아쉬며 말을 이었다.

"그래서 어떻게 됐나요, 폴? 그래, 소리는 질렀어요?"

"마구 질러댔다오! 게다가 그 여자에게 냅다 달려들었지. 그런데 웬 무지막지한 손이 나를 덥석 붙드는 게 아니겠소! 언제 나타났는지 숲에서 불쑥 달려나온 그 하인인 듯한 자가 나를 제지한 거였소. 그뿐만 아니라 순간적으로 또 다른 칼날이 내 머리 위로 솟구치는 걸 본 것 같은데, 다음 순간 어깻죽지에 엄청난 통증이 느껴지면서 이번엔 내가 풀썩 고꾸라지고 말았다오."

2
폐쇄된 방

마차는 저만치 앞선 채, 엘리자베트와 폴이 오기를 기다리고 있었다. 평평한 지역에 다다르자 두 사람은 길가에 앉았다. 리즈롱 계곡이 바로 눈앞에 펼쳐진 채 초록빛 완만한 굴곡을 늘어뜨리고 있었고, 그 가운데 가느다란 강줄기 하나가 새하얗게 드러난 두 개의 샛길을 양쪽에 낀 채 구불구불 이어져 있었다. 한편 저 뒤편으로는 햇살 아래 응집된 형태의 코르비니 시(市)가 약 100여 미터 아래로 까마득히 내려다보였다. 그리고 아직도 저 앞 10리는 더 가서 오르느캥의 망루들과 고풍스러운 누대(樓臺)의 폐허가 아련하게 솟아 있었다.

젊은 아내는 남편이 한 얘기에 여간 질려 있는 것이 아닌지, 한동안 침묵을 지키고 있다가 마침내 입을 열었다.

"아! 폴, 너무 무서운 일이에요. 얼마나 괴로웠겠어요!"

"하여튼 그때 그 순간부터 어느 낯선 방에서 정신이 든 날까지는 전혀 기억이 없을 정도였으니…… . 아버지 사촌 누이 되시는 할머니와 어느 수녀님이 날 돌보고 있었소. 거긴 벨포르와 국경선 사이의 여인숙에서 아마 가장 아름다운 방이었을 것이오. 나중에 안 얘기지만, 열흘하고도 이틀이나 전에 누군가 야밤을 틈타 여인숙 앞에 내다 버린 두 개의 피투성이 몸뚱어리를 주인이 이른 아침에 발견했다는 거였소. 그때 이미 척 보니까 둘 중 하나는 싸늘하게 식어 있었다는데, 그게 바로 내 가엾은 아버지였소. 나는 희미하게 숨이 남아 있었고 말이오! 회복기는 엄청 오래 걸렸소. 워낙 증상이 자주 재발되었고 신열이 잦아서, 아무리 벗어나려고 안간힘을 써도 자꾸만 발작이 일어나는 것이었소. 당고모(堂姑母)님은 당시 내게 남은 유일한 친척이었는데, 너무도 헌신적인 데다 참으로 신경을 많이 써주셨다오. 게다가 두 달 뒤, 상처가 거의 나아가는 나를 당신 집으로 데리고 가주셨지. 비록 상처가 어느 정도 나았다고는 하지만, 워낙 끔찍한 상황 속에서 아버지의 죽음을 목격한 충격 때문에, 건강을 완전히 회복하려면 몇 년을 더 보살핌을 받아야 했으니까. 한데 아무래도 그 사건만큼은……."

"왜요?"

엘리자베트는 열정을 다해 보호하는 심정으로 남편의 목에 팔을 감으며 속삭였고, 폴은 숨을 고른 뒤, 말을 이었다.

"도무지 영문을 알 수 없더라 이거요. 사법당국에서도 내가 진술한 단서에 입각해 온갖 열과 성을 다해 무던히도 치밀하게 조사하면서 매달려봤지만, 소용이 없었소. 게다가 보통 희미한 진술이었겠소! 숲 속 공터 예배당 앞에서 일이 벌어졌다는 것 말고 내가 아는 게 무엇이었겠느냔 말이오! 그 공터가 어디쯤이며, 예배당은 또 어디서 찾아야 하는지……. 사건이 일어난 지방이 어딘지조차 알 수가 없었으니……."

"하지만 아버님과 당신은 여행 중이었잖아요? 제 생각엔 스트라스부르에서 출발해 그 지방까지 궤적을 되짚어본다면 혹시……."

"그 족적을 밟아가는 걸 등한시했을 리가 있겠소! 심지어 독일 경찰 측의 협조를 요청하는 게 불만스러운 나머지, 프랑스 사법당국은 아예 그곳까지 우리 측 최고의 경찰들을 직접 투입하기까지 한걸. 한데 말이오, 내가 철이 들면서부터 느낀 거지만, 정말 이상한 건 우리가 당시 스트라스부르를 거쳤다는 증거가 어디에서도 확인되지 않는 것이었소. 알겠소? 단 한 군데도 없더란 말이오! 분명 내 기억으로는 스트라스부르에서 최소한 이틀은 내내 먹고 자고 했는데 말이오. 결국 수사판사의 결론은 큰 화를 당하고 너무도 당황한 나머지 어린 나이에 잘못 기억을 할 수도 있다는 것이었소. 하지만 나는 그게 아니라는 걸 잘 알고 있었다오. 분명 그때의 기억이 있고, 그게 모두 사실이라는 걸 지금도 알고 있단 말이오."

"그래서 어떻게 했나요, 폴?"

"두 명의 프랑스인이 스트라스부르에 묵었고, 기차 여행 중이었으며, 수화물 보관소에 짐까지 맡긴 데다, 알자스의 어느 마을에서 자전거를 빌려 타기도 하는 등, 너무도 간명하고 부인할 수 없는 사실들이 통째로 증발해버렸다는 점과 독일 황제가 이번 사건에 직접적으로 연루되어 있다는 가장 중요한 사실을 서로 연관시켜서 생각해보지 않을 수가 없었소."

"하지만 폴, 당신뿐만 아니라 수사판사의 머릿속에서도 그 두 가지 점이 함께 고려되어야 하는 것 아닌가요?"

"물론이오. 하지만 수사판사는커녕 어떤 법관이나 공무원도 내 진술을 듣고 그날 알자스 지방에 독일 황제가 나타났으리라고는 생각하지 않는 것이었소."

"그건 왜죠?"

"왜냐면 독일 신문들이 일제히 같은 시각 황제가 프랑크푸르트에 있었다고 떠들어댔기 때문이오."

"프랑크푸르트라니!"

"나 참, 자기 마음대로, 당연히 있어야 할 곳에 실제로 있었던 것처럼 지시를 내린 거겠지. 그렇지 않은 곳에는 정반대일 테고. 물론 그 점에서도 내 가정(假定)이 틀린 걸로 치부될 뿐이었고, 조사를 추진할 때마다 요소, 요소 온갖 장애와 허위 사실, 알리바이가 어찌나 조직적으로 버티고 있는지, 나로서는 무한 권력자의 집요한 방해 공작이 여지없이 느껴질 따름이었다오. 오로지 생각할 수 있는 해명은 단 하나, 이것뿐이었소. 자, 만약 프랑스인 두 명이 스트라스부르의 어느 호텔에 투숙했다면, 그 호텔 숙박부에 두 사람의 이름이 남아 있지 않겠소? 한데 그 장부가 압수되거나 해당 종이가 뜯겨나간 때문에 우리의 이름이 어디에서도 나타나지 않게 된 거란 말이오. 결국 어떤 증거도 단서도 없는 셈이지. 그뿐만 아니라 호텔 주인을 비롯해 모든 사환에 이르기까지, 아울러 레스토랑 급사나 역내 세관원, 철도 직원들, 자전거 대여주들까지 총망라한 일종의 거대한 공범 집단이, 그 누구도 감히 거역할 수 없는 함구 명령을 받아놓은 셈이라고나 할까?"

"하지만 폴, 나중에라도 당신 스스로 나서서 조사를 했어야 하는 것 아닌가요?"

"그야 당연히 했지! 그 후로 네 차례에 걸쳐서 스위스에서 룩셈부르크까지, 벨포르에서 롱위(룩셈부르크 바로 아래에 위치한 프랑스의 국경도시—옮긴이)에 이르기까지, 만나는 사람마다 물어보고 이런저런 지형들을 유심히 살피면서 국경선을 훑다시피 하며 돌아다녔다오! 특히 내 안 깊숙이 잠들어 있는 기억의 편린들까지 끄집어내느라 얼마나 악착같이 머리를 쥐어뜯으며 과거에 매달렸는지 모르오! 하지만 저 깊은 어둠 속에서는 아무것도, 아무런 새로운 빛도 감지되지 않는 것이었소. 다만 늘 같은 세 개의 이미지만이 과거의 짙은 안개 속으로부터 솟아올랐는데, 그 모두가 살인이 일어났음을 증언하는 장소나 사물에 관계되는 것이었다오. 즉, 공터 주변의 나무들과 낡은 예배당, 그리고 숲 속으로 사라지는 오솔길의 이미지와 황제의 이미지, 그리고…… 그리고 살인을 저지르던 여자의 이미지 말이오."

그렇게 중얼거리는 폴의 목소리가 잦아들고 있었다. 그의 얼굴은 증오심과 고통으로 잔뜩 일그러졌다.

"오! 제발이지 환한 빛 속에서 구석구석 살펴볼 수 있는 하나의 풍경처럼, 내 이 두 눈앞에 그때 그 여자를 다시 한번만 볼 수 있다면 여한이 없겠소. 그 입술 모양, 눈가의 표정, 머리 색조, 그 독특한 걸음걸이, 동작의 리듬, 그 전체적인 실루엣…… 그 모든 게 내 안에 살아 있소. 일부러 떠올려서가 아니라, 내 존재 자체를 이루고 있는 요소들로서 말이오. 아마 어떤 이들이 볼 때는, 내가 발작에 시달리는 동안 정신 속의 온갖 신통력이 발휘되어 그 끔찍했던 기억의 편린들을 열심히 짜깁기했을 거라고 생각할지도 모르겠소. 아무튼 옛날에는 병적인 강박관념으로 끊임없이 나를 시달리게 했던 그 기억이 이제는, 어둠이 내리고 어쩌다 혼자 있게 될 때처럼, 특별한 시간에 간간이 나를 찾아와 괴롭히곤 한다오. 내 아버지는 살해당했고, 그를 살해한 여자는 지금도 무사히 행복과 부와 명예를 누리면서 여전히 가증스러운 파괴의 직무에 탐닉하며 살아가고 있다니……"

"그럼 만약 지금 그 여자를 본다면 알아보겠어요, 폴?"

"알아보겠느냐고? 내 앞에 수천 명의 여자를 데려다 놔보시구려! 심지어 꼬부랑 할머니가 되어 있다손 치더라도, 나는 그 주름진 얼굴 아래로부터 그 옛날 어느 9월의 오후 끝자락, 내 아버지를 살해한 젊은 여인의 표정을 끄집어낼 수 있을 것이오! 아, 어찌 그 여자를 못 알아본단 말이오! 그녀가 입었던 옷 색깔까지도 정확히 짚어낼 수 있지! 왜, 믿어지지가 않소? 회색빛 드레스에 어깨선을 따라 검은색 레이스로 만든 숄이 달려 있고, 상체 부분에는 카메오(마노, 조가비, 대리석 따위에 정교한 돋을새김을 한 세공품―옮긴이) 브로치를 달았는데, 루비 눈을 해 박은 황금 뱀이 세공되어 있었지. 알았소, 엘리자베트? 나는 비록 기억이 가물가물하다 해도, 잊어선 안 되는 것들은 결코 잊지 않고 있다오!"

남자는 곧 입을 다물었다. 엘리자베트는 흐느끼기 시작했다. 남편과 마찬가지로, 그 모든 끔찍한 과거가 그녀의 존재 역시 두려움과 비탄으로 휘감아버리는 것이었다. 남자는 여자를 끌어안고 이마 위에 가볍게 입을 맞추었다.

그녀가 속삭였다.

"폴, 늘 그렇게 잊지 마세요. 죄는 반드시 벌을 받을 거예요. 하지만 당신 인생이 증오로 얼룩진 기억 속에서 억눌려 있는 건 원치 않아요. 이제 우린 둘이잖아요! 서로 사랑하고 있고요. 미래를 바라보세요."

소형 종탑들을 굽어보는 네 개의 망루와 들쭉날쭉한 첨탑에 달린 높다란 창문들, 2층의 돌출한 난간 장식들하며, 오르느캥 성채는 16세기 양식의 단순한 아름다움을 간직하고 있었다.

가지런히 다듬어진 잔디로 에워싸인 직사각형의 앞마당이 일종의 광장 구실을 하고 있으며, 그 가장자리로 난 좌우의 샛길을 통해 정원과 숲, 과수원으로 발길을 인도하고 있었다. 한편 잔디밭의 한쪽 귀퉁이에는 널찍한 성토(盛土)가 돋우어 있어 리즈롱 계곡을 한눈에 바라볼 수 있는 데다 그 네모진 누대(樓臺)의 자태가 전체적인 성곽의 윤곽선상에 장엄한 폐허의 색채를 지탱시켜주고 있었다.

전체적으로 거창한 외양을 두른 분위기였다. 농장과 평야로 둘러싸인 영지는 한창때 같았으면 열정적이고 부지런한 경작이 쉴 틈 없이 전개될 법했다. 하긴 해당 도(道)에서도 가장 드넓은 영지 중 하나가 바로 이곳이다.

지금으로부터 17년 전, 최후의 오르느캥 남작이 숨을 거두자 곧바로 진행된 매각 조치에서 엘리자베트의 아버지인 당드빌 백작은 아내의 소원에 따라 이 성채를 사들였다. 결혼한 지 5년 되었을 때, 사랑하는 사람에게만 전념하기 위해 기병 장교의 직책을 과감히 내던진 백작은 아내와 더불어 여행을 떠났고, 때마침 지역신문에 매각 광고가 난 지 얼마 안 된 오르느캥을 방문하자마자 곧바로 눈독을 들이게 된 것이다. 당연히 에르민 당드빌(Hermine d'Andeville)은 감격에 겨워했고, 인생의 여가를 책임질 경작 가능한 영지를 찾고 있던 백작 역시 즉각 법조인을 대령해서 계약을 체결했다.

아울러 뒤이은 겨울 동안 그는 파리로부터, 이 성채의 전(前) 주인이 떠넘기고 간 보수 작업을 챙기느라 여념이 없었다. 요컨대 성이 안락할 뿐 아니라 아름답기도 해야 한다는 욕심에서, 파리의 자기 저택을 장식하고 있던 온갖 거장(巨匠)의 회화 작품과 예술품, 장식용 융단 및 골동품을 하나하나 챙겨 성으로 수송하는 일에 매진했던 것이다.

그렇게 해서 결국 이듬해 8월이 되어서야 부부는 성에 안착할 수가 있었다. 거기서 그들은, 이제 막 네 살이 된 사랑스러운 엘리자베트와 백작부인이 얼마 전 출산한 떡두꺼비 같은 아들 베르나르와 함께 달콤한 몇 주를 지냈다.

에르민 당드빌은 온통 아이들한테 헌신하면서 성곽의 울타리를 벗어난 적이 없었고, 백작은 성지기 제롬을 대동하고 농장을 관리하거나 사냥터를 주유(周遊)하며 평화로운 나날을 보냈다.

그러던 어느 10월의 끄트머리, 백작부인이 감기에 걸렸고, 이후에 계속된 합병증이 날로 심해져서, 당드빌 백작은 아내는 물론 아이들까지 몽땅 데리고 남프랑스 지방으로 떠나기로 했다. 그리고 또 2주가 지나서 어쩐 일인지 백작부인의 병세가 재발되었고, 그로부터 사흘 뒤 그만 세상을 뜨고 말았다.

그때 백작이 느낀 절망감이란, 소위 인생이 그것으로 끝나버렸다는 느낌 그대로였고, 앞으로는 어떤 일이 일어나도 즐거움이나 여하한 평안도 맛볼 수 없으리라는 생각뿐이었다. 그저 숨을 쉬고는 있지만, 딱히 자식들을 위해서라기보다는 차라리 죽은 이를 애도하기 위해서인 듯했고, 죽은 이에 대한 그리움을 곱씹는 것만이 삶의 이유인 것처럼 살았다.

그토록 완벽한 행복을 누렸던 오르느캥 성으로는 차마 돌아갈 수 없었고, 그렇다고 아무나 성채를 침범하는 것을 방치할 수도 없었던 백작은 제롬에게 지시를 내려, 성의 모든 문과 창문, 덧문을 닫아걸되, 특히 백작부인이 머물던 규방과 침실은 개미 한 마리 드나들 수 없도록 철저히 폐쇄하도록 조치했다. 그뿐만 아니라 농장은 소작농들에게 임대하고 그로부터 일정량의 세(稅)만 거둘 것을 당부했다.

한데 이처럼 과거로부터 되도록 단절을 기했어도 백작에겐 충분치 못한 모양이었다. 참으로 기인한 점은, 사실상 먼저 간 자기 아내의 추억을 통해서만 삶을 연명하면서도, 정작 여자를 상기시키는 물건들은 물론, 삶의 터전, 경치나 장소가 모두 고문(拷問)과도 같은 역할을 한다는 점이었다. 심지어는 둘 사이에 난 자식들조차 견디기 어려운 고통의 감정만을 불러일으켰다. 그런 그에게 쇼몽이라는 시골에 혼자 사는 누이가 있다는 사실은 그나마 다행이었다. 그는 엘리자베트와 베르나르를 누이에게 맡기고 훌쩍 여행을 떠나버렸다.

마치 헌신과 희생의 화신(化身)인 것처럼 극진한 알린 고모의 보살핌 속에서, 엘리자베트는 다소 측은하면서도 근면하고 진지한 어린 시절을 보냈고, 그러는 가운데 정서와 정신, 성격이 차츰차츰 모양새를 갖춰갔다. 아울러 튼실한 교육과 매우 엄격한 도덕 훈련을 별 무리 없이 흡수해갔다.

스무 살이 된 그녀는 아직은 두려울 것 없고 당당하기만 한 어엿한 아가씨였다. 선천적으로 약간 우울해 보이긴 했으나 이따금 더없이 순박하고 다정다감한 미소가 빛을 발하기도 하는 그녀의 얼굴, 그것은 흔히 개인마다 숙명적으로 정해진 몫의 시련과 환희가 미리부터 점쳐지는, 그러한 얼굴이었다. 언제나 촉촉이 젖어 있는 그녀의 두 눈동자는 삼라만상을 대할 때마다 감동으로 흔들리는 듯 보였고, 환한 금발의 곱슬머리는 얼굴 표정에 적당한 쾌활함을 부여해주는 요인이었다.

한편 하나의 여행이 끝나고 다음 여행이 시작될 때까지 자식 곁에 머무는 동안, 딸의 이처럼 성장한 모습에 잔뜩 고무된 당드빌 백작은, 이어지는 두 차례 겨울 내내 딸을 데리고 각각 에스파냐와 이탈리아를 돌아다녔다. 그러던 중, 바로 로마에 들렀을 때 딸과 폴 들로즈의 첫 만남이 이루어진 것이다. 그 후로 둘은 나폴리에서, 그리고 시라쿠사에서 다시금 재회했으며, 아예 시칠리아 섬에선 내내 함께 붙어 다니다시피했다. 나중에 떨어지자 안 것이지만, 바로 그즈음 두 사람 사이엔 이미 끈끈한 정의 연결 고리가 형성되었던 셈이다.

그러고 보면 폴 역시 엘리자베트와 마찬가지로, 시골에서 성장한 데다 어린 시절의 좋지 않은 기억을 지우느라 지극히 헌신적인 친척의 손에 맡겨진 채, 정성과 애정을 다해 길러진 처지였다. 비록 완벽한 망각에 이르지는 못했지만, 아버지가 못다 한 양육이 당고모의 손에서 비교적 잘 이루어진 덕택에, 폴은 올곧은 성품에 일을 좋아하고 교양이 풍부하며, 삶에 궁금한 점이 많은 활달한 청년으로 성장할 수 있었다. 국립 공업고등학교를 졸업하고 군 복무까지 마친 다음, 그는 2년 정도 독일에 머물며, 언제나 그의 관심을 독차지해온 기계 및 산업 관련 현장 지식을 마음껏 습득했다.

날렵하고 훤칠한 몸매에 검은 머리를 뒤로 가지런히 빗어 넘긴 그의 얼굴은 다소 마른 편에 당당한 턱 선하며, 힘과 박력이 느껴지는 인상이었다.

사실 그는 엘리자베트를 만남으로 해서, 지금까지 등한시해오던 감성과 정서의 세계에 비로소 눈을 뜰 수 있었다. 둘의 만남은 젊은 아가씨에게나 건강한 청년에게나 모두 놀라움과 도취의 분위기 속에서 이루어졌다. 사랑은 두 사람 안에다 전혀 새롭고 경쾌하며 자유로운 영혼을 창출해냈는데, 그 열광과 환희의 에너지는 지금까지의 가혹한 운명에 길든 삶의 태도와 현격한 대조를 이루는 것이었다. 결국 남자는 파리로 돌아오자마자 여자에게 결혼 신청을 했고, 여자는 그것을 기꺼이 받아들였다.

결혼을 사흘 앞두고 작성된 계약서(일명 '혼인 재산 관리 계약'—옮긴이)에 당드빌 백작은 엘리자베트의 지참금 조로 오르느캥 성채를 추가한다고 밝혔다. 따라서 젊은 부부는 신혼살림을 바로 그 성에다 꾸리기로 결정했고, 폴은 인근 계곡 지역의 산업 지구에서 사업 구상을 하기로 했다.

드디어 7월 30일(이 날짜가 중요한 이유는 소설의 배경이 되는 제1차 세계대전이 7월을 고비로 해서 8월 초에 본격적으로 개전(開戰)되었기 때문임—옮긴이) 목요일 젊은 남녀의 결혼식이 쇼몽에서 치러졌다. 비록 당드빌 백작은 자신이 가장 신뢰하는 정보통을 근거로 별다른 파국은 일어나지 않을 거라고 장담했지만, 워낙 전쟁 소문이 끊이지 않는 터라, 예식은 비교적 간소하게 진행되었다. 하객들도 다 모인 가족 오찬 자리에서 폴은 엘리자베트의 남동생인 베르나르 당드빌을 알게 되었는데, 열일곱 살 중등학교 학생인 그의 활기 넘치는 태도와 솔직하고 담백한 기질이 무척이나 맘에 들었다. 마침 방학이 시작되는 터라, 베르나르도 며칠 후 오르느캥 성에 합류해 같이 지내기로 즉석에서 합의를 보았을 정도였다.

오후 1시가 되었고, 엘리자베트와 폴은 기차를 타고 쇼몽을 떠났다. 손에 손을 맞잡고 두 사람은 신혼의 첫해, 아니 어쩌면 두 연인의 휘둥그레진 눈앞에 찬란히 펼쳐질 행복과 평안의 미래 전부를 의탁하게 될 성을 향해 떠나는 것이었다.

그리고 이제 오후 6시 30분, 저만치 성채 계단 아래에 제롬의 마누라가 다소곳이 마중 나와 있는 모습이 신혼부부의 시야에 들어왔다. 발갛게 여드름이 피어오른 양 볼과 쾌활해 보이는 표정의 로잘리는 어디서나 볼 수 있는 맘씨 좋은 이웃집 아줌마 같은 인상이었다. 저녁을 들기 전에 일행은 서둘러 정원을 한 바퀴 둘러보고 성안으로 들어섰다.

엘리자베트는 흥분을 감추지 못했다. 정확히 어떤 기억이 떠오르는 것도 아니면서, 이곳에서 생의 마지막 행복을 누리다 가신, 얼굴도 거의 모르는 어머니의 자취가 곳곳에서 저도 모르게 배어나는 느낌 때문이었다. 그녀가 보기에는 마치 길목 길목마다 죽은 어머니의 그림자가 배회하는 것 같았고, 초록빛 드넓은 잔디밭에서도 뭔가 특별한 향기가 묻어나는 듯했다. 산들바람에 스치는 나뭇잎의 수런거리는 소리마저 이전 언젠가 같은 장소, 같은 시각에 어머니와 같이 듣던 바로 그 소리라는 생각이 드는 것이었다.

"왠지 슬퍼 보이는구려, 엘리자베트?"

폴이 은근한 음성으로 물었다.

"슬픈 게 아니라, 그저 마음이 혼란스럽네요. 어머니가 삶을 꿈꾸셨던 바로 이 고즈넉한 장소에 이제는 우리가 같은 꿈을 품고 와 있어요. 흡사 어머니가 우리를 맞아들이는 기분이에요. 그런데 왠지 마음이 답답해요. 마치 저 자신이 어머니의 휴식과 평온을 깨뜨리러 침입한 이방인처럼 느껴지네요. 생각해봐요! 이 성에서 어머니 혼자 얼마나 오랜 세월을 지내오셨는지 말이에요! 아버지는 결코 이곳에 돌아오고 싶어하지 않으셨어요. 아무튼 우리 역시 이곳에 올 권리가 없는 것 아닌가 하는 생각이 들어요. 그동안 우리와 별개인 걸로 치부하며 얼마나 무관심해왔는지를 생각하면 말이에요."

폴은 지그시 미소를 지으며 말했다.

"여보, 엘리자베트, 당신이 지금 느끼는 그 감정은 누구나 해 질 녘 낯선 땅에 발을 들여놓았을 때 가질 수 있는 불편한 느낌일 뿐이라오."

"모르겠어요. 당신 말이 맞겠죠. 어쨌든 불편한 감정이 이는 건 어쩔 수 없네요. 제 천성과는 너무도 어울리지 않는 감정이에요! 폴, 혹시 예감이라는 거 믿어요?"

"아니, 당신은?"

"저도 마찬가지예요."

여자는 살포시 웃음을 지으며 남자에게 입술을 내맡겼다.

두 사람은 성안의 방들이며 살롱들마다 왠지 항상 사람이 거주해온 듯한 분위기가 느껴져서 자못 놀랐다. 아닌 게 아니라 백작의 지시하에, 성안의 모든 것은 에르민 당드빌의 기억 속 아득한 그날과 똑같은 상태를 유지하고 있었다. 그 옛날의 골동품들, 각종 자수와 레이스 제품들, 진귀한 세밀화들, 18세기풍의 멋진 안락의자들, 플랑드르산(産) 태피스트리 작품들, 그 밖에 이 웅장한 거처를 장식하기 위해 백작이 손수 장만했던 모든 소장 가구가 하나도 예외 없이 원래의 그 자리를 차지하고 있었다. 그런 만큼 처음 이곳에 발을 들여놓을 때부터 신혼부부에겐 더없이 멋지고 아늑한 생활공간이 마련되어 있는 것이나 다름없었다.

저녁 식사를 마친 다음, 두 사람은 다시 정원을 찾았고, 한동안 서로 팔짱을 낀 채, 조용히 산책을 즐겼다. 성토에 이르러서는 몇 점 불빛이 은은히 떠도는 캄캄한 어둠의 계곡을 물끄러미 구경했다. 아직 희미한 낮의 잔광(殘光)이 미처 가시지 않은 창백한 하늘 아래로 낡은 누대(樓臺)가 투박한 폐허의 위용을 드러내고 있었다.

엘리자베트가 나지막한 목소리로 말했다.

"폴, 혹시 아까 성을 구경할 때 맹꽁이자물쇠로 단단히 채워진 문 옆을 지나친 거 생각나요?"

"중앙 통로 중간쯤에서 당신 방 가까이에 있었던 문 말이오?"

"네, 거기가 바로 가엾은 어머니가 쓰시던 규방이에요. 아버지가 그 방과 거기에 딸린 또 다른 방을 폐쇄시키길 원해서, 제롬이 아까 본 것처럼 맹꽁이자물쇠로 걸어 잠근 뒤 열쇠까지 아예 아버지께 보내버렸죠. 그 후로는 물론 그 누구도 안에 들어간 사람이 없고요. 그러니 아마 옛날 그대로일 거예요. 어머니가 쓰시던 물건이나 진행 중이던 뜨개질 꾸러미, 즐겨 읽던 책들 모두 말이에요. 아버지가 그랬는데, 안으로 들어가서 정면에 늘 닫혀 있는 두 개의 창문 가운데 벽을 보면, 어머니의 전신 초상화가 걸려 있을 거래요. 아버지 친구분 중 한 유명 화가한테 성에서 떠나기 1년 전에 그려달라고 요청한 그림인데, 죽은 어머니의 모습을 그대로 빼닮았다고 하더군요. 그 옆에는 기도대가 있고요. 한데 아버지가 오늘 아침 그 규방 열쇠를 건네주셨을 때, 제가 그 기도대에 무릎을 꿇고 초상화를 보면서 기도를 올리겠다고 약속드렸어요."

"그럼 가봅시다, 엘리자베트."

2층으로 통하는 계단을 오르는 동안, 젊은 아내의 손이 남편의 손안에서 파르르 떨고 있었다. 복도를 따라 양쪽으로 램프가 밝게 켜져 있었다. 둘은 걸음을 멈추었다.

큼직하고 높다란 문이 두꺼운 벽체에 자리를 잡고 있었고, 그 바로 위 벽면에는 금박 부조가 멋지게 장식되어 있었다.

"열어요, 폴."

엘리자베트의 떨리는 목소리였다.

남자는 여자가 건넨 열쇠로 맹꽁이자물쇠를 열었고, 문손잡이를 붙잡았다. 한데 엘리자베트가 별안간 남편의 팔을 붙드는 것이었다.

"폴, 잠깐만요, 폴. 저한테는 너무도 떨리는 일이에요! 생각해봐요, 바로 지금이 난생처음으로 어머니 앞에, 어머니의 형상 앞에 서는 순간이에요. 그리고 사랑하는 당신이 내 곁을 지켜주고 있어요. 마치 어린 소녀 시절이 다시금 되살아나는 기분이 들어요."

남자는 여자를 꼭 끌어안으며 말했다.

"그렇소, 어린 소녀로서, 그리고 동시에 성숙한 여인으로서 살아가는 것이오."

여자는 푸근한 포옹으로 비로소 마음이 안정된 듯, 살며시 몸을 추스르면서 중얼거렸다.

"들어가요, 사랑하는 폴."

남자는 문을 열고 들어섰다가, 금세 복도로 돌아와 벽에 걸린 램프 중 하나를 빼 들고는 다시 안으로 들어가 외발 원탁 위에 놓았다.

엘리자베트는 벌써 성큼성큼 방을 가로질러 초상화 앞에 섰다.

그림 속 얼굴은 아직 어둠에 가려져 있었고, 여자는 전체가 환하게 밝혀지도록 램프를 치켜들었다.

"어머나 너무 아름다워요, 폴!"

그는 천천히 그림 쪽으로 다가가 고개를 들었다. 엘리자베트는 후들거리는 몸을 간신히 지탱하며 옆의 기도대에 무릎을 꿇었다. 한데 한참이나 말이 없는 태도가 이상해 문득 남편을 올려다본 엘리자베트는 그만 기겁을 하고 말았다.

남자는 그 자리에 꼼짝 않고 선 채, 세상에서 가장 무시무시한 광경을 목격한 사람의 휘둥그레진 눈동자를 치켜뜨고 있는 것이었다.

"폴! 대체 무슨 일이에요?"

남자는 그저 에르민 백작부인의 초상화에서 눈을 떼지 못한 채, 문쪽으로 슬슬 뒷걸음질을 치기 시작했다. 대책 없이 비틀거리며 두 팔로 허공을 휘젓는 모습이 마치 술 취한 사람 같았다.

"저 여자…… . 저 여자…… ."

목이 멘 소리가 남자의 목구멍 안에서 그르렁거렸고, 엘리자베트는 연거푸 애원하듯 외쳤다.

"폴! 폴! 대체 무슨 말을 하려는 거예요?"

"저 여자…… . 내 아버지를 죽인 여자요."

3
동원령

소름 끼치는 증언이 남자의 입에서 튀어나오자마자 끔찍한 침묵이 뒤를 이었다. 엘리자베트는 놀란 가슴속 깊이 날카롭게 파고든 외마디 소리의 진정한 의미를 실감하지 못한 채, 남편을 마주하고 서서 어쩔 줄 모르고 있었다.

그녀는 남편을 똑바로 쳐다본 채 주춤주춤 다가서며 거의 들릴 듯 말 듯한 목소리로 말했다.

"방금, 뭐라고 했어요, 폴? 정말 끔찍한 얘기도 다 있네요!"

폴 역시 같은 정도의 목소리로 대꾸했다.

"그렇소. 정말 끔찍한 일이오. 아직도 믿어지지가 않는구려. 아니, 믿고 싶지가 않아."

"그럼……. 혹시 착각한 것 아니에요? 착각한 거 맞죠? 그렇다고 말해요."

여자는 비탄에 사무친 목소리로 애원하듯 말했다. 마치 그럼으로써 남자의 판단이 되돌려지기를 기대하는 것처럼.

남자는 여자의 어깨 너머 그 저주받은 초상화에 시선을 꽂았고, 이내 온몸을 사시나무 떨듯 떨었다.

그는 두 주먹을 불끈 쥐며 이렇게 내뱉었다.

"아! 맞아, 그 여자야. 그 여자라고. 알아보겠어. 살인을 저지른 그 여자……."

순간, 여자는 무섭게 경련을 일으키면서, 거세게 자기 가슴을 두드렸다.

"내 어머니! 내 어머니가 사람을 죽였다니. 내 어머니가! 아버지가 그토록 사랑했고, 지금까지도 사랑하고 계신 어머니가! 그 옛날 나를 안아 재우시고, 내게 입맞춤을 해주시던 어머니가! 어머니 얼굴은 잊었지만, 그 쓰다듬는 손길과 입맞춤까지 잊은 건 아닌데! 그런데……. 그런데 어머니가 사람을 죽였다니!"

"맞소. 바로 그 여자요."

"아! 폴, 그런 불경한 말은 더 이상 하지 마세요! 일이 벌어진 지 그렇게 오래됐으면서 어쩜 그다지도 자신 있게 말할 수가 있죠? 그때 당신은 어린 나이였고, 게다가 제대로 본 것도 아니잖아요! 기껏해야 몇 분쯤 봤을까?"

하지만 폴은 더더욱 강한 어조로 외쳤다.

"그 누구보다도 확실하게 봤소! 살인이 벌어진 직후, 지금까지 그녀의 이미지는 내 머릿속을 단 한순간도 떠난 적이 없었소. 심지어는 악몽을 떨쳐내듯, 내 스스로 그 이미지를 제발 벗어버리고 싶을 정도였소. 하지만 그럴 수가 없었다오. 한데 지금 그 이미지가 저 벽 위에 떡하니 걸려 있는 거요. 여기 이렇게 내가 서 있는 것만큼이나 확고하게 말이오! 20년이 지나도 내가 당신을 알아볼 수 있는 것처럼, 오랜 세월이 지난 지금도 난 저 여자를 알아보는 것이오. 틀림없는 저 여자요! 저기, 저길 봐요! 저 윗도리에 황금 뱀이 똬리를 튼 브로치가 있질 않소. 저 카메오를 봐요! 내가 얘기했지 않소! 그리고 저 뱀의 눈……. 루비가 아니오? 그리고 저 어깨 주위로 검은 레이스의 숄! 바로 저 여자요! 내가 봤던 바로 그 여자란 말이오!"

갑작스레 분노가 치밀었는지, 이제 그는 에르민 당드빌의 초상화를 향해 주먹을 휘둘러대기 시작했다.

"닥쳐! 닥치란 말이야! 더 이상 말하지 마요!"

남자가 하는 말 한마디 한마디가 고문이나 다름없는 엘리자베트가 절규했다.

그녀는 억지로라도 입을 다물게 하려는 듯 남자의 입에다 손을 갖다 대려고 발버둥을 쳤다. 하지만 폴은 마치 자기 아내와의 접촉 자체를 거부하는 것처럼 흠칫 뒤로 물러서는 것이었다. 한데 그 동작이 어찌나 급작스럽고 본능적이었는지, 여자는 그만 그 자리에 털썩 주저앉으며 마구 흐느껴 울기 시작했다. 하지만 여전히 고통과 증오심으로 넋이 나간 남자는 끔찍한 환영(幻影)에 떠밀리듯 문가에 이르기까지 뒷걸음질을 치면서 이렇게 내뱉고 있었다.

"그녀가 맞아! 저 매정한 눈매와 심술 맞은 입술! 살인을 꿈꾸는 표정이야. 빤히 들여다보여. 보인다고. 내 아버지한테로 접근하고 있어! 아버지를 끌고 가고 있어! 팔을 치켜들잖아! 아버지를 죽이려고 해! 아! 가증스러운!"

남자는 후닥닥 뛰쳐나갔다.

폴은 그날 밤새도록 정원을 이리저리 헤매면서 지새웠다. 마치 미친 사람처럼 어둑한 길목을 되는대로 내달리다가 기진맥진한 몸을 잔디

위에 내던지고는 하염없이 울고 또 우는 것이었다.

폴 들로즈는 비록 옛날 살인에 대해 기억을 통해서만 고통을 느끼고, 그나마 점점 잦아드는 형편이었지만, 어떤 특별한 위기의 순간만큼은 마치 새로운 상처를 후벼 파듯 그 고통이 한층 날카롭게 저미곤 했다. 바로 지금의 고통이 그랬다. 워낙 예기치 못한 터라, 아무리 스스로를 통제하고 평정을 되찾아가는 것이 습관이 되었다 해도, 이번만큼은 도저히 정신을 차릴 수가 없었다. 그의 생각과 행동과 밤하늘을 향해 외쳐대는 말은 이미 제정신을 가진 사람의 것이 아니었다.

회오리바람 속의 나뭇잎들처럼 온갖 상념과 느낌이 어지러이 맴도는 그의 뒤집힌 머릿속에선 단 하나의 명료한 생각, 그야말로 끔찍한 생각 하나만이 끊임없이 고개를 내밀고 있었다.

'내 아버지를 죽인 여자를 알고 있다. 한데 내가 사랑하는 여인이 바로 그 여자의 딸이다!'

글쎄, 과연 아직도 사랑한다고 말할 수 있을까? 그는 이미 깨져버렸음을 알고 있는 행복을 안타깝게 여기며 울고 있었다. 하지만 엘리자베트를 여전히 사랑한다고 과연 말할 수 있을까? 정녕 에르민 당드빌의 여식(女息)을 사랑할 수 있을까?

동틀 녘이 되어 성안으로 돌아온 그는 엘리자베트의 방 앞을 지나치면서도 더 이상 심장이 두근거리지 않았다. 살인마를 향한 증오심이 그의 내부에서 사랑과 욕망, 애정, 심지어 지극히 단순하고도 인간적인 연민의 정마저 깨끗이 앗아가버린 듯했다.

그와 같은 일종의 마비 상태가 몇 시간 지속되다 보니 신경도 다소 안정된 듯했지만, 정신 상태만큼은 전혀 달라질 기미를 보이지 않았다. 오히려 이제는 굳이 의식하지 않아도, 엘리자베트와 마주치는 것 자체가 더없이 거부감을 불러일으키는 것이었다. 그러면서도 그는 동시에 알고 싶고, 스스로를 이해시키고 싶었다. 적어도 필요한 모든 정보를 충분히 얻은 다음에, 가능한 한 가장 확실한 방향으로 이 기구한 삶의 비극을 끝장내고 싶었던 것이다.

무엇보다도 먼저 제롬과 그의 마누라에게 물어봐야 할 것 같았다. 당드빌 백작부인에 관해 그들이 알고 있는 사실을 고스란히 얻어들을 수만 있다면 그 가치는 상상을 초월할 것이다. 최소한, 일부 날짜에 관한 애매한 점들은 즉석에서 풀릴 수 있을 것이었다.

성지기 부부는 그들의 별채에 있었는데, 무엇에 대단히 흥분해 있는 기색이었다. 제롬은 손에 신문을 쥐고 있었고, 로잘리는 마구 호들갑을 떨고 있었다.

폴을 보자 제롬이 다짜고짜 소리쳤다.

"아이고, 오셨습니까, 므슈? 이젠 거의 확실한 것 같아요. 조만간 있을 것 같습니다!"

"뭐가 말인가요?"

"동원령 말입니다. 아시다시피 곧 있을 거래요. 제가 헌병들 중에 친구가 좀 있는데, 모두가 그러더라고요. 벽보도 이미 준비가 되었답니다."

하지만 폴은 별것 아니라는 듯 뇌까렸다.

"벽보는 늘 준비되어 있는 거죠."

"그렇죠. 하지만 아시다시피 이제 조만간 붙일 거랍니다. 그리고 여기 이 신문 좀 보십쇼. 저 돼지 새끼들—용서하십쇼, 달리 적당한 표현이 없어서—저 돼지 새끼들이 말입니다. 정말 전쟁을 원하는 모양입니다. 오스트리아가 협상을 시작하는 마당에, 저놈들은 벌써 며칠 전부터 전시 동원을 하고 있었다는군요(제1차 세계대전은 사라예보에 대한 오스트리아의 선전포고가 도화선이 되었음. 하지만 사실 오스트리아 자체는 사라예보를 지원하는 러시아를 의식해 머뭇거리며 협상에 응할 자세가 되어 있었으나, 독일의 부추김으로 결국 전쟁이 발발함—옮긴이). 그 증거로 모두들 귀가하지 못하고 있답니다. 그뿐만 아니라 어제는 여기서 그리 멀지 않은 어느 프랑스 역사(驛舍)를 완전히 허물어뜨리고 철로를 뽑아버렸답니다. 이걸 좀 읽어보세요!"

폴은 마감 시간이 다 되어 나온 호외(號外)를 눈으로 훑었다. 하지만 아무리 심각해 보이는 소식이라 해도 이미 그에게는 전쟁이라는 것 자체가 비현실적으로만 비쳤고, 그저 건성으로 그러려니 할 뿐이었다.

"모두 제대로 될 거예요. 저들은 항상 그런 식으로 호들갑을 떨어요. 늘 칼집에 손을 얹고 으스대면서 말이죠. 하지만 내가 보기엔 전혀……."

그때 로잘리가 중얼거리며 끼어들었다.

"그건 므슈가 잘못 생각하는 겁니다."

하지만 그는 더 이상 듣고 있지 않았다. 머릿속에는 오로지 자신의 비극적인 운명에 대한 생각과 제롬으로부터 어떻게 하면 필요한 정보를 캐낼 수 있을까만 궁리하고 있을 뿐이었다. 그러다가 더 이상 입을 다물고 있을 수가 없어서 냅다 본론을 끄집어냈다.

"이봐요, 제롬. 마담과 내가 이곳 당드빌 백작부인의 방에 들어갔다는 건 아마 알 겁니다."

방금 이 말은 성지기와 그 마누라한테 대단한 동요를 불러일으켰다. 그토록 오랜 세월 폐쇄되어 있었던, 소위 '마님의 방'에 누군가 침입한다는 것이 마치 엄청난 신성모독이라도 된다는 투였다.

"세, 세상에, 그럴 수가!"

로잘리가 더듬대자, 제롬도 맞장구를 쳤다.

"천만에, 그럴 리가 없지! 내가 백작님께 딱 하나 있는 맹꽁이자물쇠 열쇠를 보내드렸는데……."

"그 열쇠를 백작님께서 어제 아침에 우리에게 넘기셨습니다."

그렇게 내뱉은 폴은 더 이상 그들의 허둥대는 꼴엔 아랑곳하지 않고 내처 물었다.

"보니까 창문 두 개 사이에 당드빌 백작부인의 초상화가 걸려 있더군요. 언제쯤 그 그림이 거기 걸리게 되었나요?"

제롬은 선뜻 대답하지 못하고 잠시 생각에 잠겼다. 그러다가 힐끔 마누라 쪽을 살피더니 이러는 것이었다.

"그거야 간단하죠. 백작님께서 여기 입주하시기 전에 모든 가구를 챙겨서 보냈을 때니까요."

"그게 언제냐는 겁니다."

폴은 사실 대답을 기다리는 단 몇 초 동안조차 견딜 수 없는 불안감에 시달리고 있었다. 이제 막 튀어나올 대답이야말로 결정적일 테니까 말이다.

"언제냐고요?"

그는 다시 한번 다그쳤다.

"그러니까 그게……. 1898년 봄이었죠."

"1898년!"

폴은 나지막한 목소리로 되뇌었다. 1898년이라면 아버지가 살해된 바로 그해가 아닌가!

그는 더 이상 고려할 여지도 없이, 흡사 미리 짜놓은 계획을 빈틈없이 이행하는 수사판사와도 같은 냉정함을 앞세우며 계속 몰아붙였다.

"그렇다면 결국 당드빌 백작 부처(夫妻)가 이곳에 도착한 것은?"

"백작 내외분이 성에 오신 건 1898년 8월 28일이었습니다. 그리고 같은 해 10월 24일에 남프랑스 지방으로 다시 떠나셨죠."

이제야 폴은 진실을 깨닫게 되었다. 아버지의 살인이 일어난 때는 바로 그해 9월 19일이었던 것이다.

아버지의 죽음을 둘러싼 여러 정황, 그 진실을 속속들이 해명하고 그 진실로부터 파생되어 나온 모든 사실이 단번에 그의 눈앞에 환하게 밝혀지는 느낌이었다. 폴은 아버지가 평소에 당드빌 백작과 친분이 있었다는 사실을 떠올렸다. 추정컨대, 아버지는 아마 알자스 여행 도중 친구가 로렌에 체류하고 있다는 소식을 알게 되었을 것이고, 불시에 방문해서 깜짝 놀라게 해주고 싶었을 것이다. 폴은 오르느캥에서 스트라스부르에 이르는 거리를, 그 거리를 기차 시간으로 환산했을 경우를 어림짐작해보았다.

그리고 이렇게 물었다.

"여기서 국경까지 몇 킬로미터가 되지요?"

"정확히 7킬로미터입니다, 므슈."

"국경선 바로 건너에 자그마한 독일 마을이 하나 있지요?"

"그렇습니다. 에브르쿠르트라고 하지요."

"지름길을 타고 국경선까지 갈 수는 있나요?"

"한 절반 정도 거리는 가능합니다. 정원 꼭대기 오솔길로 통하게 되어 있지요."

"숲을 통과하고요?"

"백작님 소유의 숲이지요."

"그 숲 속에는……."

이제 궁극적인 질문 하나면 완벽하고도 전격적인 확실성에 도달할 수가 있게 된다. 그것도 잡다한 사실들을 이리저리 끼워 맞추고 해석함으로써가 아니라, 그저 있는 그대로의 사실 확인만으로도 너무나 분명해지는 하나의 진실이 바로 코앞까지 다가와 있는 것이다. 단 하나의 결정적인 질문 하나면……. 그 숲 속에 혹시 공터가 있고 거기에 자그마한 예배당이 있는가? 한데 대체 폴 들로즈는 그 질문을 왜 입 밖에 내지 못하고 있는 걸까? 질문 자체가 너무도 딱 부러져서, 혹시라도 이미 이 묘한 질문 공세가 이상하다고 느꼈을 저 성지기로 하여금 이리저리 재고 머리를 굴리도록 만들까 봐 걱정이라도 된다는 말인가?

그 대신 폴은 은근슬쩍 이렇게 내뱉어보았다.

"당드빌 백작부인께서 혹시 이곳 오르느캥에 머무는 두 달여 동안 어디로 여행을 다닌 적은 없었나요? 한 며칠 동안 말입니다."

"천만에요! 백작부인은 잠시도 이곳 영지 밖을 나가본 적이 없었어요."

"아! 그러니까 이곳 정원에서 단 한 발짝도 말이죠?"

"그럼요, 므슈. 백작님이야 매일 오후 내내 마차를 타고 코르비나 계곡 쪽을 다녀오시곤 했지만, 부인께서는 정원이나 숲을 벗어난 적이 없답니다."

순간, 폴은 알고 싶었던 바를 정확히 알아냈다. 일단 목적을 달성하자, 그는 제롬 부부가 어찌 생각하든 전혀 개의치 않을 뿐만 아니라, 일견 지리멸렬하게 보였을 질문 공세에 대해 달리 그 어떤 평계도 없이 별채를 횡하니 빠져나왔다.

마음이야 당장에라도 이 조사의 마지막을 직접 확인해보고 싶었지만, 그는 정원의 테두리를 넘어선 수색은 일단 뒤로 미루기로 했다. 지금까지 우연찮게 접한 사실들만으로도 이미 충분하거니와 결정적인 증거를 직접 눈으로 확인하기가 다소 두려운 것인지도 몰랐다.

마침 점심시간도 되었고 해서 그는 엘리자베트와의 불가피한 대면을 받아들이기로 마음먹고 성채 쪽으로 발길을 돌렸다.

한데 살롱에서 그를 맞이한 하녀가, 마님께서 양해를 구하시더라며, 몸이 좀 불편해 방에서 따로 저녁을 드시려 한다는 말을 전해왔다. 폴은 그 심정을 충분히 이해했다. 공연히 자기가 흠모하는 어머니 때문에 남편의 심기를 더욱 상하게 하기 싫었을 것이며, 당분간이라도 혼자 자유롭게 놔두겠다는 생각일 것이다. 아울러 이번 일에 대한 남편의 결정에 온전히 따르겠다는 의사표시일 수도 있을 터…….

결국 폴은 시중을 드는 여러 하인에게 둘러싸인 채 혼자 쓸쓸히 식사를 해야만 했다. 그러면서 이제 이 인생은 실패작이나 다름없으며, 엘리자베트와 자신은 결혼 당일부터 둘 중 그 누구에게도 책임이 없는 일련의 사태로 인해 세상 그 누구도 화해시켜줄 수 없는 철천지원수가 되어버렸다는 강한 느낌이 폐부를 쑤시고 들어오는 것이었다. 솔직히 여자 자체에 대해서는 미운 것도 아니고, 어미의 죄를 덮어씌울 마음도 없었지만, 왠지 그 어미에 그 딸일 거라는 독한 심기가 앙심처럼 부글거리는 것은 어찌할 수가 없었다.

식사를 마친 다음 그는, 자신의 두 눈으로 저주받은 이미지를 실컷 확인하고 옛 기억을 새로운 힘으로 재충전할 겸 초상화가 걸린 방에 들어가 두 시간가량을 혼자 있었다. 저 살인마와의 이처럼 비장한 대면을 그 얼마나 꿈꾸어왔던가!

그는 그림의 세세한 부분까지 샅샅이 훑었다. 날개 편 백조가 형상화된 카메오, 그 틀에 세공된 황금빛 뱀의 똬리와 두 개의 루비, 그리고 어깻죽지에서 나풀거리도록 묘사된 레이스와 입술 모양, 머리 색조, 그리고 얼굴 윤곽까지…….

과연 9월의 어느 저녁에 직접 봤던 바로 그 여자였다. 가만히 보니 액자 한쪽 모서리에는 화가의 서명과 그 아래 카르투슈(꽃무늬로 이루어진 일종의 장식 틀로 그 안에 잠언이나 가문(家紋) 따위를 기입해 넣음—옮긴이)가 부착되어 있었다.

그림은 공개적으로 내걸렸을 것이기에 당연히 이처럼 소박한 제목으로 만족했을 것이었다.

폴은 속으로 중얼거렸다.

'자, 이제 단 몇 분만 있으면 모든 과거사가 부활하는 거야. 죄인을 색출해냈으니, 이제는 범행 장소만 확인하면 되지. 저 숲 속에 예배당이 있기만 하면 완벽한 진실이 밝혀지는 셈이라고.'

그는 의연한 보조(步調)로 바로 그 진실을 향해 전진했다. 더 이상 진실을 외면할 수 없다고 생각하자 오히려 두려움도 많이 가셨다. 그럼에도 불구하고 지금으로부터 16년 전, 아버지가 화를 당했던 그 장소에 이르는 길을 가면서 어찌나 가슴이 두근거리고 모골(毛骨)이 다 송연(竦然)한지!

아까 제롬의 순간적인 제스처만으로도 가는 방향은 이미 점찍어둔 상태였다. 일단 국경선 쪽으로 정원을 가로질러 가다가, 좌측으로 꺾어져 별채 근처를 지나쳐갔다. 숲 언저리에 다다르자, 기나긴 전나무 오솔길이 나타났고, 그리로 들어서서 500여 보를 더 걸어가자 좀 더 좁다란 오솔길 세 개가 갈라져 나타났다. 그중 두 길을 따라가 본 결과 꽉 막힌 덤불숲이 가로놓여 있었고, 나머지 하나 남은 길은 어느 동산 꼭대기에 이르러 다시 좌측 또 다른 전나무 오솔길로 내려가게 되어 있었다.

그 길로 들어서면서 폴은, 겉으로 봐서 무엇이 비슷한지는 모르겠으나, 어쨌든 이 전나무 오솔길이야말로 자신 안의 어떤 무의식적인 기억을 자극하고 있으며, 바로 그 기억이 발걸음을 이끌고 있다는 것을 직감했다.

오솔길은 한참 동안 직선로로 곧장 나아간 뒤, 나무 잎사귀들이 지붕처럼 군집을 이룬 너도밤나무 대수림(大樹林) 속으로 급격한 커브를 이루며 꺾어졌고, 그다음 다시 곧바로 직진해서 마침내 궁륭처럼 어둑한 숲의 지붕이 그 끝을 보일 즈음, 화사하게 쏟아져 들어오며 확 트인 공터를 내리비추는 빛발을 감지할 수 있었다.

솔직히 그 순간 폴의 다리는 불안감으로 사정없이 후들거렸고, 계속 걷기 위해서는 안간힘을 써야만 했다. 과연 저곳이 아버지가 치명적인 일격을 당하신 바로 그 공터일까? 그의 시선이 점점 더 환한 빛으로 들어차는 공간에 접근할수록, 그 같은 생각이 좀 더 확고한 신념으로 깊숙이 자리 잡아갔다. 초상화가 있는 방에서와 마찬가지로 과거가 다시 한번 그의 내부에서, 그의 눈앞에서 현실의 모양새를 띠기 시작하고 있었다!

역시 똑같은 숲 속 공터였다! 주변에 둥그렇게 둘러쳐진 나무들이며, 같은 오솔길들이 비슷비슷한 면적으로 구역을 가르는 가운데, 이끼와 잡초로 가지런히 뒤덮인 공터는 옛날 보았던 바로 그 그림을 연출하고 있었다. 공터의 가장자리를 따라 무성하게 군집을 이룬 나뭇잎들의 변덕스러운 모양새가 하늘을 비스듬히 가리고 있는 모습도 옛날 그대로였다. 그리고……. 그리고 저만치 좌측에 두 개의 삼각 등화대(燈火臺)가 지키고 있는 바로 저 건물. 다름 아닌 바로 그 예배당이었다.

예배당! 지금 젊은이의 대뇌피질 속에 깊숙이 새겨져 있을 복잡한 주름처럼, 작고 낡았으면서 또한 육중해 보이는 예배당 건물 벽 역시 수많은 균열이 수놓아져 있었다. 나무들이야 자라나면서 더욱 방만해지고 형체가 변할 수도 있다. 이 공터의 분위기 또한 지금과는 아주 달라질 수 있으며, 오솔길들이 지금과는 다른 방식으로 서로 얽혀 들 수도 있다. 그래서 자칫 못 알아보고 그냥 지나칠 수도 있을 것이다. 하지만 이것, 화강암과 시멘트로 이루어진 이 단단한 건물만큼은 꿈쩍도 하지 않을 것이다. 벽면을 전체적으로 뒤덮고 있는 저 푸르죽죽한 회색 빛깔을 만들어내려면 적어도 수 세기는 그 자리에 미동도 않고 버텼을 터, 돌 위를 스쳐 지나간 시간의 흔적인 저 녹청빛은 결코 변하지 않을 것이다.

정면 삼각 박공에 먼지가 켜켜이 끼여 있는 장미창(薔薇窓)을 갖춘 저 예배당이야말로 독일 황제가 어느 여인을 데리고 불쑥 모습을 나타냈던 바로 그곳이며, 그로부터 10여 분 후 살인 행각이 벌어졌던 곳이기도 하다.

폴은 천천히 출입문으로 다가갔다. 아버지가 마지막으로 말을 건네주셨던 바로 그곳을 다시 한번 보고 싶었다. 아, 이 애틋한 심정! 아버지와 내가 탔던 자전거가 다소곳이 비를 피하던 저 뒤쪽 지붕 끝자락도 어쩜 저리 그대로일까! 녹슬고 투박한 철물이 부착된 저 나무 문도 그대로이고…….

그는 단 하나뿐인 계단을 올라 문의 걸쇠를 벗겨내고 문짝을 밀었다. 한데 막 안으로 들어서려는 찰나, 문 안 양쪽 어둠 속에 숨어 있던 두 사내가 난데없이 와락 달려드는 것이 아닌가!

그중 하나가 들고 있던 권총을 얼굴 한복판으로 들이댔다. 그야말로 무슨 기적 같은 조화 덕택인지 모르게, 폴은 총구를 분간하자마자 잽싸게 허리를 숙였고, 다짜고짜 발사된 총알을 피할 수 있었다. 그러나 바로 다음 순간 두 번째 총성이 울렸고, 이번에는 이쪽에서 후닥닥 몸을 날려 상대의 무기를 빼앗아버렸다. 그러자 나머지 한 놈이 이제는 칼을 빼 들고 달려드는 것이었다. 폴은 일단 주춤주춤 뒷걸음질로 예배당을 빠져나온 다음, 권총 든 손을 쭉 뻗어 놈들을 겨누며 버럭 외쳤다.

"손 들어!"

그는 상대의 반응을 기다릴 것도 없이 자기도 모르게 그만 방아쇠를 두 차례 당겼다. 딸깍, 딸깍…….

웬일인지 기대했던 요란한 총성 대신 초라한 금속음만 두 번 들렸다. 하지만 그것만으로도 질겁한 두 괴한은 휙 돌아서서 걸음아 날 살려라 도망치는 것이었다.

너무도 갑작스러운 상황에 폴은 잠시 동안 멍하니 서 있었다. 그러고 는 이내 괴한이 도망친 쪽을 향해 다시 한번 부리나케 방아쇠를 당겨보 았다. 물론 소용은 없었다. 원래부터 탄환이 두 알밖에 장전되어 있지 않은 총에선 폭발음 대신 초라한 딸깍 소리만 들리는 것이었다.

폴은 마침내 괴한들이 도망친 방향으로 무작정 달려가기 시작했다. 그러면서 문득, 그 옛날 예배당에서 나오자마자 황제 일행이 황망하게 사라져간 길 역시 바로 이 오솔길이라는 사실이 머릿속에 떠올랐다. 틀 림없이 국경선 쪽으로 향한 바로 이 길 말이다!

뒤에서 쫓아오는 것을 깨달은 괴한들은 숲 속으로 파고들기가 무섭게 빽빽이 우거진 나무 사이로 숨어들었다. 하지만 몸놀림이 한 수 빠른 폴은 재빨리 상대를 앞질러서, 저들이 무턱대고 나무딸기와 고사리로 뒤엉킨 덤불숲에 뛰어드는 동안, 그곳을 우회해 달려가고 있었다.

별안간 둘 중 하나가 날카로운 휘파람 소리를 냈다. 혹시 어딘가에 또 있을 패거리를 향한 신호일까? 잠시 후, 괴한들은 무척이나 빽빽한 관목 숲이 줄지어 있는 너머로 사라졌다. 폴 역시 그곳을 뛰어넘자, 한 100여 보 전방에 전체 숲을 사방에서 가로막은 깎아지른 장벽이 눈에 들어왔다. 괴한들은 저만치 헐레벌떡 도망치고 있었고, 그 장벽의 어느 한 부분에 조그맣게 나 있는 쪽문을 향해 뒤도 안 돌아보고 줄행랑을 치고 있었다.

폴은 놈들이 문을 열기 전에 그곳에 닿기 위해 달음박질에 박차를 가했다. 바야흐로 평지가 드러나자 폴은 훨씬 속도를 낼 수 있었고, 반면 괴한들은 눈에 띄게 지쳐서 점점 뜀박질이 둔해지고 있었다.

"이놈들, 이제 잡혔다! 반드시 밝혀내고야 말겠어!"

폴은 달리면서 고래고래 고함을 질러댔다.

순간 두 번째 휘파람 소리와 더불어 목이 멘 외침 소리가 들려왔다. 이제 저들과의 거리는 기껏해야 30여 보를 넘지 않았고, 둘이 서로 주고받는 말소리도 식별할 수 있었다.

"잡았어! 잡았다고!"

점점 신이 나는 폴의 입에서는 같은 말이 연신 내뱉어지고 있었다.

그러면서 둘 중 한 놈은 총신으로 얼굴을 후려치고 다른 놈은 목덜미를 휘감아 내동댕이치리라 잔뜩 벼르는 것이었다.

하지만 괴한들이 장벽에 미처 이르기도 전, 저쪽에서 쪽문이 반짝 열리는 것이 아닌가! 제3의 인물이 살짝 고개를 내밀며 퇴로를 터주고 있었다.

폴은 내친김에 권총을 있는 힘껏 던지고는 사력을 다해 냅다 달려들어, 도로 닫히기 직전의 문짝을 부여잡고 와락 잡아당기는 데 성공했다.

그러나 문이 열린 저편이 언뜻 보이는가 싶더니, 별안간 폴은 화들짝 놀라 주춤 뒤로 물러서면서, 전혀 예기치 못한 도발에 어떻게 대처해야 할지 갈피를 잡을 수가 없었다. 아! 끔찍한 악몽! 그렇다, 과연 이것이 악몽이 아니고 뭐란 말인가! 제3의 인물이 단도를 어깨 높이 치켜들고 쇄도해오는데……. 폴이 익히 알고 있는 그 얼굴, 옛날에 보았던 바로 그 얼굴이긴 하나, 이번엔 분명 여자가 아닌 남자의 얼굴이 아닌가! 누가 뭐라 해도 그때 그 여자의 얼굴과 너무도 유사한 인상이었다! 비록 16년 남짓한 세월이 훑고 지나가서 여기저기 세월의 흔적이 묻어 있고, 그때보다 더욱 사악하고 호된 표정으로 무장되어 있지만, 같은 얼굴, 같은 유의 인상임엔 틀림없는 것이었다!

지금은 죽었지만 그 옛날 여자가 아버지를 내리쳤던 것과 똑같이, 이번엔 남자가 그 아들을 매섭게 내리쳐 버렸다.

폴 들로즈는 형편없이 휘청거렸지만, 그것은 차라리 이 난데없는 유령의 출현에 온 신경이 흔들릴 정도로 충격을 받았기 때문이었다. 정작 적의 칼끝은 윗도리의 견장 쇠 단추에 강하게 부딪치면서 칼날 전체가 산산조각 나버렸던 것이다. 일순 눈앞에 안개가 낀 것처럼 가물가물해지면서 폴의 먹먹한 귓가에는 문이 닫히는 소리와 함께 열쇠 돌아가는 소리, 그리고 자동차에 시동 걸리는 소리가 장벽 저 너머로 어렴풋이 들려오고 있었다. 가까스로 정신을 차린 그의 앞에 뭔가 할 수 있는 일이라곤 아무것도 남아 있지 않았다. 두 괴한도, 제3의 인물도 허망하게 사정권을 벗어나버린 것이다.

일단 옛날에 보았던 미지의 인물과 방금 보았던 제3의 인물 사이의 수수께끼 같은 유사점에 도무지 정신을 차릴 수가 없었다. 오로지 머릿속에선 단 하나의 생각만이 소용돌이치고 있었다.

'당드빌 백작부인은 분명 죽었어. 한데 지금 그 여자는 남자의 모습으로 둔갑을 하고 되살아난 거야. 오늘날까지 살아 있으면 꼭 그랬을 것 같은 얼굴을 하고 말이야. 혹시 친척일까? 아니면 쌍둥이 남매?'

얼마 안 있어 그의 생각은 걷잡을 수 없게 뻗어나갔다.

'아냐, 혹시 내가 착각한 것은 아닐까? 하긴 그동안 겪은 흉흉한 경험으로 보자면, 지금쯤 공연한 환영(幻影)에 시달릴 만도 해. 그때 일과 방금 이 일 사이에 일말의 연관성이 있다고 누가 장담하겠는가? 무엇보다 증거가 필요해.'

한데 바로 그 증거는 폴의 손길을 고스란히 기다리고 있었고, 너무도 강력한 증거라서 더 이상의 우유부단한 상념에 시달릴 여지도 없었다.

풀밭 위에서 부서진 단도를 발견한 그는 그중에서도 손잡이를 집어 들었다.

뼈로 만들어진 단도의 손잡이에는 달군 쇠로 새긴 듯한 글자가 이렇게 드러나 있었던 것이다.

H. E. R. M.

'H. E. R. M.'이라……. 이것은 필시 에르민(Hermine)의 처음 네 글자가 아니던가!

그가 그렇게 엄청난 의미를 지닌 네 개의 글자를 골똘히 바라보고 있는데—폴은 나중까지도 그 일을 결코 잊을 수가 없었다—어느 한순간,

인근 성당의 종소리가 아주 괴이한 방식으로 울리기 시작하는 것이 아닌가! 더없이 규칙적이면서 지극히 단조롭게, 끊이지 않고 경쾌하면서도 동시에 사무치게…….

딩, 딩, 딩…….

"경종(警鐘)이로군."

폴은 별다른 생각 없이 그렇게 중얼거렸다.

그리고 또다시 이렇게 덧붙였다.

"어디선가 불이라도 난 모양이야."

한 10여 분쯤 걸렸을까, 마침내 폴은 휘늘어진 나뭇가지들을 이용해서 장벽을 건너뛰는 데 성공했다. 또 다른 숲이 펼쳐져 있었고, 그 가운데로 삼림 도로가 이어져 있었다. 그는 자동차가 지나간 자국을 따라 한 시간여를 걸은 끝에 국경선에 당도할 수 있었다.

독일 헌병대의 초소가 푯말 아래 설치되어 있었고, 새하얗게 뻗어나간 도로 위에 도열한 일군의 창기병들이 시야에 들어왔다.

그리고 그 너머, 빨간색 지붕들과 정원들이 옹기종기 모여 있는 광경도 드러났다. 바로 저곳이 그 옛날 아버지와 아들이 도란도란 자전거를 빌려 타고 길을 떠났던 그 작은 도시, 에브르쿠르트란 말인가!

아까부터 들려오던 우수 어린 종소리는 아직도 들리고 있었다. 보아하니 종소리는 프랑스 쪽에서 들려오는 것 같았는데, 좀 더 귀를 기울이자 또 다른 종소리가 역시 같은 쪽에서 들리고 있었고, 제3의 종소리마저 이번엔 리즈롱 계곡 쪽에서 솟아오르고 있었다. 그러고 보니, 세 군데에서 들려오는 타종 소리가, 마치 주변의 사람들을 간절하게 불러 모으려는 듯, 연달아서 들려오는 것이었다.

폴은 걱정스러운 표정으로 중얼거렸다.

"경종이야. 경종……. 성당에서 성당으로 소리가 퍼져나가고 있어.

결정판 아르센 뤼팽 전집

그렇다면 결국?"

하지만 그는 이내 불안한 생각을 떨쳐버렸다. 아니야, 그럴 리가 없어. 잘못 들은 걸 거야! 아마 한 군데서 솟아오른 종소리가 계곡에 부딪치면서 들판으로 퍼져나오고 있는 걸 거야.

하지만 독일의 소도시로부터 뻗어나온 새하얀 길을 물끄러미 바라보는 그의 시야에는, 이미 꾸역꾸역 몰려드는 기병대가 평야 지대로 일사불란하게 퍼져나가는 광경이 포착되었다. 그런가 하면 저만치 언덕의 능선을 따라 프랑스 용기병(龍騎兵) 분견대가 불쑥 솟아오르는 것이 목격되었다. 그중 장교인 듯한 사내는 쌍안경을 들고 지평선을 훑어보더니 부하들과 함께 어디론가 발길을 옮기고 있었다.

결국 더 앞으로 나아갈 수도 없는 상황이라, 폴은 다시 장벽까지 돌아갔고, 그제야 그것이 숲이며 정원을 포함한 영지 전부를 둘러싸다시피 하고 있다는 것을 깨달았다. 어느 늙은 농부의 말에 의하면 그 장벽이 세워진 지는 거의 10여 년 전이라는 것이었다. 폴이 국경선을 따라 아무리 조사를 하고 다녀도 예배당의 위치를 파악할 수 없었던 것은 바로 그 때문인 셈이었다. 그러고 보니 딱 한 번, 누군가 어느 폐쇄된 사유지 안에 예배당이 하나 있긴 있다고 귀띔을 해준 것이 퍼뜩 기억나긴 했다. 그런 것을 어찌 신경이나 썼겠는가?

아무튼 그렇게 장벽을 따라 걷다 보니 오르느캥의 작은 촌락 가까이 접근하게 되었는데, 그곳 성당은 숲이 우거진 한복판에 형성된 부지(敷地)에 자리 잡고 있었다. 좀 전부터 잠잠하던 종소리가 그 순간 또다시 청명하게 울리기 시작했다. 오르느캥 촌락을 대표하는 종소리였다. 어딘지 가냘프면서도 호소하듯 처절하게 들리는 그 소리는 가볍고도 다급한 울림을 발하고 있었는데, 왠지 죽은 자를 기리는 조종(弔鐘) 소리보다 더 엄숙하게 느껴졌다.

폴은 천천히 종소리가 나는 곳으로 다가갔다.

제라늄과 데이지 꽃이 만발한 자그마한 마을은 바로 그 성당을 중심으로 밀집되어 있었다. 면사무소에 설치된 게시판 앞에는 하나같이 굳게 입을 다문 사람들이 모여 있었다.

폴은 그곳을 비집고 들어가 벽보를 읽어보았다.

　동원령

만약 인생의 다른 시기였다면, 그 글귀 자체가 일단 무시무시하고 음울한 의미로 다가왔을 것이다. 하지만 이미 경험한 엄청난 충격 때문인지, 그 정도로는 별로 감정적 동요조차 느끼지 않게 되어버렸다. 심지어는 그와 같은 소식이 필연적으로 어떤 결과를 낳는지에 거의 신경조차 쓰지 않을 정도였다. 동원령이라고? 마음대로 하라지. 동원령은 당일 밤 자정부터 발효된다고 했다. 그렇군, 모두들 떠나야겠지. 이 몸 역시 그렇게 떠나면 그뿐. 폴에게 그것은 어떤 절대적인 행동을 의미하는 것으로 다가왔으며, 모든 소소한 개인적 욕구와 책임 위에 군림하는 더 큰 규모의 의무로 인식되었다. 그 앞에서 폴은 오히려 편안함을 느꼈으며, 외부로부터 주어지는 행동 지침을 그대로 받아들이는 데에서 진정한 안정감을 맛보았다. 그야말로 그 어떤 주저함도 사전에 차단되어 있는 셈이다.

해야 할 의무는 단 하나, 떠나는 것!

떠난다고? 이왕 그럴 바엔 지금 당장이 아닐 이유가 무엇이겠는가? 성에 돌아가서 무엇하며, 엘리자베트를 만나 고통스럽고 허망할 뿐인 변명거리를 애써 찾아 무엇하겠는가? 여자가 청하지도 않은 용서를 해주든 말든, 어쨌든 그 여자는 에르민 당드빌의 딸이 아니던가? 원수의 여식을 그 무엇으로 이해하고 받아들일 수 있겠는가 말이다!

마을에서 가장 큰 여관 앞에는 이런 팻말을 단 승합마차가 대기하고 있었다.

코르비니-오르느캥 기차역 수송 업무

벌써부터 몇몇 사람이 자리를 차지하고 있었다. 사태가 어떻게 제멋대로 흘러갈지는 전혀 염두에 두지 않은 채, 그는 훌쩍 마차 위에 올랐다.

코르비니 역에 도착하자, 기차는 30분 후에야 출발할 것이며, 주요 노선 급행열차와 환승(換乘)하게 되어 있는 밤차는 취소되었다는 안내가 나왔다.

일단 폴은 좌석을 예약한 뒤, 필요한 정보를 챙겨서 마을로 되돌아왔다. 거기서 그는 두 대의 자동차를 구비한 대여 사무실을 찾았다.

폴은 둘 중 좀 더 덩치가 큰 차를 골라, 지체 없이 오르느캥 성의 마담 폴 들로즈의 수중으로 넘기도록 조치했다.

그는 아내 앞으로 이런 편지를 남겼다.

엘리자베트,
상황이 워낙 심각한지라 아무래도 당신이 이곳 오르느캥을 떠나야 할 것 같소. 철도로 여행을 하는 건 더 이상 안전하지가 못해, 여기 자동차 한 대를 보낼 테니, 오늘 밤 내로 쇼몽의 고모 댁으로 피신하도록 하오. 하인들도 함께 갔으면 하며, 아직도 내게는 가능성이 없어 보이지만, 만에 하나 전쟁이 일어난다면, 제롬과 로잘리 역시 성을 폐쇄하고 즉각 코르비니로 피난을 해야 할 것이오.

나는 내 소속 부대로 복귀할 생각이오. 우리 앞의 미래가 어떤 식으로 펼쳐질지 모르나, 엘리자베트, 나는 결코 내 배필, 나와 같은 성(姓)을 지닌 여인을 잊지 않을 것이오.

P. 들로즈

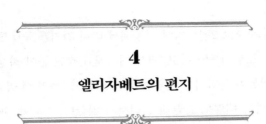

4
엘리자베트의 편지

오전 9시, 더 이상 진지를 사수하기는 어려웠다. 대령은 노발대발했다.

사정인즉슨 이러했다. 한밤중이 되면서—전쟁 발발 첫 달인 8월 22일에 있었던 일이다—그는 자신의 연대를 세 개의 길이 만나는 교차로로 이동시켰는데, 그중 한 길은 벨기에 쪽 룩셈부르크로 통해 있었다. 전날, 대략 12킬로미터에 이르는 국경 철도가 적의 수중에 넘어간 상태였다. 사단(師團)을 총지휘하는 장군의 공식 명령이, 어떻게든 정오까지는 그곳을 사수해야 한다는 것이었다. 다시 말해서 사단 병력 전원이 집결할 때까지는 말이다. 75밀리 포병 중대가 뒤를 받쳐주고 있었다.

대령은 병정들을 참호 속에 배치했다. 포병대 역시 철저하게 엄폐 상태를 유지하고 있었다. 그러나 동틀 녘이 되자 어떻게 알아냈는지, 보병과 포병 모두의 위치를 간파한 적의 엄청난 포화 세례가 개시되는 것이었다.

부대는 우측으로 2킬로미터 이동해서 다시 진지를 구축했다. 그러나 다시 5분 후 포탄이 날아왔고, 병사 대여섯과 장교 둘이 희생당했다.

또다시 이동이 불가피한 상황이었다. 10분 후 두 번째 공격이 시작되었다. 이번에는 대령도 끝끝내 물러서지 않았다. 그렇게 한 시간이 지나자, 30여 명의 사상자가 나고 대포 한 문(門)이 파괴되었다.

아직 오전 9시밖에 안 된 상황이 그랬던 것이다.

마침내 대령이 이를 갈며 소리쳤다.

"빌어먹을! 대체 어떻게 우리 위치를 파악한 거야? 무슨 요술이라도 부린 건가?"

그는 다른 지휘관들과 포병 중대장, 그 밖에 몇몇 연락병과 더불어 기복이 다소 있는 제법 너른 고지대 밑의 비탈에 숨어들었다. 그로부터 멀지 않은 좌측에는 버려진 마을이 하나 있었고, 전방으로는 드문드문 농장들이 펼쳐져 있었는데, 황량한 전경 어디에도 일단 적의 모습은 보이지 않았다. 도무지 어디로부터 포탄이 날아오는 것인지 알 수가 없었다. 75밀리 포병 중대 역시 임의로 이곳저곳을 쑤셔보았지만 소용이 없었고, 적의 포격은 계속되었다.

"앞으로도 세 시간은 버텨야 하는데. 어떻게든 버티기야 하겠지만, 그땐 우리 병력 4분의 1이 결딴나고 말 거야."

대령이 으르렁대는 순간, 포탄 한 개가 장교들과 연락병들 사이를 비집고 떨어져 그대로 땅속에 처박혔다. 일순, 모두들 흠칫 뒤로 물러났고, 떨어진 포탄이 터지기만을 기다렸다. 한데 별안간 하사 한 명이 달려들더니 포탄을 집어 들고 이리저리 살피는 것이었다.

"미쳤나, 하사! 어서 내려놓고 튀어!"

대령이 기겁을 하며 소리치자, 하사는 구덩이 속에 얌전히 포탄을 내려놓더니, 부랴부랴 대령 앞으로 다가와 발뒤꿈치를 단정하게 모으고 군모에 척 손날을 갖다 대며 경례를 했다.

"죄송합니다, 대령님! 포탄으로 미루어봐서 적의 위치가 어느 정도 떨어져 있나 알아내려고 했을 뿐입니다. 5킬로미터 250미터입니다. 아마 유용한 정보일 것입니다."

침착한 하사의 태도에 대령은 일단 안심은 했지만, 그래도 호통을 쳤다.

"맙소사! 만약 터졌다면 어쩌려고 했나?"

"상관없습니다, 대령님! 자고로 위험을 무릅쓰지 않으면…….."

"그야 물론이지만……. 좀 과한 짓이었네. 자네 이름이 뭔가?"

"제3중대 하사, 폴 들로즈입니다."

"좋아, 들로즈 하사. 자네 용기 하나는 치하할 만하군그래. 중사 계급장이 멀지 않았어. 그러나 일단 명심하게. 다시는 그런 짓은 하지…….."

그러나 대령의 훈계는 바로 근처에 떨어진 유산탄(榴散彈)의 폭발로 중단되고 말았다. 연락병 중 한 명이 파편에 가슴팍을 맞아 쓰러졌고, 장교 한 명은 흙더미를 뒤집어쓴 채 비틀거렸다.

대령은 대충 사태를 수습한 뒤 외쳤다.

"자, 무조건 고개를 수그리고 버틸 수밖에 없다. 각자 알아서 몸을 숨기도록."

그러자 대뜸 폴 들로즈가 다시 앞으로 나섰다.

"대령님, 제가 참견할 일은 아닙니다만, 잘하면 피할 수도 있을 것으로 여겨집니다…….."

"이 집중포화를 피한단 말인가? 제기랄! 그래봤자 자리를 한 번 더 이동하는 것밖에 방법이 없다. 하지만 곧바로 들키고 말 거야. 자, 잔말 말고 귀관의 위치로!"

하지만 폴은 물러나지 않았다.

"대령님, 우리의 위치를 바꾸기보다는 적의 조준을 바꾸는 겁니다."

"오호! 그래, 무슨 좋은 수라도 있단 말인가?"

대령은 다소 빈정대는 투로 말했지만 폴의 침착한 태도에 적잖이 흔들리는 눈치였다.

"그렇습니다, 대령님."

"어디 설명해보게."

"대령님, 저에게 20분만 주십시오. 그러면 20분 후 적의 포격 방향에 변화가 있을 것입니다."

대령은 도저히 웃지 않을 수가 없었다.

"그거 솔깃한걸! 그래, 자네가 원하는 방향으로 적의 포화를 돌릴 수 있단 말이지?"

"그렇습니다, 대령님."

"이를테면 저기 저 우측으로 150여 미터 떨어진 무밭으로 말이지?"

"그렇습니다, 대령님."

옆에서 얘기를 듣고 있던 포병 중대장도 이참에 농담조로 한마디 끼어들었다.

"이보게, 하사. 나도 방향쯤은 대충 어디인지 알지만……. 자네가 아까 선뜻 거리를 말해줬으니, 이왕 그 방향마저 정확히 짚어줄 수 있겠나? 내가 우리 포로 저 독일 놈들 대포를 못 쓰게 만들어버리게 말이네."

"그건 시간도 오래 걸리고 좀 더 어려운 일입니다, 대위님. 하지만 한 번 해보지요. 11시 정각에 국경 쪽으로 지평선을 잘 살펴보십시오. 거기서 제가 신호를 보내겠습니다."

"신호라니, 어떻게 말인가?"

"글쎄요, 신호탄을 세 차례 쏘아 올리죠."

"하지만 적진 바로 위에서 쏘아 올리지 않으면 별 소용이 없을 텐데."

"그야 물론이지요."

"그러려면 그곳 위치를 알아야 할 텐데."

"알아낼 겁니다."

"그곳에 직접 가서 말인가?"

"직접 가서 말이지요."

그렇게 던지듯 말한 뒤, 폴은 장교들이 말리거나 허락할 틈도 주지 않고 경례를 붙인 뒤, 그 자리에서 핑그르르 돌아 쏜살같이 비탈을 가로질러 좌측 숲 속의 가시덤불 우거진 움푹한 길로 접어들더니 금세 모습을 감췄다.

대령은 고개를 설레설레 저으며 중얼거렸다.

"괴짜로군. 대체 어쩌자는 건지……."

사실 젊은 하사의 예기치 않은 결단과 대범함이 대령으로선 싫지 않았다. 비록 그 호언장담의 현실적인 성과에 그리 무게를 둔 것은 아니었지만, 그래도 보잘것없는 건초 더미 뒤에서 장교들과 웅크리고 있는 동안 대령은 몇 번이나 시계를 들여다보지 않을 수가 없었다. 아울러 절체절명의 시간 중에도 대령은 한 부대의 장(長)으로서 자신에게 닥칠 위험이 아닌, 자식처럼 애지중지하는 부하들에게 닥칠 위험만을 생각하고 있었다.

그는 자기를 중심으로 잡목들의 그루터기마다 흩어진 채, 배낭으로 머리를 덮거나 덤불 속에 웅크리거나, 그것도 아니면 아예 구덩이 속에 잔뜩 엎드려 있는 장병들을 측은한 눈길로 더듬었다. 우박처럼 쏟아져 내리는 포탄 세례가 바로 저들을 노리고 악착같이 기승을 부리고 있는 것이다. 마치 마지막 청소를 서둘러 끝내려고 아등바등 달려드는 기분이었다. 여기저기서 병사들의 몸뚱어리가 솟구쳐 올랐다가 핑그르르 돌며 땅에 곤두박질쳤고, 부상자들의 울부짖음과 심지어 농담까지 주고받으며 서로 목이 터져라 고함을 쳐대는 병사들의 외침 소리가 글자 그대로 아수라장을 방불케 했다. 다시금 모두의 머리 위로 사정없이 작렬하는 포성(砲聲)의 행진…….

그러다가 어느 순간, 갑작스러운 적막이 자리 잡았다. 어쩌다 잠깐의 적막이 아니라, 지상이건 하늘이건 결정적으로 잠잠한, 일종의 해방과도 같은 적막이었다. 대령은 웃음을 터뜨리며 쾌재를 불러댔다.

"세상에! 들로즈 하사 그 친구 정말 억센 친구로군그래! 결국 터무니없게도 무밭이 이번엔 싹쓸이될 차례인가 봐. 약속했던 그대로 말이야!"

아니나 다를까, 말을 마치기가 무섭게, 포탄 한 발이 150여 미터 우측, 무밭보다 조금 더 앞쪽으로 떨어지는 것이 아닌가! 두 번째 포탄은 그보다 더 멀리 떨어졌고, 세 번째에 와서는 조준이 정확히 되었는지, 무밭 위로 정확한 집중포화가 시작되는 것이었다.

하사가 성취해낸 일은 아무리 봐도 워낙 기적적인 데다 수학적 엄밀성까지 갖춰졌는지라, 대령 이하 모든 장교는 이번에는 진짜 만만치 않은 장애에도 불구하고 하사의 다음 약속, 즉 신호탄 쏘아 올리기마저 성공적으로 이뤄지지 않을까 다들 기대하는 분위기였다.

모두들 지체 없이 쌍안경을 들이대고 지평선을 훑기 시작했고, 그러는 가운데에도 무밭 포격은 더욱더 기승을 부려만 갔다.

오전 11시 5분, 역시 붉은 신호탄 한 방이 하늘로 치솟는 것이 시야에 들어왔다.

다들 어림잡았던 곳보다 훨씬 오른쪽이었다.

잠시 후, 두 발이 연속해서 솟구쳤음은 물론이다.

망원경을 들여다보던 포병 중대장의 시야에는, 평지의 기복 사이로

움푹 들어간 계곡에서 거의 보일 듯 말 듯 솟아오른 성당의 종탑이 가물거리고 있었다. 종탑이라고 해봐야 그 뾰족한 꼭대기가 거의 분간 못할 정도로 초라했기에, 누가 봐도 무슨 외딴 나무 한 그루 정도로밖에 생각지 못할 형편이었다. 지도를 대조해본 결과, 종탑 위치가 브뤼무아라는 마을과 일치하는 것을 어렵지 않게 확인할 수 있었다.

아까 하사가 직접 조사한 포탄을 통해 독일 포병대의 정확한 거리 역시 확인된 이상, 더 이상 지체할 필요가 없었고, 대위는 곧장 부관에게 전화를 걸었다.

30분 후, 독일 포병대가 일순 잠잠해졌고, 네 번째 신호탄이 솟아오르자마자 75밀리 포병 중대가 성당은 물론, 마을과 그 인접 지역을 향해 일제사격을 감행하기 시작했다. 정오 조금 못 미쳐서, 사단 병력을 앞서갔던 자전거 부대가 합류해왔다. 그리고 즉시 전속력으로 진격하라는 명령이 하달되었다.

부대는 일제히 총격을 개시하며 일사천리로 브뤼무아로 전진해갔고, 적의 후위대(後衛隊)는 점점 후퇴를 거듭했다.

폐허가 되다시피 한 마을 안에는 아직도 몇몇 가옥이 불타고 있었고, 시체며 부상자며 죽어 나자빠진 말이며, 망가져 못 쓰게 된 대포, 뒤집어진 탄약 수송차 및 기타 화물 운반 차량이 즐비한 것이, 더없이 처참한 아수라장을 방불케 하고 있었다. 일부가 이미 퇴각하고 남은 1개 여단 규모의 병력이 막 철수할 즈음에 진격이 이루어져 혼란은 더더욱 극에 달했다.

한데 중앙 홀과 전면 벽이 허물어져 형체를 알아보기 힘들 만큼 부서져버린 성당 꼭대기로부터 누군가의 외침 소리가 들리는 것이었다. 채광창이 있는 종탑 하나만이 몇몇 들보에 옮겨붙은 화재로 시커멓게 그을린 채, 기적같이 균형을 유지하며 꼭대기의 가느다란 석조 첨탑을 지탱하고 있었다. 바로 그 첨탑 밖으로 농부 차림의 사내가 반쯤 매달리다시피 한 채, 결사적으로 팔을 흔들며 죽어라 소리치고 있었다.

장교들이 알아본 결과 분명 폴 들로즈였다.

병사들이 조심조심 폐허 잔해를 헤치며 종탑의 평평한 부분까지 이르는 계단을 올라갔다. 살펴보니 첨탑에 난 쪽문 앞에는 무려 여덟 명에 이르는 독일군 병사가 쓰러져 있었고, 무너진 문짝은 그 너머에 가로놓여서 그것을 도끼로 부수고 나서야 폴을 밖으로 끄집어낼 수 있었다.

오후가 저물 즈음, 더 이상의 추격은 좀 더 심각한 저항에 부닥칠 것이라는 판단하에, 비로소 대령은 마을 광장에 부대원을 소집한 가운데 들로즈 하사를 뜨겁게 포옹하며 말했다.

"우선 귀관의 공을 높이 치하하네. 귀관의 공에 어울리는 전공(戰功) 훈장을 신청해놓겠네. 자, 젊은이, 이제 어디 한번 얘기나 들어볼까."

어느새 장교들과 여러 부대의 상관들에게 둘러싸인 채, 폴은 질문에 또박또박 대답을 늘어놓기 시작했다.

"간단합니다, 대령님. 우리는 그동안 염탐을 당해오고 있었던 겁니다."

"역시 그랬군. 그래 첩자는 누구이고, 지금 어디에 있나?"

"대령님, 저 역시 아주 우연한 기회에 알게 된 겁니다만, 오늘 아침 우리가 거점으로 삼고 있던 진지 근처, 좌측으로 성당이 한 채 있는 마을이 있었지요?"

"그랬지. 하지만 그곳에 도착 즉시 마을의 모든 주민을 철수시켰기 때문에, 거긴 텅 빈 걸로 아는데."

"만약 사람 하나 없이 텅 비어 있었다면, 종탑 꼭대기의 수탉이 서풍이 불어옴에도 불구하고 어떻게 동쪽을 가리키고 있었을까요? 게다가 우리의 위치가 달라질 때마다 왜 수탉이 우리 쪽을 향했을까요?"

"아니 정말 그랬단 말인가?"

"그렇습니다, 대령님. 그래서 허락을 받자마자 저는 즉시 그 성당으로 접근해, 쥐도 새도 모르게 안으로 잠입해 들어갔답니다. 역시 제 추측이 틀리지 않았더군요. 웬 수상한 사내가 있었답니다. 물론 격투 끝에 제압했고요."

"나쁜 놈! 프랑스인이던가?"

"아닙니다. 농부로 변장한 독일인이었습니다."

"놈은 사형감이다."

"아뇨! 아닙니다! 제가 목숨을 구해주겠다고 약속했습니다."

"그럴 순 없지!"

"대령님, 일단 놈이 어떤 식으로 적과 교신을 취했는지를 알아내야 했습니다."

"그랬더니?"

"오, 아주 간단했습니다. 성당의 북쪽 벽면에 대형 시계가 설치되어 있는데, 우리 쪽에서는 보이지가 않았죠. 그 안에서 놈은 큰바늘을 작동시켜서 3시와 4시를 번갈아 가리키며 성당으로부터 우리가 이동하는 곳까지의 거리를 알려준 것입니다. 물론 수탉이 가리키는 방향과 함께요. 결국 저 역시 같은 방법으로 거짓 정보를 흘려줬고, 적은 그대로 따라서 조준 방향을 수정한 다음, 아시다시피 무밭에다 전격적인 사격을 감행했던 겁니다."

"그랬구먼, 그랬어."

대령은 함박웃음을 지으며 고개를 끄덕였다.

"이제 남은 일은 이쪽으로부터 신호를 받아 챙긴 제2의 관측소로 이동하는 것이었습니다. 결정적으로 적의 포병대가 어디에 숨었는지에 대해서는 그 첩자도 모르고 있었는데, 일단 문제의 관측소로 가면 알 수 있다는 계산이었죠. 저는 지체 없이 이리로 달려왔고, 오자마자 관측소 역할을 하는 바로 이 성당 발치에 적의 포병대뿐만 아니라 독일 여단 전체가 진을 치고 있다는 걸 확인하게 된 것입니다."

"하지만 정말이지 무모한 짓이었군그래! 귀관을 향해 발포라도 했으면 어떡할 뻔했는가?"

"대령님, 그럴 걱정은 없었던 게, 저는 미리 저들의 첩자가 입었던 농부 복장을 하고 있었거든요. 저는 독일어를 할 줄 아는 데다 암호가 무엇인지도 알고 있었답니다. 게다가 첩자의 얼굴을 아는 사람은 그쪽에서도 관측장교 단 한 명밖에 없었습니다. 저는 그곳 여단장을 만나 방금 프랑스인한테 정체가 발각되어 가까스로 도망쳐오는 길이라고 둘러댔죠. 그랬더니 저를 곧장 그 관측장교가 있는 데로 데려다 주더군요."

"그거 대단한 배짱이었군그래."

"어쩔 도리가 없었습니다. 게다가 모든 유리한 조건은 제 쪽에 있었거든요. 관측장교는 일단 제 복장만 보고 아무것도 의심하지 않는 눈치였습니다. 성당 종탑에 올라가자 그는 저에게 다른 지시 사항들을 전달해주었는데, 그자마저 적당한 기회를 봐서 일거에 조용히 제압해버렸지요. 그걸로 일단 모든 작전은 성공한 셈이었습니다. 이제 남은 일은 약속한 대로 신호탄을 쏘아 올리는 것이었지요."

"문제는 바로 그것일세! 6000~7000명이나 되는 적군 한가운데서 말이야!"

"약속은 약속이니까요, 대령님. 그때 시각이 11시였습니다. 그곳 종탑의 전망대를 보니까 마침 주야간으로 신호탄을 쏘아 올릴 수 있는 모든 도구가 갖춰져 있더군요. 저로선 고맙게 접수할 수밖에요. 일단 하나를 쏘아 올렸고, 이어서 두 번째, 세 번째, 그리고 네 번째 신호탄을 연속으로 쏘아 올렸답니다. 그러고는 곧장 교전이 시작되었고요."

"하지만 그 신호탄을 쏘아 올림으로써 귀관이 있던 종탑을 향해 우리 포병대가 조준을 하지 않았는가 말이야! 결국 자네를 향해 포탄을 퍼부은 꼴이라고!"

"대령님, 솔직히 그땐 그런 생각을 미처 하지 못했습니다. 첫 포탄이 성당에 명중했을 때 오히려 저는 환영하는 기분이었으니까요. 게다가 적에게 둘러싸여 있다 보니 그런 계산을 할 여유가 없었답니다! 신호탄이 올라가자마자 대여섯 명이 종탑에 이르는 계단을 뛰어 올라왔거든요. 일단 제가 가진 권총으로 모두 쓰러뜨렸지만, 2차, 3차로 계속해서 적이 쇄도해오는 것이었습니다. 하는 수 없이 첨탑 울타리로 통하는 문 위로 피신하지 않을 수 없었지요. 다행히 먼저 제압해버린 적군으로부터 탈취한 무기와 탄약이 확보되어 있는 데다 놈들이 부서뜨린 문짝이 오히려 방책 역할을 해주는 바람에, 너끈히 버틸 수가 있었답니다."

"우리의 75밀리 포병 중대가 자네를 포격하는 동안 말이지."

"75밀리 포병 중대가 저를 해방시키는 동안 말이죠, 대령님. 왜냐면 한번 포격을 당하자, 종탑으로 오르기는커녕 골조까지 화염에 휩싸인 성당 안에 누구도 감히 범접하려 들지 않았으니까요. 결국 아군이 도착할 때까지 꾹 참고 기다리기만 하면 된 셈이지요."

폴 들로즈는 자신의 활약상을 무척이나 담백하게 풀어놓는 데다, 마치 당연히 해야 할 바를 자연스레 행한 것처럼 얘기했다. 대령은 모든 얘기를 경청한 뒤, 즉석에서 중사 계급으로의 특진을 선언했다.

"자, 내게 더 원하는 바가 있으면 말해보게."

"대령님, 제가 남겨두고 온 첩자를 직접 신문하고, 그곳에 숨겨둔 제복을 다시 찾아오고 싶습니다."

"물론 그래야겠지. 일단 우리와 저녁을 함께 든 후, 자전거를 내줄 테니 다녀오게나."

그렇게 해서 저녁 7시, 폴은 첫 번째 성당으로 돌아왔다. 한데 거기서 그를 기다리고 있는 것은 뒤통수를 때리는 것과 같은 허탈감이었다. 꽁꽁 묶어둔 첩자가 용케 결박을 풀고 달아난 것이었다!

성당은 물론 마을까지 샅샅이 뒤졌지만 아무 소용이 없었다. 다만 첩자를 덮쳤던 계단에서 그리 멀지 않은 장소에 떨어져 있는 단도를 하나 주웠는데, 바로 그자가 찌르려고 덤비다가 흘린 단도였다.

한데 그 단도가 3주 전, 오르느캥 숲의 쪽문 앞에서 산산조각 난 채 뒹굴던 바로 그 단도와 정확히 일치하는 것이 아닌가! 삼각형의 날도 똑같고, 갈색 뿔로 만들어진 손잡이도 같았으며, 특히 표면에 새겨진 네 개의 글자, 'H. E. R. M.'까지 똑같았다.

그렇다면 아버지를 살해한 에르민 당드빌과 꼭 닮은 그때 그자와 이 첩자가 같은 무기를 사용했다는 얘긴데……

다음 날, 폴의 연대가 소속된 사단은 계속되는 공격으로 적을 거꾸러 뜨리며 벨기에로 입성했다. 한데 어쩐 일인지 그날 밤 장군에게 후퇴하라는 작전 지시가 하달되었다.

즉시 퇴각이 시작되었음은 물론이다. 모두가 아쉬워했지만, 특히나 승리로 서전(緖戰)을 장식한 폴의 소속 부대로서는 여간 안타까운 것이 아니었다. 더구나 제3중대의 폴과 그의 동료들은 도저히 울분을 다스릴 수가 없었다. 벨기에에 입성한 다음 반나절을 보내면서 그곳의 초토화된 어느 작은 도시에서 목격한 참상 때문이었다. 무려 80여 구에 달하는 총살당한 아낙네의 시체들과 거꾸로 매달려 죽은 노인네들, 무더기로 목이 졸린 아이들에 이르기까지 독일군에 의해 저질러진 만행이 극에 달했던 것이다. 이런 짐승만도 못한 괴물들을 앞에 두고 하필 이럴 때 퇴각이라니!

연대에 합류한 벨기에 군인들은 그들이 목격한 지옥 같은 참상을 얼굴 표정에 가득 드러낸 채, 인간의 상상을 초월하는 경험담을 대차게 늘어놓았다. 그런데도 후퇴를 해야 하는 것이다! 가슴 가득 증오심을 간직한 채, 복수의 욕망에 부들부들 떠는 손으로 무기를 그러쥐고서 하필 후퇴를 해야만 한다니!

도대체 이유가 무엇인가? 분명 전투에 패했기 때문은 아니었다. 말이 후퇴지, 지극히 질서 정연하게 퇴각을 하고 있으며, 간혹 멈췄다가 불시에 급선회하여 오히려 우왕좌왕하는 적의 콧대를 보기 좋게 혼내주고 있으니 말이다. 하지만 중과부적(衆寡不敵)이라는 말이 딱 들어맞는 상황이었다. 홍수처럼 불어나는 적은 끊임없이 대열을 재정비해왔고, 1000명이 죽어 나자빠지면 곧이어 2000명이 보강되는 형국이었던 것이다. 그러니 후퇴를 할 수밖에…….

그러던 어느 날 저녁, 우연히 손에 들어온 일주일 전 신문을 통해 폴은 이번 퇴각의 이유 중 하나를 알게 되었는데, 그 사정이 여간 곤혹스러운 것이 아니었다. 8월 20일, 도저히 이해할 수 없는 상황에서 몇 시간 동안이나 계속된 포격이 끝난 후, 코르비니가 대규모 공격을 당했다. 한데 상당히 든든한 요새로서 최소한 며칠만이라도 버텨주면 독일군의 좌측면에 대한 아군 측 작전 수행에 대단히 도움이 될 참이었는데, 현실은 여의치 못했던 모양이었다.

결국 코르비니는 허망하게 함락되었고, 폴 자신이 충고했던 대로 제롬과 로잘리도 떠나버렸을 오르느캥 성채는 저 야만인들이 자신들의 파괴 작전에 늘 동원하는 온갖 교묘한 수단을 통해 사정없이 유린되고 약탈당하고 말았다. 그러고는 그쪽 방면으로부터도 광란에 사로잡힌 야만의 무리가 벌 떼처럼 몰려들고 있었던 것이다.

8월의 막바지 음울하기 이를 데 없는 나날은, 그야말로 프랑스가 여태껏 겪어보지 못한 최악의 비극적인 기간이었을 것이다. 이젠 파리가 위태롭게 되었다. 그렇지 않아도 이미 열두 개 도(道)가 침략을 당했고, 이 영웅적인 나라의 방방곡곡으로 죽음의 돌풍이 몰아치는 형국이었다.

이처럼 긴박한 기간 중 어느 날 아침, 폴은 등 뒤에 모여 있던 젊은 병사들 가운데에서 자신을 부르는 한 쾌활한 목소리를 듣게 되었다.

"폴! 폴! 드디어 내가 원하던 데로 왔어요! 정말 다행이야!"

젊은 병사들은 모두 지원병으로 연대에 보충된 병력이었는데, 그중에서 폴은 엘리자베트의 남동생인 베르나르 당드빌의 얼굴을 알아보았다.

순간, 도대체 어떤 태도를 취해야 할지 갈피를 잡을 수가 없었다. 우선 첫 반응은 슬쩍 외면하는 것이었을 텐데, 베르나르가 다짜고짜 두 손을 덥석 붙들고 다정하게 꼭 쥐는 것이었다. 필시 누이와 매형 사이의 결별에 대해서는 까마득히 모르는 것이 분명했다.

그는 환한 얼굴을 하며 이렇게 호들갑을 떨었다.

"역시 맞는군요, 폴! 나예요! 나! 말 좀 편하게 해도 되겠죠? 어때요, 날 보고 꽤 놀란 모양이네. 아마 신의 섭리라도 작용해서 이렇게 만났다고 생각하겠죠? 전혀 예기치 못할 우연으로 말이에요. 하긴 매형과 처남이 하필 같은 연대에 배속되다니! 하지만 그건 아니에요. 내가 특별 청원을 올렸거든요. '저는 군에 자원입대하는 바입니다! 이건 순전히 저의 의무이자 기쁨이랍니다! 저는 최고의 운동선수이자, 모든 체육활동과 군사훈련에서 우수한 평가를 받은 바 있습니다. 따라서 바라건대, 즉시 최전선에 배치되길 바라며, 특히 저의 매형이신 폴 들로즈 하사님이 소속된 연대에 배속받기를 원합니다!' 하고 말이죠. 다들 내 복무 능력을 무시할 수가 없었는지, 지체 없이 이곳으로 보내주더군요. 어, 한데 왜 그래요? 별로 기뻐하는 것 같지 않네요?"

사실 폴의 귀엔 거의 아무 말도 들어오지 않았다. 그저 속으로 이렇게 중얼거릴 뿐.

'에르민 당드빌의 아들놈이야. 지금 내 손을 붙잡고 있는 자가 바로 내 아버지를 죽인 여자의……'

하지만 베르나르의 얼굴이 하도 천진난만한 데다 진실한 쾌활함으로 가득 차 있는지라 겉으로는 이렇게 더듬대고 말았다.

"아, 아닐세. 천만에……. 다만 자넨 너무 어려서!"

"내가요? 이래 봬도 상당히 노숙한 편이라고요! 입대하던 날이 바로 열일곱 살 되던 날인걸요!"

"하지만 아버님은?"

"허락하셨어요. 만약 그러지 않았다면 나 역시 허락 안 했을걸."

"무슨 소리지?"

"아버지도 입대했거든요."

"자네 아버님이 입대를? 그 연세에?"

"왜요? 아주 정정하신걸요. 입대한 날짜로 쉰 살이셨으니까요! 아버진 영국 참모본부에 통역관으로 배속받으셨죠. 보시다시피 결국 전 가족이 군대에 몸담게 된 셈이죠. 아 참! 엘리자베트의 편지를 가지고 있는데……."

폴은 순간 움찔했다. 처남을 보고서도 여태껏 정작 아내의 안부조차 물으려 하지 않다니! 폴은 편지를 건네받으면서 중얼거렸다.

"아, 그런 걸 맡겼구나."

"아뇨, 직접 오르느캥에서 부쳐온 거예요."

"오르느캥에서? 그럴 리가! 엘리자베트는 동원령이 있던 당일 그곳을 떠났을 텐데? 쇼몽에 사는 고모 댁으로 말이야."

"천만에요. 그렇지 않아도 입대하기 전에 거기 가서 인사를 드렸는데, 개전(開戰) 이래로 엘리자베트 소식은 듣지도 못하셨다는걸요. 게다가 여기 이 봉투를 좀 봐요. '폴 들로즈 앞으로. 므슈 당드빌 전교(轉交), 파리…….' 우표도 오르느캥과 코르비니 소인이 찍혀 있잖아요."

폴은 한참을 들여다보더니 이렇게 중얼거렸다.

"그렇군. 우체국 소인에도 8월 18일이라고 날짜가 찍혀 있어. 8월 18일이면……. 바로 다음다음 날인 8월 20일에 코르비니가 독일군에 함락되었지. 결국 엘리자베트가 아직도 성에 있다는 얘기로군."

그러자 베르나르는 펄쩍 뛰며 대꾸했다.

"천만에요! 그건 아니죠. 엘리자베트는 어린애가 아니에요. 설마 국경을 코앞에 둔 곳에서 독일 놈들이 쳐들어오기를 기다리겠어요! 그곳에서 첫 총성이 울리자마자 아마도 성을 떠났을 거예요. 좌우간 편지를 읽어보시면 알 겁니다, 폴."

그러나 폴은 편지의 내용이 무엇일지 도무지 짐작조차 할 수가 없었고, 봉투를 뜯으면서 부르르 몸서리를 쳤다.

분명 엘리자베트의 필체로 이렇게 적혀 있었다.

　폴,

　도저히 저는 이곳 오르느캥을 떠날 결심이 서지 않네요. 제 어머니의 기억을 해소해야만 한다는 절체절명의 의무감이 발목을 붙드네요. 제 맘 이해해주세요, 폴. 누가 뭐래도 어머니는 제게 그 무엇보다 순수한 존재이십니다. 어렸을 적 저를 품에 안아 재워주시고, 아직까지도 아버지가 모든 사랑을 간직하고 계신 그런 분이 결코 의혹의 대상이 되게 할 수는 없습니다. 한데 당신이 어머니를 비난하셨으니, 제가 나서서 당신으로부터 어머니를 지켜드려야겠습니다.

저야 증거가 없이도 어머니의 결백을 믿지만, 당신 또한 저처럼 믿게 만들기 위해서라도 증거를 찾아야겠어요. 그리고 그 증거는 오로지 이곳에서밖에 찾을 수 없다는 생각입니다. 따라서 저는 이곳에 남겠습니다.

제롬과 로잘리 역시, 적이 다가온다는 것을 알면서도 이곳에 남기로 했어요. 정말 용감한 사람들이죠. 그러니 당신은 아무 걱정 할 것 없어요. 저는 홀로 남은 게 아니니까 말이에요.

엘리자베트 들로즈

폴은 편지를 접었다. 안색이 어느새 창백해져 있었다.

베르나르가 넌지시 물었다.

"거기 그대로 있는 건 아니겠죠?"

"그곳에 그대로 남아 있어."

"뭐라고요? 저런, 제정신이 아니로군! 아니, 어떻게! 그런 괴물들 틈에서 어쩌려고! 완전히 고립된 성 안에서……. 이것 봐요, 폴, 자신한테 닥치는 위험을 모르는 게 아니잖아요! 대체 왜 움직이지 않은 거죠? 아, 이거 큰일이로군!"

폴은 잔뜩 인상을 찌푸리고 주먹을 불끈 쥐 채, 아무 말도 하지 않았다.

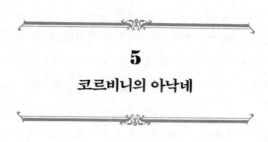

5
코르비니의 아낙네

전쟁이 선포되기 3주 전, 사실 폴은 즉각적이고도 결연하게 자살하겠다는 결심이 마음 저 깊은 곳에서 움트려고 하는 것을 느꼈다.

인생의 비극과 여전히 사랑을 거두지 못한 여자와의 비극적인 결혼, 그리고 오르느캥 성에서 얻게 된 확신으로 인해 그의 정신 상태는 극도의 혼란 속에 빠져서, 그야말로 죽음 자체가 무슨 은혜처럼 다가왔던 것이다.

그런 그에게 전쟁이란, 이론의 여지 없이 즉각적인 죽음 그 자체를 의미했다. 당연히 처음 몇 주 동안 치렀던 여러 사건 속에서 감동적이고도 진지하며, 용기를 불러일으키면서 장대한 열광에 휩싸이게 했던 모든 것, 예컨대 절체절명의 동원령이랄지, 병사로서의 열정, 프랑스의 단결이랄지, 조국애 등등, 그 모든 위대한 경험은 사실 전혀 그의 관심 대상이 아니었다. 마음속 깊은 심연에서 그는, 설사 가장 현실성 없는 기적이 일어나더라도 목숨을 부지시켜줄 수 없을 만큼 무모한 행동에

결정판 아르센 뤼팽 전집

적극적으로 뛰어들겠노라고 선언했던 것이다.

그렇게 처음 맞이한 전투에서 그는 바라던 기회가 왔다고 믿었다. 요컨대, 의심 가는 종탑에 쳐들어가 첩자를 생포하고, 신호탄을 쏘아 올리기 위해 사지(死地)나 다름없는 적진 한복판에 혈혈단신 파고들었던 것이 그에게는 죽음으로 곧장 뛰어드는 것과 같았던 셈이다. 그래서 그토록 용감하게 돌진할 수가 있었다. 아울러 자신이 맡은 임무 역시 냉철하게 의식하고 있었던지라, 용기뿐만 아니라 대단한 침착성도 결코 소홀히 하지 않았다. 그래, 죽긴 죽되, 임무를 완수하고 죽겠다는 각오였다고나 할까? 그 결과, 일의 성공에서뿐만 아니라 행동 그 자체에서 전혀 기대하지 않았던 묘한 쾌감을 맛보게 되었다.

한편 첩자가 사용했던 단도를 발견하자, 그의 마음이 적잖이 흥분되었다. 대체 그를 습격했던 괴한과 이 첩자는 서로 무슨 관계가 있는 걸까? 16년 전에 죽었다는 당드빌 백작부인과 이 일은 과연 무슨 연관이 있는 것일까? 폴 앞에 각각 다른 양상으로 다가온 이 염탐과 반역의 음모 속에 과연 어떤 보이지 않는 끈이 있어, 그 세 사람 모두가 엮인 것일까?

하지만 무엇보다도 그에게 충격이었던 것은 바로 엘리자베트로부터 온 편지였다. 지금 그녀는 저 험악한 곳, 성 주위로 쏟아지는 포탄과 피비린내 나는 싸움, 약탈자의 광기와 만행, 화재와 총격전과 고문(拷問)과 온갖 잔혹한 행위들 한가운데에 있는 것이다! 젊고 아름다운 한 여인이, 그것도 거의 혼자의 몸으로 아무런 방어책 없이 그곳에 있다! 폴이 그녀를 다시 만나서 함께 데리고 나올 용기를 가지지 않았기 때문에, 그녀가 지금 그곳에 있는 것이다!

그렇게 생각하자 폴은 극도의 절망감에 휩싸였고, 그로부터 벗어나기 위해서 또다시 어떤 위험 속으로라도 몸을 던져야만 했다. 물론 만사 무릅쓰고 미친 듯한 모험을 계속해가는 그의 모습을 보면서, 동료들은 그 흔들리지 않는 용맹성과 지독한 집념을 놀람과 찬탄의 눈으로만 바라볼 따름이었다. 하긴 폴 자신도 죽음을 추구하는 가운데, 그 죽음을 개의치 않는 태도 속의 어떤 강렬한 희열에 탐닉하고 있었는지도 모른다.

그러던 중, 9월 6일이 도래했다. 그날은, 드디어 사령관이 군대 앞에서 불멸의 연설을 하고, 모두 적을 향해 돌진하라는 명령을 내뱉은 기적의 날이었다. 그토록 줄기차게 고집해오면서 참혹한 발걸음을 이어가야 했던 후퇴의 행군이 드디어 종지부를 찍은 것이다. 숨이 턱에까지 차 완전 기진맥진한 상태로, 벌써 며칠 전부터 수적 열세 때문에 뒷걸음질 치면서도 끝끝내 싸움을 포기하지 않았던 병사들. 눈 붙일 시간조차, 허기진 배를 채울 여유조차 허락되지 않은 채, 어디에 남아 있었는지 모를 기력으로 퇴로를 걸으며, 왜 당장 참호 속에 바로 누워 차라리 죽음을 기다리지 않는지 알 수 없는 막막한 행군을 계속해오던 병사들. 그들에게 드디어 이와 같은 명령이 떨어진 것이다.

"모두 제자리에 섯! 뒤로 돌아! 그리고 적을 향해 돌격!"

전열(戰列)은 즉각 급선회를 했고, 그 모든 빈사 상태의 전사(戰士)들은 다시금 힘을 얻었다. 명성이 자자한 용사로부터 보잘것없는 졸병에 이르기까지, 각자 불굴의 정신력으로 무장했고, 마치 프랑스의 구원이 자기 자신의 어깨에 달린 것처럼 결사적으로 싸움에 뛰어들었다. 병사들 모두가 숭고한 영웅들이었기에, 승리하든지 아니면 목숨을 내놓으라는 요청을 의연하게 받아들였다. 그리고 마침내 승리를 거머쥐었다.

물론 그중 가장 용맹무쌍한 이들 중에도 폴은 단연 으뜸이었다. 무엇을 행하든, 무엇을 돕든, 무엇을 시도하든, 무엇을 성취하든, 이미 그 자신의 의식 속에는 그 모든 것이 현실의 한계를 초월해서 이루어지고 있었다. 6일, 7일, 8일, 그리고 11일에서 13일까지, 수면도 식량도 결핍되어 인간의 능력으로는 도저히 버틸 수 없을 만큼 탈진한 상태임에도 불구하고, 그는 그저 전진하고, 또 전진하고, 끝까지 전진한다는 것 외에는 아무것도 느끼지 못하는 존재 같았다. 어둠 속에서든 찬란한 태양 아래에서든, 마른 강(江)의 기슭이든 아르곤 협곡이든, 아군 측 사단 병력이 국경 강화를 위해 동쪽으로 나아가든 북쪽으로 나아가든, 납작 엎드려 밤을 지새우든 진흙투성이 속을 서서 혹은 기어서 가든, 총검을 착검(着劍)한 채 그는 앞으로 앞으로 전진했으며, 그가 그렇게 내딛는 발걸음 하나하나는 그대로 해방이 되고, 그대로 정복이 되었다.

아울러 한 걸음 한 걸음 내디딜 때마다 그의 적개심은 그만큼 증폭되어갔다. 오! 아버지가 저들을 혐오했던 것은 절대적으로 옳았다! 오늘 폴의 눈에 비친 저들의 만행을 아버지 또한 옛날에 목격했을 터! 저들이 지나간 모든 곳은 온통 어처구니없는 파괴와 광적인 유린뿐이니. 사방이 방화와 약탈과 죽음뿐이다. 기어코 총살당한 포로들, 더러운 쾌락을 위해 짐승처럼 죽어간 수많은 여자……. 성당이든, 성곽이든, 크고 작은 가옥 모두가 폐허요 잿더미이다. 심지어는 이미 무너진 건물조차 또다시 파괴했고, 숨이 끊어진 몸뚱어리에다 대고 참혹한 고문을 자행했다!

그러니 그 같은 적을 물리치는 기쁨이 오죽하랴! 비록 병력의 반을 잃은 상태였지만, 폴이 속한 연대는 마치 풀어놓은 사냥개들처럼 야수의 목을 사정없이 물고 늘어졌다. 그 기세는 국경에 근접할수록 더더욱 무시무시하고 악착같이 가열(加熱)되었으며, 마치 최후의 결정타를 먹이려는 것처럼 맹렬하게 파고들었다.

그러던 어느 날, 두 개의 길이 갈라지는 분기점에 세워진 어느 푯말 앞에 당도했다.

코르비니, 14km.
오르느캥, 31.4km.
국경선, 38.3km.

코르비니에 오르느캥이라! 이 예기치 않은 글귀를 대하는 폴의 심정
이야 어찌 말로 풀어낼 수 있으리오! 보통 때 같으면 전투의 열기에 완
전히 몰입되어 지나치는 지명(地名)에 대해서는 거의 신경을 쓰지도 못
한 채, 그저 건성으로 짚고 넘어갈 뿐이었다. 한데 느닷없이 오르느캥
성과 이토록 가까운 지점에까지 오게 되다니! 코르비니까지 14킬로미
터……. 그렇다면 프랑스 군대가 지금 나아가고자 하는 방향이, 독
일인들에 의해 강제로 빼앗긴 채, 그토록 괴이한 상황 속에 점거당하고
있는 저 자그마한 요충지 쪽이었단 말인가?

그날은 새벽부터, 왠지 저항이 다소 무뎌진 듯한 적을 상대로 전투를
치렀다. 늘 그렇듯, 분대의 선두를 도맡은 폴에게 블레빌이라는 마을로
가서 혹시 적군이 퇴각했는지 알아보되, 더 이상 전진하지 말라는 중대
장의 지시가 하달되었다. 그래서 마을의 모든 가옥을 뒤진 끝에 그 막
바지에 바로 문제의 푯말이 세워져 있었던 것이다.

폴은 당황할 수밖에 없었다. 독일군의 단엽기(單葉機) 한 대가 별안간
땅 위를 낮게 날아갔다. 매복조가 있을지도 모른다는 얘기였다.

"마을로 돌아가자. 거기서 바리케이드를 치고 대기한다."

분대원들에게 그렇게 내뱉는 순간, 문득 코르비니 방향으로 뻗은 도
로 중간, 숲이 우거진 언덕 뒤편에서 심상치 않은 소리가 들렸다. 그 소
리는 점차 크고 명확해졌는데, 얼마 안 있어 폴은 그것이 큼직한 차량
의 엔진 소리, 그것도 필시 장갑차량의 엔진 소리임을 감지했다.

"모두 도랑 속에 엎드려 몸을 숨겨라! 전체 일제히 착검(着劍)! 모두

꼼짝 말고 대기할 것!"

부하들을 향해 그렇게 지시를 내린 폴은 사태가 심상치 않음을 직감했다. 만약 저 중무장한 차량이 이대로 마을을 가로질러 아군 측 중대 한복판을 그대로 지나치면서 여기저기 실컷 들쑤시고는 곧장 다른 도로로 빠져나간다면…….

폴은 후닥닥 몸을 일으켜 어느 참나무 고목(古木)의 갈라진 틈을 딛고 올라가, 길에서 수 미터 높이에 드리워진 나뭇가지들에 자리를 잡았다. 아니나 다를까, 곧이어 문제의 차량이 모습을 드러냈다. 비록 아주 구식 모델이라 사람 머리들이 보기 싫게 겉으로 튀어나와 있었지만, 막강한 철갑으로 전체가 뒤덮인 무시무시한 괴물 같은 형체를 한 장갑차였다.

그것은 매우 빠른 속도로 전진하면서, 여차하면 전속력으로 어디든 돌진해갈 태세였다. 안에는 독일군들이 허리를 잔뜩 숙인 채 경계 태세를 갖추고 있었는데, 대충 세어보니 대여섯 명은 족히 될 것 같았고, 두 대의 기관총이 위용을 드러낸 채 쭉 뻗어나와 있었다.

폴은 조심스레 거총을 한 뒤, 피가 묻은 듯 얼굴이 벌겋게 보이는 뚱뚱한 운전병을 겨냥했다. 숨을 멈춘 채 그는 적절한 시점을 기다렸다가 방아쇠를 당겼다.

"장전(裝塡)하라!"

폴은 나무에서 구르듯 뛰어내리면서 소리쳤다.

하지만 굳이 공격할 필요도 없게 되었다. 가슴에 일격을 당한 운전병은 아직 의식이 남았는지 제동을 걸었고, 차량은 그대로 멈춰버린 것이다. 일거에 포위된 것을 감지한 독일군들은 일제히 손을 들고 항복 의사를 표했다.

"캄라트! 캄라트(Kamerad. '친구'라는 뜻의 독일어―옮긴이)!"

별안간 그들 중 한 명이 차에서 뛰어내리더니 무기를 내던지고, 곧장 폴에게 달려오며 소리쳤다.

"알자스인이에요, 중사님! 슈트라스부르크(알자스의 독일어 지명—옮긴이)의 알자스 사람입니다! 아, 중사님, 그동안 쭉 이 순간을 기다려왔답니다!"

분대원들이 마을 안으로 포로들을 압송하는 동안, 폴은 서둘러 그 알자스인에게 질문을 퍼부어댔다.

"차량은 어디서 오는 길인가?"

"코르비니에서 오는 길입니다."

"거긴 사람들이 얼마나 있나?"

"별로입니다. 바덴 출신 병사 250여 명으로 이루어진 후위대가 전부입니다."

"요새 안에는?"

"거기도 그 정도입니다. 망루들을 보강할 필요가 없다고 봤는데, 그만 기습 공격을 당했답니다. 현재 계속 사수하느냐 국경으로 후퇴하느냐 갈림길에 있지요. 그래서 우리를 정찰조로 보낸 겁니다."

"그럼, 우리가 진입해도 될 것 같은가?"

"그렇습니다. 하지만 서둘러야 할 겁니다. 안 그러면 자그마치 2개 사단 병력이 보강될 테니까요."

"그게 언제쯤인가?"

"내일입니다. 내일 정오쯤 돼서 국경을 넘어올 예정입니다."

"제기랄! 이거 시간이 촉박하게 됐군그래!"

그렇게 중얼거리면서 폴은 장갑차를 조사하고, 포로들의 몸수색을 단행했다. 아울러 앞으로 어떻게 할 것인지를 곰곰이 궁리하고 있는데, 마을에 대기 중이던 부하 중 한 명이 헐레벌떡 달려와 프랑스군 분견대가 도착했음을 알렸다. 곧이어 중위 한 명이 호출했다.

폴은 장교에게 부랴부랴 상황을 설명했다. 즉각적인 조치가 필요하다는 것이 그 요지였다. 아울러 자신이 직접 탈취한 장갑차에 탑승해 정찰을 나가보겠노라고 제안했고, 장교는 이렇게 대답했다.

"좋아. 그럼 나는 마을을 맡지. 그리고 사단에 가능한 한 신속히 이 사실을 알리도록 하겠네."

그렇게 해서 장갑차는 빠른 속도로 코르비니 방향으로 전진했다. 안에는 모두 여덟 명이 끼어서 탔다. 그중 기관총을 맡은 두 명은 열심히 작동 방법을 연구하고 있었고, 알자스인 포로는 밖에서도 그의 철모와 제복이 잘 보이도록 일어선 채, 지평선을 감시하는 임무를 맡았다.

이상 모든 작전은 누구도 조목조목 따지지 않고, 이론의 여지 없이 단 수 분 만에 결정되어 시행되었다.

마침내 운전대에 착석한 폴이 호기 있게 외쳤다.

"신의 가호가 있기를! 자, 모두들 끝까지 나와 더불어 모험에 나설 각오가 되었는가?"

"그 이상도 가지요, 중사님!"

바로 옆에서 아는 목소리가 들렸다.

엘리자베트의 동생, 베르나르 당드빌이었다. 사실, 베르나르는 제9중대 소속이었기 때문에, 그동안 폴은 모르는 척 대충 피할 수가 있었고, 최소한 마주쳐도 별다른 얘기를 하지 않아도 되었다. 하지만 그럼에도 불구하고 폴은 이 젊은이가 남다른 전투력을 가진 좋은 군인이라는 사실은 내심 인정하고 있었다.

"아! 자네였구먼!"

폴의 어정쩡한 대꾸에 베르나르는 싱글벙글하며 소리쳤다.

"두말하면 잔소리죠! 아까 중위님하고 같이 왔는데, 이 차에 막 올라

인원을 차출(差出)하는 걸 보고, 드디어 기회가 왔구나 생각했죠!"

그러더니 약간 언짢은 듯한 어조로 이렇게 덧붙이는 것이었다.

"중사님 지휘하에 멋들어지게 한판 붙어볼 기회와 이렇게 오순도순 얘기도 좀 나눌 기회를 말입니다. 폴, 지금까지 너무 소원(疏遠)했던 것 같아요. 왠지 바라는 만큼 나와 함께 자리하지 않으려는 것 같기도 했고요."

"그럴 리가 있나, 이 사람아! 단지 신경을 좀 쓰느라고……."

"엘리자베트 일이죠?"

"그래."

"알겠어요. 하지만 아무리 그렇더라도 우리 사이가 조금……. 껄끄럽다는 건 이해가 안 되네요."

바로 그 순간 알자스인이 소리 죽여 긴박하게 외쳤다.

"모두 고개를 숙여요. 창기병들이에요!"

아닌 게 아니라 일단의 척후대(斥候隊)가 숲이 우거진 모퉁이를 돌아 비스듬하게 길목을 가로지르며 나타났다. 알자스인은 그들을 지나치면서 일부러 크게 소리쳤다.

"이보게들, 어서 도망치게! 어서어서! 프랑스군이 뒤쫓아오고 있다!"

약간 소란이 이는 바람에 다행히 폴은 처남의 노골적인 질문에 일체로 반응을 피할 수가 있었다. 폴은 일부러 속력을 배가했고, 장갑차는 요란한 굉음을 울리며 비탈을 기어오르고 질풍처럼 전진했다.

적의 분견대가 갈수록 불어나고 있었다. 알자스인은 계속해서 그들을 부르거나 수신호(手信號)를 통해 퇴각을 부추겼다.

"저 우스꽝스러운 꼴들 보라지! 우리 뒤에서 죽어라고 달려들 오는구먼!"

그는 킬킬거리더니 이렇게 덧붙이는 것이었다.

"중사님, 이런 식으로 계속 가다 보면 머지않아 코르비니 한복판으로 치닫고 말 겁니다. 그걸 바라는 거죠?"

폴은 퉁명스레 대꾸했다.

"천만에! 그냥 도시를 훤히 내다볼 수 있는 곳에 세울 것이다."

"그러다 잘못해서 포위당하기라도 하면 어쩌게요?"

"누가 우릴 포위한단 말인가? 아무튼 이따위 도망이나 치는 놈들이 우리의 퇴로를 막아설 수는 없는 법이야."

그러자 베르나르 당드빌이 끼어들었다.

"폴, 혹시 아예 돌아갈 생각을 안 하는 건 아닌가요?"

"사실이 그렇다네. 왜 겁나나?"

"오! 별말씀을!"

그러나 잠시 침묵이 흐른 뒤, 폴은 아까보다 다소 누그러진 목소리로 이렇게 말했다.

"베르나르, 자네가 여기까지 와서 안됐네."

"나라고 다른 사람들보다 더 위험하란 법 있습니까?"

"그야 아니지."

"그럼 날 봐서라도 부디 그런 생각은 마십시오."

한편 알자스인은 여전히 일어선 채, 중사 쪽으로 이따금 몸을 구부리며 말했다.

"전방에 열 지어 늘어선 나무들 뒤로 뾰족한 종탑이 보이는데, 거기가 바로 코르비니입니다. 제 생각엔, 좌측 언덕으로 꺾어 올라가면 도시 안에서 무슨 일이 벌어지고 있는지 훤히 내려다볼 수 있을 겁니다."

그러자 폴이 대꾸했다.

"아마 도시 안으로 들어가면 훨씬 더 잘 볼 수 있을 것이다. 단지 지나친 위험을 감수해야 한다는 점이……. 그것도 알자스인인 자네가 가장 위험할 거야. 포로로 붙잡힌 몸이라는 걸 알면 그대로 사격을 가할지 모르니까. 어때, 코르비니에 당도하기 전에 내려오게 해줄까?"

"나라는 사람을 잘 모르시는군요, 중사님."

길이 어느덧 기차의 선로와 합류하더니 이내 교외의 가옥들이 한둘 나타나기 시작했다. 그리고 곧이어 병사 몇몇이 모습을 드러냈다.

폴이 다급하게 지시했다.

"저들에겐 말 걸지 마라. 공연히 신경 쓰이게 할 필요 없어. 자칫 잘 못하면 결정적인 순간에 배후에서 달려들지도 몰라."

드디어 역이 나타났고, 이미 적들에게 완전 점거당해 있는 것이 눈에 들어왔다. 도심으로 이르는 가도에는 꼭대기가 뾰족한 독일식 철모들이 이리저리 오가고 있었다.

폴이 외쳤다.

"전진이다! 부대가 몰려 있는 곳이라면 광장밖에 없을 것이야. 기관 총들은 준비됐지? 소총들도? 내 것도 좀 준비해주게, 베르나르. 첫 신호가 내려지면 원 없이 사격하는 거다!"

장갑차는 탁 트인 광장 쪽을 향해 무서운 기세로 돌진하고 있었다. 역시 예상했던 대로, 100여 명의 군인이 성당 현관 앞에 잔뜩 운집해 있었고, 그 옆에는 착검한 소총들이 다발을 이룬 채 세워져 있었다. 성 당이라고 해봐야 산산이 부서진 파편 더미에 불과했으며, 광장의 모든 건물 역시 포격을 받아 폐허나 다름없이 붕괴되어 있었다.

약간 떨어져 서 있는 장교들은 자신들이 정찰을 내보냈던 장갑차가 돌아오는 것을 보자 환호성을 내지르며 손을 흔들었다. 도시를 방어할 지 결정하기 전에 돌아오기를 목이 빠져라 기다린 것이 분명했다. 보아 하니 연락장교들까지 가세해 장교들 수가 상당했고, 그중 장군인 듯한 훤칠한 자가 위엄만으로도 모두를 압도하며 서 있었다. 자동차들은 다소 떨어진 곳에 주차되어 있었다.

도로 위에 포석이 깔려 있었지만, 광장과는 그 어떤 보도로도 가로막혀 있지 않았다. 폴은 도로를 계속 따라가다가 장교들로부터 한 20여 미터 떨어진 지점에서 조종간을 급회전시켰다. 그 바람에 무시무시한 기계는 장교들 속으로 사정없이 밀고 들어가, 부딪치고 깔아뭉개는가 하면, 옆으로 살짝 방향을 틀어 소총 다발들마저 줄줄이 못 쓰게 만드는 것이었다. 그러고는 곧바로 분견대 한복판으로 거칠 것 없이 내처 몰아붙였다. 광장은 순식간에 죽음과 혼잡이 지배했고, 여기저기 정신없이 도망치면서 고통과 두려움의 비명을 질러대는 병사들로 아수라장이 되어버렸다.

"일제히 사격해라!"

폴은 차량을 세운 뒤 소리쳤다.

난데없이 광장 한가운데에 나타난 이 난공불락의 바퀴 달린 토치카로부터 소총 사격이 개시되었고, 그러는 동안 두 대의 기관총에서는 으스스한 발포음(發砲音)이 연속적으로 울려 퍼졌다.

단 5분 만에 광장 여기저기 죽은 몸뚱어리와 부상당한 병사들이 나뒹굴고 있었다. 장군을 포함한 몇몇 장교는 바닥에 나자빠져 움직이지 않았고, 간신히 목숨을 건진 자들은 걸음아 날 살려라 내빼기에 바빴다.

"사격 중지!"

폴의 지시가 떨어졌다.

장갑차는 다시금 움직이기 시작해 역에 이르는 가도 끄트머리까지 나아갔다. 아니나 다를까, 느닷없는 총성에 깜짝 놀란 군인들이 역으로부터 우르르 몰려오고 있었다. 그곳에다 대고도 기관총을 몇 차례 난사하자, 그나마 모여들던 군인들도 순식간에 흩어져 버렸다.

모두 세 차례에 걸쳐서 폴은 광장을 빙빙 돌며 접근로(接近路)들을 감시했다. 보아하니 사방에서 적들이 닥치는 대로 길을 잡아 국경 방향으로 도주하고 있었다. 그런가 하면 마찬가지로 사방 건물마다 고개를 내민 코르비니의 주민들이 쾌재를 불러대고 있었다.

"일단 부상자들부터 골라서 치료를 해줘라! 그리고 성당 종지기를 불러오거나, 아니면 누구든 타종을 할 줄 아는 자를 데려오너라! 급하다!"

폴의 지시가 떨어지기가 무섭게, 늙은 성당 종지기가 득달같이 대령했다.

"경종을 울려주시오, 영감! 있는 힘껏 울려요! 당신이 만약 지치면 누가 교대를 해서라도 울려야 합니다! 어서……. 지체 없이 경종을 울리시오!"

폴은 중위에게 그렇게 신호를 보내기로 했고, 중위는 그것을 접수하자마자 작전 성공 소식과 신속한 진군(進軍) 요청을 사단에 전달하기로 했다.

그때가 오후 2시였고, 5시에는 참모부를 포함한 여단 병력이 코르비니를 접수함과 동시에 75밀리 포병 중대가 요새 지역에 잔존하는 적을 향해 몇 차례 포격을 퍼부었다. 그리고 밤 10시, 나머지 사단 병력이 합류했고, 대(大)요나와 소(小)요나 요새로부터 나머지 독일군들이 모두 패주해, 국경선 앞에 집결했다. 그들은 동이 틀 때를 기해 완전히 몰아낼 작정이었다.

"폴……."

일석점호가 끝난 뒤, 다시금 매형을 찾은 베르나르가 말했다.

"할 얘기가 있어요. 마음에 좀 걸리는 게 있는데……. 여간 석연치가 않아서요. 얘길 듣고 한번 판단해주세요. 아까 성당 근처 골목길을 거닐고 있는데, 웬 여자와 마주쳤어요. 워낙 주위가 캄캄해서 처음에는 얼굴도 복장도 분간을 못하겠더라고요. 하지만 포도(鋪道) 위에 나막신 소리가 나는 걸로 봐서 시골 아낙네인 것 같았어요. 한데 그녀가 내게 말을 건넸을 땐, 왠지 그 말투가 시골 아낙네하고는 전혀 딴판이더라 이거예요! 글쎄, 이러지 않겠어요! '여보세요, 젊은이, 뭐 좀 여쭤볼까 합니다만…….' 그래서 그러자고 했더니 슬슬 얘기를 시작하는 거예요. '다름 아니라 나는 이곳에서 가까운 작은 마을에 사는데, 당신네 부대가 왔다는 걸 알고 곧장 오는 길입니다. 그 부대에 소속된 장병 한 분을 뵐까 하고 말입니다. 한데 연대 번호를 모르거든요. 약간의 변화가 있어서…… 편지도 도착하지 않았고…… 틀림없이 내가 보낸 편지도 못 받았을 겁니다. 아, 제발 당신이 그분을 안다면! 부디, 선량하신 젊은 양반!' 막 이러는 거예요. 아무튼 난 이렇게 대답해줬죠. '혹시 모르니까, 그 장병 이름이 뭔지나 한번 말해보십시오, 마담.' 그러자 '들로즈, 폴 들로즈 하사입니다.' 아, 글쎄 이러는 게 아니겠어요!"

폴은 정색을 하며 외쳤다.

"아니, 그럼 나잖아?"

"그러게 말이에요, 폴. 우연의 일치치고는 하도 이상해서, 나는 단지 연대하고 중대 번호만 가르쳐줬고 우리 사이의 관계는 입 밖에 내지 않았지요. 그랬더니 당장 고맙다면서, '연대가 지금 코르비니에 있습니까?' 하기에, 온 지 얼마 안 됐다고 했죠. 그랬더니 나더러 폴 들로즈를 아느냐는 거예요. 난 그저 이름만 들었다고 했죠. 정말이지 내가 왜 그렇게 대답을 했는지, 그리고 왜 시침 뚝 뗀 채 그 여자와 대화를 계속했는지 모르겠어요. '그분은 지금 중사로 진급했고, 수훈자 명단에도 오른 걸로' 들어 알고 있다, '물어 물어서라도 그분에게 안내해주기를 원하느냐', 뭐 이렇게 말했더니, 그 여자가 대뜸 이러는 거예요. '아직은 아니에요. 아직은 감정 조절이 잘 안 돼서……'라고 말이에요. 감정이 조절 안 된다니! 점점 묘하게 느껴지더라고요. 그토록 애타게 찾으면서도, 정작 만남을 미루다니요! 아무튼 난 그분에게 관심이 많으냐고 슬쩍 떠보았죠. 그랬더니 아주 많다고 하더군요. 그래서 혹시 가족이냐고 하자, '내 아들입니다' 하는 게 아니겠어요! 난 화들짝 놀라며 '당신 아들이라고?' 하고 소리쳤죠. 사실 그때까지만 해도 그 여자는 내가 자기를 은근슬쩍 신문하고 있다는 걸 눈치 못 챈 게 분명했어요. 한데 내가 필요 이상으로 놀라는 걸 보고는 그만 어둠 속으로 뒷걸음질을 치면서 몸을 사리더라고요. 난 그 전에 이미 호주머니 속에 손을 넣고 있었고, 항상 소지하고 다니는 자그마한 손전등을 반사적으로 움켜쥐었죠. 그리고 바짝 다가서면서, 전등 스위치를 누르자마자 그녀 얼굴에 냅다 빛을 비췄답니다. 내 급작스러운 행동에 놀랐는지, 그녀는 얼마간 꼼짝도 않더라고요. 그러더니 걸치고 있던 숄로 순식간에 얼굴을 확 덮으면서, 전혀 예기치 못할 만큼 잽싼 동작으로 내 팔을 탁 쳐서 전등을 떨어뜨리는 거예요. 한데 그 순간, 주변 모든 게 완전한 적막 속에 잠기더라고요. 대체 그 여자가 어디에 있는 건지……. 내 앞쪽인가, 아니면 오른쪽, 아니 왼쪽인가? 어쩜 그렇게 아무 소리나 인기척도 없이 사라질 수 있는지……. 나중에 손전등을 다시 집어 들고 불을 켜자 사정을 알겠더군요. 나막신을 앞에다 얌전히 벗어놓고선 줄행랑을 쳤던 겁니다. 그다음엔 암만 찾아 돌아다녀도 소용이 없더라고요. 완전히 자취를 감춘 거예요."

폴은 처남이 하는 얘기를 점점 더 주의를 집중하며 귀담아듣고 있었다.

이윽고 그는 이렇게 물었다.

"그래 얼굴은 봤나?"

"오, 아주 분명히 봤지요. 아주 강인한 인상이었어요. 눈썹도 머리도

모두 까맣고⋯⋯. 약간 독한 느낌마저 들었어요. 옷은 분명 시골 아낙
네 복장이었는데, 너무 깨끗하고 단정한 게 일부러 변장을 했다는 느낌
이더군요."

　"나이는 어느 정도이던가?"

　"한 마흔 정도요."

　"나중에 보면 알아보겠나?"

　"그야 물론이죠."

　"아까 숄 얘기를 했는데, 무슨 색깔이었지?"

　"검은색이었어요."

　"매듭을 매게 되어 있던가 아니면?"

"아뇨, 브로치를 달게 되어 있던걸요."

"카메오였나?"

"네, 황금색 테두리가 달린 꽤 큼직한 거였어요. 한데 그걸 어떻게 알았죠?"

폴은 한참 동안 입을 열지 않다가 이렇게 중얼거렸다.

"내일 자네한테 보여줄 게 있네. 저 오르느캥 성채의 여러 방 중 한 곳에 자네가 마주친 그 여자와 놀랄 만큼 닮은 초상화가 있어. 아마도 두 자매간에 서로 닮은 점이라고 해야 할까. 아니면……. 아니면……."

그는 처남의 팔을 붙들고 끌어당기며 말을 이었다.

"내 말 잘 들어, 베르나르. 과거와 현재 모두, 우리 주변에 아주 무시무시한 일이 있어. 내 인생도 엘리자베트의 인생도, 그리고 결국엔 자네 인생마저 압살해버릴 만한 일이지. 그 끔찍한 어둠 한복판에서 지금 난 싸우고 있는 거야. 지난 20여 년 동안 그 어둠 속에는 내가 전혀 모르는 적들이 서로 머리를 맞댄 채, 전혀 이해가 안 가는 음모를 추진해오고 있지. 이 싸움은 처음에 내 아버지를 죽이면서부터 시작되었어. 엄연한 살인이었지. 오늘날에 와서는 나 자신이 공격을 당했고 말이야. 이제 와 얘기지만, 자네 누이와 나의 관계는 이미 깨어진 상태야. 다시는 그 어떤 것도 둘 사이를 맺어줄 수가 없다고. 아울러 옛날에 기대했던 것처럼, 자네와 나 사이도 그 어떤 우정이랄지, 신뢰 관계를 이뤄줄 만한 것은 아무것도 남아 있질 않아. 아무것도 묻지 마, 베르나르. 더는 알려고도 하지 말고. 아마도 언젠가는……. 그런 일이 생기지 않길 바랄 뿐이지만, 언젠가는 자네도 왜 내가 덮어놓고 입을 다물라고 하는지 알게 될지도 몰라."

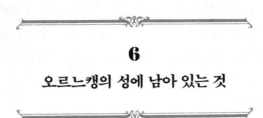

6
오르느캥의 성에 남아 있는 것

새벽녘, 폴 들로즈는 요란한 나팔 소리에 잠에서 깨어났다. 격렬한 대포전의 개시와 더불어, 75밀리 포병 중대의 카랑카랑하고 단호한 고함 소리와 독일의 77밀리 포병 중대의 거친 울부짖음 소리가 이어졌다.

"빨리 오세요, 폴! 저기 커피 끓여놨습니다."

베르나르가 소리쳐 불렀다.

두 사람은 포도주 가게 위층의 방 두 개를 각각 사용하고 있었다. 폴은 푸짐한 식사를 한 뒤, 코르비니와 오르느캥이 적에게 함락된 경위에 관해 어젯밤 입수한 정보를 토대로 이렇게 얘기했다.

"8월 19일 수요일에만 해도 코르비니 주민들은 혹시 전쟁의 공포를 면할 수 있는 게 아닐까 생각하고 있었을 거야. 전쟁은 알자스 지방과 낭시 앞에서만 진행되고 있었으니까. 벨기에도 예외는 아니지. 독일군은 아무래도 이곳 리즈롱 계곡으로 통하는 침투로에 대해서는 좀 소홀했던 것 같아. 사실 좀 비좁은 데다 언뜻 보기에 별로 중요한 통로도 아니지. 게다가 코르비니에는 1개 프랑스 여단이 방어 태세에 적극 박차를 가하고 있었고. 대소(大小)요나도 콘크리트 회전식 포탑(砲塔)을 갖춘 채 만반의 준비가 되어 있었단 말이거든. 그저 기다리는 일만 남은 셈이었지."

"오르느캥은 어땠나요?"

베르나르의 질문이었다.

"오르느캥에는 엽보병 1개 중대가 포진하고 있었고, 그중 장교들은 성안에 거주하고 있었지. 용기병 분견대의 지원하에 그 중대에서 매일 밤낮으로 국경선을 따라 순찰을 돌고 있었고 말이야. 그러다 비상사태가 터지면 곧장 요새에 알림과 동시에 강력하게 저항하면서 서서히 퇴각하도록 되어 있었지. 바로 그 수요일 저녁까지도 상당히 조용했다는군. 용기병 대여섯이 말을 타고 국경을 살짝 넘어 에브르쿠르트라는 독일 소도시가 바라보이는 곳까지 갔다고 하거든. 한데 그쪽이든 에브르쿠르트로 가 닿는 철도 쪽이든 군대의 어떤 움직임도 포착되지 않더라 이거야. 밤도 그렇게 무사히 지나가는가 했지. 총소리라고는 단 한 방도 들리지 않았으니까. 추후에 확인된 바로는, 새벽 2시 직전까지 단 한 명의 독일군 병사도 국경을 넘어오지 않았다는 것이야. 한데 바로 정각 2시, 엄청난 폭발음이 들렸다는군. 그리고 연이어 네 차례의 폭음이 거의 연속적으로 들렸다고 하지. 모두 해서 다섯 차례에 걸친 폭발음은 다름 아닌 420밀리 대포(제1차 세계대전 중 독일에서 개발한 신병기. 베르타(Bertha)라는 이름의 이 초대형 대포는 420밀리 대형 곡사포로, 1,254킬로그램의 포탄을 10킬로미터 밖으로 쏠 수 있었음—옮긴이)에서 쏘아 올린 다섯 발의 포탄이 터진 소리였는데, **단 한 방으로** 대(大)요나의 포탑 세 채와 소(小)요나의 포탑 두 채를 가루로 만들어버렸다는군."

"설마! 코르비니는 국경선에서 24킬로미터나 떨어져 있는데, 420밀리 대포는 그만한 사거리를 감당할 수가 없잖아요!"

"그럼에도 불구하고 20분 후에는, 여섯 발의 포탄이 추가로 코르비니의 성당과 광장에 집중적으로 떨어졌다고 해. 그때는 경계신호가 떨어지고 나서 코르비니 수비대가 막 광장에 집결할 때로 추정되는 시각이었지. 실제로 일어난 일이야. 그러니 얼마나 참혹한 학살이 벌어졌을지 짐작이 가겠지?"

"그렇긴 하지만, 그래도 국경선은 24킬로미터 전방이에요. 그 정도 거리라면 포격이 있은 후 적이 직접 들이닥치기 전에 얼마든지 재정비를 해서, 공격에 대비할 수 있었을 텐데요. 최소한 서너 시간은 여유가 있었을 거라고요."

"하지만 현실은 그렇지 않았지. 고작 15분의 여유도 없었으니까. 포격이 끝나기가 무섭게 적이 밀고 들어왔거든. 사실 이렇다 할 공방(攻防)도 없었어. 이미 수많은 사상자를 내고 우왕좌왕하던 코르비니 수비대는 순식간에 적들에게 포위된 채, 무참히 학살되거나 항복을 강요당했으니까. 마땅히 방어 태세다운 무엇을 갖춰보기도 전에 말이야. 어디서 어떻게 뿌려대는지 모를 눈부신 조명 불빛 속에서 그야말로 눈 깜짝할 사이에 당해버린 거라고. 침공 작전은 전광석화처럼 이루어진 셈이지. 코르비니 시 전체가 포위되고 공격당해서 적의 손에 떨어지는 데엔 총 10분 정도가 걸렸을까 말까야."

"아니 도대체 놈들이 어디로 들어왔단 말입니까, 그럼?"

"그걸 모른단 말이야."

"야간 국경 순찰대는요? 경비 초소들하고 오르느캥 성에 파견된 중대는요?"

"그들에 관해서는 지금 아무런 정보가 없어. 경계에 임해서 유사시 보고를 하도록 임무를 띠고 있는 무려 300여 명에 이르는 장병들이 현재 완전히 감감무소식이란 말이야. 이런 상태로는 다시 수비대를 정비한다 해도, 도망병이나 주민들에 의해 신원 확인을 거쳐 매장까지 해버린 시체들로 구성해야 할 판이라고. 오르느캥에 주둔하고 있던 300여 명 규모의 엽보병은 그림자 하나 남기지 않고 어디론가 사라져버렸다 이거야. 도망친 것도 아니고 죽거나 부상당한 것도 아니라, 그냥 사라져버렸어."

"도저히 믿을 수가 없어요. 조사는 해본 겁니까?"

"그동안 조사를 해왔던 열 명을 어젯밤에 만나보았지. 그들은 한 달 전부터 코르비니 경비를 책임진 독일 국민병(國民兵)의 눈치를 봐가면서 이상의 수수께끼 같은 문제를 세밀하게 조사해왔지만, 이렇다 할 가설을 얻는 데는 실패했다더군. 다만 한 가지 확실한 건, 모든 일이 아주 장기간에 걸쳐 지극히 세세한 부분까지 준비되어왔을 거라는 사실이야. 예컨대 요새며 포탑이며 성당이며 광장의 위치가 더할 나위 없이 정확히 포착된 상태였고, 미리 적절한 위치에 배치된 대포가 지극히 정확하게 조준되어 있었다는 얘기지. 거기서 쏘아 올린 열한 발의 포탄이 한 치의 오차 없이 맞히고자 하는 열한 군데의 목표 지점에 명중하도록 말이야. 그게 다야. 나머지는 완전히 오리무중이고."

"오르느캥 성은 어떻게 됐나요? 엘리자베트는요?"

순간, 폴은 자리에서 벌떡 일어섰다. 아침점호 나팔 소리가 울려 퍼졌던 것이다. 포격 소리는 한층 더 기승을 부리고 있었다. 두 사람은 곧장 광장으로 향했고, 가면서 폴의 이야기는 계속되었다.

"그 점은 더더욱 오리무중이지. 이곳 코르비니에서 오르느캥 사이의 평야 지대를 가로지르는 길들 중 하나에다, 적들이 누구든 건너오면 사살하겠다는 엄포를 놓고 있는 중이거든."

"그, 그렇다면 엘리자베트는?"

베르나르가 하얗게 질린 채 더듬댔다.

"모르겠어. 나도 더는 모르겠다고. 아, 정말 무서운 일이야. 죽음의 그림자가 사방에서 일어나는 모든 사건에 드리워져 있어. 어디서 나온 소문인지는 모르지만, 성 주위에 있던 오르느캥 마을이 이미 흔적도 없이 사라졌다는 얘기도 있어. 글자 그대로 흔적도 없이 깡그리 말이야. 400여 명의 거기 주민들은 모두 포로로 잡혀갔고. 그러니⋯⋯."

폴은 떨리는 목소리를 낮추면서 중얼거렸다.

"그러니 성에다가는 무슨 짓을 했겠느냐고. 저기 멀리 성의 망루나 성벽은 보이지만, 그 너머에선 무슨 일이 벌어지고 있는지⋯⋯. 엘리자 베트는 어찌 되었을꼬? 저 짐승들에게 둘러싸인 채 모든 위험에 무방비 상태로 지낸 지 이제 4주가 되어가는데 말이야. 아, 가엾은 여자 같으니라고!"

광장에 도착할 즈음 날이 밝아지고 있었다. 폴은 즉시 대령 앞으로 불려갔고, 사단장으로부터 하달된 열정적인 치하의 말을 전해 들었다. 아울러 십자 무공훈장 수여와 소위 계급으로의 특진을 신청해두었다는 말과 함께, 이후 소대 지휘권도 위임받았다.

대령은 지그시 웃으며 덧붙였다.

"이상일세. 혹시 더 바라는 거라도 있는가?"

"두 가지가 더 있습니다, 대령님."

"음, 어서 말해보게."

"우선 이곳에 와 있는 제 처남 베르나르 당드빌을 제 소대의 하사관으로 배속해주십시오. 그럴 만한 충분한 재목입니다."

"알겠네. 그다음은?"

"다음으로는, 이제 곧 국경 방면으로 진출할 때, 저의 소대를 도중에 위치한 오르느캥 성 방향으로 향할 수 있도록 허락해주십시오."

"그러니까 결국 공성(攻城) 대열의 선두에 배정해달라 이건가?"

폴은 불안한 기색을 감추지 못하며 말했다.

"공성이라니요? 적은 성에서 6킬로미터를 더 간 국경 지역에 밀집해 있지 않습니까?"

"어제까지만 해도 그런 줄 알았지. 하지만 알고 보니, 오르느캥 성에 진을 치고 있다네. 따지고 보면 지원 병력을 기다리면서 악착같이 물고 늘어지기엔 안성맞춤인 거점(據點)이지. 그쪽에서 반응을 보이고 있는 게 그 분명한 증거이네. 자, 저기 우측을 좀 보게나. 포탄이 작렬하고 있지. 좀 더 멀리엔 유산탄이, 두 개…… 세 개…… 터지고 있군그래. 저들은 지금 인근 구릉지대에 둥지를 틀고 있는 우리 포대(砲臺)의 위치를 정확히 파악하고, 솔직히 말해 싹쓸이하다시피 포탄을 퍼붓고 있다네. 아마 못해도 스무 문 이상은 대포를 갖추고 있는 것 같아."

섬뜩한 생각에 몸서리를 치면서 폴이 더듬더듬 물었다.

"그렇다면……. 혹시 우리 포대의 조준 방향 역시……."

"당연히 저들을 향하고 있지. 우리의 75밀리 포가 오르느캥의 성을 향해 포격을 가한 지도 벌써 한 시간은 족히 될 걸세."

폴의 입에서 자기도 모르게 외마디 비명이 터져나왔다.

"지금 무슨 말씀을 하시는 겁니까, 대령님? 오르느캥 성이 포격을 당하고 있단 말입니까?"

바로 곁에 있던 베르나르 당드빌 역시 마찬가지 반응이었다.

"포격을 당하다니, 세상에 이럴 수가!"

깜짝 놀란 대령이 대뜸 물었다.

"그 성을 아는가? 혹시 자네 소유이기라도 한 것 같은데, 맞나? 거기 누구 친인척이라도 살고 있는가?"

"제 아내가 살고 있습니다, 대령님!"

폴의 안색은 백지장처럼 하얗게 질려 있었다. 감정을 절제하고 의연한 태도를 유지하려고 안간힘을 쓰는데도 두 손이 자꾸만 떨리고 턱마저 덜덜거렸다.

순간, 견인차로 끌어 올려진 세 문의 묵직한 대포 리마일로(155밀리 구경의 프랑스제 대포—옮긴이)가 대(大)요나로부터 일제히 불을 뿜기 시작했다. 지금까지 이어진 75밀리 포병 중대의 화력에 더해 이루어진 이 포격은, 폴 들로즈의 말 때문에, 적잖이 끔찍한 양상으로 모두에게 다가왔다. 대령뿐만 아니라 주위의 모든 장교가 할 말을 잃고 서 있었다. 그야말로 전쟁의 참화가 천재지변만큼이나 돌이킬 수 없는 맹목적인 폭력을 휘두르며, 그에 못지않은 끔찍한 공포를 불러일으키는 형국이 아닐 수 없었다. 무언가 할 수 있는 일이 전무(全無)한 형편이었다. 거기 있는 그 누구도 포격의 중단이나 약화를 주장하며 선뜻 나서겠다는 생각을 감히 하는 사람이 없었다. 심지어 폴조차도 그럴 엄두를 못 내는 실정이니…….

그는 그저 이렇게 중얼거릴 뿐이었다.

"적의 화력이 다소 수그러든 것 같은데, 혹시 퇴각하는 건 아닐까."

하지만 도심 바로 아래, 성당 뒤쪽으로 떨어진 세 발의 포탄이 그런 은근한 생각을 깡그리 거둬가 버린 것은 바로 다음 순간이었다. 대령도 고개를 설레설레 흔들며 이렇게 말했다.

"퇴각이라……. 아직은 어림도 없는 소릴세. 저곳은 저들에게 워낙 중요한 거점인 데다 지금 지원 병력을 기다리고 있어. 아마 우리가 직접 행동에 나서지 않는 한 꿈쩍도 하려 들지 않을 걸세. 우리로서도 더는 늦출 수 없는 일이지."

실제로 얼마 안 있어 진격 명령이 대령에게 하달되었다. 연대는 길을 따라 가다가 우측으로 펼쳐진 평야 지대로 대형을 전개해나갈 것이다.

대령은 휘하 장교들을 모아놓고 이렇게 말했다.

"자, 제군, 때가 된 것 같다. 들로즈 중사의 소대가 선봉에 나선다. 중사, 목표는 바로 오르느캥 성일세. 두 개의 지름길이 있으니, 그리로 파고들도록 하게."

"알겠습니다, 대령님."

지금까지 억눌러왔던 모든 분노와 고통스러운 심정이 그렇지 않아도 엄청난 행동의 의지로 표출되어 나오려는 마당이었다. 부하들을 인솔하여 길을 출발하면서 그는 고갈될 것 같지 않은 힘과 적의 진지를 혼자의 힘으로도 박살 낼 것 같은 용기가 속에서 마구 불끈거리는 것이 느껴졌다. 마치 가축을 이리저리 동분서주하며 단속하는 양치기 개처럼, 지칠 줄 모르고 이리저리 뛰어다녔다. 그러면서 부하들에게 용기를 불어넣고 기운을 북돋우려고 끊임없이 독려하는 것이었다.

"이봐, 친구, 자넨 사나이 중에 사나이야! 난 자넬 알아. 결코 주춤할 친구가 아니지. 그리고 거기, 자네 역시 마찬가지야. 다만 자넨 좀 몸을 사리는 경향이 있어. 웃고 넘어갈 일도 공연히 투덜대고 말이야. 자, 모두들 기분 좋게 한번 놀아보는 거야! 이왕 해야 하는 거, 만사 덮어놓고 대차게 한번 해보는 거야, 알겠나?"

그렇게 전진하는 그들의 머리 위로는 수많은 포탄과 총탄이 쐭쐭 소리와 더불어 공간을 찢으면서 날아가고 있었다.

"머리를 숙여라! 납죽 엎드려!"

폴은 고래고래 고함을 질러댔다.

그러면서도 그 자신은 적이 쏘는 총탄엔 아랑곳하지 않고 똑바로 서 있는 것이었다. 다만 무척이나 신경에 거슬리는 것은, 저 뒤쪽, 거의 모든 인근 구릉지대로부터 날아가 죽음과 파괴를 저 앞 오르느캥 성으로 옮겨 심으려 하는 아군 쪽 화력이었다. 저 포탄이 과연 어디로 떨어질 것인가? 그리고 이 대포알은 대체 어디서 그 살육의 포화를 작렬할 것인가?

폴은 얼마나 이렇게 중얼거렸는지 모른다.

"엘리자베트……. 오, 엘리자베트……."

상처 입은 채 몸부림치고 있는 아내의 이미지가 영 뇌리를 떠나지 않았다. 엘리자베트가 오르느캉 성을 떠나길 거부했다는 사실을 알게 된 바로 그날 이후로, 그는 더 이상 발작적인 거부감이나 원한으로 마음 한구석이 켕기는 일 없이, 절절한 심정으로 그녀를 생각해오고 있었다. 이제 더는 끔찍한 과거의 기억과 현재의 아름다운 사랑의 감정이 서로 뒤섞이지 않았다. 가증스러운 어미를 생각하는 동안은 그 딸의 이미지가 떠오르지 않는 것이다. 그 둘은 완전히 서로 다른 종족(種族)에 속해 있었고, 둘 사이에는 어떠한 관계도 존재하지 않았다. 자신의 목숨보다 더 소중하다고 생각되는 의무를 위해 사지(死地)를 마다하지 않고 용감하게 버티고 있는 엘리자베트의 모습은 폴에게 더없이 숭고한 여인으로 비쳤다. 역시 그녀는 자신이 사랑하고 아꼈으며, 지금도 여전히 흠모하는 여인이었던 것이다.

문득 폴은 행군을 멈췄다. 지금까지보다 좀 개방된 지점에 당도한 것인데, 아니나 다를까 금세 적의 시야에 포착되었는지, 난데없는 기관총 세례가 극성스레 퍼부어지는 것이었다. 그 바람에 몇몇 병사가 거꾸러졌다.

"정지! 모두들 땅에 엎드려라!"

그렇게 명령한 뒤, 폴은 베르나르를 움켜쥐며 소리쳤다.

"너도 빨리 엎드리지 뭐하냐? 왜 그렇게 멀뚱하니 서 있는 거야? 그래 그렇게……. 꼼짝 말고 가만히 있어라."

그러면서 처남의 목에 팔을 두른 채 땅바닥에 바짝 엎드리게 하고 있었는데, 그 모습이 어찌나 다정해 뵈는지, 마치 사랑하는 엘리자베트를 향한 마음이 그 동생에게 대신해서 표현되고 있다는 느낌마저 들었다. 실제로 폴은, 전날 밤에 내뱉었던 모진 말은 이미 깨끗이 잊은 듯, 지금은 자신이 부정했던 애정이 물씬 느껴지는 전혀 다른 말을 처남의 귀에 속삭여주고 있었다.

"꼼짝 말고 가만히 있어야 한다. 내가 너를 이런 지긋지긋한 소굴로 데리고 들어오지 말았어야 했어. 모든 게 내 책임이다. 제발……. 제발이지 다치지만 말아다오."

어느새 사격이 무뎌지고 있었다. 병사들은 바닥을 엉금엉금 기어가 마침내 두 줄로 늘어선 포플러 나무들까지 갔고, 그 나무들을 따라 다시, 한적한 길이 가로지른 능선을 향해 완만한 언덕을 기어올랐다. 드디어 비탈을 다 올라 오르느캥 고원(高原)을 굽어보는 폴의 시야 저 멀리, 폐허가 되다시피 한 부락과 허물어진 성당 건물, 그리고 좀 더 좌측으로 나무와 돌무더기가 어지러이 쌓인 가운데 벽체 몇 개만 비죽이 솟아 있는 곳이 보였다. 그곳이 바로 오르느캥 성곽이 위치한 곳이었다.

주변의 모든 것, 농장이며, 건초 더미, 창고들은 하나같이 화염에 휩싸여 있었고…….

문득 뒤를 돌아보니 프랑스 군대가 사방에 흩어지고 있었다. 근처 숲속에 방금 와서 포진한 대포들이 지체 없이 사격에 돌입하고 있는가 하면, 저만치 성곽과 그 주변 폐허 가운데에서도 역시 대포알이 줄기차게 치솟는 것이 폴의 눈에 들어왔다.

그 같은 광경을 더 이상 가만히 두고 볼 수 없다는 생각에 그는 다시금 소대를 이끌고 전진하기 시작했다. 적의 대포가 갑자기 사격을 중지하더니, 잠잠해졌다. 하지만 오르느캥에 3킬로미터쯤 접근했을 때부터 주위로 총탄 세례가 가해졌고, 멀리 일단의 독일 병사들이 사격을 가하면서 성 쪽으로 후퇴하고 있는 것이 눈에 들어왔다.

그러는 와중에도 75밀리 대포와 리마일로 포(砲)들은 여전히 으르렁거리며 불을 뿜어대고 있었다. 정말이지 끔찍한 상황이었다.

폴은 문득 베르나르의 팔뚝을 부여잡고는 떨리는 목소리로 말했다.

"만약 내게 어떤 불상사가 생기면 부디 엘리자베트에게 내가 용서를 구하더라고 전해주길 바란다. 내가 용서를 구하더라고 말이다."

어쩌면 아내를 다시는 못 볼지도 모른다는 생각이 덜컥 들었고, 그러자 스스로 책임질 일도 아닌 것을 가지고 아내를 마치 죄인 대하듯 가혹하게 다루었을 뿐만 아니라, 결국 매몰차게 뿌리쳐서 지금과 같은 고통에 처하도록 만들었다는 생각이 강하게 드는 것이었다. 폴은 부하들을 저만치 따돌릴 정도의 빠른 보조로 앞을 향해 전진해 나아갔다.

하지만 지름길이 마침내 끝나고 리즈롱 계곡이 내려다보이는 좀 더 넓은 길에 다다르자, 부리나케 앞질러 온 자전거병이 대령의 명령이라며, 연대가 합류하기를 기다렸다가 함께 공세를 취하라고 알려왔다.

예서 죽치고 기다린다는 것 자체가 지금의 폴에게는 그야말로 견디기 힘든 시련이었다.

점점 더 걷잡을 수 없는 흥분에 사로잡힌 폴은 이미 신열과 분노의 감정으로 온몸을 사리기 어려울 정도였다.

보다 못한 베르나르가 넌지시 말했다.

"이봐요, 폴. 제발 진정하세요! 제때에 도착할 수 있을 거예요."

"제때에 도착한다고? 어느 제때 말이더냐? 그녀가 죽거나 부상당하고 나서 말이냐? 아니면 아예 흔적도 찾을 수 없게 되는지도 모르지! 우리의 빌어먹을 대포는 잠시도 쉬지를 않고 있지 않느냐! 상대가 더이상 반응을 보이지 않는데 우리는 뭐하러 자꾸만 포격을 퍼붓는다는 거냐? 갈수록 시체만 불어가고…… . 건물만 부서져가는데…… ."

"적의 후위대가 있지 않습니까?"

"그들에겐 우리가 있지 않느냐? 우리 보병 부대 말이다! 이건 우리가 해야 할 일이야. 전면적으로 사격을 가한 다음, 총검으로 무찌르면 된다고!"

급기야 제3중대의 잔여 병력으로 보강된 폴의 소대는 대위의 지휘하에 다시금 진격을 개시할 수 있었다. 그런가 하면 경기병(輕騎兵) 1개 분견대가 패잔병들의 퇴로를 막기 위해 마을 쪽으로 대차게 달려나갔고, 중대는 방향을 꺾어 곧장 성으로 향했다.

눈앞에는 엄청난 죽음과 적막의 풍경이 펼쳐져 있었다. 혹시 무슨 함정은 아닐까? 참호와 바리케이드로 굳건하게 진지를 구축한 적의 병력이 최후의 저항을 준비해둔 상태가 아니겠는가?

성채의 안뜰로 이어진 참나무 고목 오솔길에는 별로 의심 갈 만한 조짐이 보이지 않았다. 어떤 인기척도, 어떤 소리도 나지 않았다.

여전히 선봉에 나선 폴과 베르나르는 방아틀뭉치에 손가락을 건 채, 예리한 시선으로 나무 아래 어스름한 구역을 후비듯 파들어 갔다. 이미 끔찍한 균열로 엉망이 된 성벽 너머로는 거대한 연기 기둥이 피어오르고 있었다.

가까이 다가갈수록 찢어지는 듯한 단말마의 울부짖음 소리가 여기저기서 들려왔다. 다름 아닌 부상당한 독일 병사들이었다.

한데 마치 땅속 깊숙한 곳으로부터의 어떤 지각변동이 지표면을 산산조각으로 찢어발기는 것처럼 별안간 땅덩어리가 뒤흔들리는가 싶더니, 어마어마한 폭발음이 흡사 천둥이 연거푸 울리듯 울려 퍼지는 것이 아닌가! 갑작스럽게 흙먼지와 모래와 온갖 잡동사니 파편 조각이 자욱하게 퍼져서, 주변이 매캐하고 어둑해졌다. 아무래도 적군이 성 전체를 날려버린 모양이었다!

베르나르가 중얼거렸다.

"틀림없이 우리를 겨냥한 폭발이었던 것 같군요. 성곽과 더불어 우리 모두 날아갈 뻔한 거예요. 뭔가 착오가 있었기에 망정이지……."

철책을 넘어 안으로 접어들자, 처참하게 파헤쳐진 안마당하며 속이 다 들여다보이는 망루들, 완전히 허물어진 성곽, 화염에 휩싸인 부속 건물들, 그리고 몸부림치고 있는 부상자들과 사방으로 흩어진 채 나뒹구는 시체 등등, 그 모든 끔찍한 광경은 누구라도 무의식적으로 뒷걸음질을 치게 만들기에 충분했다.

그러나 방금 말을 타고 뒤쫓아 달려온 대령의 입에선 불호령이 떨어졌다.

"전진! 전진해라! 분명 정원으로 숨어든 졸개들이 있을 것이야!"

지극히 서글픈 상황 속에서나마 불과 몇 주 전, 정원을 포함한 인근 지역을 샅샅이 발로 훑은 적이 있는 폴에게 이곳 지형은 근처의 샛길까지 훤한 상태였다. 그는 뿌리 뽑힌 나무들과 돌멩이들로 엉망진창 어질러진 잔디밭을 가로질러 지체 없이 달려나갔다. 한데 숲 어귀에 세워진 작은 별채 앞을 지나치던 그는, 그만 붙박인 듯 멈춰 서지 않을 수가 없었다. 그뿐만 아니라 베르나르와 나머지 병사들도 할 말을 잃은 채 입을 떡 벌리고 서 있는 것은 마찬가지였다.

그 별채 건물 벽 고리에 두 구의 시체가 같은 쇠사슬로 몸통이 친친 감긴 채, 축 늘어져 매달려 있는 것이 아닌가!

제롬과 로잘리였다.

둘은 총살을 당한 것 같았다.

언뜻 보니 그들 옆으로 계속해서 쇠사슬이 이어져 있었고, 세 번째 고리가 벽에 달려 있었다. 벽면 가득 핏자국이 얼룩져 있었고, 총탄 자국도 선명했다. 틀림없이 세 번째 희생자가 있었고, 그 시체가 어디론가 치워졌음이 분명했다.

천천히 그곳으로 다가간 폴의 눈에 회반죽을 후벼 파고 들어간 포탄의 파편 자국이 들어왔다. 그리고 그 틈바구니에서 황금빛 머리카락 몇 올이 끼여 있는 것을 발견했다. 엘리자베트의 머리에서 뽑혀나온 금발 타래였다.

7
H.E.R.M

당장 공포심이나 절망감보다 폴의 마음을 사로잡은 것은, 어떤 대가를 치르든, 무슨 수를 써서라도 복수를 하겠다는 어마어마한 욕구였다. 그는, 마치 정원에 흩어진 채 신음하는 독일 부상병들 모두가 이 짐승 같은 살육 행위의 주범이라도 되는 듯, 사정없이 주변을 두리번거렸다.

"이 비열한 놈들! 살인마들!"

베르나르가 황당하다는 표정으로 더듬거렸다.

"확실한 거예요? 그 머리 타래 분명 엘리자베트의 머리카락인 거 확실하냐고요?"

"그래. 확실히 엘리자베트의 것이야. 놈들은 그녀를 다른 두 사람과 마찬가지로 총살해버렸어. 성지기와 그의 아내 말이야. 아! 가엾은 사람들."

폴은 풀밭에서 몸을 질질 끌며 기어가고 있는 한 독일인을 발견하자 개머리판을 치켜들어 내리치려 했고, 바로 그 순간 대령의 눈에 목격되었다.

"저런, 들로즈! 지금 뭐하는 건가? 자네 중대는?"

"아, 대령님. 제 심정을 알기만 한다면!"

폴은 냅다 상관 앞으로 달려가더니 거의 광기에 가까운 흥분 상태에서 소총까지 휘두르며 이렇게 내뱉는 것이었다.

"대령님, 놈들이 결국 여자를 죽였습니다! 네, 제 아내를 총살했단 말입니다. 자, 저기 벽을 보십시오! 아내를 수발들던 부부까지 한꺼번에 해치웠답니다. 제 아내를 사살했단 말이에요! 대령님, 그녀는 이제 스무 살이었답니다. 아! 놈들을 몰살해야 합니다. 모두 다 개처럼 죽여야 해요!"

하지만 베르나르가 이미 나서서 폴을 끌어당기고 있었다.

"폴, 시간 낭비하지 맙시다! 복수는 싸우는 놈들을 상대로 하자고요. 저쪽에선 아직도 총성이 들리고 있어요. 아직 빠져나가지 못하고 갇혀 있는 놈들이 있나 봅니다."

폴은 자신이 무슨 행동을 하는지 이미 의식이 없었다. 처남의 팔을 뿌리치더니 다시금 분노와 고통으로 이성을 잃은 채 왔던 길을 달려가는 것이었다.

한 10분쯤 지났을까, 중대로 돌아온 폴은 예배당이 바라보이고, 아버지가 칼침을 맞아 살해당했던 바로 그 교차로를 건너가고 있었다. 좀 더 멀리에는 전에 폴이 보는 앞에서 반짝 열렸던 쪽문 대신 두꺼운 벽에 큼지막한 균열이 벌어져서, 그곳을 통해 보급 수송대가 성채로 드나들 수 있었음을 알 수 있었다. 한데 거기서 800여 미터 못 미친 지점, 들판을 가로지른 시골길과 대로가 만나는 곳에서 격렬한 총격전이 벌어지고 있었다.

가만히 보아하니, 수십여 명 규모의 패잔병들이 대로를 따라 추격해온 경기병들 한복판을 헤치면서 활로를 모색하려 하고 있었다. 그러다가 이제는 등 뒤에서 폴의 중대로부터도 공격을 당하자, 그만 나무와 덤불로 우거진 한쪽 구석 땅뙈기로 몰려들면서 악착같이 저항하는 것이었다. 그들은 한발 한발 뒤로 물러나면서 쓰러져가고 있었다.

가차 없이 방아쇠를 당기면서도, 오히려 싸움에 몰입하느라 점점 냉정을 되찾아가던 폴이 이렇게 중얼거렸다.

"도대체 왜 끝까지 저항하는 거야? 아무래도 무슨 시간을 벌려고 하는 것 같아."

순간, 목소리가 확 변하면서 베르나르가 소리쳤다.

"저길 좀 봐요!"

국경에서 방금 오는 듯한 자동차 한 대가 나무들 아래에서 불쑥 튀어나왔는데, 독일 병정들을 가득 싣고 있었다. 저들이 혹시 지원 병력? 하지만 그것은 아닌 듯했다. 거의 제자리에서 급회전을 해 방향을 바꾼 자동차와 숲 속의 군인들 사이에 웬 장교 한 명이 회색빛 망토를 걸친 채 불쑥 나타나더니, 자동차 쪽으로 재빨리 다가가는 것이었다. 그러면서도 장교는 한 손으로 권총을 휘두르며 계속적인 저항을 독려하고 있었다.

베르나르가 다시금 소리쳤다.

"잘 보라니까요! 폴. 잘 봐요!"

폴은 아연실색해서 말이 나오지 않았다. 베르나르가 지목한 장교는……. 아니다, 도저히 인정할 수가 없는 일이 아닌가! 아, 하지만…….

폴이 더듬더듬 물었다.

"베르나르, 대체 무슨 말을 하려는 거냐?"

베르나르는 다급하게 중얼거렸다.

"똑같은 얼굴이에요. 왜 있잖아요, 어제 내가 봤던 그 얼굴요. 어젯밤에 매형에 관해 수상쩍은 질문을 해왔다던 바로 그 여자 말이에요."

하지만 폴 역시 장교의 얼굴을 보고는, 정원의 쪽문 앞에서 자신을 죽이려고 했던 그 미지의 존재, 도저히 이해가 가지 않는 일이지만, 하여튼 아버지를 죽인 살인마이자 저 초상화의 주인공과 너무도 닮은 얼굴을 단박에 알아보는 것이었다. 즉, 엘리자베트와 여기 이 베르나르의 어미이기도 한 에르민 당드빌의 얼굴 말이다! 베르나르는 다짜고짜 거총을 하고 회색빛 망토의 장교를 겨누었다.

"안 돼! 쏘지 마!"

기겁을 한 폴이 외쳤다.

"왜요?"

"놈을 생포하도록 해보자."

그렇게 내뱉음과 동시에 폴은 후닥닥 내달렸고, 장교는 헐레벌떡 자동차를 향해 달음질쳤다. 하지만 차 안에 타고 있는 독일군 병사들이 이미 손을 내밀어 장교를 끌어 올리기 직전이었다. 순간, 총성 한 발이 울렸고, 운전석에 앉아 있던 병사가 폴이 쏜 총에 명중되었다. 그 와중에 자칫 정통으로 나무에 충돌할 뻔한 자동차의 운전대를 장교가 잽싸게 붙들었고, 무척이나 능란한 운전 솜씨로 여러 장애물을 요리조리 빠져나가 국경 쪽으로 쏜살같이 내달리는 것이었다.

결국 탈출한 셈.

그렇게 장교가 프랑스군의 사정권 내에서 멀어지자, 그때까지만 해도 극렬히 저항하던 덤불숲의 독일군은 곧장 항복 의사를 표해왔다.

폴은 마구 치밀어 오르면서도 어찌할 수 없는 울분으로 온몸을 부르르 떨었다. 그에게 있어서 방금 나타났다 사라진 존재는 온갖 형태로 돌변할 수 있는 악(惡) 그 자체였으며, 이 지루한 비극의 처음부터 마지막 순간까지, 살인에다 염탐, 폭력에다 배신, 총질에 이르기까지 한결같은 범죄의 화신으로 모습을 드러내는 괴물이었던 것이다.

폴의 증오심을 만족시켜줄 수 있는 것이라면 오로지 그 존재의 죽음뿐일 정도였다. 폴은 일말의 주저 없이, 바로 그 존재야말로 엘리자베트의 가슴에 총부리를 겨눈 괴물이라 믿어 의심치 않았다. 아! 이러고도 목숨을 부지해야 한단 말인가! 엘리자베트가 총살을 당하다니! 지옥같은 그 광경, 생각만 해도 어찌 가슴이 찢어지지 않을쏜가.

그는 정신 나간 사람처럼 울부짖었다.

"대체 누구냐? 어떻게 하면 놈의 정체를 알 수 있어? 어떻게 하면 놈을 붙들어서 사지를 비틀어버리고 목을 분지를 수 있느냔 말이다!"

"포로들한테 한번 물어나 보죠."

베르나르가 한마디 했다.

더 이상 전진하지 않는 것이 좋을 것 같다고 판단한 대위의 명령에 따라 중대는 연대 병력과 합치기 위해 퇴각했고, 폴은 포로들을 인솔한채, 특별히 성에 주둔할 소대를 이끌고 물러갔다.

길을 가면서 그는 상급 병사 두세 명을 상대로 끊임없이 질문 공세를 퍼부었다. 하지만 그들 역시 바로 전날 코르비니에서 이곳 성으로 건너와 하루밖에 지나지 않은 터라, 지극히 애매모호한 정보만을 줄 수 있을 뿐이었다.

심지어는 자신들이 그토록 헌신적으로 보필한 회색빛 망토의 장교가 무슨 이름을 가지고 있는지조차 모르고 있었다.

그저 '소령님'이라고 부른다는 것이 전부였다.

발끈한 폴이 다그쳐 물었다.

"하지만 너희의 직속상관이 아니더냐?"

"그건 아닙니다. 우리가 속한 후위대의 직속 지휘관은 중위님인데, 발파 장치가 잘못 폭발하는 바람에 부상당했습니다. 그때 다들 그냥 놔두고 도망쳤지만, 실은 데리고 오고 싶었지요. 한데 소령님이 강력하게 반발하면서 권총까지 손에 쥐고 계속 전진하라고 몰아세웠답니다. 누구든 포기하면 쏴 죽인다고 벼르면서 말입니다. 방금 전에 싸울 때에도 뒤쪽으로 10여 보 정도 떨어져서 연신 권총을 휘두르며 자기를 방어하도록 협박에 가까운 독려를 계속했답니다. 우리 중 세 명은 아마도 그가 쏜 총에 맞아 죽었을 거예요."

"필시 아까의 그 자동차가 와줄 것을 기대하고 있었나 보지?"

"그런 셈이죠. 아울러 우리 모두를 구해줄 지원 병력도요. 하지만 자동차는 딱 한 대만 왔고, 그만 구해갔습니다."

"중위는 설마 그의 이름을 알고 있겠지? 어떤가, 그는 중상(重傷)인가?"

"중위님요? 다리 한쪽이 부러졌습니다. 정원의 별채에 뉘어놓았지요."

"총살이 자행되었던 바로 그 별채 말인가?"

"그렇습니다."

사실 별채라고는 하지만, 겨울철 초목을 들여놓는 자그마한 온실에 불과했다. 어느새 로잘리와 제롬의 시체는 치워져 있었다. 하지만 벽을 따라 세 개의 고리에 걸쳐 늘어져 있는 음산한 쇠사슬과 총탄 자국, 그리고 포탄 파편이 박힌 자리에 아직도 끼여 있는 엘리자베트의 금발 머리 타래는 그대로였다.

포탄도 하필 프랑스군의 것이라니! 그렇기 때문에 살인 행각이 더더욱 끔찍스럽게 느껴졌다.

따지고 보면, 전날 장갑차를 탈취할 때부터 코르비니까지 과감한 공략을 성공시켜서 프랑스군의 진격로를 활짝 열어준 대가가 고작 아내의 비명횡사로 돌아온 격이었다! 적이 퇴각하면서 앙갚음 삼아 성의 거주민들을 모조리 몰살했던 것이다! 엘리자베트는 벽에 쇠사슬로 꽁꽁묶인 채, 옴짝달싹 못한 상태에서 온몸이 벌집이 되었으리라! 게다가아이러니하게도 그 죽은 몸뚱어리마저 코르비니 인근 구릉지대로부터하룻밤 전 쏘아댄 프랑스 포병의 포탄 세례를 받다니…….

폴은 파편을 주워 거기에 묻은 금발 머리카락을 정성스레 뜯어냈다. 그는 간호 부대가 임시 구호 본부를 차려놓은 별채 안으로 베르나르와 함께 들어섰다. 아니나 다를까, 독일군 중위가 제법 말끔하게 치료된 채 짚단 위에 누워 있었는데, 질문에 대답할 수 있는 상태는 되어보였다.

곧바로 한 가지 사항이 명확하게 밝혀졌다. 즉, 이곳 오르느캥 성에주둔하던 독일군 수비대는 그 전에 코르비니와 인근 요새들로부터 패퇴한 부대들과는 전혀 접촉이 없었다는 사실. 아울러 성의 점거 당시무슨 일이 벌어졌는지 말이 새날 것을 방지하기 위해, 기존의 주둔 수비대는 전투부대가 당도하기 전에 완전 철수를 강행했다는 것이다.

전투부대에 소속되었던 중위는 이렇게 진술했다.

"그때가 저녁 7시쯤 되었을 거요. 당신네 75밀리 포병 중대가 이미이곳 성을 노리기 시작했을 때는, 일군의 고위급 장교들과 장군들밖에남아 있지 않았소. 그들의 짐은 모두 수송 마차에 실려 떠난 뒤였고, 자동차도 다 준비가 끝난 상태였소. 가능한 한 오래도록 버티고 나서 결정적일 때에 성 전체를 폭파하라는 지시가 하달되어 있었소. 결국 소령이 모든 것을 사전에 조치해놓은 셈이오."

"그 소령 이름이 무엇이오?"

"그건 모릅니다. 그는 젊은 장교 한 명을 늘 수행하고 다녔는데, 심지어는 장군들조차도 그 장교에게 일종의 경외심을 갖고 대했소. 나를 차출해서 소령을 마치 '황제 받들듯' 하라고 종용한 것도 바로 그 장교였소."

"그럼 그 젊은 장교는 누구요?"

"콘라트 왕자요."

"황제의 아들들 중 하나 말이오?"

"그렇소. 그는 바로 어제 오후 늦게 성을 떠났지요."

"소령은 남아서 밤새 있었고 말이오?"

"그랬을 거라고 생각하오. 어쨌든 아침엔 있었으니까. 우린 발파 장치에 불을 붙인 뒤 떠나려고 했는데, 너무 지체하는 바람에 이 별채를 지나가다가 그만 부상을 당한 겁니다. 이 벽 바로 옆에서 말이죠."

폴은 끓어오르는 울분을 삼키며 물었다.

"프랑스인 세 명을 사살한 벽 말이죠?"

"그렇소."

"언제 사살했습니까?"

"어제저녁 6시경이었을 거요. 우리가 코르비니에서 당도하기 직전이었으니까."

"누가 그들을 사살하라고 한 겁니까?"

"소령의 지시였소."

폴은 머리며 이마며 목덜미로 땀방울이 철철 흐르는 것을 꾹 참고 있었다. 역시 추측은 틀리지 않았던 것이다. 엘리자베트는 뭐라 칭할 수도 상상할 수도 없지만, 하필 자신의 어머니인 에르민 당드빌로 오인될 만큼 빼닮은 저 수수께끼 같은 존재의 지시로 총살을 당했다.

폴은 떨리는 목소리로 계속 몰아붙였다.

"요컨대 프랑스인 세 명이 사살됐다는 건 확실한 거지요?"

"그렇소. 성의 거주민들이 귀띔해주었소."

"남자 하나와 여자 둘이었겠죠?"

"그렇소."

"한데 별채의 벽에는 왜 시체가 두 구밖에 없는 거죠?"

"그건 콘라트 왕자의 지시에 따라, 소령이 성의 여주인을 매장했기 때문이오."

"어디에 매장했죠?"

"그건 소령한테서 들은 바가 없소."

"최소한 무슨 이유로 사살했는지는 알고 있겠죠?"

"아주 중요한 비밀을 눈치챘나 봅디다."

"하지만 포로로 잡아갈 수도 있었을 텐데?"

"그야 그렇겠죠. 하지만 콘라트 왕자가 더 이상 그녀를 잡아둘 필요가 없다고 본 모양입니다."

"맙소사!"

폴이 벌떡 일어서자, 중위는 묘한 미소를 지으며 이렇게 덧붙였다.

"빌어먹을! 왕자에 대해서는 모르는 사람이 없을 정도요. 가문(家門) 내에서도 아주 유명한 호색한(好色漢)이지. 이미 성에 들이닥친 지 수 주가 흘렀으니, 모르긴 몰라도……. 글쎄요, 실컷 즐길 여유는 충분하지 않았겠소? 심지어 이제는 슬슬 싫증이 날 때도 되었겠지. 게다가 소령이 주장하기론, 그 여자와 두 하인 부부가 왕자를 독살하려고 했다는 겁니다. 그러니 뭘 더 봐주겠소, 안 그렇……. 읍……."

중위는 차마 말을 마치지 못했다. 잔뜩 일그러진 얼굴을 바짝 들이대면서 폴이 그의 목을 부여잡고 이렇게 내뱉은 것이다.

"한마디만 더 지껄여라! 당장 목을 분질러버릴 테니까. 아! 부상당한 걸 천만다행으로 생각해라. 그렇지 않으면……. 그렇지만 않으면……."

곁에서 죽 지켜보던 베르나르 역시, 호들갑을 떨며 달려들었다.

"맞아! 이 녀석, 운이 좋은 줄 알아! 그리고 너희 그 콘라트 왕자인가 뭔가 하는 자식…… 돼지 같은 자식…… 언젠가 반드시 면전에다 대고 말해줄 테다. 그놈 가문이나 너희 놈들 몽땅 다 돼지 새끼에 불과하다고 말이다!"

두 사람은 도무지 영문을 몰라 어리둥절해하는 중위를 남겨놓고 밖으로 나왔다.

절망에 압도당한 것처럼 폴이 비틀거렸다. 전신의 신경이 죄다 풀린 듯, 지금까지 그를 지탱해오던 분노와 증오의 힘이 그만 끝없는 나락으로 곤두박질치는 모양이었다. 그나마 막 넘치려는 눈물이나 간신히 참고 있는 지경이었다.

베르나르가 소리쳤다.

"이봐요, 폴! 설마 저놈이 한 말을 곧이곧대로 믿는 건 아니겠죠?"

"천만에! 절대로 아니야! 하지만 대충 무슨 일이 벌어졌을지는 알 만해. 그 깡패 같은 왕자 녀석은 보나 안 보나 엘리자베트 앞에서 꽤나 우쭐댔을 거야. 자신의 유리한 입장을 한껏 이용했겠지. 생각해보라고! 의지할 곳 없이 홀로 남은 여인 앞에서 모든 걸 지배한 폭군이 뭐든 요구 못했겠느냐고! 세상에, 얼마나 고통스러웠을꼬? 그 얼마나 치욕스러웠겠냐고! 매일매일 버텼겠지. 온갖 협박과 폭력을 동원해도 안 되니까, 놈은 마지막으로 죽음을 던져준 거야. 본때나 보이겠다는 거였겠지."

"반드시 복수할 겁니다, 폴!"

베르나르가 나지막이 중얼거렸다.

"그야 물론이지. 하지만 그녀가 이곳에 남게 된 게 나 때문이라는 사실도 결코 잊지 않을 거야. 내 잘못 때문이라는 걸 말이야. 나중에 설명하면 자네도 내가 얼마나 모질고 부당하게 굴었는지 알게 될 거야. 하지만……."

폴은 잠시 말을 멈추고 생각에 잠겼다. 소령의 이미지가 자꾸만 머릿속을 떠도는 가운데, 그는 이렇게 중얼대기 시작했다.

"하지만 말이야……. 정말이지 이상한 점이 한둘이 아니거든."

그날 오후 내내, 프랑스군은 혹시나 있을지 모를 적의 반격에 대비하기 위해서, 리즈롱 계곡과 오르느캥 마을을 통해 꾸역꾸역 밀려들고 있었다. 한편 소대가 휴식 중이었기에, 폴은 베르나르와 함께 성의 정원과 폐허를 샅샅이 조사하고 다녔다. 하지만 엘리자베트가 어디에 묻혔는지를 짐작하게 할 단서는 그 어디에서도 찾을 수가 없었다.

오후 5시쯤, 그들은 로잘리와 제롬에게 합당한 예우를 갖춰 장례식을 치러주었다. 꽃이 뿌려진 자그마한 봉토 꼭대기에 두 개의 십자가도 꽂아주었고, 군종신부가 와서 마지막 위령기도도 올려주었다. 폴은, 주인을 위해 헌신하느라 이런 꼴을 당한 충직한 하인들의 무덤 앞에 비탄을 씹으며 무릎을 꿇었다.

그는 둘의 복수마저 해주겠다고 다짐했다. 복수의 욕망은 그의 마음속 깊숙이, 소령의 가증스러운 이미지를 거의 고통스러울 정도로 강렬하게 환기해주었다. 이제는 당드빌 백작부인에 관한 기억과 떼려야 뗄 수 없는 바로 그 이미지를 말이다.

폴은 베르나르를 한쪽으로 데려가 물었다.

"아까 그 소령이라는 자와 코르비니에서 자네에게 질문했다는 그 시골 아낙네 같은 자가 정말로 비슷하단 말이지?"

"너무 똑같았습니다."

"그럼 이리 좀 와보게. 언젠가 초상화 속 여인에 관해서 내가 얘기한 적이 있을 거야. 함께 그걸 보러 갈 텐데, 첫인상이 어떤지 내게 말해주어야 해."

알고 보니, 성채에서 에르민 당드빌이 거주하는 규방과 침실이 위치한 구역은 포탄이든 발파 장치든 그다지 큰 피해는 입히지 못한 상태였다. 그 정도면 규방 자체도 어느 정도까진 원상태를 유지하고 있을 것도 같았다.

다만 계단은 완전히 날아가 버리고 없어서, 2층으로 올라가려면 무너져 내린 석재 더미를 기어올라야 했다. 복도도 여기저기 휑하니 터져 있었고, 문짝들은 아예 뜯겨나가, 방 안은 그야말로 처량하다 싶을 만큼 아수라장이 된 채 방치되어 있었다.

"여기다."

폴은 기적과도 같이 버티고 있는 두 벽체의 빈 공간을 가리키며 말했다.

이른바 에르민 당드빌의 규방은 비록 여기저기 훼손되고 균열이 갔으며, 벽토 부스러기들이 어지러이 어질러져 있었지만, 결혼 당일 저녁에 와서 봤던 가구들이 그대로 갖춰져 있을 만큼 원래의 모습은 충분히 알아볼 수 있었다. 창문의 덧창들이 햇살을 부분적으로 차단하고 있었지만, 맞은편 벽을 분간할 정도의 어스름한 빛은 충분했다. 한데 바로 다음 순간, 그의 입에서 난데없는 외마디 비명이 터져나오는 것이 아닌가!

"아니, 초상화가 사라졌어!"

이것은 그 자체로 엄청난 당혹감을 안겨줄 뿐만 아니라, 상대 역시 이 초상화에 각별한 중요성을 부여하고 있다는 증거라는 점에서 무척이나 놀라운 일이었다. 초상화를 일부러 제거했다면, 정녕 그것이야말로 명확한 증거라는 얘기가 아닌가!

당황한 폴을 안심시키려는 듯, 베르나르가 말했다.

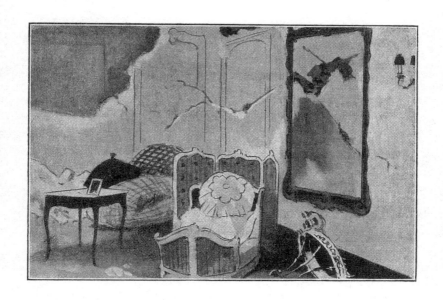

 "단언컨대, 설사 그렇다 해도 내 생각은 변함없을 거예요. 소령이라
는 작자와 코르비니에서 마주친 그 아낙네에 관련해 내가 가지고 있는
생각은 달리 확인할 필요조차 없다고요. 그래, 그 초상화의 주인공이
누군데 그래요?"
 "말했지 않니, 어떤 여자라고."
 "글쎄, 어떤 여자냐고요? 아버지가 직접 걸어놓은 그림인가요? 소장
품 중 하나예요?"
 "물론이지."
 폴은 딴전을 피워서라도 처남을 속이고 싶었다.
 덧창 하나를 열어젖히자, 그림이 덮었던 벽면에 큼지막한 사각형 자
국이 드러났는데, 자세히 보니 누군가 급히 떼어낸 것이 틀림없었다.
액자에서 떨어진 듯한 카르투슈가 바닥에 나뒹굴고 있는 것을, 폴은 혹

시라도 베르나르가 그 안에 새겨진 글씨를 볼세라 얼른 집어 들었다.

한데 그 자신이 벽면 한구석을 유심히 바라보다가, 베르나르가 문득 또 다른 덧창을 열어젖히자, 느닷없는 외마디 비명을 터뜨리는 것이었다.

"무슨 일이에요?"

베르나르가 깜짝 놀라며 물었다.

"저, 저기…… 저길 좀 봐. 저 벽면에 휘갈긴 서명 말이야. 그림이 걸렸던 바로 그 자리…… 서명과 날짜가 있어."

사람 키만 한 높이에서 새하얀 회반죽 벽면을 연필로 긁다시피 써넣은 두 줄의 글자들이 있었다. 날짜는 1914년 9월 16일 수요일 밤으로, 서명은 헤르만 소령으로…….

헤르만 소령이라니! 폴은 자신도 모르는 사이, 두 눈을 부릅뜬 채 그 글자의 구체적인 면면을 노려보고 있었고, 베르나르 역시 기겁을 하면서 잔뜩 목을 뺀 채 들여다보고 있었다.

"헤르만(Hermann)……. 에르민(Hermine)……."

거의 비슷한 철자가 아니던가! 에르민의 처음 시작되는 글자들은 소령이 자신의 계급과 더불어 벽에 새겨 넣은 성인지 이름인지 모를 글자들과 똑같지 않은가 말이다! 헤르만 소령이라! 그리고 에르민 백작부인! 둘 다 'H. E. R. M.'으로 시작하고……. 폴을 죽이려고 할 때 사용되었던 단도 손잡이에도 바로 그 네 글자, 'H. E. R. M.'이 새겨져 있었지 않은가! 그런가 하면 일전에 성당 종탑에서 붙잡은 그 첩자가 가지고 있던 단도 손잡이에도 역시 같은 네 글자가 새겨져 있었다! 베르나르가 한마디 했다.

"내 생각엔, 어딘지 여자 필체 같은데……. 만약 그렇다면……."

그는 점점 깊은 생각에 잠기면서 말을 이었다.

"만약 그런 거라면……. 대체 누구로 결론을 내려야 할까요? 어제 봤던 아낙네와 헤르만 소령이 동일 인물이든지, 그러니까 다시 말해 그 아낙네가 남자이거나 아니면 소령이 여자이거나……. 아니면 둘이 별개의 남자 여자이든지……. 실은, 제아무리 기발하게 닮은 꼴로 생겼다 해도 왠지 내 생각엔 이쪽이 그럴듯해 보이기는 해요. 왜냐면 만약 둘이 동일 인물이라고 가정할 경우, 어젯밤 여기다 서명을 남기고, 프랑스 전선(戰線)을 넘어와서, 시골 아낙네로 변장해, 코르비니에 있는 내 앞에 나타났다는 얘기인데, 한 인간이 어떻게 그리 신출귀몰할 수가 있겠어요? 게다가 오늘 아침에는 다시금 독일 소령으로 돌아와서 성곽을 날려버리고, 도주 중 자기 병사를 몇몇 희생시키고는, 마침내 자동차로 뺑소니를 쳤다는 얘기인데……. 도저히 상상할 수가 없지 않겠어요?"

폴은 아무런 대답도 하지 않고 묵묵히 깊은 생각 속에 잠겼다. 그러더니 잠시 후, 백작부인의 규방과 엘리자베트가 사용하던 주거 공간 사이에 위치한 방으로 건너갔다.

엘리자베트가 거하던 곳은 그야말로 폐허나 다름없었으나, 중간 방은 그리 못 봐줄 정도는 아니었다. 아니나 다를까, 세면대라든지 꼬깃꼬깃한 담요가 덮여 있는 침상으로 보건대, 간밤만 해도 누군가 이곳에서 잠을 청했을 만큼 충분히 방 구실을 했다는 것을 느낄 수 있었다.

탁자 위에는 9월 10일 자 독일 신문과 프랑스 신문이 있었는데, 마른 전투(제1차 세계대전 발발 직후인 1914년 9월 6~12일에 프랑스 파리의 북동쪽 마른 강을 사이에 두고 독일군과 프랑스·영국 연합군이 벌인 전투. 연합군 측의 강한 반격을 받고 독일의 진격이 주춤했으며, 이후부터 오랜 교착 상태에 빠졌음—옮긴이)의 승리를 전하는 공식 성명 위에 붉은 색연필로 거칠게 가위표가 그려져 있었는가 하면, H라는 사인과 더불어 '거짓말! 거짓말!'이라고 휘갈겨져 있었다.

"헤르만 소령이 거하시던 곳인가 보군."

폴이 넌지시 속삭이자, 베르나르가 힘주어 말했다.

"헤르만 소령은 간밤에 문제가 될 서류들을 몽땅 태웠나 봐요. 저기 벽난로 속에 잿더미 보이죠?"

그는 내친김에 허리를 숙여 반쯤 타다 남은 종잇장과 봉투를 집어 들었는데, 무슨 소린지 도저히 알아볼 수 없도록 여기저기 글자들이 희미하게 보일 뿐이었다.

그런가 하면, 우연히 고개를 돌리다가 침대 매트리스 밑에 비죽이 튀어나온 옷 꾸러미에 시선이 가 닿았다. 아마 일부러 그곳에 숨기려고 했거나 서둘러 떠나다 보니 미처 챙기지 못했던 듯한데, 그것을 빼내자마자 베르나르의 입에서 탄성이 튀어나오는 것이었다.

"아하, 이거 놀랐는걸!"

바로 옆방을 뒤지고 있던 폴이 소리쳐 물었다.

"무슨 일인데?"

"이 옷가지들……. 시골 아낙네의 옷이에요. 코르비니에서 봤던 그 여자의 옷 말이에요. 틀림없어요. 이 갈색 톤하고 이 꺼칠한 모직……. 그리고 내가 말했던 이 검은색 레이스 숄을 좀 보라고요."

폴은 부랴부랴 달려오며 소리쳤다.

"지금 뭐라고 했어?"

"세상에! 여기 이걸 좀 봐요. 보통 숄이 아니에요. 어제오늘 만들어진 물건이 아니라고요. 상당히 낡고 여기저기 해진 것 좀 봐요! 내가 얘기한 그 브로치도 달려 있네요. 보여요?"

폴 역시 첫눈에 그것을 알아보고는 소스라치게 놀랐다. 에르민 당드빌의 규방 바로 옆, 헤르만 소령 방에서 발견된 그 옷가지들에 더해, 이 브로치의 존재가 얼마나 끔찍한 의미를 지니는 것인지! 날개를 펼친 백조가 새겨져 있고, 그 주위로 루비 눈동자를 반짝이는 황금 뱀이 똬리를 틀고 있는 이 카메오 장식! 어린 시절부터 폴에게 이 카메오는 얼마나 낯익은 물건이었던가! 아버지를 살해한 여자의 상의(上衣)에서 언뜻 보았을 때부터 시작해 에르민 백작부인의 초상화에서 자세하게 들여다봤을 때까지, 한결같이 그의 뇌리 어딘가에 박혀 있던 장식물이 아니던가! 한데 지금 이 순간, 그것을 또다시 보게 된 것이다. 이번에는 헤르만 소령의 방에 방치된 코르비니 아낙네의 검은색 숄에 꽂힌 실물(實物)로서 말이다!

베르나르가 답답한 듯 말했다.

"이제 증거는 확실해졌어요. 옷이 여기 있는 걸 보니, 나한테 매형에 관해 질문했던 그 여자가 간밤에 이곳에 돌아온 거예요. 그나저나 그 여자하고 꼭 빼닮은 이 장교는 서로 무슨 관계일까요? 나한테 질문을 해대던 그 여자가 과연 두 시간 전에 엘리자베트에게 총부리를 겨눈 자일까요? 대체 정체가 뭘까요? 도대체 우리가 지금 누구를 상대하고 있는 걸까요?"

그러자 폴은 지체 없이 큰 소리로 힘주어 말했다.

"그야 더도 덜도 아닌 독일 놈들이지! 쓸데없는 살인을 저지르고 수시로 염탐을 하는 것이야말로 놈들에게는 지극히 자연스러운 전쟁 수행 방식이야. 평화 한복판에 전쟁의 씨앗을 뿌리기 시작했을 때부터 고수해오던 수법이지. 내가 언젠가 말한 적 있지, 베르나르. 이미 20여 년 전부터 우리는 이와 같은 전쟁의 희생자들이라고. 내 아버지가 살해당했을 그 당시부터 비극은 시작되고 있었던 거야. 그리고 지금은 가엾은 엘리자베트를 애도할 차례가 온 셈이지. 하지만 아직 끝난 게 아니야."

"그렇지만 그도 이젠 도망쳐버렸잖아요?"

"분명 다시 보게 될 거다. 그가 오지 않으면 내가 그를 찾아가서라도 반드시……. 그날이 오면…….”

가만히 보니 방 안에는 안락의자가 두 개 있었다. 폴과 베르나르는 일단 밤을 그곳에서 지내기로 한 뒤, 서둘러 복도 벽에다 자신들이 이름을 새겨 넣었다. 그런 다음, 폴은 부하들한테 돌아와 그나마 아직 쓸 만한 부속 건물들과 창고에 제대로 둥지를 틀고 있는지 살펴보았다. 한데 제리플루르라는 이름의 용감한 오베르뉴(프랑스 중남부의 지방—옮긴이) 출신 당번병이, 성지기의 별채에 인접한 작은 오두막 안에서 비교적 깔끔한 담요와 매트리스 두 벌을 찾아냈다며 가져오는 것이었다. 이렇게 해서 그런대로 누워 잘 수 있는 침대가 마련된 셈이다.

폴은 그것들을 취하는 대신, 제리플루르와 또 다른 부하 한 명더러 성으로 가 두 개의 안락의자를 쓰도록 했다.

밤은 이렇다 할 사건 없이 흘러갔지만, 엘리자베트의 기억에 시달리는 폴에게는 신열(身熱)과 불면의 괴로운 밤이었다.

날이 어스름히 밝을 때가 되어서야 잠에 곯아떨어진 폴은, 그나마 지독한 악몽에 시달리다가, 기상나팔 소리에 덜컥 잠이 깼다.

베르나르가 이미 채비를 갖춘 채 기다리고 있었다.

점호는 성의 안뜰에서 이루어졌다. 한데 제리플루르와 또 한 사병이 보이지 않는 것이었다.

“아직 자고 있는 거야. 우리가 가서 깨워야겠군그래.”

폴과 베르나르는 폐허를 헤치면서 2층으로 이르는 석재 더미를 걸어 올라가 허물어진 방들을 지나쳐갔다.

한데 헤르만 소령이 사용하던 방에서 그들이 목격한 것은, 피투성이가 된 채 침상에 축 늘어져 죽어 있는 제리플루르와 안락의자에 푹 파묻힌 채 역시 숨이 끊겨 있는 동료 사병이었다.

사체 주변으로는 뭐 하나 어질러져 있거나 싸움의 흔적 같은 것이 없었다.

　아마도 두 병사는 곤히 잠자는 동안 살해된 모양이었다.

　사용된 무기는 곧장 폴의 눈에 띄었다. 나무 손잡이에 'H. E. R. M.'
이라고 새겨진 단도였다.

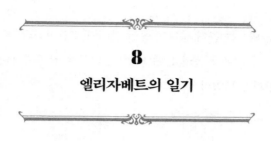

8
엘리자베트의 일기

일련의 비극적인 사태에 연이어 발생한 이 이중(二重)의 살인 사건은, 어찌나 끔찍스럽고 치명적인 단계를 밟아 한 치의 오차도 없이 이루어졌는지, 두 젊은이는 잠시 할 말을 잃은 채 옴짝달싹 못하고 서 있었다.

전투를 해오면서 그동안 숱한 죽음을 느끼고 목격해왔지만, 이번처럼 무시무시하고 음산한 모습으로 다가온 적은 없는 것 같았다.

죽음이라! 지금 그들의 눈에 비친 죽음은, 시도 때도 없이 목숨을 앗아가는 해악(害惡)이기보다는 어둠 속을 넘나들며 상대를 염탐하고 가장 적절한 순간을 선택해 확고한 의지의 팔을 치켜들었다가 내리치는 일종의 유령과도 같았다. 그리고 바로 그 유령이 지금은 헤르만 소령의 얼굴과 모습을 갖추고 있는 것이다.

폴은 간신히 입을 열었고, 정녕 어둠의 불길한 위력을 실감 나게 할 만큼 탁하고 얼이 빠진 목소리로 더듬거렸다.

"간밤에 이곳에 온 거야. 이곳에 와서, 벽에다 우리가 써놓은 이름들

결정판 아르센 뤼팽 전집

을 본 거라고. 베르나르 당드빌이라는 이름과 폴 들로즈라는 이름이야 말로 놈의 눈에는 사라져줘야 할 적이었겠지. 그래서 옳지 잘됐구나 하고 둘을 제거하기로 한 거라고. 마침 곤히 자고 있는 두 사람이 우리라고 착각하고는 그대로 찌른 거야. 결국 우리 대신 가엾은 제리플루르와 그의 동료가 희생당했어."

그는 한참 뜸을 들인 뒤 다시 말을 이었다.

"그들은 아버지가 돌아가신 것처럼 죽은 거야. 엘리자베트가 죽은 것처럼 말이야. 모두가 마찬가지라고. 알겠어, 베르나르? 도저히 인정할 수가 없어, 안 그래? 내 이성으로는 도무지 용납할 수가 없는 일이란 말이야. 어쨌든 단도를 쥐고 있는 손은 항상 같아. 옛날이나 지금이나 말이야."

베르나르는 흉기를 자세히 들여다보았다. 그리고 네 개의 글자를 유심히 살피면서 이렇게 말했다.

"헤르만이겠죠? 헤르만 소령 말이에요."

"맞아. 문제는 진짜 그의 이름이 맞느냐는 거지. 진정으로 그의 정체가 무엇인지가 문제야. 영 모르겠거든. 아무튼 그간의 모든 살인 행각을 저지른 장본인이 이 네 글자, 'H. E. R. M.'으로 서명을 한 것만은 확실해."

폴은 서둘러 소대에 경계령을 내렸고, 군종신부와 군의관을 부른 다음, 대령에게 면담 신청을 해서 엘리자베트의 처형과 두 병사의 죽음에 얽힌 비밀스러운 사정을 모두 털어놓아야겠다고 생각했다. 한데 대령과 연대 병력 모두가 현재 국경 너머에서 전투를 치르고 있으며, 제3중대 역시 그쪽으로 긴급 소집되었고, 성에는 들로즈 하사가 지휘하는 분견대만이 주둔하고 있다는 사실을 뒤늦게 알게 되었다. 결국 폴은 하는 수 없이 부대원들과 함께 직접 조사에 착수하기로 했다.

하지만 결과는 별무신통이었다. 도무지 살인범이 어떻게 정원 울타리 안으로 침입해서 폐허를 거쳐 문제의 방 안으로 침입했는지에 관한 단서를 눈곱만치도 찾을 수가 없었던 것이다. 그렇다고 민간인이라고는 눈 씻고 보아도 없는 이곳에서, 제3중대의 병사들 중 하나를 범인으로 지목해야겠는가? 그건 아닐 것이다. 하지만 딱히 다르게 내세울 가설도 없질 않은가?

　폴의 입장에서 보자면, 아직도 아내의 죽음을 둘러싼 정황과 그 묻힌 장소에 관한 단서부터가 완전 오리무중인 상태이다. 다른 무엇보다도 바로 그 점이 그에게는 견디기 힘든 고통인 것이다.

　부상당한 독일 병사들 역시 앞서 붙잡아 들인 다른 포로들과 마찬가지로 사정에 어둡기는 매한가지였다. 한 남자와 두 여자가 처형된 사실은 모두가 알고 있었지만, 자신들은 처형이 끝나고 나서 주둔군이 퇴각한 이후에야 이곳에 들어왔다는 것이다.

　폴은 내친김에 오르느캥 마을에까지 조사를 파고들었다. 혹시 그곳이라면 뭔가 아는 사람이 있을지 모른다. 그곳의 주민들 사이에 성의 여주인에 관한 소문이랄지, 성에서 그녀가 영위한 삶, 그 수난과 죽음에 관한 얘기가 돌고 있을는지 모르는 것이다.

　하지만 오르느캥은 이미 텅 빈 마을이었다. 젊은 장정은 물론이고 아낙네나 노약자도 전혀 보이지 않았다. 필시 적군이 처음부터 주민들을 대거 독일로 압송해버렸음에 틀림없다. 점령 기간 동안 무슨 짓을 저지르는지 아무도 알지 못하게 하기 위해, 아예 성 주변 지역을 깡그리 초토화했을 것이다.

　결국 사흘 동안 끈질긴 조사를 진행했음에도 불구하고 모든 것이 허사였다.

　그는 베르나르를 바라보며 말했다.

"아무리 그렇다 해도 엘리자베트가 연기처럼 사라졌을 수는 없어. 무덤을 찾지 못하면, 최소한 그녀가 이곳에 머물렀다는 흔적이라도 찾을 수 있을 거야. 이곳에 살긴 살았잖아? 이곳에서 고통을 당했다고! 그녀와 관계된 거라면 어떤 것이든 지금 내게는 더없이 소중해!"

그는 급기야 방에 어질러져 있는 하찮은 돌무더기와 회반죽 부스러기를 헤집으면서, 여자가 살았던 방의 정확한 원래 상태를 복구하려고 애썼다.

보아하니 2층 천장까지 1층으로 몽땅 무너져 내린 터라, 살롱들에서 흩어져 나온 파편들까지 마구 뒤섞여 있었다. 산산조각 난 벽체와 가구들을 샅샅이 헤쳐나가던 어느 아침, 폴은 드디어 깨진 손거울 하나와 자개로 만든 브러시, 은제(銀製) 나이프와 가위 한 벌 등등 엘리자베트가 가지고 있던 잡다한 물건들을 꽤 많이 찾아낼 수 있었다.

그중에서도 그의 가슴을 철렁하게 만든 것은 대단히 두꺼운 비망록을 발견했다는 점이었다. 그것을 보자니 아내가 결혼 전부터 생활비를 얼마나 꼼꼼히 점검하고 있었는지, 시장 목록이라든가 방문해야 할 곳, 특히 가끔가다 인생을 살아가면서 더없이 내밀한 이야기까지 알뜰하게 기록해놓았다는 것이 훤히 드러나 있었다.

한데 유독 1914년에 한해서는 그저 딱딱한 표지와 함께 처음 일곱 달에 관한 내용 말고는 남아 있는 것이 없었다. 나머지 다섯 달 분량으로 말하자면, 한꺼번에 몽땅 찢어발긴 것이 아니라 한 장 한 장 제본에서 일일이 뜯겼다는 것을 알 수 있었다.

폴은 곧장 깊은 생각에 잠겼다.

'이건 엘리자베트가 하나하나 뜯어냈을 거야. 다급하거나 불안할 것 없을 때 느긋하게 한 장 한 장 뜯어서 그날그날 기회 있을 때마다 꺼내 뭔가 기입해 넣으려고 말이야. 무엇이었을까? 요리법이나 계산서처럼 이전까지 비망록을 채워 넣었던 것들보다 뭐가 더 중요했을까? 내가 떠난 후에는 계산서도 없고, 또 삶 자체가 그녀에게 너무도 끔찍스러운 고통의 연속이었을 테니, 아마도 사라진 페이지들에는 온갖 고난과 절망이, 그리고 나에 대한 원망이 고스란히 담겨 있겠지.'

그날은 베르나르가 함께 붙어 있지 않았기에, 폴은 더더욱 열을 내서 조사를 진행했다. 그는 돌무더기 밑이건 비좁은 구멍 틈새이건 닥치는 대로 쑤시고 뒤졌다. 부서진 대리석 덩어리라든가 배배 꼬여 들어간 구리 촛대들, 갈기갈기 찢긴 양탄자, 불길에 검은 그을음이 낀 들보 등등 손대지 않은 것이 없을 정도였다. 그렇게 수 시간 동안을 그는 정신없이 뭔가 찾아 헤맸다.

폐허가 되어버린 터를 세분하여 집요하게 조사했고, 마침내 더 이상 성곽 내부에서 찾을 것이 없어지자, 이번에는 정원으로 나가 같은 방식으로 끈질긴 탐사를 계속했다.

그러한 모든 노력이 수포로 돌아가자, 드디어 폴에게도 무력감이 찾아들었다. 누락된 페이지들은 아마도 너무나 중요한 내용을 담고 있어서, 완전히 파괴해버렸거나 도저히 찾기 힘들 정도로 철저히 숨겨둔 것 같았다. 그것도 아니라면…….

폴은 속으로 중얼거렸다.

'그것도 아니라면, 누군가 빼앗아갔는지도 모르지. 필시 소령은 그녀를 집요하게 감시했을 거야. 그런 상황이라면, 혹시 알아? 그가 손을 썼을지도…….'

그러자 문득 하나의 가설이 선명하게 폴의 머리를 잠식하고 들어왔다.

그러고 보니 시골 아낙네의 옷가지와 검은색 레이스 숄을 발견하고서도 별다른 생각 없이 그것들을 방 안 침대 위에 그대로 두었다는 생각이 퍼뜩 드는 것이었다. 혹시 두 병사를 살해하던 날 밤, 소령은 그 옷가지를 가져가려고 나타났던 것은 아닐까? 최소한 그 옷 호주머니 속에 있는 내용물이라도? 한데 제리플루르가 그 위에 누워 자는 바람에 옷을 발견 못하고 그냥 돌아간 것은 아니었을까?

아울러 아낙네의 치마와 블라우스를 이리저리 펼쳐보면서 언뜻 호주머니 속에서 구겨진 종이 다발을 느낀 것 같기도 했다. 그것이야말로 헤르만 소령에게 발각되어 빼앗겨버린 엘리자베트의 일기가 아닐까?

폴은 즉시 두 차례의 살인이 저질러진 방으로 뛰어 올라갔다. 옷가지를 보자마자 그는 마구 헤집기 시작했다.

"아! 그러면 그렇지! 여기 있었군그래!"

모처럼 쾌재를 부르며 꺼내 든 노란 봉투에는 비망록에서 뜯어낸 종잇장들이 가득 들어차 있었다. 각각 군데군데 찢어지고 구겨진 종잇장들은 한눈에 봐도 8월과 9월 두 달에 걸쳐서 집중적으로 작성된 내용을 담고 있었다. 물론 중간에 며칠 정도 빠졌을 수는 있겠지만 말이다.

영락없는 엘리자베트의 필체였다.

처음 며칠 동안은 그리 자세한 일기라고 볼 순 없었다. 그저 신음하는 심정에서 끄적거린 단순한 메모 수준이랄까? 그러다가 이따금 호흡이 길어지면 한 장쯤 더 부기(附記)하는 정도였다. 때로는 낮에, 때로는 밤에, 펜이나 연필 가는 대로 무심히 내갈긴 글은 이따금 가까스로 알아볼 수 있을 정도로 흐트러져 있었는데, 떠는 손이랄지 눈물로 범벅된 시야, 요컨대 고통으로 넋이 나간 한 존재의 처참한 몰골이 그대로 배어 있었다.

폴의 가슴을 그만큼 아리게 만드는 것도 없을 듯했다.

그는 아무도 방해하지 못할 곳으로 혼자 가, 조용히 읽어 내려갔다.

8월 2일 일요일

이런 편지는 차라리 보내지나 말 것을……. 너무나 가혹하다. 도대체 왜 나더러 오르느캉을 떠나라는 것인지? 전쟁 때문이라고? 그럼 전쟁이 일어날지도 모르니, 내게 이곳에 머물러 의당 해야 할 일을 할 용기도 없을 거란 말인가? 어쩜 그리도 날 모를까! 나를 그토록 비겁하다고 생각한 걸까, 아니면 내 가엾은 어머니를 의심할 수 있을 거라 본 것일까? 폴, 사랑하는 나의 폴, 당신은 나를 떠나지 말았어야 했어요.

8월 3일 월요일

하인들이 죄다 떠나간 뒤, 제롬과 로잘리는 내게 더더욱 신경을 써주고 있다. 심지어 로잘리는 나 역시 떠나라고 보챈다. 그래서 나는 "당신도 떠나지 그래요?"라고 해주었다. 그러자 로잘리는 내게 이런다. "오, 우리는 하찮은 사람들이라 하나도 걱정할 것 없답니다. 게다가 우리 처지는 이곳에 있어야 마땅합니다." 나는 나도 마찬가지라고 해주었다. 물론 내 말을 잘 이해하지 못하는 눈치였다.

한데 내 눈이 우연히 제롬과 마주치자, 그는 서글픈 표정으로 고개를 끄덕이는 것이었다.

8월 4일 화요일

내 의무? 그래, 그것엔 불만 없다. 포기하느니 차라리 목숨을 잃는 게 낫다. 하지만 그 의무를 어떻게 완수하느냐가 문제이다. 어떻게 진실에 도달할 수 있을까? 설사 용기 하나는 충천할지라도, 마냥 이렇게 덮어놓고 훌쩍거리고만 있으니……. 이건 내가 무엇보다 폴을 생각하고 있기 때문이다. 대체 그는 어디 있는 걸까? 어떻게 되었을까? 오늘 아침 제롬이 급기야 전쟁이 선포되었다고 말했을 때, 나는 그만 기절하는 줄 알았다. 그러면 폴이 전쟁에 나간다는 말이 아닌가! 아마 부상을 당할지도 모르지! 자칫 목숨을 잃을지도! 오, 하느님. 정녕 내가 있어야 할 자리는 그가 전쟁을 하고 있을 인근 도시, 바로 그의 곁이 아닐는지요? 이곳에 이렇게 머문다고 무얼 기대할 수 있단 말입니까? 그렇지, 나의 의무는 어디까지나……. 어머니……. 아! 엄마! 저를 용서해주세요! 이게 다 제가 그이를 사랑하고, 그이에게 무슨 일이 일어날까 두렵기 때문이랍니다.

8월 6일 목요일

항상 울고 있다. 난 점점 더 불행해져간다. 그럼에도 불구하고 아직 더 불행해져야 한다면, 결코 마다하진 않을 것임을 나는 느끼고 있다. 더구나 그이가 나를 더 이상 원치 않고 편지조차 보내지 않는 마당에 과연 우리가 다시 재회할 수 있을지도 모르겠다. 나를 사랑한다고? 천만에, 그이는 나를 증오하고 있다! 끝 모를 원한의 대상인 여자의 딸이지 않는가! 아, 너무나 무섭다! 어찌 이런 일이……. 그가 엄마를 계속 그렇게 생각하고, 내가 숙제를 다 하지 못한다면, 정녕 우린 서로 다시는 보지 못하게 되는 걸까? 내가 살아가야 할 삶이 정말 그런 것일까?

8월 7일 금요일

나는 제롬과 로잘리에게 엄마에 관해 많은 질문을 해댔다. 엄마와 함께 지낸 게 고작해야 단 몇 주에 불과하면서도, 그들은 아주 또렷이 기억하고 있었고, 내게 정말 기분 좋은 얘기들을 들려주었다! 엄마는 무척이나 착하고 아름다운 여성이었단다! 모든 이가 그녀를 흠모했고 말이다.

한데 로잘리가 이렇게 말했다. "늘 쾌활하신 건 아니었죠. 잘은 모르지만, 아마 질병이 이미 침식해 들어가고 있었던가 봐요. 하지만 지그시 미소를 지으실 땐, 정말이지 사람 마음을 더없이 푸근하게 해주셨답니다."

아, 가엾은 엄마!

8월 8일 토요일

오늘 아침에 대포 소리가 아주 멀찌감치 들려왔다. 여기서 100리 떨어진 곳에서 전투가 있다.

조금 전 오후에 프랑스군이 들이닥쳤다. 리즈롱 계곡을 행군하는 걸 성토에서 종종 봤던 부대였다. 그들은 성에서 당분간 묵을 것이다. 대위가 양해를 구했는데, 그래도 내게 방해가 될까 봐, 부관들과 더불어 제롬과 로잘리가 사는 별채에서 숙식을 해결하겠단다.

8월 9일 일요일

폴에게서는 여전히 소식이 없다. 나 역시 편지를 쓸 엄두를 내지 못하고 있다. 내가 증거를 확보하기 전까지는 나에 관한 소문이 그의 귀에 들어가지 말았으면 좋겠다.

하지만 어쩌랴? 무려 16년 전에 일어난 과거를 새롭게 증명할 만한 증거를 대체 어디서 찾는단 말인가? 그저 찾아 헤매고, 연구하고, 고민할 수밖에…….

8월 10일 월요일

멀리서 들리는 포성이 그칠 기미를 보이지 않는다. 한데도 그쪽으로부터는 적의 공격을 점칠 만한 그 어떤 움직임도 없다는 게 대위의 말이었다.

8월 11일 화요일

오늘 오후에, 들판으로 난 쪽문 근처 숲에서 경계를 서고 있던 병사 한 명이 칼에 맞아 숨졌다. 지금으로선, 정원을 빠져나가려는 누구를 검문하다 당했을 거라는 추측이다. 그 누가 어떻게 이 안까지 들어왔는지는 당최 오리무중이다.

8월 12일 수요일

대체 어찌 된 일인가? 내가 보기엔 너무도 충격적이고 도저히 이해가 안 되는 일이 벌어졌는데……. 그뿐만 아니라, 이유는 모르지만, 이밖에도 엄청 당혹스러운 일들이 부지기수로 일어나는데……. 나는 정작 내가 마주치는 대위와 병사들 모두가 이 일에 너무도 무관심하고, 심지어는 자기들끼리 농담까지 하는 걸 보고 무척 놀랐다. 나는 마치 폭풍 전야의 압도하는 긴장감마저 느낄 수 있는데 말이다. 아무래도 신경 쓰이는 상황이다.

요컨대, 오늘 아침에…….

거기서 폴은 잠시 중단하지 않을 수 없었다. 그 대목 다음부터 이어지는 페이지까지 찢겨나가 있는 것이었다. 결국 소령이 엘리자베트의 일기를 빼앗은 다음, 어떤 이유에서건 여자가 뭔가 중요한 설명을 하려는 대목을 골라 이처럼 없애버렸다는 말인가? 일기는 그다음으로 계속 이어져 있었다.

8월 14일 금요일

마침내 나는 대위에게 모든 걸 털어놓을 수밖에 없었다. 나는 그를 송악으로 둘러싸인 어느 고목나무 가까이 데리고 가서, 엎드린 다음 귀를 기울여보라고 했다. 한데 그는 대단히 참을성 있게 주의를 집중했음에도 불구하고 아무것도 들리지 않는다고 했다. 실제로 내가 다시 한번 해봤더니, 그의 말이 옳았다.

그는 "마담, 보시다시피 모든 게 정상입니다"라고 했고, 나는 "대위님, 그저께만 해도 이 나무, 바로 이 지점에서 소란스러운 소리가 들렸단 말입니다. 몇 분간 계속 들렸어요"라고 말해주었다.

그러자 그는 슬그머니 웃으면서 이러는 거였다.

"뭐 필요하다면 이 나무를 아예 뽑아드릴 수도 있습니다만, 우리 모두가 지금처럼 신경이 예민한 상태에서는, 뭔가 착각을 일으키거나 환각을 경험할 수도 있지 않겠습니까? 세상에 그런 소리가 하필 이런 데서 들려올 턱이 있나요."

사실 말이야 바른 말이지. 하지만 난 분명 들었고, 또 보았는데…….

8월 15일 토요일

어젯밤에는 독일군 장교 두 명을 붙잡아다가 부속 건물 맨 끄트머리에 있는 세탁장에 가두었는데, 오늘 아침 가보니 군복밖에 없었다.

아마 문을 부수고 도망친 모양이었다. 한데 대위가 조사한 결과, 그들은 프랑스군 장교복으로 갈아입고 도망쳐서, 코르비니에 임무를 띠고 가는 중이라며 경비 초소를 무사통과했다는 것이다.

대체 누가 프랑스군 장교복을 내줬단 말인가? 게다가 초소를 통과하려면 암호도 알아야만 했을 텐데. 그건 어떻게 알아냈을까?

그런가 하면, 왠지 지나치게 깔끔한 복장의 시골 아낙네가 지난 며칠 동안 수차례 나타나 우유와 달걀을 갖다줬다는데, 요즘 들어 통 보이지가 않는다고 했다. 과연 그들 간에 무슨 공모가 있었는지는 아직 밝혀진 바가 없다.

결정판 아르센 뤼팽 전집

8월 16일 일요일

대위가 나더러 떠나라고 열심히 부추겼다. 그는 더 이상 웃지도 않았고, 뭔가 대단히 몸이 단 눈치였다.

그는 내게 이렇게 말했다.

"도처에 첩자들이 우글거리고 있습니다. 게다가 조만간 우리가 공격을 받을 거라고 여길 만한 징후들이 포착되고 있습니다. 뭐, 코르비니에 이르는 통로를 확보하겠다는 전면적인 공세라기보다는 성을 목표로 한 일종의 기습이 될 것 같습니다. 제 임무상 부인께 우리 군이 조만간 코르비니로 후퇴하지 않을 수 없을 것이며 이대로 머무는 건 대단히 신중하지 못하다는 점을 주지시켜드리는 바입니다."

나는 아무리 그래도 내 결심은 흔들리지 않을 거라고 대꾸했다.

제롬과 로잘리도 내게 사정을 했지만, 그래봤자 소용없다. 난 떠나지 않을 테니까.

폴은 여기서 다시 한번 멈추었다. 비망록의 바로 이 지점에서 한 페이지가 누락되어 있었고, 그다음 8월 18일 일기 내용은 맨 앞과 맨 뒤가 역시 찢겨나간 일부만이 남아 있었다.

바로 그 이유 때문에 방금 폴에게 보낸 편지에는 아무 얘기 안 한 것이다. 그이는 내가 오르느캥에 머물고 있다고 생각하겠지만, 난 이미 적은 바대로 결심할 만한 충분한 동기를 가지고 있다. 물론 그이는 내 뜻을 알면 안 된다.

뜻이라고 해봤자, 아직은 애매모호하고 하잘것없는 요인들에 근거한 것이니까! 그럼에도 불구하고 나는 요즘 무척이나 흐뭇하다. 그 요인들이 과연 무엇을 의미하는지는 아직 잘 모르지만, 뭔가 엄청나게 중요할 거라는 느낌이다. 아! 대위로서는 부지런을 떨고 정찰에 심혈을 기울일 것이며, 병사들도 무기를 다시 한번 점검하면서 전의(戰意)를 다질 것이다. 적은 예견된 대로 에브르쿠르트에 진을 치고 있을 것이다! 하지만 나는 안중에도 없다. 지금은 오로지 단 하나의 생각만이 중요할 따름이다! 과연 내가 출발점을 제대로 찾은 걸까? 제대로 가고 있는 걸까?

어디 한번 천천히 생각해보자.

페이지는 엘리자베트가 정확한 설명으로 막 돌입하려는 바로 그 순간부터 여지없이 찢어져 있었다. 혹시 헤르만 소령에 관계된 얘기가 아니었을까? 물론 그랬을 것이다. 하지만 왜?

8월 19일 수요일의 일기는 처음 절반 정도가 찢겨나간 상태였다. 한데 8월 19일이라고 하면, 다름 아닌 독일군이 오르느캉을 비롯한 코르비니와 인근 지역에 대한 공격을 감행하기 하루 전날이었다. 대체 그날 수요일 오후에 그녀는 무어라고 끄적였던 것일까? 무얼 알아낸 것일까? 어둠 속에서 어떤 일이 용틀임을 하려고 벼르고 있었던 것일까?

불현듯 오싹한 공포감이 엄습했다. 폴은 목요일 새벽 2시, 코르비니의 위쪽 근방에서 첫 포성이 울렸음을 기억해내고는, 일기의 나머지 부분을 가슴 졸이며 읽어 들어갔다.

밤 11시.

나는 침대에서 일어나 창문을 열어본다. 사방에서 개 짖는 소리가 들려온다. 모두들 서로서로 짖어대다가 멈칫하고, 귀를 기울이는 듯하다가도 다시금 짖기 시작하는데, 전엔 이런 적이 없었다. 개들이 짖기를 멈출 때의 침묵에는 뭔가 심상치 않은 기운이 감돈다. 나 역시 바짝 귀를 기울인 채, 혹시라도 저들을 저렇게 흥분하게 만드는 무슨 소리라도 들을 수 있을까 긴장하고 있다.

한데 나 역시도 소리가 들리긴 들린다. 이건 분명 나뭇잎 부스럭거리는 소리와는 다른 무엇이다. 보통 밤의 적막을 간질이는 소음과는 전혀 상관이 없는, 아주 낯선 소리다. 어디로부터 들려오는지도 모르는 데다 너무도 혼란스럽고 황당한 기분인지라, 나는 혹시 나 자신의 심장박동 소리에 놀라고 있는 거나 아닌지, 아니면 군대의 행군 소리를 듣고 있는 거나 아닌지 헷갈릴 정도이다.

세상에! 내가 정신이 어떻게 됐나 보다! 군대의 행군이라니. 국경의 우리 편 전초부대도 있을 것이고, 성 주변으로도 우리 군대가 진을 치고 있지 않은가? 군대가 행군하는 소리라면 벌써 총격전이 일어났겠지.

새벽 1시.

나는 창가에 꼼짝 않고 붙어 서 있었다. 개들도 더 이상 짖지 않고 있었다. 모두가 잠이 든 모양이었다. 한데 누군가 숲 속에서 튀어나와 잔디밭을 가로지르는 게 보였다. 나는 하마터면 그게 우리 편 병사 중 한 명이라고 생각할 뻔했다. 그러나 그림자가 내 방 창문 아래를 지나칠 즈음, 하늘의 불빛에 언뜻 비친 모습은 분명 여인의 실루엣이었다. 처음엔 로잘리일 거라고 생각했다. 하지만 그건 아닌 듯했다. 여자는 키가 훤칠하고 동작이 무척이나 날렵했다.

나는 즉시 제롬을 깨워서 경계 벨을 울리도록 할 참이었지만, 그만두었다. 그림자가 성토 쪽으로 사라지자마자, 난데없이 새의 울부짖는 소리가 들렸다. 참으로 괴이하게 느껴지는 소리였다. 그리고 한 줄기 빛이 별똥별처럼 지상에서 하늘로 쏘아 올려지는 것이 보였다.

그게 다였다. 다시금 침묵과 요지부동의 어둠이 주위를 지배했다. 하지만 나는 왠지 더 이상 잠을 이루기가 어려워졌다. 왠지 모르게 두려운 기운이 엄습하는 게 느껴진다. 사방에서 끔찍한 위험이 고개를 드는 것 같다. 그것이 서서히 나에게로 조여 들어와, 나를 잠식하고, 숨 막히게 하며, 급기야는 바스러뜨리는 느낌이다. 더 이상 숨을 쉬기도 힘들다. 무섭다. 무서워 죽겠다.

9
황제의 아들

엘리자베트의 고뇌가 고스란히 담긴 처절한 일기를 폴은 부들부들 떠는 손으로 꼭 움켜쥐며, 속으로 탄식을 내뱉었다.

'아! 가엾어라. 얼마나 괴로웠을꼬? 게다가 기어코 죽음에까지 이르고 말다니.'

그는 더 이상 읽어나갈 엄두가 좀처럼 나지 않았다. 수난의 시간이 엘리자베트를 향해 한 치의 오차 없는 위협적인 발걸음을 옮겨오는 느낌이 들자, 그는 덮어놓고 이렇게 소리치고 싶을 뿐이었다.

'어서 떠나! 끔찍한 운명을 회피하란 말이야! 난 과거를 모두 잊었어! 당신을 여전히 사랑한다고!'

아뿔싸! 하지만 이미 늦었다. 여자를 고통 속으로 내몬 것은 다름 아닌 그 자신이었고, 그나마 처참한 결말이 기다리는 시련의 언덕길을 끝까지 동행해주었어야 했는데……

폴은 별안간 종잇장들을 뒤적이기 시작했다.

일단 백지가 세 장 있었다. 날짜는 8월 20일, 21일, 그리고 22일. 천지가 뒤바뀌는 일이라도 있었는지 전혀 아무것도 적을 수가 없었던 모양이다. 23일 자와 24일 자는 아예 누락되어 있었다. 아마도 이런저런 사건들을 얘기하면서 불가해한 침공의 전모를 밝히는 내용이 담겨 있었으리라.

일기는 25일 화요일 자의 일부 찢긴 종이 중간부터 다시 시작되고 있었다.

　"그래요, 로잘리. 이젠 괜찮아요. 날 돌봐줘서 고맙고요."
　"그럼 열이 더 없는 거예요?"
　"없어요, 로잘리. 이제 다 끝났어요."
　"어제도 그러시고선, 금세 또 열이 올랐잖아요. 그 방문 때문이에요. 다행히 오늘은 없을 거지만. 내일은…… 실은 마님께 알려주라는 전갈을 받았거든요. 내일 5시에……."

나는 더 이상 대꾸하지 않았다. 이제는 저항을 해봤자이다. 하긴 아무리 모욕적인 말을 듣는다 해도 지금 내 눈앞에 펼쳐져 있는 광경만큼이야 괴롭겠는가. 잔디밭 온통 말뚝에 매인 군마(軍馬)들하며, 오솔길마다 화물 트럭과 군용 수레들이 즐비하고, 나무들이 반쯤은 베어 넘어진 숲, 마시고 떠들며 풀밭 위를 제멋대로 뒹구는 장교들…… 무엇보다도 지금 내 방 창문 발코니, 바로 눈앞에 버젓이 걸려 있는 저 독일 국기. 아! 가증스러워라!

나는 차라리 아무것도 보지 않으려고 두 눈을 감는다. 그러자 더욱 끔찍한 기분이 든다. 아, 간밤의 기억 때문이다. 그리고 날이 밝자 어마어마하게 널린 시체들이 보이는데…… 괴물들이 덩실덩실 춤을 추는 가운데, 아직도 여기저기 마지막 숨이 붙은 자들이 제발 마저 숨통을 끊어달라며 울부짖는 처절한 그 광경을 어찌 눈을 감은들 외면할 수 있으리오.

그리고……. 그리고……. 난 더는 생각하지 않으려고 한다. 나의 용기와 희망을 꺾을 만한 것은 아무것도 더는 생각하고 싶지 않다.

아……. 폴! 당신 생각을 하면서 이 일기를 쓰고 있어요. 저에게 무슨 불상사가 생기면 당신이 이 일기를 읽게 될 거라는 느낌이 왠지 모르게 들곤 해요. 그러니 더더욱 힘을 내서 매일매일 당신이 읽을 이 글을 써 내려가야겠지요. 혹시 여기까지 읽으셨다면, 어쩜 나한텐 아직까지도 애매모호하게만 보이는 일에 대해 눈치를 채셨을지도 모르겠네요. 도대체 과거와 현재 사이에는 무슨 관계가 있을까요? 그 옛날의 살인 사건과 간밤의 불가해한 습격 사이에 말이에요. 전 모르겠어요. 단지 당신 앞에, 그냥 있는 사실들을 자세하게 늘어놓고 저의 가설들을 제시할 테니 결론은 당신이 알아서 내리세요. 기필코 당신은 진실을 손에 쥘 수 있을 거예요.

8월 26일 수요일

성이 온통 소란스럽다. 사람들이 우왕좌왕 난리이고, 특히 내 방 바로 밑의 살롱들은 여간 북새통이 아니다. 벌써 한 시간 전부터 대여섯 대의 화물 수송 차량과 또한 그만큼의 다른 자동차가 잔디밭으로 몰려나와 있다. 화물 차량은 거개가 비어 있는 상태이다. 그런가 하면 각 리무진에서 여자 두세 명이 내리자, 독일군들이 일제히 발광을 떨면서 요란하게 웃어댔다. 그중 장교들은 쏜살같이 달려나와 여자들을 맞이했고, 저마다 신이 나서 어쩔 줄을 몰라 했다. 그러고는 모두가 한데 몰려서 성채로 향하는 것이었다. 대체 왜들 저러는 것일까?

복도를 걸어오는 모양이다. 벌써 5시다.

누군가 노크한다.

모두 다섯 명이 들이닥쳤는데, 그가 먼저였고 나머지 네 명의 장교는 그 앞에서 비굴할 정도로 굽실거렸다.

그는 메마른 목소리의 프랑스어로 이렇게 말했다.

"자, 제군! 마담이 거주하는 공간과 특히 이 방에 한해서는 절대로 손끝 하나 대지 말 것을 명하는 바이다. 그 대신 두 개의 대형 살롱을 제외한 나머지는 모두 자네들에게 하사할 것이야. 그 안에서 뭐든 탐나고 필요한 것을 취하도록 하게나. 이것이 바로 전쟁이야! 전쟁의 법칙(法則)이란 말이지!"

아! "전쟁의 법칙이란 말이지!" 하고 소리치는 그 목소리에서 어찌나 무지막지한 신념이 느껴지던지⋯⋯. 그는 계속해서 이랬다.

"마담의 주거 공간에는 손끝 하나 대선 안 돼! 나도 그 정도 예의쯤은 안다고!"

그러더니 나를 힐끔 보는데, 마치 이렇게 말하고 싶은 눈치이다.

'어때, 나도 꽤 기사도적이지? 뭐든 맘만 먹으면 다 빼앗을 수도 있어. 하지만 난 독일인이야. 웬만한 체면쯤은 지킬 줄 안다고.'

그는 내가 고맙다고 하길 기대하지만 난 이렇게 말할 뿐이다.

"드디어 약탈이 시작되는 건가요? 저 밖에 화물 수송 차량들이 와 있을 때부터 짐작은 했죠."

그는 "당신에게 속한 것은 제외할 생각이오"라고 대꾸한다.

"아! 바로 그 전쟁의 법칙이라는 것이 대형 살롱 두 군데의 가구들과 예술품들에까지 미치는 건 설마 아니겠죠?"

그는 문득 얼굴을 붉혔고, 나는 깔깔거리며 웃음을 터뜨린다.

"알겠어요. 그것들은 당신의 몫이겠죠. 그러고 보니 잘 골랐네요. 뭐니 뭐니 해도 값나가는 귀중품들이 최고이죠. 웬만한 찌꺼기들은 물론 당신의 머슴 같은 장교분들이 나눠 가지면 될 테고…….”

내 말을 듣고 네 명의 장교가 발끈하며 돌아본다. 그런가 하면 우두머리는 아까보다 훨씬 더 상기되어 있다. 그는 아주 동그란 얼굴에다 너무 환한 금발 머리에 포마드를 잔뜩 바르고 한가운데 노골적으로 가르마를 탄 모습이다. 아마도 그 좁다란 이마 너머로는 뭔가 그럴듯하게 대꾸할 말을 부지런히 찾고 있을 것이다. 마침내 그가 내 앞으로 다가오더니 의기양양한 태도로 내뱉는다.

“프랑스군은 샤를르루아에서 깨지고, 모랑주에서도 깨지고, 도처에서 깨져나가고 있소이다. 모든 전선에서 패퇴하고 있어요. 이제 이 전쟁의 운명은 정해진 거나 다름없소!”

그 말을 듣는 순간 나는 어쩌나 가슴이 미어지는지, 꼼짝도 못하고 시선은 딴 데로 피한 채, 그저 이렇게 중얼거릴 뿐이다.

“비열한 파렴치한 같으니라고!”

순간 그는 움찔 놀라는 기색이다. 아울러 내 말이 다른 장교들한테도 들렸는지, 그중 하나가 차고 있던 검(劍)의 손잡이에 얼른 손을 갖다 대는 게 내 눈에 띈다. 그렇다면 내 욕을 직접 들은 이자의 반응은 어떨 것인가? 뭐라고 대꾸할 것인가? 자존심에 상처를 입었으니, 여간 당혹스러운 게 아닐 터인데…….

“마담, 아무래도 당신은 내가 누구인지 잘 모르는 모양이로군요?”

“천만에요, 잘 알죠. 당신은 카이저(독일 황제. 빌헬름 2세를 가리킴—옮긴이)의 아들 콘라트 왕자이지요.”

내가 그러자, 그는 다시금 위엄을 유지하려고 애쓰면서 허리를 곧추세운다. 나는 그의 협박과 분노가 언제 거침없이 폭발할까 기다리고 있다. 한데 정작 터져나온 건 대찬 웃음이다. 그것도 무사태평한 귀족의 한껏 태깔 부린 웃음……. 단순히 언짢아하기에는 지나치게 무시하는 듯한 웃음이고, 그렇다고 벌컥 화를 내기에도 또 너무 점잖은 티가 나는, 그런 웃음 말이다.

"참으로 귀여운 프랑스 아가씨야! 여보게들, 정말 어여쁘지 않은가! 방금 한 말 다들 들었는가? 정말이지 대단한 당돌함이 아닌가! 바로 이런 게 진정한 파리지엔(파리 토박이 아가씨—옮긴이)의 모습일세! 우아하면서도 아주 장난기로 똘똘 뭉친 게 말이야."

그러더니 큼직한 동작으로 예를 갖춰 인사를 한 뒤, 휙 돌아서 나가버린다. 연신 부하들과 이렇게 농담을 주고받으면서 말이다.

"귀여운 프랑스 아가씨야! 정말 귀여운 프랑스 아가씨라고!"

8월 27일 목요일

하루 종일 이동이 이루어지고 있다. 전리품을 가득 실은 화물 수송 차량들은 줄줄이 국경을 향해 굴러가고 있다.

내 가엾은 아버지의 결혼 선물들하며, 그토록 열심히 애정을 들여 모아온 소장품들, 그리고 폴과 내가 행복하게 누렸을 값비싼 실내장식들 등등……. 아, 가슴이 찢어지는 것 같다!

전쟁에 관한 소식은 늘 안 좋은 것들뿐이다. 나는 무척이나 많이도 울었다.

콘라트 왕자가 또 왔는데, 사전에 로잘리한테 엄포를 놓은 바 있기 때문에 나는 그의 방문을 정식으로 맞이해야만 했다. 즉, 만약 또다시 시큰둥하게 자기를 맞으면 오르느캥의 주민들이 그 대가를 치르도록 하겠다는 것이다!

이 부분에서 엘리자베트의 일기는 또다시 중단되었다. 그러다 이틀

뒤인 29일, 다시 다음과 같이 이어지고 있었다.

어제 그가 왔다. 오늘도 마찬가지다. 그는 내 앞에서 되게 재기 발랄하고 교양 있는 척하려고 애쓴다. 문학과 음악을 뇌까리는가 하면, 괴테와 바그너를 주워섬기기도 한다. 하지만 내내 혼자만 떠드는 바람에, 급기야는 부아가 나는지 버럭 소리를 지르고 마는 것이다.

"뭐라고 좀 대답 좀 해보시오! 세상에, 콘라트 왕자와 대화를 나눈다는 건, 설사 프랑스 여자 입장에서도 그리 불명예스러운 건 아닐 텐데!"

내가 "간수와 즐겁게 대화를 나눌 여자는 이 세상에 없습니다"라고 쏘아주자, 그는 더더욱 발끈하며 이러는 것이었다.

"맙소사, 당신은 감옥에 갇힌 게 아니오!"

"그럼 내가 이 성에서 나갈 수가 있습니까?"

"정원을 산책하는 거야……."

"그러니까 성벽 안에 갇혀 있는 꼴이지요."

"그래서 대체 어쩌자는 거요? 뭘 원하오?"

"일단 이곳을 떠나 사는 겁니다. 예컨대, 당신이 꼭 그러라고 한다면, 코르비니도 괜찮고요."

"그러니까 나로부터 되도록 멀어지겠다?"

내가 침묵을 지키자 그는 내 쪽으로 다소 몸을 기울이면서 나지막한 음성으로 이랬다.

"나를 혐오하고 있지요, 안 그렇소이까? 오, 내가 미처 그걸 생각지 못했구먼! 여자에겐 늘 익숙한 편이라서 그만……. 당신도 단지 콘라트 왕자라는 존재를 싫어하는 거겠지? 우선 독일인이겠다, 더구나 침략자일 테니까. 결국 한 인간으로서 이 남자가 당신에게, 그 뭐랄까……. 반감을 불러일으킬 이유는 없다는 얘기가 되지. 그럼 이제 이렇게 하지.

지금 한 남자가 당신 앞에 있는 거요. 그저 즐겁게 해주기 위해서. 이해하겠소? 자……."

나는 벌떡 일어서서 정면으로 그를 바라보았다. 난 아무 말도 입 밖에 꺼내지 않았지만, 필시 내 눈동자 속에서 엄청난 혐오감을 보았을 그는, 말하다 말고 입을 꾹 다문 채, 멍청한 표정으로 가만히 있는 것이었다. 아니나 다를까, 결국에는 본성을 드러내면서 내게 우악스럽게 주먹을 들이대더니, 연신 욕설을 구시렁거리면서 문을 박차고 나가버렸다.

이다음으로도 두 페이지가 더 누락되었다. 폴의 안색은 거의 납빛에 가까워졌다. 여태껏 그 어떤 고통도 이 정도까지 속을 타게 만든 적이 없었다. 마치 가엾은 엘리자베트가 아직도 살아 있으며, 그가 보는 앞에서 고군분투하면서, 이렇게 연인이 지켜보고 있다는 것을 알고 있는 것만 같았다. 마침내 9월 1일의 일기에 나타난 사랑과 비탄에 사무친 절규를 대하자, 그는 온 가슴이 발칵 뒤집어졌다.

폴, 나의 폴, 걱정하지 마세요. 앞에 두 장을 찢어버린 건, 당신이 그처럼 더러운 일을 아는 걸 바라지 않기 때문이에요. 하지만 그렇다고 해서 내게서 아주 멀어지진 않을 거죠? 한 야만인이 급기야는 나를 함부로 대한 걸 가지고, 내가 그만큼 사랑받을 자격이 없어진 건 설마 아니겠죠? 오! 그가 내게 내뱉은 말이란, 폴……. 어제도 그랬어요. 그 온갖 욕설과 끔찍스러운 협박, 더더욱 파렴치한 갖은 약속……. 그리고 그 난폭한 횡포! 아니에요, 그 모든 걸 당신에게 그대로 토해내고 싶진 않아요. 게다가 애당초 이 일기를 쓰면서, 나는 매일의 내 생각과 행동을 당신에게 들려주고 싶었을 뿐이에요. 내 괴로움의 증언만을 남길 생각이었죠. 하지만 이건, 이건 달라요. 도저히 용기가 나지 않네요. 차마 말 못하는 걸 용서해주세요. 그냥 나중에라도 당신이 제 원수를 갚아주시려면 뭔가 모욕을 당했다는 것만으로도 충분할 거예요. 더 이상은 묻지 마세요.

실제로 그날 이후로는 콘라트 왕자의 매일 이어지는 방문에 대해 더이상 자세한 얘기는 회피하는 인상이 짙었다. 그럼에도 불구하고 적의 집요한 존재가 그녀 주변에 항상 느껴지면서 말이다! 그저 간단한 메모 형식의 글이 주를 이루었고, 이전처럼 길게 얘기를 토로하는 경우가 더는 없었다. 그것도 다음에서 보듯, 날짜도 신경 쓰지 않고 그날그날 되는대로 휘갈긴 투가 역력했다.

목요일
로잘리가 매일 아침 그들에게 캐묻는다. 아무래도 프랑스군의 퇴각이 계속 이어지는 모양이다. 글자 그대로 패주(敗走)하고 있으며, 파리도 함락된 것 같다. 정부가 도망쳤단다. 우린 망했다.

저녁 7시
늘 그렇듯 그가 내 방 창문 아래를 어슬렁거린다. 전에도 몇 번인가 멀리서 본 적이 있는 한 여자가 함께 있다. 역시 언제나처럼, 시골 아낙네가 흔히 입는 소매 없는 넉넉한 망토를 걸치고, 레이스 숄로 얼굴을 가린 모습이다. 이번과는 달리, 사실 대부분 그 여자는 어떤 장교를 소령이라 부르면서 함께 잔디밭을 배회하곤 했다. 한데 그 장교 역시 회색빛 망토 깃을 잔뜩 세워서 얼굴을 대부분 가린 건 마찬가지였다.

금요일

독일 민요가 울려 퍼지는 가운데 잔디밭에서는 병사들이 춤을 추고 있고, 오르느캥의 성당 종탑에서는 세차게 종소리가 울려 퍼지고 있다. 모두들 군대의 파리 입성을 자축하는 것이다. 과연 그게 사실임을 무슨 수로 의심한단 말인가? 아뿔싸, 저리도 즐거워한다는 것 자체가 바로 진실을 증언하는 셈이 아닌가!

토요일
내가 거주하는 곳과 엄마의 초상화가 있는 규방 사이에도 역시 엄마가 사용하던 방이 하나 있다. 한데 지금은 소령이 쓰고 있다. 왕자의 가까운 친구이기도 한 그는 대단히 중요한 인물이어서, 병사들조차 그저 헤르만 소령이라는 이름밖에는 그에 대해 알 수가 없다고 한다. 심지어 그는 왕자 앞에서도 다른 장교들처럼 지나치게 굽실거리질 않는다. 오히려 왕자에게 이야기하는 투가 일견 한 가족 같은 분위기일 정도이다.
지금 왕자와 소령은 나란히 오솔길을 걷고 있다. 왕자는 은근히 헤르만 소령의 팔에 기대 있다. 보아하니 둘이서 내 얘기를 하는가 본데, 서로 의견이 잘 맞지 않는 모양이다. 심지어는 얘기를 듣던 헤르만 소령이 거의 화가 나 있을 정도이다.

오전 10시
내 우려가 빗나가지 않았다. 로잘리 얘기가, 두 사람 사이에 거친 장면이 벌어졌다는 것이다.

9월 8일 화요일
왠지 저들 모두의 행동거지가 좀 이상하다. 왕자와 소령과 그 밖의 장교들 모두 어딘지 신경이 날카로워진 것 같다. 병사들의 노랫소리도 더는 들리지 않는다. 여기저기서 전투가 있었다는 소문도 들려온다. 상황이 우리 쪽으로 호전(好轉)되고 있다는 얘긴가?

목요일
점점 더 어수선해지는 분위기다. 우편물이 수시로 답지(遝至)하고 있다. 장교들은 벌써부터 자신의 짐 일부를 독일로 발송해놓은 상태이다. 나는 점점 희망으로 가슴이 부풀고 있다. 하지만 다른 한편으로는…….
아! 나의 사랑하는 폴. 이런 방문들 때문에 얼마나 고역을 겪는지 알기만 한다면! 처음 며칠처럼 그는 더 이상 상냥한 척하지도 않는다. 드디어 가면을 벗어던졌다고나 할까. 아니지, 아니야. 거기에 대해서는 침묵하기로 했지.

금요일
오르느캥 마을 전체 주민이 독일로 압송되었다. 저들은 내가 당신에게 잠깐 언급한 바 있는 그 끔찍한 밤 동안 벌어진 일에 대해 단 하나의 증언도 나오기를 원치 않는 것이다.

일요일 저녁
패배가 있었다고 한다. 이제 파리에서 퇴각할 때라고……. 그는 이를 바득바득 갈고 내게 온갖 위협을 늘어놓으면서 그 사실을 실토했다. 아무래도 나를 본보기 삼아 앙갚음하려는 듯하다.

화요일
폴, 제발 전쟁 중에 그자와 마주치면 개처럼 죽여버리세요. 하긴 이런 작자들이 직접 나가 싸우기나 할까? 아, 내가 지금 무슨 소리를 하는 건지……. 머리가 어떻게 된 모양이에요. 도대체 내가 왜 이 성에 남아 있었던 걸까요? 폴, 나를 억지로라도 데려가지 그랬어요.

폴, 그자가 무슨 생각을 하는지 아세요? 아! 비열한 인간 같으니라고. 놈은 오르느캥 주민 열두 명을 붙잡아다가 볼모로 삼고는, 나더러 그들의 목숨을 책임지라는 거예요. 얼마나 끔찍스러운 발상이에요! 내 행동 여하에 따라 그들 하나하나가 살기도 하고 총살당하기도 하는 거예요. 어쩜 그리도 파렴치한 발상을 할 수 있는 거죠? 단지 내게 겁을 주려는 걸까요? 아, 정말이지 치가 떨릴 정도로 극악무도한 협박이 아닌가요? 정말이지, 지옥 같아요! 차라리 죽고 싶어.

밤 9시

죽는다고? 아니지! 왜 죽어야 해? 로잘리가 와서 얘기해줬다. 오늘 밤 예배당에서 좀 더 떨어진 정원 쪽문 경계를 맡은 초병들 중 한 명과 남편이 안면을 트고 지내는 사이라는 것이다.

이제 새벽 3시가 되면 로잘리가 나를 깨울 것이고, 그 길로 함께 달아나, 제롬이 아주 안전한 곳을 마련해둔 숲 속으로 피신할 것이다. 하느님, 제발 성공하게 해주소서!

밤 11시

무슨 일이 일어난 것일까? 왜 내가 잠이 깼지? 분명 악몽이었을 뿐인데. 하지만 아직까지 신열이 온몸을 휘감아서 이 글도 겨우겨우 써 내려가고 있다. 이 탁자 위에 있는 물은 또 뭔가? 잠이 안 올 때 항상 물을 마시곤 했는데, 지금은 무엇 때문에 마실 엄두를 못 내는 거지?

아, 정말 끔찍한 악몽이었어! 잠자는 동안 내 눈앞에 펼쳐지던 광경을 내 어찌 잊을 수 있을까! 분명 자고 있었던 건 틀림없다. 도망치기 전

결정판 아르센 뤼팽 전집

에 휴식이나 취해두어야겠다는 심정으로 잠자리에 들었는데, 꿈에서 여자 유령을 본 것이다! 유령이라? 그래 맞아, 유령이었다. 유령이 아니고서야 어찌 빗장까지 채워진 문을 그대로 통과해서, 겨우 치마 끌리는 소리만 들릴 정도로 바닥 위를 그토록 조용히 미끄러져 갈 수 있겠는가?

대체 무엇 땜에 나타난 걸까? 침대 머리맡의 야등(夜燈) 덕분에, 유령이 탁자를 빙 돌아서 침대 쪽으로 조심스레 다가오는 걸 볼 수 있었다. 얼굴은 어둠으로 완전히 가려진 채 말이다. 나는 너무도 무서워서 눈을 질끈 감고 자는 척했다. 하지만 점점 다가오는 그 존재가 내 안에까지 파고드는 것 같아, 나는 느낌만으로도 그녀가 무얼 하는지 훤히 추적할 수가 있을 정도였다. 그녀는 내 위로 몸을 숙인 채, 마치 처음 보는 사람의 얼굴을 찬찬히 연구하려는 것처럼, 오랫동안 들여다보았다. 그러니 내 심장이 무척이나 불규칙적으로 뛰고 있는 걸 눈치 못 챘을 리가 없다. 내 쪽에서도 그녀의 심장박동 소리와 규칙적인 호흡을 느낄 수 있었으니 말해 무엇하랴! 아, 얼마나 괴로웠던지! 대체 누구였을까? 무슨 목적으로 여기까지 들어온 걸까?

마침내 검사가 끝났는지, 그녀는 훌쩍 물러났다. 하지만 멀리 간 건 아니었고, 바로 옆에서 몸을 수그린 채 뭔가에 소리 없이 열중하고 있는 걸, 난 눈꺼풀 사이로 알아볼 수 있었다. 급기야 나한테는 별로 신경을 쓰는 것 같지도 않고 해서, 나는 눈을 떠보고 싶은 유혹에 차츰차츰 떠밀리기 시작했다. 잠깐 동안만이라도 그 얼굴을, 무엇을 하는지를 직접 보고 싶었던 것이다.

그리고 눈을 번쩍 떴다.

오, 하느님, 그 순간, 내가 목 놓아 비명을 지르지 않을 수 있었던 건 순전한 기적 때문이었다.

거기, 불빛을 받아, 내 눈에 얼굴이 명확히 드러난 그 여자는, 그 여자는…….

　오! 부정(不淨) 탈까 봐 도저히 적어 내려가질 못하겠다! 그 여자가 만약 내 곁에 무릎을 꿇은 채 기도라도 하고 있었다면, 눈물을 흘리면서도 부드러운 미소를 잃지 않은 얼굴이라도 볼 수 있으련만……. 그래, 그런 모습이었다면, 아무리 죽은 여자의 예기치 않은 출현이라지만 나는 결코 두려워 떨지는 않았을 것을……. 한데 내 앞에 들이댄 그 얼굴……. 지옥 같은 증오심과 사악함으로 잔뜩 일그러진 그 표정이라니……. 이 세상 그 어떤 광경도 나를 그토록 소름 끼치게 만들지는 못했을 것이다! 한편 생각해보면 아마도 그 때문에, 즉 워낙 그 광경 자체가 초자연적이고 상상을 초월했기 때문에, 오히려 나는 비명을 지르지도 않았고, 지금은 이렇게 침착할 수가 있는지도 모르겠다. 왜냐면 내가 눈을 뜬 바로 그 순간부터 이미 이 모든 것이 악몽일 뿐이구나 하고 생각했으니까.

　아, 엄마……. 엄마는 그런 얼굴 표정을 한 적도 없었고, 할 수도 없지 않나요? 항상 선하신 분, 미소가 따뜻하신 분이 아니었던가요? 아직 살아 계신다면 의당 그 선한 마음과 부드러운 미소를 간직하고 계시지 않았을까요? 엄마, 폴이 엄마의 초상화를 알아보았던 그 끔찍한 저녁 이후로, 내가 얼마나 자주 그 방에 들어가서 이미 기억도 나지 않는—엄마가 돌아가셨을 때 나는 너무 어렸잖아요!—엄마의 얼굴을 이 두 눈에 새겨두었는지 아시나요? 만에 하나 내가 원하는 얼굴과는 전혀 다른 얼굴 모습을 화가가 그려놓았다 해도, 최소한 방금 보았던 그 무섭고 혹독한 표정만은 아니었을 거예요! 대체 왜 나를 그토록 증오하는 거죠? 난 엄마 딸이잖아요. 아버지는 늘 그러셨어요. 내가 엄마와 똑같은 미소를 가지고 있다고. 엄마가 나를 바라보면서 항상 애틋한 마음이 담긴 눈물에 눈시울이 젖곤 했다고요. 그러니까…… 그러니까…… 날 미워할

리가 없죠? 정녕 내가 꿈을 꾸고 있었던 거죠?

　그래……. 여자가 방 안에 들어왔다는 것이 설사 꿈이 아니라고 해도, 그 여자의 얼굴을 본 것만큼은 꿈속에서였을 것이다. 환상…… 환각……. 뭐 그런 거 있지 않은가! 엄마의 초상화를 하도 들여다보고 엄마 생각을 하도 하는 바람에, 엉뚱한 여자 얼굴에까지 엄마를 투사시켰고 그 와중에 그런 일이 벌어진 것이다. 요컨대 그런 흉측한 얼굴을 한 건 엄마가 아니라 다른 여자인 셈이다.

　그러니 저 탁자 위의 물도 마시면 안 된다. 그녀가 따라놨을 텐데, 독(毒)이면 어쩌는가? 그게 아니라도 독한 수면제를 타서 깊이 잠들게 한 뒤, 콘라트 왕자에게 데려가려는 수작일지 모른다. 그러고 보니 이따금 왕자와 어슬렁거리던 그 여자 생각이 나는구나.

　아, 하지만 모르겠다. 도무지 이해할 수가 없어. 온갖 잡념이 기진맥진한 머릿속에서 어지러이 맴돌 뿐이다.

　이제 곧 3시가 될 텐데……. 로잘리를 기다리고 있었지. 밤은 고요하다. 성채 안도 주변도 쥐 죽은 듯 고요할 따름이다.

　마침내 3시를 알리는 종소리가 울린다. 아! 이곳을 빠져나가는 거다! 자유의 몸이 되는 거야!

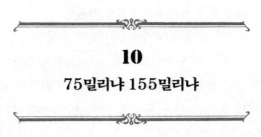

10
75밀리냐 155밀리냐

폴 들로즈는 잔뜩 불안한 손길로 종이를 이리저리 뒤집어보았다. 도 망 계획이 행복한 결말로 이어졌기를 바라는 마음이 역력했다. 하지만 다음 날 아침, 알아보기 무척이나 힘든 필체로 휘갈긴 몇 줄에 눈이 가 닿자 또다시 엄청난 고통의 충격에 사무치는 것이었다.

계획이 탄로 나서 그만 우리 모두 붙잡혔다. 알고 보니 무려 스무 명 이나 우리를 감시하고 있었던 것이다. 그들은 마치 굶주린 야수들처럼 우리에게 달려들었다. 지금 나는 정원의 별채에 감금되어 있고, 바로 옆 의 후미진 장소는 로잘리와 제롬에게 감옥 역할을 하고 있다. 그들은 모 두 결박당했고 재갈까지 물려 있다. 나는 그렇게까지는 하지 않고 그냥 놔두었다. 물론 문 앞에는 병사들이 지키고 있지만 말이다. 그들이 떠드 는 소리가 들려온다.

결정판 아르센 뤼팽 전집

정오

지금 힘들게, 힘들게 당신한테 글을 쓰고 있어요, 폴. 보초를 서는 병사가 매 순간 시도 때도 없이 문을 열고 감시하기 때문이에요. 그러나 내 몸까지 샅샅이 뒤지지는 않았기 때문에 일기장 종이들을 품고 있다가, 캄캄한 어둠 속에서 되는대로 휘갈기는 중이랍니다.

아, 내 일기라니! 폴, 당신이 이걸 발견해줄까요? 무슨 일이 있었는지, 내가 어떻게 됐는지 알게 될까요? 저들이 이걸 빼앗아가면 안 되는데!

빵하고 물을 가져다주네요. 로잘리와 제롬과는 완전히 격리되어 있어요. 그들에게는 먹을 것도 안 가져다준답니다.

2시

마침내 로잘리가 애쓴 끝에 재갈을 벗는 데 성공했다. 현재 있는 곳에서 소리를 죽여 내게 얘기해온다. 우릴 지키고 있는 독일 병사들 얘기를 우연히 주워들었는데, 콘라트 왕자가 어젯밤 코르비니로 떠났다는 것이다. 그뿐만 아니라 프랑스 군대가 접근해오고 있으며, 이곳 독일군들은 무척 불안한 상태에 있다고도 했다. 이곳을 사수할 것인가? 아니면 국경 쪽으로 후퇴할 것인가? 로잘리는 우리의 탈출 계획을 망친 장본인이 바로 헤르만 소령이라며, 우린 완전히 망했다고 훌쩍인다.

2시 30분

로잘리와 나 사이의 소통은 곧 중단되어야 했다. 나는 그러기 직전에 물었다, 방금 한 말이 무슨 뜻이었냐고. 우리가 왜 망했다는 건지? 그녀 얘기론 헤르만 소령이 악마와도 같은 존재라는 것이다.

그녀는 이렇게 거듭 말했다.

"그래요, 악마…… 게다가 마님을 해코지할 아주 특별한 구실들까지 가지고 있답니다."

"무슨 구실이 있단 말인가요, 로잘리?"

"그건 나중에 설명드릴게요. 다만 확실한 건 콘라트 왕자가 제때에 코르비니에서 우릴 구하러 와주지 못할 경우, 헤르만 소령은 옳다구나 하면서 우리 셋을 몽땅 총살시킬 거라는 겁니다."

폴은 가엾은 엘리자베트가 써놓은 이 끔찍한 단어를 보면서 얼굴이 화끈거리는 것을 느꼈다. 바야흐로 맨 마지막 장에 쓰인 글이 그랬다. 그다음으로는 어둠 속에서 더듬거리며 쓴 것이 틀림없는 필체로 종이 여기저기에 되는대로 몇 자 끄적였을 뿐이다. 하나같이 숨이 넘어갈 듯한 고뇌가 서려 있는 단말마의 구절, 구절들······.

경종이다. 코르비니로부터 불어오는 바람에 실린 저 소리······. 무슨 뜻일까? 프랑스군이? 폴, 혹시 함께 오시는 건가요?

병사 둘이 킬킬거리며 들어서더니 중얼거렸다.

"'골로 가게' 하랬어! 셋 모두 '골로 가게' 하랬다고. 헤르만 소령이 '골로 가게' 하랬단 말이야."

여전히 난 혼자다. 우린 모두 죽을 것이다. 하지만 로잘리가 뭔가 얘기하려고 했는데. 차마 말은 못했지만······.

5시

프랑스군 대포 소리다. 포탄이 성곽 주변에서 터지고 있다. 아! 그중 하나라도 제발 내 몸에 명중했으면! 로잘리의 목소리가 들린다. 대체 내게 무슨 말을 하려고 했던 걸까? 어떤 비밀이 있었나?

로잘리는 이랬지. '아! 끔찍해라! 너무 무시무시한 진실이에요!'라고. 오, 하느님, 제발 제게 일기를 적을 시간을 좀 더 주십시오. 폴, 당신은 상상조차 할 수 없을 거예요. 내가 죽기 전에 당신이 알아야만 해요. 오, 폴…….

종이는 나머지 부분이 찢겨나간 채였고, 이후 그달의 마지막 장까지는 모두 비어 있었다. 과연 로잘리가 진실을 공개했다고 해도 그것을 옮겨 적을 힘과 시간이 엘리자베트에게 있었을까?

하지만 폴의 입장에선 그런 문제에 골몰할 겨를이 없었다. 그 자신도 밝혀내려고 무진 애를 써왔지만, 이제 와서 그것을 에워싼 수수께끼 같은 어둠을 거둬낸다 한들 뭐가 그리 대수이겠는가? 복수가 무슨 소용이며, 콘라트 왕자이든 헤르만 소령이든, 연약한 아녀자를 학대하고 죽여버린 그 모든 야만인이 뭐가 중요하겠는가 말이다! 중요한 것은 엘리자베트가 죽었다는 사실뿐! 이를테면 폴은 지금 이 순간, 바로 눈앞에서 그녀가 죽어가는 것을 본 것이나 다름없다.

그 사실을 떠나서는 어떠한 생각도 행위도 아무런 가치가 없다. 상상을 초월하는 참혹한 고통을 적어 내려간 한 불행한 여성의 일기장 위에 무기력하고 무감각해진 눈길을 고정시킨 폴은 완전한 망각과 말살의 무한한 욕구 속으로 차츰차츰 빨려 들어가고 있었다. 엘리자베트가 그를 부르기라도 하는 걸까? 이제 더 이상 저항을 해서 무엇하랴! 그녀가 있는 곳으로 가지 못할 이유가 없지 않은가?

누군가 그의 어깨를 두드렸다. 어떤 손 하나가 그가 쥔 권총을 낚아채더니, 베르나르의 목소리가 들렸다.

"진정하세요, 폴. 정녕 군인으로서 이렇게 자기 목숨을 끊어도 좋다고 생각한다면, 굳이 막지는 않겠어요. 하지만 그 전에 내 얘기부터 들어보시죠."

폴은 별다른 저항을 하지 않았다. 죽음의 유혹은, 자신도 모르는 사이, 그렇게 그를 스치고 지나가버렸다. 하긴 만에 하나 광기에 사로잡혀 일을 저질렀다손 치더라도, 아마 폴은 뒤늦게나마 금세 제정신을 차렸을 것이다.

"말해봐."

"길진 않을 거예요. 기껏해야 한 3분이면 돼요."

베르나르는 얘기를 시작했다.

"나 역시 필체를 보니 엘리자베트가 직접 쓴 일기인 줄은 알겠어요. 어때요, 그 일기가 매형이 알고 있는 내용과 결국 부합하던가요?"

"그래."

"그걸 쓸 당시 엘리자베트는, 제롬과 로잘리와 마찬가지로, 죽음의 위협에 적잖이 시달리고 있었나요?"

"응."

"우리가 코르비니에 도착한 바로 그날, 그러니까 16일 수요일에 세 명이 모두 총살당했나요?"

"응."

"다시 말해 우리가 이곳 오르느캥 성에 당도할 수도 있었던 목요일에서 하루 전날, 오후 5시에서 6시 사이에 말이죠?"

"그렇지, 한데 왜 자꾸 그런 질문을 늘어놓는 건가?"

"왜냐면 말이죠, 폴, 내 말 잘 들으세요! 엘리자베트가 총살당했던 바로 그 별채의 벽 속에서 매형이 끄집어낸 포탄 파편이 여기 있어요. 그런데 잘 보세요. 아직도 금발 머리 타래가 엉켜 있죠?"

"그래서?"

"방금 전, 성으로 오던 도중 포병대 특무상사와 얘기를 나눠봤는데,

그가 검사해보더니 이 파편 조각이 75밀리 포가 아니라, 155밀리 리마일로 포로부터 발사된 포탄 파편이라는 거예요."

"도대체 무슨 말을 하는 건지 모르겠군."

"그건 특무상사가 상기시켜준 사실을 매형도 잘 모르거나, 잊어서 그런 거예요. 코르비니에 포진했던 16일 수요일 저녁, 처형이 단행되었을 시점에 성에 포격을 가한 건 우리 군 75밀리 대포였대요. 155밀리 리마일로 포는 우리가 성으로 진격을 개시했던 목요일에나 불을 뿜었고 말입니다. 따라서 엘리자베트가 수요일 저녁 6시경에 총살당하고 매장됐다면, 이 리마일로 포탄의 파편 조각에서 그녀의 금발 머리카락이 발견되기는 물리적으로 불가능하단 얘기죠. 왜냐면 리마일로 포는 목요일 아침이 되어서야 포격을 개시했으니까요."

그제야 폴은 떨리는 목소리로 더듬댔다.

"그, 그렇다면?"

"의심할 여지 없이, 목요일 아침에 땅에서 주운 리마일로 대포 파편 조각을 그 전날 미리 잘라둔 금발 머리카락과 버무려서 벽에다 심어놓았다는 얘기죠."

"미쳤구먼! 대체 무엇 때문에 그런 짓을 한단 말인가?"

"세상에, 그야 실제로는 총살당하지도 않은 엘리자베트를 마치 총살당한 것처럼 위장하기 위해서겠죠."

느닷없이 베르나르에게 달려든 폴은 그의 어깨를 부여잡고 마구 흔들며 다그쳤다.

"베르나르, 자넨 뭔가 알고 있어! 그러지 않고서야 그렇게 싱글벙글할 리가 없지! 뭐야? 어서 털어놔! 그 벽에 박혀 있던 총탄 자국들이며 그 쇠사슬, 그리고 세 번째 고리는 다 뭐냐고?"

"바로 그겁니다. 연출이 너무 심했던 거죠! 총살이 집행될 때 과연 총탄 자국이 벽에 그런 식으로 날까요? 그리고 엘리자베트의 시체를 발견했습니까? 설사 제롬과 그의 마누라를 사살한 다음에라도 엘리자베트에게 선처를 베풀지 않았다는 증거라도 있나요? 아니면 누가 개입을 했을지도……."

순간, 폴은 왠지 온몸 가득 희망이 솟아나는 느낌이었다. 그러고 보니 헤르만 소령에 의해 죽기 일보 직전, 코르비니로부터 달려온 콘라트 왕자가 구해주었을지도 모르는 일이 아닌가!

폴은 더듬더듬 이렇게 말했다.

"아마도……. 그래, 아마도 말이야. 일이 이렇게 된 것 같군. 코르비니에 우리가 있다는 걸 안 헤르만 소령이—자네가 마주친 그 시골 아낙네 생각나겠지?—최소한 엘리자베트가 죽은 것처럼 만들어서, 우리로 하여금 찾아 나설 생각을 아예 포기하게 만들려고 이 모든 짓을 꾸며댔다 이 말이지. 아, 그걸 어떻게 안단 말인가?"

베르나르는 바짝 다가서서 나지막이 이렇게 얘기했다.

"나는 지금 희망 사항을 말씀드리는 게 아니라, 확실한 사실을 얘기하는 겁니다, 폴. 단지 털어놓기 전에 마음의 준비를 좀 갖춰드리려고요. 자, 이제 진짜 잘 들으세요. 내가 아까 그 포병대 특무상사에게 물어봤던 건, 아직도 미처 풀리지 않은 수수께끼를 그저 정리해보기 위함이었답니다. 사실 그 전에 내가 오르느캥 마을에 있는데, 국경 근처에서 독일군 포로들이 압송된 적이 있어요. 그들 중 얘기가 좀 통하는 녀석이 하나 있기에 알아봤더니, 자기가 이곳 성에 주둔했던 수비대에 속해 있었다는 겁니다. 그리고 자기 눈으로 봤다는 거예요! 알고 있더라 이겁니다! 엘리자베트는 총살당하지 않았대요. 콘라트 왕자가 결정적인 순간에 끼어들어서 형(刑)을 제지했답니다."

"아니 지금 무슨 소리 하는 거야? 무슨 소리냐고?"

너무 좋아서 정신이 혼미해질 것 같은 폴이 호들갑을 떨었다.

"그게 사실이야? 그녀가 정말 살아 있어?"

"그래요, 살아 있어요. 저들이 독일로 데려갔다는군요."

"하지만 그다음엔? 헤르만 소령이 결코 가만두지 않았을지도 모르잖아!"

"그건 아니에요."

"그걸 자네가 어떻게 알아?"

"아까 그 독일군 포로가 얘기했어요. 전에 봤던 그 프랑스 여자를 오늘 아침에도 봤다고요."

"아니, 어디서 말인가?"

"국경에서 그리 멀지 않은 에브르쿠르트 인근 별장에서요. 여자의 목숨을 구했을 뿐만 아니라, 역량으로 보나 직위로 보나 헤르만 소령으로부터 여자를 지킬 만한 인물의 보호를 받고 있다더군요."

"무슨 소리 하는 건가?"

폴은 다소 경직된 표정에다 얼마간 무뎌진 목소리로 물었다.

"바로 콘라트 왕자 얘기예요. 그자는 가문에서도 약간 '또라이'로 취급당한다고 하는데, 아마 군 복무도 그냥 재미 삼아 하는 것 같다고 하더군요. 에브르쿠르트에 자기만의 사령부를 만들어놓고, 매일 엘리자베트한테 드나든다고 해요. 하긴 그 때문에 걱정이……."

순간, 베르나르는 하던 말을 멈추고, 어안이 벙벙한 표정으로 물었다.

"무슨 일이에요? 안색이 창백하잖아요."

폴은 처남의 어깨를 단단히 부여잡더니 이렇게 말했다.

"지금 엘리자베트는 이러지도 저러지도 못하고 있어. 콘라트 왕자는 그녀에게 미쳐 있고. 그건 자네도 알다시피 다 알려진 사실이야. 여기 이 일기는 통째로 고통 어린 탄식 그 자체일 뿐이라고. 그 작자가 여자에게 흑심을 품은 한 결코 쉽게 먹이를 놔주진 않을 거야, 알겠어? 결코 물러서지는 않을 거라고!"

"폴……. 하지만 내 생각에는……."

"분명히 말하지만, 결코 안 물러서. 그자는 그냥 '또라이'가 아니라, 간교한 데다 비열하기 이를 데 없는 존재야. 이 일기를 읽어보면 자네도 알게 돼. 자, 베르나르, 이제 말로만 떠들 때가 아니야. 지금 필요한 건 즉각 행동에 돌입하는 것이야. 더 이상 머리를 굴릴 여유도 없다고!"

"무얼 어떡하시게요?"

"그 작자로부터 엘리자베트를 빼내 와야지. 그녀를 구원해야 해."

"그럴 순 없습니다!"

"그럴 수가 없다니? 지금 내 아내가 갇혀 있는 곳이 여기서 30리 거리에 있어. 그것도 극악무도한 놈과 함께 말이야. 자넨 내가 팔짱이나 낀 채 두고만 보고 있을 거라고 생각하나? 자, 어서 가자고! 그렇지 않으면 용기 있는 자라고 말할 수 없지! 자, 출동이야, 베르나르! 정 머뭇거릴 생각이라면, 나 혼자도 괜찮아!"

"저런, 혼자 가신다. 어디로 말입니까?"

"어디긴 어디야, 저 국경 너머지. 난 아무도 필요 없어. 아무 도움도 필요치 않다고. 그저 독일 군복 하나만 있으면 돼. 야간을 틈타 파고들 거야. 필요하다면 닥치는 대로 놈들을 처치한 뒤, 내일 아침에는 엘리자베트를 구해내서 이리로 데리고 올 거야."

그러나 베르나르는 고개를 설레설레 흔들며 이렇게 말했다.

"참 딱하군요, 폴."

"뭐야? 무슨 뜻이지?"

"무슨 뜻이냐 하면 말입니다. 나야말로 이 세상 그 누구보다도 매형 생각에 찬성하고, 엘리자베트를 구하러 함께 뛰어들 사람이란 거지요. 그러니 지금 그게 위험하냐 아니냐는 문제가 아니란 말입니다. 다만 불행히도…….”

“불행히도?”

“나 참……. 사정이 이렇습니다, 폴. 현재 이쪽 지역으로는 좀 더 강력한 공세가 어려울 전망입니다. 그래서 예비군과 재향군인이 소집되고 있어요. 그 대신 우리는 이곳을 뜰 예정입니다.”

“뜨, 뜨다니?”

망연자실한 표정으로 더듬대는 폴.

“그래요, 오늘 저녁을 기해서요. 오늘 저녁 우리 사단 전체가 움직일 겁니다. 지금으로선 어딘지 확실치 않지만……. 아마 랭스나 아라스 정도가 아닐까 해요. 결국 더 북쪽이나 서쪽 방향이 될 겁니다. 이제 왜 그 계획이 불가능한지 알겠어요? 하지만 용기를 냅시다. 그렇게 의기소침하진 말자고요. 매형의 그런 모습을 보니 내 마음이 미어지는 것 같아요. 어쨌든 엘리자베트가 지금 당장 어떻게 되는 건 아니에요. 어떻게든 스스로 잘 버텨줄 거예요.”

폴은 단 한 마디도 대꾸하지 않았다. 그러면서 엘리자베트의 일기에 나와 있듯, 콘라트 왕자가 내뱉었다는 혐오스러운 한마디 말이 계속해서 머리에 떠오르는 것이었다. ‘이것이 바로 전쟁이야! 전쟁의 법칙이란 말이지!’ 바로 그 법칙을 지금 그는 온몸으로 힘겹게 느끼고 있었다. 그러면서도 동시에 그 법칙의 가장 숭고하고 감동적인 측면을 받아들인다는 느낌도 들었다. 다름 아닌, 국가의 안위에 바쳐진 개인의 희생 말이다.

전쟁의 법칙이라? 아니다. 차라리 전쟁의 사명이라고 해야 옳을 것이다. 워낙 절대적인 사명이라 전혀 이론의 여지가 없으며, 아무리 폭압적인 위력으로 다가온다 해도, 영혼의 저 은밀한 곳에서조차 일말의 불평 섞인 몸부림을 허락해선 안 되는, 그러한 사명인 것이다. 설사 엘리자베트가 지금 죽음을 앞두고 있거나 치욕을 당할 처지라고 해도, 그것은 폴 들로즈 중사에겐 아무 상관 없는 일이며, 따르도록 지시받은 길에서 단 1초도 머뭇거리게 만들 수 없을 것이다. 지금 그는 인간이기 이전에 한 사람의 군인이다. 고통 속에 처한, 사랑하는 조국 프랑스를 앞에 두고 그에게 다른 사명이란 존재하지 않는다.

그는 조용히 엘리자베트의 일기를 접고는, 처남을 대동하고 밖으로 나갔다.

그리고 어둑해지는 하늘을 뒤로한 채 오르느캥 성을 벗어났다.

⋘ 제2부 ⋙

1
이제르, 미제르

툴, 바르르뒤크, 비트리르프랑수아 등등……. 베르나르와 폴을 국경선의 서부 지역으로 실어 나르는 수송 대열 앞에는 여러 중소 도시가 늘어서 있었다. 그들을 앞서거니 뒤서거니 하는 수많은 다른 대열 역시 부대와 군수품으로 바글바글했다. 이내 파리의 드넓은 외곽 지역이 나타나더니, 곧이어 방향을 북쪽으로 틀어 보베와 아미앵, 아라스로 직행했다.

다들, 가능한 한 국경 쪽으로 제일 먼저 당도해서, 용맹한 벨기에군과 최상의 사기(士氣)로 뭉쳐야만 한다는 마음뿐이었다. 오랜 기간 교착 상태에 머물고 있는 전쟁인 만큼, 이렇게 한발 한발 내딛음으로써 그만큼 침략자를 몰아쳐야만 한다는 점을 모두들 명심하는 분위기였다.

북쪽으로의 이 행군을 육군 소위 폴 들로즈는—행군 도중에 그의 진급이 이루어졌다—마치 꿈을 꾸듯 완수해갔다. 다시 말해, 매일매일 전투를 벌였고 매 순간 죽음의 위협을 불사했으며 주체할 수 없는 열정

결정판 아르센 뤼팽 전집

을 가지고 부하들을 이끌어가면서도, 그 모든 것을 미리 정해진 의지에 따라 자동적으로 수행하듯 무의식적으로 척척 진행해갔던 것이다. 그러다 보니, 베르나르가 실컷 호들갑을 떨어가며 자신의 혈기와 쾌활함으로 동료들의 사기를 북돋우는 데 비해, 폴은 그저 멍한 상태로 묵묵하게 자신의 직무를 다하는 것처럼 보였다. 쌓이는 피로라든가 물자 결핍, 악천후 등등 모든 열악한 상황 앞에서 그는 그저 덤덤할 뿐이었다.

그러면서도 어디까지나 전진을 하고 있다는 생각만큼은—종종 그는 베르나르에게 고백했는데—그에게도 가슴속 깊은 환희로 다가오는 것이었다. 그것은 오로지 관심을 유발하는 단 하나의 분명한 목표, 즉 엘리자베트의 구출로 향해 가고 있다는 느낌 때문이었다. 따라서 굳이 동부전선이 아닌 그 어느 전선에서 싸우든, 가증스러운 적을 향해 무시무시한 기세로 돌진하는 것은 매한가지였다. 전장(戰場)이 어디든 그것은 별로 중요하지가 않았다. 여기를 처부수든 저곳을 뚫어버리든, 엘리자베트의 구출은 그만큼 가깝게 다가오리라!

그런 그를 보고 하루는 베르나르가 말했다.

"우린 해낼 거예요. 엘리자베트 역시 그 코흘리개 풋내기쯤은 너끈히 버텨낼 거고요. 그러는 동안 우리는 독일 놈들 배후로 우회해서 벨기에를 관통해 콘라트의 뒤통수를 치는 겁니다. 순식간에 에브르쿠르트를 집어삼키는 거지요! 어때요, 참으로 신나는 계획 아닙니까? 알아요, 아직 신날 때가 아니겠죠. 매형이야 독일 놈 처부술 때 말고는 신나지 않을 테니까. 예를 들어 그 얼굴에 한 줄기 미소가 스치기라도 하면 나는 속으로 생각하죠. '타당! 드디어 명중했나 보군.' 아니면, '으랏차차, 총검으로 막 한 놈을 해치운 거야' 하고 말입니다. 매형은 특히 독일 놈에게 총검을 즐겨 사용하니까요. 아, 소위님, 좀 지나치게 잔혹한 거 아닙니까? 사람을 죽임으로써만 웃을 수 있다니! 그래야만 웃어도 좋다고 생각하다니!"

　루아유, 라시니, 숀(이상은 파리 북쪽 지방 마을들—옮긴이)……. 그리고 더 나아가 바세 운하와 리스 강(江)……. 급기야는 이프르. 아, 이프르여(벨기에 예프르라는 도시의 프랑스 명칭. 제1차 세계대전 당시(1915년 4월) 독일군이 처음으로 독가스를 사용하여 연합군 측에 많은 피해를 입힌 격전장임—옮긴이)! 두 전선이 그곳에서 일단 멈춰 바다로까지 이어진다. 마른 강과 엔 강, 와즈 강, 그리고 솜 강을 지나 젊은이의 피로 붉게 물들게 될 벨기에의 자그마한 하천, 바야흐로 이제르(프랑스에서 시작해 벨기에를 거쳐 북해로 들어가는 계곡 하천. 계곡 전체가 제1차 세계대전 격전지로 유명함—옮긴이) 강의 끔찍한 전투가 시작되는 것이다!

　그 역시 중사로 특진한 베르나르와 폴 들로즈 소위는 그 지옥 같은 전쟁터에서 12월 초까지 살아남았다. 파리 토박이 대여섯 명, 자원병 두 명, 예비병 한 명, 그리고 적에게 좀 더 효과적으로 싸움을 걸기 위해선 프랑스군에 동참하는 것이 좋다는 판단하에, 뢰슬라르(벨기에의 도시—옮긴이)에서 기꺼이 빠져나온 라셴이라는 이름의 벨기에인과 더불어 총알도 피해갈 만한 야무진 부대를 이루었다. 폴이 지휘하는 소대에서 남은 인원이라곤 바로 그들뿐이었는데, 나중에 소대가 재정비된 후에도 이들은 저희끼리 줄곧 뭉쳐서 싸우는 것이었다. 자연히 위험천만한 임무일수록 그들의 소임으로 돌아갔다. 아울러 작전이 끝날 때마다 보면, 그들은 그 흔한 찰과상 하나 없이 하도 멀쩡해서, 마치 서로서로 행운을 불어넣어 주는 것처럼 여겨졌다.

　마지막 2주 동안은 전위(前衛) 중에서도 최전방을 치고 들어간 연대의 좌우로 벨기에와 영국 진형(陣形)의 지원까지 받을 수 있었다. 그렇게 해서 연일 영웅적인 총공세가 이어졌다. 진탕 속에서든 출렁거리는 급류 속에서든, 수시로 거세기 그지없는 총검 공격이 가해졌고, 그때마다 수천수만의 독일 병정이 쓰러져갔다.

베르나르는 기뻐서 어쩔 줄 몰랐다.

하루는 적의 기관총 세례를 뚫고 전진하는 동안, 프랑스어를 전혀 알아듣지 못하는 어느 나이 어린 영국인 병사에게 다짜고짜 이러는 것이었다.

"이보게, 토미! 세상에 나보다 더 벨기에인의 용맹성을 알아주는 사람은 없을 거야. 하지만 그리 놀랄 일은 아니지. 왜냐면 그들 역시 우리 식으로 싸우는 거거든. 꼭 사자(獅子)처럼 처음부터 끝까지 몰아붙인단 말이야! 사실 정작 날 놀라게 하는 건 말일세, 바로 자네들, 알비온(Albion이란 라틴어로 '하얀 나라'라는 뜻. 유럽 대륙에서 배를 타고 영국으로 가다 보면 도버의 백색 절벽 지대가 제일 먼저 바라보이는데, 이 때문에 예로부터 영국을 '알비온'이라고 불렀음—옮긴이)의 사내들일세. 자네들 하는 식은 전혀 다르거든. 나름대로 독특한 방식으로 일을 처리하더군. 대단한 일꾼들이야! 언뜻 무슨 흥분이나 격정 같은 건 없어 보이지만, 깊은 속에서는 사실 끓어오르고 있지. 예를 들어 후퇴를 해서 부아가 치밀 경우에 자네들은 무서워지더군. 일단 도망치고 나서야 남보다 훨씬 분발한단 말이야. 그 결과, 멋모르고 깔보던 독일 놈들만 매번 큰코다치지."

바로 그날 밤, 제3중대가 딕스무드(이제르 강변의 벨기에 도시—옮긴이) 근방에 무차별 사격을 감행할 즈음, 특히 처남매형지간인 두 사람에게는 자못 기이하게 느껴지는 사건 하나가 발생했다. 전투 중이던 폴이 갑작스럽게 허리 위, 오른쪽 옆구리에 극심한 충격을 느낀 것이다. 물론 그런 것에 연연할 틈은 없었다. 한데 참호로 돌아와서 보니, 총탄 한 알이 권총 가죽집을 뚫고 들어와 총신에 딱 달라붙다시피 해 있는 것이 아닌가! 당시 폴이 점유하고 있는 위치상, 총알은 필시 폴이 속한 중대나 아니면 연대 내 다른 중대로부터, 즉 뒤쪽에서 발사된 것이 분명했다. 과연 우연이었을까? 사격 솜씨가 서툴러서?

그런가 하면 다음다음 날은 베르나르의 차례였다. 마찬가지로 행운이 그를 보호했고 말이다. 역시 수상쩍은 방향에서 날아온 총탄이 배낭을 뚫고 들어와 견갑골을 아슬아슬하게 스친 것이다.

그로부터 다시 나흘 후, 이번에는 폴의 군모(軍帽)에 구멍이 났는데, 역시 탄도는 프랑스 진영으로부터 시작된 것이었다.

이제 의심의 여지가 없어진 셈! 두 사람은 영락없는 암살 공격 목표가 되고 있으며, 필시 적에게 매수되었을 반역자는 프랑스군 진영 깊숙이 숨어 있는 것이다.

"틀림없어요! 먼저 매형이 당했고, 그다음은 나, 또 그다음 매형 차례였어요. 헤르만의 부대가 도사리고 있는 모양입니다. 소령은 분명 딕스무드에 있을 거예요."

베르나르의 말에 폴이 짚고 넘어갔다.

"왕자도 함께 있을지 모르지."

"그럴지도 모르죠. 어쨌든 그들의 첩자 중 하나가 우리 가운데 끼어들었어요. 어떻게 찾죠? 대령에게 보고할까요?"

"좋을 대로 해, 베르나르. 하지만 '우리 얘기'는 해선 안 돼. 소령과의 사적인 싸움 말이야. 나 역시 순간적이나마 대령에게 모든 걸 털어놓을 생각도 없진 않았지만 곧 단념했어. 어떤 일이 있어도 엘리자베트의 이름을 이 사건에 연루시키기 싫었기 때문이야."

더욱이 자신들을 보호해달라며 필요 이상으로 수선을 떨고 싶지는 않았다. 설사 두 사람에 대한 암살 기도가 재발되지 않는다고 해서, 한번 확인된 반역의 기운이 잠잠해진다는 보장도 없었다. 아니나 다를까, 프랑스 포병대의 위치가 재깍재깍 포착된다든지 공격 시기가 사전 노출되는 등 일련의 사태는 다른 어느 전선보다 이곳에서 더욱 체계적인 첩보 공작이 적극적으로 이루어지고 있음을 증명하고도 남았다. 이러니 이와 같은 체계의 가장 중요한 톱니바퀴나 다름없을 헤르만 소령의 존재를 어찌 의심하지 않을 수 있단 말인가!

"그가 저기 있어요. 현재 중대한 전투가 이곳 늪지대에서 결판날 상황이니, 그로서는 책무가 막대하겠죠. 또한 우리가 이곳에 있으니까 더더욱 그럴 거예요."

베르나르가 독일군 전열을 가리키며 연신 중얼거리자, 폴이 갸우뚱하며 물었다.

"하지만 그가 우리 존재를 어떻게 알았을까?"

베르나르가 아무렇지도 않게 대꾸했다.

"모를 이유도 없죠."

오후가 되자, 대령의 숙소로 이용되는 오두막에서 대대장급 장교들과 대위들이 참석한 회합에 폴 들로즈가 호출되었다. 거기서 그는, 좌안(左岸)에 위치한 작은 건물을 탈취하라는 사단 사령관의 지시가 떨어졌음을 통보받았다. 평상시 같으면 뱃사공들이 묵고 있었을 장소인 것을 지금은 독일군이 요새화해놓은 상태. 맞은편 언덕에 배치된 중포(重砲)의 화력이 그 토치카를 단단히 방어하고 있기에 수일 전부터 논란의 대상이 되어온 문제이지만, 결국 제거하기로 방침이 정해졌다는 것이다.

대령이 입을 열었다.

"그 때문에, 오늘 저녁 출발한 100명의 아프리카 의용병 중대를 내일 동트자마자 공격에 투입하기로 했네. 우리의 임무는 공격이 시작되는 즉시 그들을 지원하는 것이며, 기습 공격이 성공할 경우, 그곳 위치의 중요성 때문에 극심할 것으로 예상되는 적의 반격을 가장 효과적으로 잠재우는 것일세. 따라서 귀관들은 그곳의 지형적 조건을 누구보다 명확히 숙지해야 할 것이야. 그곳으로 가려면 아마도 허리까지 차오르는 늪지를 통과해야 하는데, 우리의 아프리카 자원 부대가 오늘 밤 맡아서 감행할 것이네. 반면 늪지대 우측으로는 하천을 따라 강둑길이 형성되어 있는데, 우리는 그곳을 통해 침투할 것이다. 맞은편 언덕에 두 문의 대포가 지키고는 있으나 대부분 통제를 받지 않는다고 볼 수 있네. 다만 건물 500미터 전방에 독일군이 사용하던 낡은 등대가 하나 있는데, 방금 전에 우리 측 포격으로 함몰되었어. 하지만 적이 그곳에서 완전히 철수했는지는 아직 미지수야. 따라서 적의 전위 초소와 격돌할 위험성은 여전하네. 그 점을 우리가 사전에 파악하고 들어가는 게 문제지. 이 점에서 나는 들로즈 자네를 염두에 두고 있었다네."

"감사합니다, 대령님."

"임무 자체는 그리 위험하진 않지만, 매우 섬세한 주의가 요구되면서 또한 확실한 결과를 얻어야 하네. 오늘 밤 결행하게나. 만약 낡은 등대가 아직 적의 손에 쥐어져 있다면 그냥 돌아오게. 만약 그렇지가 않다면, 단단한 친구 10여 명과 더불어 우리가 접근할 때까지 매복하고 있게. 잘만 되면 아주 훌륭한 거점으로 삼을 수 있을 테니까."

"알겠습니다, 대령님."

폴은 즉시 군장을 꾸리고, 항상 기막힌 팀워크를 이뤄온 파리 토박이 그룹과 자원병들, 예비병, 그리고 벨기에인 라셴을 소집해 야간 중 임무가 있을 것이라고 미리 귀띔해두었다. 드디어 밤 9시, 그는 베르나르 당드빌을 대동하고 길을 떠났다.

적의 탐조등은 두 사람을 하천 가장자리, 뿌리째 뽑힌 거대한 버드나무 줄기 뒤에 오래도록 묶어두었다. 얼마나 시간이 흘렀을까, 마침내 한 치 앞도 내다보기 힘든 어둠이 꾸역꾸역 자리를 잡자, 수면의 경계선조차 분간하기 어려울 지경이 되었다.

두 사람은 혹시라도 예기치 못한 불빛이라도 비칠까 봐 걷는다기보다는 차라리 기어서 접근하기 시작했다. 진흙탕 지대와 강기슭을 통틀어 다소 강하게 부는 산들바람에 갈대의 흐느낌이 처연하게 들려왔다.

베르나르가 중얼거렸다.

"어쩐지 음산한데요."

"입 닥쳐."

"좋으실 대로, 소위님!"

마치 불안한 밤의 적막을 공연히 집적대려고 불쑥 짖어대는 개처럼, 별 이유 없이 대포 소리가 드문드문 들렸는데, 그럴 때마다 공연히 소리를 질러 자기들도 자고 있지 않다는 것을 알리기라도 하듯, 상대 대포들도 극성스레 짖어대는 것이었다.

한 차례 그러고 나면 또다시 어김없는 적막이 자리를 잡는다. 드넓은 공간 안에 아무것도 움직이지 않는다. 심지어는 늪지대의 잡풀마저 꼼짝 않는 느낌이다. 하지만 베르나르와 폴에게만큼은, 그들과 동시에 출발한 아프리카 의용병들이 서서히 접근해오고 있다는 것이 생생히 느껴지는 것이었다. 그들은 차가운 강물 한가운데서 한참 동안을 정지해 있었고, 혼신의 힘을 다해 임무를 수행하고 있었다.

"점점 더 음산한 기분이에요."

베르나르가 한숨을 쉬듯 내뱉자, 폴이 따끔하게 지적했다.

"오늘 밤 자네 왜 그리 감상적인가?"

순간, 어디선가 독일 놈들 중얼대는 소리가 들렸다.

"역시 이제르 강일세. 이제르, 미제르('Yser'라는 강 이름과 '고생', '근심'이라는 의미의 'misère'라는 단어가 서로 절묘하게 운(韻)이 맞아떨어짐을 암시―옮긴이)라더니."

두 사람은 재빨리 엎드렸다. 적군이 반사경을 가지고 길을 훑어 내려오면서 늪지의 깊이까지 재는 것이었다. 두 사람은 그 외에도 두 번이나 더 경계 상황을 맞았으나, 별다른 지장 없이 낡은 등대 언저리까지 다가갈 수 있었다.

시각은 밤 11시 30분. 둘은 극도로 조심스럽게 무너져 내린 돌무더기 틈새로 기어올랐고, 이내 초소가 텅텅 비어 있다는 것을 파악했다. 하지만 허물어진 계단 아래 웬 뚜껑 문이 빠끔히 열려 있는 것이 보였는데, 철모와 검들이 번쩍거리고 있는 토굴 속으로 사닥다리가 내려뜨려진 것이 눈에 들어왔다. 한데 전등으로 어둠 속을 헤집던 베르나르가 이렇게 단언하는 것이었다.

"걱정할 것 없습니다. 시체들이에요. 전에 있었던 우리 측 포격으로 희생당한 사람들을 이곳에 처넣은 모양입니다."

"그렇다면 저들이 그것들을 다시 찾으러 올 경우도 미리 대비를 해두어야겠군그래. 이제르 강변 쪽으로 경계를 서고 있게, 베르나르."

"혹시 저 중에도 숨이 붙어 있는 놈이 섞여 있으면 어떡하죠?"

"내가 한번 내려가 보지."

"호주머니들을 뒤져보세요. 혹시 행군하면서 적은 비망록 같은 거라도 있을지 모르니까요. 그런 게 있으면 좋을 텐데. 놈들의 정신 상태라든지 보급 사정을 아는 데 그것보다 더 기막힌 자료가 없거든⋯⋯."

멀어져 가면서 베르나르가 중얼댔고, 폴은 토굴 속을 더듬더듬 내려가기 시작했다. 안은 꽤 넉넉한 편이었다. 한 대여섯 구쯤 되는 시체가 여기저기 축 늘어진 채, 그중 몇몇은 이미 얼음장처럼 식어서 뻗어 있었다. 베르나르가 귀띔해준 대로, 그는 느긋하게 호주머니들을 까뒤집고 수첩들을 살펴보았다. 별로 주의를 끌 만한 것은 보이지 않았다. 한데 비쩍 마른 데다 얼굴 가득 타격을 입은 여섯 번째 병사의 헐렁한 점퍼를 조사하던 중, 로젠탈이라는 이름이 기입된 지갑을 발견했는데, 그 안에는 프랑스와 벨기에 은행권 다발과 함께 에스파냐와 네덜란드, 스위스의 우표가 붙은 편지 묶음이 들어 있는 것이었다. 모든 편지가 하나같이 독일어로 쓰여 있었으며, 프랑스 내에서 활동하는 독일인 첩자에게 보내진 것들이었다. 이름은 누군지 밝혀져 있지 않았는데, 그쪽에서 돌아오는 편지들이 또한 이 로젠탈이라는 병사에게 전달되는 모양이었다. 로젠탈은 분명 그것들을 '각하(閣下)'라는 존칭으로 불리는 누구에게 재차 전달할 임무를 띠고 있었던 것이 틀림없다.

폴은 편지를 대강대강 훑어보며 속으로 중얼거렸다.

'역시 첩보 작전을 전개하고 있었군. 기밀 정보, 온갖 통계……. 정말 고약한 놈들이야!'

그리고 마저 지갑을 터는데, 웬 봉투 하나가 굴러 떨어지는 것이었다. 봉투 안에는 사진이 한 장 들어 있었는데, 그것을 보는 순간 어찌나 놀랐는지 폴은 그만 악! 하고 비명을 질렀다.

사진 속에는 오르느캥의 폐쇄된 방의 초상화에서 본 바로 그 여자가 똑같은 레이스 숄을 같은 방식으로 두르고, 마찬가지로 강단 있는 표정 위에 엷은 미소를 슬쩍 드리운 채 있는 것이 아닌가! 이 여자……. 이 여자는 에르민 당드빌 백작부인이자 엘리자베트와 베르나르의 어머니가 아닌가 말이다!

아울러 베를린 제품 표시가 찍혀 있는 인화지를 슬쩍 뒤집어 보자, 거기엔 더더욱 입이 벌어지게 할 글자가 적혀 있는 것이었다!

스테판 당드빌에게, 1902년

스테판이라면……. 당드빌 백작의 이름이 아니던가!

요컨대 그 사진은 베를린으로부터 엘리자베트와 베르나르의 아버지에게로 1902년, 즉 에르민 백작부인이 사망한 지 4년 후에 보내진 것이라는 얘긴데……. 여기엔 언뜻 두 가지 해명이 가능해 보였다. 첫째, 에르민 백작부인이 죽기 전에 촬영된 사진 뒤에 백작이 그것을 받아 든 연도가 적혀 있다는 것. 둘째, 에르민 백작부인이 그때까지 죽지 않고 어딘가 살아 있었다는 것.

폴은 자신도 모르는 사이, 헤르만 소령을 머릿속에 떠올렸다. 그러자 폐쇄된 방의 초상화와 마찬가지로, 그 이미지가 불안한 정신 속의 옛 기억을 마구 들쑤시는 것이었다. 헤르만! 에르민! 그리고 지금 이 손안에는 바로 그 에르민의 사진이……. 그것도 이곳 이제르 강변에 죽어 나자빠진 독일군 첩자의 호주머니 속에서 찾아낸 데다 그 첩자를 뒤에서 조종해왔을 우두머리는 분명 이곳 어딘가를 배회하고 있을 헤르만 소령이렷다!

"폴! 폴!"

순간, 처남이 부르는 소리가 들려왔다. 얼른 몸을 일으킨 폴은 아무 얘기도 하지 않겠다고 다짐하며 사진을 챙겨 넣은 다음, 부랴부랴 뚜껑문으로 기어올랐다.

"그래, 무슨 일이야, 베르나르?"

"소규모의 독일 놈 부대가 오고 있어요. 처음엔 척후대인가 했어요. 초소 근무를 교대하고는 맞은편 언덕에 그대로 있을 줄 알았죠. 한데 그게 아니잖아요. 곧장 보트를 두 척 부리더니 강을 건너기 시작하는 거예요."

"음, 소리가 들리는 것 같군."

"어때요, 쏠까요?"

베르나르가 떠보듯 묻자 폴은 단호하게 대답했다.

"아니, 그러면 공연히 경보를 울리는 셈이야. 그냥 숨어서 관찰하는 게 좋을 것 같아. 어차피 그게 우리 임무이기도 하니까."

바로 그때였다. 베르나르와 폴이 따라왔던 강둑길로부터 웬 경쾌한 휘파람 소리가 무슨 신호처럼 솟구쳐 들려오는 것이었다. 그러자 더욱 놀라운 것은, 배 위에서도 마찬가지의 신호성 휘파람 소리가 맞장구를 치는 것이 아닌가!

두 신호가 규칙적인 간격을 두고 서로 화답하고 있었다.

아울러 성당 종소리가 자정을 알렸다.

마침내 폴이 말했다.

"약속이 돼 있었나 보군. 점점 재미있어지는걸! 자, 가자. 저 아래 꽁꽁 숨어 있을 만한 장소를 하나 봐두었다고."

그곳은 토굴 속에 벽돌 벽으로 구획이 나뉜 뒤쪽 공간이었는데, 벽에 틈새가 있어 얼마든지 사람이 넘나들 수가 있었다. 둘은 그 안으로 건너간 뒤, 천장과 벽에서 떨어져 나온 돌멩이들로 벽의 틈새를 부지런히 메웠다.

틈새가 거의 다 메워질 즈음, 위로부터 발소리가 들렸고, 이어서 독일어로 뭔가 지껄이는 소리가 들려왔다. 보아하니 생각보다 인원이 꽤 많은 모양이었다. 베르나르는 울퉁불퉁 메워진 돌멩이 틈새 구멍에 슬그머니 총구를 걸쳐놓았다.

"무슨 짓을 하려는 건가?"

폴이 다급하게 묻자, 이런 대답이 돌아왔다.

"혹시 이쪽으로 올까 봐 준비하는 거예요. 충분히 진지를 지켜낼 수 있을 테니 두고 보세요."

"바보짓 하지 마, 베르나르! 그저 귀나 잘 기울이고 있자고. 혹시 뭔가 그럴듯한 내용을 건질 수 있을지도 몰라."

"매형이야 그게 가능하겠지만, 나야 독일어는 워낙 먹통이니 소용이 없어요.”

그때였다. 강렬한 빛이 토굴 내부로 밀고 들어왔다. 병사 하나가 사다리를 타고 내려와, 큼직한 램프를 벽의 못에 거는 것이었다. 이어서 병사 10여 명이 한꺼번에 들이닥쳤는데, 그제야 두 사람은 무슨 일이 벌어지는지 알 수 있었다. 시체를 치우러 온 사람들이었던 것이다.

오래 걸리지는 않았다. 단 15분 만에 토굴 속에는 딱 한 구의 시체, 즉 로젠탈 첩자의 몸뚱어리만 남고 깨끗하게 치워졌다.

저 위에서 위압적인 목소리가 들려왔다.

“너희는 이곳에 그대로 기다리고, 자네, 카를! 먼저 내려가게.”

사다리 상단에 누군가 나타났다. 한데 모습이 점점 드러남에 따라 폴과 베르나르는 그만 기겁을 하지 않을 수가 없었다. 처음 붉은색 바지에서부터 시작해 푸른색 군용 외투 자락이 보이더니, 마침내 프랑스 군인의 완전한 복장이 그 정체를 드러내는 것이 아닌가!

놈은 땅바닥에 발을 딛자마자 소리쳤다.

“다 내려왔습니다, 각하! 이제, 각하 차례입니다!”

두 사람의 눈앞에 서 있는 사람은 다름 아닌 벨기에인 라센, 아니 그보다는 차라리 자칭 벨기에인 행세를 해오면서 라센이라고 자신을 소개한 바로 그자, 폴의 소대원이었다. 반역자가 바로 코앞에 있었던 것이다! 강렬한 불빛 덕분에 그의 얼굴 표정을 낱낱이 살필 수 있었는데, 둔중해 보이는 얼굴 윤곽에다 기름기가 덕지덕지 묻어나는 두 볼, 거기다 두 눈자위가 불그스레하게 부풀어 오른 전형적인 40대 중년의 인상이었다.

그는 사다리가 흔들리지 않도록 단단히 붙들고 있었다.

그것을 조심스레 한발 한발 디디며, 깃을 잔뜩 세운 커다란 회색빛 망토 차림의 장교 한 명이 드디어 모습을 나타냈다.

헤르만 소령이었다!

2
헤르만 소령

그 자신조차 즉각적인 복수를 위해 뛰쳐나가고 싶은 충동을 가까스로 참고 있는 형편이면서도, 폴은 베르나르를 진정시키기 위해 그의 팔을 단단히 그러쥐고 있었다.

하지만 저 악마의 몰골을 대하는 순간, 얼마나 극심한 분노가 정신을 송두리째 뒤집어놓는지! 아버지와 아내에게 저질러진 모든 범죄행위를 대표하는 장본인이, 그것도 권총을 쥐고 방아쇠를 당기기만 하면 그대로 나가떨어질 거리에 버젓이 서 있는데, 정작 폴은 꼼짝도 할 수가 없다니! 게다가 상황을 점쳐보건대, 지금 어떻게든 처치해버리지 않으면 놈은 금세 자리를 피해 또 다른 악행으로 치달을 것이 분명했다.

독일군 소령이 입을 열었다.

"제때에 잘 와주었네, 카를.―물론 그 가짜 라센을 두고 하는 말이다―약속을 정확히 지키는 편이로군. 그래 뭐 새로운 소식이 있는가?"

"무엇보다 먼저……."

대답을 하는 카를의 태도 속에는, 소위 어떤 일에 관한 공범이자 또한 상관한테 하듯, 공손함과 동시에 일종의 친근함이 묘하게 뒤섞여 있었다.

  그는 말하다 말고 푸른색 군용 외투을 벗어 던지고 그 대신 죽은 자가 입고 있던 넉넉한 점퍼를 꺼입더니 깍듯한 경례를 붙이는 것이었다.

  "헛! 보시다시피 각하, 저는 당당한 독일인입니다. 그간 무슨 일이든 불쾌감 없이 해왔지만, 저 제복만큼은 숨이 막힐 지경이었습니다."

  "그래서 탈주한 건가?"

  "각하, 이런 식으로 수행되는 일이란 너무 위험한 법입니다. 프랑스 농부의 작업복을 입는 건 괜찮지만, 프랑스 군용 외투를 입는 것만은 사양하겠습니다. 저들은 도무지 겁이라는 게 없답니다. 전 어쩌지 못하고 끌려다니다시피 했지요. 심지어 독일군이 쏜 총탄에 희생될 뻔한 적도 한두 번이 아닙니다."

  "그나저나 처남매형지간인 두 사람은 어찌 됐는가?"

  "세 번에 걸쳐 등 뒤에서 쐈는데 세 번 다 실패했습니다. 그들은 천운을 타고난 게 틀림없습니다. 계속 고집했다가는 결국 발각당하고 말았을 거예요. 그래서 말씀하신 대로 이렇게 탈주해 나왔습니다. 로젠탈과 저 사이를 왔다 갔다 하며 심부름을 하던 소년을 통해 각하께 뵐 약속을 올린 거고요."

  "로젠탈이 자네의 전갈을 본부에 전해왔지."

  "프랑스에 박혀 있는 각하의 요원들로부터 당도한 편지 말고도, 잘 아시는 여자의 사진 또한 포함되어 있었습니다. 만에 하나 제 정체가 들통 날 때 그런 증거품들이 이 몸 어딘가에서 발견되기는 원치 않거든요."

  "로젠탈 자신이 서둘러 그것들을 내게로 가지고 왔어야 했어. 유감스럽게도 바보 같은 짓을 저질렀더군그래."

"무슨 짓을 말입니까, 각하?"

"포탄에 맞아 죽은 것 말이야."

"무슨 말씀이신지?"

"거기 자네 발치에 뻗은 시체를 좀 보게."

카를은 그저 어깨를 한 번 으쓱하고는 이렇게 말했다.

"멍청한 친구!"

"그렇다네. 적절한 조치를 취했어야 했는데, 그러지를 못했지."

마치 그것으로 장례식 연설을 마감이라도 하듯, 소령은 간단히 덧붙였다.

"자, 어서 이자의 지갑을 꺼내보게, 카를. 면 조끼 안쪽 호주머니 속에 있을 것이네."

첩자가 허리를 숙인 지 얼마 안 되어, 이런 대답이 튀어나왔음은 물론이다.

"없는데요, 각하!"

"호주머니를 바꾼 모양이군. 다른 데를 뒤져보게."

그러나 카를의 대답은 그러고 나서도 여전했다.

"다른 데도 마찬가지입니다."

"뭐라고? 이건 말도 안 돼! 로젠탈은 어딜 가나 항상 지갑을 가지고 다녀. 심지어 잘 때도 품고 잔단 말이야. 죽을 때도 예외는 아닐 거라고!"

"직접 한번 찾아보십시오, 각하."

"대체 어떻게 된 걸까?"

"아마도 누군가 우리보다 먼저 이곳에 들러 지갑을 가져갔나 봅니다."

"누가 말인가? 프랑스 군대라도 왔단 말인가?"

몸을 일으킨 첩자는 잠시 동안 아무 말 없이 가만히 있더니, 소령에게 바짝 다가가 느린 어투로 이렇게 말했다.

"프랑스 군대라기보다는……. 각하, 프랑스인 한 명일 겁니다."

"무슨 말을 하려는 건가?"

"각하, 그러고 보니 들로즈가 처남인 베르나르 당드빌과 함께 일찍이 정찰을 떠난 바 있습니다. 어느 쪽으로 갔는지 저로선 알 수가 없었습니다만, 이제야 감이 오는군요. 이쪽 방면으로 온 게 분명합니다. 그는 폐허가 된 등대를 살펴본 후, 시체들을 발견하고 호주머니까지 뒤졌을 게 뻔합니다."

소령은 대번에 으르렁댔다.

"그렇다면 골치 아프게 된 것 아닌가. 정말 그랬을까?"

"확실합니다. 틀림없이 이곳에 왔을 거예요. 기껏해야 한 시간이나 됐을까."

카를은 은근한 웃음을 지으며 덧붙였다.

"어쩌면 아직 이곳에 있을지도 모르죠. 어딘가 구멍에 숨어서 말입니다."

두 사람은 제각각 주위를 한번 두리번거렸다. 한데 그러면서도 단지 기계적으로 둘러볼 뿐, 그리 심각하게 걱정하는 눈치는 아니었다. 마침내 소령이 생각에 잠긴 표정으로 말했다.

"어쨌든 우리 첩자들이 입수한 그 편지 꾸러미엔 주소도 이름도 없으니 그리 중요하다고 볼 순 없지. 하지만 사진만큼은 정말 치명적이야."

"그 이상이지요, 각하! 큰일입니다! 1902년 촬영한 그 사진은 무려 12년 동안을 우리가 찾아 헤맨 것 아닙니까? 스테판 당드빌 백작이 전쟁 중 집에다 흘린 서류들 가운데 그걸 찾아내느라고 제가 얼마나 고생을 했는데……. 각하께서 무심코 당드빌 백작에게 주었다가 그토록 되찾기를 원하셨던 그 사진이 지금은 백작의 사위이자 엘리자베트 당드빌의 남편이며 각하의 숙적이나 마찬가지인 폴 들로즈의 수중에 떨어졌단 말입니다!"

이제 노골적으로 안달을 내면서 소령이 외쳤다.

"맙소사! 알고 있네, 알고 있어! 그렇게까지 강조하지 않아도 돼!"

"각하, 항상 진실을 직시할 필요가 있습니다. 대체 폴 들로즈에 대해서 각하의 원래 목표가 무엇이었습니까? 어떻게든 그의 앞에서 각하의 정체를 드러낼 만한 모든 단서를 감추고, 그의 주의력과 증오심을 헤르만 소령에게로 돌리려던 것 아니었습니까? 그러기 위해 심지어는 'H. E. R. M.'이라는 네 글자가 새겨진 단도를 여러 개 뿌려놓았고, 저 유명한 초상화가 걸린 벽면에다 '헤르만 소령'이라는 서명까지 기입해놓으시지 않았습니까? 글자 그대로 만반의 조치를 취해놓은 셈이었죠. 그렇게 한 뒤, 적절한 때를 골라 헤르만 소령의 죽음을 이끌어만 낸다면 폴 들로즈는 자신의 원수가 깨끗이 사라졌다고 생각할 테고, 더 이상은 각하를 염두에 두지 않게 될 테니까 말입니다. 한데 오늘 발생한 이 일이 대체 뭐란 말입니까? 이제 놈이 사진을 확보함으로써 헤르만 소령과 그 결혼식 날 밤에 본 유명한 초상화 사이의 관계에 대해 확실한 증거를 손에 넣은 셈이 아니냐고요! 다시 말해 과거와 현재의 관계에 대한 증거를 말입니다!"

"그렇긴 하지만, 그게 누구든 간에 시체 호주머니 속에서 발견한 그 사진은 원래 어디서 나온 건지를 모르는 한 그다지 중요하다고는 볼 수 없네. 이를테면 그가 장인 되는 백작을 직접 만나보지 않고서는 말일세."

"그의 장인은 현재 영국군에 가담해서 전쟁을 치르고 있지요. 여기서 30리 떨어진 곳에서 말입니다."

"저들이 그 사실을 알고 있을까?"

"아닐 겁니다. 다만 우연찮게 만날 수는 있겠죠. 게다가 베르나르는 아버지하고 줄기차게 서신을 교환하고 있는데, 보나 안 보나 오르느캥 성에서 있었던 일에 관해서 얘기를 늘어놓았을 게 뻔합니다. 최소한 폴 들로즈와 더불어 캐낸 사안에 한해서는 말이죠."

"그 정도쯤이라면 무슨 걱정이겠나! 나머지 일들에 대해서만 모른다 면……. 정작 중요한 건 바로 그 모르는 부분에 있으니 말이네. 엘리자 베트가 자칫 우리의 비밀과 내가 누군지를 폭로할 뻔했지만, 지금은 죽 었다고 믿고 있을 테니, 더는 찾아 나설 리도 없고……."

"한데 정말 그러리라고 자신하십니까, 각하?"

"무슨 뜻인가?"

둘은 한패이면서도 흡사 대결을 벌이듯 서로의 눈을 응시한 채, 한동 안 마주 보고 서 있었다. 소령은 어딘지 불안해하고 예민한 기색인 데 반해, 첩자는 왠지 빈정대는 투가 엿보였다.

"말해라. 무슨 얘긴가?"

이윽고 소령이 다그쳤다.

"각하, 실은 이렇습니다. 일전에 제가 들로즈의 가방에 손을 댄 적이 있습니다. 오, 뭐 그리 오랫동안은 아니고요. 아주 잠깐이었죠. 하지만 그중 두 가지를 자세히 살펴볼 만큼은 충분했습니다."

"뜸 들이지 말고 어서 얘기해보게."

"첫째, 각하께서 주도면밀하게 제일 중요한 부분은 미리 태워버렸지 만, 불행히도 일부는 그대로 방치한 원고 낱장들입니다."

"그 여자의 일기 말인가?"

"네."

소령은 냅다 욕설을 내뱉었다.

"이런 빌어먹을! 그때 그냥 모조리 태워버리는 건데! 아! 공연히 명청한 호기심이 발동해서 그만! 그리고 또 뭐가 있었나?"

"그다음 말이죠? 오! 그다음은 별것 아닙니다. 그냥 포탄 파편이지
요. 아주 자그마한 파편 조각이긴 한데, 제가 보기에는, 각하께서 엘리
자베트의 머리카락을 붙여 별채 벽면에 쑤셔 넣어두라고 지시하신 바
로 그 파편 같았습니다. 어떻게 생각하십니까, 각하?"

소령은 난데없이 발을 구르면서 울화통을 터뜨렸다. 그뿐만 아니라
폴 들로즈를 두고 또다시 온갖 욕설 세례와 저주의 말을 사정없이 토해
내는 것이었다.

첩자는 미동도 않고 재차 물었다.

"어떻게 생각하시느냐고요, 각하?"

"자네가 우려하는 그대로이네! 그 여자의 일기 몇 장으로도 그 고약
한 프랑스인은 진실을 흘낏 볼 수 있을 거야. 게다가 포탄 파편까지 놈
의 수중에 있다면, 그건 바로 여자가 아직 살아 있을지 모른다는 증거
로 받아들여졌을 테고, 그거야말로 내가 가장 꺼리던 일이 아닌가 말일
세! 그것만 아니라도 놈을 항상 통제할 수 있는 것을……."

그의 노기(怒氣)는 좀처럼 수그러들 기색이 아니었다.

"아! 카를, 그놈이 나를 골탕 먹이고 있어! 그놈하고 그 처남인가 하
는 꼬마 녀석하고……. 웬 건달 같은 놈들이 나타나서! 제기랄! 난 또
우리가 성에 돌아갔던 그날 밤, 벽에 놈들 이름이 적힌 방에서 자네가
시원하게 처치했을 거라고 생각했는데……. 이제 계집이 죽지 않았다
는 걸 알았을 테니, 놈들이 그대로 가만있지는 않을 것 아닌가? 아마 득
달같이 찾으려 들겠지. 기어코 찾아낼 거야. 한데 그 여자가 우리 비밀
을 죄다 알고 있지 않은가 말이야! 여자를 없애야만 해, 카를!"

"왕자는 어떡하고요?"

첩자는 여전히 빈정대는 투였다.

"콘라트는 바보야. 하여간 그놈의 프랑스인이라는 족속은 우리한테 골치만 아프게 해. 그까짓 수다쟁이 여자한테 홀딱 빠져버릴 만큼 바보 같은 콘라트 왕자 꼴부터 좀 보라고! 아무튼 그 여자를 처치해야만 하네, 카를. 당장 말이야. 이건 벌써부터 자네한테 내린 명령일세. 왕자는 개의치 말고 실행에 옮겨."

불빛에 환히 드러난 헤르만 소령의 얼굴은 상상할 수 있는 한 가장 끔찍하고 극악무도한 인간의 몰골을 보여주고 있었다. 그것도 어디가 잘못 생겨서라거나 특별히 못난 구석이 있어서 그런 것이 아니라, 야만스럽고도 거부감을 절로 불러일으키는 그 표정 때문이었는데, 거기서 폴은, 사진과 초상화를 통해 보았던 에르민 백작부인의 표정이 극단적으로 치달은 인상을 또다시 느끼는 것이었다. 자신이 의도했던 살인 행위가 실패로 돌아간 것에 대해 헤르만 소령은, 마치 살인이야말로 삶의 조건이기라도 하듯, 무수한 죽음을 체험하는 것처럼 괴로워했다. 이를 부득부득 갈면서, 두 눈은 벌겋게 충혈되면서……

그러더니 잠시 후, 부들거리는 손가락으로 부하의 어깨를 움켜쥐고는, 맥이 풀린 목소리에 이번엔 프랑스어로 말하기 시작했다.

"카를, 이러다간 우리가 놈들을 영영 어쩌지 못하고, 그야말로 기적이 놈들을 보호할지도 몰라. 자네만 해도 요즘 들어 세 차례나 실패를 했지 않은가. 오르느캥 성에서는 놈들 대신 엉뚱한 녀석들만 해치웠지. 나 역시 언젠가 정원의 쪽문 앞에서 실패했어. 자네가 기억할지 모르지만. 16년 전…… 똑같은 정원, 똑같은 예배당 근처에서……. 놈이 아주 어렸을 적에 자네가 가슴팍에 단도를 팍 쑤셔 넣었건만, 그것도 허사였지. 그래, 그때부터 자네의 서툰 짓거리가 시작됐던 거야."

그러자 첩자의 냉소적이고도 다소 무례한 너털웃음이 터져나왔다.

"허허허, 각하, 대체 무얼 원하시는 겁니까? 그 당시 저는 아직 초보자에 불과했고, 각하와 같은 솜씨가 없었습니다. 그 아비와 자식새끼도 고작 10여 분 전에 처음 본 작자들이었고요. 그들이 한 짓이라곤 카이저를 좀 난처하게 했다는 것뿐이었습니다. 네, 그때 제 손이 좀 떨긴 떨었습니다. 인정하지요. 반면 각하는……. 아! 그 아비를 처치하신 건 정말이지 대단했습니다! 그 자그마한 손으로 단 한 번에, 앗! 그러자 그냥 끝장이더군요!"

그쯤 되자, 이번에는 폴이 천천히, 그리고 조심스럽게 돌무더기 틈새로 총구를 들이미는 것이었다. 카를이 실토한 바대로, 이제 더는 소령이 아버지의 살인자임을 의심할 수가 없었다. 바로 저기 저자인 것이다! 그리고 옛날이나 지금이나 그자와 한패인 저 졸개 녀석이 아버지가 단말마의 숨을 헐떡이는 가운데, 그 자식인 폴 자신마저 없애려고 했던 것이다!

폴의 자세를 힐끗 본 베르나르가 귓가에 대고 속삭였다.

"결심한 겁니까? 한판 벌이는 거죠?"

폴도 중얼거리며 대꾸했다.

"내가 신호할 때까지 기다려라. 자넨 놈이 아니라 저 첩자한테 겨눠."

어찌 됐든 간에 그로서는 아무래도 저 헤르만 소령과 베르나르 당드빌, 그리고 그의 누이인 엘리자베트 사이의 뭐라고 설명할 수 없는 수수께끼 같은 관계가 마음에 걸렸으며, 그 때문에 결정적인 정의의 심판을 베르나르의 손에 맡기기가 왠지 꺼림칙했던 것이다. 사실 그 자신조차, 어디까지 파급될지 모르는 이 행위 앞에서 다소 망설여지는 형편이었다. 대체 저 악당은 누구인가? 놈의 정체를 도대체 어떻게 보아야 하는가? 지금이야 헤르만 소령이자 독일 첩보 활동의 수장(首長)쯤 된다고 볼 수 있을 것이나, 얼마 전만 해도 콘라트 왕자의 놀이 동무인 데다 오르느캥 성안에서 전권을 행사하는 막강한 실력자이기도 했고, 시골 아낙네로 변장한 채 코르비니를 헤집고 다닌 자가 아니던가! 그런가 하면 옛날에는 살인자에다가 황제의 측근이면서, 오르느캥 성의 여주인이었을지도 모른다니……. 이렇듯 단 한 존재가 무수히 다양한 면모로 둔갑을 해대는 마당에, 그 숱한 정체성 가운데 과연 진짜 정체는 무엇이겠느냔 말이다!

폴은, 예전 폐쇄된 방 안에서 에르민 당드빌의 초상화라든가 나중에 사진을 들여다볼 때와 같이, 악착같은 심정으로 소령을 노려보고 있었다. 헤르만, 에르민……. 두 개의 이름이 그의 의식 속에서 어지러이 교차되고 있었다.

그러고 보니 여자의 손처럼 하얗고 섬세한, 자그마한 손이 문득 눈에 들어왔다. 가느다란 손가락들이 보석반지로 치장되어 있는가 하면, 장화를 신은 발 또한 섬세한 티가 물씬 풍기는 것이었다. 무척이나 창백한 얼굴 어디에도 수염 난 자국이라곤 찾아볼 수 없었다. 다만 그 모든 여성스러운 모습이, 까칠까칠한 느낌의 탁한 목소리와 묵직해 보이는 걸음걸이와 동작, 그리고 정녕 거칠기 이를 데 없는 박력으로 인해 전혀 의외의 양상으로 유리(遊離)된 느낌을 주는 것이 문제였다.

소령은 별안간 두 손으로 얼굴을 감싼 채, 잠시 생각에 잠겼다. 카를은 그 모습을 약간은 동정 어린 눈길로 바라보고 있었는데, 그 태도 속에는 혹시라도 주인이 지금까지 저지른 행위들을 떠올리며 후회라도 하고 있는 것이 아닌가 생각하는 기색이 역력했다.

그러나 정신을 추스르듯 고개를 들고 주인이 다시 그에게 말을 내뱉자, 그 목소리에는 오로지 증오심만이 가느다랗게 진동하는 것이었다.

"저들에겐 안된 일이지만 하는 수 없지. 이보게 카를, 우리의 앞길을 가로막는 모든 자에겐 어쩔 수 없는 일이야. 그자의 아비를 죽인 건 잘한 일이라고. 언젠가는 그 자식 놈 차례가 오겠지. 하지만 지금은…….

지금은 그 계집이 문제야."

"그럼 정녕 제가 일을 맡길 바라시는 겁니까, 각하?"

"아니, 자넨 이곳에 있어줘야겠네. 나 역시 이곳에 있어야겠어. 일이 꽤나 꼬여가고 있으니까. 하지만 1월 초에는 거기로 갈 것이네. 10일 아침이면 에브르쿠르트에 가 있을 거야. 그러고 나서 48시간 안에는 모든 걸 끝내버려야만 해. 모든 게 끝날 거라고 내가 장담하지."

첩자가 저 혼자 껄껄거리는 동안, 그는 다시금 침묵 속에 빠져들었다. 폴은 권총의 총신에 눈높이를 맞추기 위해 몸을 수그렸다. 더 이상 머뭇거리다가는 나중에 죄책감마저 들 것 같았다. 소령을 죽이는 것은 이제 복수도 아니요, 아버지의 살해범을 처단하는 것도 아니며, 오로지 새로운 살인을 막고, 엘리자베트를 구하는 것임을 그는 실감했다. 결과가 어떻게 나타나든 간에 지금 바로 행동에 돌입해야만 했다. 그는 마침내 마음을 정했다.

"준비됐나?"

베르나르를 향해 나직이 말했다.

"네, 신호만 기다리고 있습니다."

지극히 냉정한 태도로 최적의 순간을 노리며 막 방아쇠를 당기려는 순간, 카를이 독일어로 이렇게 말했다.

"그나저나 각하, 사공(沙工) 휴게소에 대해 추진 중인 일을 아십니까?"

"뭔데?"

"드디어 공세를 취할 계획이랍니다. 이미 100명 규모의 아프리카 의용병 부대가 늪지대를 통해 진격해오고 있습니다. 아마 동틀 무렵에는 공격을 감행해올 겁니다. 당장 본부에 알리고 대책을 강구할 시간도 모자란 실정이란 말입니다."

그러자 소령은 간단히 내뱉는 것이었다.

"이미 강구해놓았네."

"아니, 무슨 말씀이십니까, 각하?"

"이미 강구해놨다고 했네. 다른 통로를 통해 벌써 그 사실은 알고 있었네. 사공 휴게소는 워낙 중점을 두는 곳이라 내가 기지사령관에게 즉각 전화해서 새벽 5시경까지 300명 규모의 병력을 배치하라고 해두었지. 아프리카 의용병 부대는 머잖아 함정에 빠지고 말 거야. 그들 중 단한 명도 살아 돌아가긴 힘들겠지."

소령은 뿌듯해하는 미소를 살짝 흘리면서 망토 깃을 곧추세운 뒤 덧붙였다.

"게다가 좀 더 확실히 하기 위해 밤새 내가 직접 그곳으로 갈 것이다. 혹시라도 사령관이 이곳에 부하들을 먼저 보내, 이미 죽은 로젠탈의 서류 뭉치를 가져간 건 아닐까도 알아볼 겸 말이야."

"하지만……."

"자, 수다는 그만하면 됐네. 자넨 로젠탈이나 맡으라고."

"같이 가드릴까요, 각하?"

"그럴 필요는 없어. 대기 중인 배 한 척을 타고 수로를 통해 갈 것이네. 한 40분이면 그곳에 도착할 수 있을 거야."

첩자가 부르자 세 명의 병사가 토굴로 내려와서 시체를 뚜껑 문까지 들어 올리기 시작했다.

카를과 소령은 사다리 밑에서 잠시 멈춰 서 있었고, 카를은 등불을 빼 들어 뚜껑 문을 향해 빛을 비춰주고 있었다.

"쏠까요?"

베르나르가 중얼거리자, 폴이 대답했다.

"아니야."

"하지만……."

결정판 아르센 뤼팽 전집

"쏘지 말라고 했다."

시체를 밖으로 완전히 들어내자, 소령의 다음 지시가 떨어졌다.

"빛을 잘 비추고 사닥다리 흔들리지 않게 꽉 잡아!"

그러고는 번쩍번쩍 기어오르더니 이내 밖으로 사라졌다.

"됐다! 자네도 어서 서두르게!"

첩자는 부랴부랴 사닥다리를 기어올랐다.

곧이어 토굴 위로 발소리가 들렸고, 강 쪽으로 멀어져 가는가 싶더니, 이내 잠잠해졌다.

마침내 베르나르가 외쳤다.

"대체 이게 뭡니까? 어쩐 일이에요? 거의 유일한 기회였는데. 한 번에 두 놈 다 해치울 수 있었지 않습니까?"

그러자 폴은 침착하게 대꾸했다.

"그런 다음 우린 어떡하고? 저 위에 10여 명이 진을 치고 있었다. 우리 역시 끝장났을 거야."

"하지만 엘리자베트는 무사할 것 아니겠습니까, 폴! 정말이지 이해할 수가 없군요. 대체 그런 괴물들을 코앞 사정거리 안에 두고도 그냥 놓아보내다니! 자기 아버지를 죽이고 엘리자베트마저 죽이려 드는 놈을 앞에 두고도 고작 우리 안위를 걱정했단 말입니까?"

"이보게, 베르나르. 자넨 놈들이 마지막으로 나눈 말을 전혀 이해하지 못하고 있어. 적은 사공 휴게소에 대한 우리의 작전 계획을 모조리 간파하고 있었네. 이제 조만간 늪지대를 기어서 올 100여 명의 아프리카 의용병이 미리 진을 친 복병들한테 꼼짝없이 당하게 되어 있다고. 그러니 우선은 그들 생각부터 해야만 해. 그처럼 수행해야 할 중대한 임무를 앞에 두고 스스로 뻔한 죽음을 자초할 권리가 우리에겐 없어. 자네도 그런 내게 동조할 거라고 확신하네."

들고 보니 옳은 얘기였다.

"알겠어요. 하지만 정말 좋은 기회였는데."

폴 역시 사공 휴게소에 헤르만 소령이 나타날 것을 염두에 두고 이렇게 말했다.

"곧 다시 마주칠 일이 있을 걸세. 조만간……."

"그나저나 이제 어쩔 셈이에요?"

"일단 의용병 분견대에 합류해야겠지. 거길 통솔하는 중위가 나와 같은 의견이라면 공격을 7시까지 기다렸다 하지는 않을 거야. 물론 내가 앞장설 테고."

"그럼 나는요?"

"자넨 일단 대령한테 돌아가서 상황을 설명해주게. 그리고 사공 휴게소가 오늘 아침에 점거될 거라고 미리 얘기하고, 지원군이 올 때까지 사수하고 있겠노라고 해주게."

둘은 더 이상 아무 말 없이 헤어졌고, 폴은 결연하게 늪지로 달려갔다.

생각했던 것보다 일은 순조롭게 풀리는 편이었다. 한 40여 분 힘겹게 늪지를 걸어나가자 어디선가 사람들 중얼대는 소리가 들렸고, 곧장 암호를 댄 다음, 중위에게 데려다줄 것을 요청했다.

폴의 설명은 어렵지 않게 장교를 설득했다. 듣고 보니, 작전을 포기하든지 앞당겨 결행하든지 해야 할 단계였다.

부대는 종대대형(縱隊隊形)으로 전진하기 시작했다.

깊이가 사람 무릎 정도의 늪지 통로를 잘 아는 어느 촌부의 길 안내로, 새벽 3시경에는 아무런 방해 없이 건물 근처에 도달할 수 있었다. 그러나 초병에게 마침내 발각되자 즉각 총공세가 시작되었다.

이 공격은 실제로도 너무나 잘 알려진 전투 사례로 꼽히는 만큼, 이 자리를 빌려 그 자세한 내용을 소개할 필요가 있을 것이다. 일단 대단한 격전이었다. 방어 자세를 이미 갖춘 적군은 만만치 않은 기세로 저항해왔다. 워낙 철조망과 함정이 곳곳에서 극성을 이루고 있는 데다 건물 바로 앞에서 시작된 치열한 백병전이 그 안에 들어서서까지 계속되었을 정도였다. 결국 승리를 거머쥔 프랑스군이 모두 여든세 명의 독일군을 무찌르거나 포로로 삼았을 때는, 아군 쪽에서도 반 이상이 전투 능력을 상실했을 지경이었다.

폴은 무엇보다도 먼저, 건물의 좌측에서 시작해 이제르 강까지 반원을 그리며 이어진 참호 속으로 뛰어들었다. 공격이 결정적인 성공을 거두기 전에 미리 모든 퇴로를 차단하자는 것이 그의 속셈이었다.

약간의 저항도 있었으나, 세 명의 의용병과 더불어 이내 제방에까지 이른 폴은, 물속으로 수로를 거슬러 올라가 건물 너머 반대편에 도달했고, 거기서 아니나 다를까, 배들을 이어 만든 선교(船橋) 하나를 발견했다.

순간, 어둠 속으로 슬그머니 사라지려는 한 그림자가 그의 시야에 포착되었다.

"여기서 기다려라. 아무도 통과할 수 없도록 단단히 지키고 있을 것!"

일행에게 그렇게 지시한 뒤, 그는 몸을 날려 다리를 건너뛴 다음, 득달같이 달려갔다.

주변 기슭을 비추는 조명등 덕분에, 한 50여 보 전방에서 멀어져 가는 문제의 그림자를 또다시 포착할 수 있었다.

1분여가 더 지난 어느 순간, 마침내 폴은 고함을 버럭 질렀다.

"멈춰라! 아니면 발포한다!"

사내는 계속해서 도망쳤고, 폴은 일부러 살짝 비껴가게끔 방아쇠를 당겼다.

멈칫 제자리에 선 사내가 휙 돌아서며 네 발을 연거푸 쏘아댔지만,

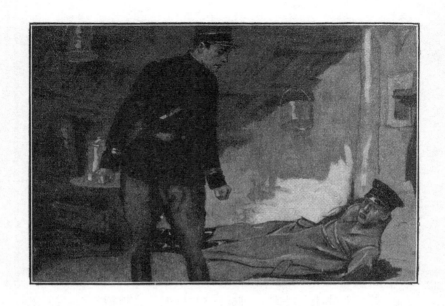

폴은 잽싸게 몸을 수그림과 동시에, 적의 하체를 향해 전광석화처럼 달려들어 넘어뜨리는 데 성공했다.

일단 한번 제압당하자, 적은 더 이상 저항을 포기한 듯했다. 폴은 상대의 몸통을 망토로 둘둘 말고 단번에 목을 그러쥐었다.

그러고는 나머지 한 손으로 얼굴 가득 전등불을 들이댔다.

역시 그의 직감은 틀리지 않았다. 헤르만 소령이 보기 좋게 뻗어 있는 것이었다.

3
사공 휴게소

폴 들로즈는 아무 말도 하지 않았다. 손목을 등 뒤로 묶어 패대기쳐 버린 포로는 그대로 놔둔 채, 그는 다시 짤막짤막 어두운 기슭을 비추는 불빛에 의지해 선교 쪽으로 나왔다.

공격은 계속되고 있었다. 상당수의 독일군 패잔병이 정신없이 퇴로 확보에 나섰지만, 선교 길목을 지키는 의용병들이 옳다구나 집중사격을 가하는지라, 그만 포위된 줄만 알고 아우성이었다. 결국 교란작전이 먹혀든 덕에 적의 패배를 앞당긴 셈이었다.

폴이 현장에까지 달려왔을 땐, 이미 교전이 끝난 상태였다. 하지만 기지사령관이 약속한 지원군이 도착하면 또다시 반격이 시작될 것이 뻔했기에, 쉴 틈 없이 방어 태세를 정비해야 했다.

사공 휴게소는 독일군이 점거한 뒤 주변에 참호까지 팔 정도로 철저히 요새화되었는데, 두 개 층으로 이루어진 건물 위층 세 개의 방을 모두 하나로 튼 상태였다. 다만 예전에는 사환용 골방으로 이용되던 일종의 다락에 3단짜리 목재 계단을 부착하고 입구를 탁 터서 널찍한 실내 한구석의 또 다른 내실(內室)처럼 활용하고 있었다. 내부 정리를 맡은 폴은 바로 그곳에다가 포로를 두었다. 그는 포로를 바닥에 눕힌 뒤, 좀 더 든든한 노끈으로 몸을 친친 동여맨 다음 비어져 나온 들보에 붙들어 맸는데, 그렇게 하면서도 어찌나 증오심이 들끓는지 마치 목이라도 조르려는 듯, 목덜미를 움켜쥐는 것이었다.

하지만 그 이상은 가까스로 자제했다. 하긴 뭐하러 서두른단 말인가? 놈을 당장 죽이든 병사들에게 내맡겨 총살형에 처하든, 그 전에 차근차근 놈의 행실을 따져보는 것도 대단한 즐거움이 아니겠는가 말이다!

이윽고 중위가 들어서자, 폴은 모두가 들을 수 있도록, 특히 소령의 귀에 잘 들리도록 크나큰 소리로 이렇게 외쳤다.

"중위님! 여기 가증스러운 포로 한 명을 맡깁니다. 다름 아닌 독일 첩보 부대 지휘관 중 하나로 헤르만 소령이라는 자입니다. 저 자신이 그 점은 확실히 보증합니다. 만약 제 일신상 불상사가 생기더라도 절대 이자를 놓아주어서는 안 됩니다. 만에 하나 이곳에서 퇴각을 해야 할 사태가 온다 하더라도……"

중위는 지그시 웃으며 말을 끊었다.

"터무니없는 가정이네. 우린 절대로 퇴각하지 않아. 그럴 바엔 차라리 이 보잘것없는 건물을 아예 날려버릴 거야. 결국 헤르만 소령 역시 우리와 함께 장렬히 산화하는 거지. 그러니 안심하게."

두 장교는 방어 수단에 대해 의견을 나누었고, 신속하게 작전에 들어갔다.

맨 먼저 선교부터 차단했고, 수로를 따라 죽 참호를 팠으며, 요소마다 기관총을 설치했다. 폴은 건물 벽면 여기저기를 모래주머니로 보강하게 했고, 아치형 벽체에 말뚝을 고정시켜 다소 취약한 부분들을 정비했다.

새벽 5시 30분, 드디어 독일 진영의 탐조등 불빛을 따라 몇 발의 포탄이 인근 지역에 떨어졌고, 그중 하나가 건물에 명중했다. 그러자 큼직큼직한 파편들이 강둑길 일대를 휩쓸기 시작하는 것이었다.

동이 트기 조금 전부터 급파된 자전거 분견대가 바로 그 길을 통해 들이닥쳤다. 선두는 베르나르 당드빌이 맡고 있었다.

그의 얘기로는 전투 본대(本隊)가 진입하기에 앞서 2개 보병 중대와 1개 공병 소대가 출발했지만 워낙 적의 포격이 심한지라, 늪지대를 따라 낮은 곳으로, 되도록 강둑길의 경사면에 바짝 기댄 채 몸을 숨겨가며 진군 중이라는 것이었다. 당연히 속도가 늦을 것이기에, 최소한 한 시간은 더 기다려야 한다는 것이었다.

중위는 인상을 찌푸리며 중얼거렸다.

"한 시간이나……. 너무 오래 걸리는걸. 하는 수 없지. 자, 그렇다면……."

중위가 부랴부랴 새로운 지시를 내리면서 자전거 부대의 위치를 배정하는 동안, 헤르만 소령의 생포 소식을 알려주려고 걸어 올라오던 폴에게 처남이 먼저 불쑥 말을 꺼냈다.

"폴, 이거 알아요? 아버지가 함께 이곳에 오셨다고요!"

폴은 화들짝 놀랐다.

"아버님이 오셨다고? 자네 아버님이 오셨다 이 말인가?"

"그렇다니까요! 게다가 더할 나위 없이 자연스럽게 말이에요! 벌써 한참 전부터 기회를 모색해오고 계셨다니, 한번 상상해보세요. 아! 말이 났으니 말인데, 아버지는 이제 통역장교로 소위 계급장까지 달고 오셨답니다!"

하지만 폴은 더 이상 듣고 있지 않았다. 그저 이런 생각을 굴리고 있었을 뿐.

'당드빌 씨가 이곳에 나타나다니……. 에르민 백작부인의 남편이 아니던가! 그라면 백작부인의 생사를 모르고 있을 리가 없어. 정녕 그는 교활한 악녀에게 철저히 속은 바보일까? 그래서 사라진 아내를 향해 아직도 그리움과 애정을 소중히 간직하고 있을까? 아니지. 그럴 리가 없지. 무엇보다도 죽은 지 4년이나 지난 후 찍은 사진이 있지 않은가! 그것도 베를린에서 직접 그에게 보내온 사진이 말이다! 그러니 아마 지금은 진실에 눈을 떴겠지. 그렇다면…….'

폴은 마음이 몹시 뒤숭숭했다. 첩자 카를이 공개한 얘기는 그로 하여금 당드빌 씨를 이미 이상야릇한 각도로 보게 만든 것이다. 그런 와중에 하필 헤르만 소령을 생포한 지금의 시점에 당드빌 씨가 이렇게 손수 나타나다니!

폴은 문득 다락 쪽을 돌아보았다. 소령은 벽 쪽으로 얼굴을 묻은 채 꼼짝도 하지 않고 있었다.

"그래, 아버님은 밖에 계신가?"

폴이 처남에게 넌지시 물었다.

"네, 아버지한테 자전거를 내주고 옆에서 구보로 여기까지 온 병사 한 명이 그만 부상을 당해서 지금 돌보고 있는 중이에요."

"가서 모시고 오게나. 중위님만 괜찮다면……."

순간, 난데없이 날아온 유산탄이 앞에 쌓아놓은 모래주머니를 벌집으로 만드는 바람에 폴의 말이 중단되었다. 어느덧 날이 밝아오고 있었고, 그와 더불어 한 1킬로미터 떨어진 곳에서 적의 종대 진영이 어스름을 뚫고 모습을 드러내는 것이 보였다.

아래로부터 중위의 고함 소리가 들렸다.

"모두 단단히 준비할 것! 내 지시가 있기 전까지 누구도 발포해선 안

된다! 모습을 드러내서도 안 돼!"

그로부터 15분이 지나서야 폴과 당드빌 씨가 서로 마주했는데, 그 시간이라고 해봐야 다 합해 4~5분 정도. 명색이 사위로서 엘리자베트의 아버지 앞에서 어떤 태도를 취해야 할지 생각해볼 여유가 그간 없었던지라, 무척이나 무뚝뚝한 분위기에서 그저 몇 마디 짧게 나누었을 뿐이다. 지나간 비극과 그 속에서 에르민 백작부인의 남편이 담당했을지도 모를 역할 등등에 대한 상념이, 현재 무엇보다 긴박한 기지 방어 문제와 마구 뒤섞이며 폴의 정신을 어지럽히기만 했다. 따라서 서로 간에 그나마 맺어진 인연에도 불구하고 악수마저 하는 둥 마는 둥 건성이었을 정도였다.

폴은 서둘러 작은 창문 하나를 매트리스로 막았고, 베르나르는 방의 맞은편에 위치를 잡았다.

당드빌 씨는 폴에게 이렇게 말했다.

"방어에 확신이 있는 모양이로군?"

"당연하죠. 그래야만 하니까요."

"그렇지, 그래야만 하겠지. 실은 어제 이번 공격이 결정되었을 때, 나는 사단에서 통역관 자격으로 모시고 있는 영국군 장군과 함께 있었네. 이곳이 위치상 아무래도 요처 중에 요처라 어떻게든 집착하지 않을 수가 없을 거라고 하더군. 바로 그때, 어쩌면 폴 자네를 다시 볼 수 있겠구나 생각했다네. 자네 연대가 어디쯤 있는지 알고 있었거든. 그래서 얼른 파견될 징집 부대를 수행할 수 있도록 부탁을 드렸……."

순간, 포탄이 하나 지붕을 뚫고 들어와 강 맞은편 벽을 파고들었다.

"아무도 안 다쳤나?"

"모두 무사합니다!"

조금 있다가 당드빌 씨는 얘기를 계속했다.

"한데 정말이지 공교롭게도, 간밤에 베르나르가 자네 상관인 대령과 함께 있는 걸 우연히 보게 되질 않았겠나! 결국 자전거 부대에 동참하게 되어서 얼마나 기쁘던지……. 그거야말로 우리 베르나르 곁에 머물면서 이렇게 자네와도 해후할 수 있을 유일한 길이었거든. 그나저나 우리 가엾은 엘리자베트가 도통 어떻게 된 건지 전혀 모르고 있었네만, 베르나르 얘기가……."

"아! 베르나르가 성에서 있었던 일을 죄다 얘기하던가요?"

폴이 펄쩍 뛰며 물었다.

"최소한 자기가 아는 만큼은 다 얘기하더군. 하지만 도저히 해명이 안 되는 일들도 있는데, 거기에 대해서는 자네가 좀 더 정확히 알고 있다고 했어. 그래서 말인데, 대체 엘리자베트는 왜 그곳 오르느캥 성에 머물러 있었던 건가?"

"본인이 그러길 원했습니다. 저한테는 나중에야 편지로 그 사실이 전달되었고요."

"알겠네. 하면 왜 자네가 처음부터 직접 데리고 나오지 않았나?"

"오르느캥을 떠나면서 그녀 역시 떠날 수 있게끔 만반의 준비를 갖추어주었습니다."

"그렇군. 하지만 아무리 그렇다 해도 그녀를 놔두고 자네 혼자서 오르느캥을 나서지는 말았어야 했어. 모든 불행이 그로부터 시작된 걸세."

당드빌 씨는 대단히 엄한 태도로 그런 말을 했고, 폴이 가만히 있자, 더더욱 기세를 올리며 몰아붙였다.

"대체 왜 그런 건가? 왜 엘리자베트를 놔두고 나왔어? 베르나르 얘기로는 매우 심각한 일이 있었다는데……. 자네가 뭔가 특별한 사건이 있었던 것처럼 넌지시 비쳤다고 말이야. 내게 좀 설명해줄 수도 있을 듯한데."

그런 말을 듣자 폴로서는 당드빌 씨가 자기에게 은근히 앙심을 품고 있다는 느낌이었고, 그처럼 당혹스러운 태도로 나오는 사람에 대해 몹시 짜증스러운 기분이 들었다.

"한데 지금 그런 질문을 할 때라고 보십니까?"

"그럼, 그렇고말고! 우리가 이대로 또 찢어지면 언제 다시 볼지 모르……."

폴은 상대가 미처 말을 맺기도 전에 그를 향해 홱 돌아서서 이렇게 내뱉었다.

"아 예, 그러고 보니 어르신 말씀이 맞는군요! 거참 끔찍한 생각이십니다. 우리가 서로에게 내미는 질문에 서로가 대답을 못한다면 그것만큼 난리가 날 일도 없겠지요. 이제부터 우리가 내뱉을 몇 마디 말로 엘리자베트의 운명이 좌지우지될 수도 있습니다. 왜냐면 진실이 우리 가운데 있으니까요. 그야말로 한마디만 하면 그 진실이 낱낱이 폭로될 테니 당연히 마음이 급할 수밖에요. 무슨 일이 있어도 지금 당장, 예, 털어놓아야 하고말고요!"

갑작스럽게 격앙된 반응에 멈칫 놀란 당드빌 씨는 대뜸 이렇게 말했다.

"베르나르도 부르는 게 낫지 않을까?"

"아뇨! 아닙니다! 절대로 그래선 안 돼요! 그가 알면 안 되는 일입니다. 왜냐면……."

"그래, 이유가 뭔가?"

당드빌 씨는 점점 더 놀라는 기색으로 다그쳐 물었다.

그 순간, 이번에는 총탄을 맞은 병사 하나가 바로 옆에서 쓰러졌다. 폴이 얼른 몸을 날려 살펴보았지만, 이마에 정통으로 맞은 터라 그대로 즉사한 후였다. 아울러 너무 커서 미처 틀어막지 못한 창문으로 총탄 두 발이 연속해서 파고드는 것이었다.

당드빌 씨는 폴을 도우면서 얘기를 계속 이어갔다.

"베르나르가 알아서는 안 되는 이유가 있다고 했는데?"

"그의 어머니와 관련한 일이기 때문입니다."

"애 어미 일이라니? 무슨 소린가? 그 애 어미 일이라고? 내 아내? 대체 무슨 얘긴지 모르겠군."

그즈음, 사공 휴게소 건물 앞 강변으로 통하는 좁다란 도로 위, 3개 종대로 전열을 갖추고 서서히 접근해오는 적군이 총안(銃眼)으로 내다보였다.

방어 태세를 점검하러 올라온 중위가 의용병들을 다독이며 말했다.

"강에서 200미터 지점에 당도하면 발포한다. 제발 적의 대포가 지나치게 성화를 부리지만 말아준다면……."

"우리 지원 병력은 어떻게 된 겁니까?"

폴이 대뜸 물었다.

"한 30~40분 후면 도착할 것이네. 그때까지는 우리 75밀리 포가 좀 바빠지겠지."

아닌 게 아니라 양쪽 진영에서 쏘아대는 대포알이 연신 허공에서 서로 교차하는 것이었다. 이쪽에서 날아간 포탄은 독일군 대열로, 저쪽에서 날아든 포탄은 이 요새로 말이다.

어느덧 폴은 사방을 뛰어다니면서 병사들을 독려하기에 바빴다.

그러면서도 틈틈이 다락 쪽을 기웃거리며 헤르만 소령의 동태를 살피는 것을 잊지 않는가 하면, 급기야 자기 위치로 돌아오는 것이었다.

요컨대 그는 지금 군인으로서 맡은 바 책임을 다해야 한다는 생각을 단 한시도 잊지 않으면서, 마찬가지로 당드빌 씨를 상대로 해야 할 말을 해야 한다는 생각 역시 잠시도 머릿속을 떠나지 않는 형편이었다.

하지만 그 두 가지 생각이 강박관념처럼 그의 내부에서 뒤섞이다 보니, 명석함은 온데간데없이, 장인에게 뭘 어떻게 설명해야 할지, 또 이 답답한 상황을 어떻게 처리해야 할지 아무 묘안도 떠오르지 않는 것이었다. 그래서 당드빌 씨가 수차례나 같은 질문을 해대는 동안 아무런 대꾸조차 못하고 있었다.

그러는 가운데 마침내 중위의 단호한 목소리가 울렸다.

"준비! 거총! 발사!"

그렇게 네 차례에 걸쳐 발포 명령이 되풀이되었고, 우수수 병사들이 쓰러진 적의 가장 가까운 대열부터 동요를 일으키기 시작했다.

하지만 빈자리가 곧장 채워지자 다시금 막강한 대열을 이루는 것이었다.

그런가 하면 포탄 두 개가 이번에는 건물 쪽으로 날아들었다. 지붕 일부가 단번에 날아가 버리고, 벽체가 몇 미터 허물어졌으며, 병사 세 명이 쓰러졌다.

그렇게 해서 엄청난 혼란 뒤에 일시적인 소강상태가 양측 모두를 훑고 지나가는 것이었다. 폴은 이러다간 아군 전원의 안위가 위험하다는 느낌이 강하게 들었고, 더는 참고 있을 수가 없다고 생각했다. 갑자기 작정한 듯, 그는 당드빌 씨를 소리쳐 부른 뒤, 다짜고짜 던지듯 말했다.

"우선 한마디만 하죠. 반드시 알아야 할 문제가 있습니다. 당드빌 백작부인이 죽었다고 확신하십니까?"

그리고 또 이렇게 덧붙였다.

"압니다. 제 질문이 정신 나간 것처럼 보이죠? 하지만 그건 당신이 아무것도 모르기 때문입니다. 결코 정신 나가서 이런 질문을 하는 게 아니에요! 그동안 겪은 일만 해도 충분히 그런 질문을 할 만해서 하는 거니, 대답이나 확실히 해주십시오. 에르민 백작부인이 죽었습니까?"

당드빌 씨는 잠시 마음을 진정시키는 듯하더니, 폴의 뜻을 이해하기로 마음먹은 듯 이렇게 반문했다.

"내 아내가 살아 있을지도 모른다고 생각할 만한 이유가 있긴 있나 보지?"

"아주 중대한 이유들이 있지요. 아니, 절대적인 이유들이라고까지 말할 수 있습니다."

당드빌 씨는 어깨를 한 번 으쓱하고는, 단호한 말투로 대답했다.

"내 아내는 바로 이 내 품에 안겨 숨을 거두었네. 내 입술을 그녀의 차갑게 식은 손에 갖다 대기도 했지. 사랑하는 사람의 죽음에서 느껴지는 냉기가 얼마나 끔찍한 건지 자넨 몰라. 나는 평소 아내의 바람대로 수의(壽衣) 대신 웨딩드레스를 입혀주었고, 관 뚜껑에 못을 박는 자리를 끝까지 지키고 있었네. 자, 됐는가?"

폴은 귀를 기울이면서도 내심 이런 생각을 하고 있었다.

'지금 진실을 얘기하는 걸까? 설사 그렇다고 해도 과연 내가 수긍할 수 있을까?'

"됐느냐고 물었네."

당드빌 씨가 다소 위압적으로 변한 목소리로 다그쳤다.

"그럼 또 다른 질문 하나만 더 하죠. 당드빌 백작부인이 쓰시던 규방의 초상화가 진정 그녀의 것입니까?"

"물론이지. 그녀의 전신 초상화이네."

"어깨를 따라 검은 레이스 숄을 두른 초상화 말입니다. 확실합니까?"

"그렇다니까! 그건 아내가 아주 즐겨 걸치던 숄이었네."

"황금 뱀 장식 테두리가 쳐 있는 카메오 브로치로 여미게 된 숄 말입니다!"

"그렇다네. 내 어머니한테서 물려받은 골동품인데, 아내가 한시도 떼어놓은 적이 없을 정도였지."

그 말을 듣는 순간 반사적으로 폴의 몸이 들썩했을 정도였다. 방금 당드빌 씨가 털어놓은 얘기는 마치 죄의 고백처럼 들렸기에, 분노로 치를 떨면서 그는 이렇게 내뱉었다.

"이것 보세요, 선생! 내 아버지께서 비명에 살해당하셨다는 것 잊지 않겠죠? 우리끼리 그분에 대해서 얘기도 많이 나누었지요. 그분은 당신 친구이기도 했습니다. 그런데 그분을 살해했고, 내가 이 두 눈으로 똑똑히 목격했으며, 나의 뇌리에 너무나도 깊이 각인된 바로 그 여자는 어깨에 검은색 레이스 숄을 두르고 황금 뱀 문양 테두리의 카메오 브로치를 한 모습이란 말입니다! 내가 그 여자의 초상화를 본 게 바로 당신 부인의 방에서였고요. 그래요, 결혼 당일 밤, 그 초상화를 봤어요. 이제 알겠습니까? 알겠느냐고요?"

두 사람 사이에 잠시 처절한 침묵이 흘렀다. 소총을 그러쥔 당드빌 씨의 손이 부들부들 떨고 있었다.

그것을 바라보는 폴의 마음속에는 점차 불어만 가는 의혹이 여차하면 본격적인 비난으로까지 터져나올 참이었다. 그는 속으로 이렇게 중얼거리고 있었다.

'도대체 왜 저리도 떠는 거야? 정체가 드러난 게 분해서 저러는 거야? 꿈틀이라도 해보겠다 이거야? 과연 저자가 마누라와 한패라고 생각해야 하나? 하긴……'

그때였다. 갑자기 폴의 팔뚝을 격렬하게 부여잡으면서 창백한 안색으로 당드빌 씨가 더듬거렸다.

"가, 감히 어찌 그런 망발을! 그럼 내 아내가 자네 부친을 죽였단 말인가? 자네 돌았군! 신과 이 세상 앞에서 성녀(聖女)나 다름없는 내 아내가? 감히 어떻게! 아! 내가 왜 당장 자네 얼굴에 한 방 날리지를 않는지 모르겠군그래!"

폴은 거칠게 팔을 뿌리쳤다. 가뜩이나 소란스러운 전투가 벌어지는데다 안으로부터 복받치는 분노 역시 주체하기 어려운 판에, 점점 더 흥분할 수밖에 없어진 두 사람은, 총탄과 포탄이 요란스레 퍼붓는 가운데 서로 막 드잡이라도 할 태세였다.

또다시 벽의 한쪽 면이 와르르 무너졌다. 폴은 정신없이 명령을 외쳐대면서도 머리 한쪽으로는 그 무너진 벽 근처에 있는 헤르만 소령에 대한 생각과 더불어 당드빌 씨를, 마치 범죄자를 대질시키듯 그 앞에 데려가 세우고 싶은 욕심이 불쑥불쑥 치밀어 올랐다. 그럼에도 불구하고 그렇게 하지 않는 이유는 또 뭘까?

그는 독일 병사 로젠탈의 사체에서 발견된 에르민 백작부인의 사진을 호주머니 속에서 훌쩍 빼 들었다. 그리고 당드빌 씨의 코앞에 사진을 바싹 들이밀며 소리쳤다.

"그리고 이거! 이게 무언지 당신은 알겠죠? 날짜가 적혀 있을 거요, 1902년이라고. 그런데도 에르민 백작부인이 죽었노라고 강변할 참이오? 엉, 대답해보란 말이오! 베를린에서 찍은 것이오. **죽은 지 4년 후에 당신 마누라가 직접 당신에게 보낸 사진이란 말이오!**"

당드빌 씨는 그만 비틀거리기 시작했다. 흡사 이제까지의 분노가 순식간에 꼬리를 내리면서 엄청난 충격에 자리를 물려주는 분위기였다. 폴은 이 작은 사진 한 장이 가진 압도적인 증거적(證據的) 가치를 보란 듯이 상대의 눈앞에서 흔들어댔다. 당드빌 씨의 중얼거리는 소리가 들린 것은 바로 그때였다.

"이걸 누가 훔쳐낸 거지? 파리의 내 서류철 속에 있던 건데. 난 또 왜 이걸 찢어버리지 않고……."

그러고는 더욱 소리를 낮춰 이러는 것이었다.

결정판 아르센 뤼팽 전집

"오! 에르민, 나의 사랑하는 에르민……."

무슨 뜻일까? 죄악과 오욕으로 철저히 더럽혀진 한 여인을 향해 가없는 애정을 담아 흘리는 저 말의 진의(眞意)는 과연 무엇이란 말인가?

아래층에서 문득 중위의 외치는 소리가 들려왔다.

"열 명만 빼고 전원 전방의 참호에 위치할 것! 어이, 들로즈! 최정예 사격수들을 통솔해서 집중사격을 감행하는 거다!"

그러자 의용병들이 베르나르의 인솔하에 허겁지겁 아래로 내려갔다. 적군은 계속되는 피해도 아랑곳하지 않고 계속해서 접근하고 있었다. 그런가 하면 벌써부터 좌우로 일단의 공병대가 강기슭에 흩어진 선교용 배들을 끌어모으고 있었다. 임박한 총공세에 대비하여 중위는 의용병들을 전방에 전진 배치했고, 건물 안의 사격수들 역시 포탄이 빗발치는 가운데 후회 없는 일전을 벌이기 위한 채비를 갖추었다.

그러나 한 사람, 또 한 사람 쓰러지는 가운데 이미 다섯 명의 소총수가 자리를 비웠다.

하는 수 없이 폴과 당드빌 씨 모두 명령을 내리거나 수행할 행동을 결정하는 데 있어 서로 머리를 맞대면서 한꺼번에 여러 몫을 감당해내야만 했다. 워낙 수적으로 열세임을 감안하면, 저항한다는 것 자체가 언감생심 꿈도 못 꿀 일이었다. 하지만 최소한 지원 병력이 도착할 때까지만이라도 버틸 수만 있다면 요새를 계속 확보하는 일이 그리 불가능한 것은 아니었다.

이미 병사들의 백병전이 시작된 터라 효과적인 타격을 입히는 것이 불가능해진 프랑스군 포병대는 하는 수 없이 포격을 중단했지만, 건물이라는 확실한 목표물이 정해져 있는 독일군 포병대로부터는 끊임없이 극성스러운 포탄 세례가 이어지고 있었다.

그 와중에 또 한 명의 병사가 쓰러졌고, 그만 뒤로 이끌어낸다는 것이 어쩌다 보니 헤르만 소령이 묶여 있는 다락으로 빼내게 되었다. 물론 포탄 파편을 정통으로 맞은 그 병사는 얼마 안 가 숨이 끊어졌다.

저만치에서 벌어지고 있는 전투는 심지어 물속이든 물 밖이든 가리지 않고 지옥 같은 상황을 연출하고 있었다. 몸과 몸이 격렬하게 맞부딪치는 가운데 증오와 고통의 울부짖음이 터져나오고, 공포와 승리의 고함 소리가 하늘을 찌르고……. 워낙 적군과 아군이 뒤엉켜 싸우는지라 폴과 당드빌 씨는 조준을 하기에 여간 애를 먹는 것이 아니었다.

이윽고 폴이 이렇게 말했다.

"아무래도 지원군이 오기 전에 우리가 허물어질까 걱정입니다. 그래서 당신한테 미리 귀띔하는 건데, 중위는 유사시 이 건물을 폭파할 채비를 갖춰놓은 상태입니다. 당신은 이렇다 할 임무를 띠었거나 전투원으로서의 사명이 있는 것도 아니면서 그저 우연히 이곳에 들렀을 뿐이니……."

당드빌 씨는 상대의 말을 뚝 끊으면서 불쑥 내뱉었다.

"나는 프랑스인의 자격으로 이곳에 온 것이네! 마지막까지 남아 있을 테니 쓸데없는 걱정은 말게."

"정 그렇다면 우리끼리의 얘기를 끝낼 시간은 있겠군요. 내 말 잘 들으세요. 되도록 간단히 말하리다. 혹 도중에라도 내 얘기가 무슨 뜻인지 이해되거든, 지체 말고 그렇다고 표현해주시오. 불필요하게 얘기하지 않도록 말입니다."

그는, 두 사람 사이에 깊이를 잴 수 없는 심연이 드리워져 있으며, 당드빌 씨가 사악한 공범이든 순진한 바보이든 간에, 폴로서는 알 수 없는 사실들을 알고 있음에 틀림없다는 생각이었다. 따라서 자기라도 먼저, 그간 겪었던 사건들을 충분히 공개하는 것이 그나마 서로의 진실에 접근하는 방법일 것이라고 생각했다.

그는 침착하고 조용한 어조로 얘기를 시작했고, 당드빌 씨는 말없이 귀를 기울였다. 그러면서도 두 사람 다 여전히 소총에 탄약을 장전하고 거총해 발사한 후, 다시 장전을 하는 것이었는데, 어찌나 덤덤하게 그 모든 동작을 취하는지 마치 연습 사격이라도 하는 듯했다. 주위로 사방 천지가 죽음의 난장판으로 어지러운데 말이다!

한편 폴의 얘기가 오르느캥 성에 막 도착해 엘리자베트와 함께 폐쇄된 방에 들어서서 끔찍한 초상화를 보게 된 대목에까지 이르자마자, 갑자기 엄청난 폭음과 더불어 무수한 파편 덩어리가 그들의 머리 위로 쏟아져 내리는 것이었다.

그 바람에 의용병 네 명이 또 타격을 입었다. 이번에는 폴 역시 목 부위에 한 방 맞았는데, 왠지 고통스럽지는 않았지만 머릿속의 생각이 부연 안개 속으로 스멀스멀 빠져 나가버리는 느낌이 드는 것이었다. 폴은 이를 악물었고, 기적 같은 의지력 하나로 남은 힘을 쥐어짠 끝에, 간신히 어느 정도는 사고력과 감각을 유지할 수가 있었다. 정신을 추스르며 보니 장인이 무릎을 꿇은 채 옆에서 들여다보고 있었다. 폴은 간신히 입을 열어 말했다.

"엘리자베트의 일기요. 기지(基地) 안 내 가방 속에 있습니다. 그중 몇 장에는 내가 기입한 내용도 있어요. 그걸 읽어보면 다 이해할 수 있을 겁니다. 하지만 그 전에……. 저기 묶인 채로 있는 독일 장교를 책임지셔야 합니다. 그자는 첩자예요. 경계해야 합니다. 그를 죽이세요. 그러지 않으면 1월 10일……. 아, 반드시 죽여야만 해요."

더 이상은 입을 움직일 수가 없었다. 게다가 언뜻 정신을 차리고 보니, 이미 당드빌 씨 자신도 어딘가 타격을 입었는지, 귀를 기울이기는커녕 얼굴이 피투성이가 된 채 주춤주춤 고꾸라져서 점점 잦아드는 신음을 흘리는 것이 아닌가!

어느새 널찍한 실내 전체가 조용해졌고, 이따금 소총 소리만 따끔따끔 귓전을 때리고 있었다. 독일군 대포도 잠시 주춤해진 듯했다. 하지만 적의 공세는 결국 성공적으로 진행될 것이고, 이젠 조금도 움직일 수 없게 된 폴은 그저 중위가 얘기한 대로 언제 대(大)폭발이 일어날지, 이제나저제나 기다리는 것이었다.

그는 엘리자베트의 이름을 여러 차례 중얼거렸다. 헤르만 소령 역시 이곳에서 죽음을 맞이할 것이니, 그녀에게 더 이상의 위험은 없을 거라는 것이 그나마 위안이었다. 게다가 든든한 동생 베르나르가 곁에서 어련히 잘 지켜주겠는가. 얼마나 시간이 흘렀을까, 마비인지 나른함인지 모를 멍한 상태가 서서히 흩어지는가 싶더니, 점점 거북스러운 기분이 마음 한구석을 비집고 들어와 갈수록 고통스러운 느낌으로 자리를 잡는 것이었다. 아, 이게 대체 어찌 된 일인가? 악몽인가, 아니면 고약한 환각에라도 홀려 있단 말인가? 폴의 시선은 헤르만 소령과 함께 병사의 시체를 끌어다 놓았던 다락을 더듬고 있었다. 맙소사! 분명치는 않지만 헤르만 소령이 묶였던 끈을 풀고 몸을 일으켜서, 사방을 두리번거리고 있는 것 같았다.

폴은 안간힘을 다해 눈꺼풀을 치뜨려고 애를 썼다.

하지만 점점 짙어지는 어둠이 시야를 가리기만 했고, 마치 캄캄한 밤중에 희미한 광경을 어렴풋이 가늠하듯, 그 너머로 무언가 생각만 해도 끔찍스러운 광경이 어른거리고 있었다. 망토를 벗어 던진 소령은, 시체 위에서 푸른색 군용 외투를 벗겨내 걸치는가 하면, 군모 역시 자신의 머리 위에 척 얹어 쓰고, 목도리까지 목에 두른 뒤, 소총과 총검과 탄약통까지 집어 들고, 완전히 변모한 모습으로 목재 계단을 뚜벅뚜벅 내려오고 있는 것이었다.

아, 이 얼마나 무시무시한 광경인가! 폴은 도저히 자기 눈을 믿고 싶

결정판 아르센 뤼팽 전집

지가 않았다. 차라리 신열과 발작에 몸부림치는 자신의 머리로부터 불쑥 튀어나온 환영을 보고 있는 것이길 바랐다. 하지만 모든 면면이 현실이라는 점을 입증하듯, 보란 듯이 눈앞에서 벌어지고 있었고, 그것은 글자 그대로 지옥의 광경과도 같았다. 소령이 도망치고 있었던 것이다!

정신이 혼미해질 대로 혼미해진 폴에게 있는 그대로의 상황에 대처할 여력은 더 이상 없었다. 예컨대, 과연 소령이 나와 당드빌 씨 모두를 죽이려고 할까? 두 사람 다 부상당한 채 손만 뻗으면 닿을 곳에 널브러져 있다는 것을 과연 알까? 그런 질문을 스스로에게 해볼 기운조차 없었다. 오로지 그의 위축되어가는 의식의 어딘가 고집스레 매달려 있는 생각 하나는 바로 이것, 헤르만 소령이 지금 도망치고 있다는 것! 제복까지 그럴듯하게 갖춰 입었으니 손쉽게 의용병 대열에 뒤섞일 수 있을 것이다! 그리고 몇 가지 신호를 주고받으면 언제라도 다시 독일군 진영에 복귀할 수 있을 것이다! 결국 자유로운 입장이 되겠지! 아, 그러고 나면 또다시 엘리자베트를 향해 죽음의 마수(魔手)를 뻗치고야 말 텐데⋯⋯.

대체 왜 폭탄은 터지지 않는 것인가! 이 사공 휴게소가 제때 폭발만 해준다 해도, 소령도 끝장인 것을⋯⋯.

의식이 가물가물하는 가운데에도 폴은 그 한 가지 희망을 부여잡고 있었다. 그러면서 의식이 비틀비틀 갈피를 잡지 못했고, 그로부터 출몰하는 생각은 점점 더 엉망진창으로 뒤엉키기만 했다. 폴 들로즈라는 존재는 그렇게 아무것도 보이지 않고 아무것도 들을 수 없는 암흑 속으로 빠르게, 빠르게 잠겨 들어가고 있었다.

그로부터 3주 후, 군단 총사령관은 군용 병원으로 개조된 불로네(영불해협에 면한 프랑스 최북단 도시 불로뉴쉬르메르의 인근 지역을 말함—옮긴이)

의 고성(古城) 입구 계단 앞에 멈춰 선 자동차에서 내렸다.

행정장교가 기다리고 있다가 출입구를 열어주었다.

"들로즈 소위에게 내가 온다는 통보는 했겠지?"

"네, 장군님."

"그의 방으로 안내해주게."

폴 들로즈는 비록 목에 붕대를 친친 감고 있지만, 별 피곤한 기색 없이 서 있었다.

그리고 넘치는 에너지와 냉철한 판단력으로 프랑스의 구원을 이끌어가는 사령관을 직접 대하자, 자기도 모르게 온몸 가득 깍듯한 군기(軍氣)가 들어차는 것을 느꼈다. 하지만 장군은 선뜻 악수부터 청하면서 다정다감하기 그지없는 말투로 이러는 것이었다.

"어서 앉게나, 들로즈 중위. 그래 중위지. 어제부터 자네 계급이 그렇게 됐으니까. 오, 아닐세, 아니야. 내게 고마워할 필요는 없지. 오히려 감사해야 할 쪽은 우리인걸. 그나저나 벌써 일어서도 되는가?"

"네, 장군님! 그리 심각한 부상은 아니었습니다."

"그것 다행이군. 나는 우리 장교들 모두에게 골고루 만족하고 있네. 하지만 자네 같은 젊은이라면 그 열 명보다도 나은 것 같아. 자네 연대의 대령이 자네에 관해 매우 특별한 보고서를 제출했는데, 죽 읽어보니 도저히 그 어디에도 비할 바 없는 활약상이 놀랍더군. 그래서 내 생각에는 여태까지의 관행을 살짝 거스르더라도 이 보고서를 세상에 공개하면 어떨까 하네만?"

"안 됩니다, 장군님! 제발 부탁드립니다."

"그래……. 자네 말이 맞겠지. 익명(匿名)으로 남는 게 좀 더 영웅적인 모습이지. 그리고 지금은 무엇보다 조국 프랑스에 모든 영광을 돌려야 할 때이고. 따라서 일단 군령(軍令)에 의해 자네의 공을 표창하고, 전에도 이미 추천된 바 있는 십자 무공훈장을 수여하는 걸로 만족할까 하네."

"장군님, 뭐라고 감사드려야 할지……."

"그리고 다만 조금이라도 바라는 게 있다면, 전혀 개의치 말고 내게 말해야만 하네. 내 자네에게 특별히 개인적인 도움을 주고 싶어서 그러니 기회를 달라 이 말일세."

폴은 활짝 웃으며 고개를 끄덕였다. 그처럼 높은 사람이 그토록 소탈한 인정을 보이자 가슴 저 구석부터 푸근해지는 기분이었다.

"장군님, 그러시다가 제 요구가 지나치면 어쩌시려고요?"

"어서 말이나 해보게!"

"정 그렇다면 알겠습니다, 장군님. 제가 바라는 건 이렇습니다. 우선 2주간의 요양 휴가를 허락해주시기 바랍니다. 제가 퇴원하는 1월 9일 토요일에 맞춰서 말입니다."

"그거야 호의(好意)라기보다는 당연한 조치이네."

"그야 그렇습니다만, 장군님, 그 요양 휴가를 제가 원하는 곳에서 보내고 싶습니다."

"그렇게 하게나."

"거기에다 장군님 친필로 쓰인 통행 허가증을 갖고 싶습니다. 프랑스 전선 어디든 마음대로 들락날락할 수 있으며 필요한 모든 지원을 요구할 권리를 함께 보증할 허가증 말입니다."

장군은 잠시 폴을 바라보더니 이렇게 말했다.

"지금 자네가 요구한 것은 다소 무거운 감이 없지 않군그래, 들로즈."

"알고 있습니다, 장군님. 하지만 제가 그것을 통해 하려는 일 역시 그만큼 무거운 일입니다."

"좋아! 그렇게 하도록 하지. 또 있는가?"

"장군님, 제 처남이기도 한 당드빌 중사는 저와 함께 사공 휴게소 작전에 참여했습니다. 저와 마찬가지로 부상당했고, 똑같이 이곳 병원에 후송되어 있습니다. 아마도 비슷한 시기에 퇴원할 것 같은데, 그에게도 저와 마찬가지의 휴가 기간을 보장해주시고, 저를 수행할 수 있게끔 허락해주시기 바랍니다."

"그렇게 하지. 또 있나?"

"베르나르의 아버지이자 영국군 부대에서 일하는 통역 소위 스테판 당드빌 백작도 그날 제 곁에서 똑같이 부상을 당했습니다. 들리는 바로는 그가 입은 부상 정도는 생명에 지장을 줄 정도는 아니라고 하는데, 현재는 어딘지 모를 영국군 병원으로 후송되었다고 합니다. 바라건대, 완쾌되는 즉시 그를 장군님 곁으로 불러들이셔서 참모로 활용해주시기 부탁드립니다. 적어도 제가 귀대해서 그간 해온 일을 장군님께 보고드릴 때까지만이라도 말입니다."

"알겠네. 그렇게 하지. 그게 다인가?"

"거의 그렇습니다, 장군님. 딱 하나가 아직 남았는데, 이건 장군님의 호의에 제가 감사하는 뜻에서 드리는 청입니다. 현재 독일 내에 붙잡혀 있는 우리 측 포로 중에 장군님이 특별히 생각하시는 스무 명만 추려서 명단을 제게 넘겨주시기 바랍니다. 그 스무 명은 늦어도 지금부터 보름 후면 자유의 몸이 되어 있을 것입니다."

"뭐, 뭐라고?"

언제나 냉철한 것으로 유명한 장군이지만, 이번 부탁에는 어안이 벙벙할 수밖에 없었다. 장군은 더듬더듬 말을 되짚었다.

"지금부터 보름 후에…… 자유의 몸이 된다? 스무 명…… 모두가?"

"약속드리지요."

"설마!"

　　　　　결정판 아르센 뤼팽 전집

"제가 말씀드린 그대로 이루어질 것입니다."

"포로들의 계급이나 사회적 계층이 어떻든 무방하다는 얘기인가?"

"그렇습니다, 장군님."

"정당한 절차를 밟아, 합리적인 방법으로 말인가?"

"그 어떤 이견도 있을 수 없는 방법을 통해서입니다."

장군은 지금까지 군대 생활을 해오면서 늘 그래왔듯, 부하들을 판별하고 그 진가를 정확히 보는 눈으로 다시 한번 폴을 찬찬히 바라보았다. 그리고 자기 앞에 서 있는 사내가 결코 허풍선이는 아니며, 결단과 실천의 존재로서, 초지일관 자신이 뜻한 바에 매진하여 결국에는 약속한 바를 이뤄내고야 마는 인물임을 직감했다.

장군이 대답했다.

"알겠네, 젊은이. 그 명단은 내일 자네 손에 인도될 것이네."

4
'독일식 문명'의 걸작

1월 10일 일요일 아침, 들로즈 중위와 당드빌 중사는 코르비니 역에 내리자마자, 현지 주둔 사령관을 면담하러 갔고, 그다음 곧장 마차를 잡아타고 오르느캥 성으로 향했다.

사륜마차의 푹신한 좌석에 길게 몸을 누이면서 베르나르가 입을 열었다.

"이제르 강과 사공 휴게소 사이에서 유산탄 파편을 맞았을 때만 해도 일이 이렇게 풀리리라고는 정말 생각 못했어요. 아무튼 어찌나 격렬한 전투였는지! 만약 지원부대가 한 5분만 더 늦게 도착했더라도 우린 모두 끝장이었을 거예요. 보통 운이 좋았던 게 아니었다고요!"

"맞아, 정말 운이 좋았지! 정신을 깨고 보니, 그다음 날 아군 측 야전 병원이더군."

"한 가지 화나는 건, 그 헤르만 소령 놈이 도망쳤다는 거예요. 매형이 직접 잡으셨다면서요? 놈이 결박을 풀고 도망치는 것도 보셨고 말이에요. 하여간 보통내기가 아닌 놈입니다! 아마도 별 어려움 없이 종적을 감췄을 게 분명해요."

베르나르의 얘기에 폴이 중얼거리듯 대꾸했다.

"분명하고말고. 그것 말고도 또 하나 분명한 건, 놈이 엘리자베트에 대한 위협을 조만간 실행에 옮기려고 할 거라는 거야."

"젠장! 이제 48시간 남았어요. 카를에게 얘기하기를 1월 10일에 도착해서 이틀 만에 모든 일을 끝내겠다고 했잖아요!"

"아니면 당장 오늘이라도 결행할지 모르지!"

목소리를 한껏 가다듬으며 폴이 내뱉었다.

답답한 마음에도 불구하고 여정(旅程)은 비교적 신속하게 진행되는 느낌이었다. 지난 넉 달간 한결같이 헛짚기만 하던 일이, 이번만큼은 대단히 현실감 있게 다가오는 것이었다. 오르느캉만 해도 거의 국경선에 인접해 있는 데다 거기서 몇 발짝만 더 들어가면 에브르쿠르트인 것이다. 혹시 에브르쿠르트에 당도하기 전에, 그리고 거기서 엘리자베트의 은신처를 찾아내기 전에, 궁극적으로는 아내를 구해내기 전에, 닥칠지도 모를 여러 장애물에 대해서는 지금으로선 생각하고 싶지 않았다. 그저 자신이 이렇게 살아 숨 쉬고 있고 엘리자베트 역시 살아 있으니, 그녀와 자신 사이에는 아무런 장애도 없는 것 같다는 기분뿐이었다!

오르느캉 성(城), 아니 차라리 그 남은 잔해라고 해야 옳겠지만,— 이미 폐허나 다름없었던 그곳에 11월 들어 또 한 차례의 대규모 포격이 가해졌던 것이다—어쨌든 그곳은 지금 재향 군부대의 야영지(野營地)로 활용되고 있었고, 최전선 참호 지대가 국경선을 따라 죽 둘러쳐져 있었다.

전략상 상대가 무리한 전진을 시도하지 않는 터라, 사실 이곳에서는 적과의 마찰이 별로 없는 편이었다. 그러면서도 서로 워낙 팽팽한 방어 태세를 갖추고 있어서, 여기저기 감시 체제만은 철저하게 가동되고 있었다.

그러한 상황을 폴은 재향군 중위와 식사를 같이하면서 얻어들었다.

폴이 자기가 온 목적을 털어놓자 장교는 자신의 견해를 이렇게 표했다.

"이보시오, 나야 물론 당신에게 전적인 협조를 제공할 생각이지만, 이곳 오르느캥에서 에브르쿠르트로 건너가는 일이라면, 단언컨대 불가능할 것이오."

"건너갈 겁니다."

"어디를 통해서 말이오? 공중으로라면 모를까."

장교는 시큰둥한 웃음을 지어 보였다.

"그렇지는 않습니다."

"그럼 땅 밑으로?"

"그거라면 혹 모르죠."

"꿈 깨시구려. 우리도 대호(對壕)며 갱도(坑道)며 시도 안 해본 게 없을 정도요. 하지만 몽땅 허사였소. 우리가 지금 있는 이곳 지반은 도무지 파 들어가는 게 불가능한 오랜 암반층으로 되어 있단 말이오."

그러자 이번에는 폴이 빙그레 웃었다.

"여보십시오, 여러 말 말고 곡괭이와 부삽으로 무장한 튼튼한 장정 네 명을 딱 한 시간만 빌려주시구려. 그럼 난 오늘 밤 에브르쿠르트에 가 있을 것입니다."

"호오! 네 명이 한 시간 달라붙어서 바위에다 10킬로미터짜리 터널을 파시겠다?"

"더도 말고 딱 그만큼이오. 아울러 이 일에 관한 한 철저히 비밀을 지켜주길 바랍니다. 시도 자체도 그렇지만, 그 과정에서 나타날지 모를 그 어떤 일에 대해서도 말이오. 모든 사항은 오로지 내가 직접 올리는 보고서를 통해 총사령관만이 아서야 할 것입니다."

"알겠소! 장정 네 명은 내가 직접 차출하기로 하지요. 어디로 보내면 됩니까?"

"누대(樓臺) 근처의 성토(盛土)로 보내주십시오."

성토라면, 리즈롱 계곡을 40~50여 미터 아래로 굽어보면서 굽이치는 강줄기 너머 멀리 종탑과 인근 구릉지대까지 포함해서 코르비니 도시를 정면으로 바라보는 바로 그 성토였다. 근처 누대라고는 하지만 사실 거의 다 날아가고 거창한 토대밖에 남은 것이 없는데, 암반과 더불어 기저를 이루는 벽체가 죽 이어져 성토까지 지탱하고 있었고, 정원의 참빗살나무와 월계수 숲이 흉벽(胸壁) 울타리를 따라 펼쳐져 있었다.

바로 그곳이 폴이 지정한 장소였다. 그는 이리저리 성큼성큼 거닐다가 난간에 기대어 강물을 굽어보기도 하고, 누대에서 떨어져 나간 돌더미에 드리워진 송악 그늘 속을 유심히 살피기도 했다.

마침내 차출된 장정들을 데리고 나타난 중위가 말했다.

"그래, 여기가 당신이 정한 출발점이오? 혹시나 해서 얘긴데, 이곳은 오히려 국경선과 반대 방향이라는 점만 알아두시구려."

이에 대해 폴은 마치 농담을 던지듯 대꾸했다.

"허허, 그래서 모든 길은 베를린으로 통한다는 말도 있질 않소!"

그는 말뚝으로 미리 표시해둔 둥근 원을 가리키며, 작업을 독려하기 시작했다.

"자, 시작합시다, 친구들!"

네 장정은 곧장 지름 3미터 정도의 부식토를 파 들어갔는데, 20분 만에 깊이 1미터 50센티미터 정도의 구덩이가 생겼다. 그 정도 깊이에 이르자 문득 시멘트로 단단히 엉겨 붙은 자갈층이 나왔고, 거기서부터는 작업이 여간 어려움을 겪는 것이 아니었다. 시멘트 자체가 워낙 단단한지라, 약간의 균열에 집중적으로 곡괭이 세례를 퍼부음으로써만 부분적이나마 겨우 분쇄시킬 수가 있었다. 폴은 잔뜩 신경을 곤두세운 채 작업을 지켜보았다.

"중지!"

한 시간이 지나자 그가 소리쳤다.

그러고는 구덩이 속에 혼자 들어가 작업을 계속했는데, 지금까지와는 판이하게 곡괭이질을 한 번 할 때마다 그 결과를 예의 주시하면서 천천히 진행하는 것이었다.

"바로 여기로군."

이윽고 허리를 펴면서 폴이 내뱉자, 베르나르가 물었다.

"뭐가 말입니까?"

"우리가 지금 있는 이곳은 옛날에 저 낡은 누대 주변을 점거하고 있던 방대한 건축물의 한 층이었지. 그걸 수 세기 전에 깡그리 쓸어버린 위에다 오늘날의 이 정원을 조성한 것이었어."

"그래서요?"

"그래서 아까의 작업으로 일단 지면 정리를 한 다음, 방금 곡괭이질을 하다가 옛날 살롱들 중 한 곳의 천장을 꿰뚫은 거야. 자, 보게나."

그가 돌멩이를 하나 주워서 구덩이 한가운데 자그맣게 뚫려 있는 구멍에다 쑥 밀어 넣자, 곧이어 희미하지만 뭔가 딱딱한 바닥에 돌이 떨어지는 소리가 들려왔다.

"이제 남은 건 입구를 넓히는 것뿐이야. 그걸 하는 동안 우리는 어디 가서 사다리하고 불 비출 거나 구해오도록 하지. 가능한 한 불이 많을수록 좋아."

폴의 말에 장교가 대꾸했다.

"송진 횃불이 우리한테 좀 있습니다."

"그거 좋죠!"

역시 폴이 말한 그대로였다. 사다리를 구멍에 밀어 넣고 나서 폴과 베르나르, 그리고 재향군 중위가 함께 내려가고 보니, 과연 널찍한 방이 나타나는 것이었다. 천장을 지탱하는 굵직굵직한 기둥들은 마치 비(非)정형화된 성당 구조처럼, 두 열로 구성된 중앙 홀과 그보다 좁다란 측랑(側廊)들로 공간을 세분하고 있었다.

한데 폴은 다른 것은 다 제쳐두고 그 중앙 홀 바닥에 일행의 주의를 환기시키는 것이었다.

"잘 보시오, 콘크리트 바닥입니다. 게다가 내가 예상했던 대로, 기둥과 기둥 사이에 간격을 두고 레일이 두 줄 있어요. 저기 저쪽 기둥 사이에도 레일이 두 줄 설치되어 있고 말입니다!"

"한데 대체 그게 왜 거기 있는 거죠?"

베르나르와 중위가 누가 먼저랄 것도 없이 소리쳤다.

"말하자면 우리는 지금 코르비니 시와 그곳의 두 요새 함락을 둘러싼 엄청난 비밀에 대한 속 시원한 해답을 눈앞에 두고 있는 셈입니다."

"뭐, 뭐라고요? 무슨 소리입니까?"

"다 아시다시피 코르비니와 두 요새는 불과 몇 분 만에 허물어졌습니다. 도대체 국경으로부터 60리나 떨어져 있는 데다 적의 어느 대포도 국경선을 넘지 않은 상황에서, 어떻게 포격이 이루어질 수 있었을까요? 대포들이 다름 아닌 이 지하 요새를 통해 이동해왔기 때문입니다."

"세상에……. 그럴 수가!"

"여기 이 레일들을 이용해서 포격에 동원될 두 문의 거대한 대포를 움직일 수 있었던 겁니다."

"하지만 이 같은 지하로부터 어떻게 대포를 발사할 수 있단 말입니까? 일단 포탄을 쏘아 올릴 구멍이 없잖아요?"

"이 레일들이 우릴 그곳으로 인도해줄 겁니다. 베르나르 불을 잘 좀 비춰주게. 여기 축에 고정된 채 회전하도록 되어 있는 기단(基壇)이 하나 있군요. 크기가 상당한걸. 어떻게 생각하시오? 그러고 보니 저쪽에도 역시 또 다른 게 있소."

"하지만 구멍이 없질 않습니까?"

베르나르가 안달이 나서 묻자 곧장 대답이 튀어나왔다.

"자네 코앞에 있네, 베르나르!"

"그냥 벽밖에 없는데……."

"그 벽은 언덕의 암반과 더불어 리즈롱 계곡 위로 성토를 지탱하고 있는 것이네. 저 코르비니 시를 정면으로 향하게 말이야. 바로 그 벽에 두 개의 둥그런 구멍이 파여 있었는데, 추후에 다시 메워졌지. 자세히 보면 보수공사를 한 흔적이 아직 또렷이 남아 있는 걸 알 수 있을 거야."

베르나르와 중위는 대경실색한 표정이었다.

"하지만 이걸 다 공사하려면 엄청났을 텐데!"

중위의 탄식에 폴이 즉각 대꾸했다.

"어마어마한 공사였겠죠. 하지만 너무 놀랄 필요는 없습니다. 내가 알기론 이미 16~17년 전부터 공사에 들어갔던 것이니까요. 게다가 아까 말한 바대로, 여긴 오르느캥에 원래부터 있었던 기존 건축물의 하층부(下層部)인 만큼, 공사를 했다 해도 부분적으로만 손질하는 차원이었을 겁니다. 일단 이것을 발굴해내는 게 문제였을 테고, 그다음엔 정해진 목적에 부합하도록 개조하면 되는 셈이었겠죠. 그나저나 이보다 더 어마어마한 공사가 있었습니다."

"뭡니까?"

결정판 아르센 뤼팽 전집

"두 문의 대포를 이곳까지 운반할 터널 공사 말입니다."

"터널요?"

"맙소사! 그럼 터널 말고 어디를 통해 대포를 옮겼으리라 생각합니까? 자, 이 레일을 따라 반대 방향으로 가봅시다. 그럼 터널에 가 닿게 될 것이오."

실제로 조금 거슬러 가보자, 두 쌍의 레일이 한 쌍으로 합쳐지면서 폭과 높이 모두가 약 2미터 50센티미터는 되어 보이는 넉넉한 터널이 입을 쩍 벌리고 있는 것이 아닌가! 벽돌로 깔끔하게 내벽 처리가 된 터널은 매우 완만한 경사를 이루면서 지하로, 지하로 뻗어 내려가 있었다. 벽에는 어떤 습기 얼룩도 눈에 띄지 않았고, 바닥 역시 완전히 건조된 상태였다.

폴은 씽긋 웃으며 말했다.

"에브르쿠르트 노선(路線)이올시다! 지하로 11킬로미터나 이어져 있다오. 이런 식으로 해서 소위 코르비니 요새가 감쪽같이 숨겨져 왔던 거지. 우선은 수천 규모의 병력이 이동해 와서 오르느캥의 빈약한 수비대의 숨통을 죄었을 것이고, 파죽지세로 국경 초소들을 접수해갔겠지요. 그러고 나서는 물론 계속해서 도시 쪽으로 진격했을 것이고. 그와 동시에 괴물 같은 두 문의 대포도 옮겨와 이미 정해진 목표 지점을 조준하도록 척척 설치가 됐을 터! 결국 상황이 종료되자, 그들은 깨끗하게 철수하면서 대포 구멍을 막아버린 겁니다. 이 모든 일이 단 두 시간 안에 이루어졌던 거고요."

"그럼 그 결정적인 두 시간을 위해 프로이센의 왕(빌헬름 2세를 말함. 프로이센은 1871년 성립된 독일제국을 이끄는 중추 세력이었으며 1918년 독일혁명으로 붕괴됨―옮긴이)이 무려 17년의 세월을 바쳤다는 얘기입니까?"

베르나르가 입을 다물지 못하자 폴이 너스레를 떨었다.

"자, 그의 노고를 우리 모두 치하하며, 어서 출발해보세!"

"어때요, 부하들을 좀 붙여드릴까?"

중위가 넌지시 제안을 해왔다.

"고맙지만, 처남과 함께 단둘이 침투하는 게 더 나을 것 같소이다. 만약 적이 터널을 허물어뜨렸다면 그때 가서 돌아와 도움을 요청하리다. 하지만 만약 그랬다면 다소 의외일 거요. 아무도 눈치 못 채도록 그토록 조심을 해온 걸 보면, 나중에라도 다시 사용할 것에 대비해 잘 보관하고 있을 것 같단 말이거든."

그렇게 해서 결국 오후 3시, 두 사람은 베르나르 말마따나 '황제의 터널' 안으로 여행을 시작했다. 완전무장은 물론이고 식량 및 이런저런 군수품 역시 제대로 갖춘 상태로, 둘 다 끝을 보고야 말겠다는 결의에 가득 차 있었다.

얼마 안 가, 그러니까 한 200여 미터 정도 들어갔을까, 휴대용 램프의 불빛 속에 우측으로 꺾여 난 계단이 드러났다.

폴이 한마디 했다.

"제1의 분기점이로군. 내가 계산한 바로는 이런 분기점이 최소 세 개는 될 거야."

"이 계단이 어디로 통하는 거죠?"

"그야 물론 성채지. 성채 어디로 통하게 되어 있느냐고 물어도 대답해줄 수 있어. 다름 아닌 초상화가 걸려 있는 방이라네. 우리 측의 총공세가 있었던 당일 밤 헤르만 소령이 이 길을 통해 성에 나타났다는 데엔 의심의 여지가 없어. 물론 부하 카를을 대동했겠지. 그러고는 벽에 적힌 우리 둘의 이름만 믿고 바로 그 방에서 잠을 자던 엉뚱한 병사 둘에게 칼침을 놓은 거야. 제리플루르와 그의 동료 말이네."

베르나르 당드빌은 다소 농담조로 이렇게 말했다.

결정판 아르센 뤼팽 전집

"이것 봐요, 폴. 벌써부터 난 정신이 하나도 없는걸요! 그야말로 예언력과 투시력을 죄다 겸비하신 것 같아요! 두말 않고 곧장 파 들어가야 할 곳을 지목하지를 않나, 마치 직접 보기라도 한 것처럼 과거에 무슨 일이 있었는지 술술 털어놓지를 않나……. 당최 모르는 것 하나 없이, 죄다 훤하게 내다보잖아요! 정말 그 정도이신 줄은 몰랐어요! 혹시 아르센 뤼팽을 사사(師事)라도 한 거 아니에요?"

폴은 순간 멈칫하며 되물었다.

"왜 하필 그 이름을 입에 올리는 건가?"

"뭐요, 뤼팽 말이에요?"

"그래."

"맙소사, 그냥 해본 소리예요. 혹시나 무슨 관계라도 있나 해서……."

"천만에, 전혀……. 근데 말이야……."

폴은 말하다 말고 난데없는 너털웃음을 터뜨리더니, 다시금 목소리를 가다듬었다.

"하긴 정말 이상한 일이 있긴 있었어. 이상한 일? 그래, 그랬지. 적어도 꿈은 아니었으니까. 어쨌든 우리가 퇴원하기 전 그 야전병원에서 어느 날 아침 신열에 들뜬 채 선잠이 들어 있는데, 불현듯 인기척이 느껴져서 보니 웬 낯선 장교 하나가 탁자 앞에 앉아서 느긋하게 내 가방을 뒤지고 있는 게 아니겠나!

얼마나 놀랐을지 자네도 상상을 좀 해보게. 전혀 모르는 얼굴이었는데, 보아하니 군의관이더구먼. 반쯤 몸을 일으킨 채 자세히 보니, 탁자 위에는 이미 이런저런 서류들이 쫙 펼쳐져 있는 거야. 그중에는 엘리자베트의 일기도 끼여 있더군. 내가 부스럭대자 그제야 그는 천천히 고개를 돌리더군. 정말 처음 보는 사람이었어. 섬세하게 기른 콧수염에다

결정판 아르센 뤼팽 전집

힘이 넘쳐 보이는 인상에 아주 부드러운 미소를 띤 얼굴이었네. 한데 그가 내게……. 그래, 정녕 꿈은 아니었어. 글쎄, 이러는 게 아니겠나. '움직일 것 없소이다. 괜히 흥분할 필요 없어요.' 그는 주섬주섬 서류들을 챙겨 모두 가방 안에 다시 넣고는 내게로 다가와 이렇게 말했지. '우선 내 소개부터 하지 않은 점과 허락도 받지 않고 사소한 짓을 좀 저지른 것, 양해를 구하는 바이오. 그렇지 않아도 당신에게 모든 걸 해명하기 위해 잠이 깨기만을 기다리고 있었다오. 자, 이제 말씀을 드리지요. 현재 비밀경찰 내부에 내가 심어놓은 밀정(密偵)에게서 약간의 서류 뭉치가 전해져 왔는데, 다름 아닌 독일군 첩보대 수장으로 있는 헤르만 소령인가 하는 자의 행적에 관한 내용이었소. 근데 그 서류에 당신 이름이 여러 차례 올라 있더군요. 그래, 우연찮게 이곳의 당신 소재를 알게 되었고, 그러다 보니 이렇게 불쑥 찾아서라도 당신과 직접 얘기를 나누지 않을 수가 없더이다. 결국 무례인 줄 알면서도, 아주 지극히, 개인적인 비법을 통해 이렇게 불쑥 들이닥친 것이라오. 당신은 아픈 상태였고, 정신없이 곯아떨어져 있더군요. 하지만 내 시간 역시 더없이 소중한 터라(불과 몇 분밖에 여유가 없거든요), 당신의 서류를 앞에 놓고 도저히 망설일 수가 없었답니다. 적어도 내 행동이 단호한 결정에서 나온 것인 만큼 떳떳하다고 감히 말씀드릴 수 있습니다.' 상대가 이처럼 자신만만하게 나오니 나로서는 더더욱 어안이 벙벙할 수밖에. 그는 금방이라도 물러날 것처럼 탁자 위에 벗어두었던 군모를 눌러쓰고는 또 이러더군. '들로즈 중위, 나는 당신의 용기와 수완에 아낌없는 찬사를 보내는 바이오. 당신이 그간 해온 일들이며 그 성과 모두 경탄을 불러일으키는 최고의 수준이라 말해도 절대 과언이 아닐 것이오. 하지만 뭔가 특별한 기술만 좀 더 갖춰진다면 생각보다 훨씬 빨리 목적을 달성할 수도 있을 겁니다. 당신은 사건들 사이의 연결 고리를 놓치고 있어요. 그래서 결정적인 결론을 이끌어내지 못하고 있는 것이죠. 내가 놀란 건, 당신 아내가 가슴 떨리는 심정으로 자신이 발견한 것을 일기에다 암시해놓고 있는데도, 당신은 제대로 깨치질 못하고 있다 이겁니다. 그래서 얘긴데, 만약 독일군이 왜 성 주변을 소거(消去)하기 위해 그토록 신경을 썼는지에 의문을 품고서, 마치 바늘에 실을 꿰듯 추론에 추론을 거듭하고, 과거와 현재를 면밀히 저울질하면서, 이를테면 독일 황제와 우연히 마주쳤던 그 옛날 일이라든지, 그 밖에 서로서로 연관되는 수많은 사건을 곰곰이 머릿속에 떠올려만 봤다면……. 아, 그렇게만 했다면 당신은 틀림없이, 국경선을 사이에 둔 양쪽 진영을 서로 이어주는 비밀스러운 통로가 있을 것이며, 그건 필시 코르비니를 향해 발포 가능한 지점으로 통해 있을 거라는 점을 눈치챘을 것입니다. 내가 직감적으로 보기에 그런 지점은 다름 아닌 성토쯤이 될 것 같습니다. 더군다나 그곳 어딘가에 송악으로 둘러싸인 고목(枯木)이 있다면, 아마 확실하다고 생각해도 괜찮을 것입니다. 당신 부인이 땅속으로부터 새어나오는 이상한 소리를 들었다는 바로 그곳일 테니까요. 거기까지만 성공한다면, 그다음 당신이 해야 할 일이란 일사천리로 작전에 들어가는 것이겠지요. 다시 말해 적의 나라에 침투하는 것 말입니다. 거기까지만 해두죠. 그 이상 세세한 행동 지침까지 조언을 해주다간 오히려 당신 머리만 혼란스러워질 테니까요. 게다가 당신만 한 인물에겐 구차하게 이것저것 챙겨줄 필요까진 없을 겁니다. 그럼 이만, 잘 있으시오, 중위! 아 참, 그리고 내 이름은 아마 모르는 편이 나을 겁니다. 그저 군의관이라고만 해두지요. 쳇, 하긴 내 이름을 굳이 지금 안 밝힌다 해도 어차피 나중에는 알게 될 테니……. 아르센 뤼팽이라 하오!' 아무튼 그렇게 대차게 얘기를 늘어놓더니 그는 다정하게 인사를 꾸벅한 다음, 더는 아무 말 없이 나가버리는 거야. 그렇게 된 거라고. 자, 어떻게 생각하나, 베르나르?"

결정판 아르센 뤼팽 전집

"내 생각엔 누군가 장난을 친 것 같은데요."

"그럴지도 모르지. 하지만 그다음에 샅샅이 조사를 해봤지만 어느 누구도 그 군의관이라는 자가 누구인지, 어떻게 내 방에 들어왔는지 모른다는 거야. 게다가 솔직히 말해 실없는 장난이라고 보기에는, 그가 공개한 내용이 지금 너무나도 착착 잘 들어맞고 있거든."

"하지만 아르센 뤼팽은 죽었다고요."

"그래, 나도 알고 있지. 죽은 걸로는 되어 있어. 하지만 워낙 보통 인물이 아니니 누가 알겠는가! 분명한 건, 그가 죽었든 살았든, 진짜든 가짜든, 그 뤼팽이라는 존재가 내게 엄청난 도움을 주었다는 사실이야."

"그렇다면 결국 목표는?"

"그야 단 하나, 엘리자베트를 구하는 것이지."

"구체적인 계획이라도 있는 거예요?"

"그런 건 없어. 모든 건 그때그때 상황에 따라 헤쳐나갈 생각이네. 다만 내가 제대로 가고 있다는 확신엔 변함이 없어."

실제로도 폴의 그러한 확신은 명실상부한 사실로 증명되어가고 있었다. 한 10여 분을 전진하자, 아니나 다를까 교차로가 떡하니 나오면서 우측으로 역시 레일이 깔린 또 다른 터널이 이어지는 것이었다.

"제2의 분기점일세. 코르비니로 통하는 길이지. 바로 이 길을 통해서 아군이 미처 전열을 가다듬기도 전에 독일군이 도시로 쳐들어갔던 것이고, 언젠가 밤에 자네와 마주쳤다는 그 시골 아낙네도 이리로 지나갔을 것이야. 출구는 보나마나 도시 외곽 어딘가 있을 농장 같은 데로 나 있겠지. 물론 그 자칭 시골 아낙네가 소유한 곳일 테고."

"그렇다면 제3의 분기점은?"

베르나르가 눈빛을 반짝이며 묻자, 폴이 냉큼 대답했다.

"바로 이쪽일세."

"계단이군요."

"그렇지. 필시 예배당에 이르는 길임이 분명해. 하긴 내 아버지가 살해당한 바로 그날, 독일 황제가 이곳에 시찰을 나와 자기가 명했고 그 여자의 구체적인 지시에 따라 이루어지는 공사를 점검했으리라는 것쯤 어렵지 않게 가정할 수 있는 것 아니겠나? 그때까지만 해도 정원 장벽에 의해 차단되기 전인 예배당 어딘가로 지금 우리가 줄기를 더듬고 있는 비밀 통로의 어느 끄트머리가 가 닿아 있었을 것이네."

거미줄처럼 얽히고설킨 통로들 중에서 폴은 국경선 근처로 짐작되는 그 위치나 방향으로 봐서, 그동안 염탐과 침공의 놀랄 만한 체계를 보완해주었을 두 개의 또 다른 길목을 찾아냈다.

베르나르가 감탄을 금치 못하며 외쳤다.

"정말 대단하군요! 이거야말로 '독일식 문명'의 개가(凱歌)라고 확실히 말할 수 있겠어요! 저들은 정말이지 뭔가 전쟁에 대한 감각이 있는 것 같아요. 자그마한 요새 한 곳에 포격을 가능하게 할 목적으로 무려 20여 년 동안이나 터널을 파 들어간다는 생각은 우리 프랑스인들 머리론 죽었다 깨나도 못할 겁니다. 그런 일을 감행하려면 우리가 감히 넘보지 못할 수준의 문명이 뒷받침되어야 할 거예요. 아! 지독한 놈들!"

'독일식 문명'에 대한 베르나르의 감탄과 열광은 터널 상부(上部)에 환기를 위한 배관이 시설되어 있는 것을 보자 더더욱 불붙는 것이었다. 결국 폴이 나서서, 입을 다물든지 소리를 낮춰 얘기하라고 꼬집어야 했을 정도였다.

"이봐, 베르나르! 저들이 이 통로를 계속적으로 보존한 걸 보면, 반대로 프랑스군이 이용할 수는 없도록 여러 가지 조치를 취해놓았을 거라 생각 안 드나? 에브르쿠르트는 여기서 그리 먼 곳이 아닐세. 아마도 요소마다 청음(聽音) 초소랄지 그 밖의 초소들을 배치해놓았을 거야. 도

결정판 아르센 뤼팽 전집

무지 빈틈이라곤 없는 족속이니까."

아니나 다를까 그와 같은 폴의 우려에 무게를 실어줄 만한 단서가 하나 나타났는데, 레일 사이사이에 사전에 장치해놓은 듯한 발파구멍들이 있고 그 위를 주철판이 일일이 덮고 있어서, 거기에 약간의 전기 스파크만 일어도 전체가 폭발하게끔 되어 있는 것이었다. 처음 것에는 5번이라는 숫자, 두 번째엔 4번이라는 숫자……. 그런 식으로 계속해서 번호까지 매겨져 있었다. 두 사람은 이제 극도로 조심하면서 천천히 발걸음을 떼어놓았고, 램프 역시 이따금 잠깐잠깐만 점화를 시켰기에, 전진 속도는 그만큼 더딜 수밖에 없었다.

저녁 7시쯤 되었을까, 저 위로부터 마치 지면(地面)에 살포되듯, 일상사의 어지러운 소음이 어렴풋이 들려왔다. 둘은 그야말로 감개무량할 정도였다. 독일 땅이 바로 머리 위에 펼쳐져 있으며, 독일인의 삶이 쏟아내는 메아리가 그 위에서 한창 바글거리고 있는 것이다!

"아무래도 이상한걸. 이 터널에 좀 더 철저한 감시가 투입되었을 법도 한데. 아무 방해 없이 여기까지 들어올 수가 있다는 게 왠지 좀……."

폴이 중얼거리자, 베르나르가 대꾸했다.

"우리가 약점을 용케 파고들었나 보죠. '독일식 문명'의 '옥에 티'라고나 할까?"

갑자기 내벽을 따라 좀 더 활기찬 공기의 흐름이 확! 하고 느껴졌다. 아마 바깥으로부터 일련의 송풍 장치로 신선한 공기가 유입되는 모양이었는데, 문득 컴컴한 어둠 속에서 난데없는 불빛 하나가 멀리 눈에 들어오는 것이었다. 불빛엔 조금도 움직임이 없었다. 주변마저 그냥 고요한 것을 보면, 필시 이 철로 어딘가에 고정시킨 신호등 중 하나 같기도 했다.

하지만 점차 가까이 다가감에 따라 두 사람은 그것이 다름 아닌 전구에서 내쏘는 불빛임을 알아보았다. 전구는 터널의 출구쯤에 세워진 어느 가건물 안에 있는 것이었는데, 거기서 새어나오는 불빛이 새하얀 절벽과 수북이 쌓인 모래 및 자갈 더미 위를 비추고 있었다.

폴이 중얼거렸다.

"채석장이야. 저들로 봐선 터널의 입구를 저런 곳에 위치시킴으로써, 평상시에도 이렇다 할 의심을 사지 않고 작업을 계속해올 수 있었던 거지. 틀림없이 이 가짜 채석장의 채굴 공사라는 것도 지극히 통제된 분위기에서 수행되었을 테고, 인부들 역시 제한된 지역 안에 몰아넣고 일을 시켰을 거야."

"아하, 역시 '독일식 문명'이야!"

베르나르가 맞장구치듯 내뱉었다.

순간 그는 폴의 손이 팔을 덥석 붙드는 것을 느꼈다. 무언가 불빛 앞으로 훌쩍 지나갔던 것인데, 마치 어떤 실루엣이 그 앞에서 불쑥 일어섰다 금세 엎드리기라도 한 듯했다.

둘은 최대한 조심하면서 가건물이 있는 곳까지 기다시피 다가갔다. 그리고 마침내 건물 창문 높이까지 눈이 닿도록 반쯤 몸을 일으켜 보았다.

안에는 대여섯 명 정도 되는 군인이 서로 뒤엉키다시피 나자빠져 있었는데, 주위가 온통 빈 술병과 지저분한 접시, 기름종이와 돼지고기 찌꺼기로 아수라장이었다.

보아하니 터널을 지키도록 배치된 초병들인 듯한데, 코가 삐뚤어지도록 마신 모양이었다.

"역시 '독일식 문명'이야."

베르나르가 또다시 빈정대자, 그에 화답이라도 하듯 폴이 중얼거렸다.

"운이 좋은 편이군. 아, 이제야 왜 감시가 소홀했는지 알겠어. 오늘이 바로 일요일 아닌가!"

탁자 위에는 무선전신기가 한 대 있었고, 벽에는 전화기도 설치되어 있었다. 그런가 하면 두꺼운 유리판 너머 마치 배전반(配電盤) 같은 박스 안에 다섯 개의 구리 손잡이가 들여다보였는데, 필시 전선을 통해 그 각각이 아까 터널에서 본 다섯 개의 발파 장치에 연결되어 있는 것이 분명했다.

베르나르와 폴은 그 앞에서 물러나, 계속 레일을 따라 암벽을 파 들어간 협로(狹路)를 기어갔고, 마침내 무수한 조명이 환하게 밝히고 있는 탁 트인 공간에 다다랐다. 여기저기 병사들이 오가는가 하면, 그들이 머무는 막사들로 이루어진 마을 전체가 고스란히 눈앞에 펼쳐져 있었다. 둘은 살며시 마을을 우회해서 걸어갔다. 문득 자동차 소리와 함께 두 개의 전조등에서 내뿜는 강력한 불빛이 심상치 않게 주의를 끌었고, 그것을 따라 방책을 뛰어넘고 관목 숲을 가로지르자, 화려하게 밝혀진 거창한 별장이 눈앞에 드러났다.

자동차는 위병 초소와 제복 입은 하인들이 늘어선 현관 계단 앞에 멈춰 섰고, 장교 두 명과 모피를 걸친 웬 귀부인 한 명이 차에서 내렸다. 돌아나오는 자동차의 전조등 불빛이 높은 담벼락으로 둘러쳐진 널찍한 정원을 두루두루 비춰주었다.

이윽고 폴이 중얼거렸다.

"내가 생각했던 그대로야. 여기야말로 오르느캥 성의 대응 건물이라고 할 만하겠어. 하긴 도착지와 마찬가지로 출발 지점 역시 뭇사람의 시선을 피해 모든 작업을 처리하기 위해서는 철저한 보안 유지가 가능한 시설이 필요하겠지. 비록 지하에 둥지를 튼 저 너머의 사정과는 달리 이곳의 기지(基地)는 탁 트인 노천에 자리 잡고 있지만, 채석장이랄지, 그에 딸린 작업장이나 주둔 부대의 막사들, 참모용 별장과 그에 딸린 정원, 창고 등등 모든 군사 시설은 엄연히 든든한 장벽으로 외부와 차단되어 있을 뿐 아니라, 분명 바깥에 위치한 별도의 초소들로 외부와의 왕래가 엄격히 통제되어 있을 거야. 바꿔 말해 장벽 안에서만이라면 그만큼 손쉽게 돌아다닐 수 있다는 얘기지."

그때였다. 방금 도착한 두 번째 자동차가 장교 세 명을 내려놓고는 차고로 가 첫 번째 자동차 옆에 멈춰 섰다.

"잔치라도 벌어졌나 보죠."

베르나르가 웅얼거렸다.

건물을 에두르며 뻗어 있는 가로수 길을 따라 꽤 짙은 관목 숲이 우거져 있는지라, 두 사람은 가능한 한 가까이 다가가 보기로 작정했다.

한참을 기다린 끝에, 1층 뒤쪽의 어느 방으로부터 커다랗게 웃고 떠드는 소리가 들려왔다. 둘은 그곳이야말로 소위 파티 장소이며, 회식자들이 누구건 제각각 식탁을 앞에 놓고 떠들어대고 있을 거라는 생각이 들었다. 안으로부터는 간혹 노랫소리나 고함 소리까지 들려왔으나, 밖엔 답답한 정적만이 버티고 있었다. 정원은 인적 하나 없이 황량했다.

마침내 폴이 중얼거렸다.

"주위가 꽤 조용한걸. 아무래도 자네가 날 한번 도와주고 나서, 다시 숨어 있는 게 낫겠어."

"저기 창문들 중 하나로 침입하려고요? 하지만 덧창은 어떻게 하고?"

"그리 단단히 밀폐된 건 아닐 걸세. 잘 보면 한복판으로 빛이 새어나오고 있어."

"좌우간 뭘 어떡하게요? 하고많은 건물 중에 굳이 이 건물에 관심을 가질 만한 이유가 없잖아요?"

"이유야 있지. 부상당한 독일군 포로의 말이라며, 콘라트 왕자가 현재 에브르쿠르트에 소재한 한 별장에 산다는 얘기는 자네가 내게 해준 것일세. 한데 야영 진지 한가운데라든가 터널 입구에 위치한 이 건물 입지 조건이 어쩐지 각별한 의미로 내게 다가온단 말이거든."

폴의 얘기에 베르나르도 결국 빙그레 웃으며 맞장구를 쳤다.

"그러고 보니 정말 거물급들 분위기가 묻어나는 잔치도 예사롭지가 않군요. 매형 말이 맞는 것 같습니다. 한번 해보십시다!"

둘은 곧장 가로수 길을 건너갔다. 베르나르의 도움에 힘입어 폴은 1층 상단의 수평 돌출부를 부여잡고 어렵지 않게 그 위의 석조 발코니까지 기어올랐다.

"됐어! 자넨 아까 있던 곳으로 돌아가 있게. 무슨 일이 생기면 휘파람을 불기로 하지."

난간을 넘어 들어간 폴은 덧창의 문짝 하나를 살금살금 흔들어대면서, 그 틈새로 처음엔 손가락을, 다음엔 손 전체를 집어넣는 가운데, 결국에는 문의 걸쇠 고리를 빼내는 데 성공했다.

안쪽에서 서로 겹친 채 드리워진 커튼 덕분에 그는 일단 들킬 염려 없이 움직일 수 있었다. 반면 그 윗부분만큼은 어설프게 겹쳐져 빼꼼하게 틈이 벌어지는 바람에, 발코니 난간 위에 올라선다면 밖에서 안을 들여다볼 수도 있을 것 같았다.

아니나 다를까, 난간을 밟고 올라서서 살짝 몸을 기울이자, 실내가 눈에 환히 들어왔다.

문제는 그다음……. 어찌나 끔찍한 광경인지 엄청난 충격을 받은 폴의 다리가 사정없이 후들거리는 것이었다!

5
콘라트 왕자의 잔치

우선 탁자 하나가 나란히 달린 창문 세 개와 평행하게 놓여 있었다. 한데 그 위에는 어마어마하게 쌓인 술병들과 작은 물병, 그리고 유리잔들 때문에, 과자와 과일 접시 따위는 아예 자리를 차지하기조차 어려워 보였다. 샴페인 병들로 쌓아 올린 거대한 산더미라고나 할까? 그런가 하면, 술병들 꼭대기에 꽃바구니 한 개가 양증맞게 올라앉아 있는 것이었다.

회식자는 모두 스무 명. 그중 무도회 복장을 한 여성이 대여섯 끼여 있었고, 나머지는 요란하게 꾸미고 치장한 장교들이 자리를 차지하고 있었다.

창문들을 마주한 탁자 한가운데에는 양쪽으로 여자를 한 명씩 끼고 앉은 콘라트 왕자가 잔치를 주관하고 있었다. 한데 폴로 하여금 끝없이 솟구치는 고통을 느끼게 만든 것은, 다름 아닌 그 세 명, 건전한 상식에 대한 터무니없는 반항으로 똘똘 뭉친 것 같은 바로 그 세 사람의

결정판 아르센 뤼팽 전집

작태였다!

두 여자 중 한 명, 그러니까 왕자의 오른편에 앉아서 갈색 모직 드레스에 바짝 경직된 몸을 감추고, 검은 레이스 숄로 짧은 머리카락을 반쯤 가린 여자의 몰골은 그럴 수도 있다고 치자. 하지만 또 다른 여자, 콘라트 왕자가 아주 마주 보듯 돌아앉아 상스럽기 그지없는 수작을 연신 걸어대고 있는 저 여자……. 황망한 눈을 어디다 둬야 할지 모른 채, 손만 닿는다면 당장 목이라도 조르고 싶은 심정으로 폴이 뚫어져라 바라보고 있는 저 여자……. 대체 저 여자가 저기서 뭐하고 있는 것인가? 술에 찌든 장교들, 이리저리 수상쩍은 저 독일인들 틈에 낀 채, 콘라트 왕자와 저 괴물 같은 여자와 어울려 도대체 엘리자베트가 지금 무얼 하고 있단 말인가!

백작부인 에르민 당드빌! 그리고 엘리자베트 당드빌! 어머니와 딸! 지금 왕자와 더불어 붙어 앉아 있는 저 두 사람을 폴은 아무리 머리를 쥐어짜도 달리 어떤 호칭으로 불러야 할지를 알 수가 없었다. 한데 잠시 후, 콘라트 왕자가 손에 샴페인 잔을 들고 벌떡 일어나 고래고래 소리를 지르기 시작하자, 끔찍스러운 현실이 그의 뒤통수를 후벼 파듯 비집고 들어서면서 그 호칭도 더불어 생각나는 것이었다.

"호흐! 호흐! 호흐('Hoch!'는 독일어로 '만세!'와 유사한 뜻으로, 흔히 축배를 할 때 사용됨—옮긴이)! 우리의 조심스러운 연인을 위해 들자꾸나! 호흐! 호흐! 호흐! 에르민 백작부인의 건강을 위해서도 한 잔!"

결국 기겁을 할 만한 단어가 뱉어지는 것을 폴은 이를 악문 채 듣고 있었다.

회식자들도 일제히 목이 터져라 소리를 질렀다.

"호흐! 호흐! 호흐! 에르민 백작부인을 위해서!"

백작부인은 잔을 들어 단숨에 들이켠 다음 뭐라고 말하기 시작했는데, 실컷 퍼마실수록 기분 좋게 달아오르기 마련인 열기 속에서 다른 사람들이 모두 귀를 기울이는 반면, 폴은 도무지 알아들을 수가 없었다.

그렇다, 엘리자베트도 조용히 귀를 기울이고 있었다.

그녀는 깃이 높이 서고 소매는 손목까지 내려오는 회색빛 드레스를 입고 있었는데, 폴의 눈에도 익은 복장이었다.

하지만 목에 걸고 있는 네 줄의 탐스러운 진주 목걸이는 폴이 처음 보는 것이었다.

"가증스러운 년! 아, 가증스러운 년!"

폴은 자기도 모르게 중얼거리고 있었다.

엘리자베트가 슬쩍 웃었다. 콘라트 왕자가 몸을 숙여 젊은 여자의 귓속에 무슨 말을 흘려 넣자, 그녀의 입술에 분명 야릇한 미소가 번지는 것을 폴은 똑똑히 목격한 것이다.

왕자가 워낙 법석을 떨며 저 혼자 떠들썩한 흥에 받치는지라, 에르민 백작부인은 말을 하다 말고 들고 있던 부채 끝으로 그의 손목을 토닥이며 주의를 주어야 했다.

아무튼 그 모든 광경이 폴에게는 그저 끔찍스러울 뿐이었으며, 너무도 고통스러운 심정이라 머릿속에서는 오로지 단 하나의 생각만이 맴돌 따름이었다. 떠나자! 떠나버려서 더 이상 아무것도 보지를 말자! 싸움을 포기하고, 기억에서뿐만 아니라 나의 인생 전체에서 저 가증스러운 반려자를 깨끗이 지워버리자!

'에르민 백작부인의 딸답구먼.'

폴은 바닥을 모를 절망감에 빠져들면서 속으로 중얼거렸다.

한데 막 자리를 박차고 떠나려는 그를 문득 붙드는 사소한 사건 하나가 일어났다. 엘리자베트가 손안에 꼬깃꼬깃 간직한 손수건을 눈가로 가져가는가 싶더니, 막 그렁그렁하려는 눈물을 슬그머니 훔치는 것이 아닌가!

그와 동시에 여자의 안색이 엄청 창백하게 다가왔는데, 지금까지 생경한 조명 때문이라고만 여겼던 억지스러운 창백함이 아니라, 정녕 죽어가는 존재에게서나 느껴질 그런 창백함이 서려 있는 것이었다. 그녀의 처량한 얼굴로부터 마치 혈액이 한꺼번에 빠져나가기라도 하는 느낌이었다. 그러고 보니 아까 그 미소 역시 왕자의 저급한 농담에 대한 답으로서 입술을 비틀듯 일그러뜨린, 참으로 서글픈 미소가 아니었던가!

그런 느낌 속에서도 폴은 여전히 오리무중이었다.

'하지만 대체 여기서 무얼 하고 있단 말인가? 아까 그 눈물도 혹시 자신의 잘못에 대한 일말의 회한으로 흘린 것이 아니었을까? 온갖 협박에 지친 나머지, 어떻게든 살아남겠다고 저리도 비겁하게 되어버렸단 말인가? 그래서 오늘 우는 것인가?'

그렇게 계속해서 욕을 퍼부어대면서도 그의 마음 한구석에는 견딜 수 없는 시련을 버텨낼 힘이 없었을 한 가녀린 여인에 대한 동정심이 물밀듯 밀려드는 것이었다.

에르민 백작부인은 방금 자신의 연설을 마치자마자 벌컥벌컥 술을 들이켰고, 잔을 비우기가 무섭게 머리 뒤로 냅다 던졌다. 장교들과 그 부인들 역시 그런 행동을 하나같이 따라 했다. 또다시 열정적인 건배가 뒤를 이었고, 모두가 애국적 취흥에 흠뻑 빠져 흥청대는 가운데, 왕자가 벌떡 일어나 「독일 국가(國歌)」(Deutschland über Alles. '모든 것 위의 으뜸인 독일'이라는 의미—옮긴이)를 선창하자, 다들 일종의 열광 상태에서 따라 부르기 시작했다.

한편 엘리자베트는, 혼자 동떨어져 있고 싶은 사람처럼, 팔꿈치를 탁자에 괴고 두 손으로 얼굴을 받친 채 가만히 있었다. 여전히 일어선 채

고래고래 난리를 피우던 왕자는 그런 그녀의 팔을 거칠게 움켜잡더니 냅다 낚아채며 이렇게 내뱉었다.

"새침 떼는 거 없기야, 요 예쁜 것!"

한데 여자가 다소 거부의 몸짓을 하자, 왕자는 버럭 화를 내며 펄쩍 펄쩍 뛰는 것이었다.

"어럽쇼! 이것 봐라! 감히 투정을 부려! 아까도 공연히 우는 척만 한 거 아니야? 아, 역시 마담은 재미있는 여자야! 쳇! 이런 경을 칠! 이것 보라고! 마담의 잔이 아직도 가득 차 있다니!"

그는 술잔을 낚아채 부들부들 떨리는 손으로 엘리자베트의 입술에 억지로 갖다 댔다.

"나의 건강을 빌며 마시지 그러나. 주인이신 이 몸의 건강을 빌어달 란 말이야! 뭐? 거부한다고? 알겠어. 샴페인이 싫다 이거로군. 샴페인 은 꺼져라! 아무래도 라인의 포도주가 낫겠다 이거지? 너희 나라 노래 가 기억나서 그런가 보지? 「라인의 포도주」 말이야! '우린 그대 독일의 라인 강을 맛보았다네. 바로 우리의 술잔 속에 담겨 있다네.'"

그 순간 장교들이 일제히 벌떡 일어나 이번엔 자기들 독일 노래인 「라인의 상사(上士)」를 목이 터져라 불러대는 것이었다.

"저들은 독일의 라인 강을 넘보지 못하리라. 제아무리 탐욕스러운 까 마귀들처럼, 악을 쓰며 졸라댄다 해도."

그 덕에 더더욱 고무된 왕자는 여자를 휙 돌아보며 더욱 다그치는 것 이었다.

"놈들은 물론 안 되지만, 너는 마셔야 해! 요년!"

그러면서 또 다른 잔 하나를 그득 채웠다. 엘리자베트의 입에 강제 로 들이밀고 강요하는 작태가 또다시 연출되었는데, 그녀가 여전히 거 부하자, 왕자는 잔에서 넘치는 술이 여자의 옷을 더럽히는 동안 그녀의

결정판 아르센 뤼팽 전집

귀에다 대고 뭐라고 속삭이기 시작했다.

　모두가 이제 저 여자가 어떤 반응을 보일지 궁금해하며 쥐 죽은 듯 입을 다물었고, 엘리자베트는 좀 더 창백해진 얼굴로 꼼짝 않고 있었다. 그런가 하면 왕자는 잔뜩 몸을 숙여 그 짐승 같은 얼굴을 바짝 들이댄 채, 때론 위협하듯, 때론 애원하듯, 때론 명령하듯, 때론 생떼를 쓰듯, 끈질기게 물고 늘어지는 것이었다. 정말이지 눈 뜨고 못 볼, 역겨운 행태였다! 그 순간, 만약 엘리자베트가 벌떡 몸을 솟구치며 일어나 저 무례한 악당에게 칼침이라도 놓아만 줄 수 있다면, 폴은 당장 목숨을 내놓아도 좋다는 생각이었다. 아뿔싸, 하지만 그녀는 슬그머니 머리를 뒤로 젖히는 것이 아닌가! 그저 축 늘어진 채 눈을 감고 상대가 넘겨주는 대로 몇 모금 마지못해 받아 삼키는 것이었다.

　별안간 왕자는 요란하게 쾌재의 탄성을 질러댔다. 그리고 의기양양하게 잔을 흔들어대더니 이번엔 여자가 입을 댄 바로 그곳에 덥석 자신의 입을 대고 남은 술을 게걸스레 삼켜버렸다.

　"호호! 호호! 모두 일어서시게, 동지(同志)들이여! 의자 위에 올라서서 다리 한 짝을 탁자 위에 올려놓으라고! 세계의 지배자는 하늘 높은 줄 모르고 일어서야 해! '저들은 자유분방한 독일의 라인 강을 넘보지 못하리라. 이 세상 대담한 청년들이 늘씬한 아가씨들한테 추근대는 한…….' 이봐, 엘리자베트, 난 방금 자네 잔으로 이 라인의 포도주를 마셨어. 엘리자베트, 지금 뭘 생각하고 있는지 다 알아. 다름 아닌 사랑을 생각하고 있겠지, 안 그런가 동지들? 난 주인님이시다! 오! 파리지엔이여. 요 파리의 앙증맞은 아가씨야. 우리에겐 파리가 필요해. 오! 파리여! 오! 파리……."

　왕자는 엉망으로 비틀거렸다. 그 바람에 잔이 그의 손에서 미끄러져 술병에 부딪쳐 산산조각 깨져버렸다. 그는 탁자 위에 털썩 무릎을 꿇더니, 깨진 술잔이며 접시 조각들 가운데서 또 다른 술병 하나를 움켜잡고는 그대로 바닥에 굴러 떨어지며 이렇게 더듬거렸다.

"파리가 있어야 해. 파리와 칼레(프랑스 최북단에 가까운 도시―옮긴이)······. 우리 아빠가 그러셨어. 개선문, 카페 앙글레(19세기 가장 유명했던 파리의 레스토랑―옮긴이), 그랑 세즈(19세기의 유명 살롱―옮긴이), 물랭루주!"

순간적으로 소란이 뚝 끊기자, 에르민 백작부인의 위압적인 목소리가 터져나왔다.

"이제 그만 모두 가세요! 모두 집으로 돌아가요! 어서, 지금 당장! 부탁입니다!"

장교들 내외가 부랴부랴 빠져나가자, 밖에 맞은편 건물 있는 데서 휘파람 소리가 몇 차례 솟구쳤다. 차고로부터 곧장 자동차들이 빠져나왔고, 이어서 우르르 별장을 뜨기 시작했다.

백작부인은 하인들에게 손짓을 해, 콘라트 왕자를 가리키며 말했다.

"방으로 옮기게."

지시는 순식간에 처리되었다.

그러고 나서야 에르민 백작부인은 엘리자베트에게 천천히 다가갔다.

왕자가 탁자 아래로 굴러 떨어지고 떠들썩하던 잔치가 끝난 지 채 5분도 지나지 않았는데, 이미 실내는 쥐 죽은 듯 고요했고, 뒤죽박죽 어질러진 방 안에서 두 여자만이 쓸쓸히 남아 있었다.

엘리자베트는 또다시 두 손으로 얼굴을 가리고 어깨까지 들썩이며 엉엉 울어대기 시작했다. 에르민 백작부인은 그 곁에 가만히 앉아 딸의 팔을 살며시 붙들었다.

두 여자는 잠시 동안 아무 말 없이 서로를 마주 보았다. 둘 다 똑같은 증오심을 담고 있는 기묘한 눈빛들이었다.

폴은 두 사람에게서 단 한순간도 시선을 떼지 않고 있었다. 그렇게 번갈아 주시하면서, 두 사람이 이미 몇 차례 대면한 바 있으며, 이제 서로 나눌 얘기도 앞서 한 얘기의 연속이거나 결론일 것이라는 점을 폴은 어렵지 않게 짐작할 수 있었다. 과연 무슨 얘기를 서로 나누었던 걸까? 에르민 백작부인에 대해 엘리자베트는 어디까지 알고 있는 걸까? 그토록 혐오스러운 여인을 정녕 어머니로 받아들인 것인가?

두 사람은 굳이 얼굴이 다르게 생겨서라기보다 그 인상과 표정에서 풍기는 상반된 천성(天性)에 의해 더욱 확연히 구별되는 느낌이었다. 하지만 그럼에도 불구하고 둘을 서로 이어주는 단서들이 보통 많은가! 아니, 더 이상 단서가 아니라, 이젠 그 하나하나가 너무도 생생한 현실이기에 폴은 감히 그에 대해 불만을 토로할 엄두도 내지 못할 지경이었다. 그런가 하면, 백작부인의 위조된 죽음 이후 수년이 지난 시점에 베를린으로부터 보내졌다는 한 장의 사진 앞에서 주체할 수 없이 당혹스러워하던 당드빌 씨의 태도는 과연 무얼 의미하는가? 바로 당드빌 씨야말로 그 위조된 죽음의 공범이며, 어쩌면 그 외에도 숱한 사건에 연루된 인물임을 암시하는 것은 아닐까?

걷잡을 수 없이 뻗어나가던 폴의 생각은 다시금 모녀(母女)의 이 기이하고 불온한 만남으로 돌아왔다. 대체 엘리자베트는 어디서부터 어디까지 알고 있는 것일까? 그 모든 수치와 오욕, 반역과 살인의 지긋지긋한 내력에 대해 얼마만큼이나 간파하고 있는가 말이다! 과연 자기 어머니를 원망해오고 있었던가? 너무나도 엄청난 악행의 무게에 압도당한 나머지, 자신의 비굴함에 대한 책임을 어머니에게 전가해오고 있었던 것인가?

폴은 속으로 중얼거렸다.

'그래, 그렇겠지. 하지만 저토록 증오심에 사무쳐 있는 이유는? 둘 사이엔 흡사 죽음만이 해소할 수 있을 것 같은 지독한 증오의 늪이 가로 놓여 있어. 살해 욕구도 엘리자베트의 눈빛 속에 더욱 강하게 담겨 있는 것 같고. 심지어 자신을 죽이러 이곳에 온 저 여자보다도 더 강렬하단 말이야.'

이런 느낌이 워낙 날카롭게 파고들다 보니, 폴은 혹시 두 여자 모두 지금 이 자리에서 당장 사생결단이라도 내리려는 것은 아닌가 하는 생각이 들었고, 어떻게든 주춤주춤 엘리자베트를 도울 방법을 궁리하는 것이었다. 한데 실제로는 전혀 뜻밖의 일이 일어났다. 에르민 백작부인이 난데없이 호주머니에서 뭔가 꺼냈는데, 언뜻 보니 자동차 운전수가 보통 사용하는 지도였다. 그녀는 지도를 차분하게 펼치더니 손끝으로 어느 한 지점에서 시작해 빨간 선으로 표시된 도로를 죽 따라 다른 한쪽 지점에 이르러 멈추고는 몇 마디 중얼거렸고, 그것을 듣던 엘리자베트의 얼굴에 희색이 만면하는 것이 아닌가!

그녀는 백작부인의 팔을 와락 부여잡고 웃음과 흐느낌이 마구 뒤섞인 어투로 뭔가 열심히 얘기했는데, 그동안 백작부인은, 마치 이렇게 얘기하듯, 고개를 끄덕이는 것이었다.

'그래, 그래……. 이제 우리 생각은 같아. 모든 게 네가 바라는 대로 될 것이야.'

폴은 하마터면 엘리자베트가 적(敵)의 손에 입이라도 맞추는 것이 아닌가 생각했다. 그만큼 그녀는 기쁨과 감사의 마음으로 안절부절못할 정도였던 것이다. 도대체 저 가엾은 여인이 또 어떤 새로운 함정에 빠지려고 저러는지 걱정이 앞서려던 참에, 백작부인이 자리에서 일어나 문 쪽으로 가더니 빠끔히 열고 뭔가 신호를 보낸 후, 다시 돌아왔다.

즉각 제복 차림의 사내가 들어왔다.

폴은 이내 사태의 심각성에 몸을 떨지 않을 수 없었다. 방금 들어온 사내는 다름 아닌, 독일 첩보원 카를. 에르민 백작부인의 부하이자 그녀의 계획을 실행에 옮기는 해결사임과 동시에 지금은 엘리자베트를 처치할 임무를 맡고 있는 장본인이 아닌가 말이다! 이제 저 젊은 여자의 목숨은 경각에 달린 것이나 다름없는 신세!

카를이 깍듯하게 경례를 붙이자, 에르민 백작부인은 먼저 딸에게 사내를 소개한 다음, 지도의 두 점과 길 표시를 보여주면서 앞으로 해야 할 일에 대해 설명을 해주었다.

얘기를 다 듣고 난 사내는 시계를 힐끗 살피더니, 단호한 태도로 이렇게 약속했다.

"제시간에 해내도록 하겠습니다."

엘리자베트는 백작부인의 권유를 받아들여 밖으로 나갔다. 비록 저들이 조용조용 하는 얘기는 하나도 들리지 않았지만, 잠깐 벌어진 광경만으로도 그 분명하면서 무시무시한 의미를 폴은 속속들이 꿰뚫고 있었다. 이곳에서 아마도 무소불위의 권력을 자랑하는 듯한 백작부인은 모처럼 콘라트 왕자가 곯아떨어진 틈을 타, 엘리자베트에게 탈출 계획을 제안한 것. 탈출은 자동차로, 미리 정해진 인근 어느 지점을 향해 결행될 것이며 엘리자베트는 이 뜻밖의 제안을 감격에 겨워 냉큼 받아들였다. 이제 남은 일은 아무것도 모르는 이 가엾은 여자의 운명이 탈출 작전을 직접 수행하는 카를의 손안에서 어떻게 되는지를 지켜보는 일!

함정이 하도 그럴듯하게 펼쳐진지라 고통에 찌들 대로 찌든 젊은 아가씨로서는 덮어놓고 뛰어들지 않을 수 없었고, 두 공범자는 단둘이 남게 되자 서로 마주 보며 은근한 미소를 교환하는 것이었다. 실제로 너무도 손쉽게 일이 이루어지고 있으며, 그런 상황에서라면 굳이 누구의 공(功)이라 할 것도 없을 지경이다.

둘 사이에는 이제 그 어떤 설명도 필요치 않았다. 그저 순식간에 오가는 눈빛만으로도 둘의 태도가 마치 하나의 파렴치한 발상에서 유발되는 것처럼 여겨질 정도였다. 첩자 카를은 백작부인의 눈을 똑바로 쳐다보면서, 늑골 무늬가 박힌 제복 앞부분을 슬그머니 열어 칼집에서 단도를 반쯤 빼 보였다. 그러나 백작부인은 고개를 설레설레 흔들더니 자그마한 약병을 내밀었고, 어깨를 으쓱하며 그것을 받아 든 악당은 이렇게 내뱉었다.

"정 그걸 원하신다면! 저야 뭐 상관있나요."

그런 다음 둘이 나란히 앉아 이런저런 얘기를 나누는 것이었는데, 백작부인이 지시하는 조목조목 카를은 때론 수긍하고 때론 이의를 달며 연신 쑥덕거리고 있었다.

폴은 지금이야말로 놀란 가슴을 쓸어내리고 난동을 피우듯 뛰는 심장을 진정시켜야 할 때라고 직감했다. 계속 이렇게 황당해하기만 하고 있다가는 엘리자베트의 목숨은 끝난 것이나 다름없다! 그녀를 구하기 위해서는 절대적으로 명민한 두뇌 회전이 필요할 터. 그때그때 상황에 따라 주춤거리거나 쓸데없는 고민에 빠지지 않고, 유연하고도 단호한 결단력을 발휘해야만 할 것이다.

한데 그 결단력이라는 것이, 적의 계획을 상세히 모르는 지금으로선 그저 우연에 의하거나 기껏해야 상대가 어떻게 나오는가에 따른 반사적 행위에 불과할 수밖에 없다. 어쨌거나 폴은 권총에 탄알을 장전했다.

폴은, 떠날 준비를 차리고 나면 여자가 다시 방에 들어와 첩자와 함께 행동을 하게 될 것으로 생각했다. 한데 잠시 후, 백작부인은 벨을 울려 하인 한 명을 부른 뒤, 뭐라고 별도의 지시를 내리는 것이었다. 하인은 곧장 나갔고, 휘파람 소리가 연거푸 두 번 울리면서 점점 가깝게 다가오는 자동차 엔진 소리가 요란하게 들려왔다.

한편 문을 반쯤 열고 복도를 내다보고 있던 카를이 백작부인한테 돌아와 이렇게 말했다.

"나타났습니다. 지금 내려가고 있어요."

그제야 폴은 엘리자베트가 그대로 먼저 자동차로 가고, 카를이 나중에 동승할 예정임을 깨달았다. 그렇다면 지금 당장 행동에 들어가야 한다!

하지만 또다시 머뭇거리는 폴. 차라리 저 두 악당이 방에 함께 있을 때 무작정 뛰어들어 둘 다 권총으로 처치하는 것이 낫지 않을까? 그렇게만 한다면야 엘리자베트의 목숨만큼은 안전하다. 오로지 두 악당만이 그녀의 목숨을 노리고 있으니까.

하지만 그것은 워낙 대담한 해결책이라 자칫 있을지 모를 실패가 걱정될 수밖에 없었고, 폴은 마침내 서 있던 발코니에서 훌쩍 뛰어내려 베르나르를 찾았다.

"엘리자베트가 자동차로 떠날 것이다. 카를이 함께 가다가 아마 독살을 시도할 것이야. 일단 권총을 쥐고 나를 따라와!"

"어떡하시게요?"

"글쎄, 두고 보자고!"

두 사람은 가로수 길을 따라 우거진 덤불숲을 미끄러지면서 별장을 우회했다. 근처에는 인적이 꽤나 한산한 편이었다.

"들어봐요. 자동차가 떠나고 있어요."

베르나르가 속삭이자, 무조건 짜증부터 내며 폴이 발끈했다.

"아니야! 아니라고! 이제 시동 걸고 있는 거야!"

실제로 건물의 전면 중앙을 한눈에 볼 수 있을 위치에 당도하자, 현관 계단 앞에 리무진이 한 대 서 있고 주위로는 10여 명의 군인과 하인이 두런두런 모여 있는 것이 포착되었다. 자동차의 전조등은, 폴과 베르나르가 숨어 있는 구석은 어둠 속에 남겨둔 채, 정원 맞은편을 향해 강렬한 빛을 쏘아대고 있었다.

한 여자가 계단을 내려와 자동차 안으로 사라지는 것이 폴의 두 눈에 또렷이 포착되었다.

"엘리자베트야. 그리고 저긴 카를이로군."

첩자는 계단을 내려오다 말고 멈춰 서서 운전을 맡은 병사에게 뭔가 지시했는데, 그 내용이 드문드문 폴의 귀에까지 들어왔다.

보아하니 이제 곧 출발할 모양이었다. 길어야 한 1분 후, 폴이 이대로 가만있으면, 저 자동차는 살인마와 그 희생양을 함께 싣고서 훌쩍 떠나버릴 것이다. 남은 1분이라는 시간이 어찌나 끔찍하게 느껴지는지⋯⋯. 그리 효율적이지 못한 개입을 서둘렀을 경우 뒤집어쓸 위험에 생각이 가 닿자, 설사 지금 카를을 죽인다 해도 에르민 백작부인이 계속해서 자신의 계획을 추진할 것이 걱정되었다.

보다 못한 베르나르가 중얼거렸다.

"설마 엘리자베트를 직접 납치할 생각은 아니겠죠? 저렇게 초병, 초소가 버티고 있는데⋯⋯."

"내가 원하는 건 단 하나야. 카를을 쓰러뜨리는 것!"

"그다음은요?"

"그다음? 우리가 체포되는 거지. 온갖 조사와 신문이 있을 테고 한바탕 소란이 일겠지. 콘라트 왕자가 개입할 테고⋯⋯."

"그리고 나서는 둘 다 총살이나 당하겠죠. 아무래도 그 계획은⋯⋯."

"그럼 다른 계획이라도 있단 말인가?"

거기서 대화가 중단되었다. 다름 아닌 첩자 카를이 무슨 이유인지 잔뜩 골이 나서 운전병에게 길길이 날뛰고 있었는데, 그중 이런 말이 새어나오는 것이었다.

"이런 바보 같은 녀석! 하는 짓이 늘 그 모양이라니깐! 기름을 미리 준비 안 해두면 어떻게 하나? 이 밤중에 어딜 가서 구한단 말이냐? 뭐 차고에 있을 거라고? 당장 달려가서 가져와, 이 얼간아! 그리고 내 모피 망토는? 그것도 깜빡했어? 당장 튀어가서 가져와! 아무래도 내가 직접 운전하는 게 낫겠어. 너처럼 얼빠진 녀석에게 맡겼다간 무슨 사고를 칠지⋯⋯."

병사는 득달같이 달려갔다. 순간 폴은 어둠 속을 벗어나지 않으면서도 저 불빛이 보이는 차고까지 자신이 직접 다가갈 수 있다는 것을 깨달았다.

그는 베르나르에게 조용히 속삭였다.

"따라오게. 내게 좋은 생각이 있어."

잔디 위를 밟느라 발소리가 거의 들리지 않는 가운데, 두 사람은 마구간 겸 차고로 사용되는 부속 건물로 조심스레 다가갔고, 외부에선 잘 드러나지 않게 슬그머니 안으로 파고들었다. 병사는 문이 열린 채로 있는 뒤쪽 창고에 있었다. 그는 우선 옷걸이에서 큼직한 암염소 가죽 망토를 빼내 어깨 위에 척 걸치고는 휘발유가 담긴 네 개의 양철통을 집어 들었다. 병사는 서둘러 창고를 빠져나와 폴과 베르나르가 숨어 있는 바로 앞을 무심코 지나가고 있었다.

그야말로 전광석화와도 같은 기습 공격이었다! 이렇다 할 비명 한 번 지르기도 전에 병사는 그 자리에서 거꾸러지고 그대로 뻗은 다음 입에 재갈이 물렸다.

"잘됐어. 자, 이제 놈의 망토와 모자를 이리 줘. 이런 변장까지 하지 않아도 된다면 얼마나 좋겠냐만, 별수 없지."

폴의 말에 베르나르가 대뜸 물었다.

"그럼 정말 뛰어들 생각이세요? 카를이 운전병을 알아보면 어떡해요?"

"운전병 얼굴은 두 번 다시 보고 싶어 하지도 않을 거야."

"하지만 말이라도 걸면요?"

"대답하지 않고 당분간만 버티면 돼. 그래서 어떻게든 이곳 울타리만 벗어나면 그자는 하나도 두려울 게 없어."

"그럼 나는 어쩌죠?"

"일단 이 녀석을 정성스레 묶고 나서 어디든 후미진 곳에 가둬. 그런 다음 아까 그 발코니가 보이는 숲 속으로 돌아가서 대기하게. 부디 오늘 밤 안으로 엘리자베트와 더불어 자네와 합류해, 다시 세 개의 터널을 통해 귀환할 수 있으면 좋겠어. 그래도 만에 하나 내가 돌아오지 않거든……."

"그러면 어떡하죠?"

"만약 그렇게 되면 동이 트기 전에 자네만 떠나."

"하지만……."

폴은 이미 저만치 멀어져 가고 있었다. 그는 스스로 감행하기로 한 행동에 대해 더 이상 생각하기를 거부하기로 작정한 모양이었다. 더구나 사태가 술술 풀려가는 것이 왠지 심상치가 않았다. 다행히도 카를은 떠들썩한 욕설만 대차게 퍼부었을 뿐, 이 어설픈 단역(端役)에 대해 별다른 의심도 주의도 기울이지 않았던 것이다. 첩자는 염소 가죽 망토를 걸친 뒤 운전석에 앉았고, 폴이 옆 좌석에 앉자 이내 기어를 조작했다.

자동차에 시동이 걸리는 순간, 계단 쪽에서 한 목소리가 다급하게 들려왔다.

"카를! 카를!"

폴은 가슴 한구석이 덜컹했다. 에르민 백작부인의 목소리였던 것이다.

그녀는 첩자에게 다가오더니 나지막한 프랑스어로 이렇게 말했다.

"카를, 충고할 게 하나 있어서 그러네. 그나저나 자네 운전병은 프랑스어를 모르겠지?"

"빼도 박도 못할 독일인입니다, 각하. 무지렁이에 불과하니 맘 놓고 말씀하십시오."

"딴게 아니라, 그 약은 열 방울까지만 사용하란 말일세. 그렇지 않으면……."

"알겠습니다, 각하. 또 있습니까?"

"모든 게 잘되면 일주일 후에 내게 편지를 쓰게. 우리의 파리 주소지로 말이야. 그 전에는 써봤자 소용없고."

"그럼 프랑스로 돌아가실 겁니까, 각하?"

"그렇다네. 드디어 내 계획이 무르익었으니까."

"여전히 그 계획 말이지요?"

"그래, 절기(節氣)도 유리해진 것 같고. 벌써 며칠 동안 비가 내리더니만, 참모가 자기 쪽에선 행동에 돌입하겠다고 통보해왔네. 그러니 나 역시 내일 저녁에는 돌아가 있어야지. 그다음엔 손가락 하나만 까딱하면……."

"오! 아무렴요, 손가락 하나만 까딱하면 그만이죠. 저 역시 작업에 동참했지만, 모든 게 최적의 상태입니다. 한데 일전에 또 다른 계획에 대해서도 언질을 주셨지 않습니까? 처음 걸 보완하는 걸로요. 해서 말씀인데, 그건……."

"어쩔 수 없네. 어쩐지 우리에겐 계속해서 운이 따르지 않는 것 같아. 하지만 이번에 내가 성공만 하면, 지금까지 불운의 사슬을 끊어버릴 수가 있을 거야."

"황제의 재가(裁可)는 얻으셨습니까?"

"쓸데없는 짓이야. 세상엔 왈가왈부 떠들어서 될 일이 있고, 떠들어선 안 될 일이 있는 법일세."

"이번 일은 대단히 위험하고 과격한 일인데요."

"하는 수 없지."

"혼자 가셔도 되겠습니까, 각하?"

"괜찮네. 자넨 그년만 제거해주면 돼. 일단은 그걸로 충분해. 잘 가게."

"안녕히 계십시오, 각하."

첩자가 클러치를 풀었고 자동차는 출발했다.

중앙의 잔디밭을 에두르는 가로수 길은 정원 철책 문에 면해 있으면서 경비 본부로 사용되는 별채 앞으로 뻗어 있었다. 양쪽으로 높다란 기지 담벼락이 깎아지른 듯 솟아 있는 가운데로 장교 한 명이 별채로부터 걸어나왔다. 카를은 곧장 암호를 말했다.

"호엔슈타우펜(중세 독일의 유명한 기사(騎士) 가문으로, 후에 왕가로 발전함―옮긴이)!"

철책 문이 열리자마자 자동차는 바람을 일으키며 대로를 내달리기 시작했다. 먼저 에브르쿠르트를 가로질러서 얼마간 달리다가, 이내 완만한 구릉지대 사이를 구불구불 파고들었다.

그렇게 해서 폴 들로즈는 마침내 밤 11시, 엘리자베트와 첩자 카를과 더불어 황량한 들판 한복판에 달랑 남게 되었다. 일단 이놈의 첩자 녀석부터 제압해야겠지만, 어차피 그 점은 별로 걱정할 일은 아니고, 어쨌든 엘리자베트는 조만간 자유의 몸이 될 것이다! 그렇게만 되고 나면 남은 것은 다시 온 길을 돌아가, 이젠 암호도 알았겠다, 곧장 콘라트 왕자의 별장으로 쳐들어가서 베르나르와 합류하는 것뿐이다. 그런 폴의 계획대로만 착착 진행된다면 셋이 나란히 터널을 타고 오르느캥 성으로 돌아갈 수 있으리라.

폴은 당분간 가슴속으로 치밀어 오르는 뿌듯한 기분을 만끽하고 있었다. 드디어 엘리자베트를 이렇게 가까이에서 보호해줄 수 있게 되다니! 필시 그 기백과 용기가 거듭되는 시련의 무게로 잠시 주춤했을지언정, 남자가 소홀했기에 불행해진 한 여인에게 어찌 잘잘못을 따지겠는가. 그는 잊으려고 했고, 또 잊어가고 있었다. 그간 겪었던 모든 비극의 처참한 과정을 훌훌 털어버리고, 이제는 바로 코앞까지 다가온 승리의 순간, 여자의 구원만을 염두에 두길 원했다.

그는 나중에 돌아올 것에 대비해 도로를 주의 깊게 살폈다. 또한 머리 한구석으로는 어떻게 이자를 요리할 것인지 궁리하고 있었다. 어쩔 수 없이 도중에 차를 세우긴 해야 할 텐데, 결국 제일 처음 세운 곳에서 일을 치르기로 마음먹었다. 죽이지는 말되 주먹 한 방을 제대로 먹여 기절시킨 뒤, 꽁꽁 묶어서 어디 길가 덤불숲에라도 던져버리면 그만이다.

꽤 큰 마을과 맞닥뜨렸고, 그다음으로 두 개의 부락과 어느 도시를 경유했는데, 그곳에서는 잠시 멈춰 자동차 등록 서류들을 제시해야만 했다.

그다음 다시 들판이 펼쳐졌고 일련의 앙증맞은 숲들이 지나치는 자동차의 불빛 앞에서 반짝거리는 나무들을 뽐내고 있었다.

바로 그때였다. 전조등 불빛이 차츰차츰 잦아드는 것이었다. 카를은 차의 속도를 줄였다.

"이런 멍청한 녀석! 전조등도 손볼 줄 모르는가? 카바이드를 보충 안 해놓은 거야?"

폴은 아무 대답도 하지 않았다. 카를은 계속해서 으르렁대더니 급기야 걸쭉한 욕설을 내뱉으며 제동을 걸었다.

"이런 천치 같은 자식! 도무지 앞을 분간할 수조차 없잖아. 자, 어서 벌떡 일어나 불 좀 붙여봐!"

자동차가 길가에 세워지자 그제야 폴은 자리에서 훌쩍 뛰어 일어났다. 때가 된 것이다.

우선 그는 전조등을 손보는 척했다. 가능한 한 전조등 불빛에 자기 얼굴이 노출되지 않도록 유념하면서 첩자의 눈치를 슬금슬금 살폈다. 카를 역시 차에서 내려 뒷문을 열고 여자와 몇 마디 대화를 시도했는데, 폴에게는 잘 들리지 않았다. 마침내 자동차 옆구리를 따라 다가오면서 카를이 짜증 섞인 말투로 내뱉었다.

"그래 어떤가, 이 무식한 놈아? 다 되어가는가?"

폴은 얼른 등을 돌린 채, 첩자가 두어 걸음만 더 다가와 사정권 내로 들어오기만을 바라며, 잔뜩 숨을 죽이고 있었다.

그렇게 한 1분 정도가 흘러갔고, 폴은 주먹을 단단히 그러쥐고 있었다. 정확히 필요한 동작을 가늠하면서 이제 막 결정적인 행동에 돌입하려는 순간. 느닷없이 뒤에서 몸통을 부둥켜안는가 싶더니, 이렇다 할 저항 한 번 해보지 못한 채 엎어지고 마는 폴!

어느새 무릎으로 짓누른 자세로 첩자가 외쳤다.

"어럽쇼, 이놈 보게! 대답을 못한 이유가 바로 이거였군그래! 어쩐지 내 앞에서 태도가 영 이상하다 했지. 그래도 설마 했거늘……. 그놈의 불빛이 네놈 옆모습을 살짝 비칠 때에야 비로소 아차 싶었지! 운전병은 대체 어디 가고 웬 뚱딴지같은 놈이야? 혹시 프랑스의 똥개가 납시기라도 한 건가?"

폴은 온몸에 힘을 주었다. 조만간 압박에서 풀려날 것 같기는 했다. 상대의 완력이 점점 수그러드는 기미가 보였고, 차츰차츰 힘의 우위가 뒤바뀌기 시작하는 것이었다. 마침내 폴의 입에서도 우렁찬 일갈(一喝)이 튀어나왔다.

"그렇다, 프랑스인 폴 들로즈다! 옛날에도 네놈이 날 죽이려 들었다가 실패했지. 지금은 네가 못살게 굴고 있는 엘리자베트의 남편 되시는 몸이지. 그래 바로 나다. 난 네놈이 누군지 알아. 가짜 벨기에인 라셴이 자 첩자 노릇을 하는 카를이지."

상대는 아무 대꾸도 하지 않았다. 실은 아까 다소 완력을 늦춘 것은 그럴 만한 이유가 있었다. 놈의 손이 허리춤을 더듬대는가 싶었는데, 어느새 단도를 번쩍 치켜드는 것이 아닌가!

"아하, 폴 들로즈께서……. 이거 난리 났군그래! 오늘 수확이 대단 하겠는걸. 두 놈 다 차례차례 잡게 생겼으니 말이야. 남편과 마누라 둘 다. 그러고 보니 제 발로 내 손아귀에 찾아든 셈이로군. 꼴좋게 생겼어, 애송이!"

다음 순간, 예리한 단도 날이 광채를 뿜으며 솟구치는 것이 언뜻 보였 고, 얼떨결에 폴은 눈을 질끈 감으며 엘리자베트의 이름을 중얼거렸다.

바로 그때였다. 정확히 세 발의 총성이 또박또박 귓가를 후려치는 것 이 아닌가! 총탄은 둘이 뒤엉켜 옥신각신하는 저 뒤쪽으로부터 날아온 것이었다.

첩자의 입에서 외마디 비명 소리가 터져나왔다. 상대를 악착같이 붙 들고 늘어지던 팔이 스르르 풀렸고, 무기도 땅에 떨어지면서, 카를의 몸뚱어리는 마지막 신음 소리와 함께 그대로 풀썩 거꾸러졌다.

"아……. 망할 년……. 그냥 차 안에서 목이라도 조를걸. 내가 이럴 줄 알았다니까."

그러더니 점점 잦아드는 목소리로 이렇게 더듬거렸다.

"제대로 당했네! 아, 망할 년. 빌어먹을……."

이내 조용해졌다. 몇 차례 경련이 일었고 단말마의 헐떡임이 이어지 더니, 그것이 다였다.

그제야 폴은 후다닥 몸을 일으켜 엘리자베트에게 달려갔다. 일촉즉

발의 위기에서 그의 목숨을 구해준 여자의 손에는 아직도 화약 냄새가 나는 권총이 들려 있었다.

"엘리자베트!"

폴은 기쁨에 겨워 두 팔을 벌린 채, 버럭 소리쳤다.

하지만 몇 걸음 더 다가가지 못하고 그만 그 자리에 뚝 멈추고 말았다. 어둠 속에서, 여자의 실루엣이 왠지 그가 아는 엘리자베트의 모습과는 판이하게 좀 더 크고 강인해 보이는 것이 아닌가!

그는 가슴이 덜컥하는 불안감으로 자기도 모르게 더듬거렸다.

"에, 엘리자베트…… 다, 당신이오? 당신 맞아?"

불현듯 어떤 대답이 나올지 불길하기 이를 데 없는 예감이 오싹하게 등골을 훑고 지나갔다.

여자가 조용히 말했다.

결정판 아르센 뤼팽 전집

"아니에요. 마담 들로즈는 우리보다 조금 전에 다른 자동차로 이미 떠난 상태예요. 나와 카를이 나중에 그녀와 합류하기로 했고요."

그러고 보니 베르나르와 함께 별장을 우회해서 현관 쪽으로 접근하는 동안 들려왔던 시동 거는 소리가 퍼뜩 생각났다. 하지만 먼저 떠났다 해도 불과 몇 분 차이였기에 그는 희망을 잃지 않고 외쳤다.

"그렇다면 어서 서두릅시다. 속력을 조금만 내면 따라잡을 수 있을 거요!"

하지만 여자는 즉각 반발하고 나섰다.

"따라잡는다고요? 그건 불가능합니다. 두 자동차가 완전히 다른 길을 가고 있거든요."

"상관없소, 어차피 목적지가 같은 바에는. 그래 마담 들로즈는 어디로 간 거요?"

"에르민 백작부인이 소유주인 성으로 갔어요."

"성의 위치는?"

"그건 나도 몰라요."

"모른다니? 이렇게 황당할 수가⋯⋯. 그래도 성 이름은 알 것 아니오?"

"카를이 말해주지 않았어요. 그러니 알 수가 없죠."

6
불가능한 싸움

여자의 이 마지막 말로 인해 끝 모를 낭패감 속으로 곤두박질치는 가운데, 폴은, 아까 콘라트 왕자의 잔치 석상에서도 그랬던 것처럼, 무엇이든 즉각적인 행동에 나설 필요성을 절감했다. 분명 모든 희망은 사라져버린 상태. 경계가 강화되기 전에 일을 끝마치고 터널을 이용해 빠져나가겠다는 계획은 여지없이 허물어졌다. 지금으로선 거의 현실성이 없는 가정이지만, 설사 나중에라도 엘리자베트와 해후하여 그녀를 구해줄 수 있다고 해도, 과연 그때가 언제란 말인가? 더구나 이미 경계 태세가 강화된 적을 피해서 어떻게 프랑스로 무사히 되돌아갈 수 있을 것인가?

틀렸다. 이제는 시간이든 공간이든 온갖 조건이 불리하게 되어버렸다. 이런 실패를 겪고 나면 으레 모든 것을 체념하고 그저 최후의 치명타나 기다리게 되는 것이 보통이다.

하나 그럼에도 불구하고 폴은 최소한 겉에서 보기에 전혀 꿈쩍하지 않았다. 이럴 때일수록 한번 삐끗하면 도저히 회복할 수 없다는 걸 잘 알고 있었던 것이다. 지금 이곳까지 자신을 몰아쳐온 배짱과 추진력이 조금도 고삐를 늦추지 않고 더욱 맹렬하게 일어서야 하리라.

그는 쓰러진 첩자에게 다가갔다. 여자도 시체 위에 몸을 숙이고서 램프를 들이댄 채 이리저리 살펴보았다.

"죽었죠?"

폴이 넌지시 묻자 여자는 떨리는 목소리로 중얼거렸다.

"네……. 죽었어요. 등에 두 발을 맞은 것 같군요. 결국 이런 끔찍한 짓을 저지르다니! 다른 사람도 아닌 내가 그를 죽이다니! 하지만 이건 살인이라고 볼 수 없죠, 므슈? 그만하면 정당하게 방아쇠를 당긴 것 아닌가요? 오, 하지만 정말 끔찍해요. 내가 카를을 죽이다니!"

아직 젊고 꽤 예쁘장한 데다 다소 천박한 티가 나는 여자의 얼굴이 심하게 일그러져 있었다. 그녀의 눈길은 도무지 시체로부터 떨어지려 하질 않는 것이었다.

"대체 당신은 누구요?"

폴이 묻자 여자는 흐느끼는 가운데 근근이 대답했다.

"그의 친구였어요. 그저 친구보단 가깝고, 아니 차라리 그래서 더 나쁜 사이였다고나 할까요. 그는 나와 결혼하겠다고 맹세했죠. 하지만 카를의 맹세라는 것! 쳇, 그처럼 거짓말 잘하고 그처럼 뻔뻔한 인간도 아마 드물 겁니다! 아, 내가 겪은 것만 해도……. 하지만 자꾸 입을 다물도록 강요받다 보니, 어느새 그의 공범이 되고 말았지요. 어찌나 무섭게 위협을 하는지! 난 더 이상 그를 사랑하는 게 아니었어요! 단지 두려워하고 복종했을 뿐……. 급기야는 증오하게 됐지만요! 물론 그도 그런 내 의중을 읽고 있었죠! 종종 내게 이랬으니까요. '당신 언젠가는 내 목을 조르려 들걸!' 하지만 그건 아니랍니다. 비록 생각이야 안 해본 건 아니지만, 내겐 그럴 용기가 없는걸요. 단지 아까는 그가 당신을 찌르려고 하기에……. 더구나 당신 이름이 귀에 들어와서…….”

“내 이름이라니요?”

“마담 들로즈의 남편이라고 했잖아요.”

“그런데요?”

“그녀를 알거든요. 뭐 오래된 건 아니고, 바로 오늘 일이지만요. 오늘 아침 카를이 벨기에에서 돌아오는 길이라며 내가 사는 도시에 들렀죠. 그러더니 다짜고짜 콘라트 왕자의 집으로 이렇게 데리고 온 겁니다. 다름 아니라 어느 프랑스 여자의 시중을 들라는 거였는데, 우리가 책임지고 성으로 모셔야 된다고 했어요. 난 그게 무얼 의미하는지 단박에 이해했죠. 이번에도 나더러 공범 역할을 톡톡히 하라는 뜻이었으니까요. 여자에게 거짓 신뢰감을 잔뜩 불어넣고 말이죠. 한데 막상 가보니 그 프랑스 여자가 처량하게 울고 있는 거예요. 너무 선량하고 다정한 여자여서 내 마음이 몹시 켕기더군요. 나는 마침내 그녀를 돕기로 하고 단단히 약속까지 했답니다. 다만 이렇게 카를을 죽여서 돕겠다는 건 아니었는데…….”

여자는 불쑥 몸을 일으키더니 이번엔 훨씬 단호해진 말투로 덧붙였다.

“하지만 그럴 수밖에 없었습니다. 므슈! 달리 어쩔 도리가 없었다고요. 왜냐면 그에 대해 난 너무 잘 알고 있었거든요. 어차피 그 아니면 나 둘 중 하나는 이렇게 될 운명이었어요. 결국 그가 가게 된 거죠. 그나마 잘된 거예요. 후회는 안 해요. 이 세상에 그처럼 비열한 인간은 없어요. 그런 존재에 대해서는 절대로 망설이거나 주저할 이유가 없답니다. 암요, 난 후회하지 않습니다!”

“그는 에르민 백작부인에게 충성을 바쳐오지 않았습니까?”

폴의 난데없는 질문에 여자는 몸서리를 치면서 잔뜩 낮춘 목소리로 대답했다.

"아, 제발 부탁인데 그 여자 얘기는 하지 맙시다. 그 여자는 카를 정도는 저리 가라예요! 만약 그 여자가 이번 일로 날 의심하기라도 하면!"

"그 여자, 대체 어떤 사람이오?"

"그걸 누가 알겠어요? 여기저기 안 나타나는 데가 없는데, 어딜 가나 주인 행세를 한답니다. 모두가 황제를 받들듯, 그녀에게 복종을 하지요. 모두가 그녀를 두려워하고 있답니다. 그건 그녀의 오빠도 마찬가지지요."

"그녀의 오빠라고 했소?"

"그래요, 헤르만 소령 말이에요."

"뭐! 지금 헤르만 소령이 그녀의 오빠라고 했소?"

"그럼요! 그건 소령의 얼굴을 한번 보기만 해도 금방 알 수 있어요. 에르민 백작부인하고 그대로 빼닮았거든요!"

"하지만 둘이 함께 있는 걸 본 적은 있습니까?"

"글쎄요, 더 이상은 기억이 안 나네요. 왜 그런 질문을 하시죠?"

사실 굳이 지금 이런저런 주장을 늘어놓기에는 폴에게 시간이 너무도 소중했다. 어쨌든 이 여자가 에르민 백작부인에 관해 어떤 생각을 가지고 있는지는 별로 중요한 것이 아니니까.

폴은 여자에게 불쑥 물었다.

"백작부인은 왕자의 별장에 머물고 있겠죠?"

"현재로선 그렇습니다. 왕자는 2층 뒤쪽에 살고, 백작부인은 같은 층 앞쪽에 살지요."

"만약 내가 가서, 카를이 사고를 당해 운전수인 나를 보내 알리라고 했다 말하면 그대로 믿어줄까요?"

"그야 물론이죠."

"혹시 카를이 처음부터 고용한 원래 운전수를 잘 아는 건 아니겠죠?"

"그럼요, 카를이 벨기에서 직접 데리고 온 운전병이니 알 턱이 없죠."

폴은 잠시 생각하더니 이렇게 말했다.

"날 좀 도와주시오."

두 사람은 시체를 도로 옆 도랑으로 밀어 넣고 죽은 나뭇가지들로 대충 덮었다.

"난 이제 별장으로 돌아갈 겁니다. 당신도 가옥들이 나타날 때까지 걸어가십시오. 그래서 사람들을 깨워 카를이 운전수한테 살해당했고 당신만 허겁지겁 도망쳐왔다고 말하세요. 그다음 경찰에 신고가 들어가고 신문이 진행되어 마침내 별장에 전화가 들어올 때쯤이면 모든 상황이 끝나 있을 겁니다."

폴의 말에 여자는 기겁을 하며 반문했다.

"하지만 에르민 백작부인이 이 사실을 알면?"

"그건 걱정 마십시오. 내가 그녀를 해코지하지 않을 텐데, 그녀가 무슨 이유로 당신을 의심하겠습니까? 더구나 모든 수사가 나 하나에만 집중될 것입니다. 아울러 이젠 달리 선택의 여지가 없어요."

폴은 더 이상 여자가 하는 말은 아랑곳하지 않은 채, 자동차 운전석에 올라 시동을 걸었고, 끝내 애원하는 여자를 뒤로하고 그대로 출발했다.

확실한 결과를 가늠하면서 구체적인 부분까지 새롭게 짠 계획에 일단 착수하기로 한 이상, 가속페달을 밟는 폴의 마음은 그 어느 때보다도 강렬한 열정과 결단으로 가득 차 있었다.

'백작부인을 만나봐야겠어. 카를의 운명에 충격을 받아서 나더러 현장까지 데려다 달라고 하든, 아니면 그냥 별장의 어딘가에서 날 맞이하든, 수단과 방법을 가리지 않고 엘리자베트가 감금된 성의 이름을 받아 내고야 말 거야. 반드시 엘리자베트를 빼내서 탈출할 수 있는 방법을 토해내게 만들 거라고.'

하지만 그 모든 생각이 따지고 보면 얼마나 모호한 것인가! 숱한 장애 요소는 또 어떻게 하고! 정말이지 불가능해 보이는 작전이 아닌가 말이다! 천하의 백작부인을 멍청하게 만들고 고립시켜서 순순히 요구에 따르도록, 상황이 호락호락하리라고 과연 장담할 수가 있을까? 그정도 배포가 두둑한 여자는 그저 세 치 혀로 회유하거나 위협을 가해 말을 듣게 만들 수 있을 만한 아낙네는 아니질 않은가!

쳇, 아무려면 어떤가! 폴은 어떤 의혹이든 인정하려 들지 않았다. 이 길의 끝에는 오로지 성공만이 있을 뿐이며, 더 빨리 그곳에 도달하기 위해 이렇게 서둘러 달려갈 뿐. 들판을 가로질러 질풍처럼 내달리는 자동차는 마을이나 도시를 지나칠 때조차 거의 속도를 늦추지 않았다.

"호엔슈타우펜!"

장벽 입구에 설치된 초소에서 폴은 냅다 소리쳤다.

장교가 몇 마디 물어본 다음, 현관 층계 앞에 위치한 초소의 하사관에게 가보라고 했다. 그 하사관은 유일하게 별장 접근이 허용된 인원이고, 그를 통해서 백작부인에게 방문객 보고가 들어간다는 것이었다.

"그럼, 먼저 자동차부터 차고에 놔두고 오겠습니다."

일단 장벽을 통과하자 폴은 전조등부터 껐고, 하사관을 만나기 전에 베르나르를 찾아 그동안 있었던 일에 대해 알아봐야겠다고 생각했다.

베르나르는 별장 뒤, 발코니가 딸린 창문을 마주하는 덤불숲 속에서 참을성 있게 기다리고 있었다.

"아니, 어떻게 혼자입니까?"

폴을 보자마자 베르나르가 걱정스러운 표정으로 대뜸 물었다.

"그렇게 됐어. 어처구니없는 착오가 있었지. 엘리자베트는 처음 출발한 차에 타고 있었다는군."

"세상에, 맙소사!"

"그러게 말일세. 하지만 곧 만회할 수 있어."

"어떻게 말입니까?"

"아직은 몰라. 그건 그렇고 자네 얘기부터 좀 해보게. 그래, 어떻게 돼가나? 운전수는 어떻게 됐고?"

"안전합니다. 아무도 아직 몰라요. 최소한 아침에 다른 운전수들이 출근하기 전까지는 그럴 겁니다."

"좋아. 그 밖에는?"

"약 한 시간 전쯤 정원에 순찰을 돌았고요. 물론 난 철저히 숨어 있었죠."

"그리고?"

"그러고 나서 터널 있는 데까지 한번 찔러보았어요. 한데 그곳도 사람들이 슬슬 부지런을 떨기 시작하던데요. 사람들 정신을 바짝 차리게 하는 무슨 일이 있긴 있는 것 같았습니다!"

"뭘까?"

"알아보니, 우리도 아는 누가 납셔서 그런 거였어요. 왜 있잖아요, 코르비니에서 나와 마주쳤던 그 여자……. 헤르만 소령과 지독히도 닮은 여자 말입니다."

"순시를 했나 보지?"

"아뇨, 떠나는 길이었어요."

"아, 그렇지. 알고 있네. 떠날 일이 있긴 있지."

"어쨌든 떠났습니다."

"한데 좀 믿어지지가 않는 건, 그녀가 프랑스로 떠나는 일이 그리 급한 건 아니었는데?"

"떠나는 걸 내가 직접 봤는걸요."

"정말인가? 어느 길로 말인가?"

"어느 길이라니요? 터널은 다 잊으셨어요? 벌써 폐기 처분되었다고 생각하시는 건 아니겠죠? 내가 이 두 눈으로 똑똑히 보는 가운데 그 터널로 들어갔어요. 게다가 어찌나 초호화판으로 안락하게 가던지……. 운전하는 사람이 따로 있고 전기 동력으로 굴러가는 광차(鑛車)를 타고 갔으니까요. 매형 말마따나 물론 목적지가 프랑스 땅일 테니, 코르비니 분기점에서 방향을 틀어야겠죠. 어쨌든 그로부터 두 시간이 지나서 광차가 돌아오는 소리를 들었어요."

에르민 백작부인이 가버렸다는 사실은 폴에게 또 다른 충격이었다. 이제 엘리자베트를 어디서 어떻게 찾아 구해내야 할 것인가? 자칫 발을 헛디디면 곧장 파국으로 치달을지도 모르는 이 암담한 상황에서 과연 어떤 실마리를 붙들고 늘어져야 할 것인가?

폴은 정신이 번쩍 드는 느낌이었다. 의지력을 좀 더 추스르고, 끝끝내 완전한 성공을 거머쥘 때까지 최선을 다할 것이라는 각오를 다시 한번 되새길 수밖에 없었다.

그는 덤덤한 눈빛으로 베르나르를 바라보며 물었다.

"그 밖에 또 알아낸 건 없나?"

"없습니다."

"뭐 들락날락한 사람들도 없고?"

"없던데요. 하인들은 모두 자고 있었고 집 안도 불이 꺼진 채 깜깜했고요."

"모든 불이 다 말인가?"

"아 참, 딱 하나만 빼고요. 바로 저기, 우리 머리 위쪽 말입니다."

보아하니 거긴 2층이었다. 게다가 공교롭게도 폴이 콘라트 왕자의 잔치를 엿봤던 창문 바로 위에 위치한 창문이었다.

"혹시 저 창문, 내가 발코니 위에 올라갔을 때도 불이 켜져 있었던가?"

"네, 그랬죠. 거의 막바지쯤 돼서 켜졌어요."

폴은 의미심장한 표정으로 이렇게 중얼거렸다.

"내가 수집한 정보에 의하면 거긴 콘라트 왕자의 방이야. 무척 취해서 방으로 실려 올라갔을 정도였어."

"그러고 보니 그때 창문에 그림자 몇몇이 어슬렁거리는 게 비친 것 같아요. 그 후로는 계속 잠잠했고요."

"그랬겠지. 샴페인이 다 깨려면 숙면을 취해야 했을 테니까. 아! 내 두 눈으로 속 시원히 확인할 수만 있다면 좋겠는데! 저 방에 들어갈 수만 있다면……."

한데 베르나르가 대뜸 이러는 것이었다.

"쉬워요."

"어떻게 말인가?"

"바로 옆이 화장실인 것 같은데, 아마도 왕자를 위해 환기를 시키느라 창문을 슬쩍 열어둔 모양이거든요."

"하지만 사다리가 있어야 하지 않는가?"

"하나 있긴 있던데……. 차고 벽에 매달려 있는 것 말이에요. 어때요, 가져올까요?"

폴의 목소리가 갑자기 밝아지며 재촉했다.

"그래그래, 어서 서두르게."

그의 머릿속에는 처음 작전 계획과 연계해 다시금 목표를 바라볼 수 있을 만한 새로운 계획이 차근차근 자리를 잡아가기 시작했다.

일단 그는 별장 건물 좌우로 인적이 전무하고 현관 계단 쪽의 초병들도 제자리만 고수하고 있다는 것을 확인한 후, 베르나르가 장비를 가지고 오자, 지체 없이 가로수 쪽 건물 외벽에 사다리를 기대 세웠다.

둘은 곧장 날렵한 동작으로 기어올랐다.

창문이 반쯤 열린 곳은 과연 화장실이었다. 옆방에서 새어 든 불빛 덕분에 그 안은 비교적 환히 밝혀져 있었다. 불빛 외에도 사람 코 고는 소리가 밀려들고 있었는데, 그 밖에는 아무런 인기척도 느껴지지 않았다. 폴은 조심조심 고개를 들이밀었다.

가슴받이에 지저분한 얼룩이 묻은 제복 차림에, 꼭두각시처럼 널브러진 콘라트 왕자가 침대를 가로질러 뻗어 있었다. 워낙 깊이 곯아떨어진 터라 폴은 아무런 걱정 없이 마음껏 방 여기저기를 조사할 수 있었다. 복도로 나가기 위해서는 일종의 현관 구실을 하는 작은 방을 건너가야 했는데, 결국 그곳으로 드나드는 양쪽 문 모두를 빗장과 이중 자물쇠로 철저하게 잠금으로써 침실과 바깥 복도는 완전히 차단된 셈이었다. 다시 말해서 지금 폴은 밖에선 소리가 들리지 않을 정도로 완전히 차단된 실내에 독일의 왕자와 더불어 있는 것이다.

"자, 시작하지!"

서로가 맡을 일이 정해지자, 폴이 날카롭게 중얼거렸다.

그는 우선 돌돌 만 수건을 왕자의 얼굴에 갖다 댄 다음, 그 양 끄트머리를 입안에 욱여넣었고, 베르나르는 다른 수건들로 손목과 발목을 단단히 동여맸다. 물론 그 모든 일이 조용하고도 신속하게 진행되는 동안 왕자는 전혀 미동도 하지 않았다. 그러다가 마침내 왕자도 눈을 떴고, 무슨 일이 벌어지고 있는지 전혀 모르겠다는 표정으로 이 난데없는 침입자들을 멀뚱멀뚱 쳐다보았다. 그는 차츰차츰 자신에게 닥친 위험을 피부로 느끼면서 슬슬 겁에 질린 얼굴로 변하고 있었다.

그런 왕자의 모습을 바라보며 베르나르가 빈정거렸다.

"기욤의 후손치고는 그리 담대한 편은 못 되는걸! 원, 겁도 많으셔라! 자, 젊은 친구, 일단 정신부터 좀 차려야겠소이다. 암모니아 약병은 어디다 두셨나?"

폴은 기어이 수건의 절반가량을 왕자의 입속에 틀어넣고는, 내뱉듯 말했다.

"자, 어서 움직여!"

"뭘 하려고요?"

"데려가는 거지."

"어디로요?"

"프랑스로."

"네? 프랑스요?"

"당연하지! 이자가 우리에게 도움을 주게 만들려면 우선 몸부터 붙잡아두어야 할 테니까!"

"하지만 밖으로 빠져나가기가 쉽진 않을 텐데요."

"터널이 있지 않은가?"

"거긴 이미 불가능해요! 지금은 감시가 이전 같지 않단 말이에요."

"어디 두고 보라지."

폴은 다짜고짜 권총을 빼내 콘라트 왕자에게 겨누며 말했다.

"내 말 잘 들으시오. 물론 내가 내미는 질문을 제대로 이해하기에는 지금 머릿속이 너무 복잡할 것이오. 하지만 이 권총 하나면 아마 이해 안 되던 것도 술술 잘 풀리겠지, 안 그렇소? 이 물건이야말로 아무리 술에 취하고 두려움에 사무쳐 있어도 지극히 분명한 의사표시가 될 수 있을 테니까. 만약 앞으로 내 말에 순순히 따르지 않는다든지, 소란을 떨고 저항을 한다든지, 나와 내 동료가 잠깐이라도 위험에 처한다든지 하는 순간, 당신은 끝장인 줄 아시오. 지금 당신 관자놀이를 차갑게 하고

결정판 아르센 뤼팽 전집

있는 이 브라우닝 총구에서 나올 탄알이 당신의 그 술에 찌든 뇌수(腦髓)를 울컥 쏟아지게 만들 테니까. 내 말 알아듣겠지?"

왕자는 허겁지겁 고개를 끄덕였다.

"좋았어! 베르나르, 일단 이자의 다리를 풀어주게. 단, 팔을 몸통에 붙여서 단단히 동여매고. 좋아. 자, 이제 출발이다."

일단 다시금 사다리를 통해 내려오는 것은 더할 나위 없이 순조로웠다. 계속해서 덤불숲 한가운데를 가로지른 뒤, 병영으로 사용되는 방대한 부지와 별장의 정원을 가르는 방책까지 아무 문제 없이 다다랐다. 거기서는 한 사람이 먼저 방책을 넘고 왕자의 몸뚱어리를 마치 소포 꾸러미라도 되듯 넘겨받은 뒤, 나머지 사람도 방책을 넘었다. 결국 그렇게 일행은 폴과 베르나르가 처음 침투했던 길을 되밟아 마침내 채석장까지 도달했다.

그대로 계속 전진하기에는 밤이 이미 훤해진 상태이기도 했지만, 터널 입구에 위치한 경비 본부로부터 쏟아지면서 그 일대를 환하게 밝히고 있는 불빛이 우선 만만치가 않았다. 아닌 게 아니라, 초소마다 모든 조명이 켜져 있는가 하면, 가건물 밖에 군인들이 나와 앉아 커피를 마시는 상황이었다.

터널 바로 앞에는 병사 한 명이 어깨 위에 총을 기댄 채 어슬렁거리고 있었다.

베르나르가 속삭였다.

"우린 둘인데, 저쪽은 여섯이에요. 게다가 첫 총성이 울리고 나면 근방 5분 거리에 진을 친 독일 놈 수백 명이 벌 떼처럼 몰려들 거라고요. 아무래도 싸움은 애당초 불리한 것 같은데……. 어떻게 생각해요?"

하지만 상황을 어렵게 만들고, 심지어 난감하게 만드는 것은 정작 이쪽이 둘이 아니라 셋이라는 사실이었다. 그리고 그 세 번째 사람이야말로 지금으로선 가장 끔찍한 장애물이나 다름없는 것이다. 이 포로 때문에 달리지도 못하고 민첩하게 몸을 숨길 수도 없다. 요컨대 뭔가 그럴듯한 계략이 절실한 상황이었다.

일행은 발아래 돌멩이 하나 구르는 일 없도록, 아주 천천히 조심스럽게 환한 지역을 둥그렇게 우회해서 약 한 시간가량을 걸어간 끝에 겨우 터널과 근접한 비탈에 도달할 수 있었다. 일단 바위투성이의 그 사면(斜面)을 버팀벽으로 삼기로 했다.

폴은 목소리를 한껏 낮추면서도 왕자가 분명히 들을 수 있도록 이렇게 속삭였다.

"여기 있어. 그리고 내가 지시하는 대로 반드시 지키도록. 우선 무엇보다 왕자를 단단히 지키고 있어야 한다. 권총을 잠시도 떼지 말고 나머지 한 손으로는 반드시 멱살을 부여잡고 있으라고. 만약 자꾸만 꼼지락대면 가차 없이 대갈통을 으깨버려. 그렇게 되면 우리도 난처하겠지만 저도 좋을 것 없겠지. 나는 저 가건물에서 멀리 다시 돌아가 다섯 명 모두를 유인해내겠어. 그때 저기 터널 입구에서 어슬렁거리는 녀석이 동료들과 합세하러 나오면 자넨 왕자와 함께 재빨리 지나가면 될 것이고, 만약 근무 수칙을 지키느라 꼼짝도 하지 않으면, 그냥 총으로 갈기고 나서…… 지나가버리는 거야."

"알겠어요. 하지만 일단 터널로 들어선 다음에도 독일 놈들이 추격해 올 겁니다."

"당연하지."

"금세 따라붙을 거고요."

"그래도 자네를 따라잡진 못할 걸세."

"확실해요?"

"물론이지."

"정 그렇게 자신하신다니……."

"자, 그럼 이해된 걸로 알고……."

폴은 왕자를 바라보며 또 이렇게 덧붙였다.

"그리고 당신! 내 말 잘 알아들었겠지? 철저한 복종이 아닌 여하한 오판이나 경솔한 행동도 모두 당신 생사에 직결된다는 거……."

그런가 하면, 베르나르는 매형의 귀에다 대고 속삭였다.

"노끈을 하나 주웠는데, 이걸 목에다 감아놓을 생각이에요. 그래서 조금이라도 엉뚱한 수작을 부리면, 자기 신세를 정확히 상기하게끔 말이에요. 단지 폴, 미리 말해두지만, 만에 하나 그래도 놈이 경거망동을 하면 나도 사살할 수밖에 없어요. 아주 가차 없이 말이에요."

"안심하게나. 아마 그러기엔 너무도 겁을 집어먹고 있을 거야. 아마 터널 반대쪽까지 얌전한 개처럼 따라갈걸!"

"그나저나 터널을 빠져나간 다음엔 어떡하죠?"

"일단 오르느캥 성에 가둬버려. 단, 절대 이자의 이름을 사람들이 알게 해선 안 돼."

"매형은 어쩔 셈이에요?"

"난 신경 쓸 것 없어."

"하지만……."

"위험한 건 우리 둘 다 마찬가지야. 우리가 감행하려는 도박은 어찌 보면 황당하기까지 하지. 그만큼 실패할 가능성이 높은 거야. 하지만 만약 성공했을 시엔 무엇보다 엘리자베트가 살아 돌아와. 그러니 마음 단단히 먹고 한번 해보는 거야! 자, 나중에 보세, 베르나르. 앞으로 10분이 지나면 어떤 식으로든 상황이 종결되어 있을 것이야."

둘이 오랫동안 포옹을 나눈 뒤, 폴은 자리를 박차고 나갔다.

이미 그가 예고한 것처럼, 엄청난 과단성과 용기가 없다면 아무리 애를 쓴다 해도 성사되기 어려운 일이었다. 이번 작전이야말로 배수진(背水陣)을 쳤다는 절박한 각오로 덤벼들어야 실행에 옮길 수 있는 셈이다.

앞으로 10분 후, 이제까지의 모든 모험이 그 결말을 드러낼 것이다. 앞으로 10분 후, 폴은 승리를 거머쥐든지, 아니면 총탄을 맞을 것이다.

지금 이 순간부터 그가 수행한 모든 행위는 어찌나 절도 있고 치밀한지, 마치 사전에 충분한 시간을 갖고 그 시작부터 결론까지 철저히 검토하고 준비한 것처럼 보였다. 실상은 처절한 상황에 부닥칠 때마다 이리저리 제각각 결정하고 처리했을 뿐인데 말이다.

폴은 모래 채취를 위해 쌓아둔 비탈에 바싹 달라붙은 채 우회해서 접근한 끝에, 채석장과 주둔부대 야영지 사이를 연결하는 협로(狹路)를 굽어보게 되었다. 한데 마지막 모래언덕을 더듬어갈 즈음, 우연히 어떤 돌덩어리에 부닥치고 말았다. 살짝 흔들린 그것을 자세히 살펴보니, 그 돌덩이 뒤로 산더미만 한 모래와 자갈이 쌓여 있다는 것을 알 수 있었다.

'바로 내가 필요했던 것이군!'

거의 순간적으로 그런 생각이 퍼뜩 들었다.

폴은 돌덩어리를 발로 힘껏 걷어찼고, 그 바람에 위태롭게 지탱되던 그 위의 모래와 자갈 더미가 저 아래 협로를 향해 마치 산사태처럼 쏟아져 내렸다.

순간, 폴은 그 아래로 훌쩍 몸을 날려 쏟아져 내리는 '산사태' 속에 휩싸인 채, 마치 우연한 사고의 희생자인 것처럼, 고래고래 살려달라고 고함을 내지르는 것이었다.

한데 그 지역은 하도 협로가 구불구불 뒤엉킨 곳이라 병영까지는 여간해서 소리가 잘 안 들리는 데 반해, 한 100여 미터 떨어진 터널 앞 가 건물에서는 조금만 높이 소리쳐도 다 들릴 수가 있었다. 그리고 실제로 병사들이 우르르 달려오는 것이었다.

얼추 다섯 명은 달려온 것 같았다. 모두들 혼비백산한 듯, 폴을 에워싼 채 대체 어찌 된 것인지 질문을 퍼부어대기 시작했다. 졸지에 불의의 사고의 희생자가 되어버린 폴은 일부러 허겁지겁, 헐떡대면서 두서없는 말을 되는대로 뱉어냈는데, 듣고 있던 병사들 중 하사관 한 명이 나서더니, 콘라트 왕자의 지시를 받고 에르민 백작부인을 찾으러 온 심부름꾼이라는 결론을 내리는 것이었다.

폴은 자신의 계략이 지극히 제한된 시간만 유효할 거라는 것을 잘 알고 있었지만, 그 단 1분이라도 잘만 하면 엄청난 가치를 지닐 수 있다는 사실 또한 확신하고 있었다. 즉, 저쪽의 베르나르가 터널 앞의 나머지 여섯 번째 보초를 제거하고 콘라트 왕자와 함께 무사히 탈출할 수 있다면 말이다. 어쩌면 그 보초 또한 뒤늦게나마 이리로 달려올지도 모른다. 그게 아니라 해도, 베르나르가 권총을 사용하지 않고, 즉 어떤 주의도 끌지 않고 용케 놈을 따돌릴 수도 있을 것이다.

아무튼 그렇게 생각을 굴리면서, 폴은 될수록 크고 걸걸한 소리로 마구 횡설수설 늘어놓았고, 하사관은 점점 갈피를 잡을 수 없어 짜증을 내기 시작하던 차였다. 저쪽에서 난데없는 총성이 한 발 솟구치더니, 이어서 두 발이 연속적으로 울리는 것이 아닌가!

순간, 하사관은 소리의 방향을 제대로 포착하지 못해 잠시 당황하는 듯했다. 병사들 역시 폴은 놔둔 채, 저마다 두리번거리며 귀를 기울이기 시작했다. 폴은 우왕좌왕하는 병사들 사이를 슬금슬금 빠져나가 전혀 눈치채지 못하게 일단 어둠 속으로 파고든 뒤, 제일 처음 마주치는 우회로를 타고 내처 달려 터널 입구의 가건물로 겅중겅중 다가갔다.

척 보니 한 30보쯤 전방, 터널 바로 입구에서 베르나르가 도망치려는 콘라트 왕자와 몸싸움을 벌이는 것이 눈에 들어왔다. 그 옆에는 초병이 신음을 흘리며 엉금엉금 기고 있었다.

폴의 머릿속에서는 순간적으로 어떻게 이 일을 처리해야 할지 정확한 그림이 그려졌다. 이대로 허겁지겁 베르나르를 돕는답시고 어영부영 도주를 시도한다는 것은 글자 그대로 정신 나간 짓이었다. 그러는 사이 적이 싸움에 가세(加勢)할 것이고, 그 와중에 콘라트 왕자는 결국 줄행랑을 놓고야 말 것이기 때문이다. 그건 안 될 말이다. 지금 무엇보다 시급한 것은, 이미 저기 저 협로를 빠져나와 이쪽으로 쇄도해오고 있는 병사들을 차단하는 일! 그래서 베르나르가 얼른 왕자를 처리하도록 조금이라도 더 여유를 확보해주는 것이다.

폴은 잽싸게 가건물에 반쯤 몸을 숨긴 채 권총을 빼 들고 소리쳤다.

"멈춰라!"

하사관은 전혀 개의치 않고 탁 트인 곳으로 돌진해왔고 폴은 방아쇠를 당겼다. 그 자리에서 풀썩 쓰러졌지만, 부상만 당한 하사관은 거친 목소리로 고래고래 소리를 지르기 시작했다.

"돌격해라! 놈들을 덮쳐! 앞으로 나가란 말이야, 이 겁쟁이들아!"

하지만 병사들은 그 자리에서 움직일 줄 몰랐다. 내친김에 폴은 저들이 건물 옆에다 '걸어총' 해놓은 소총들 중 한 자루를 얼른 빼 들어, 다시금 제대로 병사들을 조준했다. 힐끗 뒤를 돌아보니 마침내 왕자를 제압한 베르나르가 축 늘어진 몸뚱어리를 질질 끌다시피 하며 터널 속으로 사라지는 것이 눈에 들어왔다.

'이제 베르나르가 가능한 한 멀리 도망치기 위해선 한 5분만 버티면 된다.'

그렇게 생각하니 어찌나 마음이 착 가라앉는지, 맥박을 스스로 느끼면서 5분이라는 시간을 가늠할 수도 있을 것만 같았다.

한편 콘라트 왕자를 알아보지는 못했다 해도 터널 안으로 막 사라지는 두 개의 그림자만큼은 분명 포착했을 하사관은 연신 목이 터져라 외쳐대는 것이었다.

"앞으로! 돌격하란 말이다! 돌격!"

심지어 그는 갑자기 무릎을 세우더니 무모하게 권총을 발사했고, 폴역시 조준 사격을 해 이젠 놈의 팔을 명중시켰다. 하지만 그러고도 하사관의 악쓰는 소리는 잦아들 줄 모르는 것이었다.

"돌격해라! 지금 두 놈이 터널로 달아나고 있어! 앞으로 돌격해! 저기 지원군이 오고 있다!"

아닌 게 아니라, 총소리를 듣고 병영에서 막 달려오는 병사 대여섯명이 저만치 보였다. 폴은 가건물 안으로 뛰어 들어가 창틀을 깨부수고 거길 통해 또 세 발을 연거푸 발사했다. 일순 지형지물을 이용해 몸을 숨긴 병사들 말고도 뒤이어 달려온 병사들은 하사관의 지시에 따라 재빨리 흩어졌다. 폴은 그들 중 몇몇이 근처 비탈을 기어올라 자신을 비껴가려 한다는 것을 즉시 간파했다. 계속해서 몇 발을 더 발사했지만, 사실 소용이 없다는 것을 모르는 바는 아니었다! 더 오래 버틸 희망은 벌써 사라져가고 있었던 것이다.

그럼에도 불구하고 폴은, 적에게 쉴 거리를 내주지 않으려고 결사적으로 사격을 계속했고, 가능한 한 최대로 시간을 벌려고 안간힘을 다하고 있었다. 하지만 적은 어디까지나 폴을 제쳐두고 곧장 터널로 직행해 도망자들을 추격하려는 확고한 목표를 가지고 있었다.

폴은 악착같이 물고 늘어졌다. 재깍재깍 초침이 움직여가는 만큼 베르나르가 가 있을 지점이 멀어진다는 것을 생각하자, 흐르는 시간이 마치 천금(千金)처럼 값지게 느껴지는 것이었다.

먼저 세 명이 쩍 벌린 터널의 구멍 속으로 들어섰고, 이어서 네 명, 다섯 명이 몰려들었다.

그런가 하면, 이제 가건물로는 마치 비 오듯 총탄 세례가 무차별적으로 날아들기 시작했다.

하지만 그런 것엔 아랑곳하지 않고 폴은 머릿속으로 계산을 하고 있었다.

'베르나르는 지금쯤 600~700미터쯤 가고 있겠지. 뒤따라 들어간 세 놈은 지금쯤 한 50미터 갔을까? 이제 한 75미터 정도? 그만하면 척척 잘되어가고 있어.'

마침내 일군의 중무장한 독일군이 가건물로 쇄도해오고 있었다. 아마도 단 한 명이 버티고 있다고는 전혀 예상치 못하는 눈치였다. 그만큼 폴은 일당백(一當百)의 자세로 사력을 다했던 셈이다. 이제는 적어도 자신의 몸 하나는 포기하는 길밖에 없다.

'때가 됐어. 베르나르는 위험지역을 벗어났겠지.'

그런 생각과 함께 그는, 터널 안의 발파 장치에 연결된 손잡이들을 담고 있는 배전반으로 느닷없이 몸을 날렸고, 개머리판으로 유리를 박살 낸 다음, 첫 번째와 두 번째 손잡이를 잡아 내렸다.

일순 지축이 부르르 떠는 느낌이었다. 터널 속으로부터 천둥소리가 울렸는가 싶더니, 마치 그에 화답하는 메아리처럼, 기나긴 굉음이 오랫동안 이어지는 것이었다. 그로써 베르나르 당드빌과 그를 뒤쫓는 사냥개 무리 사이는 완벽하게 차단된 셈. 이제 베르나르는 느긋한 마음으로 콘라트 왕자를 프랑스로 데려갈 수 있다.

한편 폴은 두 손을 높이 치켜들고 건물 밖으로 걸어나오며 호쾌한 목소리로 외쳤다.

"친구들! 어이, 친구들!"

열 명이 일시에 에워쌌고, 그중 한 장교가 이를 갈며 악을 써댔다.

"당장 총살해라! 지금 당장……. 당장 말이다. 총살해버려!"

7
승자의 법칙

아무리 거칠게 다뤄도 폴은 전혀 저항하지 않았다. 수직 암벽에다가 누군가 사납게 몰아세울 때도, 그의 머릿속에선 끊임없이 계산만 이어지고 있었다.

'수학적으로 계산했을 때 두 번의 폭발이 300미터와 400미터 지점에서 각각 일어난 게 틀림없어. 그렇다면 베르나르와 콘라트 왕자가 폭파 지점 저편에 있고, 추격하던 병사들은 폭파 지점 이편에 있었다는 것 또한 확실하다고 봐도 되겠지. 결국 모든 게 잘된 거야.'

일종의 조소 어린 유연한 태도로 그는 처형 준비에 순순히 응했고, 열두 명의 병사는 벌써 밝은 조명 아래 일렬로 늘어선 채 장전한 소총을 들고 지시가 떨어지기만을 기다리고 있었다. 전투 초기에 부상을 입었던 하사관이 힘든 몸을 끌고 다가와, 마지막으로 으르렁거렸다.

"총살이야, 총살! 더러운 프랑스 놈."

폴은 거기에다 대고 히죽거리며 대꾸했다.

"저런, 저런……. 매사를 그렇게 서둘러선 안 되지."

"총살이야! 소위님이 그러라고 했어!"

"그래? 그 소위님께선 그럼 뭘 기다리시는 건가?"

장교는 터널 입구를 부랴부랴 조사하고 있었는데, 잠시 후, 그 속으로 쳐들어갔던 병사들이 폭발 가스에 숨을 헐떡거리며 달려나왔다. 베르나르가 처치할 수밖에 없었던 초병의 경우는 너무나 많은 피를 흘린 바람에 뭐를 물어보려 해도 이미 소용없었다.

그런 상황에서 새로운 정보가 병영으로부터 날아들었다. 별장에서 막 달려온 기마(騎馬) 전령이 전하는 바에 의하면, 콘라트 왕자가 실종되었고, 모든 초소와 특히 터널 근처에 경비를 배가하라는 지시가 장교들에게 일제히 하달되었다는 것이다.

물론 폴은 반드시 이런 식은 아니었다 해도, 뭔가 자신의 처형을 지연시킬 만한 혼선이 있으리라 예측하고는 있었다. 서서히 날이 밝아오면서 폴은 생각했다. 전날 밤 술에 곤죽이 되도록 취한 채 방치된 콘라트 왕자를 하인 중 한 명이 살펴보려고 2층 현관문을 두드렸을 것이다. 한데 단단히 잠긴 문을 확인하자 기겁을 하며 경계 벨을 울렸을 것이고, 즉각 왕자 수색 작전이 개시되었을 터…….

한데 폴이 보기에 도무지 이해가 안 가는 것은, 아무도 왕자가 터널을 통해 납치되었을 거라는 생각을 안 한다는 것이었다. 유일한 목격자인 실신 상태의 보초는 말을 할 수 없으니 예외로 치고. 기본적으로 멀리서 포착된 두 도망자 중 하나가 다른 하나에 의해 질질 끌려가고 있었다는 사실조차 파악하고 있지 못했다. 요컨대, 사람들은 왕자가 살해당했을 가능성에 초점을 맞추는 분위기였다. 그래서 프랑스놈 셋이서 왕자의 사체를 채석장 어딘가에 유기하고는 서둘러 그렇게 내뺐을 거라는 것이 그들의 생각이었다. 즉, 두 명은 도망쳤고 나머지

한 명을 이렇게 붙잡은 셈이다. 결국 대범하기가 상상을 초월하는 작전에 대해 단 한 사람, 단 한순간도 눈치를 챌 기미를 보이지 않는 것이었다!

상황이 그러할진대, 사전 조사 없이, 또 그 결과를 최고위급 상부에 보고하지도 않은 채 결정적인 단서를 가진 죄인을 총살형에 처한다는 것은 이미 생각할 수도 없는 일이 되고 말았다.

즉각 별장으로 죄인이 호송되었고, 독일 군용 외투를 벗겨 면밀한 몸 수색부터 거친 다음, 방에다 감금한 채 네 명의 덩치로 하여금 철통같은 방비를 세웠다.

그로부터 몇 시간 동안을 그는 나른하게 졸면서 보냈는데, 가뜩이나 절실하던 모처럼의 휴식이 그렇게 단맛일 수가 없었다. 게다가 카를은 죽었겠다, 에르민 백작부인은 부재중이겠다, 엘리자베트도 어딘가 은둔 중이겠다, 이제는 그저 사태가 자연스레 진행되는 대로 내맡겨 두면 그만일 뿐, 나머지 일에 대해 별로 신경 쓸 필요도 없는 셈이다.

아침 10시경이 되자 장군 한 명이 방문해 조사를 시도했는데, 썩 만족스러운 대답을 얻지 못하자 그만 발끈하는 것이었다. 하지만 그러는 가운데에도 되도록 절제하려는 눈치였고, 거물급 범죄자에 대해 흔히 그렇듯, 일종의 배려하는 분위기를 읽을 수 있었다.

'모든 게 잘되어가고 있군. 이 방문 조사는 그저 첫 단계일 뿐. 이후에 등장할 좀 더 비중 있는 사절(使節), 소위 전권(全權)을 위임받은 특사 정도의 방문을 예고하는 것이렷다.'

장군의 말로 미루어볼 때, 놈들은 아직도 왕자의 사체를 찾아 헤매는 모양이었다. 더군다나 폴과 베르나르에 의해 차고 한쪽 구석에 포박 감금된 운전병이 발견되고, 또한 자동차가 출발했다가 다시 돌아왔다는 것이 여러 초소를 통해 사실로 확인되자, 소위 사체 수색 작전은 울타리를 벗어난 외부 지역으로까지 확대되는 양상이었다.

정오가 되자 아주 푸짐한 식사가 제공되었고 갈수록 여러 가지 배려가 뒤를 이었다. 심지어는 맥주와 커피까지…….

폴은 생각했다.

'언젠가는 총살을 당하겠지. 하지만 반드시 절차는 거칠 거야. 저들이 사살(射殺)의 영광을 누리는 이 신비스러운 상대의 정체가 무엇이며 그가 이번 일을 결행한 이유와 그 결과가 무엇인지를 알아내기 전에는 섣불리 손대려고 하진 않을 거야. 한데 나만이 그러한 정보를 제공해줄 유일한 사람이거든. 그렇다면 말이야…….'

그는 현재 자신의 입장이 얼마나 위력적이며, 어쩔 수 없이 자신의 계획에 휘말리고 있는 저들의 입장 또한 얼마나 절박한 것인지 너무나도 분명히 느꼈다. 그렇기 때문에 한 시간 후, 별장 내 작은 거실로 인도되어 요란한 복장을 갖춰 입은 두 명한테 다시 한번 면밀한 몸수색을 당하고, 사치스럽다 싶을 정도의 조심성을 기하느라 꽁꽁 묶였다 해도 그리 놀라지는 않았다.

'최소한 제국의 수상이라도 이 몸을 보러 납시는 모양이지. 그렇지 않으면…….'

사실 지금까지의 상황을 보건대, 그의 마음속 깊은 곳에서는 수상보다 더 높은 선(線)의 개입마저도 예상 못 하는 바가 아니었다. 그리고 창문 밖에서 자동차가 한 대 와 멈추는 소리에도 요란한 복장의 두 사람이 심상치 않게 안절부절못하는 것을 보고는, 그러한 예상이 적중했다는 것을 직감하지 않을 수 없었다.

귀하신 분을 맞이할 준비는 완료된 상태. 미처 주인공이 등장하기도 전인데, 두 사람은 허리를 곧추세운 군대식 기립 자세를 척 갖췄고, 병사들은 그보다 훨씬 더 부자연스럽게 경직된 자세를 취했다.

마침내 문이 열렸다.

획 하고 불어닥치는 외부 공기와 함께 허리에 찬 검과 박차의 철커덕거리는 소리가 높으신 분의 입장을 그럴듯하게 치장해주었다. 사내는 안으로 들어서자마자 곧 떠날 것 같은 기색을 노골적으로 내보이며 호들갑스럽게 서두르겠다는 눈치가 역력했다. 이곳에 온 목적을 지극히 제한된 단시간 내에 달성해야 할 여유밖에는 없다는 투였다.

단순한 손짓 하나에 모든 수행원이 일사불란하게 열을 지어 물러났다.

이제 일국의 황제와 일개 장교가 단둘이 서로 얼굴을 마주하고 있게 된 것이다.

황제는 지체 없이 노기 띤 음성으로 내뱉었다.

"그대는 누군가? 무엇 때문에 이곳에 왔는가? 그대의 일행은 지금 어디 있는가? 대체 누구의 명령을 받고 일을 저지른 건가?"

솔직히 이 사내의 얼굴에서 그동안 사진이나 신문 삽화 등을 통해 보아왔던 이미지를 확인하기는 어려웠다. 그만큼 그의 얼굴엔 세파가 휩쓸고 지나간 주름 자국이 선명했고, 군데군데 누런 피부가 보기 흉한 노인의 얼굴이었던 것이다.

폴은 일순 증오의 감정이 사무쳐 올라 몸을 부르르 떨었다. 그것은 결코 개인적으로 겪은 불행에 따른 사사로운 감정이 아니라, 상상할 수 있는 가장 대범한 전범자(戰犯者)를 향한 혐오와 두려움이 섞인 증오심이었다. 폴은 어떻게든 최소한의 격식과 관례만큼은 굳이 무시하지 말자는 생각에도 불구하고, 대뜸 이렇게 대꾸해버렸다.

"날 당장 풀어주시오!"

황제는 펄쩍 뛰었다. 자기 앞에서 그런 식으로 말하는 것을 처음 본 듯했다. 그는 버럭 소리를 쳤다.

"한마디만 하면 즉시 총살형에 처해질 수도 있다는 걸 모르는 모양이군! 어디 감히! 분수를 모르고!"

폴은 침묵을 지켰다. 황제는 양탄자 위로 끄트머리가 질질 끌리는 검 손잡이에 손을 얹은 채, 방 안을 한동안 이리저리 서성거렸다. 두 차례에 걸쳐 걸음을 멈춘 뒤 폴을 힐끗 바라보았지만, 눈 하나 꿈쩍 않는 상대를 보자 다시금 울화가 치미는지 발걸음을 이리저리 옮기는 것이었다.

그러더니 별안간 호출 벨을 냅다 눌렀다.

"저자를 풀어줘라!"

허겁지겁 들이닥친 수행원을 향해 그는 던지듯 내뱉었다.

결박에서 풀려난 폴은 그제야 자세를 제대로 추스르며 상관 앞에 선 군인처럼 차려 자세를 취했다.

다시 방에 단둘이 남게 되자, 황제는 마치 방패처럼 탁자 하나를 사이에 두도록 앞으로 다가와 여전히 거칠기 그지없는 목소리로 물었다.

"콘라트 왕자는?"

폴은 지체 없이 대답했다.

"콘라트 왕자는 죽지 않았습니다, 폐하. 잘 지내고 계십니다."

"아!"

눈에 띄게 안심하는 표정을 내보이며 탄식을 내뱉는 카이저.

그러더니 문제의 핵심을 애써 비켜가려는 눈치가 뻔한 태도로 주절 주절 이러는 것이었다.

"아무리 그래도 그대와 관련된 일은 전혀 달라질 것이 없다. 무력 도발과 염탐……. 더구나 내가 가장 아끼는 신하 중 한 명을 살해한 것하며……."

"첩자 카를을 말씀하시는 건가요, 폐하? 그건 어디까지나 정당방위 였습니다."

"하지만 죽였지 않은가? 그러니 살인 행위를 비롯해 나머지 모든 걸 따져봐도 군법으로 영락없는 총살감이지."

"아니지요, 폐하. 왜냐면 콘라트 왕자의 생사가 바로 이 목숨 하나에 달려 있으니까요."

하지만 황제는 그저 어깨를 으쓱할 뿐이었다.

"콘라트 왕자가 살아 있다면 언젠가는 찾아낼 것이다."

"아닙니다, 폐하. 결코 찾아내지 못할 겁니다."

"이 독일 땅에 내 시야를 벗어나 숨을 만한 곳은 존재하지 않는다!"

황제는 탁자를 주먹으로 내리치며 소리쳤다.

"한데 콘라트 왕자는 독일에 없거든요, 폐하."

"뭐, 뭐라고? 지금 무슨 말을 하는 건가?"

"콘라트 왕자는 현재 독일 땅에 없다고 말씀드렸습니다, 폐하."

"그럼 대체 어디 있단 말인가?"

"프랑스에 있습니다."

"프랑스라!"

"그렇습니다, 폐하. 프랑스 오르느캥 성 안에서 제 친구들이 보살피고 있습니다. 만약 내일 저녁 6시까지 제 친구들에게 돌아가지 않으면 콘라트 왕자는 프랑스군 당국에 넘겨질 것입니다."

황제는 문득 가쁜 숨을 몰아쉬었고, 기세등등하던 노기(怒氣)가 온데간데없이 흩어지면서 엄청난 충격에 당혹스러워하는 기색을 그대로 드러냈다. 황제의 아들이 적국의 포로로 붙잡혀 있다는 사실로 인해 황제 자신은 물론 그의 왕조(王朝)와 제국 전체에 주변국으로부터 쏟아질 비웃음과 모욕, 세상 사람들의 손가락질, 그와 같은 거물급 볼모를 확보함으로써 앞으로 벌어질 적의 오만 방자한 행태…… 이 모든 것에 대한 고민과 낭패감이 그의 불안한 눈빛과 꾸부정해진 어깨를 통해 여실히 드러나고 있었다.

폴은 전신을 훑고 올라오는 승리감을 전율처럼 짜릿하게 느꼈다. 눈앞에 서 있는 저 인간을, 마치 무릎 아래 깔려서 목숨을 구걸하는 패배자를 내려다보듯 하는 기분이었고, 작금의 힘의 균형 상태가 완전히 한쪽으로 기울면서 카이저의 치켜뜬 시선 자체가 이미 이쪽의 승리를 알아서 인정해주는 느낌이었다.

한편 황제는 간밤에 일어난 사건의 모든 단계를 마음속으로 힐끗힐끗 되짚어보고 있었다. 터널을 통한 은밀한 침투와 바로 그 터널을 통한 납치, 분명 침입자의 안전한 퇴각을 보장하기 위한 갱도 폭파 등등 말이다.

그러다 보니 도저히 제정신이라고 할 수 없을 만큼 대담무쌍한 행각에 정신이 다 아찔해지는 것이었다.

황제는 조용히 중얼거렸다.

"대체 그대는 누구인가?"

폴은 예의 그 경직된 자세를 슬그머니 풀면서, 떨리는 한 손으로 앞의 탁자를 지그시 짚고 진지하게 말했다.

"16년 전의 일입니다, 폐하. 9월의 어느 날 오후가 다 지나갈 무렵이었죠."

"뭐? 지금 무슨 말을 하는 건가?"

뜻하지 않은 첫마디에 어리둥절한 표정으로 황제가 되물었다.

"질문을 하셔서 답변을 드리는 것입니다, 폐하."

폴은 다시 똑같은 진지한 어조로 계속했다.

"16년 전 9월의 어느 날 오후가 다 지나갈 무렵이었습니다. 폐하께선 누구를 대동하고…… 글쎄, 누구라고 해야 하나? 아마도 그 당시 귀국의 첩보 업무를 맡고 있었을 그 누구를 대동하고 에브르쿠르트에서 코르비니에 이르는 터널 공사 현장을 찾으셨습니다. 그런데 때마침 오르느캥 숲 속의 어느 보잘것없는 예배당을 빠져나오다가 그만 폐하는 프랑스인 부자(父子)와 마주치고 말았습니다. 기억하시는지요? 비가 추적추적 내리고 있었지요. 그 예기치 못한 마주침이 폐하는 몹시도 마음에 걸려서 모처럼 뿌듯하던 기분이 몽땅 날아가 버렸습니다. 그로부터 10분 후, 폐하를 수행하던 귀부인이 다시 나타나더니 높으신 분과 짧은 면담을 해야겠다면서 두 프랑스인 중 아버지를 다짜고짜 독일 땅으로 데려가려 했습니다. 프랑스인은 거부했지요. 그러자 여자는 아들이 보는 앞에서 그 아버지를 살해했습니다. 그의 성(姓)은 들로즈였고, 바로제 아버지였습니다."

잠자코 귀를 기울이는 카이저의 얼굴에 점점 더 아연실색하는 빛이 짙어갔다. 한데 폴이 보기에는 어쩐지 짜증스러운 그림자가 한층 더 뒤섞이는 얼굴처럼 여겨졌다. 그럼에도 불구하고 전체적으로 황제는 폴의 눈앞에서 비교적 당당히 버티고 있었다. 아무래도 그에게 있어 그들로즈 씨인가 뭔가 하는 자의 죽음은 황제가 연연할 것이 전혀 못 되는 사소한 사건 중 하나에 불과한 모양이었다. 아니, 과연 기억이나 하고 있는 걸까?

물론 자신이 직접 지시한 바는 아니었다 해도, 장본인을 너그럽게 거두었기에 결과적으로 공범이 되고 만 그 사건에 관해 전혀 해명할 생각이 없다는 듯, 그는 잠시 침묵하더니, 이렇게 툭 내뱉는 말이 다였다.

"에르민 백작부인은 자신의 행위에 대해서 책임을 진다."

"책임을 지되, 자기 스스로에게만 책임을 지는 거지요. 그녀 나라의 정의(正義)는 그녀의 행위에 대해 책임을 추궁하지 않았으니까요."

폴이 짚고 넘어가자 황제는 그저 어깨를 한 번 으쓱했다. 마치 이런 자리에서 독일의 윤리나 정치적 문제에 관한 토론 따위를 할 생각은 없다는 투였다. 그는 시계를 힐끔 보더니 호출 벨을 울렸고, 몇 분 이내에 이곳을 뜰 거라고 통보한 다음, 다시 폴을 향해 돌아서며 말했다.

"그러니까 결국 그대 부친의 죽음을 복수하기 위해서 콘라트 왕자를 납치했다는 얘긴가?"

"아닙니다, 폐하. 그건 어디까지나 저와 에르민 백작부인 사이의 문제입니다. 콘라트 왕자와는 달리 해결해야 할 문제가 있습니다. 오르느캥 성에 머물 당시, 그는 성에 거주하는 한 여성한테 끈질기게 추근거린 적이 있습니다. 하지만 한결같이 냉대를 당하자 분에 못 이긴 나머지 여자를 이곳 자신의 별장으로 마치 포로처럼 끌고 왔습니다. 그녀는 저와 같은 성(姓)을 가진 여자이며, 애당초 제가 이곳에 온 것도 그녀를 찾기 위함이었습니다."

황제의 반응으로 봐서, 그 일만은 금시초문인 것 같았다. 아무튼 아들의 칠칠치 못한 행각에 아비인 그의 마음은 적잖이 성가신 모양이었다.

"그게 사실인가? 그 부인이 정녕 이곳에 있다고?"

"어젯밤만 해도 이곳에 있었습니다, 폐하. 하지만 여자를 없애기로 결심한 에르민 백작부인이 첩자 카를을 시켜서 가엾은 그녀를 독살할 계획으로, 콘라트 왕자 모르게 어디론가 빼돌렸습니다."

"거짓말! 참으로 어처구니없는 거짓말이로다!"

황제가 믿기지 않는 듯 버럭 소리쳤다.

"여기 에르민 백작부인이 첩자 카를에게 건넨 약병이 있습니다."

"그래서? 그래서 어쨌단 말인가?"

카이저는 안달이 난 목소리로 다그쳐 물었다.

"어쩌긴요, 폐하. 카를도 죽었겠다, 제 아내가 있는 곳도 까마득히 모르고 있으니 하는 수 없이 이곳으로 돌아와야 했지요. 콘라트 왕자는

결정판 아르센 뤼팽 전집

곤히 자고 있더군요. 저는 친구의 도움을 빌려 왕자를 방에서 끌어냈고 곧장 터널을 통해 프랑스로 보내버렸지요."

"정녕 그대가 한 짓이라 이거지?"

"제가 했습니다, 폐하."

"그럼 필시 콘라트 왕자를 풀어주는 대가로 아내의 자유를 요구할 셈이겠군그래?"

"그렇습니다, 폐하!"

"하지만 나 역시 그녀가 있는 곳을 모르는데!"

"여자는 에르민 백작부인의 소유로 되어 있는 어느 성안에 감금된 상태입니다. 잠시 생각을 좀 해주십시오, 폐하. 자동차로 기껏해야 몇 시간이면 도달할 수 있는 성인데, 한 150~200킬로미터 정도 떨어져 있을 겁니다."

황제는 입을 꾹 다문 채, 검의 손잡이로 탁자를 한동안 신경질적으로 두드려대더니 이렇게 던지듯 말했다.

"그게 요구하는 다인가?"

"또 있습니다, 폐하."

"또 뭔가?"

"프랑스 군단 총사령관께서 제게 맡긴 명단 속의 포로 스무 명을 석방해주시기 바랍니다."

이번만큼은 잠자코 있을 수 없었는지 황제는 펄쩍 뛰듯이 일어섰다.

"미쳤군그래! 포로 스무 명이라니! 아마도 장교들이겠지? 부대장이나 장군일지도 몰라!"

"명단에는 말단 병사도 포함되어 있습니다, 폐하."

하지만 황제는 이미 듣고 있지 않았다. 지리멸렬한 동작과 두서없는 탄식 속에 끓어오르는 울화통만 물씬 배어 있을 뿐…… 그는 폴을 매섭게 쏘아보았다. 포로인 주제에 마치 주인 행세를 하듯 거침없이 자신의 요구 조건을 내거는 이 일개 프랑스군 중위의 수작을 고스란히 받아들인다는 것이 그로서는 언짢을 수밖에 없었다. 무도한 적을 벌하기는커녕 그와 머리를 맞대고 의논을 해서 어이없는 제안 앞에 고개를 숙여야만 한다니! 도대체 어찌해야 한단 말인가? 딱히 그럴듯한 방법이 없질 않은가? 그야말로 이자는 가장 지독한 고문 수단을 동원해도 전혀 주장을 굽히지 않을 존재로 보였다.

폴은 내처 몰아붙였다.

"폐하, 사실 제 아내의 자유와 콘라트 왕자의 석방을 맞바꾸는 것은 심히 불공평한 거래인 줄 압니다. 도대체 제 아내가 포로로 붙잡혀 있건 자유롭게 풀려나건 폐하에게 무슨 상관이 있는지요? 적어도 콘라트 왕자의 석방이라면 그에 합당할 정도의 대가가 있어야 공정하다 할 것입니다. 따라서 프랑스군 포로 스무 명이라 해도 그리 지나치다곤 볼 수 없는 겁니다. 더구나 공개적으로 떠벌리며 석방하실 필요도 없습니다. 원하신다면, 포로들이 프랑스 땅으로 그저 한 명씩 한 명씩 돌아오는 것도 생각해볼 수 있습니다. 마치 그와 동급의 독일 포로들과 그때그때 교환되는 것처럼 말입니다."

정말이지 기가 막힐 노릇이었다! 패배의 쓰라림을 어루만져 주는 듯한 말 속에 이 얼마나 조소 어린 뉘앙스가 숨어 있으며, 살짝 양보하는 듯한 그 어투 속에 그야말로 된통 한 방 먹은 황제의 자존심을 은근슬쩍 무마하고 있지 않은가 말이다! 폴은 이 맛 좋은 승리의 시간을 흠뻑 음미하고 있었다. 비교적 사소한 자존심의 상처를 입었을 뿐이면서도 실제보다 엄청 큰 타격을 받음으로써, 자신의 원대한 야망마저 뒤틀리고 운명의 엄청난 무게에 짓눌린다고 느끼는 한 인간을 지금 폴은 물끄러미 바라보고 있었다.

그러면서 속으로 이렇게 중얼거리고 있었다.

'그래, 이만하면 제대로 복수를 한 셈이야. 물론 아직은 시작일 뿐이지만.'

항복 선언은 이제 코앞으로 닥쳐와 있었다. 황제는 마침내 이렇게 말했다.

"어디 알아보지. 지시를 내려두겠네."

하지만 결코 그냥 지나치지 않는 폴.

"어영부영 기다릴수록 위험해집니다, 폐하. 자칫 시간을 끌다간 콘라트 왕자의 포획 소문이 프랑스 전역에 퍼질지 모릅니다."

"그럼 그대의 아내를 돌려받는 바로 그날 콘라트 왕자도 돌려보내주게."

하지만 폴은 인정사정없었다. 일단 모든 것을 전적으로 믿고, 이쪽에서 요구하는 대로 순순히 따라와 주기만을 고집하는 것이었다.

"폐하, 일이 그런 식으로 진행되어선 안 된다고 봅니다. 지금 제 아내는 더없이 끔찍한 상황에 처해 있으며, 심지어 목숨마저 위태로운 지경입니다. 따라서 지금 즉시라도 저를 아내에게 데려다주기를 원합니다. 그래서 오늘 밤 안에 둘이서 프랑스로 건너갈 수 있도록 말입니다. 오늘 밤 우리 부부는 반드시 프랑스로 함께 돌아가 있어야 합니다."

폴은 마지막 되풀이한 말에다 잔뜩 힘을 준 데다, 또 이렇게 덧붙였다.

"반면 프랑스군 포로 석방에 관해서는 그 인도 시기와 방법을 폐하가 명시하는 조건에 따르도록 하겠습니다. 여기 이것이 바로 그들의 명단이고……. 이건 그들이 감금된 장소입니다."

그러면서 폴은 연필 한 자루와 종이 한 장을 꺼내 들었다. 폴이 명단 뒷면에 장소 표시까지 마무리하자, 황제는 그것을 빼앗듯 낚아챘고, 곧장 얼굴이 일그러졌다. 명단에 오른 이름들을 하나하나 훑는 동안 그에게는 말하자면 맥없는 분노만이 부글부글 끓어오를 뿐이었다. 마치 모든 합의를 파기하겠다는 듯이, 그는 느닷없이 종잇장을 동그랗게 구겨버렸다.

자신의 화를 이기지 못해 잠시 식식대던 황제는 마침내 이 지긋지긋한 질곡에서 한시바삐 벗어나겠다고 작정한 사람처럼 후닥닥 호출 벨을 세 번 연거푸 울리는 것이었다.

전속부관이 득달같이 달려와 그의 앞에 차려 자세를 취했다.

황제는 잠시 더 생각에 잠기더니 드디어 이렇게 지시했다.

"지금 당장 들로즈 중위를 자동차에 태워 힐덴스하임 성(城)으로 가서, 여자를 대동하고 다시 에브르쿠르트 전초기지까지 데리고 나오도록. 그리고 일주일 후, 자네는 같은 장소에서 그와 만나, 콜라트 왕자와 이 명단에 이름이 오른 프랑스군 포로 스무 명을 맞교환하게 될 것이다. 교환은 비밀리에 이행될 것이며, 구체적인 방법은 여기 이 들로즈 중위와 논의해서 결정하도록. 그에 관한 모든 상황 보고는 내게 개인적으로 전달할 것."

이 모든 지시를 어찌나 단호하고도 간단명료한 어조로 하달하는지, 마치 일말의 외적 압력도 받지 않고 황제 스스로의 뜻에 따라 일사천리로 결정한 것 같은 분위기였다.

그렇게 일을 일단락 지은 다음, 그는 고개를 바짝 세우고 위풍당당한 검과 씩씩한 박차 부딪치는 소리를 쩔렁거리며 방을 나갔다.

'마치 자기가 이긴 것 같군그래. 엉터리 배우야!'

폴은 그렇게 생각하며, 전속부관이 휘둥그레 바라보는데도 개의치 않고 웃음을 터뜨렸다.

잠시 후 시동을 거는 황제의 자동차 소리가 들려왔다.

따지고 보니 면담 시간은 미처 10분을 넘지 않았다.

곧이어 그는 부관의 안내를 받아 자동차에 올라탔고 힐덴스하임을 향해 출발했다.

8
132 고지(高地)

참으로 기분 좋은 여정이 아닌가! 자동차를 타고 가는 폴 들로즈의 마음이 어찌 경쾌하지 않겠는가! 결국 그는 목표를 거머쥘 참인데, 이 번만큼은 종종 가혹하기 그지없는 좌절만이 기다리고 있었던 주먹구구 식의 작전에 의한 것이 아니니……. 그야말로 당연한 논리적 귀결이자 의당 누려야 할 노력의 결실이 아닌가 말이다! 정말이지 눈곱만치도 불 안의 그림자가 어른거리지 않았다. 자고로 한 번 거두고 나면 그 밖의 모든 장애가 단번에 깨끗이 일소되고 마는 승리가 있는 법인데, 폴이 방금 황제를 상대로 해서 거둔 승리 역시 바로 그런 것이었다. 엘리자 베트는 힐덴스하임 성에 있고, 그는 지금 그 성을 향해 거칠 것 없는 도 정(道程)을 밟고 있는 것이다!

날이 환하게 밝자, 간밤에는 어둠 속에 숨어 있던 풍경이 왠지 낯설 지 않은 얼굴로 다가오는 것이 느껴졌다. 그 마을, 그 가옥들, 그 하천, 그리고 연이어 계속되는 앙증맞은 덤불숲……. 마침내 첩자 카를과 맞

결정판 아르센 뤼팽 전집

붙어 싸웠던 길가의 도랑…….

그렇게 채 한 시간을 못 가서 나타난 곳은 힐덴스하임의 옛 봉건 요새가 우뚝 솟은 언덕이었다. 널찍한 외호(外濠)를 앞세우고 그 위에 도개교가 걸쳐진 성의 입구에서 문지기가 의심 많은 눈초리로 꼬나봤지만, 같이 간 장교의 몇 마디에 곧장 거창한 문들을 연달아 열어주었다.

하인 두 명이 득달같이 달려왔고, 폴의 질문에, 프랑스 여인이 연못가에서 산책을 하고 있다고 대답했다.

"나 혼자 가보겠소. 그리고 우린 곧바로 다시 떠납니다."

비가 그친 겨울 하늘의 창백한 태양은 두툼한 구름 사이를 미끄러지면서 잔디밭과 우거진 숲을 비추고 있었다. 폴은 온실을 따라 죽 걸어갔고, 가느다란 물줄기를 졸졸 내뿜고 있는 인조 바위들을 건너, 어둑한 전나무들로 에워싸인 채, 백조와 야생 오리들이 한가로이 노니는 연못가로 다가갔다.

연못 저만치 조각상들과 돌의자가 놓여 있는 테라스가 마련되어 있었다.

그리고 엘리자베트의 모습이 보였다.

이루 말로 표현할 수 없는 감정이 폴의 가슴속을 치고 올라왔다. 사실 전쟁이 일어나기 전날부터 이미 엘리자베트는 그에게 사라진 존재나 다름없었지 않은가! 바로 그날부터 지금까지 줄곧 그녀는 가장 끔찍한 시련에 시달려왔고, 오로지 남편 앞에서 떳떳한 어미의 떳떳한 딸로 바로 서겠다는 일념하에 그 모든 것을 의연히 겪어온 것이다. 한데 아직 에르민 백작부인을 향한 비난도 전혀 가시지 않은 데다 엘리자베트 역시 콘라트 왕자의 잔칫상에 있음으로 해서 그토록 분노를 자아내고서야 이렇게 두 사람이 재회를 하게 되었으니…….

하지만 그 모든 일이 어쩜 이리도 아득하게만 느껴지는지! 그리고 어쩌면 그리도 하찮게 여겨지는지! 콘라트 왕자가 얼마나 파렴치한 행각을 벌여왔는지, 에르민 백작부인이 얼마나 지독한 살인을 저질렀는지, 두 여자 사이에 그 어떤 혈연관계가 맺어져 있는지, 그동안 폴이 얼마나 힘들게 싸워왔는지, 그 숱한 고뇌와 저항과 증오…… 그 모든 것이, 지금 이 순간, 스무 발짝 앞의 가엾은 연인을 바라보는 폴에게는 얼마나 하찮고 무의미한 것으로 느껴지는지! 그는 오로지 여자가 그동안 흘렸을 눈물만을 생각했고, 겨울바람 앞에서 파르르 떨고 있는 그녀의 야윈 실루엣만을 분간할 수 있었다.

그는 천천히 다가갔다. 발밑에서 오솔길의 자갈들이 절그럭 소리를 내자, 여자가 얼른 돌아보았다.

그녀는 꼼짝도 하지 않았다. 여자의 눈빛만으로도 그는 알 수 있었다. 실제로 지금 여자의 눈에는 자신이 있는 그대로 보이는 것이 아니라, 몽롱한 꿈의 안개로부터 불쑥 나타난 허깨비처럼 보일 거라는 것을. 그동안 열에 들떠 안타깝게 허공을 더듬었을 그녀의 두 눈에 그토록 자주 어른거리던 환영처럼 보일 거라는 사실을.

여자의 입가에 엷은 미소가 스쳤는데, 어찌나 쓸쓸해 보이는지 폴은 두 손을 모으고 하마터면 무릎까지 꿇을 뻔했다.

"엘리자베트…… 엘리자베트…… 엘리자베트……."

폴이 기도하듯 중얼거렸고, 그제야 여자는 몸을 추스르면서 손을 한쪽 가슴에 갖다 댔다. 그녀의 얼굴은 전날 밤 콘라트 왕자와 에르민 백작부인 곁에 있었을 때보다 훨씬 더 파리해져 있었다. 바야흐로 부연 안개 속에서 현실의 이미지가 모습을 드러내기 시작한 것이다. 부인할 수 없는 현실이 그녀의 눈앞에서, 머릿속에서 점차 또렷해지고 있었다. 이제야 그녀는 폴을 바라보고 있는 것이다!

폴은 문득 여자가 쓰러질 것 같다는 생각에 얼른 달려들었다. 하지만 그녀는 가까스로 몸을 지탱하면서 팔을 뻗어 접근을 제지하는 것이었다. 마치 남자의 영혼을 꿰뚫어 생각을 읽으려는 듯, 깊은 눈빛이었다.

이번에는 폴이 꼼짝 않고, 애정 가득한 가슴의 두방망이질만 달래고 있었다.

여자가 중얼거렸다.

"아! 저를 사랑하는군요. 여전히 저를 사랑하고 있어요. 이제는 확실히 알겠어요."

그러면서도 여전히 무슨 방패처럼 뻗은 팔은 그대로였는데, 폴도 굳이 그것을 무시하면서까지 앞으로 나서지는 않았다. 그 대신 두 사람의 삶과 행복이 오가는 눈빛 속에 충분히 녹아들었고, 그렇게 열정적으로 시선이 뒤엉키는 가운데 여자가 계속해서 중얼거렸다.

"당신이 붙잡혔다는 말을 들었어요. 그게 사실인가요? 아, 얼마나 당신 곁으로 데려다 달라고 애원을 했는지! 나 자신은 이미 없는 거나 같았어요! 심지어는 그들의 잔칫상에 나가 앉아 그들이 강요하는 진주 목걸이와 장신구를 걸치고, 그들이 던지는 농담에 웃음을 흘려주기까지 해야만 했어요! 그 모든 게 오로지 당신을 다시 만나기 위해서였어요! 그들은 항상 약속만 남발했지요. 그러더니 결국 간밤에는 날 이리로 데려오는 거예요. 난 또다시 속는구나 생각했죠. 새로운 함정일지도 모른다고. 혹시 결정적으로 나를 죽일지도 모른다고 생각했어요. 그런데……. 그런데 이렇게 당신을 보게 되다니! 아, 당신! 사랑하는 나의 폴!"

한데 별안간 두 손으로 덥석 얼굴을 가리고는 절망적인 어조로 이렇게 덧붙이는 것이었다.

"하지만 또 떠나실 거죠? 내일까지만 있으면 안 되나요? 설마 몇 분 여유도 주지 않고 당신을 도로 빼앗아가는 건 아니겠죠? 여기 머무

실 거죠? 아, 폴, 전 이제 더는 용기가 없어요. 제발 절 떠나지 말아주
세요."

순간, 남자의 지그시 웃는 얼굴을 보고 여자는 자못 놀라는 눈치였다.

"아니, 어찌 된 일이에요? 마치 행복해하는 표정 같아요!"

남자는 마침내 웃음을 터뜨렸고, 이번만큼은 만류하는 몸짓을 허락
하지 않겠다는 듯 와락 끌어안아, 머리카락과 이마와 볼과 입술에 차례
로 입을 맞추고는 이렇게 말했다.

"내가 지금 웃는 건, 그저 신나게 웃고, 또 당신에게 이렇게 입맞춤하
는 것 외엔 달리 할 일이 없기 때문이오. 또한 그동안 내 머릿속에서 끙
끙 앓아왔던 어처구니없는 망상을 생각하니 절로 웃음이 나와서 웃는
거요. 그래, 어젯밤에 그 잔치……. 나도 멀찌감치 보고 있었소. 죽도록
괴로웠지. 영문도 모르고 당신을 또 얼마나 비난했는지……. 정말 바보

같았소!"

하지만 여전히 남자의 흥겨운 마음을 이해하지 못한 듯, 여자는 이렇게 되풀이했다.

"뭐가 그리도 좋은 거예요? 어떻게 그리 행복해하실 수 있죠?"

폴은 싱글벙글한 얼굴로 대답했다.

"그러지 않을 이유가 없기 때문이라오! 자, 생각 좀 해봐요. 아트레우스 가문(家門)(그리스 신화에서 처참한 비극의 파노라마로 유명한 가문. 아트레우스와 티에스테스 형제간의 반목에서 시작된 이 가문의 처절한 역사는 간통과 근친상간, 친족 살해 등으로 점철되며, 트로이 전쟁으로 유명한 아가멤논과 메넬라오스도 이 가문에 속함—옮긴이)에 들이쳤던 불행은 저리 가라 할 만큼 호된 시련을 겪은 끝에 우리 둘이 이렇게 재회하게 되었소. 우린 이제 하나로 합쳤고, 그 누구도 둘을 떼어낼 수 없소. 그런데 내가 어찌 행복해하지 않을 수 있겠소?"

"그럼…… 아무것도 우릴 갈라놓을 수 없단 말인가요?"

여자는 불안한 목소리로 물었다.

"물론이지! 그게 그렇게 이상하오?"

"그럼 제 곁에 머무는 거예요? 이곳에 함께 살아요?"

"아, 그건 아니오. 하지만 내게 더 좋은 생각이 있소! 지금 재빨리 짐을 챙겨서 이곳을 뜨는 거요."

"어디로 말인가요?"

"어디라니? 당연히 프랑스지! 모두 심사숙고한 끝에 내린 결론이니, 당신은 그저 편안히 생각하면 돼요."

여전히 어리둥절한 표정으로 자신을 바라보는 여자에게 그는 이렇게 덧붙였다.

"자, 어서 서둘러요. 자동차가 우리를 기다리고 있어요. 베르나르에게 약속했단 말이오. 그렇지, 당신 동생 베르나르에게 말이오! 오늘 밤 안으로 돌아가겠다고. 이제 알겠소? 아, 도대체 왜 그리 놀라는 거요? 아직도 설명이 필요하오? 여보, 설명할 기회는 앞으로도 부지기수로 남아 있다오. 당신한테 제국의 왕자가 홀딱 반한 일이며, 당신이 총살당한 일……. 그리고 또……. 그리고 또……. 맙소사! 그러니 이제는 내가 내미는 손을 붙잡고 순순히 따라와 주지 않겠소?"

여자는 남자의 말이 섣부른 것이 아니라는 점을 서서히 깨달았다. 그녀는 시선을 떼지 않고 이렇게 말했다.

"정말이죠? 우린 자유의 몸이 된 거죠?"

"몸도 마음도 완전한 자유인이지!"

"프랑스로 돌아갈 거고요?"

"지금 당장!"

"더 이상 두려워할 게 없고요?"

"전혀!"

여자는 갑자기 긴장이 풀리는 모양이었다. 더구나 이제는 그녀 쪽에서 마치 어린애가 있는 대로 즐거움을 발산하듯, 요란하게 웃음을 터뜨리는 것이었다. 조금만 더 했다면 아주 춤도 추고 노래도 불렀을 것이다. 그러면서도 두 눈에선 뜨거운 눈물이 주르륵 흐르고 있었다.

"아, 자유! 이제 다 끝났어! 저 하나도 힘 안 들었어요! 아! 제가 총살형을 당할 뻔한 것도 아시는군요! 하지만 맹세컨대 그렇게 무섭지는 않았어요. 나중에 얘기해줄게요, 다른 것들도요! 당신도 내게 얘기해줄 거죠? 근데 어떻게 여기까지 해온 거예요? 당신이 그들보다 더 강한 거죠? 그 지긋지긋한 콘라트보다, 황제보다 더 말이에요! 아, 정말 신기해라! 하느님, 너무 신기해요!"

실컷 떠들다 말고 여자는 남자의 팔을 와락 부여잡았다.

"어서 여길 떠나요, 우리! 1초라도 더 이상 여기 머물다간 정신이 돌아버릴 거예요! 저들이 또 무슨 짓을 할지 몰라요. 워낙 속이 시커멓고 사악한 범죄자들이니까 안심할 수 없어요. 어서 가요. 어서요."

둘은 그렇게 힐덴스하임 성을 떠났다.

가는 도중 어떤 불상사도 일어나지 않았고, 어둑한 저녁 무렵에는 이미 에브르쿠르트를 면한 전방 지역에까지 도달할 수 있었다.

전권(全權)을 위임받은 황제의 전속부관은 신호용 반사경을 작동하게 하고, 백기(白旗)를 흔들도록 한 다음, 직접 엘리자베트와 폴을 인솔해 대기 중인 프랑스 장교에게 넘겼다.

프랑스 장교는 곧장 후방으로 전화 연락을 취했고, 금세 자동차가 한 대 보내졌다.

밤 9시, 두 사람을 태운 자동차는 오르느캥 성의 철책 문 앞에서 멈췄고, 베르나르가 득달같이 마중 나왔다.

폴은 처남을 보자 반갑게 소리쳤다.

"베르나르, 자넨가? 간단히 말할 테니 잘 듣게. 지금 엘리자베트를 데리고 왔네. 그래, 저기 자동차에 있어. 지금 코르비니로 가는 길이니 우리와 함께 가자고. 가서 나나 자네나 가방을 챙기는 동안, 콘라트 왕자를 바짝 감시하고 있으라고 지시나 잘 내려놓게. 물론 아직 안전하게 있겠지?"

"그럼요."

"그럼 어서 서두르세. 터널로 빠져나가기 전날 밤 자네와 마주쳤던 그 여자를 만나봐야 해. 지금 프랑스에 있거든. 이제 그 여자를 추적하는 거야."

"그 여자의 족적을 찾으려면 차라리 터널로 돌아가 코르비니 방향으로 빠지는 지점부터 찾아 들어가는 게 낫지 않을까요?"

"시간 낭비야. 지금은 중간 단계는 그대로 건너뛴 채 곧장 싸움에 돌입해야 할 때라고!"

"하지만 폴, 엘리자베트도 되찾았으니, 이제 싸움은 끝난 거 아니겠어요?"

"그 여자가 살아 있는 한 싸움은 끝나지 않아!"

"그나저나 대체 그 여자가 누군데요?"

"폴은 아무 대답도 하지 않았다.

밤 10시, 세 사람은 코르비니 역 앞에서 내렸다. 이미 열차는 끊긴 뒤였고, 사람들은 모두 잠자리에 든 상태였다. 하지만 폴은 전혀 멈칫하지 않고 군 초소를 찾아가 곤히 자는 특무상사를 깨웠는가 하면, 역장(驛長)이든 세무서원이든 닥치는 대로 물고 늘어져 꼬치꼬치 캐물은 끝에, 다음과 같은 사실을 짜 맞추는 데 성공했다. 즉, 당일 월요일 아침, 한 여자가 샤토티에리(프랑스 북부, 파리 북동쪽 마른 강변의 도시―옮긴이)행 기차표를 끊었는데, 마담 앙토넹이라는 이름으로 정기 통행증까지 가지고 있더라는 것이었다. 그 여자 외에는 혼자 기차에 오른 여자가 없었던 데다 적십자 유니폼을 입고 있어서 기억이 난다는 것이었다. 아니나 다를까, 생김새나 신장 등을 대조해본 결과, 영락없는 에르민 백작부인이었다!

밤을 나기 위해 엘리자베트와 베르나르를 대동하고 근처 호텔을 찾은 폴이 단언하듯 외쳤다.

"바로 그 여자야! 이리로밖에는 코르비니를 떠날 수 없었을 테지. 우리도 내일 화요일 아침에 같은 시각 같은 열차로 여길 뜬다. 제발 그녀가 프랑스로 파고든 속셈을 실행에 옮기기 전에 붙잡아야 할 텐데. 어쨌든 우리에게 기회는 단 한 번뿐이야. 그걸 놓치지 말자고!"

그러자 베르나르가 아까와 같은 질문을 하는 것이었다.

"그 여자가 대체 누구냐니까요?"

마침내 폴도 툭 던지듯 대꾸했다.

"누구냐고? 엘리자베트가 얘기해줄 거다. 할 얘기는 앞으로 한 시간 안에 다 해야 해. 그런 다음 우리 셋 모두 휴식을 취해야만 할 테니까."

다음 날 일행은 기차에 올랐다.

폴의 확신은 조금도 흔들리지 않았다. 비록 에르민 백작부인의 꿍꿍 이속은 전혀 모르지만, 그녀를 뒤쫓는 이 길이 제대로 된 길이라는 데 엔 추호도 의심을 두지 않았다. 실제로 어떤 적십자 소속 간호사가 혼자 일등칸을 이용하면서 지금 지나치는 역들을 전날에도 똑같이 지나 쳤다는 단서들이 속속 입수되기도 했다.

일행이 샤토티에리에 내린 것은 오후가 뉘엿뉘엿 저물 무렵이었다. 폴은 또 다짜고짜 묻고 다녔고, 전날 밤, 역 앞에서 대기하던 적십자 소속 자동차 한 대가 간호사를 데리고 사라졌다는 정보를 입수했다. 아울 러 주차 서류들을 따져보면 그 차가 스와송(샤토티에리 바로 북쪽에 위치한 도시—옮긴이) 후방 지역의 어느 야전병원 소속인 것 같은데, 당최 그 정확한 위치가 오리무중이라는 것이었다.

하지만 그 정도 정보만으로도 폴은 흡족했다. 스와송이라면 바로 최전선(最前線)이나 다름없는 것이다!

"가자!"

군단 총사령관의 친필 서명이 담긴 명령서를 가지고 있었기에, 그는 어딜 가나 자동차를 대령시키고, 어느 전선이든 자유롭게 출입할 수가 있었다. 결국 저녁 시간에 맞춰 모두 스와송에 당도했다.

도시 외곽 지역은 포격과 공방전으로 완전히 황폐화되어 있었다. 심지어 도시 자체도 대부분 버려진 듯했다. 그러나 점점 시내 중심가로 진입해 들어감에 따라 거리에 약간의 생기가 도는 것이 느껴졌다. 여러 중대 병력이 활달한 걸음걸이로 지나다니고, 대포와 군수품 수송 마차들이 줄지어 덜컹거리는가 하면, 광장 앞의 호텔에는 장교들이 우글거리는 것이, 다소 무질서하다 싶을 정도로 복닥거렸다.

이번에는 폴과 베르나르가 둘 다 나서서 수소문을 하고 다녔다. 그 결과, 며칠 전 스와송에서 정면으로 바라보이는 앤 강(江) 맞은편 비탈 고지들에 성공적으로 공격을 감행했다는 사실을 알아냈다. 그중에서도 그저께는 모로코 출신 엽보병 대대가 132 산각(山脚) 고지에 공세를 취했고, 바로 어저께는 기존의 고지를 사수하면서 아예 크루이 첨봉(尖峰)에 위치한 참호까지 접수했다는 것이었다.

그런데 간밤, 적의 반격이 드세게 진행되는 가운데, 매우 기이한 사건 하나가 발생했다고 한다. 억수같이 내린 비로 불어나던 앤 강이 그만 범람하는 바람에, 빌뇌브와 스와송의 모든 교각이 떠내려갔다는 것인데⋯⋯. 하지만 실제로 확인해본 결과 앤 강의 수위(水位)는 정상 범위를 초과하지 않았고, 설사 물살이 강해졌다 해도 그 많은 교각을 파괴할 정도는 못 된다는 것이었다. 더욱이 이상한 점은 독일군의 반격이 개시될 때를 맞춰서 교각 파괴가 발생했는데, 그 바람에 지원군 공급이 거의 차단된 현지 프랑스군(軍)이 지금 대단히 곤란한 상황에 빠져버렸다는 얘기였다. 하루 종일 산각 고지를 사수하며 버티긴 했지만, 너무도 고전(苦戰)인 데다 희생도 만만치 않은 모양이었다. 해서 현재는 앤 강 우안에다 포병대 일부를 배치한 상황이었다.

폴과 베르나르는 조금도 망설이지 않고 결론을 내렸다. 이 모든 상황 속에는 필시 에르민 백작부인의 마수(魔手)가 작용하고 있다는 것이다. 교각들의 동시다발적인 파괴와 독일군의 반격, 이 두 사건이 하필 그녀가 이곳에 도착한 바로 그 시점에 발생했는데, 어찌 의심하지 않을 수 있겠는가? 이는 필시 앤 강 유역의 우기(雨期)에 맞춰서 에르민 백작부인이 미리 준비한 계획의 결과이며, 그녀와 적군 참모가 면밀히 협조하고 있음을 증명하는 사례인 셈이다.

그러고 보니, 일전에 콘라트의 별장 계단 앞에서 그녀와 첩자 카를이 나누던 얘기가 문득 폴의 뇌리를 스치는 것이었다.

"나는 프랑스로 갈 것이네. 드디어 내 계획이 무르익었으니까. 절기(節氣)도 유리해진 것 같고. 참모가 자기 쪽에선 행동에 돌입하겠다고 통보해왔네. 그러니 나 역시 내일 저녁에는 돌아가 있어야지. 그다음엔 손가락 하나만 까딱하면……."

정녕 그 손가락을 까딱한 것이 분명했다! 첩자 카를이나 그가 부리는 요원들의 작업에 의해 미리 손보아진 모든 교각이 정해진 시간에 맞춰 일거에 무너져 내린 것이다.

베르나르도 한마디 했다.

"그렇다면 틀림없이 그 여자 짓이군요. 한데 왜 그리 불안해하는 거죠? 그 여자 짓이라면 오히려 기뻐해야 하는 것 아닌가요? 이번에야말로 옭아맬 수 있는 좋은 기회잖아요?"

"그렇긴 해. 하지만 늦기 전에 옭아맬 수 있느냐가 문제야. 그때 카를과 나눈 대화 중에 이번 사건보다 훨씬 심각한 뭔가 다른 게 있다는 뉘앙스를 풍겼거든. 바로 이랬단 말이야. '우리에겐 계속해서 운이 따르지 않는 것 같아. 하지만 이번에 내가 성공만 하면, 지금까지 불운의 사슬을 끊어버릴 수가 있을 거야.' 해서 황제의 재가를 얻었느냐고 물으니까, 글쎄 쓸데없는 짓이라면서, '떠들어선 안 될 일'이라고 하질 않겠나! 베르나르, 이젠 자네도 눈치챘겠지만, 이건 독일군의 반격이나 교각이 붕괴되는 것과는 전혀 다른 차원일 것이네. 그 둘은 정상적인 전술인 데다 황제도 아마 잘 알고 있을 거야. 아마도 우리가 걱정해야 할 것은 일련의 사태와 맞물려서 그 완벽한 의미를 부각시킬 만큼 아주 중요한 다른 작전일 거야. 그 여자는, 전선에서 1~2킬로미터 밀고 당기는 접전으론 자기가 말한 '불운의 사슬'이 끊어질 리 없다는 것쯤 훤히 꿰뚫을 만한 위인이지. 자, 그렇다면 대체 뭘까? 무슨 일이 벌어지고 있는 걸까? 도무지 알 수가 없어. 내가 불안해하는 건 바로 그 때문이네."

그날 저녁과 다음 날인 13일 수요일 낮 시간을 폴은 도심 거리와 앤 강변을 두루 훑으면서 조사를 하느라 다 보냈다. 그러면서도 항상 군(軍)과 긴밀한 협조를 견지해서, 장교 사병 할 것 없이 모두 적극적으로 그의 조사 활동에 동참하는 것이었다. 모두가 나서서 조직적으로 가택 수색과 주민들을 상대로 한 탐문 조사를 벌여나갔다.

베르나르도 따라다니겠다고 나섰으나, 폴은 고집스럽게 만류하며 이렇게 말했다.

"안 돼. 그 여자가 자네는 모르지만, 자네 누이를 보게 해선 안 돼. 그러니 부디 자네는 엘리자베트 곁에서 한시도 방심하지 말고 지키고 있어주게. 어디 외출도 가급적 금지야. 우리가 상대하는 적은 상상을 초월할 만큼 무시무시한 존재라고."

결국 남매는 하루 종일 방 안에서 창문만 내다본 채 틀어박혀 지내야 했다. 폴은 끼니때가 되면 되도록 호텔로 돌아와 간단하게 식사를 챙겨 먹곤 했는데, 그럴 때마다 늘 희망으로 한껏 부푼 사람처럼 보였다.

하루는 이렇게 늘어놓기도 했다.

"그 여자가 이곳에 있어. 틀림없이 함께 구급차를 타고 온 사람들과 마찬가지로 그 가증스러운 간호사 변장은 탈피했을 게 분명해. 그 대신 거미줄 뒤에 움츠리고 있는 거미처럼, 어느 구멍인가에 깊숙이 틀어박혀 있겠지. 이를테면 말이야, 한 손에 전화기를 든 채, 자기처럼 어딘가에 꽁꽁 숨어서 암행하고 있는 떼거리한테 이런저런 지시를 내리고 있을 그 여자가 눈에 선하게 보인다고. 하지만 이젠 그 여자의 꿍꿍이속이 뭔지 점점 감이 오고 있거든. 그녀가 스스로 안전하다고 믿는 한, 내 입장이 훨씬 유리한 셈이지. 적어도 그녀는 자기 부하 카를이 죽었다는 사실을 모르고 있어. 내가 카이저와 담판을 벌인 사실도 모를 거고. 물론 엘리자베트가 탈출한 것도. 당연히 우리가 이곳에 있는 것도 알 턱이 없지. 이젠 독 안에 든 쥐야! 몹쓸 계집 같으니라고. 이젠 잡았다니까!"

하지만 실제 전황(戰況)은 별로 나아지지 않고 있었다.

특히 강 좌안에서의 후퇴 양상은 여전했다. 더구나 크루이 능선에서는 이미 입은 피해가 극심한 데다 두껍게 진창이 형성되어 있어서 모로코 엽보병 부대의 전진이 도무지 여의치 않은 상황이었다. 엎친 데 덮친 격으로 급조된 선교(船橋)마저 급류에 떠내려간 실정이다.

저녁 6시경 다시 나타난 폴은 소맷부리에 피가 얼룩져 있었다. 엘리자베트가 기겁을 하자, 폴은 씩 한 번 웃으며 이랬다.

"아무것도 아니오. 어디선지 모르겠는데, 그저 긁혔을 뿐이니까."

"하지만 손을 좀 봐요! 피를 흘리고 있잖아요!"

"아니라니까! 이건 내 피가 아니에요. 신경 쓸 것 없어. 잘되어가고 있으니까."

그런 폴에게 베르나르가 넌지시 말을 건넸다.

"오늘 아침부터 총사령관이 스와송에 와 계신 것 알아요?"

"응, 아마도……. 뭐, 잘된 일이지! 이참에 몹쓸 여자 끄나풀과 그 일당을 직접 잡아다 바쳐야겠어. 아주 기막힌 선물이 될 거야."

그로부터 한 시간 동안을 그는 또 나가 있다 돌아와선, 저녁 식사를 들었다.

"이제는 슬슬 자신이 붙는 것 같아요."

폴의 모습을 바라보며 베르나르가 슬쩍 떠보았다.

"자신이라니, 웬걸! 그 여자는 어디까지나 악마 그 자체야."

"하지만 그녀가 어디쯤 숨어 있는지는 아는 거죠?"

"응."

"한데 뭘 기다리는 거죠?"

"9시가 될 때까지. 그때까진 좀 쉬어야겠어. 9시 조금 전에 날 좀 깨워주게."

밤에도 먼 곳에서 울리는 포성은 그칠 줄을 몰랐다. 가끔가다 그러한 포성 중 하나가 엄청난 대포알로 변해 도심 한복판을 아수라장으로 만들기도 했다. 그럼 부대들은 혼비백산 흩어졌고, 잠시 후 전쟁의 모든 소란을 일시에 잠재우는 듯한 적막이 불안하게 자리 잡는 것이었다. 말하자면 그런 적막이 흐르는 동안이야말로 가장 두려운 의미를 띠는 시간이었다.

폴은 누가 깨우지 않았음에도 벌떡 일어났다.

그는 아내와 베르나르를 돌아보며 이렇게 말했다.

"자, 이제 둘 다 나와 함께 모험에 나서야 해. 엘리자베트, 당신도 아주 힘들 것이오. 약해지지 않을 자신은 있는 거요?"

"오! 폴. 오히려 지금 당신 안색이 너무 창백해요!"

폴은 다소 흥분한 상태로 대답했다.

"그래, 하지만 앞으로 일어날 일 때문은 결코 아니오. 마지막 순간까지 걱정되는 건 단 하나, 아무리 조심해도 만에 하나 적이 달아나 버릴까 봐 좀 마음에 걸릴 뿐이오."

"하지만……."

"그래요, 조금만 실수를 하거나 운만 약간 없어도 적이 단박에 눈치챌 것이고, 그럼 모든 걸 원점에서 다시 시작해야 해. 한데 베르나르,

자네 지금 뭐하는가?"

"내 권총을 챙기려고요."

"그럴 필요는 없어."

"필요 없다니요! 싸우러 가는 것 아닌가요?"

폴은 아무 대꾸도 하지 않았다. 실은 그는 행동으로써 말하거나, 행동한 이후에나 말을 하는 것이 몸에 밴 상태였다. 어쨌든 베르나르는 권총을 챙겼다.

시계 종소리가 9시를 알리는 가운데, 셋은 문을 닫은 어느 상점에서 새어나오는 가느다란 불빛이 마치 어둠 속에 구멍을 뚫어놓은 것 같은 광장을 가로질러 걷고 있었다.

거인 같은 건물 그림자가 떡 버티고 선, 사원(寺院)의 앞뜰에는 일군의 병사들이 모여 있었다.

폴은 그쪽으로 손전등을 비추면서 지휘관인 듯한 자에게 말을 건넸다.

"별일 있는가, 중사?"

"없습니다, 중위님. 누구 하나 건물로 들어간 적도 없고 나온 사람도 없습니다."

그러면서 중사는 가볍게 휘파람을 불었고, 저만치 어둠 속으로부터 두 사람의 실루엣이 불쑥 튀어나오는가 싶더니, 길 중간쯤에서 갑자기 방향을 선회해 이쪽으로 다가왔다.

"건물 안에선 아무 소리도 안 들렸나?"

"전혀 안 들렸습니다, 중사님."

"덧창 뒤로 불빛 새어나오는 것도 없었고?"

"전혀 없었습니다, 중사님."

그제야 폴은 앞으로 걷기 시작했고, 나머지 사람들은 그의 지시에 철저히 부응하느라 쥐 죽은 듯 뒤를 따랐다. 폴의 발걸음은 마치 뒤늦게 산책 나왔다가 부랴부랴 귀가를 서두르는 사람처럼 아무 거리낌이 없었다.

일행은 어느 비좁은 건물 앞에서 멈췄는데, 캄캄한 어둠 속에 푹 파묻힌 채, 1층은 거의 분간되지 않을 정도였다. 대충 세 개의 계단을 올라간 높이쯤에 나 있는 문을 폴은 네 차례에 걸쳐 간단하게 노크했다. 그러면서도 한 손으로는 호주머니 속의 열쇠를 꺼냈고, 마침내 문을 열었다.

현관으로 들어서면서 폴은 손전등을 켰고, 여전히 숨을 죽이고 있는 일행과 더불어 현관 한쪽 벽을 가득 채우고 있는 거울 쪽으로 다가갔다.

그 거울 역시 네 차례 두들긴 다음, 폴은 귀퉁이를 쓱 밀쳐 열었다. 알고 보니 거울 문 뒤로는 지하로 뻗은 계단이 펼쳐져 있었고, 폴은 지체 없이 손전등을 들이밀었다.

아마 무슨 신호를 보내는 것 같았는데, 이어서 모두 세 차례를 그렇게 한 다음에야, 다소 거칠고 갈라진 여자의 음성이 저 아래로부터 솟아오르는 것이었다.

"발터 영감이오?"

드디어 행동에 돌입할 순간이 왔다! 폴은 대답 대신 쿵쾅거리며 단숨에 계단을 달려 내려갔다.

순간, 저만치 육중한 문이 덜커덩 닫히면서 지하 저장고로 통하는 입구가 차단되려는 찰나……

우당탕 어깨로 문짝을 들이받는 폴. 활짝 열어젖히면서 안으로 쇄도했다.

어스름한 가운데 당황한 에르민 백작부인의 모습이 보였다.

한데 곧장 맞은편으로 달려가더니 탁자 위에 놓여 있던 권총을 움켜쥐고 홱 돌아서서 방아쇠를 당기는 것이 아닌가!

찰카닥!

총성은 울리지 않았다.

세 번을 더 방아쇠를 당겼지만 세 번 다 결과는 마찬가지였다.

폴은 빈정대듯 내뱉었다.

"아무리 그래봐야 소용없다. 총알이 모두 제거되어 있을 테니까."

백작부인은 악을 쓰면서 이번엔 서랍에서 다른 권총을 꺼내 네 번이나 방아쇠를 당겼다.

물론 결과는 마찬가지였다.

폴은 싱글벙글 웃고 있었다.

"쓸데없는 짓이라니까. 그것뿐만 아니라, 또 다른 서랍에 있는 권총도 마찬가지야. 아니 건물 안에 구비된 모든 무기가 다 그런 꼴이지."

이처럼 갑자기 무기력한 상황에 빠진 것이 아직도 이해가 안 가는 듯, 어안이 벙벙한 얼굴로 물끄러미 바라보는 여자에게 폴은 꾸벅 인사를 하며 간단히 자신의 이름을 밝혔다.

"폴 들로즈요."

그 짤막한 이름 속에 이미 모든 의미가 담겨 있었다.

9
호엔촐레른

비록 크기는 그보다 훨씬 작았지만, 지하 저장고는 샹파뉴 지방(유명한 포도주 산지—옮긴이)에서 흔히 보듯 궁륭이 치솟은 거대한 지하실을 연상하게 했다. 말끔한 벽면과 벽돌이 깔린 고른 바닥, 훈훈한 기운과 두 개의 포도주 통 사이에 마련된 채 휘장까지 드리운 침상, 그 밖에도 걸상들과 가구 등등 안락한 숙소로 손색이 없을 뿐 아니라, 포탄 세례나 반갑지 않은 방문객을 피해 안으로 칩거하기에도 제격인 장소였다.

문득 폴은 이제르 강가의 오래된 등대 건물이라든지 오르느캥에서 에브르쿠르트까지의 지하 터널이 머릿속에 떠올랐다. 참호전이나 이같은 지하실에서의 싸움이나, 첩보전이나 간계(奸計)가 난무하는 전쟁이나, 모두가 음험하고 파렴치하며 애매모호한 범죄행위인 것만은 분명했다.

폴은 손전등을 껐다. 그러자 천장에 매달린 석유램프의 희미한 불빛만이 전등갓에 모아진 동그스름한 빛을 뿌려댔고, 그 빛의 동그라미 속

결정판 아르센 뤼팽 전집

에 폴과 백작부인 두 사람만 덩그러니 마주하게 되었다.

엘리자베트와 베르나르는 폴의 등 뒤, 어둑한 곳에 가려진 상태였다.

그런가 하면 중사와 다른 군인들은 모습이 보이지 않는데, 계단 아래쪽에서 웅성거리는 소리가 들리는 것으로 봐서, 그쯤에 한데 몰려 있는 듯했다.

백작부인은 꼼짝하지 않았다. 복장은 콘라트 왕자의 별장 잔칫상에 나앉았던 바로 그 복장이었다. 이제 더는 두려움도 놀람도 비치지 않는 얼굴에는 이 난데없는 상황이 어찌 치달을 것인지를 면밀하게 계산하는 표정만 점점 집요해지고 있었다. 폴 들로즈라니? 그가 이렇게 들이닥친 목적은 무엇일까? 틀림없이—그런 생각을 하면서 경직되어 있던 에르민 백작부인의 표정이 점차 풀어지고 있었는데—엘리자베트를 풀어달라고 요구해오겠지?

문득 여자의 입가에 느긋한 미소가 번졌다. 비록 이렇게 함정에 빠지긴 했지만, 엘리자베트가 독일에 감금되어 있는 한, 아직은 상수패를 쥐고 있는 입장. 뭘 어떻게 협상해도 어디까지나 유리한 조건으로 얘기를 진행할 수 있을 터!

신호와 함께 베르나르가 앞으로 나섰고, 폴은 백작부인에게 이렇게 말했다.

"내 처남 되는 사람이오. 아마 헤르만 소령이라면 사공 휴게소에서 결박당해 있을 때, 나와 마찬가지로 이 친구도 본 적이 있을 것이오. 하긴, 에르민 백작부인, 아니, 좀 더 정확히 말해보지. 당드빌 백작부인이라 해도 자신의 아들인 베르나르 당드빌을 전혀 못 알아보거나 깡그리 잊었을지도 모르겠군."

여자는 이제 아주 여유 만만한 자세였으며, 상대와 동등한 무기를 쥐고, 아니 더욱 강력한 무력을 갖춘 상태에서 싸움에 임하기라도 하는 기색이었다. 그렇게 그녀는 베르나르를 면전에 두고서도 전혀 동요하지 않았으며, 오히려 무심한 말투로 이러는 것이었다.

"그러고 보니 베르나르 당드빌은 누이인 엘리자베트와 참으로 닮았군그래. 다행히 그 여자애는 내가 거두고 있지만 말이야. 그 애와 내가 콘라트 왕자의 잔칫상에서 함께 만찬을 즐긴 지도 벌써 사흘이 됐군. 콘라트 왕자는 그 애한테 엄청 몸이 달아 있지. 하긴 그럴 수밖에, 그 앤 참 매력덩이인 데다 다정다감하거든! 나 역시 솔직히 말해 그 애를 무척이나 사랑한다오!"

폴과 베르나르는 조금만 자제력이 없었어도 당장 여자에게 달려들 것처럼, 온몸이 불끈거리는 것을 느꼈다. 아무래도 처남의 돌출 행동이 걱정되는지 폴은 베르나르를 슬그머니 뒤로 물리고는 상대의 도발적인 태도를 질세라 경쾌하게 받아쳤다.

"그래……. 나도 알고 있소. 그 자리에 있었으니까. 심지어 엘리자베트가 거길 떠나는 것도 다 보았다니까!"

"정말이오?"

"그야 물론! 당신 친구 카를이 친절하게도 내게 자기 차에 자리 하나를 권하더군요."

"그의 자동차에 말이오?"

"물론이오. 우린 모두 함께 오순도순 당신의 힐덴스하임 성으로 떠났지. 정말이지 속속들이 구경하고 싶을 만큼 아름다운 성이더구먼. 하지만 오래 머문다면 반드시 위험할 테니까, 더 이상의 살기(殺氣)가 느껴지기 전에……."

폴을 바라보는 백작부인의 표정에 점점 불안의 기색이 짙어갔다. 대체 이 남자가 지금 무슨 말을 하는 건가? 어떻게 거기까지 알고 있는 거지?

결정판 아르센 뤼팽 전집

여자는 상대가 예기치 않게 밀고 들어오는 게임을 한번 쑤셔봐야겠다는 심보로, 날카롭게 내뱉었다.

"실제로 그곳에 머물다 보면 종종 치명적인 일을 당하곤 하죠. 그곳 공기가 워낙 보통 사람들한테는 좋지 않거든."

"독기(毒氣)가 서려 있다고나 할까."

"바로 맞혔어요!"

"그래, 엘리자베트가 걱정이 되기라도 했다는 거요?"

"그야 당연하지요. 그 가엾은 계집의 건강은 당시 이미 시원찮은 상태였는데, 영 안심이 안 돼서……."

"물론 죽어야만 안심이 되겠지?"

여자는 잠시 침묵하더니, 좀 더 노골적인 자신의 의사가 충분히 전달되도록 간단명료하게 대꾸했다.

"그렇지, 그 애가 죽어 나자빠져야만 안심이 돼. 뭐 이제 조만간 그렇게 될 테지만 말이야. 아니면 이미 그렇게 됐는지도 모르지."

이번에는 좀 더 기나긴 침묵이 뒤를 이었다. 다시 한번 이 여자를 앞에 놓고 폴의 내부에선 살해의 욕구, 증오심을 속 시원히 해소하고 싶은 욕구가 샘솟듯 솟구치고 있었다. 아니, 어느 모로 보나 반드시 그렇게 되어야만 했다. 지금 그의 의무는 살인을 저지르는 것! 그 의무를 다하지 않는 것이야말로 범죄행위나 다름없다!

엘리자베트는 뒤로 약 세 발짝 정도 떨어져서 어둠 속에 서 있었다. 폴은 아무 말 없이 엘리자베트 쪽으로 천천히 돌아서서 손전등을 그녀의 얼굴을 향해 들이밀고 단추를 딸깍 눌렀다. 엘리자베트의 얼굴은 갑자기 광선을 받아 환하게 드러났다.

그렇게 하면서 폴의 생각은 오로지 에르민 백작부인이 얼마나 충격을 받을까 하는 데에만 쏠려 있었다. 에르민 같은 종류의 여자일수록 어떤 상황에서도 자신의 눈을 의심한다거나, 어처구니없는 환각이나 속임수에 스스로 휘둘린다는 생각은 하지 않는 법이다. 아무렴! 그녀는 폴이 엘리자베트를 구해냈으며, 지금 눈앞에 보란 듯이 서 있는 여자가 바로 그 엘리자베트라는 사실을 즉각적으로 인정했다. 하지만 그처럼 황당무계한 일이 어떻게 가능하단 말인가? 엘리자베트라면 불과 사흘 전, 자기가 직접 카를의 손아귀에 맡겨둔 바로 그 계집이 아닌가! 해서 지금쯤이면 저세상에 가 있거나, 최소한 200만이 넘는 독일 병정이 철통같이 지키고 있는 독일의 철벽 요새 안에 꼼짝없이 감금되어 있어야 할 존재가 아니던가! 그런 엘리자베트가 지금 이곳에 와 있다? 사흘도 채 걸리지 않아, 카를의 손아귀를 벗어남은 물론, 힐덴스하임 성을 탈출해, 200만 독일군 전열을 꿰뚫고 이곳까지 넘어왔단 말인가?

얼굴이 일그러질 대로 일그러진 에르민 백작부인은 무슨 방어벽처럼 앞에 놓인 탁자 앞에 털썩 주저앉은 채, 부들부들 떠는 두 주먹을 양 볼에 갖다 댔다. 그제야 상황이 어떻게 돌아가는지 이해한 모양이었다. 더 이상 농담을 하거나 공연히 뻗대며 여유를 부릴 계제가 아닌 것이다. 한마디로 흥정은 물 건너간 것이나 다름없는 셈. 한창 열을 올리던 게임에서 승리의 가능성이 별안간 훅! 하며 사라져버렸다고나 할까? 이제 그녀에게 남은 것은 승리자의 법칙에 순응하는 것뿐. 물론 승리자는 폴 들로즈이고 말이다!

여자는 더듬거렸다.

"그, 그래서……. 대체 어찌할 셈이오? 당신의……. 당신의 목적이 무엇이오? 나를 죽이는 거?"

남자는 어깨를 으쓱했다.

"우린 사람이나 죽이는, 그런 부류의 인간과는 다르오. 당신은 법의 심판을 받을 것이오. 당신에겐 스스로를 변호할 기회가 주어질 것이고,

엄연한 법적 공방을 거쳐서 형을 선고받게 될 것이오.”

여자는 갑자기 몸서리를 치면서 악을 썼다.

“당신들은 나를 심판할 권리가 없소. 당신들은 심판관이 아니야!”

지금 여자의 내부에서는, 여태껏 잊고만 살아온 무엇에 대한 두려운 감정이 스멀스멀 솟아오르고 있었다.

아주 나지막한 목소리로 그녀가 중얼거렸다.

“당신들은 심판관이 아니야. 난 이대로 당하지 않을 거라고. 당신들에겐 권리가 없어.”

바로 그때였다. 계단 쪽에서 약간의 소란이 이는가 싶더니, 누군가 느닷없이 소리쳤다.

“일동 차렷!”

그와 거의 동시에 반쯤 열려 있던 문짝이 활짝 열리면서 넉넉한 망토를 두른 장교 세 명이 안으로 들어섰다.

폴은 얼른 그들을 맞이했고, 빛이 닿지 않는 곳을 골라 자리를 권했다.

그리고 마지막으로 들어선 장교에게는 이와 좀 떨어져서 따로 의자를 권했다.

엘리자베트와 베르나르는 둘이 가까이 붙어 서 있었고, 폴은 다시 탁자 옆에 자리를 잡고 선 채, 진지한 어조로 입을 열었다.

“실제로 우리는 심판관이 아니오. 그리고 주어지지 않은 권리를 억지로 행사할 생각도 없소. 당신을 심판할 사람들은 우리가 아니라, 바로 여기 이분들이오. 나는 단지 당신을 고발할 뿐이오!”

지극히 단호하고 신랄하며 강단 있는 말투였다.

마치 사전에 논고(論告)의 요점을 미리 정리해둔 것처럼, 그는 어떤 증오심이나 분노의 감정도 개입되지 않은 냉정한 목소리로 또박또박 말문을 열어나갔다.

"당신은, 조부(祖父)가 관리하고 있다가 1870년 전쟁 이후에 부친에게 물려준 힐덴스하임 성(城)에서 태어났습니다. 당신의 진짜 이름은 에르민, 에르민 드 호엔촐레른입니다. 이 호엔촐레른이라는 성(姓)(호엔촐레른 가문은 합스부르크가와 인척 관계인 독일 지역 대(大)가문이며, 1701년 프리드리히 1세 프로이센 왕 시절부터 빌헬름 2세 때인 1918년까지 독일 왕가가 바로 이 가문에 속해 있었음―옮긴이)을 부친은 무척이나 자랑스러워했는데, 별다른 권리가 없음에도 불구하고 노(老)황제(빌헬름 1세를 말함―옮긴이)의 그에 대한 각별한 총애 덕분에 누구도 그것에 대해 왈가왈부하지 못했습니다. 그는 1870년 프로이센 · 프랑스 전쟁 때 대령으로 참전하여 사상 유례없는 잔인성과 포악함을 마음껏 발휘함으로써 인정을 받게 된 인물이었던 것입니다. 당신의 힐덴스하임 성을 가득 장식하고 있는 사치품들은 모두 프랑스에서 가져간 것들이며, 참으로 뻔뻔스럽게도 그 각각의 물품에는 약탈해온 지명과 원소유자의 이름을 제각각 표기해놓은 상태입니다. 그뿐만 아니라 입구로 통하는 전정(前庭) 앞에 내걸린 대리석 석판에는, 이름하여 호엔촐레른 백작 대령 각하의 지시에 따라 당시 깡그리 불태워진 프랑스의 마을 이름들이 금색 글자로 깨알같이 새겨져 있습니다. 카이저는 그 성에 종종 들르는 걸로 알고 있는데, 바로 그 석판 앞을 지나칠 때마다 깍듯이 경례를 붙인다고 합니다."

백작부인은 건성으로 듣고 있는 듯했다. 아마도 이런 고리타분한 이야기가 그녀에게는 별로 중요하게 여겨지지 않는 모양이었다. 오로지 그녀가 기다리는 것은 자신과 직접 연관된 얘기였다.

폴은 계속했다.

"이에 당신이 부친으로부터 이어받은 두 가지 감정 상태가 인생 전반을 지배하게 됩니다. 첫째, 독일 황제의 치기(稚氣) 어린 장난기가 당신 부친으로 하여금 아무래도 지나치게 집착하게 만든 것 같은 호엔촐레른이라는 왕조를 향한 걷잡을 수 없는 탐욕이 그 하나요, 둘째, 부친 대(代)에서 충분히 해악을 가하지 못한 게 못내 아쉬웠던 프랑스라는 나라에 대한 맹목적이고 야만적인 증오심이 다른 하나입니다. 왕조에 대한 탐욕으로 말하자면, 성인이 되자마자 당신은 그 탐욕을 현재 왕조를 대표하는 사람(빌헬름 2세. 즉 카이저를 암시함—옮긴이)에게 집중적으로 투사(投射)했고, 실제로 대권(大權)을 도모해보겠다는 터무니없는 망상에 사로잡힌 나머지 그의 결혼과 배신을 용인하면서까지 몸과 영혼을 몽땅 바쳤습니다. 심지어 그가 종용하는 대로 오스트리아 왕자에게 시집을 갔다가 왕자가 의문의 죽음을 맞자, 이번엔 다시 러시아 왕자의 품에 안겼지만 그 또한 의문의 죽음을 당한 바 있습니다. 당신은 그처럼 이 세상 어디든 나타나 오로지 당신 우상(偶像)의 영광만을 위해 동분서주했습니다. 그런가 하면 영국과 트란스발 사이에 전쟁이 선포되었을 때(1899~1902년의 보어 전쟁. 케이프 식민지를 중심으로 한 영국 세력과 네덜란드인의 후손인 보어인이 세운 트란스발 공화국 간의 전쟁은 금광과 다이아몬드광의 발견에 의해 촉발되었으며, 수많은 사상자를 낸 뒤, 결국 영국이 병합함으로써 종결되었음—옮긴이) 당신은 트란스발에 있었고, 러일전쟁 때는 일본에 있었습니다. 로돌프 왕자가 살해되었을 때는 빈에 있었고, 알렉상드르 왕과 드라가 왕비가 살해되었을 때는 베오그라드에 있었지요. 하지만 이 자리에서 그 사건들 속에서 당신이 담당했던, 뭐랄까, 외교적인 역할에 대해서는 굳이 일일이 언급하지 않겠습니다. 그보다는 당신이 훨씬 더 열의를 보였던 일대 과업에 관해 한시라도 빨리 논하고 싶은 마음입니다. 다름 아닌, 지난 20년간 프랑스에 대해 추진해왔던 공작 말입니다."

어딘지 얄미울 정도로 뻔뻔스러운 표정이 에르민 백작부인의 얼굴을 오히려 경직되게 하고 있었다. 그렇다. 드디어 그녀의 걸작 중의 걸작이 만천하에 공개되는 순간인 것이다. 그야말로 그녀가 가진 모든 힘과 뒤틀린 지략(智略)을 총동원한 과업이 아니었던가!

폴은 계속해서 부언(附言)했다.

"아울러 당신이 그 일을 위해 주도해온 어마어마한 준비 작업과 첩보 활동 역시 굳이 일일이 열거하지 않겠습니다. 북쪽 어느 마을 성당의 종탑 꼭대기에서 당신의 이름 이니셜이 새겨진 단도를 들고 설쳐대던 패거리 중 하나를 내가 패대기친 일 또한 그냥 넘어가겠습니다. 다만 이상의 모든 일은 당신이 궁리해내고 조직해서 실행에 옮긴 거라는 사실만 분명히 하는 바입니다. 그동안 당신이 패거리와 주고받은 편지들을 비롯해서 내가 끌어모은 모든 증거품들은 현재 재판부에 제출된 상태입니다. 이 자리를 빌려 내가 특별히 밝혀내고자 하는 문제는 사실 오르느캥 성과 관련하여 당신이 얼마나 엄청난 노력을 기울였는가 하는 점입니다. 뭐 그리 오래 걸리지는 않을 것입니다. 일련의 흉악무도한 살인 행각과 연관된 몇 가지 사실만 짚어보는 것으로 충분하니까요."

침묵이 흘렀다. 백작부인은 이제 불안한 호기심을 내보이며 잔뜩 귀를 기울이고 있었다. 이내 폴의 진술이 이어졌다.

"1894년 당신은 황제에게 에브르쿠르트에서 코르비니에 이르는 터널 공사를 제안했습니다. 한데 기술자들의 사전 연구를 거친 결과, 이 엄청난 대공사는 오르느캥 성을 소유해야만 효율적으로 공사가 진행될 수 있을 거라는 진단이 나왔습니다. 마침 당시 성의 주인은 건강이 무척 안 좋은 상태였습니다. 그래서 일단 기다리기로 했지요. 하지만 성주(城主)가 영 죽을 기미를 보이지 않자, 당신은 마침내 코르비니를 방문했고, 그로부터 정확히 일주일 뒤, 성주는 저세상으로 떠났습니다. 당신의 첫 번째 살인 행위가 이루어진 셈이지요."

"거짓말! 거짓말이오! 아무런 증거도 없으면서……. 증거를 제시하시오. 증거를!"

백작부인이 발끈했고, 폴은 대답 대신 얘기를 이어갔다.

"그 직후, 도저히 이해가 가지 않는 일이지만, 전혀 광고를 하지 않은 상태에서, 말하자면 은밀하게 성의 매각이 추진되었습니다. 그런데 하필 당신의 지시를 받은 대리인이 다소 서툴게 일을 처리하는 바람에, 성은 그만 당드빌 백작에게 낙찰되었고, 백작은 아내와 두 아이를 데리고 이듬해 성으로 이주하게 됩니다. 부아가 날 대로 난 데다 오기까지 발동한 당신은 만사 제쳐놓고서라도 일단 현지 지질 검사부터 단행하기로 결정했고, 당시까지만 해도 성의 영지 밖에 위치했던 어느 작은 예배당 부지를 점찍었습니다. 독일 황제는 그 후 수차례에 걸쳐 에브르쿠르트로부터 그곳을 방문했습니다. 그러던 어느 날, 예배당을 나오던 황제는 우연히 마주친 내 아버지와 나에게 정체가 탄로 나고 말았습니다. 그로부터 10분 후 당신은 내 아버지 앞에 다시 나타났고 아버지는 당신이 휘두른 흉기에 살해당하셨습니다. 당신이 저지른 두 번째 살인 행각이지요."

"거짓말 마시오! 온통 거짓말뿐이로군! 증거가 하나도 없잖소?"

또다시 백작부인의 앙탈이 시작되었고, 폴은 여전히 침착하게 계속했다.

"그로부터 한 달 후, 당드빌 백작부인은 건강이 악화되어 부득이 오르느캥을 떠나 남프랑스 지방으로 요양을 가야만 했고, 거기서 남편의 품에 안긴 채 세상을 하직했습니다. 한편 아내의 죽음으로 오르느캥 성을 두 번 다시 보고 싶지도 않게 된 당드빌 백작은, 이후 완전히 발길을 끊고 말았습니다. 그 직후 당신의 계획은 때를 놓칠세라 가동되기 시작했습니다. 일단 성이 텅텅 비었으니 그곳에 하루빨리 터를 잡는 게 문제였습니다. 과연 어떤 수단을 썼을까요? 바로 성지기인 제롬과 그 아내를 매수하는 것이었습니다. 성지기 부부의 소탈한 행색과 선량한 태도만을 그대로 믿었던 나는 영락없이 속았던 것이고요. 어쨌든 당신이 그들을 매수하는 것은 그리 어렵지 않았습니다. 그 두 비천한 인간은 사실상 자기들 주장대로 알자스인이 아니라는 핑계와 더불어 그 같은 반역 행위의 결과가 어떠할지 전혀 감이 없었기 때문에, 당신이 내건 계약을 덥석 수용하게 된 것입니다. 그때부터 당신은 원하면 언제든, 아무 거리낌 없이 성을 제 집 드나들듯 할 수 있게 되었습니다. 심지어 제롬은 당신의 지시 그대로 에르민 백작부인의 죽음을 철저히 비밀에 부치기까지 했습니다. 아, 물론 진짜 에르민 백작부인 말이지요. 공교롭게도 당드빌 부인은 워낙 성안에 조용히 틀어박혀 지내던 타입이어서 사람들이 잘 알지 못했기에, 역시 에르민(Hermine)이라는 이름을 가진 당신이 에르민 백작부인으로 버젓이 행세하는 데엔 안팎으로 별 지장이 없었습니다. 게다가 당신은 대단히 주도면밀한 수법을 많이도 동원해두었습니다. 그중에서도 성지기 부부의 공모 사실에 버금갈 정도로 나를 혼란스럽게 한 건, 당드빌 백작부인이 예전에 사용했던 규방에 걸린 초상화였습니다. 당신은 교활하게도 백작부인의 이름이 새겨진 그림틀 안에 딱 맞는 자기 자신의 전신 초상화를 제작해 끼워 넣도록 했습니다. 그 초상화는 당신 자신을 묘사하되, 머리 모양이라든가 복장이 당드빌 백작부인을 그대로 빼다 박은 듯 정교하게 제작된 것이었습니다. 요컨대 당신은 애당초 그렇게 보이고자 모색해왔던 모습으로 둔갑한 셈이며, 생전의 당드빌 부인의 용모를 흉내 내왔던 것에서 이젠 당신 스스로가 에르민 당드빌 백작부인 행세를 하기 시작한 것입니다. 적어도 오르느캥 성에 머무는 동안만은 말이죠. 단 한 가지, 걱정스러웠던 일은, 불시에 당드빌 씨가 성에 돌아오지는 않을까 하는 점이었습니다. 그 점을 미연에 확실히 방지하기 위해서는 단 하나의 해결책이 있을 뿐인데, 그것 역시 또 한 차례의 살인 행각을 저지르는 것이었습니다. 당신은 이후 당드빌 씨의 모든 것에 대해 캐 들어가기 시작했고, 그 결과 항상 그의 근황을 파악하고 그와 서신 교환을 하게끔 되었습니다. 한데 전혀 예기치 못한 일이 발생하게 된 겁니다. 당신 같은 여자에게선 좀처럼 찾아보기 드문 어떤 감정이 하필 당신이 희생 제물로 찍어놓은 사람을 향해 차츰차츰 쏠려가기 시작하는 것이었습니다. 참고로, 베를린에서 당드빌 씨에게 보내진 당신 사진은 이미 증거자료로 첨부해둔 상태입니다. 적어도 그즈음 당신은 당드빌 씨와의 결혼을 희망했으나, 결국 당신이라는 인물의 석연치 않은 수작을 간파한 당드빌 씨의 결별 선언에 직면해야만 했습니다."

이 대목에서 백작부인은 눈썹을 사정없이 찡그리고 입술을 보기 흉하게 비틀고 있었다. 그만하면 그때 일로 얼마나 심한 모욕감을 느꼈을 것이며, 또한 얼마나 극심한 원한을 품게 되었을지 충분히 짐작이 갔다. 그뿐만 아니라, 그녀 입장에선, 철저히 감춰졌다고 생각해온 자신의 치부가 어둠 속에서 낱낱이 떠오르고, 자신의 인생 역정이 그 세세한 부분까지 여지없이 까발려지는 것에 적잖이 놀라는 눈치였다.

폴의 논고가 계속 이어졌다.

"마침내 전쟁이 선포될 시점에는 당신 작업도 완성 단계였습니다. 당신은 터널 입구에 위치한 에브르쿠르트의 별장에 포진한 채 만반의 준비를 갖춘 상태였습니다. 그런 와중에 나와 엘리자베트 당드빌의 결혼과 갑작스럽게 오르느캥 성을 찾은 신혼부부, 그리고 아버지를 죽인 여자의 초상화를 보고 혼비백산한 새신랑의 모습 등등의 소식이 제롬을 통해 당신 귀에 들어갔고, 당신은 상당히 놀라면서 대책을 강구하기 시작했습니다. 그래서 매복을 하다가 아예 나를 없애버리자는 고육책이 나오게 된 것입니다. 물론 실패했고요. 결국 동원령에 휩쓸려 당신은 어쩔 수 없이 내게서 손을 떼야만 했습니다. 아무튼 개전(開戰)과 더불어 당신의 작전은 제대로 효력을 발휘했습니다. 3주가 지나자 코르비니는 맹포격을 당했고, 오르느캥 성은 함락되었으며, 엘라자베트는 콘라트 왕자의 포로가 되었으니까요. 그때까지만 해도 당신은 이루 형언할 수 없는 행복을 누리고 있었습니다. 당신에게 전쟁은, 자신을 받아들이지 않은 당드빌 씨에 대한 복수일 뿐만 아니라 위대한 승리, 즉 호엔촐레른의 이상을 실현하는 꿈이 거의 완성되는 것이나 다름없으니 말입니다. 그대로 이틀만 전세(戰勢)가 유지되었더라면 파리가 함락되었을 것입니다. 아울러 두 달만 지나면 전 유럽이 굴복할 것이고 말입니다. 이 얼마나 황홀한 꿈이겠습니까! 그 당시 당신이 내뱉은 말, 당신이 쓴 편지들을 검토해보면, 그야말로 오만과 광기, 야만스러운 만용과 불가능을 향한 거의 초인적이라 할 탐욕이 한데 뭉뚱그려져 있는 걸 확인할 수 있습니다. 그런데 느닷없이 그 꿈이 깨어지는 일대 사건이 일어납니다. 바로 마른 전투가 그것이지요! 아! 그 점에 대해서도 당신이 쓴 편지가 적지 않더군요. 당신 같은 눈치 빠른 여자는 마른 전투 같은 상황이 발생하면, 그것이 모든 희망과 확신의 총체적인 붕괴를 의미한다는 것을 즉각적으로 간파하지요. 그런 내용으로 당신은 황제에게 편지를 썼습니다. 네, 바로 그렇게 썼어요! 물론 편지의 사본 역시 가지고 있습니다! 일단은 독일군도 방어를 하는 게 급선무였습니다. 프랑스 군대가 서서히 진격해가고 있었으니까요. 그러던 와중에 당신은 내 처남인 베르나르를 통해 내가 코르비니에 있다는 사실을 알아냈습니다. 그냥 방치했다간 엘리자베트가 구출될지도 모른다고 판단했지요. 당신의 모든 비밀을 알고 있는 엘리자베트 말입니다. 안 되지, 엘리자베트는 죽어야 해! 이게 당신의 결론이었습니다. 당신은 즉시 그녀를 처형하라고 지시했지요. 모든 준비가 끝나 있었습니다. 결국에는 콘라트 왕자가 개입하는 바람에 엘리자베트가 살아나긴 했지만, 그리고 처형을 가장해서 내

추적을 따돌리는 것에 만족할 수밖에 없었지만, 최소한 엘리자베트를 마치 노예처럼 독일 땅으로 끌고 갈 수 있었으니 그나마 위로가 되었을 겁니다. 게다가 두 명의 다른 희생 제물인 제롬과 로잘리가 당신의 잔혹한 천성을 만족시켜주었으니 말입니다. 그즈음에는 자기들의 잘못을 느낄 뿐만 아니라, 엘리자베트가 고통을 당하는 걸 보고 마음이 아플 대로 아팠을 부부는 그녀와 함께 도망치려고 했지요. 당신은 물론 그들이 입을 놀리는 게 걱정되어 간단히 총살해버리고 말았습니다. 세 번째와 네 번째의 살인 행각이 거의 동시에 일어난 셈이지요. 다음 날, 두 번의 살인 행각이 더 일어났는데, 둘 다 베르나르와 나로 착각하고 멀쩡한 프랑스 병사를 살해한 것이었습니다. 다섯 번째와 여섯 번째의 살인 행각이었지요."

이렇게 해서 전체 비극이 각각의 처절한 에피소드들과 사건 순서, 그리고 살인 행각에 초점이 맞춰져 재구성되었다. 그러고 보니 그토록 숱한 악행을 저지른 한 여인이 급기야는 운명에 떠밀려 이 을씨년스러운 지하실, 원수의 면전에 무방비 상태로 동댕이쳐져 있다는 것 또한 처참한 광경으로 다가오는 것이었다. 한데 어쩐 일인지 그런 절망적인 상황 속에서도 여자는 완전히 희망을 버리지 않은 눈치였다. 그 점을 간파한 베르나르가 은근히 폴에게 다가서며 속삭였다.

"저 여자를 좀 봐요. 지금까지 시계를 두 번 봤어요. 흡사 무슨 기적, 아니 그보다 더 확실하고 직접적인 도움이 정해진 시각에 당도할 것처럼 뭔가 기다리고 있어요. 저것 좀 봐요. 눈으로 무엇을 찾고 있어요. 귀까지 기울이고 있네요."

폴은 즉시 지시했다.

"계단 아래 있는 병사들을 모두 들어오게 해라. 이제부터 하는 얘기는 그들도 못 들을 이유가 없어."

폴은 다시 백작부인을 향해, 점점 더 생기가 도는 말투로 이렇게 말했다.

"자, 이제 결론이 가까워져 오고 있습니다. 이상의 모든 싸움을 당신은 헤르만 소령의 거죽을 뒤집어쓴 채 수행해왔습니다. 그렇게 하는 게 군대를 따라다니기도 편하고, 첩보 책임자의 역할 수행에도 적합하기 때문이지요. 헤르만……. 에르민……. 언뜻 두 사람 같지만, 사실 당신이 필요에 의해 오빠처럼 여겨지도록 만들었던 헤르만 소령은 바로 당신, 에르민 백작부인이었습니다. 물론 이제르 강변의 등대 건물 잔해에서 가짜 벨기에인 라셴, 아니 첩자 카를과 쑥덕거리던 사람 역시 바로 당신이었고 말입니다. 아울러 사공 휴게소 한구석에다 내가 꽁꽁 묶어서 처박아둔 포로 역시 당신이었습니다. 아! 그때야말로 당신한텐 천운(天運)의 기회였는데! 당신의 숙적 세 사람이 손만 뻗으면 닿을 만한 곳에 만신창이가 되어 쓰러져 있었는데 말입니다. 그런데도 당신은 까마득히 모른 채, 깨끗하게 해치울 기회를 버리고 줄행랑을 치기에 바빴습니다! 우리가 당신의 계획을 속속들이 알고 있는 반면, 당신은 우리에 대해 전혀 모르고 있었던 겁니다. 예컨대, 1월 10일 일요일, 당신은 에브르쿠르트에서의 약속을 하나 만들어놓은 상태였습니다. 엘리자베트를 없애려는 확고한 의지를 표명해가면서 카를과 다짐했던 그 엉큼한 약속 말입니다. 그래서 나는 1월 10일 일요일을 기해 정확히 그 약속 장소에 나타날 수가 있었지요. 거기서 내가 본 것은 콘라트 왕자의 만찬 현장이었습니다! 만찬이 끝난 뒤, 당신이 카를에게 독이 든 병을 건네는 모습도 그 자리에서 똑똑히 목격했고요! 또한 당신이 차에 탄 카를에게 마지막 지시를 내릴 때에도 그 바로 옆자리에서 나는 똑똑히 들었습니다! 결국 나는 당신이 있는 어디든 나타났던 셈입니다. 어쨌든 그날 밤 카를이 죽었고, 다음 날 콘라트 왕자가 내 손에 납치되었지요. 그리고 그다음 날, 그러니까 바로 그저께, 대단히 유리한 포로 교환 조건을 내세움으로써 황제로 하여금 내가 내건 요구들을 수락하지 않을 수 없게 만들었지요. 그중 첫 번째 요구가 다름 아닌 엘리자베트의 즉각적인 자유였습니다. 황제는 순순히 굴복했고, 결국 엘리자베트와 내가 여기 이렇게 있게 된 겁니다!"

방금 한 말 중에서도 유독 한마디 말이, 에르민 백작부인의 지금 처지를 가혹하리만치 분명하게 각인시켜주었다. 그 한마디 말은 천재지변보다 더욱 엄청난 타격으로 그녀의 가슴을 일거에 뒤집어엎었다.

"죽었다고? 방금 카를이 죽었다고 말했어요?"

분노에 울컥하는 심정으로 폴이 냅다 소리 질렀다.

"나를 죽이려던 찰나에 그 자신의 정부(情婦)에게 사살됐소이다! 길길이 날뛰다가 그만 짐승처럼 뒈져버린 거지! 그렇소, 첩자 카를은 죽었소! 그리고 죽는 순간까지도 전 인생을 그렇게 살아왔듯, 배신자, 반역자로서 눈을 감았소! 또 증거를 요구할 참이오? 그의 반역 행위에 대한 증거라면 그자의 호주머니 속에 얼마든지 있던걸! 내가 지금까지 얘기한 당신의 살인 경력과 이런저런 편지 사본들도 다 그의 호주머니 속에서 나온 수첩에 기록된 것들이었소. 그는 언젠가 과업이 모두 이루어지고 나면 당신이 자기 안위를 위해 그를 희생시킬 거라는 것도 이미 내다보고 그런 식으로 미리 복수를 해둔 셈입니다. 그래요, 열심히 봉사하다가 바로 당신의 지시로 총살당하기 직전, 제롬과 로잘리가 엘리자베트에게 오르느캥 성과 관련한 당신의 비밀을 알려줘서 복수한 것처럼, 그도 복수를 한 거란 말이오. 그들 모두가 한때는 당신의 공범들이었소. 당신은 그들을 죽일 수 있었는지는 모르지만, 그 대신 그들은 당신을 파멸시킨 것이오. 그러니 이렇게 고발하는 사람도 더 이상 내가 아니라 바로 당신과 한패였던 그들이라고 할 수 있소! 수많은 편지와 증언 내용이 현재 판사들 손에 들어가 있소. 자, 무슨 대답할 말이 있으면 해보시오."

폴은 여자의 바로 코앞까지 바짝 몸을 기울인 채 버티고 섰다. 비록 탁자 한 귀퉁이가 둘 사이를 간신히 떼어놓고는 있으나, 그는 노기충천한 기세로 마음껏 여자를 위협하고 있었다.

여자는, 변장에 필요한 온갖 의상과 헌 옷가지들이 걸려 있는 옷걸이 밑으로 주춤주춤 뒷걸음질을 쳤다. 비록 꼼짝없이 함정에 빠져 숱한 증거로 밑천이 다 드러난 무기력한 상황일지라도, 끝까지 저항하고 도발할 틈새를 노리겠다는 눈치였다. 적어도 그녀에게만은 게임이 아직 끝나지 않은 모양이었다. 판돈은 여전히 돌아가는 중……. 그녀가 말했다.

"달리 할 말이 없군요. 당신은 지금 범죄행위를 저지른 한 여자에 관해 이야기를 제멋대로 신나게 늘어놓았소. 하지만 난 그 여자가 아니라오. 에르민 백작부인이 이리저리 염탐질을 하고 사람을 죽였다고 떠들어대는 건 지금 아무 의미가 없다는 얘기요. 문제는 내가 과연 그 에르민 백작부인과 동일 인물이냐 하는 거지. 한데 바로 그걸 증명할 방법이 없거든."

"내가 합니다!"

폴이 재판관으로 앉힌 장교 세 명과 약간 떨어져 저만치 앉아, 지금까지 줄곧 침묵 속에 경청하던 네 번째 장교가 느닷없이 외쳤다.

그는 천천히 빛 속으로 걸어나왔다.

어둠으로부터 떠오르듯 사내의 얼굴이 서서히 드러나자 백작부인의 입에서 신음 소리 같은 중얼거림이 새어나왔다.

"스테판 당드빌……. 아, 스테판……."

그렇다. 그 장교는 엘리자베트와 베르나르의 아버지였던 것이다!

그는 전에 입었던 상처로 인해 아직까지 안색이 창백했고, 겨우 이제 막 회복기에 들어선 사람의 몰골이었다.

우선 오랜만에 함께 보는 두 자식을 따뜻하게 포옹하자, 베르나르가 감정에 복받쳐 외쳤다.

"아! 아버지가 와 계셨군요!"

"그래, 사령관님의 말씀을 듣고 폴이 부르는 대로 만사 제쳐놓고 달려왔단다. 그리고 엘리자베트, 네 남편 정말 대단한 사내더구나. 사실 좀 전에 스와송 거리에서 재회했을 때도 내게 약간 언질은 준 바 있지만, 이제 이렇게 듣고 보니 지금까지 이……. 구렁이 같은 여자를 짓누르기 위해 그가 해온 일들이 가슴 깊은 데까지 와 닿는 느낌이다!"

장교가 백작부인 앞에 떡 버티고 서자, 모두들 그의 입에서 튀어나올 말 한마디에 촉각을 곤두세우는 분위기였다. 순간적으로 여자가 고개를 숙였다. 하지만 그 눈초리만큼은 여전히 지독스럽게 번득이고 있었다. 오히려 먼저 말을 내뱉은 것은 여자 쪽이었다.

"당신마저도 나를 비난하러 온 건가요? 당신이 나에 대해서 무슨 말을 할 수 있을까요? 또 거짓말 아니겠어요? 뻔뻔스러운 헛소리 말이에요!"

장교는 여자가 내뱉은 말이 침묵 속에 저절로 가라앉기를 바라는 것처럼, 꽤 오랫동안 아무 말 없이 기다렸다. 잠시 후, 그는 천천히 얘기를 시작했다.

"아까 듣자 하니, 당신 스스로 자신의 진짜 정체에 대한 증언을 목말라하고 있던데, 내가 바로 그 증언을 할 사람으로서 이 자리에 나온 것이오. 당신은 애당초 거짓 이름을 달고 내게 접근했고, 나의 신뢰를 얻어갔소. 그리고 좀 지나서는 나와 좀 더 밀접한 관계를 맺으려는 생각에서, 당신의 진짜 정체를 공개했소. 당신의 그 휘황찬란한 신분과 친분 관계가 나를 어리둥절하게 만들기를 바라면서 말이오. 따라서 나는 하느님과 세상 사람들 앞에서 당신이 바로 에르민 드 호엔촐레른 백작녀라는 사실을 밝히는 게 나의 의무이자 권리임을 감히 단언하는 바입니다. 당신이 내게 직접 보여준 양피지에 작성된 귀족 문서는 분명 원본이었소. 내가 관계를 청산한 것도 바로 당신이 드 호엔촐레른인가 뭔가 하는 가문의 백작녀였기 때문이오. 왠지 모르게 버겁고 거부감이 생기는 걸 어떡하겠소! 아무튼 이게 내 증언의 요지(要旨)요."

여자는 대뜸 고래고래 발악을 해댔다.

"파렴치한 증언이야! 거짓 증언이라고! 내 그럴 줄 알았어. 전혀 증거가 없잖아, 증거가!"

당드빌 백작은 분노로 치를 떨면서 여자에게 바짝 다가섰다.

"증거가 없다고? 당신이 베를린에서 직접 친필 서명까지 곁들여 보내온 사진도 과연 증거가 안 될까? 경솔하게도 내 아내처럼 차려입고서 찍은 그 사진 말이야! 그래, 당신은 일부러 그렇게 꾸미고 사진을 찍었어! 혹시라도 내 죽은 아내와 비슷하게 보이면 내게서 호의를 끌어낼 수 있지 않을까 했겠지! 하지만 오히려 그렇게 하는 것이야말로 내게는 더없는 모욕이면서 죽은 여자에게도 엄청난 불경(不敬)이라는 것을 당신은 생각지 못한 거야! 더군다나 자기가 저지른 짓을 시침 떼고 어떻게 감히……. 어떻게 당신이 감히!"

좀 전에 폴 들로즈가 그랬던 것처럼, 백작은 여자 앞에 떡 버티고 선 채 증오로 금세 폭발할 것 같은 위협적인 제스처를 취했다. 여자는 다소 당황한 듯 중얼거렸다.

"감히라니……. 대체 또 무슨 소리를 하려고?"

"무슨 소리? 좋아, 말해주지! 나는 그 당시 당신이 누군지도 몰랐고,

옛날의 비극, 그 모든 참사에 대해서도 까마득히 모르고 있었소. 그런 걸 오늘에야 비로소 눈뜨게 된 거요. 이전에 당신을 내친 게 단순히 본능적인 거부감 때문이었다면, 지금 내가 당신을 비난하는 건 이루 비할 데 없이 펄펄 끓어오르는 증오심 때문이오. 이제야 모든 걸……. 그래, 이제야 모든 걸 너무나도 분명히 깨달았기 때문이오. 옛날에 내 아내가 시름시름 앓고 있었을 때, 의사가 내게 해준 말이 있소. '근데 좀 이상한 병이올시다. 기관지염에다 폐렴인 것만은 확실한데, 도무지 이해가 안 가는 부분이 있거든. 증상 중에 뭔가……. 하긴 숨길 필요도 없겠죠? 중독(中毒) 증세가 보인단 말입니다.' 아, 글쎄, 이러더란 말이오! 그땐 나도 대뜸 반발부터 했지. 그럴 리가 없다! 내 아내가 중독이 되다니! 대체 누가 그런 짓을? 한데 그게 바로 에르민 백작부인 당신 짓이었어! 오늘에서야 확실히 알게 되었다고! 내 목숨을 걸고 단언하건대, 바로 당신이 내 아내를 서서히 독살시킨 거란 말이오! 증거라고? 바로 당신의 인생 자체가 당신이 유죄(有罪)임을 증언하고 있잖소! 그러고 보니 이건 폴 들로즈가 미처 밝히지 못한 부분인 것 같군. 그는 당신이 자기 아버지를 살해했을 때 왜 내 아내와 비슷한 복장을 갖춰 입었는지를 모르고 있었소. 글쎄, 왜였을까? 끔찍하게도 그건 다름 아닌 그때 벌써 당신 머릿속에 내 아내의 죽음이 기정사실화되어 있었고, 언젠가는 훼방거리가 될 사람들로 하여금 당드빌 백작부인과 당신을 혼동하게끔 씨앗을 뿌려놓겠다는 계산이었던 거지. 이보다 더 확고부동한 증거가 있을 수 있을까? 내 아내는 처음부터 당신에게 거북스러운 존재였소. 그래서 죽인 거지. 아내가 죽으면 내가 다시는 오르느캥 성엔 발도 들여놓지 않으리라고 내다본 거지. 그래서 내 아내를 독살한 거야! 아, 폴 들로즈, 자네는 여섯 가지 살인 행각을 제시했네만, 여기 일곱 번째가 있네! 당드빌 백작부인 살해 사건일세!"

백작은 두 주먹을 불끈 쥔 채 에르민 백작부인의 얼굴에 들이대고 부르르 떨었다. 여차하면 한 대 쥐어박기라도 할 태세였다.

하지만 정작 여자 쪽에선 미동도 하지 않았다. 이전과는 달리 이 새로운 고발에 대해서 그녀는 왠지 아무런 대꾸도 반발도 하지 않는 것이었다. 방금 전의 예기치 못한 비난뿐만 아니라 이전까지 자신을 압박해 들어왔던 모든 고발 내용에 더는 개의치 않는 듯 보였다. 이제 어떤 위협이 닥쳐도 아랑곳하지 않을 것이며, 무슨 대답을 해야 할지도 전혀 상관 않겠다는 눈치였다. 한마디로 생각이 딴 데가 있는 것 같았다. 그녀는 사람들 말소리를 넘어 다른 무엇에 귀를 기울이고 있었다. 눈앞에 펼쳐진 광경 말고 다른 것을 보고 있었으며, 베르나르가 지적했듯이, 처절하게 만신창이가 된 이 상황 밖에서 일어나고 있는 무엇이 더 신경 쓰이는 모양이었다.

도대체 왜 저러는 걸까? 무얼 기대하는 걸까?

세 번째로 그녀는 시계를 들여다보았다. 1분이 지났고, 다시 1분이 더 흘렀다.

이윽고 지하 저장고의 어느 부분, 아마도 위쪽으로부터 얼추 기계음 같은 것이 들려왔다.

백작부인은 몸을 곧추세웠다. 그러고는 그 정적(靜寂)을 누구도 방해할 수 없을 만큼 바짝 긴장한 표정으로 귀를 기울이는 것이었다. 폴 들로즈와 당드빌 씨는 자기도 모르게 주춤주춤 뒤로 물러났고, 에르민 백작부인은 더더욱 귀를 기울이고 있었다.

그러던 어느 한순간, 육중한 천장 너머에서 느닷없는 벨 소리가 요란하게 울려대는 것이 아닌가! 불과 몇 초 사이……. 네 차례의 균일한 신호음이 울리더니, 그것이 다였다.

결정판 아르센 뤼팽 전집

10
두 번의 처형

    사실 이 난데없이 울어댄 벨 소리보다도 사람들을 깜짝 놀라게 한 것은, 펄쩍 뛰며 쾌재를 내지르는 에르민 백작부인의 행태였다. 그녀는 정신 나간 사람처럼 환희의 탄성을 내지르더니 극성스럽게 웃음을 터뜨렸다. 얼굴 표정 역시 아까와는 딴판으로 변해 있었다. 질겁한 채 도망갈 구멍만을 모색하던 긴장 어린 표정 대신에, 배짱과 확신, 상대에 대한 경멸과 터무니없는 오만이 활짝 피어난 얼굴이었다.

    "어리석은 것들! 어리석은 것들이야! 그래, 너희는 내가 잡혔다고 생각했겠지? 그러고 보면 프랑스인들은 과연 순진한 데가 있어! 내가 쥐덫에라도 걸려든 줄 알았어? 내가? 이 몸이?"

    그야말로 하도 뱉어내고 싶은 독설이 많아서 제대로 말을 잇지 못하는 듯했다. 이윽고 잔뜩 무게를 잡은 태도로 여자는 두 눈을 질끈 감고 잠시 숨을 고르더니, 오른팔을 쭉 뻗어 안락의자를 밀어젖히고는 자그마한 마호가니 판자를 빼내 들었다. 여자는 폴과 당드빌 백작, 그리고 그 아들과 세 명의 장교에게서 눈을 떼지 않은 채, 더듬더듬 판자 위에 달려 있는 납으로 된 손잡이를 부여잡았다.

여자의 입에서 똑똑 끊어지는 매서운 울부짖음이 튀어나왔다.

"이제는 너희 따위 하나도 두렵지 않아! 에르민 드 호엔촐레른 백작녀가 뭐 어쨌다고? 그게 나인지 아닌지가 그리도 궁금해? 그래, 내가 바로 그 사람이다! 굳이 부인하지 않겠어. 아니, 오히려 떳떳하게 선언하기로 하지. 너희가 어리석게도 범죄라고 부르는 그 모든 행위, 그래 내가 다 저질렀다. 어디까지나 황제를 위한 충정에서 저지른 일들이야. 첩자라고? 천만에……. 난 단지 독일인일 뿐이다. 독일인이 자신의 조국을 위해서 한 일은 모두가 정당하다! 아, 지나간 과거 갖고 너무 멍청한 헛소리만 떠들어댔어. 정작 중요한 건 현재와 미래인데 말이야. 물론 내가 주인인 현재와 미래이지! 그래, 바로 너희 덕분에 이제 내가 사태를 다시 정상적으로 수습하게 된 거라고. 모처럼 신나게 웃을 수 있게 되었어! 무슨 말인지 궁금하겠지? 최근 며칠 사이에 이곳에서 벌어진 모든 일은 내가 미리 준비하고 짜 맞춘 것들이었어. 교각들이 연거푸 무너진 것도 다 내가 지시해서 토대를 후벼 파냈기 때문에 가능했지. 왜 그런 짓을 했느냐고? 그저 너희가 잠시 뒷걸음질을 치게 만들려는 그런 하찮은 목적 때문이었다고 생각해? 아, 물론 그럴 필요도 있었겠지. 하나 그보다는 결정적인 승리의 예고편이라고나 할까? 어쨌든 예고가 필요했고, 그 결과는 조만간 눈앞에 드러나고 말 거야. 내가 장담하지. 사실 내가 원하는 건 그것 이상이었거든. 그걸 지금은 성취했고 말이야."

여자는 잠시 말을 멈춘 뒤, 정작 중요한 얘기는 지금부터라는 듯, 사람들 앞으로 상체를 약간 숙이면서 나지막한 목소리로 말을 이었다.

"일단 너희 부대가 혼란 속에 빠지고 후퇴를 해야, 적의 진격을 막

결정판 아르센 뤼팽 전집

아내면서 지원 병력을 보충해야 할 필요성이 짙어질 테고, 그러다 보면 너희 총사령관은 부랴부랴 현장에 도착해 여러 장군과 작전 회의를 할 수밖에 없게 되지. 지난 수개월 동안 내가 노리던 것이 바로 그 점이었어. 일단 그것이 먼저 이루어지지 않으면 내 계획을 실행에 옮길 수가 없거든. 그럼 어떻게 해야겠어? 내가 그에게 다가갈 수 없으니 그더러 내 쪽으로 오게 하는 수밖에 더 있겠어? 내가 상황을 마음대로 장악할 수 있는 장소를 선택해 자연스럽게 그리로 끌어들이는 수밖에 말이야! 그저 그렇게 되길 바라기만 하면 됐어. 바라기만 하면 됐다고! 너희 총사령관은 스와송에 들를 때마다 묵곤 하는 별장이 있더군. 이번에도 그곳 여러 방 중 한 곳에 있고 말이야. 아하, 그곳에 있다는 걸 나는 알지. 그동안 우리 요원 한 명이 보내주기로 한 신호를 목이 빠져라 기다렸거든. 그 신호, 너희도 방금 들었지? 그러니 이젠 확실해졌어. 그동안 내가 눈독을 들이고 있던 총사령관께선 지금 장군들과 모처에 모여 열심히 회의를 하고 계시단 말이야. 물론 내가 잘 알고, 미리 밑을 파놓은 어느 건물 안에서 말이지. 총사령관 가까이에는 아주 유능한 엘리트 장군이 둘이나 함께 있다는 거야. 그중 하나는 육군 사령관이고 다른 하나는 군단장이라는군. 우선 그 세 명만 따져보자고. 아, 그 밖에 피라미들은 굳이 얘기할 필요도 없겠지. 그 세 놈이 내가 이 손잡이만 슬쩍 건드리면 어떻게 되는 줄 알아? 저들이 틀어박혀 있는 건물과 함께 송두리째 가루가 되어버린다 이거지! 어떻게 할까? 그냥 둬, 아니면 확 저질러버려?"

바로 그때였다. 방 안 어딘가에서 철커덕하는 소리가 들렸다. 보아하니 베르나르 당드빌이 권총을 장전한 모양이었다.

"저년을 당장 죽여야 해!"

버럭 소리치는 처남 앞을 폴이 몸을 날려 가로막으며 일갈했다.

"꼼짝 말고 입 닥쳐!"

백작부인이 또다시 깔깔거리며 웃음을 터뜨렸는데, 어찌나 표독스러운 쾌재의 웃음소리인지!

"네 말이 맞아, 폴 들로즈. 너니까 그나마 상황 판단이 빠른 것 같군 그래. 저 경솔한 풋내기가 제아무리 잽싸게 총을 발사한다 해도, 내겐 이 손잡이 하나 까딱할 시간은 충분한 법이거든. 물론 그런 지경까지 가서는 곤란하겠지, 안 그래? 그거야말로 저 신사분들하고 네가 어떻게든 피하고 싶어 하는 것 아니겠나. **심지어 이 나를 순순히 풀어주는 한이 있더라도 말이야**, 안 그래? 아뿔싸, 일이 그렇게 된 거였네그려. 내 멋진 계획이 이렇게 네놈들 손에 붙잡힘으로써 일거에 허물어졌다고 치자고. 한데 너희의 최고위 장군들 세 명 정도면 나 하나의 가치는 가까스로 될 거란 말이야. 그러니 내가 사는 대신 걔네들 세 명을 봐줄 의향 정도는 나도 충분히 있다 이거지. 자, 이만하면 타협이 된 건가? 장군 세 명과 나를 맞바꾼다 이 말이야! 자, 지금 당장 결정하도록 하지! 폴 들로즈, 너에게 저 점잖으신 분들과 의논할 시간을 1분 주겠다. 만약 1분 후에 네 입에서 나를 풀어주고 스위스로 건너갈 때까지 모든 보호를 책임지겠다는 약속이 튀어나오지 않는다면, 그땐……. 그땐 말이야, 글자 그대로 「빨간 모자」에 나오는 '손잡이를 당겨봐, 빗장이 풀릴 테니!' 꼴이 되는 거지(「빨간 모자(Le Petit Chaperon rouge)」는 「신데렐라」의 작가 샤를 페로(1628~1703)의 동화 작품. '손잡이……!'의 대사는 할머니로 변장한 늑대가 오두막에 과자를 들고 찾아온 손녀에게 문을 열고 들어오라고 말하는 대목으로, 소녀는 결국 늑대에게 희생됨. 물론 여기서는 돌이킬 수 없는 운명의 순간을 맞게 될 거라는 위협적인 암시로 쓰인 것—옮긴이)! 아하, 이렇게 해서 너희 모두 내 앞에 꼼짝 못하게 되는 거야! 이 얼마나 웃기는 일이냐고! 이봐 들로즈, 어서 서둘러! 네 약속 하나면 돼. 그럼, 그걸로 충분하고말고! 그래도 프랑스 장교의 약속 아니겠어! 오호호호호호."

신경질적이면서 조롱으로 가득 찬 웃음소리가 침묵 속에서 길게 꼬리를 물었다. 그런데 방금 대차게 내뱉은 여자의 말이 기대하던 효과에 이르지 못하는 것처럼, 웃음소리 역시 차츰차츰 잦아드는 것이 아닌가! 그러더니 점점 어색하게 흐지부지되면서 결국에는 뚝 그치고 마는 것이었다.

여자는 어리둥절한 표정으로 주위를 두리번거렸다. 폴 들로즈는 물론이거니와 장교 사병 할 것 없이 실내에 있는 모든 이가 전혀 미동도 하지 않는 것이었다.

여자는 주먹을 을러대며 소리쳤다.

"빨리 서두르란 말이야! 이봐 프랑스 친구들, 딱 1분밖에 안 남았어. 더 이상은 나도 곤란하다고."

그러나 여전히 잠잠했다.

여자는 마침내 나직한 소리로 흐르는 시간을 세기 시작했다.

하지만 1부터 세서 40까지 세고는 불안하기 그지없는 표정으로 그나마 뚝 그쳤다. 사람들이 꼼짝 않고 있는 것은 마찬가지였다.

이젠 길길이 날뛰면서 벽력같은 고함을 마구 내지르는 백작부인.

"너희들 죄다 미친 거야? 아직도 모르겠느냐고! 아니면 내 말을 곧이듣지 않는 거야? 그래, 순순히 믿지는 않으리라 예상했지! 설마 그럴 리가 하는 거겠지! 내가 그 정도까지 해놨으리라고는 상상이 안 갈 거야! 그래, 하긴 기적이나 다름없지, 안 그래? 하지만 아니야. 강철 같은 의지력과 초지일관하는 정신력! 그걸로 다 끝나는 거라고. 거기에다 너희네 병사들도 한몫 단단히 해줬지. 맙소사, 정말 그랬다니까! 너희 병사들이 초소와 본부를 연결하는 전화선을 놓을 때, 우리 요원들은 살짝 그중 한 가닥에 선(線)만 대면 됐으니까 말이야! 바로 그 선을 타고 건물 밑에 장치된 발파구멍이 이 지하실까지 연결되어 있거든! 자, 이제 내 말을 믿을 만한가?"

그렇게 떠들어대는 그녀의 목소리는 평소보다 더 갈라지고 쉬었으며, 헐떡였다. 점점 더 분명해지는 불안감이 얼굴 표정을 일그러지게 하고 있었다. 도대체 왜들 꿈쩍하지 않는 걸까? 왜 지시를 내리는데 들은 척도 안 하는 건가? 포로를 풀어주느니 그 어떠한 희생이든 감수하기로 결정이라도 봤다는 얘긴가?

여자는 맥없이 중얼거리기 시작했다.

"대체 이게 뭐야? 내가 무슨 말을 하는지는 알아먹었을 것 아니야! 아니면 다들 정신 나간 거냐고! 자, 잘들 한번 생각 좀 해봐. 너희의 장군이 셋이야. 그들이 죽으면 어떤 결과가 초래될지 한번 생각해보라고. 우리 전력(戰力)에도 엄청난 활력을 불어넣게 될걸! 게다가 그로 인해 너희 부대가 얼마나 혼란스러워지겠어? 당연히 철수해야만 할 거고! 군 수뇌부가 대거 붕괴되겠지! 자, 잘 생각해보란 말이야."

글자 그대로 이젠 협박이 아니라, 설득하기 위해 무진 애를 쓰는 형국이었다. 자신과 같은 관점을 가져주기를 애원하고, 자신이 예상한 결과를 인정해주기를 간청하는 꼴이었다. 계획대로 착착 진행되기 위해서는 논리적인 방향으로 반응을 보여주어야 하는 것 아닌가! 그런데……. 그런데 이것은…….

마침내 오기가 발동했는지, 여자는 한껏 저자세로 굴욕적인 애원을 하던 태도를 내던지고 별안간 돌변했다. 그리고 또다시 위협적인 태도를 내세우며 버럭 소리치는 것이었다.

"쳇, 하는 수 없지! 안됐지만 하는 수 없어! 저 장군들은 너희 때문에 죽는 거야! 그렇게도 그걸 원하는 거야? 그럼 서로 양해는 된 거지? 그러고 나서는 아마 나를 붙잡은 걸로 생각한다 이거지? 좋아, 어디 실컷 해봐! 너희가 그렇게 고집을 피워도, 에르민 백작부인은 아직 항복 안 했어! 너희는 그녀를 잘 몰라. 에르민 백작부인이 어떤 존재인지 모른 다고. 그녀는 결코 굴복하지 않아. 에르민 백작부인은……. 에르민 백작부인은……."

정말이지 봐주기가 끔찍할 정도였다. 일종의 착란상태에라도 빠진 것 같았다. 약이 올라 일그러지고 뒤틀리면서, 그사이 폭삭 늙어버린 것 같은 얼굴이 마치 지옥 불에 이글이글 불살라지며 몸부림치는 마귀 를 연상시켰다. 욕설과 저주와 탄식이 구토를 하듯 입에서 연신 튀어나 오는가 하면, 자신의 행동이 초래할 엄청난 재앙을 생각하며 저 혼자 시시덕거리는 것이었다.

"하는 수 없어! 너희 책임이야. 이 피도 눈물도 없는 놈들, 너희 때문 에 일어나는 일이라고. 아, 미쳤어! 정말 원한다 이거지? 정말 다 돌아 버렸다니까! 자기들 장군인데 말이야! 자기들 우두머리인데 말이야! 이건 완전히 미치지 않고는 불가능해! 자기들의 장군을 세 명씩이나 저 렇게 희희낙락하며 희생시킬 수 있는 거야? 저런 멍청한 고집을 제정신 이라고 볼 순 없지. 아무렴, 안됐지만 할 수 없어! 할 수 없다고! 너희가 원한 거니까! 너희 뜻인 만큼 다 너희 책임이야. 딱 한마디만 하면 될 걸. 딱 한마디만……."

그렇게 실성한 사람처럼 중얼거리면서도 마지막으로 망설이고 있 었다. 완고하고도 야수 같은 얼굴을 두리번거리며 여자는 무슨 절대 적인 지시를 따르듯 고집스레 침묵을 지키고 있는 사내들을 슬그머니 살폈다.

역시 아무도 움직이려는 사람이 없었다.

치명적인 결단을 앞둔 그녀의 내부로부터 일순, 자신이 처한 끔찍한 상황을 몽땅 잊게 만들 만큼 고약한 희열(喜悅)의 충동이 부글부글 끓어오르는 듯 보였다.

"신의 뜻대로 이루어지리다! 나의 황제에게 승리의 영광 있으리라!"

여자는 시선을 허공에 고정시킨 채, 상체를 꼿꼿이 세우고 손가락을 펴서 손잡이를 밀어 올렸다.

반응은 즉시 느껴졌다. 천장을 통해, 공간을 가로질러, 멀리서 일어난 폭발음과 그 진동이 지하 저장고의 내벽을 따라 우르르 전달되었다. 마치 지축(地軸)을 타고서 충격이 퍼져나가는 것처럼 바닥까지 뒤흔들리는 것 같았다.

그러고는 적막⋯⋯.

에르민 백작부인은 조금 더 귀를 기울이고 있었다. 그녀의 얼굴은 기쁨으로 환하게 밝아져 있었다.

"나의 황제에게 승리의 영광 있으리라."

그렇게 다시 한번 더 중얼거리더니 갑자기 두 팔을 몸에 딱 붙인 채 부리나케 뒤로 물러서는 에르민 백작부인. 옷가지가 걸려 있는 벽면에 등을 기대는가 싶더니 흡사 벽 속으로 그대로 빨려 들어가듯 감쪽같이 사라지고 마는 것이 아닌가!

곧이어 육중한 문짝이 닫히는 소리가 요란하게 들렸고, 그와 동시에 방 안에선 총성이 터져나왔다.

베르나르가 재빨리 여자가 사라진 벽면을 향해 방아쇠를 당긴 것이다. 그리고 몸을 날려 옷가지에 가려진 비밀 문으로 쇄도하려는 찰나, 폴이 덥석 붙잡았다.

베르나르는 당장 몸부림을 치며 외쳤다.

"여자가 도망쳤잖아요! 그냥 내버려둘 참이에요? 이것 봐요, 에브르쿠르트의 터널 생각 안 나요? 전기선이 거미줄처럼 연결된 폭파 장치 말이에요! 이번에도 마찬가지일 거예요! 저렇게 도망가게 놔두면⋯⋯."

그로서는 폴의 태도를 도무지 이해할 수 없었다. 그의 누이 역시 안달하는 것은 마찬가지였다. 그들의 어머니를 죽이고 그 이름과 자리마저 차지한 가증스러운 짐승이 내빼는 것을 두고만 보고 있지 않은가 말이다!

이윽고 엘리자베트마저 소리쳤다.

"폴, 저 여자를 쫓아야 해요. 가만두면 안 된다고요. 폴, 저 여자가 한 짓을 모두 잊은 거예요?"

하긴 엘리자베트가 직접 당한 일 또한 만만치 않은 것이었으니…….
오르느캥 성에서의 일이나 콘라트 왕자의 별장에서 있었던 일, 억지로 샴페인 잔을 비워야만 했던 끔찍했던 그날 만찬, 강요된 타협안, 그 모든 치욕과 고문이 그녀의 머릿속에 주마등처럼 스쳐 지나갔다.

두 남매가 발을 동동 구르는데도 폴을 위시한 장교들과 병사들은 전혀 개의치 않는 분위기였다. 모두가 목석처럼 굳기로 약속이나 한 듯했다. 어떤 일이 일어났어도 안중에 없을 사람들 같았다.

그 누구도 자리를 뜨지 않고 이따금 몇 마디씩 나지막이 수군거리는 가운데, 2~3분의 시간이 흘러갔다. 안타까운 심정에 기진맥진한 엘리자베트가 마침내 울음을 터뜨렸다. 누나의 흐느끼는 소리에 울화통이 치민 베르나르도 마치 가위눌린 악몽을 꾸는 것처럼 어찌할 바를 모르고 있었다.

바로 그때였다. 분명 어떤 예기치 않은 일이 일어났는데, 바로 남매를 제외한 그곳의 모든 사람의 태도가 왠지 당연히 올 것이 왔다는 투로 덤덤한 것이었다. 옷가지를 걸어둔 쪽에서 삐걱거리는 소리가 들리는가 싶더니, 가려서 보이지 않는 비밀 문이 경첩을 축으로 해서 핑그르르 회전하듯 열리는 것이 아닌가! 다음 순간, 옷가지가 흔들거리는 가운데 웬 사람 모양의 꾸러미 같은 것이 바닥에 털썩 내동댕이쳐졌다.

베르나르 당드빌은 탄성을 질렀고, 엘리자베트 역시 눈물이 그렁그렁한 채로 화사하게 웃었다.

꾸러미 같은 그것은 꽁꽁 묶이고 재갈까지 물린 에르민 백작부인의 몸뚱어리였던 것이다!

그 뒤로 헌병 세 명이 연달아 안으로 들어섰다.

그중 목소리가 듣기 좋게 굵직한 친구가 농담처럼 툭 내뱉었다.

"물건 도착했습니다! 그렇지 않아도 막 골치가 아파지려던 참인데 불쑥 나타나더군요, 중위님. 혹시나 잘못 짚으신 거는 아닌지, 도망 나올 구멍이 틀린 거는 아닌지 갸우뚱하던 참인데…… 그나저나 중위님, 아 글쎄, 이년 꽤나 애를 먹이더군요. 어찌나 발악을 해대던지! 지저분한 짐승처럼 아무 데나 닥치는 대로 물어뜯는 거예요, 글쎄! 소리는 왜 또 그리 지르는지! 아주 지독한 암캐예요, 암캐!"

자기 말 때문에 한바탕 폭소를 터뜨리는 병사들을 향해 그는 또 이랬다.

"어이 동지들! 어쩌다 이런 사냥감이 걸리면 그날 사냥은 다 한 걸로 아시구려. 하긴 들로즈 중위님이 워낙 기막힌 추적을 하셨기에 망정이지…… 좌우간 이제 사냥감 목록은 꽉 채워진 상태라오. 독일 놈들을 떼거리로 한나절 만에 싹 쓸어버렸으니까! 어, 중위님, 지금 뭐하시는 겁니까? 조심하세요! 그러다 물립니다!"

폴은 허리를 숙여 우선 제일 고통스러울 것 같은 여자의 재갈을 약간 느슨하게 해주었다. 아니나 다를까, 여자가 길길이 악을 써대는 가운데 내뱉는 지리멸렬한 외마디 소리엔 아랑곳하지 않고 폴이 대뜸 윽박질렀다.

"안 될 말이지! 아무렴, 어림 반 푼어치도 안 되고말고. 네가 기도한 타격은 여지없이 빗나갔어. 그거야말로 너를 위해 마련된 가장 가혹한 징벌인 셈이지. 그토록 저지르고 싶었던 사악한 짓거리를 끝내 못 이루고 죽어가야만 하는 것 말이야. 어디 감히 그런 짓거리를!"

그는 다시 몸을 일으키고는 장교들에게 다가갔다.

서로 의논을 하는 가운데 판결을 마친 장교들 중 하나가 대표로 폴에게 말했다.

"잘했네, 들로즈. 노고를 치하하는 바이네."

"감사합니다, 장군님. 가능하면 아까 도망치는 걸 막을까도 했습니다만, 되도록 저 여자의 유죄를 입증할 증거들을 많이 제시해드리고 싶었습니다. 지금까지 저질러온 범죄행위들 말고도 좀 더 완벽하고 꼼짝 못할 만한 증거를요."

"저 계집, 정말이지 여간내기가 아니더군! 들로즈 자네 아니었으면 별장과 더불어 우리 동료들과 나까지 몽땅 저세상으로 가버릴 뻔했지 뭔가! 그나저나 아까 그 폭발은 어떻게 된 건가?"

"쓸데없는 건물이었습니다. 이미 포격으로 파손된 건물인데, 현지 사령부에서도 어차피 제거하려던 무용지물이었죠. 물론 이곳에서 뻗어나간 전선(電線)은 살짝 비켜가게 해놓고 말입니다."

"그리고 모든 도당을 일망타진한 건가?"

"그렇습니다, 장군님. 놈들 패거리 중 하나를 우연히 붙잡았는데, 족치니까 이곳에 관한 필요한 모든 정보를 순순히 불더군요. 물론 에르민 백작부인의 음모와 나머지 패거리의 이름들까지 몽땅 말입니다. 만약 장군님이 원래대로 별장에서 회의를 하고 있었다면, 오늘 밤 10시에 바로 그자가 백작부인에게 아까와 같은 방식으로 신호를 하기로 했던 겁니다. 당연히 우리가 들었던 좀 전의 그 신호는 저의 지시에 따라 우리 병사 중 한 명이 보내온 거였죠."

"브라보! 다시 한번 고맙네, 들로즈."

그제야 어둠 속에 앉아 있던 장군이 빛 가운데로 걸어나왔다. 훤칠한 키에 강건한 풍채, 눈처럼 새하얀 콧수염이 윗입술을 두툼하게 덮고 있었다.

순간, 깜짝 놀란 듯 여기저기서 술렁거렸다. 베르나르 당드빌과 엘리자베트는 둘이 바싹 붙어 섰고, 병사들은 차려 자세를 취했다. 저들의 총사령관을 바로 알아보았던 것이다. 육군 사령관과 군단장이 얼른 좌우로 따라붙었다.

헌병들은 포로를 벽에다 밀어붙였다. 다리를 풀어주었는데, 워낙 휘청거리는지라 옆에서 부축하고 있어야만 했다.

여자의 얼굴에는 두려움을 넘어 멍청하기 그지없는 표정이 맴돌고 있었다. 휘둥그레진 눈으로 자신이 죽이려던 대상, 아니 이미 죽었다고 믿은 대상이 버젓이 살아 숨 쉬며 이젠 자신에게 사형 언도를 내리려는 순간이니 오죽하겠는가!

폴이 아까 한 말을 넌지시 되풀이해 말했다.

"어떤가, 그토록 저지르고 싶었던 사악한 짓거리를 끝내 못 이루고 죽어가야만 하는 것. 정말 끔찍하겠지?"

총사령관은 살아 있고, 천인공노할 음모는 뿌리째 뽑혀나갔다! 총사령관 이하 모든 막료가 건재하고, 폴 들로즈와 스테판 당드빌, 베르나르와 엘리자베트 모두 버젓이 살아 있다! 지칠 줄 모르던 증오심으로 그토록 물고 늘어져 온 원수들이 지금 바로 눈앞에 보란 듯이 버티고 서 있다! 이제 여자의 운명은 이 사람들이 한데 모여 행복해하는, 그녀로선 더없이 처절한 광경을 두 눈 똑바로 뜬 채 지켜보면서 죽어가야만 하는 것이다! 무엇보다도 자신의 원대한 포부가 신기루처럼 허물어진다는 생각을 가슴 깊이 묻으며 죽어가야만 한다! 에르민 백작부인과 더불어 호엔촐레른 가문의 영혼도 지상에서 사라져갈 것이다! 언뜻언뜻

결정판 아르센 뤼팽 전집

정신착란의 기운이 스치고 지나가는 황망한 눈동자 속에서 이 모든 사실이 허깨비처럼 어른거리고 있었다.

장군이 수행 장교에게 말을 걸었다.

"지시는 하달해놓았겠지? 일제히 총살형에 처하는 걸세!"

"네, 장군님. 오늘 밤 즉시 거행할 겁니다."

"이 여자부터 시작하도록 하게. 지금 당장, 이곳에서 말이야."

연신 몸부림을 쳐대더니 마침내 재갈을 풀어낸 포로가 신음과 외마디 비명을 한꺼번에 내지르는 가운데, 제발 살려달라고 애걸하는 소리가 간간이 새어나왔다.

하지만 장군은 단호하게 잘라 말했다.

"자, 이제 그만 다들 갑시다."

순간, 웬 뜨거운 두 손이 장군의 손목을 덥석 부여잡는 것이 느껴졌다. 엘리자베트가 허리를 굽힌 채 눈물로 하소연을 하고 있었다.

폴이 아내를 얼른 소개했고, 장군은 부드럽게 말을 건넸다.

"그동안 겪은 일에도 불구하고 동정심을 갖는다는 건 이해합니다, 마담. 하지만 그런 마음, 이제는 가질 필요 없습니다. 물론 죽어가는 사람을 두고 동정심이 이는 거야 당연하죠. 하지만 저런 인간과 저들 종족을 향해서는 그래선 안 됩니다. 저들은 이미 인간이기를 포기한 족속이며, 우리는 그 점을 앞으로도 잊어선 안 됩니다. 나중에 당신이 한 아이의 어머니가 되시거든, 아이에게 가르쳐주십시오. 프랑스가 여태껏 잊은 채 지내왔고, 장래 우리의 안위를 책임져줄 감정이 무엇인지 말입니다. 바로 야만족에 대한 증오심 말이죠."

장군은 여인의 팔을 다정하게 붙잡고 문에까지 이끌어갔다.

"괜찮다면 숙소까지 모시도록 하겠습니다. 들로즈, 자네도 같이 가세나. 힘든 하루였을 테니 자네도 좀 쉬어야 할 것이야."

포탄 파편

장군에게 이끌려 엘리자베트가 퇴장하는 등 뒤로 포로는 목이 터져라 울부짖고 있었다.

　"제발 살려주시오! 제발!"

　벌써부터 소총을 든 병사들이 맞은편 벽을 향해 도열해 있었다.

　백작과 폴, 베르나르는 잠시 그 자리를 지키고 있었다. 지금 눈앞에서 발악을 하는 여자는 당드빌 백작의 아내를 살해했고, 베르나르의 어머니를 살해했으며, 폴의 아버지를 살해한 인물이다. 그뿐인가, 그 모두의 딸이자 누나이자 사랑하는 아내인 엘리자베트를 지독히도 고문하고 괴롭혀온 존재가 아닌가! 그토록 이 한 여자로 인해 괴로움에 시달려왔음에도 불구하고 이제 그들의 마음은 정의의 감정이 불어넣어 주는 평온함만이 가득했다. 그 어떤 증오심도 이제는 잠잠해진 상태이다. 그 어떤 복수심도 더는 그들의 심장을 들쑤시지 못한다.

　몸뚱어리를 지탱하기 위해 헌병들은 벽에 박힌 못에다가 여자의 허리띠를 고정시키고 나서 저만치 물러섰다.

　폴이 여자의 귓가에 속삭여주었다.

　"저기 있는 병사들 중 하나가 성직에 몸담고 있다. 도움이 필요하면……."

　하지만 무슨 말인지 못 알아듣는 눈치였다. 하긴 지금 그 귀에 무슨 소리가 들리겠는가! 그저 앞에서 무슨 일이 벌어지고 있는지, 어떤 일이 벌어질 것인지 퀭한 눈으로 더듬으며, 끊임없이 온몸을 부들부들 떨고 있을 따름이다.

　"제발 살려줘. 제발 살려줘. 제발……."

　마침내 폴 일행도 자리를 떴다. 그렇게 계단 위에까지 올라갔을 때, 집행명령 소리가 우렁차게 들려왔다.

　"거총!"

더는 소리를 듣지 않기 위해서 폴은 서둘러 현관문부터 닫고, 이어서 거리로 면한 바깥문도 쾅 닫았다. 갑자기 탁 트인 대기가 온몸 가득 불어닥쳤고, 저마다 모처럼의 깨끗한 공기를 한껏 들이마셨다. 거리에는 수많은 부대가 한데 어울려 돌아가며 노래를 불러대고 있었다. 방금 전에 이 지역 전투가 끝났고, 결정적으로 전선을 사수하게 되었다는 소식이 전해진 것이었다. 적어도 세 사람에게 그것은 에르민 백작부인의 완벽한 실패를 의미했다.

그로부터 며칠 후, 베르나르 당드빌 소위는 부하 열두 명과 더불어 오르느캥 성에서 일종의 지하 감방으로 활용되는 방 안에 들어섰다. 비교적 청결과 온화한 온도가 유지된 그곳은 콘라트 왕자의 독방 감옥으로 쓰이고 있었다.

탁자 위에는 술병들과 더불어 풍부한 식사를 방금 해치운 흔적이 어질러져 있었다.

그 바로 옆 침상에서 왕자는 코를 골고 있었다. 베르나르가 그의 어깨를 툭툭 건드렸다.

"용기를 가지십쇼, 전하(殿下)!"

포로는 화들짝 놀라며 벌떡 일어섰다.

"음……. 뭐요? 방금 뭐라고 했소?"

"용기를 가지시라고 했습니다, 전하. 때가 되었어요."

포로는 졸지에 죽은 사람처럼 창백한 얼굴로 연신 더듬거렸다.

"요, 용기를? 용기를 내라고? 무슨 말인지 당최 모르겠군. 오, 맙소사! 제발 그럴 리는……."

베르나르는 단정하게 말을 받았다.

"뭐든 불가능한 일은 없습니다. 어차피 닥칠 일은 언제라도 닥치게 되어 있지요. 특히 재앙인 경우에는 더욱더……."

그러고는 대뜸 이렇게 권하는 것이었다.

"좀 안정할 수 있게 럼주라도 한 잔 드릴까요, 전하? 아니면 담배라도 한 개비?"

"맙소사! 맙소사!"

왕자는 그야말로 한 잎 이파리처럼 처량하게 떨고 있었다.

그러면서 베르나르가 건네는 담배를 기계적으로 받아 쥐었다. 하지만 한 번 제대로 연기를 빨아들이기도 전에 덜덜 떠는 입술에서 담배는 맥없이 떨어지고 말았다.

"맙소사! 오, 하느님!"

이러다간 언제 더듬대는 엄살을 그칠지 모를 일이었다.

옆구리에 소총을 끼고 있는 열두 명의 병사에게 눈길이 멈추자 왕자의 불안은 극에 달했다. 그의 황망한 눈빛은 마치 어스름한 새벽빛 속에서 기요틴의 윤곽을 더듬는 사형수의 그것과도 같았다. 틀림없이 저 병사들은 그를 성토(盛土)의 벽 앞에까지 데리고 나갈 것이다!

"자, 좀 앉으시지요, 전하."

베르나르가 말했다.

아닌 게 아니라 더 이상 서 있을 힘도 없었다. 그는 돌바닥에 허물어지듯 주저앉았다.

그 앞에 떡 버티고 도열한 열두 명의 병사를 보지 않으려고 왕자는 고개를 푹 숙였고, 마치 실에 매달려 흔들거리는 꼭두각시처럼 온몸을 들썩거렸다.

그렇게 한동안 시간이 흘렀다. 베르나르는 다정한 친구 같은 어투로 이렇게 물었다.

"앞이 좋을까요, 뒤가 좋을까요?"

이미 넋이 다 나간 사람처럼 아무런 대꾸도 하지 못하는 왕자에게 그가 버럭 소리쳤다.

"전하, 아무래도 좀 심하게 고통스러운 모양입니다그려? 하지만 어쩝니까, 자기 자신한테 책임은 져야죠. 아직 시간은 많습니다. 폴 들로즈 중위님은 10분은 더 있어야 당도하실 겁니다. 그분은 반드시 이……. 뭐랄까? 소소한 의식(儀式)에 참여하고 싶어 하십니다. 한데 그런 몰골로 맞이해서야 어디……. 안색이 말이 아니십니다, 전하."

베르나르는 여전히 재미있어 죽겠다는 듯, 또한 상대의 마음을 풀어주려는 듯, 이렇게 덧붙였다.

"무슨 이야기를 해드릴까요? 전하의 여자 친구 되시는 에르민 백작부인의 죽음에 대해서? 아하, 그 얘기를 들으시니 귀가 번쩍 뜨이시는 모양이군요! 좋습니다. 그럼 그 얘기나 해드리지요. 생각해보세요. 스와송에서 일전에 그 의젓하신 분이 그만 총살을 당하셨답니다. 그러고 보니 그때 그분 안색이 지금 전하의 안색보다 그리 낫다고 볼 수도 없군요. 심지어 내내 몸을 부축하고 있어야 했을 정도였으니까 말 다 했죠. 게다가 어찌나 소리를 질러대는지! 제발 살려달라고 구걸을 하더군요! 그 근사하던 품위도, 위엄도 온데간데없이 사라지더라 이겁니다! 하긴 전하야 그와는 좀 다르시겠죠. 세상에, 어떻게 하면 전하를 즐겁게 해드릴 수 있을까? 아! 생각났다."

그는 느닷없이 호주머니 속에서 소책자 하나를 빼 들었다.

"전하, 그저 좋은 책 한 권 읽어드리는 게 낫겠습니다. 물론 이럴 땐 성경책이 그만이겠지만, 불행히도 마침 가지고 있질 않아서요. 하긴 지금은 잠시라도 현재 처지를 잊게 만드는 게 좋지 않겠습니까, 전하? 그런 뜻에서, 조국을 자랑스러워하고 군대의 활약에 자부심을 느끼는 선량한 독일인의 마음을 더욱 든든히 보살펴주기 위해, 제 생각에는 요

앙증맞은 책자만큼 괜찮은 것도 없으리라 생각됩니다만……. 어디 우리 같이 한번 이 책에 흠뻑 빠져보도록 할까요, 전하? 제목은 『독일인이 증언하는 독일의 범죄』입니다. 전하의 나라 국민이 적은 일종의 여행 비망록인데, 그야말로 독일 학계에서도 깍듯하게 알아 모시는 나무랄 데 없는 문헌들 가운데 하나이지요. 자, 이제 펼치고 아무 데나 읽겠습니다."

　주민들이 마을에서 모두 달아났다. 정말 끔찍했다. 건물마다 핏자국이 선명했으며, 죽은 자들의 얼굴은 무시무시하게 일그러져 있었다. 매번 즉각적으로 매장을 했는데 벌써 예순 구(具)에 달한다. 그들 중에는 할머니, 할아버지가 제일 많았고, 임신한 여자도 한 명 끼여 있었으며, 어린아이 셋은 서로 부둥켜안은 채 죽어 있었다. 그 외에 살아남은 사람들은 모조리 추방됐는데, 그중에는 꽤 나이가 어린 아이 넷이 막대기 두 개에 요람을 얹고 그 안에 생후 대여섯 달 된 갓난아기를 태우고 가는 게 보였다. 어디든 손 닿는 곳이면 어김없이 약탈이 자행되었다. 또 두 아이를 부둥켜안은 엄마 한 명을 보았는데, 그중 한 아이는 얼굴에 큰 상처가 있고, 한쪽 눈은 어디로 달아났는지 없었다.

"어떻습니까, 아주 재미있죠, 전하?"
그는 계속 읽었다.

　8월 25일—게도쉬(아르덴 삼림지대 소재)라는 멋진 마을이 방화(放火)로 인해 잿더미가 되어버렸다. 내가 보기엔 별로 잘못한 일도 없었는데 말이다. 들리는 얘기로는 어느 자전거병이 그만 넘어졌는데, 그 바람에 소총이 저 혼자 발사되었다고 한다. 그래서 총이 발사된 방향에 불을 놓아버렸다는 것이다. 그뿐만 아니라 그곳의 남자들은 몽땅 불길에 몰아넣어 태워 죽였다고 한다.

8월 26일(벨기에)―도시 거주민 중 300여 명을 일거에 총살했다. 일제사격에 용케 살아남은 사람들은 즉각 무덤 파는 일에 동원되었다. 이때도, 그나마 여자들은 어찌 될지 모른다.

계속 책을 읽어 내려가면서 베르나르는 군데군데 멈췄다가, 마치 역사책에 주석을 달듯, 나름대로의 딱 부러진 소견을 덤덤하게 곁들이는 것이었다. 그럴 때마다 콘라트 왕자는 물론 거의 혼절 직전까지 가는 듯했고 말이다.

이윽고 오르느캥 성에 도착한 폴은, 자동차에서 내려 성토 쪽으로 다가가다가 병사 열두 명과 함께 있는 왕자를 멀찌감치 보게 되었다. 척 보자마자 베르나르가 또 무슨 장난기를 발휘해 얄궂은 희극(喜劇) 한판을 연출했을지 불 보듯 뻔했다.

"오! 베르나르……."

폴이 나무라듯 말꼬리를 흐리며 다가가자, 젊은 소위는 시침을 떼면서 반갑게 매형을 맞이했다.

"아, 이제 오셨어요, 폴? 어서 오세요! 그렇지 않아도 전하와 내가 목이 빠져라 기다리는 중이라고요! 자, 이제 슬슬 시작해야죠?"

그는 왕자로부터 열 발짝 떨어진 곳에서 도열한 병사들 앞에 선 채, 이렇게 말했다.

"준비되셨습니까, 전하? 아, 역시 앞을 좋아하시는군요. 좋습니다! 아닌 게 아니라 앞이 보기에도 훨씬 낫습니다그려. 아, 다리에 좀 더 힘을 주시고……. 조금만 더 기운을 차리세요! 그리고 활짝 웃으셔야죠. 자, 여길 보세요. 셉니다. 하나, 둘……. 아하, 웃으시라니깐!"

그러면서 능청스럽게도 고개를 숙인 채, 가슴께에 매단 카메라를 들여다보고 있는 것이었다. 곧이어 딸깍하고 셔터 누르는 소리가 들렸고, 이내 이렇게 외쳤다.

"됐습니다! 좋았어요! 전하, 이거 뭐라고 감사드려야 할지 모르겠습니다. 황공하옵게도 잘 참아주셨어요! 웃는 모습이 약간 억지스러운 데다 입술이 일그러진 게 딱 사형수 같고, 눈은 시체처럼 퀭하긴 했지만, 그것 외에는 그런대로 매력적인 표정이었어요! 정말 감사합니다."

폴은 도저히 웃음을 참을 수가 없었다. 물론 콘라트 왕자의 속은 그런 농담을 기분 좋게 즐길 분위기가 전혀 못 되었다. 그럼에도 불구하고 일단 가장 우려했던 위험은 사라졌다는 느낌에, 왕자는 마치 근엄하게 모든 역경을 버텨나가는 귀족인 양, 애써 몸을 추스르는 것이었다. 폴 들로즈가 넌지시 말을 건넸다.

"전하는 이제 자유의 몸입니다. 황제의 전속부관과 제가 오후 3시에 전선에서 만날 약속을 해두었습니다. 그쪽에서는 스무 명의 프랑스인 포로를 데려 나올 것이고, 이쪽에선 전하를 내어줄 겁니다. 그러니 어서 여기 이 차에 타십시오."

콘라트 왕자는 방금 폴이 자기에게 한 얘기를 거의 이해하지 못한 것이 분명했다. 최전선에서의 약속이랄지, 특히 프랑스인 포로 스무 명따위의 난데없는 말은 그의 머릿속에서 전혀 서로 연결을 못 맺은 채어지러이 떠돌 뿐이었다.

하지만 일단 자동차에 오른 뒤, 차가 잔디밭을 빙 돌아서 천천히 나아가는 가운데, 언뜻 눈에 비친 광경을 보고서야 그는 정신이 퍼뜩 드는 모양이었다. 다름 아닌 풀밭에 선 엘리자베트 당드빌이 활짝 웃으며 고개를 숙여 꾸벅 인사를 하고 있는 것이 아닌가!

아마도 환영(幻影)이겠지. 왕자는 손등으로 두 눈을 마구 비벼댔는데, 무슨 생각인지 뻔히 들여다보이는 그 같은 동작을 물끄러미 바라보며 베르나르가 한마디 했다.

"정신 차리십쇼, 전하! 틀림없는 엘리자베트 당드빌이올시다. 아무렴요. 폴 들로즈 중위와 제가 결국엔 독일에 가서 그녀를 찾아오는 게 좋다고 판단해서 데려온 겁니다. 아, 물론 베데커 여행안내서(베데커 (Baedeker. 1801~1859)는 독일의 서적상이자 작가로, 유명한 여행안내 총서를 펴낸 바 있음—옮긴이)를 지참하고 이리저리 헤맨 끝에 황제와 만날 약속까지 정한 거죠. 이번 이 일 역시 그분이 고맙게도 선뜻 응해주셔서 성사된 거랍니다. 전하, 기대하십시오. 전하의 아버님께서 아마 호되게 질책하실 겁니다. 폐하께선 대단히 진노하고 계시거든요. 그놈도 아들이라고 허구한 날 주색잡기에 놀아나질 않나! 아무튼 대단하실 겁니다, 전하."

포로 교환은 정확한 시각에 이루어졌다.

약속대로 프랑스인 포로 스무 명이 나와 있었다.

폴 들로즈는 전속부관을 따로 불러서 이렇게 말을 건넸다.

"선생, 황제께 보고할 내용이오. 에르민 드 호엔촐레른 백작녀가 스와송에서 프랑스 총사령관을 살해하려 했습니다. 하지만 거사 직전, 내 손에 체포되었고 재판에 회부되어 유죄판결을 거친 다음, 총사령관의 명령에 의해 총살형에 처해졌습니다. 나는 그녀의 서류들을 다량 소유하고 있는데, 그중에는 황제께서 개인적으로 대단히 중요하게 여길 만한 내밀한 내용의 편지들도 다수 포함되어 있지요. 그 편지들은 오르느캥 성에서 약탈당한 모든 가구와 소장품이 원상 복귀되는 그날 황제께 보내드릴 것입니다. 그럼 이만, 잘 가시오."

그렇게 끝났다. 결국 폴은 모든 전선에서 승리를 거머쥔 셈이었다. 엘리자베트를 구했고, 아버지의 원수도 갚았다. 독일 첩보국에 유감없이 본때를 보여줬고, 프랑스인 포로 스무 명을 빼내와 총사령관과의 모든 약속을 지켰다.

이만하면 자신이 이룩한 일에 대해 자부심을 가져도 될 만했다.

돌아오는 길에 베르나르가 불쑥 물었다.

"아까는 내가 하는 짓이 좀 거슬렸죠?"

"거슬리기만 했겠나! 화가 났지."

폴은 지그시 웃으며 대답했다.

"화가 나다니요! 세상에 그 정도로 화가 나다니요! 대가리에 피도 안 마른 놈팡이 녀석이 아내를 빼앗으려 했는데도, 그저 며칠 동안의 감방 생활로 끝났습니다! 살인과 약탈을 일삼던 떼거리 중 우두머리라는 녀석이 이제 다시 집에 돌아가 또 그 짓을 되풀이할 거라는 생각을 하면! 정말이지 말도 안 돼요! 한번 생각해봐요. 소위 전쟁을 일으키는 떼강도 같은 족속 있잖아요, 귀족이다 황제다, 또 그 마누라들이다 하는 것들 말이에요. 그들은 전쟁에 대해서 승리의 영광이나 그 비장미(悲壯美)만을 생각하지, 결코 가엾은 사람들의 고통과 불안 따위는 안중에도 없다니까요! 어쩌다 최후의 심판 때 쏟아질 징벌의 공포 때문에 정신적으로 괴로워할지는 몰라도, 결코 가난하고 힘없는 국민들이 몸으로 겪는 그런 아픔은 모르지요. 그들은 전쟁이 끝나고도 버젓이 살아 있지만, 나머지는 모두 다 죽고 없는 겁니다. 그런 몹쓸 족속 중에 한 놈을 붙잡은 더없이 좋은 기회였는데……. 놈이 우리의 형제자매에게 했듯이, 놈과 그 일당을 냉정하게 처형해서 속 시원히 복수할 수 있는 하늘이 준

기회였는데 말입니다. 아까 내가 놈에게 10분 동안 죽음의 공포를 절실히 느끼게 해준 걸로도 매형은 아마 대단하다고 할지 모르겠군요! 하지만 아니에요! 지극히 인간적이고 합리적인 정의(正義)의 입장으로 봐서도 아까 놈에게, 결코 잊지 못할 만큼 최소한의 고통은 안겨주었어야 했어요! 예컨대, 한쪽 귀를 자른다든가, 코끝을 잘라낸다든가……."

"자네 말이 백번 옳으이."

폴이 조용히 말했다.

"거봐요, 놈의 콧등을 베어버렸어야 했다니까요! 매형도 같은 생각이잖아요! 얼마나 아쉬운지! 한데도 난 바보처럼 놈이 내일이면 다 까먹을 서푼짜리 교훈이나 떠들어대고 말았으니……. 참 멍청하기도 하지! 그나마 한 가지 위안인 건, 돈 주고는 결코 구하지 못할 어마어마한 자료를 구했다는 거예요. 바로 아까 찍은 사진 말입니다. 사색(死色)이 다 된 호엔촐레른가(家)의 수장(首長)이라니! 매형도 아까 그 얼굴 보셨죠?"

포탄 파편

자동차는 어느덧 오르느캉 마을을 가로지르고 있었다. 인적 하나 없는 을씨년스러운 분위기였다. 희대의 야만족이 모든 가옥을 불사르고 모든 주민을 데려가버렸기 때문이다. 마치 노예의 무리를 내모는 인간 사냥꾼들처럼……

　그런데 문득 건물의 잔해 가운데 웬 넝마 차림의 노인이 우두커니 앉아 있는 것이 눈에 들어오는 것이었다. 노인은 광인(狂人) 같은 눈빛으로 지나가는 차 안의 두 사람을 물끄러미 바라보고 있었다.

　자세히 보니, 그 바로 옆에는 한 아이가 역시 이쪽을 향해 두 팔을 쭉 뻗고 있었다. 손이 떨어져 나간 가엾은 두 앙상한 팔을……

　　　　　　　　　결정판 아르센 뤼팽 전집

ARSÈNE LUPIN

황금삼각형

Le Triangle d'Or

1917년

작품 정보

다음은 제1차 세계대전이 한창이던 1917년 5월 15일, 『황금삼각형』 (1917. 5. 21~7. 26)의 연재를 알리는 『르 주르날』의 광고 전문이다.

    이번 작품은 지금까지 선보인 그 어느 작품보다도 훨씬 더 기발한 상상력을 보여주고 있다. 이 열정적인 작품은, 전혀 예측할 수 없이 놀랍게 맞물려 돌아가는 사건들과 그에 얽힌 미스터리, 정념의 비장한 드라마까지 절묘하게 뒤섞고 있다. 모리스 르블랑의 이번 작품도 엄청난 성공이 예상되며, 기존에 선보인 뤼팽 시리즈를 압도하는 독창성과 충격적인 감흥으로 우리를 이끌 것이 틀림없다.

『813』에서 외인부대에 자원하는 뤼팽의 행적과 곧이어 닥칠 『호랑이 이빨』의 모험 사이 어느 시점에 펼쳐지는 이 작품의 스토리 속에는, 같은 전시상황을 무대로 한 『포탄 파편』과는 달리, 실제 전쟁장면이 등

로제 브로데르스의 표지와 모리스 투생의 삽화로 출간된 1921년 판 제1부와 제2부

장하지는 않는다. 물론 애국심이 중요한 주제로 떠오르기는 하나, 어마어마한 황금의 향방을 둘러싼 복잡한 미스터리가 팽팽한 추리기법으로 전면에 펼쳐진다. 연속적으로 독자의 허를 찌르는 기상천외한 범죄 수법과 왜곡된 정념의 파노라마가 작품 전반에 걸쳐 음산하게 이어지는 가운데, 결국 그 모든 것을 뛰어넘는 뤼팽의 대역전극이 통쾌한 카타르시스를 경험하게 해준다. 연재 시작부터 독창적인 매력으로 대단한 성공이 예견되었던 이 작품은 1918년 4월 19일 단행본으로 발간되자마자, 아직 전쟁이 끝나지 않았음에도 불구하고, 스페인의 유력지 『엘 솔로(El Solo)』로부터 즉각 번역 출간 요청이 쇄도했을 만큼 국제적인 호응을 얻었다. 또한 두 달 만에 초판 6,000부 이상이 팔려나갔고, 1921년에는 로제 브로데르스의 표지와 모리스 투생의 삽화를 갖춰 두 권으로 개정 출간되었다.

결정판 아르센 뤼팽 전집

제1부

불똥비

1
코랄리 어멈

오후 6시 반 종소리가 울리기 조금 전, 점점 짙어가는 저녁 어스름 속에서 두 병사가 갈리에라 박물관을 앞에 두고 샤이오 가(街)와 피에르 샤롱 가(街)가 서로 마주치는 녹지(綠地) 교차로에 도착했다.

그중 하나는 청회색 군용 외투를 껴입은 보병이었고, 세네갈인(人)인 나머지 하나는 전쟁 발발부터 으레 아프리카나 알제리 원주민 보병대가 즐겨 착용하던 베이지색 모직의 헐렁한 반바지와 몸에 꽉 끼는 윗도리 차림이었다. 하나는 다리가 왼쪽 하나뿐이었고, 다른 하나는 오른쪽 팔밖에 없었다.

그들은 일군의 앙증맞은 실레노스상(像)(그리스 신화에서 산야의 요정으로, 디오니소스의 양아버지이자 술친구로 알려짐―옮긴이)이 한복판을 장식하고 있는 광장을 한 바퀴 돌아 걸음을 멈추었다. 보병이 피우던 담배꽁초를 내던지자, 세네갈인이 얼른 주워 몇 모금 구차스럽게 빨아대더니, 엄지와 검지로 비벼 끈 뒤 호주머니 속에 넣었다.

결정판 아르센 뤼팽 전집

그러면서도 그들은 서로 입 한번 뻥긋하지 않았다.

그와 더불어 갈리에라 가(街)에서도 또 다른 병사 둘이 튀어나왔는데, 둘 다 민간인 복장이 워낙 잡다하게 뒤섞인 차림새인지라, 도대체 어디 소속인지 제대로 파악하기가 불가능했다. 다만 하나는 알제리 원주민 보병이 흔히 쓰는 셰샤 모자(붉은 술이 달리고 챙이 없는 모자—옮긴이)를 쓰고 있었고, 다른 하나는 포병용 군모를 착용하고 있긴 했다. 전자는 목발을, 후자는 지팡이를 의지하며 걷고 있었다.

그들은 보도 가장자리에 세워진 신문 가판대 곁에 다가와 멈춰 섰다.

그런가 하면 피에르샤롱 가와 브리뇰 가(街), 그리고 샤이요 가로부터도 각각 따로따로 세 명이 다가왔는데, 하나는 팔이 불구인 엽보병이고, 또 다른 하나는 절름발이 공병이며, 나머지 하나는 엉덩이 부위가 뒤틀린 식민지 보병이었다. 그들은 제각각 나무 한 그루씩을 골라 다가서더니 그곳에 기대섰다.

그들 사이에선 단 한 마디 말도 오가지 않았다. 모두 일곱 명에 달하는 이 불구자들은 서로를 아는 것 같지도, 신경 쓰는 것 같지도 않았고, 심지어는 서로의 존재를 느끼지도 못하는 것 같았다.

그렇게 각자 나무와 신문 가판대와 실레노스 군상(群像) 뒤에 몸을 가리고서 모두들 꼼짝 않고 기대서 있었다. 1915년 4월 3일의 그 저녁 시간, 희미한 가로등이 어슴푸레 비춰주는 그곳 교차로를 드문드문 사람들이 가로지르면서도 이들 불구자들의 얼어붙은 듯한 실루엣에는 눈길 한번 주지 않았다.

이윽고 6시 반을 알리는 종소리가 울려 퍼졌다.

바로 그때였다. 광장을 면한 여러 건물 중 한 곳의 문이 활짝 열렸다. 건물에서 나온 한 남자는 다시 문을 닫고 나서, 곧장 샤이요 가를 건너 광장을 우회해 걸어갔다.

카키색 복장을 한 장교였다. 황금빛 장식 끈 세 줄이 드리워진 빨간색 군용 약모(略帽)를 쓴 아래로 남자의 이마와 목덜미가 널찍한 붕대로 친친 감겨 있었다. 보아하니 훤칠한 신장에 무척이나 야윈 체격이었다. 또한 오른쪽 다리는 둥그스름한 고무 조각을 댄 목재 의족으로 끝마무리가 되어 있었고 지팡이를 짚은 상태였다.

그는 광장을 벗어나 피에르샤롱 가의 도로 위로 내려서더니, 별안간 고개를 홱 돌려, 여기저기를 유심히 바라보았다.

한참 그렇게 면밀한 관찰을 한 끝에, 그는 광장의 가로수들 중 하나로 다가갔다. 그러고는 지팡이로 그중 비죽이 삐져나온 누군가의 복부를 툭 건드렸고, 이내 쑥 들이밀고서야 다시 그곳을 벗어났다.

이번에는 피에르샤롱 가를 통해 파리 도심 방향으로 아예 멀어져 갔다. 그는 좌측 보도를 따라 샹젤리제 대로를 걷고 있었다.

200여 보를 더 걷자, 여기저기 깃발을 걸어놓아 야전병원으로 개조되었음을 알 수 있는 널찍한 호텔 건물이 나타났다. 장교는 그곳에서 나오는 사람들의 눈에 띄지 않게 일정한 거리를 두고 멈춰 선 채, 기다리기 시작했다.

7시 15분 전이 금방인 것 같았는데, 어느새 7시를 알리는 종소리가 울렸다.

그러고 나서도 몇 분이 더 흘러갔다.

다섯 명이 호텔을 빠져나왔고, 두 명이 더 나섰다. 그러더니 이윽고 붉은 십자가가 표시되어 있는 푸른색 망토 차림의 간호사 한 명이 현관에 모습을 드러냈다.

"드디어 나타났군."

순간 장교가 중얼거렸다.

여자는 아까 장교가 걸어왔던 바로 그 길로 접어들었고, 머지않아 피에르샤롱 가의 우측 보도를 따라 걸어서 샤이요 가의 교차로를 향해 다가가고 있었다.

그녀의 걸음걸이는 유연하면서도 경쾌했다. 걸어가는 동안 맞은편으로부터 부닥쳐오는 바람은 그녀가 걸친 푸른색 망토를 어깨 주위로 한껏 휘날리며 부풀게 했다. 꽤나 덩치가 큰 망토를 걸쳤음에도 불구하고 젊디젊은 걸음걸이와 그로 인한 몸매의 율동이 틈틈이 돋보였다.

장교는 어디까지나 여자의 뒤쪽에서 보조를 맞추었는데, 마치 어슬렁거리는 산책자처럼, 지팡이를 이리저리 흔들어대며 걷고 있었다.

때마침, 거리에는 두 남녀 외에 지나다니는 사람이 전혀 눈에 띄지 않았다.

한데 남자보다 훨씬 앞서서 여자가 마르소 가도를 건너자마자, 그곳에 주차해 있던 웬 자동차 한 대가 부르릉 시동을 걸더니, 그 또한 일정한 거리를 둔 채 여자와 같은 방향으로 굴러가기 시작하는 것이었다.

택시였다. 장교는 민첩한 눈길로 두 가지 사실을 알아냈다. 우선 차 안에 승객은 단 두 사람이라는 것. 그리고 그중 짙은 콧수염을 기르고 회색 중절모를 쓴 남자가 문밖으로 상체를 잔뜩 내민 채 운전기사와 연신 얘기를 나누고 있다는 사실.

하지만 간호사 차림의 여자는 조금도 뒤를 돌아볼 생각을 않는 눈치였다. 장교는 보도를 바꿔 걸음을 재촉하기 시작했다. 여자가 교차로에 가까워질수록 자동차도 속도를 내는 것 같았기 때문이다.

장교는 현재 있는 위치에서 순간적으로 교차로 쪽을 휘둘러보았다. 시력 하나는 대단히 날카로운 편이었음에도 불구하고, 어둠 속 어느 곳에서도 불구자 일곱 명의 존재를 점칠 만한 구석이 눈에 띄지 않았다. 그뿐만 아니라 그 밖의 다른 행인이랄지, 지나다니는 자동차도 없었고, 멀리 도로가 서로 얽히고설킨 가운데, 블라인드 창(窓)을 내린 전차 두

대만이 어둠의 정적을 흔들고 있었다.

　여자 역시 나름대로 거리를 주목하는 것 같으면서도, 뭐든 마음에 걸리는 것은 보이지 않는 모양이었다. 전혀 주춤하는 기색이 없고 단 한 차례도 뒤를 돌아보지 않는 것을 보면, 뒤따르는 자동차의 존재를 아직까지 전혀 감지하지 못한 것이 틀림없었다.

　자동차는 내처 거리를 좁히더니 광장에 바짝 접근하면서부터는 기껏해야 10여 미터 거리를 두고서 간호사를 바짝 따라붙었다. 그리고 여전히 앞만 바라보며 걸어가던 여자가 제일 앞에 늘어선 가로수들에 다다를 즈음, 자동차가 차도 한복판에서 슬그머니 보도 옆으로 붙더니, 아까부터 보도 반대편 바깥쪽으로 잔뜩 상체를 내밀고 있던 사내가 아예 문짝을 열고 발판 위에 내려서는 것이었다.

　장교는 부랴부랴 다시 길을 건넜는데, 돌아가는 상황을 보아하니 차에 탄 남자들은 자신들의 행동 외에는 전혀 신경을 쓰지 못하는 것 같아, 굳이 들킬 염려를 하지 않아도 될 것 같았다. 그는 입술 끝에 휘파람을 잔뜩 담고 있었다. 예상했던 일이 이제 조만간 벌어질 거라는 데엔 의심의 여지가 없었던 것이다.

아니나 다를까, 자동차가 갑자기 멈춰 섰다.

아울러 문이 두 짝 다 후닥닥 열리면서 두 사내가 신문 가판대와는 불과 몇 미터밖에 떨어지지 않은 광장 보도 위로 펄쩍 뛰어 내닫는 것이 아닌가!

그와 동시에 화들짝 놀란 여자의 비명 소리와 장교의 입에서 솟구친 날카로운 휘파람 소리가 한데 어울려 어둠의 정적을 순식간에 뒤흔들어 놓았다. 두 사내가 눈 깜짝할 사이에 먹잇감을 덥석 붙들어 자동차 쪽으로 질질 끌고 가는 가운데, 장애물 뒤에 숨어 있던 불구자 일곱 명이 제각각, 마치 그 장애물로부터 튀어나오는 것처럼, 놈들을 향해 불쑥 쇄도해오는 것이었다.

싸움은 눈 깜짝할 사이에 끝났다. 아니, 실은 이렇다 할 싸움이랄 수도 없었다. 처음부터 반격이 있으리라 눈치챈 택시 기사가 시동을 걸고 재빨리 줄행랑을 쳤기 때문이다. 결국 여자를 낚아채려던 두 괴한은 사태가 여의치 않게 되자, 지팡이와 목발, 그리고 장교가 겨눈 권총의 위협 앞에서 속수무책 여자를 놓아주고는, 브리뇰 가의 어둠 속으로 지그재그 도망쳐버리고 말았다.

"뛰어라, 야봉! 놈들 중 하나를 붙들어 와!"

장교는 거의 실신 직전까지 간 아가씨를 부축한 채, 외팔이 세네갈인에게 부리나케 지시했다. 그러고 나서 여자를 돌아보며 매우 걱정스러운 표정으로 이러는 것이었다.

"걱정할 것 없어요, 코랄리 어멈. 납니다, 벨발 대위예요. 파트리스 벨발요."

여자는 더듬더듬 대꾸했다.

"아! 대위님이군요."

"그래요. 당신을 보호하기 위해서 친구들이 모두 모였답니다. 옛날 당신한테 치료받았던 부상병들이 별관에서 회복 요양 중에 있는 걸, 내가 몽땅 끌어모았죠."

"고마워요. 다들 고마워요."

그러면서 여자는 떨리는 음성으로 이렇게 덧붙였다.

"그 두 사람은요?"

"도망쳤습니다. 야봉이 쫓아갔고요."

"대체 내게 원하는 것이 무엇이었을까요? 그리고 어쩜 그리도 정확한 때에 나타나셨어요?"

"그건 나중에 차근차근 얘기하기로 하죠, 코랄리 어멈. 그보다는 먼저 당신 얘기부터 하죠. 자, 어디로 모실까요? 아 참, 여기까지 오셨으니……. 잠시 휴식 좀 취하고, 숨이라도 돌리시는 게 좋겠습니다."

장교는 병사 한 명의 도움을 받아, 약 45분 전에 자신이 빠져나온 바로 그 건물 쪽으로 여자를 부축해갔다. 기운이 빠진 여자는 장교가 이끄는 대로 몸을 맡겼다.

그렇게 해서 일행 모두는 건물 1층을 지나 장작이 활활 타고 있는 거실 안으로 들어섰고, 장교는 곧장 전등을 켰다.

"자, 앉으시지요."

여자가 쓰러지듯 의자 위에 앉자, 대위는 함께 온 병사에게 얼른 지시를 내렸다.

"이봐 풀라르, 어서 식당에 가 잔을 가져와. 그리고 리브락 자네는 부엌으로 가서 신선한 물 한 병 좀 가지고 와. 샤틀랭, 사무실 선반에 가보면 럼주가 한 병 있을 거야. 아니지, 아니야, 럼주는 싫어하시지. 가만있자, 그렇다면……."

"그냥 물이나 한 잔 주세요."

여자가 지그시 웃으면서 말을 잘랐다.

그러고 보니, 창백하던 양 볼에 약간의 화색이 돌아와 있었다. 파리하던 입술에도 붉은 혈색이 감돌았고, 얼굴에는 신뢰가 깃든 미소가 화사하게 번져 있었다.

부드러운 매력이 한껏 풍기는 그녀의 얼굴은 지극히 섬세한 윤곽과 더불어 풋풋한 안색과 천진한 표정을 머금은 것이, 마치 항상 눈을 휘둥그레 뜬 채 놀란 듯이 세상을 바라보고 있는 어린아이 같은 인상이었다. 한데 그 자체로 우아하고 섬세하게만 느껴지는 그 같은 인상이 어떤 순간에는, 이마를 질끈 감싸고 있는 새하얀 머리쓰개와 그로부터 양쪽으로 단정하게 늘어뜨린 검은색 띠, 그리고 과묵한 눈빛과 어울리면서 어딘지 강인한 분위기를 언뜻언뜻 풍기는 것이었다.

대위가 쾌활하게 외쳤다.

"아! 물 한 잔을 드시니까 드디어 좀 나아지시는 것 같네요, 코랄리 어멈?"

"네, 맞아요, 훨씬 괜찮아졌어요!"

"그거 잘됐군요! 아무튼 큰일 날 뻔했습니다! 어떻게든 이번 일만큼은 진상이 명확히 밝혀져야 할 겁니다. 여봐라, 일단 우리 코랄리 어멈한테 인사나 드리도록 해라. 너희를 보살펴 주시고 머리맡에서 곤히 잠들 때까지 토닥여주시던 이분을, 이제는 너희가 보살피게 되리라고 누가 감히 상상이나 했겠느냐? 아이들이 어미를 돌본다는 것을 말이다!"

그 말에 외팔이든 외다리든, 절뚝절뚝, 비틀비틀, 모두가 여자를 에워싸며 몰려들었다. 이렇게 가까이 얼굴만 대하는 것으로도 만족스러운 것을, 여자는 그들 손을 일일이 붙잡아주며 반갑게 인사를 나누는 것이었다.

"그래, 리브락, 그 다리는 좀 어때요?"

"더 이상 아프지 않습니다, 코랄리 어멈."

"당신은요, 바니텔? 당신 어깨는 좀 어때요?"

"흔적도 없이 말끔하답니다, 코랄리 어멈."

"그럼 당신은요, 폴라르? 조리스 당신은요?"

여자는 진짜 어미가 자식들을 불러 모으듯, 자기가 하나하나 정성 들여 치료해준 병사들 이름을 부를 때마다 감회가 복받쳐 올랐다. 마침내 파트리스 벨발이 소리쳤다.

"아, 코랄리 어멈! 눈물을 흘리시는군요! 그토록 우리를 하나하나 마음에 두고 계셨어요. 우리가 침상에 누운 채 고통에 시달리면서도 울지 않으려고 이를 악다무는 걸 보면서, 당신 눈에서는 뜨거운 눈물이 뚝뚝 듣고 있었지요. 그때 우린 생각했죠. 코랄리 어멈이 자식들을 위해서 울고 있구나. 그때마다 우리는 더더욱 이를 악물었답니다."

그러자 여자가 다소곳이 말했다.

"당신들이 날 고생시키지 않으려고 하는 걸 보고 더더욱 울지 않을 수가 없었답니다."

"그런데 오늘 또 울고 계시잖아요! 아, 안 됩니다. 이제 그런 서글픈 얼굴은 더 이상 안 돼요! 당신은 우리를 사랑하시고, 우리도 당신을 사랑합니다. 그런데 뭐가 슬퍼서 운단 말입니까? 자, 코랄리 어멈, 이젠 웃으세요. 저기, 야봉이 오는군요. 저것 보세요, 야봉도 싱글벙글 웃고 있잖습니까?"

여자는 자리에서 벌떡 일어섰다.

"정말 아까 그 두 사람을 쫓아가 잡은 걸까요?"

"당연하죠! 내가 한 놈이라도 잡아오라고 했으니까, 결코 실패하진

결정판 아르센 뤼팽 전집

않았을 겁니다. 딱 하나 걱정인 건⋯⋯."

일단 일행은 현관 쪽으로 우르르 몰려 나갔다. 세네갈인은 벌써 계단을 올라오고 있었다. 한 손으로는 남자의 목덜미를 움켜쥔 상태였는데, 너덜너덜해진 옷하며, 차라리 넝마 조각을 걸친 줄 끊어진 꼭두각시라도 들고 오는 것 같았다. 대위가 준엄한 목소리로 말했다.

"놔줘라!"

그제야 야봉은 움켜쥐었던 손을 놓았고, 사내는 현관 바닥에 폭삭 고꾸라졌다.

장교는 의미심장한 목소리로 중얼댔다.

"바로 이런 걸 걱정했던 거지. 야봉은 비록 오른손 하나뿐이지만, 한번 제대로 목덜미를 움켜잡기만 하면, 누구라도 목 졸려 죽어나가지 않기란 마치 기적과도 같거든. 독일 놈들은 아마 익히 알고 있을 거야."

마치 불그스레한 잉걸불 같은 피부를 한 야봉은 엄청난 거구였는데, 곱슬곱슬한 머리와 마찬가지로 꼬불꼬불한 턱수염이 몇 가닥 나 있으며, 어깨에서 축 늘어져 헐렁한 왼쪽 소매 끄트머리가 질끈 동여매어진 군복 상의에는 가로 줄무늬가 촘촘한 가운데, 두 개의 훈장이 꽂혀 있었다. 야봉은 턱 한쪽으로만 그나마 볼이라고 할 수 있을 만큼 성한 살집이 붙어 있었고, 입술 반쪽과 입천장은 포탄 파편으로 아예 날아가 버린 상태였다. 남은 입술 부위는 아예 귀에까지 깊이 파인 것이 영원히 그치지 않는 미소라도 짓고 있는 모습이었는데, 피부 이식이 그런대로 된 나머지 얼굴 부위가 완전히 무표정한 만큼, 반쪽만 찢어지게 웃는 몰골이 더더욱 그로테스크하게 보이는 것이었다.

그뿐만 아니라 야봉은 말할 수 있는 능력을 상실한 상태였다. 기껏 입 밖으로 내뱉는 말이라는 게, 도무지 알아들을 수 없는 웅얼거림뿐이었는데, 그 때문에 늘 입에서 되풀이해 내뱉는 야봉이라는 소리가 그의 별명이 되었을 정도이다.

지금도, 흡사 사냥감을 물어 오고 뿌듯해하는 사냥개처럼, 자신이 끌고 온 몸뚱어리와 주인을 번갈아 바라보면서 만족스러운 듯 연신 흘리는 소리도 바로 그 '야봉'이라는 소리였다.

장교가 마침내 한마디 했다.

"자, 다음번에는 좀 살살 다루기로 하자꾸나."

대위는 쓰러져 있는 사내 쪽으로 몸을 수그리고 맥박을 만져보았다. 그리고 기절했을 뿐임을 간파한 뒤, 간호사에게 말했다.

"이자를 알아보시겠습니까?"

"아뇨."

여자가 고개를 저으며 대답하자, 대위는 살짝 다그치듯 되물었다.

"정말 모르시겠어요? 이 얼굴, 어디서 본 적이 없어요?"

살집이 뒤룩뒤룩한 얼굴이었는데, 포마드를 바른 까만 머리에 회색 콧수염이 가지런한 게 꽤나 안락한 생활을 해온 티가 역력했다.

"전혀요. 전혀 모르는 얼굴이에요."

여자는 단언하듯 말했다.

희생자의 호주머니를 뒤졌지만, 신분을 증명할 만한 그 어떤 서류도 없었다.

마침내 대위는 몸을 일으키며 이렇게 말했다.

"알겠습니다. 일단 정신이 돌아올 때까지 기다렸다가 직접 물어보기로 하죠. 야봉, 놈의 팔다리를 꽁꽁 묶어두고, 여길 지키고 있게. 그리고 나머지 너희는 이제 별관으로 돌아갈 시간이다. 열쇠는 여기 있다. 자, 모두들 어멈에게 인사하고 잽싸게 돌아가는 거야!"

그렇게 하나하나 인사를 마치는 대로 밖으로 떠다밀듯 내보낸 다음, 대위는 여자한테 다가와 함께 거실로 돌아가면서 이렇게 말했다.

"자, 코랄리 어멈, 이제 얘기 좀 해볼까요? 일단 해명에 앞서 내 얘기부터 잘 들어보세요. 길진 않을 겁니다."

두 사람은 불꽃이 파닥거리며 환하게 타오르는 벽난로 앞에 나란히 앉았다. 파트리스 벨발은 여자의 발 아래 푹신한 쿠션을 갖다 놓고 눈에 거슬리는 전등불도 하나 끈 다음, 코랄리 어멈이 편안한 마음 상태가 되었다고 판단되자, 비로소 얘기를 시작했다.

"아시다시피 나는 일주일 전에 야전병원을 나와 뇌일리의 마이요 대로에 위치한 병원 별관에 거하고 있습니다. 거기서 매일 아침 붕대를 새로 갈고, 밤이면 들어가 잠을 청하지요. 나머지 시간은 그저 여기저기 어슬렁거리며 돌아다니다가 적당한 곳에서 끼니를 때운답니다. 가끔 옛 친구들을 불쑥불쑥 찾아가기도 하고요. 한데 바로 오늘 아침, 대로변에 있는 어느 카페 겸 레스토랑에서 친구 한 명을 기다리고 있는데, 누군가 대화하는 소리가 우연히 들리는 거예요. 거긴 사람 키만 한 칸막이가 중앙에 설치되어 있어서 한쪽은 카페 손님이, 다른 한쪽은 레스토랑 손님이 앉게 되어 있었거든요. 내가 앉은 곳은 레스토랑 쪽이었는데, 두 사람이 내게 등지고 앉아서 약간 크다 싶은 소리로 얘기를 하는 게, 분명 다른 손님이 있다는 걸 모르는 듯했습니다. 나는 얼른 그중 몇몇 대목을 부랴부랴 수첩에 옮겨 적었지요."

그는 호주머니에서 수첩을 꺼내 펼치며 계속했다.

"내가 그들 얘기에 귀가 솔깃해진 이유는 당신도 나중에 알게 될 겁니다만, 사실 그 전에도 불똥에 대한 얘기가 있었습니다. 불똥비인가 뭔가 하는 얘기였는데, 전쟁 전에도 두 차례나 있었다는군요. 일종의 야간 신호나 마찬가지라는데, 그걸 다시 목격하면 부리나케 행동에 돌입할 거라는 둥, 뭐 그러더군요. 이게 다 무슨 말인지 혹시 아시겠습니까?"

"아니요, 제가 알 만한 내용인가요?"

"두고 보면 아시게 될 겁니다. 아 참, 한 가지 잊고 있었군요. 그 두 사람은 아주 정확한 영어로 얘기하고 있었습니다. 한데 그 억양만으로 미루어본다면 두 사람이 결코 영국인이 아니라는 사실이 확실해 보였습니다. 여기 그 대화 내용을 상세하게 옮겨 적어놓았는데, 한번 들어보시죠."

"자, 그럼 결론적으로 모든 준비가 끝난 셈이로군. 자네와 그 친구 둘다 오늘 저녁 7시 조금 못 된 시각에 정해진 장소에 나타나야만 하네."

"그러겠습니다, 대령님. 자동차도 준비된 상태입니다."

"좋아. 그 계집이 병원에서 나오는 시간이 저녁 7시라는 걸 잊지 말게."

"걱정 놓으십시오. 언제나 피에르샤롱 가를 경유한 같은 길로 다니니까 절대로 실수는 없을 겁니다."

"계획은 충분히 검토가 끝났겠지?"

"조목조목 검토가 끝났습니다. 샤이요 가가 끝나는 광장에서 결행될 겁니다. 설사 현장 주변에 사람들이 있다 해도, 워낙 신속히 벌어질 일이라, 미처 손쓸 여유가 없을 겁니다."

"운전기사는 확실한 사람인가?"

"우리 말을 철저히 따를 만큼은 두둑이 대접할 테니 걱정 없을 겁니다. 그 정도면 충분한 셈이죠."

"완벽하군. 그럼 나는 자네가 알고 있는 바로 그곳 차 안에서 기다리고 있겠네. 거기서 계집을 넘겨주면 돼. 일단 일이 성사된 직후부터는 우리가 상황을 완전히 장악하는 거야."

"그리고 그 계집도 장악하는 거지요. 나쁘진 않겠어요. 그 여자 지독하게 예쁘더군요."

"지독하게 예쁘지. 멀리서 얼굴만 본 건 오래전부터지만, 아직까지 나를 소개할 기회가 없었다네. 여하튼 이번 일을 기화로 해서 앞으로 모든 일이 척척 진행될 수 있도록 할 생각이야."

대령은 또 이렇게 덧붙였다.

"물론 울기도 하고 소리도 지르고, 바득바득 이도 갈겠지. 하긴 그럴수록 구미가 당기긴 해! 뭔가 발끈해야 감칠맛이 나거든. 특히 내가 강자(强者)일 경우엔 말이야."

"그러고는 대차게 너털웃음을 터뜨리자, 상대방도 마찬가지로 웃더군요. 그들이 식대를 지불하는 걸 보고, 나는 일어서서 미리 대로 쪽 출구로 나왔지요. 한데 둘 중, 짙은 콧수염에 회색 중절모를 쓴 친구 하나만 같은 출구로 나오는 것이었습니다. 나머지 하나는 대로와 수직으로 만나는 다른 길 쪽 출구로 나가더군요. 마침 거리에 택시가 한 대밖에 없었는데, 그걸 냉큼 잡아타는 바람에 난 그만 뒤를 밟는 걸 포기해야만 했습니다. 그나마 당신이 야전병원에서 매일 저녁 7시에 퇴근해서 피에르샤롱 가를 지나간다는 사실을 알고 있었기에 망정이지……."

대위는 거기서 입을 다물었다. 여자는 걱정스러운 표정으로 골똘히 생각에 잠겨 있었다. 한참 후 여자가 입을 열었다.

"왜, 미리 기별을 해주시지 그랬어요?"

"기별을 해주다니요! 그러다가 만에 하나라도 당신 얘기가 아니었다면 어쩌려고요! 공연히 당신한테 걱정만 끼치는 게 아니겠습니까? 그리고 설사 그 모든 게 당신을 노리는 얘기였다 해도, 미리 조심시키지 않는 편이 낫지 않겠어요? 일이 사전에 어긋난 걸 알면 놈들이 또 다른 일을 꾸밀 테고, 그땐 까마득히 모르고 당할 텐데 말입니다. 그러면 곤란하죠. 차라리 한번 맞부딪쳐 보는 게 훨씬 낫지요. 그래서 일단 당신

도움을 받았던 옛 환자들 중에서 이곳 별관에서 요양 중인 친구들부터 불러 모았죠. 게다가 마침 내가 기다렸던 친구가 바로 이곳 광장 아파트에 살고 있는 터라, 오늘 저녁 6시에서 9시까지 집 좀 쓰게 해달라고 부탁하게 된 겁니다. 자, 일이 이렇게 된 거예요, 코랄리 어멈. 당신 생각엔 대체 무슨 일로 보입니까?"

여자는 대위의 손을 붙잡으며 말했다.

"어쨌든 내가 모르는, 정말 끔찍한 위험에서 구해주신 것 같아요. 고마워요."

"아! 아닙니다. 고맙다는 말을 들으려는 게 아니에요. 나로선 성공적으로 일을 치렀다는 걸로도 얼마나 기쁜지 모릅니다! 내가 원하는 건 감사 표시가 아니라, 이 일을 대체 어떻게 생각하느냐는 겁니다."

여자는 조금도 머뭇거리지 않고 이렇게 대답했다.

"모르겠어요. 방금 얘기해주신 내용 중에 어떤 것도 이렇다 할 생각을 불러일으키는 게 없어요."

"그럼 놈들은 전혀 모르는 얼굴들이었습니까?"

"전혀요."

"하지만 아까 그 두 괴한이 당신을 납치해서 데리고 가려 했던 장본인은 누구란 말입니까? 그자 말로는 당신을 아는 사람인 것 같던데……."

여자는 언뜻 얼굴이 붉어지는 듯하더니 이내 잘라 말했다.

"이 세상 모든 여자한테 자기 좋다고 따라다니는 남자 한둘쯤 있는 건 보통 아닌가요? 나는 도저히 모르는 일입니다."

대위는 한참 동안 입을 다물고 있다가, 이렇게 말했다.

"어쨌든 자초지종이 환히 밝혀지려면 우리가 잡은 포로를 차근차근 신문해보는 수밖에는 없겠군요. 만약 순순히 대답하지 않겠다면, 할 수 없고요. 그땐 경찰한테 알아서 하라고 넘겨야겠죠."

순간 여자는 흠칫했다.

"경찰이라고요?"

"물론이죠. 그러지 않고 난들 별수 있겠습니까? 어차피 내 일은 아닌 걸요. 경찰이 알아서 처리해야죠."

"안 돼요! 그건 절대로 안 됩니다!"

여자는 별안간 펄쩍 뛰며 소리쳤다.

"말도 안 돼요! 내 삶에 경찰이라니요! 꼬치꼬치 조사한다고 난리일 테고……. 그런 구설수에 내 이름이 오르내리다니!"

"하지만 코랄리 어멈, 나로서도 달리 어떻게 해볼 도리가……."

"아! 제발요, 제발 이렇게 빕니다. 어떻게든 방법을 생각해보세요! 다만 내 이름만 사람들 입에 오르내리지 않게끔 해줘요! 세상 사람들이 내 이름을 갖고 수군대는 건 원치 않아요!"

대위는 그처럼 호들갑을 떨며 난색을 표하는 여자가 자못 의아스러운 듯 휘둥그레 바라보더니, 말했다.

"알겠습니다. 아무도 당신을 두고 왈가왈부하지 않도록 하지요. 약속할게요."

"그럼 저 사람을 어떻게 할 생각이세요?"

그는 히죽 웃으며 대답했다.

"맙소사! 우선 예를 갖춰서 내 질문에 대답을 해줄 수 있겠느냐고 여쭤야겠죠. 그리고 나서는 당신한테 관심을 가져주셔서 대단히 감사하며, 이쯤에서 돌아가 주시는 게 어떨지 건의해보는 겁니다."

남자는 벌떡 일어나면서 덧붙였다.

"어때요, 그자를 더 보시겠습니까?"

"아뇨, 너무 피곤해요. 내가 반드시 함께 있어야 하는 게 아니라면, 그냥 단둘이 조사해보세요. 나는 나중에 얘기를 들으면 되니까요."

아닌 게 아니라 여자는 기진맥진해 보였다. 간호사로서의 격무에 시달리는 가운데, 이런 엉뚱한 일로 인한 정신적·육체적 혼란과 피로가 여간 곤혹스러운 게 아닌 모양이었다. 대위는 더 이상 고집하지 않고 거실 밖으로 나가 문을 닫았다.

곧이어 이렇게 얘기하는 소리가 여자의 귀에까지 새어 들어왔다.

"야봉, 잘 지키고 있었겠지? 뭐 새로운 건 없었나? 어디 포로는 어떤지 볼까? 어허, 이제 숨을 좀 돌리시는가? 아, 저런……. 야봉의 손 힘이라 역시……. 조금만 더 세게 움켜쥐었어도……. 어? 이거 어떻게 된 거지? 영 반응이 없네. 아뿔싸! 대체 어떻게 된 거야? 꿈쩍도 않네그려. 빌어먹을, 이거 혹시……."

그의 입에서 나오는 탄식 소리가 또렷하게 들려왔다. 여자는 부랴부랴 현관 쪽으로 달려나갔고, 얼른 길을 가로막는 대위와 맞닥뜨렸다.

"가까이 오지 마십시오! 그럴 필요 없어요!"

"하지만 당신 다쳤어요."

여자는 혼비백산 외쳤다.

"내가요?"

"거기 당신 소맷부리에 피가……."

"네, 하지만 이건 내 피가 아닙니다. 저자의 피가 묻은 거예요."

"그럼 무슨 상처라도 난 겁니까?"

"네, 입에서 피가 흐르는 걸로 봐서 아마 혈관 어딘가 파열된 모양입니다."

"아니, 저런! 하지만 야봉이 그럴 정도로 움켜쥔 건 아닐 텐데……."

"야봉 짓이 아닙니다."

"아니, 그럼 대체 누가?"

"같은 패거리 짓이지요."

"그들이 다시 이곳까지 돌아왔단 말인가요?"

"그렇습니다. 그들이 와서 직접 목을 졸랐습니다."

"세상에! 어떻게 그럴 수가!"

여자는 가까스로 대위의 저지를 뿌리치고 뻗어 있는 포로에게 다가 갔다. 꼼짝 않는 그의 얼굴은 이미 죽음의 창백한 기운이 지배하고 있었다. 그리고 섬세하게 꼬아 만든 붉은 비단 끄나풀이 양쪽 끄트머리가 매듭을 이룬 채, 포로의 목을 친친 감고 있었다.

2
오른손과 왼쪽 다리

파트리스 벨발은 야봉을 상대로 간단한 조사를 하고서 아가씨를 다시 거실로 데리고 간 다음, 이렇게 외쳤다.

"한 녀석은 던 셈이로군요! 기억해두세요, 놈의 시계에 새겨진 이름입니다. '무스타파 로발라이오프'!"

그는 아무렇지도 않은 듯 경쾌한 어조로 그 이름을 내뱉고는, 방 안을 이리저리 서성대기 시작했다.

"코랄리 어멈, 우리처럼 무수한 고난을 몸소 겪고 무고한 이들의 죽음을 숱하게 보아온 사람들에겐, 자기네 패거리 손에 비명횡사한 이 무스타파 로발라이오프의 죽음 따위는 아무렇지도 않답니다. 추도의 변(辯) 같은 건 있을 필요도 없지요, 안 그렇습니까? 저 죽은 몸뚱어리는 광장에 인적이 뜸한 틈을 타서 야봉이 짊어지고 브리뇰 가로 가서 갈리에라 박물관 정원 철책 너머로 후딱 던져버리고 오면 그뿐이지요. 철책이 꽤 높은 편이지만, 야봉의 오른팔이면 문제 될 것 없습니다. 그렇게 해서 사건이 마무리되는 겁니다. 그럼 아무도 당신에 대해 이러쿵저러쿵 말도 없을 테니, 이번에야말로 내게 고맙다고 하셔야 합니다."

그는 일부러 떠들썩한 웃음을 터뜨렸다.

"으레 하는 말이 아니라, 진정 고맙다는 말 말입니다. 제기랄! 도대체 그따위로 포로를 간수하다니, 나도 참! 놈들도 정말이지 엄청 재빠르게 해치웠어! 세상에, 그 회색 중절모를 쓴 녀석이 자동차에서 기다리고 있을 패거리한테 알려서, 둘이 곧장 달려오리라는 걸 미리 내다보지 못하다니. 놈들이 보라는 듯이 와서 행패를 부렸지 않은가! 당신과 내가 여기 앉아서 주절거리는 동안, 놈들은 하인 전용 출입문을 강제로 따고 들어와, 주방을 거쳐 서재와 현관 사이 문을 빠끔히 열고 현장을 들여다본 겁니다. 하필 놈들이 손만 내밀면 닿을 만한 거리에 있던 소파 위에 기절한 녀석 하나가 덩그러니 널브러져 꽁꽁 묶여 있었고 말입니다. 그래서 어찌했겠습니까? 우선 야봉의 주의를 끌지 않고서 놈을 현관 밖으로 끌어내기란 불가능하다는 건 불 보듯 뻔했겠죠. 그렇다고 저대로 내버려두면 놈이 입을 열게 될 테고, 동료들 이름을 팔아서, 결국에는 애써 마련한 계획에 큰 차질이 빚어질 것이고……. 하는 수 없이 그중 한 명이 슬그머니 몸을 기울이고 팔을 쭉 뻗어 소파 위의 그 친구 목에 붉은 끈을 슬슬 감을 수밖에요. 야봉이 이미 적당히 주물러놓은 그 가련한 목을 가느다랗지만 매서운 끈으로 서서히, 아주 침착하게 조여버린 겁니다. 죽음이 찾아들 때까지 말이지요. 아무 소리도, 신음도 없었어요. 모든 것이 완벽한 침묵 속에서 진행되었습니다. 와서, 죽이고, 깨끗이 떠난 거지요. 게임은 끝났고, 놈의 입은 영영 봉해진 셈이지요."

대위는 말을 할수록 호들갑이 심해지고 있었다.

"놈이 입을 다물었으니, 사법당국이 내일 아침 시체 한 구를 정원에

결정판 아르센 뤼팽 전집

서 발견한다 해도, 무슨 영문인지 알 턱이 없겠죠. 사실 그건 우리도 마찬가지지만요. 우리 역시 저들이 왜 당신을 납치하려 했는지 까마득히 몰라요. 정말이지, 나는 간수(看守)로도 영 무능하지만, 탐정으로서도 아주 빵점짜리인가 봅니다그려!"

그렇게 주절대면서 그는 끊임없이 방 안을 서성거렸다. 그의 걸음걸이는, 허벅지와 무릎의 유연성만큼은 여전해서 그런지, 장딴지 이하가 잘려나갔음에도 크게 어색해 보이진 않았다. 기껏해야 한발 한발 내디딜 때마다 엉덩이와 어깨의 움직임만 약간 부자연스러운 리듬을 탈 뿐. 더구나 훤칠한 신장이 그 정도 결점은 적절하게 보완할 뿐더러, 워낙 개의치 않고 불편한 신체 조건을 덤덤하게 받아들이는지라, 겉으로 보이는 사소한 문제는 그리 눈에 띈다고도 할 수 없었다.

시원한 얼굴에 뜨거운 태양과 거듭되는 악천후로 단련된, 아주 강인한 혈색을 갖춘 벨발 대위는, 때론 괄괄하다 싶을 정도로 활달하기 그지없는 표정을 곧잘 지었다. 그는 나이가 스물여덟에서 서른 정도는 되어 보였다. 그런가 하면, 모든 행동거지가 제1제정시대(나폴레옹이 집권하던 시기를 말하며 모리스 르블랑이 매우 동경하던 시대였다. 군사적으로 프랑스가 전 유럽을 호령한 만큼 군벌 귀족이 가장 대접받던 시기라 할 수 있다―옮긴이)의 장교들 모습을 연상시켰는데, 병영 생활이 일종의 특별한 행동 양식으로 몸에 배어, 사교계에서 귀부인들과 자리를 함께할 때 으레 겉으로 풍겨나는 분위기가 꼭 그랬다.

문득 멈춰 선 그는 벽난로 불빛에 어여쁘게 드러나는 코랄리 어멈의 옆얼굴을 힐끗 보았다. 그러고는 여자 곁으로 다가와 앉으며, 이번에는 사뭇 다르게 부드러운 어조로 말했다.

"사실 난 당신에 대해 별로 아는 것이 없습니다. 그저 야전병원에서 간호사들과 의사들이 당신을 마담 코랄리라고 부른다는 것 정도지요.

물론 당신한테서 보살핌을 받는 부상자들은 코랄리 어멈이라고도 부르고 말입니다. 결혼 전이나 후의 이름이 뭔지, 결혼을 하긴 한 건지, 했다가 혼자의 몸이 된 건지, 어디에 사는지…… 전혀 모르고 있습니다. 그저 매일 같은 시각에 같은 길로 다닌다는 것밖에는요. 아 참, 가끔가다 회색빛 머리카락을 길게 기르고 수염을 잔뜩 헝클어뜨린 늙은 하인이 목도리를 친친 감고 노란 색안경을 낀 차림으로 당신을 대동하거나, 당신을 찾으러 나타나곤 한다는 것도 알고 있습니다. 그 사람은 이따금 유리창이 시원한 현관 대기실 똑같은 의자에 앉아 당신이 나타나길 기다리곤 했지요. 누굴 찾아왔느냐고 물어보아도 묵묵부답인 채 말입니다. 여하튼 내가 당신에 관해 아는 거라곤, 가히 칭송할 만큼 착하고 자애로운 마음씨를 지녔다는 것, 그리고 이렇게 말해도 괜찮을지 모르지만, 찬탄을 불러일으킬 만큼 아름답다는 것이 전부입니다. 하긴 코랄리 어멈, 당신의 삶에 대해 전혀 모르기 때문에, 내가 당신을 그토록 신비스럽게 생각하는 것 같기도 합니다. 또 어떤 의미에선 늘 비애(悲哀)에 사무친 것으로 상상하기 일쑤랍니다. 그래요, 비애 말입니다! 당신은 어딘지 불안과 고통 속에서 살아가는 듯한 인상을 주고 있어요. 항상 외로워 보인단 말입니다. 아무도 당신의 행복과 안전을 위해 헌신하는 사람이 없어요. 그래서 난 생각했습니다. 아주 오래전부터 그 생각을 해왔고, 당신에게 고백할 기회만을 바라보며 기다려왔습니다. 다름이 아니라, 당신에겐 친구가 필요하다고 생각해왔어요. 당신을 인도하고 보호해줄 오빠 같은 친구 말입니다. 어때요, 코랄리 어멈, 내가 잘못 생각한 걸까요?"

이런 얘기가 진행되는 동안, 여자는 왠지 온몸을 사리는 듯 보였고, 남자가 언급하는 그 미지(未知)의 영역을 그야말로 허용치 않겠다는 듯, 점점 거리를 두는 것이었다. 여자는 이렇게 중얼거렸다.

"그래요, 잘못 생각하셨네요. 내 인생은 아주 단순하답니다. 누구의 보호를 받을 필요가 전혀 없어요."

그러자 점점 흥분을 하면서 남자의 언성이 높아졌다.

"보호받을 필요가 없다니! 그럼 당신을 납치하려던 괴한들은 다 뭡니까? 당신을 겨냥한 그 모종의 음모는 어떡하고요? 그 음모가 발각될까 두려워 자기들 동료를 이렇게 살해할 정도이지 않습니까? 그런데도 이 모든 게 아무 일도 아니란 말입니까? 당신 주위에 위험이 도사리고 있다고 생각한 내가 착각을 한 거라고요? 당신을 노리는 놈들이 보통 대담한 게 아니라는 내 생각이 틀려요? 그들의 수작으로부터 당신을 보호해야 하는 게 아니었습니까? 한데도 나의 이런 제의를 무시한다면…… 그렇다면…… 정 그렇다면……."

그럴수록 여자는 더욱 고집스럽게 입을 다물었는데, 그 침묵은 점점 더 상대에게 거리를 두고, 심지어 적의(敵意)를 품는 느낌을 주는 것이었다.

남자는 마침내 단호한 어조로 이렇게 말을 맺었다.

"설사 당신이 내 원조 제의를 받아들이지 않는다 해도, 난 강제로라도 그렇게 해야겠습니다!"

여자가 단박에 고개를 가로젓는 것을 보고, 남자는 좀 더 강력하게 되풀이해 말했다.

"강제로 할 겁니다. 내 의무이자 권리이기도 하니까요!"

"안 돼요."

여자의 들릴 듯 말 듯한 목소리에 벨발 대위는 여전히 고집을 꺾지 않았다.

"이건 내 고유의 절대적 권리입니다. 다른 무엇보다 우선하며, 심지어 당신에게 의논할 필요조차 없는 나만의 권한이지요, 코랄리 어멈."

여자는 그를 똑바로 쏘아보며 물었다.

"대체 뭐가 당신 권리란 말입니까?"

"내가 당신을 사랑하는 것 말입니다."

그는 이 말을, 수줍은 고백이나 하는 연인으로서가 아니라, 스스로 느낀 감정과 그것을 선언하는 것 자체에 무한한 자부심을 느끼는 한 사내로서, 간명하게 내뱉었다.

여자는 금세 눈을 내리깔고 얼굴이 발갛게 물들었다. 반면 남자의 언성은 더더욱 쾌활해지면서 높아졌다.

"나는 내 할 말을 당신 면전에서 떳떳하게 얘기하고 있습니다. 열에 들뜬 장광설을 늘어놓는 것도 아니요, 한숨을 섞어가며 호소하는 것도 아닙니다. 과장된 제스처를 쓰는 것도 아니고, 두 손 모아 비는 것도 결코 아닙니다. 이렇게 당신 앞에 똑바로 선 채, 또박또박 말을 하는 것뿐입니다. 당신이 생각하는 것만큼 내겐 그리 어려운 일도 사실 아닙니다. 네, 그래요, 코랄리 어멈. 당신이 제아무리 매몰찬 태도를 가장해도, 당신은 내 마음을 알고 있어요. 나만큼이나 오래전부터 알고 있었다 이 말입니다. 내 피투성이 얼굴에 당신의 그 앙증맞고 사랑스러운 손길이 와 닿았을 때, 우린 이미 이 같은 감정이 서로에게 움튼 것을 알고 있었습니다. 다른 사람의 손길은 언제나 고통스러웠을 뿐인데, 당신……. 당신의 그 손길은 그 자체로 애무였습니다! 당신의 그 애틋한 연민의 눈빛도 애무였고, 괴로워하는 나를 보며 흘리던 그 뜨거운 눈물도 역시 애무였습니다. 그런데 당신을 사랑의 감정 없이 바라볼 수 있는 게 가능이나 하겠습니까? 아까 당신을 위해 나섰던 세 부상병 역시 당신에 대해 마찬가지의 감정을 가지고 있답니다, 코랄리 어멈. 야봉도 당신을 숭배하고 있어요. 다만 저들은 그저 일개 병사들일 뿐인지라, 표현을 안 하고 있는 겁니다. 하지만 나는 대위이지요. 그래서 이렇듯 고개를 똑바로 쳐들고 아무 거리낌 없이 감정을 드러내는 것입니다."

여자는 두 손으로 화끈거리는 양 볼을 다소곳이 짚으면서 상체를 숙인 채, 아무 소리도 하지 않았다. 남자는 낭랑한 목소리로 다시금 말했다.

"내가 이렇게 아무 거리낌 없이 고개를 똑바로 쳐든 채 말한다는 게 무얼 의미하는지 아마 당신은 이해할 겁니다. 그렇지 않습니까? 만약 내가 이 전쟁이 일어나기 전에 다른 사고로 지금처럼 불구의 몸이 되었더라면, 당신을 향한 마음을 고백하면서도 전전긍긍할 뿐, 이처럼 자신감 넘친 태도를 보일 수는 없었을 겁니다. 하지만 지금은……. 아, 정말입니다, 코랄리 어멈! 너무나도 사랑하는 여인인 당신을 앞에 두고 나는 조금도 내 불구의 몸에 대한 생각을 하지 않는답니다. 나의 이런 모습이 당신 눈에 우스꽝스럽고 주제넘게 비치리라고는 단 한순간도 생각하지 않는단 말입니다."

그는 잠시 숨을 고르려는 듯 멈췄다가, 의자에서 일어서며 다시 말을 이었다.

"네……. 당연하지요. 이 전쟁에서 불구가 된 용사들은 결코 스스로를 소외됐다거나 박복(薄福)하고 추한 미물로 생각하지 않고, 너무나도 당당한 정상인으로 생각한다는 사실을 사람들은 알아야 합니다. 그렇습니다, 정상인 말입니다! 다리 하나가 없는 거요? 그래서 뭐가 어쨌단 말입니까? 그렇다고 머리가 모자라거나 가슴이 뜨겁지 않다고 감히 말할 수 있을까요? 전쟁이 내게서 다리 하나와 팔 한 짝을, 아니 두 팔과 다리 모두를 앗아갔기로서니, 내가 과연 매몰찬 거부와 쓸쓸한 동정심이 무서워 누구를 사랑할 권리를 아예 포기할 것 같습니까? 동정한다고요? 오, 제발 우리를 불쌍히 여긴다든지, 우리를 사랑하려고 억지로 노력을 한다든지, 우리에게 다정하게 대해줌으로써 자신들의 마음이 자애롭다고 생각하지 말기를 바랍니다. 이 사회에 대해서나 여성에 대해서, 이 세상 오가다 마주치는 모든 행인에 대해서, 우리가 한결같이 요구하는 건, 운이 좋고 좀 더 비겁해서 무사히 살아남은 사람들과 우리같이 전쟁에서 불구자가 되어 돌아온 사람들을 제발 동등하게 봐달라는 것입니다!"

대위는 벽난로를 탁 치면서 계속했다.

"그래요, 완전한 평등 말입니다. 우리는 하나같이 절름발이에다 외팔이에다 애꾸눈이에다 장님에다……. 이런저런 이유로 불구의 몸을 하고 있지만, 정신적으로나 육체적으로 그 누구에게도 뒤지지 않는다고 자부합니다. 천만에요! 적을 급습하기 위해 이 세상 누구보다도 더 빨리 내달리던 자가 갑자기 다리 한 짝을 못 쓰게 되었기로서니, 평생을 사무실에 앉아서 따뜻한 벽난로에 발바닥이나 달구던 인간보다 인생에 있어 뒤질 것 같습니까? 자, 그러니 다른 보통 사람들과 마찬가지로 우리에게도 똑같은 자리를 허락해주십시오! 우리에게 한번 주어진 자리는, 장담하건대, 언제까지나 든든히 지키고 가꿔나갈 것입니다. 우리가 추구하지 못할 행복이란 없으며, 약간의 교육과 훈련만 거치면 이 세상 그 어떤 일도 다 척척 해나갈 능력을 가지고 있습니다. 야봉의 오른손은 이미 세상 사람 양손이 할 수 있는 몫을 얼마든지 해치워왔고, 벨발 대위의 왼쪽 다리 역시 맘만 먹으면 한 시간에 20리는 너끈히 주파할 수 있답니다."

그는 너털웃음을 웃어가며 몰아붙였다.

"크하하하! 오른손과 왼쪽 다리라……. 왼손과 오른쪽 다리라……. 사용하는 방법을 잘만 터득한다면, 남아 있는 수족이 뭐가 됐든 무슨 상관이겠습니까? 뭐하러 절망하겠느냔 말입니다! 이 사회에서 각자의 몫을 차지하고, 한 인간으로서 자손을 퍼뜨리는 가운데, 우리는 예전의 우리와 하나도 다를 것이 없을 겁니다. 아니, 오히려 더 나아졌을지 모르지요. 미래의 조국에 바칠 우리의 자손이 팔이 없겠습니까, 다리가 없겠습니까? 아니면 뭐가 모자라겠습니까? 오히려 아버지에게서 물려받은 불굴의 용맹함과 활력을 감안한다면, 그 누구보다 훌륭한 심신을 갖춘 건아(健兒)들이 아니겠습니까? 우린 주장합니다, 코랄리 어멈! 이 목재 의족 때문에 남보다 앞서가지 못한다고는 생각지 않습니다. 또한 두 다리로 버티고 서 있는 것보다 목발을 짚었다고 해서 거동이 수월치 않다고도 보지 않아요. 우리에게 헌신한다고 해서 그걸 굳이 희생이라고 말한다거나, 한 처녀가 장님 병사와 결혼을 해준다고 대단한 열녀(烈女)처럼 칭송하는 것은 그리 바람직하지 않다고 생각합니다! 다시 말하지만 우린 결코 따로 떨어뜨려놓고 보아야 할 대상이 아닙니다! 분명히 말하겠는데, 우린 무슨 자격이 실추되어서 이렇게 된 것이 결코 아닙니다. 이것이야말로 앞으로 2~3세대에 걸쳐서 모든 사람이 진리로 받아들여야 할 사실입니다. 지금처럼 천 명 중에 수백 명이 불구가 되어버린 프랑스 같은 나라에서는, 온전한 인간이라는 개념 자체가 그리 딱 부러지게 정립될 수가 없습니다. 결국 새롭게 태동하는 세대에서는 두 팔이 온전한 사람이나 한쪽 팔만 있는 사람이, 마치 금발 머리와 갈색 머리가 공존하듯, 수염 난 사람과 그렇지 않은 사람이 함께하듯, 얼마든지 자연스럽게 어울려야 할 것입니다. 아울러 누구든 신체가 온전하냐에 관계없이 자신이 원하는 인생을 살아가야 할 것입니다. 한데 내 인생은 당신 몫이고, 내 행복 역시 당신에게 달려 있으니, 마음속에 담아온 이 말을 더 이상 기다리지 못하고 내뱉은 것입니다. 휴우, 이제 다 끝났습니다! 실은 아직도 할 얘기는 많지만, 어차피 하루 이틀에 끝날 얘기도 아니고…….."

그는 고집스레 침묵만을 지키고 있는 여자의 태도에 움찔하며 말을 멈췄다.

남자가 제일 처음 사랑의 고백을 털어놓았을 때부터 여자는 양손으로 얼굴을 쓸다시피 하면서 결국 이마까지 가리고 있었고, 양어깨를 가볍게 떨고 있었다. 남자는 허리를 숙여 여자의 연약한 손가락을 부드럽게 폈고, 그 뒤로 가려져 있던 어여쁜 얼굴을 들여다보았다.

"왜 우는 거요, 코랄리 어멈?"

갑작스러운 친근한 말투에도 불구하고 여자는 그리 놀라는 눈치도 아니었다. 자고로 한 사내와 그의 상처를 보살핀 여인 사이에는 특별한 관계가 형성되는 법인데, 따지고 보면 벨발 대위의 경우는 누구도 언짢아할 수 없을 친밀하고도 점잖은 태도로 그러한 관계를 돈독히 해왔던 것이다.

"혹시 나 때문에 눈물을 흘리는 거요?"

넌지시 묻는 그에게 여자는 목소리를 낮춰 대답했다.

"아니에요. 단지 그 호쾌한 성격하며, 운명에 굴하지 않고 의연하게 모든 걸 극복하는 모습이……. 당신들 가운데 가장 보잘것없는 사람도 하나 힘들이지 않고 자신의 조건을 훌쩍 초월하는 것 같아요. 나는 그런 당신들의 대범한 품성보다 더 아름답고 감동적인 것을 알지 못한답니다."

남자는 여자 곁에 살며시 앉았다.

"그럼 지금까지 내가 한 얘기 땜에 기분 상하거나 하지는 않은 건가요?"

여자는 질문의 요지를 짐짓 잘못 이해한 척하며 대답했다.

"기분이 나쁘다니요! 아마 여성이라면 누구나 당신 생각에 동조할 겁니다! 전쟁터에서 돌아온 사람들 중에서도 가장 극심한 고통을 겪은 사람들에게는 당연히 애정 어린 보살핌이 필요하겠죠."

결정판 아르센 뤼팽 전집

남자는 재빨리 고개를 가로저었다.

"그게 아닙니다. 나는 '보살핌' 따위와는 전혀 다른 걸 요구하고 있는 거요. 내가 한 말 중 몇몇에 대해서는 좀 더 분명한 답변을 해주어야 할 게 아니겠소? 어때요, 다시 되풀이할까요?"

"아니, 괜찮아요."

"그럼 답변을……."

"답변이라면……. 이제 더는 그런 말을 안 해주셨으면 합니다."

남자는 엄숙한 태도로 물었다.

"금지하는 겁니까?"

"금지하는 거예요!"

"정 그렇다면, 다음에 다시 만날 때까지 얌전히 기다리기로 하겠습니다."

하지만 여자는 이내 이렇게 중얼거렸다.

"더는 만날 일이 없을 거예요."

벨발 대위는 그 말이 무척이나 재미있다는 듯 대뜸 되물었다.

"오호라! 내가 왜 당신을 다시 만나지 못한단 말입니까, 코랄리어멈?"

"내가 그러지 않을 생각이니까요."

"이유는?"

"이유요?"

여자는 그제야 눈을 들어 남자를 똑바로 바라보며 천천히 말했다.

"난 결혼한 몸이거든요."

한데 그 말에도 불구하고 대위는 전혀 동요하지 않는 눈치였다. 오히려 더없이 침착한 태도로 이러는 것이었다.

"그렇다면 두 번째로 결혼을 하면 되겠군요. 틀림없이 당신의 지금 남편은 늙어빠졌을 테고, 당신은 그를 사랑하지도 않을 겁니다. 그도 당신이 다른 누구의 사랑을 받는 것을 이해할 거예요."

"농담하지 마세요."

그렇게 중얼거리며 자리에서 일어나 나가려는 여자의 손을 남자가 덥석 붙잡았다.

"당신 말이 맞습니다, 코랄리 어멈. 아울러 이처럼 중요한 얘기를 하면서도 좀 더 진지한 태도를 보이지 못한 점 역시 미안하게 생각합니다. 이건 내 인생과 당신 인생이 걸린 문제입니다. 그 두 인생은 서로 만나게 되어 있으며, 거기엔 당신 의지로도 어찌할 수 없는 섭리가 존재한다고 확신합니다. 그렇기 때문에 당신의 아까 그 대답은 소용이 없어요. 난 지금 당신에게 무얼 요구하는 게 아닙니다. 난 그저 운명에 모든 걸 맡긴 채 기다리는 입장입니다. 우리를 결합시켜줄 운명 말입니다."

"천만에요!"

"그건 모르시는 말씀입니다. 어차피 모든 일이 그런 식으로 흘러가게 되어 있습니다."

"결코 그런 식으로 흘러갈 리는 없습니다! 그런 식이어선 절대 안 되고요. 아울러 나를 더 이상 찾는다거나, 이름을 알려고 하지도 않겠다는 약속마저 해주셔야겠습니다. 아무튼 당신의 우정에 좀 더 많은 보답을 드릴 수도 있었을 텐데……. 아까 그 고백이 우리 사이를 멀찌감치 갈라놓았군요. 난 내 인생에 누구든 연루되는 걸 원치 않습니다. 누구든 말이에요."

여자는 그렇게 말하면서 다소 흥분을 감추지 않았는데, 자신을 붙잡고 있는 남자의 손을 뿌리치려고 앙칼지게 몸부림을 치기까지 하는 것이었다.

하지만 파트리스 벨발은 여전히 팔에 힘을 주면서 말했다.

"그러면 못씁니다. 그런 식으로 나올 권리가 없어요. 제발, 생각 좀 해보세요."

여자는 매몰차게 남자를 떠다밀었다. 한데 어떤 예기치 않은 사태가 벌어진 건 바로 그 순간이었다. 실랑이를 벌이다가 대위는 그만 벽난로 위에 올려두었던 여자의 작은 가방을 툭 건드리게 되었고, 바닥 양탄자 위에 그대로 떨어지면서 안의 내용물 중 두세 가지가 쏟아져 나온 것이다. 여자는 허겁지겁 쓸어 담았지만, 파트리스 벨발이 놓치지 않고 허리를 숙여 그중 하나를 집어 들며 이렇게 말했다.

"여기 하나 잊을 뻔했군요."

그가 건네준 물건은 밀짚으로 촘촘히 짜 만든 작은 상자였는데, 그것 역시 떨어진 충격으로 뚜껑이 열려 있었고, 그로부터는 묵주(默珠)가 왈칵 쏟아졌다.

두 사람은 아무 말도 하지 않은 채 마주 서 있었다. 잠시 묵주를 이리저리 살피던 대위가 마침내 중얼거렸다.

"거참 묘한 우연의 일치로군요. 이 자수정 알들……. 이 오래된 금줄하며……. 어쩜 이리도 똑같은 솜씨에 똑같은 재질일까."

남자가 하도 놀란 기색이기에 여자가 넌지시 물었다.

"왜요? 뭐가 잘못 됐나요?"

그는 열 알씩 이어진 묵주 알과 십자가가 매달린 좀 더 짧은 줄이 각각 연결된 유독 큼직한 알을 손가락으로 집어서 유심히 들여다보고 있었다. 그 알은 보석을 물고 있는 황금 거미발 부위까지 깨져서 정확히 반쪽만 남아 있는 상태였다.

"우연의 일치치고는 아무래도 심상치 않은걸. 하지만 당장 진상을 밝힐 수도 있을 것 같군그래. 그 전에 한 가지만 물어봅시다. 이 묵주는 누가 준 겁니까?"

"누가 준 게 아니고 예전부터 가지고 있었던 건데요."

"하지만 당신 손에 들어오기 전에 누군가 가지고 있던 것 아닙니까?"

"그야 우리 어머니께서 가지고 계시던 거지요."

"아, 그럼 원래는 모친께서 소유하시던 거라 이 말이군요?"

"그렇습니다. 아마 다른 보석들을 물려주시면서 함께 딸려온 걸 겁니다."

"모친께서는 돌아가셨나요?"

"네, 내가 네 살 때였지요. 어머니에 대한 기억은 지극히 희미하게 남아 있을 뿐이에요. 한데 묵주를 보고 왜 그런 질문을 하시는 거죠?"

"묵주가 중요한 게 아니라, 여기 이렇게 두 동강이 난 자수정 알이 문제입니다."

그는 가로로 줄무늬가 수놓아진 제복을 열고 조끼 호주머니 속에서 회중시계를 꺼냈다. 거기에는 가죽과 은으로 이루어진 짧은 시곗줄에 몇 가지 장식용 패물이 달려 있었다.

한데 그중 한 장신구가 묵주의 자수정 알과 똑같은 거미발 속에 박힌 채, 마찬가지로 깨어진 반쪽짜리 자수정 알로 이루어져 있는 것이었다. 보아하니 그 두 개의 자수정 알은 크기도 거의 동일한 것 같았고, 색깔도 같았으며, 정확히 똑같은 거미발에 물려 있었다.

그 같은 사실을 확인한 두 사람은 멀뚱하니 서로를 마주 보았다. 이내 여자가 먼저 더듬거리며 입을 열었다.

"그저 우연이겠죠. 우연의 일치일 뿐이에요."

"그야 그렇겠죠. 하지만 일단 두 자수정 알이 서로 정확히 들어맞는다는 점은 인정해야 할 겁니다."

"그럴 리가요!"

여자는 그 사실을 증명하기 위해서는 간단히 서로 맞춰보기만 하면 된다는 생각에 흠칫 몸서리를 치며 대꾸했다.

아니나 다를까, 장교는 곧장 증명에 들어갔다. 묵주 알을 집어 든 그의 오른손과 장신구를 집어 든 그의 왼손이 천천히 접근하고 있었다. 마침내 둘이 마주치자 몇 차례 더듬더듬 하는가 싶더니, 역시 더할 나위 없이 완벽하게 꼭 들어맞는 것이 아닌가!

깨진 자수정의 울퉁불퉁한 단면이 정확하게 서로 일치했으며, 표면의 양각 무늬도 절묘하게 들어맞았다. 두 개의 자수정 조각은 결국 한 알의 자수정이 반쪽으로 갈라진 거라고 볼 수밖에 없었던 것이다. 이렇게 합쳐놓고 보니 나무랄 데 없는 완벽한 자수정 알인 것을……

한동안 의혹과 만감이 교차하는 긴 침묵이 이어졌다. 먼저 나지막한 목소리로 침묵을 깬 것은 벨발 대위였다.

"실은 나도 이게 어디서 난 건지 확실하게는 모릅니다. 어렸을 적부터 열쇠라든지 도장, 낡은 반지 등등 잡동사니를 모아둔 판지 상자에 뒤섞여 뒹굴던 것을 한 2~3년 전에 장신구로 삼을 만한 게 없나하고 찾다가 골랐을 뿐이거든요. 원래 어디에 붙어 있던 건지는 모르죠. 다만……"

그는 두 개의 자수정을 따로따로 유심히 살피면서 덧붙였다.

"다만 이제 와서 분명히 추정할 수 있는 건, 이 묵주에 붙어 있던 가장 큼직한 자수정 알이 아주 오래전에 무슨 이유에선지 떨어져 나와 반쪽으로 깨진 다음, 둘 중 하나는 여기 이렇게 제자리를 찾아 들어갔고, 나머지는 이처럼 따로 돌아다녔다는 겁니다. 그러니까 한 20여 년 전쯤 누군가의 소유물이었던 하나의 자수정을 당신과 내가 반쪽씩 나눠 갖고 있었던 셈입니다!"

남자는 여자에게 천천히 다가가 진지하면서 나직한 목소리로 이렇게 말을 이었다.

"아까 내가 우리 둘을 서로에게 이끄는 운명에 대해 얘기했을 때 당신은 발끈했습니다. 아직도 그런 운명을 부인하시렵니까? 단순한 우연의 일치라고 치부하기에는 너무도 기이한 이 사실 앞에서 말입니다. 과거 언제쯤 우리 두 존재가 알 수 없는 무엇에 의해 서로 연결되어 있었고, 미래에도 결국에는 서로 만날 수밖에 없다는 걸 명확히 보여주는 이 사실을 끝내 부정하시겠느냔 말입니다! 그러고 보면, 오늘 당신이 위협을 당한 걸 계기로 내가 이렇게 우정의 손길을 내미는 것 역시, 언제 올지 모를 '미래'를 다소 앞당긴 것에 불과한 셈입니다. 사랑이 아니라 우정을 얘기하고 있다는 점을 주목해주십시오. 어떻습니까, 받아들이겠습니까?"

여자는 아무 말도 못한 채 멍하니 있었다. 난데없이 정확히 들어맞는 두 자수정 앞에서 그만 정신이 혼란스러워져 상대의 얘기를 제대로 듣지도 못한 것 같았다.

"받아들이시겠습니까?"

남자가 재차 물었다.

잠시 후, 여자의 대답이 이어졌다.

"싫습니다."

하지만 남자는 조금도 언짢은 기색 없이 되물었다.

"그렇다면 운명이 어떻게 정해져 있는지 그 증거를 보고서도 충분치 않다는 말씀입니까?"

여자의 대답은 단호했다.

"우린 더 이상 서로 마주쳐서는 안 되겠다는 생각입니다."

"좋습니다. 그 문제는 앞으로의 상황에 맡기기로 하지요. 뭐 그리 오래 걸리지는 않을 겁니다. 그때까지만이라도 당신을 더 이상 찾지는 않겠다고 약속드리지요.”

“그럼 내 이름을 알려고도 하지 않는 겁니다?”

“그러지요. 약속합니다.”

그제야 여자는 남자에게 손을 내밀었다.

“아듀……”

영원한 작별을 의미하는 여자의 인사에 남자는 이렇게 화답했다.

“또 봅시다.”

여자는 곧장 자리를 떴다. 그러나 문간에서 문득 뒤를 돌아보더니, 약간 망설이는 눈치였다. 남자는 벽난로 옆에 선 채 꼼짝 않고 있었다. 여자의 입에서 다시 한번 작별 인사가 새어나왔다.

“아듀……”

남자는 또다시 대답했다.

“또 봅시다, 코랄리 어멈.”

그것으로 둘 사이의 할 말이 모두 끝난 상태였다. 그도 더는 붙잡으려고 하지 않았다.

마침내 여자는 밖으로 나갔다.

거리로 나가는 문이 닫히고 나서야, 벨발 대위는 창가로 다가갔다. 어둠 속 가로수 사이를 지나가는 왜소한 여인의 모습이 눈에 들어왔다. 남자의 가슴이 에이는 듯했다.

과연 다시 만날 수 있을까?

남자는 버럭 외쳤다.

“아무렴! 다시 만나고야 말 거야! 어쩜 내일일지도 모르지. 신들도 언제나 내 편이었잖아?”

그는 지팡이를 움켜쥐고, 늘 스스로를 표현하듯, 오른쪽 의족을 힘차게 내디뎠다.

그날 저녁, 근처 레스토랑에서 끼니를 때운 벨발 대위는 곧장 뇌일리로 갔다. 병원 별관으로 사용되는 아담한 건물은 불로뉴 숲을 바라보는 마이요 대로 초입에 위치해 있었다. 그곳 규율이 그리 각박한 편이 아니어서 대위는 밤 시간 어느 때든 들어갈 수가 있는 데다 남자들은 언제든 말만 잘하면 여자 감독관의 눈치를 살피지 않아도 되었다.

"야봉은 돌아왔지요?"

대위가 툭 던지는 질문에 감독관이 대답했다.

"그럼요, 대위님. 여자 친구하고 카드놀이 하는걸요."

"그 역시 재미 볼 권리는 있으니까. 나한테 온 편지는요?"

"편지는 없고 웬 소포 꾸러미만 하나 있습니다. 대위님."

"어디서 온 건데요?"

"그냥 심부름꾼이 가지고 왔는데, 이렇게만 말하더군요. '벨발 대위님 겁니다' 하고 말이죠. 방에 놔두었어요."

장교는 자신이 직접 선택한 제일 위층 방으로 올라갔고, 탁자 위에 종이로 포장된 채 끈으로 묶여 있는 꾸러미를 발견했다.

그는 지체 없이 포장을 풀고 상자 뚜껑을 열어보았다. 안에는, 전체가 녹슨 데다 형태나 제작 방식으로 미루어 결코 요새 것 같지는 않은 큼직한 열쇠가 들어 있었다.

이게 대체 뭘까? 상자를 아무리 둘러보아도 주소라든가 이렇다 할 표시가 없었다. 무슨 착오가 일어난 것 같긴 한데, 두고 보면 밝혀지겠거니 하면서, 그는 열쇠를 그냥 호주머니 속에 집어넣었다.

'오늘은 정말 영문도 모를 일이 많이도 생기는군. 잠이나 자야지.'

그렇게 속으로 중얼거리며 창문 커튼을 닫으려는 찰나, 불로뉴 숲 저 너머, 캄캄한 어둠 속으로 난데없는 불똥들이 솟구치는 것이 그의 눈에 들어왔다.

결정판 아르센 뤼팽 전집

순간, 레스토랑에서 우연히 귀에 들어온 그때 그 대화 내용이 뇌리를 스치고 지나갔다. 코랄리 어멈의 납치를 모의했던 괴한들이 얘기한 바로 그 불똥비 얘기 말이다.

3
녹슨 열쇠

파트리스 벨발은 여덟 살이 되던 해에, 그동안 아버지와 함께 살아온 파리를 떠나, 10년 후에야 졸업하게 될 런던의 프랑스인 학교로 보내졌다.

초기에는 그래도 매주 아버지로부터 소식이 전해져 왔다. 한데 어느 날 갑자기 교장 선생님 왈, 이제 고아로서 살아가야겠다는 것이었다. 다만 앞으로의 학비는 이미 확보가 된 상태이며, 성년이 되면 영국인 변호사를 통해 모두 20만 프랑에 달하는 유산을 상속받게 될 거라고 했다.

하지만 이미 낭비벽이 있는 것으로 드러난 한 젊은이에게 20만 프랑은 그리 넉넉한 액수가 아니었다. 예컨대 군 복무를 위해 알제리로 떠난 이후, 미처 돈을 쥐어보기도 전에 2만 프랑이나 빚을 지기도 했으니 말이다.

결국 그는 유산을 상속받자마자 깡그리 탕진하기에 바빴고, 얼마 안

결정판 아르센 뤼팽 전집

있어 손수 고생을 해서 돈을 벌어야 하는 처지가 되었다. 그러나 꾀바른 데다 활달하기만 할 뿐 이렇다 할 적성이 있는 것은 아니었지만, 매사 결단과 추진력이 필요한 일에는 익숙한 편이었고 늘 아이디어로 충만했으며, 욕심을 부릴 줄 알고 성취도도 높았던 젊은이는 차차 사람들에게 신뢰를 주기 시작하면서 결국 사업을 일으켜 상당한 재산을 모으기에 이르렀다.

전기사업이라든가 수원(水源) 및 폭포수 부동산 사업, 식민지 지역 내 자동차 서비스업, 몇몇 항로 사업과 광산업 등등. 수년 동안 그는 무려 잘나가는 사업체를 10여 개나 굴리는 수완을 발휘했다.

전쟁 또한 그에겐 한바탕 신나는 모험이나 다름없었으며, 늘 아낌없는 자세로 자기 한 몸을 그 전쟁에 바쳤다. 처음 식민지 부대 중사로 군복무를 시작한 그는 결국 마른 전투에서 중위 계급장을 따기에 이른다. 그러나 9월 15일 장딴지에 부상을 당해 그날로 다리 절단 시술을 받고 말았다. 그로부터 두 달 후, 그는 불구의 몸임에도 불구하고 무슨 이유에서인지 모르게, 프랑스 최고 수준의 조종사가 운전하는 비행기에 관측사로서 탑승하게 되었다. 그러다가 급기야 1월 10일, 유산탄 한 발에 머리에 중상을 입고 모든 모험의 종지부를 찍고 나서야, 꼼짝없이 샹젤리제 대로변의 병원으로 후송되는 처지가 되고 말았다. 바로 그즈음 그가 코랄리 어멈이라 부르는 한 여성이 간호사의 자격으로 같은 병원에 들어오게 된 것이었다.

불가피하게 행해진 개두(開頭) 수술은 다행히도 성공리에 끝났다. 하지만 약간의 합병증이 뒤를 이었고, 그는 스스로 엄청난 고통을 겪으면서도 늘 활기찬 모습으로 같이 고생하는 전우들의 든든한 지주(支柱)가 되어줌으로써, 더없는 애정과 존경을 한 몸에 받았다. 그는 몸이 불편한 전우들의 얼굴에 웃음꽃이 지지 않도록 해주었다. 그들의 약해진 마음을 위로해주었고, 최악의 상황 속에서도 늘 의연하고도 활기차게 대처하는 모습을 보여줌으로써 그들의 기운을 북돋아주었다. 언젠가 한 의족 제조상이 관절까지 움직일 수 있도록 고안된 의족을 권하러 왔을 때 그가 어떻게 처신을 했는지는 병원 안에서 두고두고 잊히지 않았다.

"아하……. 관절이 움직이는 의족이라! 그거 뭐에 쓴답디까? 기껏해야 사람들 눈이나 속여서, 내 다리가 잘린 걸 모르게 하려고요? 결국 선생 생각에는 이렇게 다리가 절단된 게 무슨 크나큰 흠이라도 된다고 보시는 거요? 이 프랑스 장교께서 마치 부끄러운 치부라도 감추듯, 쉬쉬하며 나 자신을 숨겨야 된다고 말이오."

"저런, 대위님. 그, 그게 아니라……."

"그래, 당신의 그 용한 기계가 얼마나 합니까?"

"500프랑입니다."

"500프랑이라! 적어도 10만은 족히 될 법한 나 같은 다리 없는 상이용사들이 투박한 목재 의족을 어쩔 수 없이 드러내놓고 다녀야 하는 이 판국에, 당신은 폼 나는 관절 의족을 차지하려고 내가 선뜻 그만한 돈을 내놓으리라고 생각한 거요?"

순간 그 광경을 지켜보던 사람들은 어딘지 푸근한 마음에 하나같이 젖을 수 있었다. 코랄리 어멈도 입가에 부드러운 미소를 지은 채 귀를 기울이고 있었다. 코랄리 어멈의 그런 미소 하나를 위해 과연 파트리스 벨발이 바치지 못할 것이 무엇이었겠는가?

스스로 실토했듯이, 처음 본 바로 그 순간부터 그는 여자에게 홀딱 반해버렸다. 그녀의 참신한 아름다움, 천진한 매력, 다정한 눈빛, 그리고 환자를 돌보고 있을 때, 마치 애무의 손길처럼 마음까지 쓰다듬는 것 같은 그 온화한 영혼에 매료되지 않을 수가 없었던 것이다. 처음 만난 날부터 여자의 매력은 사내의 전 존재를 감싸면서 동시에 그 내부로

결정판 아르센 뤼팽 전집

스며들었다. 그녀의 음성은 늘 그의 생기를 돋우었고, 바라보는 시선과 풍기는 체취로 그의 영혼을 황홀하게 사로잡았다. 다만 사랑의 감정에 맥을 못 추고 허우적거리는 가운데에도 그는, 언제나 위험에 둘러싸여 있는 것처럼 보이는 이 연약하고 가녀린 여자를 위해 한 남자로서 자신의 모든 힘을 아낌없이 쏟아부을 각오를 단단히 하고 있었다.

그러던 중에 드디어 빌미가 될 만한 사건이 발생한 것이며, 막연하게만 느껴지던 위험이 모습을 드러내면서 흠모해 마지않는 아가씨를 흉악한 적의 손아귀에서 구해낼 행운을 얻게 된 것이었다. 적과의 처음 격돌은 다행히 성공적이었으나, 그로서는 모든 것이 정리되었다고 장담할 수가 없었다. 위험은 언제든 재발할 것이다. 아닌 게 아니라 아침에 수상한 사람들끼리 여자를 대상으로 꾸민 음모와 저 불똥비로 나타나는 일종의 신호가 서로 무관하지 않다는 것이 이미 증명된 상황이 아닌가! 그 두 가지 사안 모두가 필시 같은 음흉한 계획에서 비롯된 것일 터……. 아직도 반짝거리는 불꽃들이 저만치서 명멸하고 있었다.

파트리스 벨발이 보기에 저것은 아마도 센 강변 쪽, 그러니까 좌측으로는 트로카데로와 우측으로는 파시 역(驛) 중간 어디쯤으로부터 솟아오르고 있는 것 같았다.

'그렇다면 직선거리로 기껏해야 2~3킬로미터 거리일 텐데. 좋아, 한번 직접 가서 보지.'

그렇게 생각하며 대위는 문 열쇠 구멍으로 빛이 새어나오고 있는 3층 방 앞에 당도했다. 거긴 야봉이 머무는 방이었다. 물론 지금 야봉은, 감독관 여자의 말대로, 여자 친구와 카드놀이를 하고 있을 것이었다. 그는 문을 열고 쑥 들어섰다.

카드놀이는 이미 끝난 상태였다. 야봉은 흩어져 널려 있는 카드 앞에서 곯아떨어진 채였고, 여자는 그 왼쪽 어깨에 매달린 채 둘둘 말려 있

는 소매를 베개 삼아 머리를 기대고 있었다.

한데 그 얼굴이라는 것이, 시커먼 치아를 반쯤 드러내며 헤벌어진, 야봉 못지않게 두툼한 입술하며, 기름때로 누르스름하게 번들거리는 안색하며, 세상 그지없이 천박한 꼴이었다. 여자의 이름은 앙젤. 요리사의 딸로서 야봉의 단짝 여자 친구였다. 그녀는 대차게 코까지 골고 있었다.

파트리스는 뿌듯한 마음으로 두 사람을 바라보았다. 지금 눈앞에 펼쳐진 광경이야말로 그의 평상시 이론을 정확하게 증명하고 있었던 것이다. 즉, 야봉마저 저렇게 연인을 가질 수 있는 거라면, 이 세상 가장 극심한 불구자라도 사랑의 즐거움을 요구할 권리가 당당히 있는 것 아니겠는가 말이다!

그는 조심스레 이 세네갈인의 어깨를 두드렸다. 사내는 곧장 잠에서 깨어남과 동시에 빙그레 웃음을 지었다. 아니, 대위가 와 있다는 걸 이미 잠결에 느끼고는 아마도 깨기 이전에 먼저 슬그머니 기분 좋은 미소를 지었는지도 모르겠다.

"자네가 필요해, 야봉."

야봉은 흥겨운 듯 그르렁댔고, 기대 있는 앙젤을 후딱 밀쳐버렸다. 여자는 우습게도 탁자 위로 무너지듯 곤두박질치면서까지 여전히 코를 골았다.

정작 밖으로 나오자 파트리스의 눈에 더는 그 불꽃이 보이지 않았다. 주변의 가로수들로 시야가 가려진 때문이었다. 그는 대로를 따라 쭉 걷다가, 시간을 절약할 생각으로, 앙리마르탱 가도까지 도시 순환 열차를 잡아타고 갔다. 거기서 드라투르 가(街)로 접어든 다음, 곧장 파시 역까지 걸어갈 참이었다.

길을 걸어가면서 그는 머릿속에 있는 생각을 야봉에게 끊임없이 늘어놓았다. 물론 이 검둥이가 뭐 하나 제대로 이해할 리는 없었지만, 그저 습관적으로 그러는 것이니 상관은 없었다. 더할 나위 없는 전우이자 당번병이었던 야봉은 그에게 예나 지금이나 마치 충견처럼 헌신하는 친구였다. 자신의 직속상관과 같은 날 머리 부상을 당한 데다 절단 수술 역시 같은 날 받은 몸으로서, 그는 아마 벨발 대위와 죽음조차 같은 날 맞이하길 바라는 사람처럼, 똑같이 두 번에 걸쳐 부상을 당한 것을 그렇게 기꺼워할 수가 없었다. 이와 같은 철저한 복종의 태도에 대해 대위는 애정 넘치는 우정으로 화답해주었고, 때로는 짓궂게, 그보다 더 자주는 사내다운 투박한 자세로 대하는지라, 주인을 향한 검둥이의 마음은 더더욱 열광하는 것이었다. 이를테면 상대의 일방적인 속내 얘기를 죄다 들어주기만 하고, 때로는 심술맞은 신경질까지 받아주는 철저한 내조자가 야봉이 맡은 역할인 셈이었다.

"그래, 이 모든 일에 대해 어떻게 생각하나, 야봉 선생?"

대위는 검둥이 친구와 서로 팔짱을 낀 채 걸으며 말했다.

"내 생각엔 다 같은 문제인 것 같은데. 자넨 어때?"

사실 야봉이 입 밖으로 뱉어낼 수 있는 것은 단 두 가지 그르렁거리는 소리뿐. 그중 하나는 '네'에 해당하고, 나머지는 '아니요'에 해당했다.

한데 이번에는 '네'였다.

장교는 곧장 선언하듯 내뱉었다.

"그렇다면 틀림없군! 이제 코랄리 어멈이 새로운 위험에 직면했다고 생각해도 되겠지?"

"네."

주인 얘기라면 원칙적으로 긍정부터 하고 보는 야봉의 그르렁거리는 소리였다.

"좋아. 그렇다면 이제 남은 건 저 불똥비가 대체 무얼 의미하느냐는 거야. 한 일주일쯤 전에 체펠린 비행선(독일의 퇴역 군인인 F. 체펠린이 발명한 비행선은 제1차 세계대전 중 정찰 및 공습에 활용되었다—옮긴이)들이 처음 나타났을 때, 언뜻 생각한 건 말일세. 자네 내 말 듣고 있는 건가?"

"네."

"그때 생각엔 혹시나 두 번째 체펠린 비행선단 침공을 목표로 한 첩보 신호가 아닐까 했지."

"네."

"이런 바보 같으니! '네'가 아닐세! 그건 절대 체펠린 비행선을 위한 신호였을 리가 없다고! 내가 엿들은 바에 의하면 전쟁 전에도 두 번이나 그런 신호가 있었다고 하지 않았는가 말이야. 한데 사실 그게 과연 일종의 '신호'인지도 의문일세."

"아니요."

"뭐가 또 아닌가? 아 이 멍청한 친구 같으니, 그럼 대체 뭐냐 말이

야? 제발 무슨 말인지도 모르면서 그 입 좀 제멋대로 놀리지 말게나. 그
저 가만히 듣고만 있으라고. 하긴 나 역시 영문을 모르긴 마찬가지지만
말이야. 맙소사! 난 이런 복잡하고 아리송한 문제는 아주 질색이라고!"

그렇게 드라투르 가로 나선 파트리스 벨발 대위는 한층 더 당혹스러
워지고 말았다. 여러 갈래의 길이 동시에 펼쳐져 있었던 것이다. 어느
길로 가야 하는 걸까? 그뿐만 아니라 파시 구역 한복판에서는 무슨 일
이 벌어지는지 몰라도, 어둑한 밤하늘에 더는 불꽃도 보이지 않는 것이
었다.

대위는 나직이 중얼거렸다.

"다 끝났나 보네. 공연히 헛수고만 했군그래. 다 자네 때문일세, 야
봉! 자네를 그 여자에게서 떼어내느라 아까운 시간만 낭비하지 않았어
도 제때에 도착했을 거 아닌가! 아, 물론 앙젤의 매력엔 고개가 숙여지
네만, 그래도……."

계속 걸음을 옮길수록 그는 더욱더 난처했다. 충분한 정보도 없이 막
연하게 뛰어든 여정이니만큼 이제 막 아무 소득 없는 시간 낭비로 귀결
되려는 듯, 포기하고 싶은 기분이 불쑥 치밀려는 찰나……. 트로카데로
방면으로부터 오던 자동차가 프랑클랭 가(街)에서 불쑥 튀어나오더니,
안에 탄 어떤 사람 하나가 통화관을 통해 이렇게 소리쳤다.

"왼쪽으로 도시오. 그리고 아까 말한 곳까지 곧장 직진입니다!"

한데 벨발 대위의 귀에 그 목소리는 아침 레스토랑에서 들려왔던 묘
한 억양과 비슷하게 느껴지는 것이었다.

"회색 모자를 쓴 그자일까? 코랄리 어멈을 납치하려 했던 둘 중 하나
말이야."

대위가 중얼거리자 야봉이 곧바로 그르렁거렸다.

"네."

"그렇지? 불꽃 신호도 그자가 근처 어딘가에 있다는 뜻일 테니까 말이야. 결국 놈의 흔적을 놓치지 않고 바짝 뒤쫓는 게 급선무겠지. 자, 뛰어라, 야봉!"

하지만 야봉이 펄쩍펄쩍 뛴다 한들 별로 소용은 없었다. 레이누아르가(街)를 쏜살같이 달려나간 자가용 리무진이 교차로에서 300~400미터 떨어진 좌측 가도(街道), 마차가 드나들 만큼 넉넉한 대문 앞에 멈출 즈음, 대위 자신도 이미 그곳에 당도했던 것이다.

다섯 남자가 차에서 내렸고, 그중 한 명이 초인종을 울렸다.

한 30~40초 정도가 그대로 흘렀고, 이내 두 번째로 벨이 울리는 것을 파트리스는 놓치지 않고 감지했다. 다섯 명은 보도 위에 몰려선 채 기다리고 있었다. 급기야 세 번째 벨이 울리고 나서야, 커다란 문짝 한 귀퉁이에 나 있는 작은 쪽문이 빠끔히 열렸다. 잠시 침묵이 흘렀고, 이내 지루한 담판이 즉석에서 벌어졌다. 아마도 문을 연 쪽에서 뭔가 해명을 요구하는 모양이었다. 그러다가 결국 다섯 명 중 앞쪽에 선 두 명이 우악스럽게 문을 밀쳤고, 일행 모두에게 통로가 활짝 열렸다. 요란한 소리와 함께 다시 문짝이 닫힌 것은 그 직후였다. 대위는 즉시 그곳을 포함한 주변 지역을 면밀히 살피기 시작했다.

옛날에 이 레이누아르 가는 보잘것없는 시골길이었으며, 센 강이 찰랑거리는 언덕 기슭, 파시 마을의 온갖 정원과 가옥 사이사이를 구불구불 지나가고 있었다. 따라서 아쉽게도 세월이 흐를수록 점점 드물어지기는 하지만, 아직 이곳저곳이 시골의 흥취를 머금고 있고, 도로를 따라 고풍스러운 구역들이 줄지어 있으며, 가로수들 사이로 낡은 처소들이 언뜻언뜻 보였다. 그중에는 발자크가 생전에 거하던 건물도 있었다. 사실 아르센 뤼팽이 낡은 해시계 판의 홈 속에 숨겨진 어느 총괄 징세 청부인의 다이아몬드를 찾아낸 수수께끼 같은 정원도 바로 그 구역에

속해 있었다(『아르센 뤼팽의 고백』에서 「그림자 표시」 참조―옮긴이).

다섯 명이 침입한 건물 바로 근처에 자동차가 대기 중이었기에, 대위는 감히 접근할 수가 없었다. 담벼락을 따라 죽 이어진 그 건물은 제1제정시대풍으로 지어진 낡은 호텔 같은 외양을 지니고 있었으며, 하나같이 둥근 창문들이 1층에는 격자로, 2층에는 덧문으로 철저하게 차단된 채, 전면을 따라 즐비하게 이어져 있었다. 그런가 하면 그 끄트머리에는 또 다른 독립가옥이 별개의 익랑(翼廊)처럼 덧붙여진 모습이었다.

한참을 둘러보던 대위가 이렇게 중얼거렸다.

"이쪽에선 아무래도 별 할 일이 없을 것 같군. 마치 봉건 요새처럼 철저하게 차단되어 있어. 다른 쪽을 뚫어봐야겠는걸."

레이누아르 가의 고색창연한 사유지들을 가르고 지나가는 비좁은 골목길들은 모두가 하천 쪽으로 경사를 이루고 있었는데, 그중 문제의 건물 담벼락과 나란히 뻗은 골목길이 하나 있었다. 대위는 야봉과 함께 옳다구나 그곳으로 진입했다. 얕은 계단식으로 이어진 거친 자갈길이었는데, 가로등으로 희미하게 비춰지고 있었다.

"좀 도와줘야겠다, 야봉. 벽이 너무 높아. 그나마 이 가로등 기둥을 좀 이용하면⋯⋯."

검둥이의 손 받침을 타고 가로등 높이까지 올라선 대위는 담벼락 쪽으로 얼른 한 손을 내밀었는데, 바로 그 순간 벽의 꼭대기에 날카로운 유리 조각들이 촘촘히 박혀 있는 것을 깨달았다.

신경질을 내며 다시 내려올 수밖에 없었다.

"제기랄! 야봉, 미리 나한테 언질을 주었어야지! 자칫 잘못했으면 내 손이 엉망진창이 될 뻔했잖은가! 대체 뭘 생각하고 있는 거야? 정말이지 자네가 왜 한사코 나를 따라다니려는 건지 그 이유를 모르겠단 말이야."

골목길은 곧바로 모퉁이를 돌게 되어 있었고, 거기서부터 갑자기 어두워지는 바람에 대위는 손으로 더듬어 나아가야만 했다. 한데 문득 세네갈인의 손이 어깨를 턱 짚는 것이었다.

"무슨 일인가, 야봉?"

대답 대신 검둥이의 손이 대위의 몸을 벽 쪽으로 밀쳤고, 이내 그 지점의 움푹 들어간 곳에 문이 나 있는 것을 깨달았다.

"그래, 여기 문이 있고말고! 설마 내가 이깟 것도 못 봤을 거라 생각하는 건가? 하긴 천하에 야봉 선생만이 제대로 된 눈을 가지고 있겠지, 안 그래?"

야봉은 아무 소리 안 하고 성냥갑을 내밀었다. 대위는 성냥을 하나하나 차례로 켜면서 문 여기저기를 샅샅이 점검했다.

"내가 뭐랬는가. 별도리가 없다고 했지! 이 육중한 나무 문……. 빗장과 대못으로 엄청 단단히 봉쇄되어 있는 것 좀 보라고. 봐, 아예 바깥으로는 손잡이도 없잖아. 그냥 열쇠 구멍 하나만 덜렁 나 있어. 아! 이건 보통 열쇠 구멍이 아닌걸. 일부러 여기에 맞춰 특수 제작된 열쇠가 필요하겠어! 아차, 아까 별관으로 심부름꾼이 배달해온 이상한 열쇠가 혹시……."

대위는 갑자기 말을 뚝 끊었다. 머릿속을 스치는 너무도 기이한 생각에 순간 당황했지만, 그에 따라 뭔가 시도해봐야만 할 것 같은, 그런 기분이기도 했다.

잠깐 발걸음을 옮겼던 그는 다시 문가로 되돌아갔다. 그리고 아까 무심코 호주머니에 넣어둔 열쇠를 빼 들어, 성냥불로 밝혀진 문의 열쇠 구멍 속에 열쇠를 밀어 넣었다. 그는 왼쪽으로 살짝 열쇠를 틀었고, 뭔가 걸리며 돌아가는 듯하더니, 이내 문이 열렸다.

"들어가자."

한데 검둥이는 꿈쩍도 하지 않았다. 충복(忠僕)의 어리둥절한 심정이 이해되지 않는 것은 아니었지만, 사실 파트리스 자신도 그리 덤덤한 심리 상태는 아니었다. 뜻하지 않게 굴러 들어온 이 열쇠가 하필 이 문에 정확히 들어맞으리라고 누가 상상이나 할 수 있었겠는가? 이 난데없는 열쇠를 보내온 사람은 대체 무슨 수로 대위가 그것을 사용할 순간이 오리라고 내다볼 수 있었겠는가? 이 무슨 기적 같은 일이란 말인가? 하지만 파트리스는 일단 이 애꿎은 수수께끼에 더는 골몰하지 않고, 곧장 행동에 들어가기로 작심했다.

"들어가자니까!"

대위는 활기 넘치는 목소리로 되풀이해 말했다.

걸음을 옮길 때마다 나무의 잔가지들이 사정없이 얼굴에 부딪쳐 왔고, 그것만으로도 현재 나선 곳이 정원 한참 구석진 곳이라는 느낌이 들었다. 사방이 어찌나 어두컴컴한지 시커먼 풀밭 사이로 어딘가는 나 있을 오솔길이 전혀 눈에 들어오지 않았다. 그렇게 막연히 한 1~2분쯤 걸었을까, 난데없이 앞을 가로막는 바위에 부닥쳤는데, 하필 그 위로 물이 흥건하게 젖어 흐르는 것이었다.

"제길! 이거 다 젖었잖아! 빌어먹을, 야봉!"

또다시 대위의 공연한 화풀이가 쏟아지려던 차에, 문득 정원 저쪽으로부터 개 짖는 소리가 요란하게 들리면서, 점점 빠른 속도로 가까워지기 시작했다. 낯선 인기척을 눈치챈 맹견이 들이닥치고 있다는 것을 파트리스는 직감했다. 제아무리 역전의 용사라 해도 순간 몸서리를 치지 않을 수 없었는데, 그만큼 캄캄한 어둠 속에서의 갑작스러운 공포감은 결코 만만치가 않았다. 이제 어떻게 해야 하는가? 권총을 쏜다면 만천하에 자신들의 위치를 알리는 것과 같지만, 무기라곤 총밖에 없는 지금 처지에서 달리 뾰족한 수도 없었다.

마치 잡목 숲 속을 덩치 큰 멧돼지가 내달리는 듯 요란스러운 소리로 봐서, 엄청난 기세로 달려오고 있는 게 틀림없었다. 게다가 쇠사슬 끌리는 소리까지 나는 걸 보니, 묶여 있던 줄을 아예 끊어버리고 오는 모양이었다. 파트리스는 이를 악문 채 버티고 섰다. 한데 어둠 속에서도 불쑥 앞으로 나서서 주인을 보호하려는 야봉의 윤곽이 언뜻 보이는가 싶더니, 드디어 격돌이 일어나는 것이었다.

"이런 빌어먹을, 야봉! 왜 쓸데없이 자네가 나서는 거야? 이런 몹쓸 친구 같으니라고."

두 상대가 서로 뒤엉켜 뒹구는 가운데, 파트리스는 납죽 몸을 낮춘 채 검둥이를 도우려고 어둠 속을 더듬었다. 문득 짐승의 털과 야봉의 옷자락이 만져졌다. 하지만 워낙 서로 악착같이 달라붙어 격렬하게 땅바닥을 뒹구는 통에, 감히 중간에서 어떻게 손쓸 엄두가 나지 않았다.

그뿐만 아니라 사실상 싸움은 그리 오래가지도 않았다. 몇 분도 채 지나기 전에 이미 두 상대는 더 이상 움직이지 않고, 오로지 가쁜 숨소리만 어둠 속에서 들썩일 뿐이었다.

"어떻게 된 건가, 야봉?"

대위는 걱정스레 중얼거렸다.

이윽고 검둥이가 그르렁거리며 몸을 일으켰다. 얼른 성냥불을 켜서 들이대자, 한쪽 팔을 쭉 뻗어 다섯 손가락으로 큼직한 개의 모가지를 잔뜩 그러쥔 채 치켜들고 있는 야봉의 모습이 눈에 들어왔다. 개의 쇠사슬 목걸이는 땅바닥에까지 늘어뜨려져 있었다.

"고맙네, 야봉. 덕분에 한시름 놓았어. 자, 이제 별로 위험할 것 같진 않으니, 그만 내려놓게나."

야봉은 즉시 그렇게 했다. 한데 어찌나 세게 그러쥐고 있었던지, 땅에 풀썩 쓰러지자마자 개는 숨을 몰아쉬며 몸부림을 치더니, 이내 꿈쩍도 하지 않는 것이었다.

파트리스가 혀를 차며 중얼거렸다.

"불쌍한 짐승 같으니라고. 도둑에게 달려들라는 본분에 충실했을 뿐인데…… 이보게 야봉, 우리는 이놈보다 훨씬 어려운 일을 해야 할지도 몰라. 어서 서두르세!"

흡사 유리창 불빛처럼 희부옇게 빛나는 무엇을 향해 그는 발길을 옮기기 시작했고, 바위를 깎아 만든 일련의 계단을 거슬러 올라 건물이 들어선 평평한 땅 위에 다다랐다. 이쪽도 거리를 향한 건물 면과 마찬가지로, 모든 창문이 둥그런 형태인 데다 하나같이 덧문으로 차단되어 있었다. 그런데 아까 저 아래에서 본 불빛이 그중 한 덧문 사이로 희미하게 새어나오는 것이었다.

파트리스는 일단 야봉더러 덤불숲에 숨으라고 한 뒤, 천천히 건물로 다가가 귀를 기울였다. 알아들을 수 없는 말이 어렴풋이 흘러나오고 있었지만, 단단히 차단된 덧문 때문에 그 이상 안의 상황을 파악하는 것은 불가능해 보였다. 대위는 연달아 네 개의 창문을 지나쳐 현관 앞 계단에까지 이르렀다.

역시 계단 끝에는 문이 하나 있었다.

'누군가 정원 열쇠를 내게 전한 걸 보면, 정원에서 건물 안으로 통하는 문 역시 문제 될 건 없을 거야.'

아니나 다를까, 그렇게 생각하며 슬쩍 손을 갖다 댄 문이 슬그머니 열렸다. 안으로 들어서자 바깥에선 희미하게 들렸던 소리가 좀 더 또렷해졌다. 대위는 그것이 집 안의 후미진 곳으로 통하는 계단 쪽에서 들려온다는 걸 느꼈고, 그 느낌을 따라 어슴푸레 조명이 되어 있는 계단을 오르기 시작했다.

역시 2층의 방문 하나가 반쯤 열려 있었다. 그는 우선 살짝 머리를 들이민 뒤, 몸을 낮추면서 안으로 미끄러져 들어갔다.

비교적 널찍한 실내였는데, 파트리스가 서 있는 곳은 그 중간쯤을 에 두르며 이어진 일종의 난간 위였다. 이렇게 보니, 방의 세 벽면을 따라 위아래 책들로 빼곡한 서가(書架)가 천장까지 그득하게 둘러쳐져 있었 고, 그 각 끄트머리쯤엔 양쪽으로 각각 하나씩 철제 나선계단이 벽에 붙어 설치되어 있었다.

다행히 난간의 쇠창살에도 곳곳에 책들이 수북이 쌓여 있는지라, 한 3~4미터 저 아래 1층에 두런두런 모여 있는 사람들로부터 파트리스가 서 있는 곳은 자연스레 시선이 차단되어 있었다.

그는 조심스레 책 더미 중 두 줄만 살짝 치워보았다. 순간, 웬 목소 리가 쩌렁 울리는가 싶더니, 모두 다섯 명의 사내가 한 사람을 향해 우 악스레 달려드는 것이 언뜻 눈에 들어왔다. 모두들 마치 무언가에 심히 격노한 자들처럼, 미처 방어할 틈도 주지 않고 한 명을 동댕이치고 있 었다.

이럴 경우 대위의 즉각적인 반응이라면 당연히 후닥닥 달려 내려가 희생자를 돕는 것이었다. 소리쳐 야봉도 불러들인다면, 아마도 저 다섯 명쯤 제압하는 것은 식은 죽 먹기였을 것이다. 한데 그러지 않은 것은, 다섯 명이 무기를 들고 있지 않은 것으로 봐서 사람을 해칠 것 같지는 않았기 때문이었다. 그들은 그저 희생자의 목과 어깨, 발목을 단단히 붙들어서 꼼짝 못하게 만들었을 뿐이었다. 대체 뭘 어쩌자는 걸까?

그중 한 명이 느닷없이 벌떡 일어나, 마치 우두머리라도 되듯 소리 쳤다.

"꽁꽁 묶어라. 입에는 재갈을 물리고. 하긴 제아무리 발버둥을 치고 소리를 질러도, 누구 하나 들을 사람도 없겠지만."

파트리스는 아침에 레스토랑에서 들었던 두 목소리 중 하나라는 것을 금세 깨달았다. 주인공은 체구가 작고 야위었으며, 우아한 차림새에다, 윤기 없는 안색에 표독스러운 표정의 얼굴이었다.

"드디어 놈을 잡았어! 이번에야말로 입을 열겠지. 자, 모두들 마음의 준비는 되었겠지?"

대차게 호령하는 그에게 한 명이 이를 부드득 갈며 대꾸했다.

"물론입니다! 무슨 일이 일어나든 상관없어요!"

파트리스는 시커먼 콧수염을 기른 그 사내의 얼굴을 곧장 알아보았다. 다름 아니라 레스토랑에서 모의를 하던 두 사람 중 하나, 그러니까 코랄리 어멈을 습격했다가 가까스로 도망친 자였다.

그의 회색빛 중절모는 의자 위에 놓여 있었다.

두목이 히죽거리며 말했다.

"무슨 일이든 상관없단 말이지? 좋았어, 부르네프! 자, 그럼 슬슬 시작할까! 아, 에사레스 영감, 이놈! 기어이 비밀을 털어놓지 않겠다, 이거지? 어디 끝까지 그럴 수 있을지 두고 볼까?"

그다음부터 모든 동작이 놀랄 만큼 신속 정확하게 처리되는 것을 보니, 사전에 일당 모두가 어떻게 해야 할지 철저히 준비하고 분담한 게 틀림없었다.

꽁꽁 묶인 사내는 금세 번쩍 들어 올려져 등받이가 뒤로 한껏 젖힌 안락의자 위에 내동댕이쳐졌고, 단단한 노끈으로 몸 전체가 의자에 결박되었다.

아울러 옴짝달싹 못하게 묶인 두 다리 역시 안락의자와 똑같은 높이의 묵직한 걸상 위에 올려졌고, 신고 있던 반장화와 양말까지 곧장 벗겨졌다. 두목의 명령이 떨어졌다.

"시작해!"

이렇게 보니, 정원으로 난 네 개의 창문 중 두 개 중간쯤에 희끗희끗

검붉은 숯불이 이글거리는 대형 벽난로가 떡하니 입을 벌리고 있었다. 아니나 다를까, 모두들 안락의자와 걸상을 번쩍 들더니, 희생자의 맨발을 벽난로로 향한 채, 불길에서 한 50여 센티미터 떨어진 곳까지 접근하는 것이었다. 재갈을 물렸음에도 이내 지독한 고통의 비명 소리가 터져나왔고, 두 다리 역시 끈으로 묶여 있음에도 격렬하게 발버둥을 치기 시작했다.

"좀 더! 좀 더 가까이 해!"

두목은 그럴수록 기를 쓰고 지시를 내렸다. 파트리스 벨발은 권총을 그러쥐며 속으로 중얼거렸다.

'옳지, 정 그렇다면 나 역시 가만있을 순 없지. 저 불쌍한 친구를 두고만 볼 순 없어.'

그때였다. 대위가 벌떡 몸을 일으켜 행동에 나서려는 바로 그 순간, 전혀 예기치 않은 광경이 그의 눈길을 붙드는 것이었다.

정확히 그가 숨어 있는 난간 맞은편 벽의 또 다른 난간 쇠창살 사이로 웬 여자의 얼굴 하나가 두려움으로 휘둥그레진 눈동자를 이 끔찍한 현장에 고정시킨 채, 빠끔히 내밀고 있는 게 아닌가! 대위는 코랄리 어멈의 얼굴을 알아보았다.

4
화염 앞에서

코랄리 어멈이! 괴한들이 난입한 이 의문의 집 안에 그녀가 숨어 있다니⋯⋯. 더구나 도저히 설명할 수 없는 우연의 일치로 그 역시 같은 장소에 숨어든 하필 지금 말이다!

일단 어떤 생각 하나가 뇌리를 스치자 여러 수수께끼 중 하나는 풀리는 기분이었다. 즉, 그녀 역시 골목길을 통해 이곳에 이르렀을 테고, 현관 계단을 걸어 올라와 먼저 집 안으로 들어섰기에 아까 문이 열린 상태였을 것이다. 하지만 구체적으로 어떻게 그렇게 했으며, 도대체 무얼하려고 이곳까지 잠입해 들어온 것일까?

이런 의문들은 감히 대답을 구할 엄두도 나지 않게 벨발 대위의 머릿속을 뒤죽박죽 헝클어뜨리고 있었다. 그만큼 지금 코랄리의 뭔가 썬 듯한 얼굴은 그에게 충격으로 다가왔다. 저 아래로부터는 처음보다 한층 처절한 비명 소리가 솟구쳤고, 언뜻 내려다보면 희생자의 두 발이 붉은 벽난로 앞에서 애처롭게 발버둥치고 있었다.

결정판 아르센 뤼팽 전집

하지만 이번에는 코랄리의 존재에 신경이 쓰이는 바람에 선뜻 도우러 나설 마음이 일지 않았다. 그는 여자의 태도 여하에 따라 행동하기로 마음먹은 뒤, 오로지 그녀의 주의를 끌지 않기 위해 꼼짝 않고 있었다.

"잠시 휴식! 뒤로 물려라! 그만하면 좀 정신이 들었을 거야."

두목은 그렇게 내뱉듯 말하며, 희생자에게 다가갔다.

"자, 에사레스 이 친구야, 기분이 좀 어때? 맘에 드는가? 이제 겨우 시작이라는 것쯤 잘 알겠지? 말을 하지 않으면 우린 끝까지 갈 거야. 대혁명 당시 진짜 쇼퍼르(chauffeurs. 발바닥을 불로 지지는 따위의 고문 방법을 애용하는 산적을 일컬음─옮긴이)들이 하듯 말이야. 그러니 어때, 이만하면 입을 열 만도 하겠지?"

하지만 두목의 입에서는 이내 욕지거리가 터져나왔다.

"제기랄! 뭐가 어째? 거부하는 건가? 이런 지독한 고집쟁이 같으니! 아직 사태가 어떻게 돌아가는지 모르겠다 이건가? 여전히 희망이 있다고 보는 거야? 희망이라……. 완전히 돌았군그래! 대체 누가 자넬 도울 수 있다는 건가? 자네 하인들? 관리인도 사환도 급사장도 몽땅 내 사람이라는 거 몰라? 그들은 내가 전부 다 일주일간 휴가를 줬어. 지금쯤 모두 떠났을 거라고! 가정부? 요리사? 그 여자들은 건물 반대편 끄트머리에 있지. 자네 말대로 여기서 나는 소리는 절대로 그곳까지 가 닿을 리가 없고 말이야. 자, 그럼 또 누가 남지? 아하, 자네 마누라? 그녀 역시이곳과는 동떨어진 곳에서 잠을 자고 있으니 아무 소리도 듣지 못하는 건 마찬가지야. 자네의 그 늙은 비서 시메옹? 그자는 아까 우리에게 문을 열어주었을 때 옴짝달싹 못하게 묶어버렸지. 그 점에 대해서는 차라리 내 친구의 말을 들어보는 게 나을 걸세, 이보게 부르네프!"

걸상을 붙들고 있던 짙은 콧수염을 한 사내가 벌떡 일어나며 대답했다.

"뭡니까?"

"자네, 그 비서를 어디에 가두었지?"

"관리인 숙소에요."

"이곳 마나님 방이 어딘지는 아는가?"

"물론이죠. 두목이 가르쳐준 그대로 알고 있습니다."

"그럼 네 명 모두 가서 여자하고 비서를 데려오도록!"

네 명은 코랄리가 숨어 있는 바로 밑 문으로 후닥닥 달려나갔고, 두목은 곧장 희생자에게 몸을 숙이며 이렇게 말했다.

"자, 이제 우리 둘뿐이로군, 에사레스. 진작 이때가 오기를 기다렸지. 자, 우리끼리 어디 잘 해보자고."

그는 좀 더 몸을 수그리고는 파트리스가 여간해선 듣기 어려울 만큼 작은 소리로 중얼거렸다.

"저자들, 내가 마음대로 부리긴 하지만 죄다 한심한 바보들일 뿐이야. 그래서 내 계획을 되도록이면 안 알려주려고 하지. 하지만 우리 둘은 달라, 에사레스. 우린 어딘지 통하는 데가 있단 말이야. 자넨 이 사실을 인정하려 들지 않았고, 그래서 이 지경까지 온 거라네. 자, 그러니 에사레스, 더는 고집 부리지 말고 잔꾀 쓸 생각일랑은 집어치워. 자넨 지금 완전히 무기력하게 내 함정에 걸려든 거야. 전적으로 내 뜻에 좌우될 목숨이라고. 결국에는 자네 기력을 결딴내고야 말 고문으로 죽어가느니, 타협안을 받아들이란 말일세. 어때? 우리끼리 반반씩 나누는 거야. 서로 화해하고 공평한 길로 가자 이거지. 나도 자네도 각자의 파트너로 대우하면 되는 거야. 그렇게 힘을 합하면 우리 둘 다 승리하는 거란 말이야. 반대로 서로가 적이 된다면 그 누가 이겨도 결코 모든 장애를 극복하리라는 보장이 없어. 그래서 자꾸 되풀이해 이렇게 얘기하는 걸세. 둘이 공평하게 나누자고 말이지. 자, 대답해보게. 그럴 텐가 말 텐가?"

그는 상대의 입에서 재갈을 풀어내곤 귀를 갖다 댔다. 이번에야말로 파트리스가 아무리 긴장을 해도 희생자가 더듬대는 소리는 들리지 않았다. 그런데 얼마 안 있어 두목이 버럭 화를 내며 몸을 일으키더니 이렇게 소리를 지르는 것이었다.

"뭐? 뭐라고? 대체 지금 무슨 소릴 하는 거야? 좋아, 아직 멀쩡하다 이거지? 감히 그따위 말을 제안이라고 내게 해? 그런 소린 이따가 부르네프나 내 동료들에게 해보시지! 그들이라면 아마 잘 알아들을 테니까. 하지만 어딜 감히 나한테! 이 파키 대령한테 말이야! 아, 천만에, 말도 안 되지! 이 친구야, 난 그보다는 욕심이 많다고! 서로 나누자고 했지, 언제 동냥이나 하자고 했던가!"

파트리스는 악착같이 귀를 기울이면서도 동시에 코랄리 어멈의 불안감으로 일그러진 얼굴 표정을 놓치지 않고 있었다. 그녀 역시 대위와 마찬가지로 잔뜩 긴장한 눈치였다.

벽난로 위에 있는 거울을 통해 희생자의 모습 일부가 비치고 있었다. 장식 끈이 달린 벨벳 실내복에 밤색 플란넬 바지 차림의 50대 정도로 보이는 남자는 완전히 대머리에다가 기름이 줄줄 흐르는 얼굴에 당당한 매부리코, 짙은 눈썹 밑으로 깊숙이 들어간 눈동자, 그리고 통통한 볼에 회색빛 수염이 덥수룩하게 뒤덮은 모습이었다. 사실 그것 말고도 벽난로 바로 왼쪽, 즉 첫 번째와 두 번째 창문 사이에 걸려 있는 초상화를 통해 파트리스는 남자의 용모를 좀 더 정확하게 가늠할 수가 있었는데, 과연 힘이 넘치고 강인한 인상이었다.

파트리스는 속으로 중얼거렸다.

'동방(東方) 쪽 얼굴인걸. 이집트나 터키 쪽에서 많이 보던 타입이야.'

그러고 보니, 파키 대령이라든가 무스타파, 부르네프, 에사레스 등등
그 이름이나 자태에서 풍기는 모든 인상이 저쪽 알렉산드리아의 호텔
들과 보스포루스 해협 연안, 아드리아노플(터키의 도시—옮긴이)의 저잣
거리와 에게 해를 떠다니는 그리스 선단에서 가졌던 느낌을 새삼스레
불러일으키는 것이었다. 이른바 근동 제국(近東諸國) 스타일이긴 하되,
파리에 뿌리를 박고 산 지 오래된 이주민들 같았다. 파트리스가 알고
있는 어느 재정가의 이름이 에사레스 베(bey. 터키의 고급 무관을 뜻함—옮
긴이)였고, 억양이나 쓰는 말로 보아 아주 닳고 닳은 파리지앵 같은 파
키 대령도 어딘지 귀에 익숙한 이름이었다.

　한편 바깥쪽에서 사람 목소리가 들리는가 싶더니, 문이 활짝 열리면
서 네 사내가 꽁꽁 묶인 남자 하나를 끌고 들어와 냅다 바닥에 내동댕
이치는 것이었다.

　"시메옹 영감 대령했습니다!"

　부르네프의 보고에 잔뜩 상기된 목소리로 두목이 외쳤다.

　"여자는 어찌 됐나? 데려오라고 했을 텐데!"

　"어쩔 수가 없었습니다."

　"무슨 소린가? 도망이라도 쳤단 말인가?"

　"네, 창문으로 그만……."

　"그럼 뒤쫓아가서라도 붙잡았어야지! 기껏해야 정원에 있을 게 틀림
없는데. 아까 개 짖는 소리가 난 것만 봐도……."

　"만약 아예 도망쳤으면 어쩌죠?"

　"어떻게 말인가?"

　"골목으로 난 문을 통해 빠져나갔을 수도……."

　"그건 불가능해!"

　"왜요?"

"그 문은 지난 수년간 전혀 사용된 적이 없어. 열쇠도 없는 문이라고."

"어쨌든 여자 하나 찾기 위해 수색대를 조직해서 온 구역을 뒤지고 다닐 필요까지는 없을 것 같은데요."

"그건 그렇지만, 그 여자는……."

파키 대령은 몹시 흥분한 기색이었다. 그는 희생자를 휙 돌아보며 내 뱉었다.

"이 친구 운 하나는 꽤 좋은 편이로군그래! 오늘만 두 번이나 자네의 그 새침데기 계집이 내 손아귀를 빠져나갔단 말씀이야! 벌써 자네한테 얘기는 털어놓았겠지? 아, 그 빌어먹을 대위 놈만 없었더라도……. 언젠가는 놈과 맞닥뜨려 쓸데없이 남의 일에 참견한 데 대해 톡톡히 대가를 치르게 해야겠어."

순간 파트리스는 두 주먹을 불끈 쥐었다. 이제야 사태가 머릿속에서 환하게 떠오르는 것이었다. 지금 코랄리 어멈은 바로 자신의 집 안에서 저렇게 몸을 숨기고 있는 것이다. 난데없는 괴한 다섯이 침입하자, 그녀는—아, 얼마나 고역이었을꼬!—자기 방 창문을 통해 밖으로 내려와 현관 앞 계단까지 온 다음, 건물 맞은편을 통해 이곳 서고(書庫)의 회랑 있는 데까지 잠입해 들어온 것이었다. 물론 그곳에서 남편을 대상으로 한 끔찍한 싸움이 벌어지는 것을 목격할 수 있었고 말이다.

'남편이라……. 아, 그녀의 남편이라…….'

파트리스는 몸서리를 치면서 생각했다.

한데 그의 머릿속에 설사 일말의 의구심이 남아 있었다 해도, 뒤이어 곧장 펼쳐진 사태가 그것을 깨끗하게 날려버렸을 것이었다. 두목이 이렇게 이죽거리기 시작했던 것이다.

"그래, 에사레스, 내 솔직히 털어놓지. 자네 마누라가 내 맘에 쏙 들었어. 비록 오늘 오후에는 놓쳤지만 이 밤 안으로 자네와의 일을 끝내자마자 그 여자와의 좀 더 즐거운 일을 마무리 지을 생각이었단 말이네. 그녀가 내 손아귀 안에 들어오기만 하면, 내 장담하건대, 자네와의 완전 합의가 이루어지지 않는 한 결코 돌려주지 않을 작정이었지. 그럼 에사레스 자네도 결국 승복하지 않을 수 없을 게 아닌가! 생각해보게, 자네가 코랄리를 보통 사랑하는가! 그거 하나만은 나도 인정하는 바이지!"

그는 벽난로 오른쪽으로 다가가더니, 세 번째와 네 번째 창문 사이의 전등불을 켰다.

거기엔 에사레스의 초상화와 쌍을 이루도록 걸려 있는 그림 한 폭이 휘장으로 가려져 있었다. 두목이 그것을 휙 거두자, 코랄리의 모습이 환하게 드러났다.

"이 집안의 여왕이자 매혹적인 우상의 등장이오! 진주 중에서 가장 완벽한 진주요, 은행가 에사레스 베의 다이아몬드라 해도 손색이 없지! 이 얼마나 어여쁜 모습인가 말이야! 이 섬세한 얼굴 윤곽, 완벽에 가까운 계란형의 이 순수한 얼굴, 우아한 목 선(線)과 품위 있는 이 어깨……. 아, 에사레스, 우리끼리 얘기네만 고향에는 자네의 코랄리만 한 애첩 하나 가지기가 하늘에 별 따기지! 하지만 이제 얼마 안 있어 내가 바로 그렇게 될 걸세. 반드시 그녀를 찾아내고야 말 테니까 말이야. 아, 코랄리! 코랄리!"

파트리스는 맞은편 여자의 얼굴이 수치심으로 벌겋게 달아오르는 것을 보았다.

하긴 그 역시 저 아래로부터 더러운 말이 솟구쳐 올라올 때마다 분노의 감정으로 치를 떨고 있었다. 그렇지 않아도 여자가 남의 아내라는 사실부터 견딜 수 없는 고통인 마당에, 저처럼 뭇 사내가 시시덕거리는 가운데, 무지막지한 놈의 먹잇감처럼 제멋대로 운운되는 꼴이 도저히 참기 힘든 괴로움으로 치미는 것이었다.

아울러 그는 코랄리가 어서 도망치지 않고 이곳에 머물러 있는 이유에 대해 곰곰이 생각하고 있었다. 설사 정원을 빠져나갈 수 없었다고 쳐도, 건물의 이쪽 구석만큼은 자유자재로 돌아다닐 수 있을 터, 어느 창문이든 열어젖히고 바깥의 도움을 요청할 수도 있지 않겠는가! 대체 그렇게 못한 이유는 무엇일까? 이것은 분명 그녀가 남편을 애틋하게 마음에 두지 않는다는 뜻이다. 만약 그렇지 않다면 남편을 지키기 위해 어떤 어려움도 감수했을 것이다. 아니, 설사 그렇게까지는 안 했다 해도, 남편이 저렇게 고문을 당하도록 내버려둘 뿐 아니라, 그 끔찍한 광경을 가만히 지켜보면서 과연 그 단말마의 비명 소리를 어찌 저렇게 듣고만 있을 수 있단 말인가?

두목은 그림을 휘장으로 다시 덮으며 소리쳤다.

"이제 더 이상의 실수는 없어! 코랄리, 너는 결국 내 것이 되고 말 거야. 하지만 그 전에 내가 자격을 갖춰야겠지. 자, 친구들, 다시 작업 들어간다! 마무리를 지어야지! 우선은 10센티미터만 더 가깝게 접근시키도록. 어떤가, 에사레스, 감이 오시나? 그래도 견딜 만하겠지. 그래, 꾹 참고 버티는 거야. 그렇지, 버텨보라고."

그러면서 두목은 희생자의 오른쪽 팔을 풀어준 뒤, 바로 옆에다 원형의 외발 탁자를 갖다 놓고 그 위에 종이와 연필을 놓아두었다.

"자, 이제 적기만 하면 돼. 말하는 건 재갈 때문에 여의치 않을 테니, 쓰란 말이야. 뭘 써야 하는지는 물론 잘 알겠지? 그저 몇 글자만 이 위에다 끄적거리고 나면 자넨 자유의 몸이 돼. 어때, 받아들일 텐가? 아니라고? 여보게들, 10센티미터 더 전진!"

그는 잠시 자리를 옮겨 늙은 비서에게 몸을 수그렸다. 환한 불빛에 비친 비서의 얼굴에서 파트리스는 야전병원까지 이따금 코랄리를 동행하곤 하던 늙은이를 알아볼 수 있었다.

두목은 그 얼굴 위에 내뱉듯이 말했다.

"어이, 시메옹, 자네는 해치지 않을 걸세. 자네가 주인을 충실히 섬기는 건 사실이지만, 그가 특별히 추진하는 일들에 관해서는 까마득히 모르고 있을 테니까. 거기다가 나는 자네가 이 모든 일에 대해 입을 다물리라고 확신하네. 만약 그렇지 않으면 우리만 망하는 게 아니라 자네의 주인도 끝장날 테니까 말이야. 어때, 내 말 알아듣겠지? 어라, 반응이 없네? 이 친구들이 밧줄로 너무 옥죄어서 그런가? 내가 숨 좀 돌리게 해주지."

그러는 동안에도 벽난로 쪽의 무시무시한 작업은 계속되고 있었다. 이미 벌겋게 달아오를 대로 달아오른 두 발바닥이 마치 투명해지면서 그 너머로 타닥거리는 불꽃이 보이는 듯했다. 희생자는 조금이라도 화기(火氣)로부터 발을 멀리하려고 안간힘을 써대고 있었으며, 재갈 사이로 신음인지 비명인지 모를 소리를 낑낑거리고 있었다.

'아, 빌어먹을! 저러다간 쇠꼬챙이에 꿰인 통닭처럼 그대로 구워지겠어.'

그렇게 생각하며 파트리스는 코랄리 쪽으로 시선을 던졌다. 여자는 끔찍한 광경에 온통 사로잡힌 듯 멍한 눈초리에다, 그녀답지 않은 일그러진 인상으로 꼼짝도 않고 있었다.

"5센티미터 더!"

시메옹 영감의 끈을 느슨하게 해주면서도 두목은 연신 소리를 질렀다.

지시는 즉시 이행되었고, 그럴수록 희생자의 고통에 찬 신음 소리가 파트리스의 심기를 더욱더 뒤집어놓았다. 한데 그 와중에도 이전까지 전혀 눈치채지 못했던 어떤 광경이 불현듯 심상치 않은 의미를 띠며 시야에 포착되는 것이었다. 다름 아닌 희생자의 손이 마치 고통 때문에 경련을 일으키는 것처럼 더듬대면서 슬그머니 원탁의 가장자리를 매만지고 있는 게 아닌가! 고문하는 사내들이 발버둥치는 두 다리를 붙드느라 다른 걸 살필 겨를이 없고, 두목 역시 시메옹한테만 정신이 팔려 있는 사이, 그 손은 살금살금 원탁 가장자리를 더듬더니 급기야는 작은 서랍 속으로 미끄러지듯 들어가 권총 한 자루를 꺼내 재빨리 안락의자에 감추는 것이었다!

사실 그 지경으로 결박된 상태에서 무장까지 한 괴한 다섯을 한꺼번에 상대해보겠다는 건 여간 무모한 발상이 아니었다. 그럼에도 불구하고 거울에 비친 희생자의 얼굴에는 단호한 각오의 빛이 역력했다.

"5센티미터 더!"

파키 대령은 벽난로로 돌아오며 다시 소리쳤다. 그리고 발바닥의 상태를 들여다보더니, 이렇게 히죽거리는 것이었다.

"살갗 여기저기가 부풀어 오른 데다, 이제 조금 있으면 혈관이 다 터져버리겠는걸! 이젠 좀 난처해졌을 텐데. 어쨌든 그 대단한 열성 하나는 알아주어야겠어. 자, 뭘 좀 쓰셨나 볼까? 어라, 전혀 없잖아! 쓰기 싫다 이건가? 그럼 아직도 희망이 있다 이거야? 마누라가 어떻게 해주기라도 할까 봐? 이봐, 그 여자가 설사 무사히 빠져나갔다 쳐도 결코 함부로 입을 놀리진 않으리라는 거 잘 알 텐데. 그래도? 그럼 결국 날 가지고 놀아보겠다?"

그는 별안간 울화통이 치미는지 고래고래 악을 쓰기 시작했다.

"이자의 발을 아예 불덩이 속에 처넣어버려! 아주 실컷 누린내나 맡아보라고 해! 아, 감히 나를 엿 먹이려고 해? 좋아, 가만있어, 내가 직접 본때를 보여주지! 정신이 번쩍 들게 귀를 도려내 드리지. 우리나라에서 늘 하는 식으로 말이야."

그러더니 조끼 호주머니에서 번쩍거리는 단도를 꺼내는 것이었다.

그의 얼굴은 이미 야수 같은 잔혹성으로 더없이 역겹게 일그러져 있었다. 그는 떡 버티고 선 채, 벽력같은 기합 소리와 더불어 단도를 쥔 팔을 높이 치켜들었다.

하지만 제아무리 신속한 동작이라 해도 에사레스가 좀 더 빨랐다.

이미 상대를 겨눈 총구에서 뿜어져 나온 요란한 총성 한 발! 순간 대령의 손에서 단도가 떨어졌다. 치켜든 팔은 그대로 한 채, 그는 마치 무슨 일이 일어난 것인지 전혀 영문을 모르는 듯 휘둥그레진 눈으로, 한 몇 초간 꼼짝 않고 서 있었다. 그러더니 이윽고 에사레스의 몸 위로 허물어졌는데, 하필 다른 패거리에게 총을 겨누려던 참인 팔 위로 쓰러지는 것이었다.

대령은 아직 숨을 헐떡이고 있었다.

"아! 빌어먹을 녀석…… 이놈이…… 나를 쏘았어. 하지만 넌 틀렸어, 에사레스. 이럴 경우를 대비해두었거든. 만약 내가 오늘 밤 안으로 돌아가지 않으면 파리 경시청에 편지 한 장이 당도하도록 되어 있지. 그럼 에사레스 자네의 반역 행위가 낱낱이 공개되고 말 거야. 자네의 온갖 계획과……. 내력이 말이야. 아, 비겁한 놈. 정말 어리석은 놈이라니까. 둘이 함께 잘해볼 수도 있었던 것을……."

그는 몇 마디 더 알아들을 수 없게 중얼거리더니, 양탄자 위로 풀썩 쓰러지고는 끝이었다.

사실 이 예기치 않은 사태보다도 더욱 사람들의 넋을 빼앗은 것은 두목이 공개한 편지 얘기였다. 필시 현재 고문을 가하는 가해자들뿐만 아니라 그 피해자한테까지 타격을 줄 의문의 편지에 관한 얘기는 그곳의 모든 사람을 잠시 어안이 벙벙하게 만들었다. 부르네프는 일단 에사레스의 권총부터 낚아챘고, 에사레스도 상황이 어수선한 틈을 타 다리를 오그릴 수 있었다. 그 후에는 아무도 움직이지 않았다.

결정판 아르센 뤼팽 전집

너무도 급작스러운 상황으로 인한 긴장감은 모두의 침묵 속에서 점점 가중되어 가는 듯했다. 바닥에는 시체에서 흘러나오는 피로 양탄자가 축축하게 젖어갔고, 거기서 그리 멀지 않은 곳에는 시메옹이 축 늘어진 채 널브러져 있었다. 그런가 하면 에사레스는 여전히 삼킬 듯이 글거리는 불꽃 앞에 꽁꽁 묶인 채로 방치되어 있는 상황……. 그 바로 옆에는 네 사내가 어떻게 이 사태를 수습해야 할지 망설이면서도, 여하튼 수단과 방법을 가리지 않고 이 끈질긴 적수를 완전히 제압해버려야겠다는 결의를 다진 채 험상궂은 표정으로 몰려 서 있었다.

부르네프는 나머지 패거리와 눈짓으로 서로의 의사를 타진한 뒤, 최종적인 결정을 내리는 것 같았다. 그는 살집이 아주 통통하고 키가 작은 대신 체격은 제법 당당한 사내였는데, 파트리스 벨발에게는 무엇보다 풍성한 콧수염과 그 아래로 두드러지게 돌출한 입술이 인상적으로 보였다. 생긴 것으로는 두목보다 덜 표독스럽고, 풍채도 덜 권위적으로 보였지만, 침착성이나 냉정한 면에서는 두목보다 나아 보였다.

한편 모두들 죽어 나자빠진 대령은 안중에도 두지 않는 눈치였다. 그들이 뛰어든 일 자체가 쓸데없는 감상 같은 것과는 전혀 무관한 모양이었다.

마침내 부르네프는 계획이 머릿속에 다 그려진 사람처럼 결단 어린 표정이 되었다. 그는 문가로 가서 회색빛 중절모를 집어 들고 모자 안감을 뒤집어 가느다란 두루마리 천을 꺼냈는데, 그것을 본 파트리스는 몸서리를 치지 않을 수 없었다. 그것은 야봉이 잡아온 공범인 무스타파 로발라이오프의 목에 감겨 있던 바로 그 붉은 노끈과 똑같은 끈 묶음이었던 것이다.

부르네프는 끈을 주르르 풀더니 양쪽에 매듭을 지어 무릎에 대고 강도를 점검해보았다. 그리고 에사레스에게 다가가 재갈을 풀자마자 그

끈으로 단번에 목을 휘감고는, 대령의 극성스레 빈정대는 투보다 훨씬 강렬한 느낌을 주는 침착한 태도로 이렇게 말했다.

"에사레스, 난 자네를 고통스럽게 하지는 않을 것이네. 고문은 내 적성이 아니야. 난 그런 거 싫어하지. 자넨 자네가 해야 할 일을 알고, 난 내 할 일을 알고 있어. 자넨 말 한마디만 하면 되고, 난 한 동작이면 돼. 그걸로 끝이지. 자네가 해야 할 말은 '네'와 '아니요' 둘 중 하나야. 그리고 자네의 그 대답 여하에 따라 내가 취할 행동도 두 가지, 자네를 풀어주는 것과 그게 아니면……."

거기서 잠시 말을 멈추더니 그는 내처 말했다.

"아니면 죽이는 수밖에……."

이 짧고 간단한 말 한마디가 어찌나 단호한 어조로 내뱉어졌는지, 그것만으로도 무슨 돌이킬 수 없는 선고가 내려지는 듯한 분위기였다. 이제 에사레스가 파멸을 면하는 길은 무조건 고개를 숙이고 들어가는 방법밖에 없다는 게 확실해졌다. 앞으로 길어야 1분, 그 안에 입을 열지 않으면 죽음뿐이다.

파트리스는 다시 한번 더 코랄리 어멈 쪽을 유심히 살폈다. 만약 조금이라도 단순한 두려움 이상의 그 무엇이 그녀에게서 감지된다면 그는 당장이라도 총을 들고 뛰어들 만반의 각오가 되어 있었다. 하지만 여자의 태도에는 그 어떤 변화도 찾아볼 수 없었다. 그렇다면 그녀는 정녕 최악의 상황을 받아들인다는 뜻인가? 심지어 남편의 목숨이 달린 상황이라 해도? 파트리스는 좀 더 지켜보기로 하지 않을 수 없었다.

"어때, 다들 찬성이지?"

부르네프가 동료들을 돌아보며 외치자, 패거리 중 하나가 대표로 대꾸했다.

"전적으로 찬성이야!"

"각자 책임을 지는 건 알겠지?"

"우리 책임은 우리가 져."

부르네프는 그제야 끈을 그러쥔 양손을 서로 교차한 뒤, 희생자의 목에 둘러 감았다. 우선 약간의 압력이 느껴질 만큼만 가볍게 목을 조이며 그는 메마른 어조로 이렇게 내뱉었다.

"'네'냐 '아니요'냐?"

"좋다."

일순 쾌재의 술렁거림이 일었다. 패거리 모두 안도의 한숨을 내쉬었고, 부르네프도 크게 고개를 끄덕이며 만족감을 표했다.

"아하, 드디어 받아들이시겠다 이 말씀인가? 제때에 잘 결정한 거야. 자넨 방금 이 세상 그 누구보다 죽음에 가까이 가 있었다는 걸 알아야 해, 에사레스."

그러면서도 정작 끈을 놓지는 않은 채, 그는 또 이렇게 덧붙였다.

"좋았어. 분명 입을 열겠다고 했겠다! 내가 자넬 잘 알아서 그런지 방금 그 대답은 정말 놀라운걸! 대령에게도 말했지만, 난 자네가 죽음도 불사하고 절대 비밀을 털어놓지 않으리라고 확신했거든. 내가 잘못 생각한 건가?"

에사레스는 중얼거리듯 대답했다.

"그건 아니다. 죽음도 고문도 결코 비밀을 털어놓게 할 순 없어."

"뭐야? 그럼 다른 제안이라도 내놓겠다는 건가?"

"그렇다."

"그만한 가치는 있는 거겠지?"

"물론이지. 실은 자네들이 모두 나간 사이 대령에게도 제안했지만, 그는 자네들을 모두 엿 먹이고 나와 단둘이 일을 처리하려고 거부하던걸."

"그런 것을 나는 왜 받아들여야 하지?"

"그야 '먹기' 아니면 '버리기'나 다름없으니까. 자넨 그가 이해하지 못하는 것을 이해할 수 있으니까."

"그럼 일종의 타협을 하자 이건가?"

"그렇다."

"문제는 돈이겠지?"

"물론이다."

부르네프는 어깨를 으쓱하며 말했다.

"쳇, 기껏해야 지폐 몇 다발이 고작이겠지. 이 부르네프와 친구들이 그토록 순진하다고 생각한 건가? 이봐, 에사레스. 대체 우리가 왜 양보할 거라고 생각하는가? 자네의 그 비밀, 우린 이미 거의 전부를 알고 있는 거나 다름없단 말이야."

"무엇에 관한 비밀이라는 거야 알겠지만, 그걸 활용할 방법에 대해서는 깜깜하지. 자네들은, 표현이 적절한지는 모르지만, 그 비밀이 '놓인 자리'에 대해서는 아는 바가 없어. 한데 모든 게 거기에 달려 있거든."

"그거야 차차 찾아내겠지."

"천만에!"

"아니, 자네가 죽고 나면 오히려 찾기가 더 수월해질 거야."

"내가 죽고 나면? 이보게들, 대령이 편지로 장난을 친 덕분에 이제 불과 몇 시간 안에 자네들 모두는 경찰의 추적을 당할 거고, 결국 뒷덜미를 붙잡히고 말 거야. 비밀을 찾는 일은 영영 물 건너가는 거라고. 그러니 요컨대, 이제 자네들에겐 선택의 여지가 없어. 내가 제안하는 돈 아니면 감옥신세뿐이지."

그제야 다소 주춤한 듯 부르네프가 말했다.

"만약 우리가 자네의 제안을 수락하면 언제 보상을 받을 수 있는가?"

"당장……."

"그럼 지금 이곳에 돈이 있다는 말인가?

"그렇다."

"아까도 말했지만 보잘것없는 액수면 아예 꺼낼 생각도 마!"

"천만에, 자네가 상상조차 해보지 못한 거대한 액수일 것이네."

"얼마인데 그러나?"

"400만 프랑일세."

5
남편과 아내

그곳에 있던 패거리는 하나같이 무슨 전기 충격이라도 받은 것처럼 몸을 움찔했다. 부르네프는 득달같이 다그쳤다.

"뭐야? 지금 뭐라고 했나?"

"모두 해서 400만 프랑이라고 했다. 자네들 각자 몫으로 100만 프랑씩 돌아가는 셈이지."

"이것 봐라! 가만있자! 지금 그 말 진심인가? 400만 프랑이라고?"

"400만 프랑이다."

사실 엄청난 액수로 보나 전혀 예상치 못한 제안으로 보나, 패거리와 파트리스 벨발 모두 똑같은 생각을 머릿속에 떠올릴 수밖에 없었다. 즉, 일종의 함정일 것이라는 생각……. 부르네프는 결국 이렇게 내뱉었다.

"솔직히 방금 그 제안은 우리의 예상을 훨씬 초월하는 것이네. 어떻게 그런 생각까지 하게 됐는지 궁금할 정도야."

"그럼 그보다 적은 액수로도 만족했을 거란 얘긴가?"

"그렇다."

부르네프의 솔직한 대답이었다.

"유감스럽게도 그 이하로는 제안을 할 수도 없었네. 죽음을 면하기 위해서는 어차피 금고를 공개해야 할 텐데, 그 안에 들어 있는 게 천 프랑짜리 지폐 다발로 모두 네 뭉치거든."

부르네프는 아연실색, 점점 더 경계심만 불어나는 모양이었다.

"우리가 그 400만 프랑만 받고 나서 더 이상을 요구하지 않으리라고 어떻게 장담하지?"

"더 이상이라면……. 뭐 말인가? 결국 비밀 말인가?"

"그렇지."

"천만에! 자네들은 내가 죽으면 죽었지 그렇게는 하지 않으리라는 걸 잘 알아. 400만 프랑은 최대한 봐준 거야. 자, 어떡할 텐가? 그렇다고 돈을 주면서 여하한 약조라든지 서약 같은 것을 요구할 생각도 없어. 왜냐면 자네들은 일단 호주머니가 두둑해지고 나면, 오로지 단 하나의 생각, 즉 부리나케 이곳을 벗어날 생각밖에 안 들 테니까. 자네들 인생을 망칠지도 모를 살인 사건에 재수 없게 연루되지 않고 말이야."

워낙 간명한 논리인지라, 부르네프는 달리 뭐라고 토를 달 수도 없었다.

"그래, 금고는 이 방 안에 있는가?"

"그렇다. 첫째 창문과 둘째 창문 사이 내 초상화 뒤에 있다."

부르네프는 곧장 그림을 떼어낸 뒤 말했다.

"아무것도 없는데."

"천만에, 벽의 중앙에 작은 널빤지 테두리 안이 바로 금고의 위치라네. 거기 보면 장미 문양이 하나 있을 걸세. 나무 말고 쇠로 말이야. 그리고 널빤지 네 귀퉁이에 각각 하나씩 문양이 있을 것이네. 그 네 개의 문양은 각각 오른쪽으로 톱니바퀴가 돌아가게 되어 있지. 일종의 비밀번호인 'Cora'라는 단어의 네 글자순으로 말이네."

"코랄리(Coralie)의 처음 네 글자인가 보지?"

부르네프는 에사레스가 일러준 대로 이미 조작을 하기 시작하면서 슬쩍 떠보았다.

"아니, 그건 '코란(Coran)'의 처음 네 글자라네. 어때, 잘돼가고 있나?"

잠시 후, 부르네프가 말했다.

"됐어! 열쇠는 어디 있나?"

"열쇠는 따로 없네. 그 대신 마지막 다섯 번째 글자인 'n'이 바로 중앙의 장미 문양 다이얼에 해당되는 비밀번호라네."

부르네프는 지체 없이 중앙의 장미 문양을 돌렸고, 이내 딸까닥하는 소리가 들렸다.

곧장 에사레스의 지시가 떨어졌다.

"이제 돈을 끄집어내기만 하면 되네. 금고는 그리 깊지 않을 거야. 건물 전면을 이루는 석재 속을 그대로 파서 만든 것이지. 팔을 쑥 들이밀어 보게. 지폐 다발 네 뭉치가 만져질 거야."

사실 바로 그 순간 파트리스 벨발은 뭔가 갑작스러운 돌발 사태가 발생해 부르네프의 기도(企圖)가 좌절됨과 동시에, 에사레스가 꾸며놓은 알 수 없는 함정으로 곤두박질치는 것은 아닐까 생각했다. 하긴 나머지 패거리 셋도 얼굴이 허옇게 질린 것으로 봐서는 아마 그와 비슷한 우려를 하고 있는 듯했으며, 부르네프 자신조차 극도의 조심성을 갖고 주춤주춤 나서고 있을 뿐이었다.

하지만 잠시 후, 에사레스 곁에 돌아와 앉은 부르네프의 손에는 헝겊띠로 단단히 묶은 뭉툭하면서도 두툼한 지갑 네 개가 들려 있었다. 그는 그중 아무 지갑 하나를 골라 띠의 매듭을 풀고는 얼른 열어보았다.

그는 소중한 물건들을 올려놓았을 때부터 벌써 두 다리가 덜덜 떨리고 있었고, 지갑 안에서 묵직한 지폐 다발을 꺼낸 다음부터는 아예 신열에 들뜬 노인처럼 손까지 후들거리기 시작했다.

"처, 처, 천 프랑짜리 지폐야. 천 프랑짜리 묶음이 무려 여, 여, 열 뭉치나 된다고."

그런가 하면 나머지 패거리는 마치 싸움에 뛰어드는 사람들처럼 난데없이 후닥닥 달려들어, 각자 지갑 하나씩을 움켜쥐고는 안을 마구 뒤지면서 이렇게 중얼댔다.

"여, 열 뭉치야. 그럼 계산이 어떻게 되나. 천 프랑짜리 지폐 다발이 열 뭉치나 되면……."

그러자 그들 중 다른 한 명이 목멘 소리로 이렇게 외치는 것이었다.

"어서 여길 뜨자. 어서 여길 뜨자고."

갑작스러운 두려움이 그들 모두에게 엄습한 모양이었다. 그들이 이곳을 빠져나가기 전에 다시금 모든 돈을 빼앗겠다는 복안(腹案) 없이 에사레스가 그만한 금액을 척 내놓으리라고는 도저히 상상할 수가 없었던 것이다. 그렇다! 이건 틀림없는 음모다! 혹시 머리 위로 천장이라도 무너져 내리는 것은 아닐까? 아니면 사방의 벽이 저 수수께끼 같은 강적(强敵)만 남겨둔 채 가운데로 몰아닥쳐 모두를 압살하는 것은 아닐까?

이런 의혹에 사로잡히는 것은, 파트리스 벨발도 마찬가지였다. 조만간 엄청난 이변이 일어날 것이고, 에사레스의 임박한 복수를 피할 수 없을 것이다. 모름지기 그 정도 되는 인물, 그만큼 강력해 보이는 싸움꾼이라면, 머릿속에 다른 꿍꿍이속 없이 무려 400만 프랑이라는 거액을 그토록 손쉽게 남한테 내어주지는 않을 것이다. 파트리스는 문득 가슴이 답답해오면서 숨이 가빠졌다. 처음 이 처참한 광경을 목격하기 시작한 때부터 따져보아도, 지금 이 순간보다 극심한 불안감에 시달린 때는 없던 것 같았다. 문득 바라본 코랄리 어멈의 얼굴에도 마찬가지의 심상치 않은 불안감이 드러나 있었다. 하지만 부르네프는 이내 냉정을 되찾으며, 부산을 떠는 동료들을 만류했다.

"어리석은 소리 그만해! 저기 시메옹 영감의 손만 빌리면 결박을 풀고 우릴 뒤쫓는 건 일도 아닐 거야."

네 명 모두 한 손은 두툼한 돈지갑을 꿰차고 있는 바람에, 나머지 손을 사용해서 더듬더듬 에사레스의 풀려 있던 한쪽 팔을 다시금 안락의자에 옭아매기 시작했다.

"이런 바보 같은 놈들! 사상 유례없는 어마어마한 비밀을 탈취하겠다고 남의 집에 쳐들어온 놈들이 고작 400만 프랑에 이다지도 쩨쩨해졌단 말이야? 너희 놈들을 보고 있자니, 차라리 대령의 배포가 아쉽구나!"

길길이 투덜대는 입에다가 재갈까지 다시 물린 다음, 부르네프는 주먹으로 머리를 한 대 가격했고, 에사레스는 그대로 기절했다.

"이래야 우리가 안전하게 도망칠 수 있어."

부르네프가 중얼거리자, 동료들 중 하나가 물었다.

"대령은 그냥 놔두고 갈 건가?"

"안 될 것도 없잖아?"

하지만 곧 그 방법은 적절치 못하다는 생각이 들었는지, 금세 이렇게 덧붙였다.

"아니, 그게 아니지. 어찌 됐든 에사레스를 더 이상 난처하게 하는 건 우리한테도 좋을 거 하나 없어. 그뿐만 아니라 그 역시 우리와 마찬가지로 가능한 한 빨리 여기서 사라져주는 게 우리 모두에게 이로워. 특히 대령이 경시청에 넘겼다는 그 빌어먹을 편지가 당도하기 전, 다시 말해 정오가 되기 전에 말이야!"

"그럼 어떡하지?"

"일단 대령을 차에 싣고 가서 어디든 내버리는 거야. 경찰이 알아서 처리하도록 말이야."

"그럼 서류라도 챙겨야지?"

"그건 가는 도중에 뒤져보기로 하고. 자, 어서 나를 좀 도와주게나!"

그들은 한꺼번에 달려들어 시체에서 더 이상 피가 흘러나오지 않도록 붕대로 상처 부위를 감싼 뒤, 팔다리를 하나씩 맡아 번쩍 들어서 부랴부랴 현장을 벗어났다. 그러는 동안 그들 중 누구도 각자 꿰찬 지갑을 단 한순간 손에서 놓는 일이 없었다.

허겁지겁 다른 방을 거쳐, 계속해서 현관의 포석 위를 달려나가는 요란한 발소리가 파트리스의 귀에까지 들려왔다.

'지금이라도 에사레스나 시메옹 중 누구 하나 깨어나 벨만 누르면 놈들은 독 안에 든 쥐 꼴이 될 텐데.'

그렇게 생각하는 파트리스가 보기에, 에사레스도 시메옹도 전혀 꼼짝달싹할 기색이 아니었다.

밖에서는 자동차 문 여닫는 소리와 시동 거는 소리, 마침내 엔진이 돌아가는 소리, 급기야 자동차가 멀어져 가는 소리가 연이어 들려오고 있었다. 잠시 후, 무거운 적막이 주위를 감쌌다. 그렇게 해서 흉악스러운 패거리 네 명이 거금 400만 프랑을 들고 감쪽같이 줄행랑을 쳐버린 것이었다.

기나긴 적막이 이어지는 가운데 파트리스의 답답한 심정은 도를 더해갔다. 아무래도 이것으로 모든 참극이 마무리되었다고는 생각할 수 없었다. 왠지 아직도 전혀 예측하지 못할 어떤 사태가 돌발할 것 같은 걱정스러운 마음에, 그는 일단 자신의 존재를 코랄리에게 알려야겠다는 마음이 들었다.

하지만 또다시 새로운 상황이 그의 몸을 붙들고 말았다. 그녀가 숨어 있던 장소에서 벌떡 일어서는 것이었다.

여자의 얼굴은 더 이상 두려움이나 놀라움에 질린 표정이 아니었다. 눈썹과 입술을 일그러뜨리고 눈동자엔 낯선 빛을 머금는 등, 갑작스레 어떤 사악한 에너지로 한껏 달아오른 그녀의 얼굴을 바라보며 오히려 기겁을 하고 불안해 어쩔 줄을 모르는 것은 파트리스였다. 코랄리 어멈이 바야흐로 어떤 행동에 돌입할 거라는 것을 그는 즉각적으로 깨달았다. 대체 어찌하려는 걸까? 과연 이 모든 참극의 결말이 정녕 다가오려는 것일까?

그녀는 두 개의 나선형 계단 중 하나가 설치된 난간 끄트머리로 가서, 발소리를 죽이려는 기색도 없이 쿵쿵 아래로 내려가기 시작했다.

그녀의 남편이 요란한 발소리를 못 들었을 리가 없었다. 아니나 다를까, 거울 속에 비친 그는 고개를 슬그머니 돌려 아내가 다가오는 것을 눈으로 좇고 있었다. 아래로 다 내려간 여자는 잠시 멈춰 섰다.

그녀의 행동거지에서 주저하는 기색이라곤 조금도 느껴지지 않았다. 분명 뭔가 확실한 행동 계획을 가진 것이 틀림없었고, 오로지 그것을 실행에 옮길 적기(適期)만을 숙고하고 있었다.

'아! 대체 어쩌시려는 거요, 코랄리 어멈?'

뭔가 퍼뜩 뇌리를 스치는 순간, 파트리스는 몸서리를 치면서 솟구치듯 일어섰다. 여자의 시선이 향하고 있는 방향과 함께 이상하리만치 골똘하게 고정된 그녀의 눈빛은 이제 막 벌어질 사태를 짐작케 하기에 충분했던 것이다. 코랄리는 아까 대령의 손에서 떨어져 바닥에 뒹굴고 있는 단도를 집요하게 바라보고 있었다.

바로 그 단도를 집어 든다면, 그것은 분명 남편을 찌르려는 의도일 수밖에 없다는 것을 파트리스는 조금도 의심치 않았다. 여자의 창백한 얼굴에 어찌나 적나라한 살의(殺意)의 빛이 감도는지, 실제 동작에 들어가기도 전부터 에사레스는 펄쩍 뛰다시피 경련을 일으키며, 결박을 풀어보려고 발버둥을 쳐댔다. 여자는 천천히 다가가 다시 멈춰 서는가 싶더니, 별안간 몸을 숙이고는 부리나케 단도를 집어 들었다.

다시 두어 발짝 앞으로…… 순식간에 그녀는 에사레스가 뻗어 있는 안락의자 바로 옆에 바짝 다가섰다. 남자가 고개를 살짝 비틀자 여자의 시선과 그대로 마주쳤다. 그냥 그 상태로 무시무시한 고통의 1분이 흘러갔다. 남편과 아내가 그렇게 아무 말 없이 서로를 바라보고 있었다.

죽이려는 자와 죽을 운명인 자의 두 머릿속에서 제멋대로 어지럽게 부유(浮游)하는 온갖 갈등과 증오와 공포와 사념이 파트리스 벨발의 의식 깊은 곳에까지 반향이 되어 떠오르는 느낌이었다. 대체 어떻게 해야 하는가? 눈앞에 펼쳐지고 있는 이 사태에서 과연 그가 끼어들어야 할 역할은 무엇이란 말인가? 불쑥 뛰쳐나가 코랄리가 돌이킬 수 없는 짓을 저지르지 못하도록 막아야 하는가? 아니면 사내의 머리에 자신이 먼저 총알을 박아 넣어 여자 대신 그 일을 해치워야 하는가?

그러나 솔직히 말해, 이 일련의 사태를 처음 몰래 목격했을 때부터 파트리스 벨발은 무슨 생각을 하든 간에, 모든 내적인 갈등이 부질없게만 보이면서, 오로지 극단으로 치닫는 호기심 속에 자신이 점점 침윤되어가는 것을 느끼고 있었다. 그것은 단순히 애매모호한 남의 일 내막이나 캐려는 따위의 평범한 호기심이 아니라, 사랑하는 여인의 비밀스러운 영혼을 송두리째 파악하고자 하는 고도의 호기심이었다. 그동안 파란만장한 사건에 정신없이 휘말리기만 하다가 어느 순간 갑자기 중심을 찾고, 뭔가 대단한 결의를 다진 듯, 무섭게 냉정해진 한 여인의 깊은 내면을 향한 호기심 말이다. 파트리스 벨발의 머릿속에선 온갖 의문이

꼬리를 문 채 맴돌고 있었다. 대체 무슨 이유로 그런 무시무시한 결의에 이른 것일까? 복수일까, 징벌일까, 아니면 단순히 증오심을 해소하려는 때문일까?

파트리스 벨발은 꼼짝 않고 가만히 있었다.

코랄리는 단도를 쥔 손을 높이 추켜올렸다. 그런 아내를 물끄러미 바라보는 남편에게선 최후의 발악이라 할 만한 절망적인 움직임조차 느껴지지 않았다. 그의 눈동자 속에는 애원의 빛도 위협의 그림자도 보이지 않았다. 그저 체념한 듯, 기다리고 있을 뿐이었다.

그들로부터 그리 멀리 떨어지지 않은 한쪽 구석에선 시메옹 영감이 여전히 묶인 몸을 팔꿈치를 짚어 반쯤 일으킨 채, 황망한 눈으로 바라보고 있었다. 코랄리는 잠시 주춤했던 팔을 다시금 높이 치켜들었다. 마치 그녀의 전 존재가, 오로지 의지를 부추기는 어떤 보이지 않는 힘에 따라 높이 치솟고 더욱 확대되는 것 같았다. 이제 내려찍기만 하면 되는 상황. 그녀의 시선이 결정타를 먹일 지점을 찾아 매섭게 두리번거리고 있었다. 한데 문득 그 눈빛 어느 구석인가 서서히 무뎌지는가 싶더니, 그 무섭던 각오의 그림자가 서서히 걷히는 것이 아닌가! 멀리 파트리스가 보기에도 어딘지 주저하는 기색이 역력했다. 평소 같은 부드러움까지는 아니더라도, 코랄리는 분명 그녀 특유의 여성적인 면모를 되찾아가고 있었다.

파트리스는 속으로 탄식을 내뱉었다.

'아, 코랄리 어멈……. 다시 제 모습으로 돌아오시는구려! 무슨 사연이 있어 그 남자를 죽여야 한다고 생각하는지는 모르겠으나, 어쨌든 당신은 그 짓을 저지르지 못할 것이외다. 나도 그편이 훨씬 나을 것 같소.'

여자의 치켜든 팔이 서서히 옆구리를 따라 내려갔고, 그와 더불어

일그러졌던 표정도 점점 풀어졌다. 파트리스가 느끼기에도 살인 행위에 내몰릴 수밖에 없었던 여자의 긴장된 마음이 그제야 편안하게 풀려나는 것 같았다. 아닌 게 아니라, 여자는 마치 악몽에서 방금 깨어난 사람처럼, 자신의 손에 쥔 단도를 놀란 눈으로 멀뚱하니 바라보는 것이었다. 그러더니 남편에게로 몸을 숙이면서 단도로 끈을 끊어주기 시작했다.

단, 그러면서도 어디까지나 눈에 띌 만큼 거부감을 드러내는 것이었는데, 심지어 손이 몸에 닿는다거나 시선이 마주치는 것조차 몹시도 꺼리는 것 같았다. 끈이 하나둘 끊길 때마다 에사레스의 몸은 자유로워졌다.

한데 그의 몸이 완전히 해방되자마자 벌어진 일은 그야말로 황당하기 그지없었다. 아내에게 고맙다는 말은 물론 나무라는 말도 전혀 없이, 잔혹한 고문으로 아직 고통스러울 게 뻔한 맨발을 방정맞게 쩔뚝거리면서, 탁자 위 전화기로 득달같이 달려드는 것이었다.

누가 봤다면 아마 굶주림에 정신 나간 사람이 빵 한 조각에 달려드는 모습 같다고 할 만했다. 마치 전화기가 그에게는 구원이자 부활의 비결이라도 되는 것 같았다. 가쁜 숨을 헐떡이면서 그는 송화기에다 대고 다짜고짜 소리쳤다.

"중앙전화국 39-40번 좀 대주시오."

그러고는 아내를 홱 돌아보며 내뱉었다.

"꺼져!"

하지만 여자는 미처 듣지 못한 것 같았다. 그녀는 시메옹 영감에게 몸을 기울여 묶인 끈을 풀어주고 있었다.

에사레스는 전화에다 대고 계속해서 안달을 부렸다.

"여보시오, 마드무아젤. 내일이 아니라 오늘, 당장 대달라는 말이오.

39-40번……. 지금 당장……."

그리고 다시 코랄리를 향해 버럭 소리를 질렀다.

"꺼지라니까!"

하지만 그녀는 남아 있겠다는 의사표시는 물론, 전화 통화를 옆에서 들어야겠다는 자세를 노골적으로 드러내는 것이었다. 남자는 이제 주먹까지 허공에다 휘두르며 윽박질렀다.

"꺼져! 당장 꺼지라고! 이건 명령이야! 시메옹, 자네도 나가 있어."

시메옹 영감은 슬그머니 일어나서 에사레스에게 몇 발짝 다가갔다. 무슨 할 말이 있든지, 심지어 항의라도 하려는 듯 보였다. 하지만 문득 주춤거리는가 싶더니, 골똘히 생각에 잠긴 듯한 태도로 다시 돌아서 문 쪽으로 가 곧장 밖으로 나가버렸다.

"꺼져! 어서 꺼져!"

에사레스는 길길이 날뛰다시피 하면서 아내를 몰아붙였다.

그러나 코랄리는 오히려 남편에게 다가가 팔짱을 낀 채 떡 버티고 섰다. 그 고집스러운 태도에는 상대에 대한 도전과 무시의 감정이 배어 있었다.

바로 그 순간, 전화가 연결되었고, 에사레스는 어쩔 수 없이 통화를 해야만 했다.

"아, 예. 39-40번이죠? 아, 저기 있잖아……."

당황하는 기색이 역력했다. 분명 코랄리가 옆에 있다는 사실이 그에게는 무척이나 불편한 듯했으며, 아내가 못 알아들을 말을 고르느라 열심히 머리를 굴리는 눈치가 뻔했다. 하지만 시간이 급한 것을 어떡하랴! 결국 결심이 서자 그는 수화기 두 대를 양쪽 귀에 하나씩 갖다 댄 다음, 내처 영어로 지껄여대기 시작했다.

"자넨가, 그레그와르? 날세, 에사레스. 여보세요, 그래그래, 나 지금 레이누아르 가에서 전화 거는 거야. 자, 서로가 시간 낭비하지 말고……. 본론부터 들어가세."

그는 의자에 털썩 주저앉으며 계속했다.

"무스타파가 죽었네. 대령도 마찬가지이고. 쳇, 될 대로 되라지! 날 막지 말게. 그렇지 않으면 우린 다 망해. 그렇다니까! 나뿐만 아니라 자네도 마찬가지야. 내 말 잘 듣게. 그들이 몽땅 들이닥쳤다고. 대령하고 부르네프하고, 전부 다 말이야! 그들이 강제로 빼앗아가 버렸다고. 대령은 내가 아주 보내버렸지. 한데 그자가 글쎄, 파리 경시청에다 우리 모두를 엮어 넣을 내용의 편지질을 했더군. 이제 곧 그 편지가 당도할 것이네. 내 말 무슨 뜻인지 잘 알겠지? 부르네프와 불한당 셋이 조만간 잠적해버릴 거란 말이네. 저들이 소굴로 돌아가 증거가 될 서류들을 수거할 시간을 감안하면……. 아마 길어야 한두 시간 후면 자네가 있는 거기로 들이닥칠 거란 말이야. 아주 확실한 은신처니까. 그곳을 마련해놓은 건 그들이지만, 자네와 내가 거길 안다는 건 모르지. 그러니 실수하지 말게. 그들이 올 거라고."

에사레스는 잠시 말을 멈춘 채로 생각에 잠겼다가, 계속했다.

"그들이 쓰는 방 열쇠는 자네도 모두 갖추고 있겠지? 그렇다고? 좋아. 그 방 벽장 열쇠도 확보해두었지? 좋았어! 그럼 이제 그들이 깊이 잠든 틈을 타서 자네가 안으로 잠입하는 거야. 그래서 벽장을 뒤져보라고. 분명히 전리품들을 그곳 어딘가에 숨겨둘 테니까, 아마 찾기 어렵지는 않을 걸세. 자네도 아는 두툼한 지갑 네 덩이일세. 그걸 자네 여행 가방 안에 넣고 곧장 빠져나와 나를 만나는 거야."

다시 한동안 침묵이 이어졌다. 이번에는 에사레스가 듣는 모양이었는데, 잠시 후 다시 말을 이었다.

"지금 무슨 소리 하는 건가? 레이누아르 가로? 여기 말인가? 나를 만

나러 이곳으로 온다고? 자네 미쳤군그래! 대령이 이미 고발을 했는데, 내가 여기 남아 있을 거라고 생각하는가? 천만에! 역(驛) 근처 호텔에 가서 기다리고 있게. 정오나 오후 1시쯤, 어쩜 더 늦을지도 모르지만, 아무튼 그리로 가겠네. 걱정 말고, 천천히 점심이나 들고 있게. 둘이 나중에 의논 좀 해보자고. 여보세요? 그래, 잘 알아들은 거지? 그래, 내가 모든 걸 책임지지. 그럼 나중에 보세."

그것으로 통화가 끝났다. 빼앗겼던 400만 프랑을 되찾을 계책이 모두 마련되었으니, 이제 에사레스에겐 걱정거리가 없는 것처럼 보였다. 그는 수화기를 내려놓은 다음, 고문을 당했던 안락의자로 돌아가 등받이를 벽난로 쪽으로 돌려서 앉았다. 그런 다음, 걷혀 있던 바짓단을 다시 내리고 양말과 실내화를 신었는데, 그 모든 것이 화상(火傷)을 입은 발바닥에는 엄청난 고통이었음에도 불구하고 약간의 인상을 찌푸렸을 뿐, 마치 전혀 급할 것 없는 사람처럼 느긋한 태도를 견지했다.

그런 남편의 모습을 코랄리는 하나도 놓치지 않고 눈으로 좇았다.

'난 이만 떠나야 할 것 같구먼.'

남편과 아내 사이에서 오갈 얘기까지 엿듣는다는 생각이 다소 켕기는지, 벨발 대위가 속으로 중얼거렸다.

하지만 발이 쉽사리 떨어지지 않는 것은 어쩔 수 없었다. 일단 코랄리 어멈이 걱정되었던 것이다. 이제 공격의 주도권은 에사레스에게 넘어간 상태.

"뭐야? 왜 나를 그런 눈으로 보는 건가?"

이에 대해 여자는 울컥하는 심정을 겨우 자제하며 이렇게 중얼거렸다.

"정말이에요? 내 앞에서 정녕 떳떳한 거예요?"

남자는 히죽거렸다.

"내가 떳떳하지 못할 이유가 뭐지? 당신이 처음부터 옆에 있다는 거다 알고 전화를 한 건데!"

"그 전에도 난 저 위에 죽 있었어요."

"그래? 그럼 다 들었겠군?"

"그럼요."

"모두 다 보았고?"

"그래요."

"그럼 내가 고문을 당하며 괴로워하는 걸 다 보고, 처절한 비명 소리까지 다 들어놓고서도 정작 날 지켜주려는 노력은 하나도 안 했단 말인가? 내가 죽을 고비까지 갔는데도?"

"전혀 안 했어요. 왜냐면 나도 진실을 알고 있으니까요."

"진실이라니? 무슨 진실?"

"그동안 의심이 가면서도 설마 했던 진실요."

"글쎄, 무슨 진실인지 말해보라니까!"

남자의 목소리에 좀 더 힘이 들어가 있었다.

"당신의 배반 행위에 관한 진실요."

"미쳤군! 난 당신 배반한 적 없어!"

"아! 말장난하지 마요! 내가 완전히 진실을 파악한 게 아니었기에, 처음 그들이 당신에게 떠들어대며 요구하던 말을 모두 이해하지는 못했지만, 그들이 노리던 그 비밀만큼은 반역 행위에 관한 게 틀림없었어요."

남자는 어깨를 으쓱하며 받아넘기려고 했다.

"이봐요. 반역이라는 단어는 자기 조국을 등졌을 때나 해당되는 얘기야. 한데 난 프랑스인이 아닌걸!"

여자는 버럭 소리를 질렀다.

"당신은 프랑스인이에요! 그러기를 원했고, 결국 프랑스 국적을 취득했어요. 프랑스에서 나와 결혼했고, 프랑스에 현재 살고 있으며, 프랑스에서 재산도 모았어요. 그러니 당신의 잘못된 행위는 프랑스에 대한 반역 행위가 되는 거예요!"

"알았어, 알았다고! 한데 대체 내가 누구 좋으라고 그런 짓을 저지른단 말인가?"

"아! 그것도 내가 아직 이해 못하고 있는 거예요. 벌써 몇 달, 아니 몇 년 전부터 당신은 대령과 부르네프를 위시한 옛 패거리와 어울리며 엄청난 일, 그래요, 그들이 그렇게 말했죠. 뭔가 엄청난 일을 저질러왔어요. 한데 이제 와서 그로 인한 공동 이득을 분배하려는데, 당신이 그 모든 것을 혼자 다 착복하고, 자기 것도 아닌 비밀을 독차지하려고 했다는 거잖아요! 그러니 결국 내가 아까 엿본 것은 어쩜 반역 행위보다 더욱 파렴치하고 지저분한 사기 행각일는지도 모르지요. 이건 도둑이나 강도 짓거리와 하나도 다를 게 없어요."

"그만해!"

남자는 주먹으로 안락의자의 팔걸이를 힘껏 내리치며 소리쳤다. 하지만 코랄리는 전혀 놀라는 기색 없이 계속 몰아붙였다.

"그래요, 그만하죠. 당신 말이 맞아요. 우리 사이에 이제 더는 말이 필요 없어졌어요. 게다가 지금은 그 무엇보다 시급한 일이 있지요. 당신이 내빼는 거 말이에요. 이건 솔직한 얘기예요. 당신은 경찰을 두려워해야 할 입장이잖아요."

남자는 다시금 어깨를 으쓱했다.

"난 아무것도 두렵지 않아."

"그래요, 하지만 곧 떠나겠죠."

"그래."

"그럼 어서 끝내요. 몇 시에 떠날 건가요?"

"곧. 정오쯤에."

"만약 도망치다 체포되면요?"

"날 체포할 순 없어."

"그래도 체포하면요?"

"금세 풀어줄 수밖에 없겠지."

"그래도 조사하고, 기소한다면요?"

"천만에, 사건 자체가 완전 무마되어 있을걸."

"그건 당신 희망 사항이고요."

"아냐, 확신해."

"오호, 신께서 돕기를! 물론 아예 프랑스를 뜨겠죠?"

"그럴 수만 있다면 언제든지."

"언제쯤?"

"길어야 2~3주 후에는."

"떠나는 날 내게 기별이라도 주시겠어요? 그래야 나도 한시름 놓죠."

"기별은 하겠지만, 코랄리, 이유가 좀 다를 거야."

"이유가 다르다니요?"

"당신이 나와 합류할 수 있게 하기 위해서 기별을 하겠다는 말이지."

"당신과 합류한다고요?"

남자는 심술맞은 미소를 띤 채 말했다.

"당신은 내 마누라야. 아내는 어디까지나 남편을 따르게 되어 있어. 당신도 잘 알겠지만 내가 믿는 종교에 의하면, 남편은 자기 아내에게 모든 권리를 행사할 수가 있지. 심지어는 생사여탈권(生死與奪權)까지도 말이야. 한데 바로 당신이 내 아내거든."

코랄리는 즉시 고개를 저으면서 말할 수 없이 냉소적인 어조로 내뱉었다.

"난 당신의 아내가 아니에요. 당신을 향해서는 증오심과 두려움밖에는 남은 게 없어요. 더는 당신을 보고 싶지도 않고, 무슨 일이 있어도 결코 당신을 두 번 다시 보지 않을 거예요."

남자는 벌떡 자리에서 일어나 여자에게 다가갔다. 그는 다리까지 후들거리면서 한껏 몸을 낮추더니 불끈 쥔 주먹을 들이대며 으르렁거렸다.

"지금 뭐라고 한 거야? 감히 얻다 대고 그따위 말을? 나는 주인이야. 전화하자마자 당신은 곧장 내게로 달려와야만 해! 이건 명령이야."

"난 당신에게 안 가요. 하느님께 맹세해요. 내 영혼의 구원을 두고 맹세한다고요!"

남자는 분에 사무치는지 발까지 동동 굴렀다. 험악해질 대로 험악한 얼굴로 그는 고래고래 소리를 질렀다.

"그러니까 이곳에 남겠다 이거지? 좋아, 내가 모르는 이유가 있나 보군. 하긴 짐작 못할 바도 아니지. 말 못할 속내 사정이겠지, 안 그런가? 사생활에 무슨 일이 벌어진 거야, 안 그래? 시끄러워! 입 다물어! 당신은 날 언제나 싫어했어. 어제오늘 그런 게 아니야. 아주 초기부터, 심지어 결혼 전부터 당신은 날 싫어했다고. 우린 서로 앙숙처럼 살아왔어. 그래도 난 당신을 사랑하고, 아껴왔어. 말 한마디면 나는 당신 발 아래 무릎이라도 꿇었을 거야. 당신 발소리만 들려도 심장이 온통 두근거렸으니까. 하지만 당신! 당신은 언제나 그런 내게서 두려움만 느꼈어. 그러더니 이제는 아예 나 없이 새로운 인생을 꾸려보겠다고 하는 거야? 하지만 그럴 바엔 차라리 이 내 손으로 당신 목숨을 끊어놓고 싶은걸."

그러면서 손가락을 잔뜩 그러쥔 두 손을 코랄리의 머리 좌우로 어중간하게 뻗은 채, 마치 당장이라도 먹이를 움켜쥐려는 것처럼, 부들부들 떠는 것이었다. 턱 전체가 신경질적인 경련으로 덜덜거리는가 하면, 진득한 식은땀이 관자놀이를 축축이 적시고 있었다.

반면, 바로 코앞의 코랄리는 연약하고 자그마한 체구에도 불구하고 전혀 미동도 하지 않았다. 금방이라도 뛰쳐나갈 듯 불안하게 이 모든 광경을 지켜보는 파트리스 벨발이 느끼기에도, 여자의 고요한 얼굴엔 경멸감과 혐오감 이외의 그 어떤 동요의 빛도 어른거리지 않았다. 마침내 에사레스는 뻗었던 손을 거두고 숨을 고르면서 이렇게 말했다.

"나와 합류하게 될 거야, 코랄리. 당신이 원하든 원치 않든 난 당신 남편이니까. 아까 잔뜩 살의를 품고 칼을 집어 들었을 때도 당신은 그걸 느꼈어. 그래서 내심 마음먹은 바를 끝까지 실행에 옮길 용기가 나지 않았던 거야. 앞으로도 늘 그런 식일 테지. 당신의 반항심은 이내 잠잠해질 것이고, 결국에는 당신의 주인인 내게로 오고야 말 거야."

"나는 당신에게 대항해서 싸우기 위해 여기, 이 집에 남아 있을 거예요. 그래서 당신이 꾸며놓은 그 반역의 과업을 내 힘으로 좌절시킬 거예요. 이건 증오심 따위로 그러겠다는 게 아니에요. 이젠 당신한테 그런 것도 없어요. 단지 당신이 저지른 죄악을 치유하는 뜻에서 끊임없이 투쟁할 거예요."

여자의 대답에 남자는 목소리를 깔고 이렇게 말했다.

"당신은 이제 어떨지 몰라도 내게는 증오심이 그대로 남아 있어. 그러니 조심해, 코랄리. 당신이 두려워할 게 없다고 판단하는 바로 그 순간이 아마도 뭔가 대가를 치러야 할 순간이 될 거야. 그러니 조심하라고."

그는 곧장 호출 벨을 울렸고, 시메옹 영감이 득달같이 달려왔다.

"하인 두 명은 벌써 달아난 건가?"

그렇게 툭 던지듯 물은 에사레스는 대답은 기다리지도 않고, 이렇게 덧붙였다.

"실컷 꺼지라지. 가정부하고 요리사만 있어도 충분히 시중은 들 수 있을 테니까. 그 여자들은 아무 소리도 못 들었겠지. 아닌가? 너무 멀리 떨어져 자고 있을 테니까 말일세. 하긴 아무려면 어때. 시메옹 내가 떠난 다음에 자네가 그들까지 잘 감독해야 하네."

그는 아내가 전혀 미동도 하지 않고 자리를 지키는 것을 다소 놀란 눈으로 바라보며, 비서에게 말했다.

"떠날 채비를 갖추려면 내일 아침 6시엔 일어나야만 하네. 아, 피곤해 죽겠군. 날 좀 방까지 부축해주게. 그러고 나서 다시 와 이곳도 모두 소등(消燈)하고."

남자는 시메옹과 더불어 밖으로 나갔다.

남편 앞에서 절대로 나약한 모습을 보이기 싫었을 뿐, 사실 코랄리는 한 걸음 발을 뗄 힘조차 없이 탈진한 상태였다는 것을 파트리스는 즉각 눈치챘다. 혼자 남게 되자마자 그녀는 완전히 기진맥진해서 그 자리에 털썩 무릎을 꿇은 채, 성호를 긋는 것이었다.

몇 분 후, 가까스로 일어선 여자는 자신과 문 사이 양탄자 바닥 위에 자기 이름이 얼핏 보이는 웬 편지지 한 장이 떨어져 있는 것을 발견하고는, 얼른 주워 읽기 시작했다.

코랄리 어멈, 싸움은 당신의 능력을 벗어나는 것이오.
이럴 때 나의 우정에 도움을 요청하는 게 어떻겠소?
작은 동작 하나로 표시만 해주면 곧장 당신 곁으로 달려갈 텐데 말이오.

파트리스의 대범한 태도와 수수께끼 같은 편지 때문에 어안이 벙벙해진 여자는 그 자리에서 잠시 비틀거렸다. 하지만 이내 혼신의 힘을 다해 남은 의지력을 부여잡으며, 그녀는 밖으로 횅하니 나가버렸다. 파트리스가 그토록 애원하다시피 요청한 '작은 동작 표시'는 전혀 없었다.

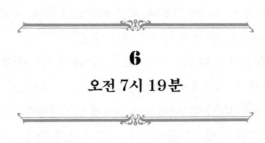

6
오전 7시 19분

그날 밤, 병원 별관 자기 방에 누운 파트리스는 전혀 잠을 이루지 못하고 있었다. 불면증 상태에서 그는 마치 끔찍한 악몽에 사로잡힌 것처럼, 끊임없이 쫓기고 짓눌리는 느낌에 시달리고 있었다. 일련의 험난한 사건들이, 황당한 가운데 무기력하게 그것을 지켜볼 수밖에 없는 자신을 제쳐두고, 점점 더 격렬하고 거칠게 들이닥치는 느낌이었다. 남편과 아내가 서로 작별을 고했다고는 하지만, 코랄리를 위협하는 상황은 조금도 중단되거나 호전되지 못한 듯했다. 사방에서 위험이 불쑥불쑥 고개를 내미는 형국임에도 불구하고, 파트리스 벨발은 전혀 그것들을 예측할 수 없고, 더구나 회피할 수는 더더욱 없다는 낭패감으로 괴로워하고 있었다.

두 시간가량을 그렇게 뒤척이고 나서 그는 전등불을 켰고, 자그마한 장부에다가 반나절 동안 겪었던 일들을 빠르게 적어 내려갔다. 그렇게 함으로써 풀리지 않는 실타래를 조금이나마 풀어볼 수 있을지 모른다는 희망에서였다.

그렇게 밝아온 새벽 6시, 그는 야봉을 깨우러 갔고, 함께 방으로 돌아왔다. 영문을 몰라 멍하니 있는 검둥이 앞에 팔짱을 낀 채, 그는 떡 버티고 서서 이렇게 내뱉었다.

"그래, 자네 일은 다 끝났다고 자부하는 모양이지? 내가 막막한 암흑속에서 고군분투하고 있는 동안, 선생께선 편하게 코나 골고 있으면 다된다 이건가? 허 참, 선생께선 참으로 편리한 양심을 가지고 계십니다그려!"

대위의 톡톡 튀는 어깃장이 여전히 재미있는지, 세네갈인은 그렇지않아도 두꺼운 입술을 한껏 부풀리며 기분 좋게 그르렁거렸다.

대위는 내처 떠벌렸다.

"잡소리는 이쯤 하고. 사실 자네밖에 믿을 사람이 없으이. 자, 좀 앉게나. 그리고 이 기록을 좀 읽어보게. 읽고 나서 그럴듯한 견해를 좀 들려줘. 뭐? 글을 못 읽는다고? 허, 그것참! 자네 그 엉덩이 가죽은 세네갈의 중등학교, 고등학교 걸상에서 그토록 닳아빠졌어도 하등 소용이없단 말인가? 거참, 맹랑한 교육이었나 보군그래!"

그는 한숨을 푸우 내쉬면서 장부를 도로 낚아챘다.

"이제부터 내 말 잘 듣고, 곰곰이 생각하고, 추론하고, 결론을 내리는 거야. 자, 우리가 지금 어디쯤 와 있는고 하니, 내가 요약해서 얘기해줌세. 첫째, 여기 에사레스 베라는 인물이 있다. 갑부 은행가인 그 양반은 사실 사기꾼 중의 사기꾼인데 같은 패거리한테서 발바닥 지지는고문을 당하는 걸 보건대, 프랑스뿐만 아니라 이집트, 영국, 터키, 불가리아, 그리고 그리스까지 말아먹고 다니는 위인인 것 같다. 어쨌든 그와중에 그는 패거리 중 한 명을 죽이고 나머지 네 명은 수백만 프랑으로 호려놓는다. 그러고 나서 그 수백만 프랑을 또 다른 공범 한 명으로 하여금 단 5분 안에 되찾아오도록 시킨다. 이 당돌한 자들은 모두 오전 11시까지 지하로 잠적해야만 한다. 왜냐면 정오에는 경찰이 전면에 들이닥칠 테니까."

여기서 파트리스 벨발은 숨을 고른 뒤, 다시 얘기를 이어갔다.

"둘째, 난 도무지 영문을 모르겠지만, 코랄리 어멈은 그 사기꾼 베와 결혼한 몸이다. 그녀는 남편을 증오하며, 죽이고 싶어 한다. 남편은 그녀를 사랑하지만, 역시 죽이고 싶어 한다. 또한 웬 대령 하나도 그녀를 사랑하고 그 때문에 죽임을 당한다. 그런가 하면 무스타파라는 웬 놈은 대령을 위해 그녀를 납치하려다가 역시 어떤 세네갈인에 의해 목이 졸려 죽임을 당한다. 한편 다리 반쪽이 달아나고 없는 어느 프랑스 대위도 그녀를 사랑한다. 하지만 혐오하는 남자와 이미 결혼한 몸이라는 이유로 그녀는 그 사랑을 거부한다. 한데 어쩐 일인지 대위와 그녀는 옛날 언젠가 한 덩어리였던 자수정 덩어리를 반쪽씩 나누어 갖고 있다. 자, 이상의 모든 사항에다 부수적인 요소로서 녹슨 열쇠하고 붉은 비단끈, 질식사한 개, 그리고 이글이글 타오르는 잉걸불 가득한 벽난로를 첨가시켜보게나. 만약 내 말 중 단 하나라도 이해하는 척이라도 하기만 해봐. 그냥 내 이 의족이 자네 옆구리 어딘가를 단박에 후려칠 테니까! 왜냐고? 자네의 대장님이신 이 몸도 하나 모르겠는데, 자네가 알면 섭섭하니까 그렇지."

야봉은 볼에 난 큼직한 흉터와 두꺼운 입술을 잔뜩 일그러뜨리며 환하게 웃었다. 대위의 짓궂은 경고가 아니었다 해도, 그는 대체 무슨 영문인지 전혀 모르겠다는 눈치였고, 파트리스가 뇌까린 말도 별로 알아듣지 못하겠다는 눈빛이었다. 그러면서도 대위가 툭툭 던지는 투박한 말투에 그저 즐거운 듯 팔짝팔짝 뛰는 것이었다.

"그만하면 됐어! 그럼 이제 내가 추론하고 결론지을 차례로군그래."

대위는 맨틀피스의 대리석 위에 팔꿈치를 괴고 두 손으로 머리를 감싸 쥐었다. 워낙 낙천적인 성격에서 우러나오는 쾌활한 태도도 지금만큼은 그저 겉에서 맴도는 쾌활함일 뿐, 깊은 속마음은 고통스럽기 그지없는 심정으로 끊임없이 코랄리에 대한 생각에 골몰할 따름이었다. 그녀를 보호하려면 대체 어떻게 해야 하는가?

몇 가지 안(案)이 떠오르기는 했다. 한데 그중에서 무엇을 채택한단 말인가? 아까 얼핏 엿들은 전화번호를 실마리로 해서, 부르네프와 그 일당이 숨어든 그레그와르라는 작자의 은신처를 찾아 헤매야 할까? 아니면 경찰에 신고를? 레이누아르 가로 돌아가 볼까? 도무지 갈피를 잡을 수가 없었다. 행동이라면 자신 있다. 다만 그것이 혼신의 열정을 다해 전쟁터에 뛰어드는 행동이라면 말이다. 그러나 주도면밀하게 작전을 짜고, 장애 요소들을 가늠하며, 수수께끼를 풀어내는 따위의 행동, 평소 얘기하듯, 보이지 않는 것을 꿰뚫어 보고, 붙잡히지 않는 것을 움켜쥐는 식의 행동이라면, 그것은 분명 그의 몫이 아니었다.

별안간, 그는 가뜩이나 조용해져서 서운해하고 있는 야봉을 홱 돌아다보았다.

"왜 그리 침울한 꼴로 있는 건가? 자네조차 날 우울하게 만들려고 그러나? 자넨 항상 이 세상을 어둡게만 보려고 해. 누가 검둥이 아니랄까봐. 계속 그럴 거면 저리 좀 물러나 있게!"

야봉이 어쩔 줄 몰라 하며 저만치 비켜나는 순간, 누군가 밖에서 소리를 지르면서 요란하게 문을 두드렸다.

"대위님, 전화 왔습니다!"

파트리스는 득달같이 달려나갔다. 이렇게 이른 시각에 대체 누가 전화를 했단 말인가?

그는 앞서가는 간호사에게 다그치듯 물었다.

"누구한테서 왔소?"

"그건 저도 모르겠습니다, 대위님. 남자 목소리인데……. 무척이나 다급한 것 같았습니다. 꽤 오랫동안 벨이 울렸던 모양인데, 제가 그만 저 아래 부엌에서 일을 보느라……."

순간, 파트리스는 자기도 모르게 레이누아르 가에 위치한 에사레스의 저택, 바로 그 전화 생각이 갑자기 들었다. 혹시 그때 그 전화와 이 난데없는 새벽 전화 사이에도 무슨 관계가 있지는 않을까?

그는 한 개 층을 내려와서 복도를 따라 걸었다. 전화기는 일반 대기실을 하나 건너 내의류를 보관하는 방 안에 설치되어 있었다. 그는 곧장 문을 닫은 뒤, 수화기를 들었다.

"여보세요? 벨발 대위입니다만. 무슨 일인지요?"

과연 남자 목소리이긴 했는데, 전혀 모르는 음성이 가쁜 숨을 몰아쉬면서 둔탁하게 대꾸해왔다.

"벨발 대위! 아! 이제야……. 당신이로군. 너무 늦은 건 아닌지 심히 우려되는데. 아, 시간이 있을지 모르겠어. 혹시 열쇠하고 편지는 받았는가?"

"대체 누구시오?"

"열쇠하고 편지 받았느냐니까?"

목소리가 윽박지르듯 튀어나왔다.

"열쇠는 받았지만, 편지는 아닌걸!"

파트리스도 퉁명스레 대꾸할 수밖에 없었다.

"편지는 못 받았다고? 이런 큰일이 있나! 그럼 여태 모르고 있는 거야?"

거칠기 그지없는 외침 소리가 파트리스의 고막에 부닥쳤고, 그 뒤로는 전화선 저쪽 끄트머리에서 다른 누구와 떠들어대는 소리가 어렴풋

황금삼각형

이 들려왔다. 잠시 후, 다시 송화기에 딱 달라붙듯 선명한 목소리가 이렇게 더듬더듬 이어졌다.

"너무 늦었어. 파트리스, 거기 있나? 잘 듣게, 자수정 메달은…… 그래, 내가 가지고 있지. 이 메달……. 아! 하지만 너무 늦었어. 그토록 바랐건만! 파트리스…… 코랄리…… 파트리스…… 파트리스…….."

또다시 고막을 찢을 듯 엄청난 비명 소리와 함께 좀 더 멀찌감치 웅성대는 소리가 한꺼번에 들려왔다. 그 속에서 파트리스가 간신히 분간한 소리는 이런 것이었다.

"도와줘. 제발 도와줘. 오! 살인자……. 파렴치한 놈 같으니라고."

웅성거림은 그렇게 점점 수그러들었다. 곧이어 침묵……. 그러더니 갑자기 딸깍하는 소리와 함께 전화가 끊겼다. 필시 살인자가 전화기를 내려놓은 모양이었다.

통화는 다 해봐야 20초도 채 걸리지 않았다. 파트리스도 수화기를 내려놓으려고 했지만, 그것을 쥐고 있던 손에 어찌나 힘이 들어가 있었던지 억지로 애를 써서 내려놓아야만 할 정도였다.

그는 한동안 어리둥절한 상태로 머물러 있었다. 그러면서 우연찮게 시선이 창문 너머 정원 구조물의 커다란 시계판에 가 꽂혔는데, 바늘이 가리키는 7시 19분이라는 숫자를 왠지 모르게 입안으로 되뇌면서 머릿속에 기록해두는 것이었다. 그런가 하면 워낙 터무니없게만 느껴지는지라, 이 모든 일이 과연 실제로 일어난 것인지, 방금 발생한 살인 행위가 혹시 그의 내부 저 깊숙한 곳, 열에 들뜬 머릿속에서 벌어진 것은 아닌지 모호하게 생각되는 것이었다.

하지만 웅성거리는 소리만큼은 여전히 귓가를 맴돌고 있었다. 별안간 그는 마치 희미한 희망 하나에 필사적으로 매달리듯, 수화기를 덥석 집어 들었다.

결정판 아르센 뤼팽 전집

"여보세요, 마드무아젤. 이쪽으로 전화 연결시켜준 분인가요? 혹시 비명 소리 같은 거 못 들으셨나요? 여보세요? 여보세요!"

전혀 대꾸가 없자, 그는 버럭 화를 내며 교환원 아가씨에 대해 욕을 퍼붓기 시작했다. 그뿐만 아니라 방을 나서면서 곧장 야봉과 맞닥뜨리자 팔꿈치로 쿡 밀치면서 신경질을 부렸다.

"비키라니까! 이것도 다 자네 때문이야. 아무렴! 자네가 그쪽에 머물면서 코랄리를 보호하고 있어야 했다고! 안 되겠어. 지금이라도 자네가 거기로 가서 그녀의 시중을 들어야겠네. 난 경찰에 알리러 가지. 자네가 날 뜯어말리지 않았다면, 벌써 그렇게 되었을 테고, 이 지경까지 오지 않아도 되었을 텐데 말이야. 자, 어서 뛰어가라고!"

말은 그렇게 하면서도 대위는 검둥이를 덥석 붙들었다.

"아냐, 꼼짝 마. 별 이상한 계획도 다 있지. 이곳에 그냥 있으라고! 아, 이런. 꼭 그렇게 붙어 있으란 얘기가 아니고! 어째 그리 칠칠치 못할꼬?"

그는 검둥이를 밖으로 밀쳐낸 뒤, 곧바로 다시 내의류 보관실로 들어가 투덜투덜 안달을 부리면서 이리저리 서성대기 시작했다. 한데 그 정신없는 와중에서도 어떤 생각 하나가 빛을 받으면서 서서히 떠오르는 것이었다. 즉, 레이누아르 가의 그 호텔에서 사건이 발생했다는 증거는 어디에도 없다는 사실. 그곳에 대해 가지고 있는 강렬한 기억 때문에, 매번 일이 생길 때마다 자기도 모르게 똑같은 광경, 똑같이 처절한 배경 속으로 이끌려 들어가는 모양이지만, 분명 이번 일은 그와는 다른 장소, 아마도 코랄리와는 멀리 떨어진 다른 곳에서 벌어졌을 거라는 예감이 강하게 드는 것이었다.

일단 여기까지 생각이 이르자, 연이어서 또 다른 생각이 이렇게 꼬리를 물었다. 지금 당장 직접 조사해보는 게 어떨까?

'그래! 안 될 것도 없지! 일단 경찰을 귀찮게 굴기 전에 말이야. 그래 봤자 뻔한 절차에 따라 날 찾은 사람 전화번호부터 조회하고 나서, 처음 발신지로 거슬러 올라가 보는 게 고작 아니겠어? 그보다는, 왜 당장 레이누아르 가로 전화를 해보면 안 되느냐 이 말이야! 핑계야 아무래도 상관없고, 거는 사람도 적당히 둘러대면 될 것 아닌가? 아마 운 좋게 뭔가 중요한 걸 알아낼 수 있을지도 몰라.'

하지만 그것 역시 그리 썩 효과적인 방법일 수만은 없었다. 설사 전화를 아무도 받지 않는다고 해서 과연 그곳이 살인 현장이라는 증거가 될까? 그저 이처럼 이른 시각에 아무도 잠자리에서 일어나지 않아 못 받는 거라면?

그럼에도 불구하고 뭔가 행동에 나서야 한다는 욕구가 결정을 재촉했다. 그는 전화번호부를 뒤져 에사레스 베의 번호를 찾아내 곧장 전화를 걸었다. 저쪽에서 받을 때까지 기다리는 동안 견딜 수 없는 흥분이 몰아닥쳤다. 그러다가 어느 한순간, 머리끝에서 발끝까지 뒤흔들릴 듯한 충격에 아찔하고 말았다. 통화가 이루어진 것이다. 저쪽에서 누군가 분명 수화기를 들고 있었다.

"여보세요?"

"여보세요? 누구십니까?"

그것은 분명 에사레스 베의 음성이었다.

지금쯤이면 에사레스가 서류들을 정리하고 도망칠 준비를 하고 있을 시간이기에 별로 놀랄 일도 아니었지만, 파트리스는 너무도 당황한 나머지 무엇을 어떻게 말해야 할지 캄캄할 뿐이었다. 그러다가 머릿속 첫 번째로 떠오르는 말을 가까스로 내뱉는다는 게 하필 이것이었다.

"므슈 에사레스 베이십니까?"

"그렇소만, 누구십니까?"

"저는 병원 별관에서 요양 중인 상이군인입니다만."

"혹시 벨발 대위?"

순간, 파트리스는 가슴이 철렁했다. 그럼 코랄리의 남편도 그의 존재를 알고 있었단 말인가? 대위는 더듬거렸다.

"아, 네. 맞습니다, 벨발 대위."

"아! 이거 정말 운이 좋군요, 대위님!"

곧바로 환호하는 듯한 에사레스 베의 음성이 터져나왔다.

"마침 방금 전에 나도 병원 별관에다 전화를 한 바 있습니다."

"아…… . 그게 당신이었군요."

파트리스는 소스라치게 놀라 차마 말을 잇지 못했다.

"그렇습니다. 네, 몇 시쯤 벨발 대위와 통화할 수 있는지 물어보았죠. 감사의 뜻을 전달하려고요."

"당신이었어요. 당신…… ."

파트리스는 점점 더 어리둥절해하며 더듬거렸다.

그런가 하면 에사레스의 억양에도 놀라는 인상이 잔뜩 배어 있었다.

"그래요, 정말이지 기막힌 우연의 일치 아닙니까? 불행히도 아까는 도중에서 전화가 끊기고 말았지만요. 실은 다른 전화와 혼선이 일어났던 거지요."

"그럼…… . 혹시 들으셨습니까?"

"뭘 말인가요, 대위님?"

"비명 소리 말입니다."

"비명요?"

"적어도 내가 듣기에는 그랬습니다, 통화 상태가 썩 좋은 편은 아니었지만."

"글쎄요, 이쪽에서는 누군가 당신한테 뭔가 다급한 질문을 퍼붓는 소리가 어렴풋이 들리기는 했습니다만. 사실 나는 그렇게 급한 건 아니었기에, 그만 전화를 끊고 인사는 다음으로 미루기로 했지요."

"그나저나 감사의 뜻이라고 하셨나요?"

"그렇습니다. 어제저녁에 내 아내가 어떤 험한 일을 겪었고 당신이 어떻게 도와주었는지 잘 알고 있습니다. 그래서 직접 만나 뵙고 고마움을 전하고 싶습니다만. 해서 말씀인데, 약속을 정해도 되겠는지요? 아예 병원 건물로 가서 뵐까 합니다만. 오늘, 오후 3시쯤 말입니다."

파트리스는 얼른 대답을 하지 못하고 있었다. 체포의 위협에 시달리면서 줄행랑을 칠 준비에 여념이 없을 이 사내의 놀랄 만한 대범함이 여간 당혹스러운 게 아니었던 것이다. 아울러, 굳이 이럴 필요가 없는데도, 에사레스 베가 전화까지 걸어 이렇게 나오는 진짜 동기가 무엇인지 머릿속으로 열심히 짚어보고 있었다. 하지만 은행가 쪽에서는 상대의 갑작스러운 침묵을 전혀 개의치 않은 듯, 연신 예절 바른 어투를 구사하면서 이 수수께끼 같은 통화를 이끌어갔고, 자기가 던진 질문에 천연덕스럽게도 자기가 대답하는 것이나 다름없는 일종의 독백으로 마무리하는 것이었다.

마지막으로 두 사람 간의 인사말이 오갔고, 그렇게 통화가 끝났다.

어찌 됐든 파트리스의 심기가 처음보다 다소 안정된 것은 사실이었다. 그는 자기 방으로 돌아가 침대에 벌렁 누워 두어 시간 눈을 붙인 뒤, 다시 야봉을 불렀다.

"이다음엔 정신 바짝 차리고, 아까처럼 멍청하게 굴면 안 돼. 좀 전엔 정말 한심했다고. 어쨌든 그 얘긴 그만하기로 하지. 그래, 식사는 했는가? 음, 나도 마찬가질세. 회진(回診)은 끝났는가? 아니라고? 나도 마찬가지야. 군의관이 이 내 머리를 둘둘 감고 있는 칙칙한 붕대를 풀어주겠다고 약속했는데 말이야. 자넨 내가 이런 꼴로 있어도 *끄떡없어할 거*

라고 생각하겠지? 목재 의족 정도야 아무것도 아니야. 하지만 사랑에 빠진 사내에게 하필 머리 붕대라니 정말! 자, 이제 그만 자네도 어서 서두르게! 준비가 되면 병원 본관으로 직행하는 거야. 코랄리 어멈도 내가 그곳에 다시 나타나는 걸 어쩌지는 못하겠지!"

파트리스는 상당히 고무된 기색이었다. 야봉한테 큰소리쳤듯이, 한 시간쯤 후 마이요 문(門)(일종의 구역 경계—옮긴이)으로 가는 도중, 수수께끼가 서서히 풀리기 시작하는 느낌이었던 것이다.

"그럼 그렇지! 야봉, 드디어 뭔가 잡히는 기분이야! 바로 이렇게 된 거라네. 우선 코랄리는 전혀 위험에 처한 게 아니야. 내가 바랐던 대로, 소동은 그녀에게서 멀리 떨어진 곳에서 일어나고 있었어. 아마도 수백만 프랑을 둘러싸고 아웅다웅하던 놈들 사이에서 일어났을 거야. 전화에다 대고 비명을 질러대던 불쌍한 자는, 파트리스라고 내 이름을 부르며 반말을 쓴 걸로 봐서, 누군지는 정확히 몰라도 분명 내 친구일 거야. 내게 정원 열쇠를 보낸 것도 바로 그 친구이고 말이야. 불행히도 열쇠와 함께 보낸 편지는 현재 오리무중인 상태이지. 아무튼 상황이 급박하게 돌아가는지, 그는 내게 전화를 걸어 모든 걸 털어놓으려고 했지만, 마침 그때 누군가의 공격을 받게 된 거야. 누가 공격했느냐고? 그야 아마도 사실이 폭로되는 걸 두려워한 패거리 중 하나이겠지. 그렇게 된 거야, 야봉. 모든 게 너무나도 명확해. 하긴 지금까지 내가 얘기한 것의 정반대가 진실일 수도 있겠지. 하지만 아무래도 상관은 없어. 중요한 건, 진짜든 가짜든 어떤 하나의 가설에 기반을 두어야 한다는 점이니까. 만약 내 가설이 거짓이라고 판명 나면 자네에게 모든 책임을 전가하는 태도를 일단 보류하기로 하지. 그러니, 그때까진 내 말 명심하는 거야."

마이요 문에서부터는 자동차를 잡아탔는데, 그대로 레이누아르 가로 우회해 가려는 것이 파트리스의 생각이었다. 그렇게 파시 광장으로 나서자마자 그들의 눈에 띈 것은, 시메옹 영감을 동반한 채 레이누아르 가를 막 벗어나는 코랄리 어멈의 모습이었다.

여자가 자동차를 잡아탔고, 시메옹 영감도 동석했다.

물론 파트리스는 샹젤리제 야전병원까지 그들이 탄 차를 추적했다.

때는 오전 11시였다.

"잘되어가고 있어. 남편이 도망칠 동안에도 그녀는 자신의 일상에 어떤 변화도 바라지 않는 거야."

두 상이군인은 근처에서 점심을 때웠고, 대로변을 따라 어슬렁거리면서 병원을 예의 주시했다. 오후 1시 반, 둘은 드디어 병원 건물로 접근했다.

입구에 들어서자마자 파트리스는 유리창으로 둘러싸인 안뜰 구석, 병사들이 모여 있는 가운데, 시메옹 영감을 알아보았다. 늘 두르고 다니는 목도리로 얼굴을 반쯤 가린 그는 도수 높은 누런 안경을 쓴 채, 여느 때와 다름없이 의자에 앉아 파이프를 피우고 있었다.

한편 코랄리 어멈은 4층에 있었는데, 병실들 중 한 곳, 어느 침상 머리맡에 앉아 수면 중인 환자의 손을 꼭 쥐어주고 있었다.

파트리스가 보기에 매우 피로에 지친 모습이었다. 거무스레한 눈자위와 평소보다 훨씬 더 창백한 안색이 그녀의 초췌한 상태를 증언하고 있었다.

'가엾은 여인……. 이놈들 돌보다가 당신이 먼저 쓰러지겠소이다 그려.'

전날 밤의 기억을 떠올리며 파트리스는, 왜 코랄리가 자신의 삶을 그토록 철저히 감추면서 이 병원이라는 작은 세계를 위해 모두가 부르는 별명만으로 만족하며, 자애로운 수녀처럼 살아가려고 하는지 이제야 조금이나마 이해할 수 있을 것 같았다. 자신이 처한 환경의 더러운 면을 어렴풋이 감지하는 가운데, 그녀는 자기 남편의 성(姓)을 철저히 부정하고 자신의 거처를 숨기지 않을 수가 없었고, 그녀의 의지와 순수함이 너무도 완강한 장벽을 형성하고 있었기에 파트리스조차 감히 접근할 수가 없었던 것이다.

파트리스는 문가에 기대선 채, 멀찌감치 몰래 여인을 지켜보면서 속으로 중얼거렸다.

'아, 하지만……. 하지만 내가 떨어뜨린 메모를 그저 쥐고만 있게 내버려두지는 않을 거야!'

그는 마음을 단단히 먹고 안으로 들어가려고 했다. 한데 바로 그 순간, 층계를 쿵쾅거리며 올라온 어느 여자가 옆을 스쳐 지나가면서 버럭 소리를 지르는 것이었다.

"마님 어디 있어요? 빨리 와야 하는데……. 시메옹!"

마찬가지로 계단을 올라온 시메옹 영감이 방 안에 있는 코랄리를 얼른 손가락으로 가리켰고, 여자는 곧장 안으로 뛰어들었다.

여자가 몇 마디 말을 건네기가 무섭게 코랄리는 혼비백산한 표정으로 달려나왔고, 그대로 파트리스를 지나쳐 시메옹과 여자를 데리고 계단을 후닥닥 달려 내려갔다.

뒤쫓아가면서 여자는 헐레벌떡 이렇게 소리쳤다.

"제가 자동차를 타고 왔어요, 마님! 다행히 집에서 나오면서 잡아탔는데, 기다리라고 해놨어요! 서둘러야 합니다, 마님. 경찰서장 얘기가……."

마찬가지로 계단을 따라 내려가던 파트리스에게까지 나머지 얘기가 와 닿지는 않았지만, 이미 들은 내용만으로도 어떻게 행동해야 할지는 뻔했다. 그는 야봉과 함께 다른 차를 잡아탔고, 운전기사에게 코랄리가 탄 앞차를 무조건 따라붙으라고 주문했다.

흥분한 대위는 야봉에게 마구 떠벌리기 시작했다.

"또 시작이야, 야봉! 사태가 긴박하게 돌아가기 시작했다고! 저 여자는 틀림없이 에사레스의 저택 하녀일 거야. 경찰서장이 불러서 주인마님을 모시러 온 걸 거라고. 결국 대령이 고발한 게 슬슬 먹혀들고 있는 모양이야. 가택수색과 신문 절차 등으로 이제 코랄리 어멈이 꽤나 골치를 썩이게 생겼어. 자네 혹시 또 나더러 침착하라는 둥 뻔뻔한 충고나 늘어놓으려는 건 아니겠지? 설마 내가 그녀를 저런 지경에 그대로 방치하리라고 생각하는 거냐고? 야봉, 이 딱한 친구야, 자네 성격 한번 더럽군그래!"

그러다가 어떤 생각 하나가 뇌리를 퍼뜩 스치자, 또 이렇게 소리를 지르는 것이었다.

"우라질! 그놈의 미꾸라지 같은 에사레스가 쉽사리 붙잡히지 말아야 할 텐데! 그렇게 되면 정말 낭패거든! 그잔 너무 느긋하단 말이야. 지나치게 꾸물거리는 경향이 있어서……."

길을 달리는 동안, 하도 호들갑을 떨며 걱정을 하는 바람에 벨발 대위는 조심성이라고는 찾아볼 수 없는 상태로 치닫고 있었다. 그 와중에 결국 이거다 할 만한 확신이 떠올랐는데, 하녀가 그토록 헐레벌떡 쫓아오고 코랄리 역시 혼비백산 움직이는 것을 보면, 분명 에사레스가 체포된 것이 틀림없다는 결론이었다. 만약 그런 거라면, 이제야말로 직접 사건에 뛰어들어 사법당국 앞에 저간의 사정을 명명백백히 증언하는 것을 주저할 이유가 무엇이겠는가? 더구나 자신이 증언을 어떻게 가감 (加減)하느냐에 따라 코랄리에게 결정적인 도움이 되기도 하고, 또 그렇지 못하기도 할 텐데 말이다.

두 대의 자동차는 거의 동시에 에사레스의 저택 앞에 멈춰 섰다. 아

결정판 아르센 뤼팽 전집

니나 다를까 거기엔 이미 또 다른 자동차가 한 대 서 있는 상태였다. 코랄리는 차에서 내리자마자 아치형 대문 안으로 헐레벌떡 사라져갔고, 하녀와 시메옹도 부랴부랴 그 뒤를 따랐다.

"가자."

파트리스도 세네갈인에게 속삭였다.

다행히 미처 닫히지 않은 문으로 파트리스는 쏜살같이 들어섰다. 널찍한 현관에는 경찰관 두 명이 버티고 서 있었다.

파트리스는 서둘러 그들에게 인사를 건넸고, 마치 자기가 없으면 현재 어떤 사안도 풀릴 수 없는 중요한 집안사람인 것처럼 아무렇지 않게 그 앞을 통과했다.

바닥 포석을 걸어가는 자신의 발소리를 들으며 그는 부르네프와 그 일당이 허겁지겁 바로 이곳을 빠져 달아날 때가 생각났다. 길은 제대로 접어든 것 같았다. 거실 하나가 왼쪽으로 열려 있었는데, 보아하니 그곳을 통해 놈들이 서고(書庫)로부터 대령의 시체를 운반해 나온 것이 분명했다. 사람들 웅성대는 소리가 바로 그쪽으로부터 새어나오고 있었다. 파트리스는 곧장 거실을 가로질러 갔다.

바로 그때였다. 공포감에 질린 코랄리의 외침 소리가 대위의 귓전을 때렸다.

"하느님! 오, 맙소사! 어쩜 이럴 수가……."

서고의 문 앞에 대기 중인 또 다른 경관 두 명이 곧바로 파트리스를 제지했고, 그는 얼른 이렇게 말했다.

"나는 마담 에사레스의 친척이오. 유일한 친척이란 말이오."

"아무도 들이지 말라는 지시가 있었습니다, 대위님."

"제기랄, 그야 당연하지! 그러니 정말 아무도 들이지 마시오! 야봉, 자넨 여기 있게."

그러고는 훌쩍 안으로 들어서는 파트리스…….

넓은 실내에는 대여섯 명에 이르는 경찰관들과 사법관들이 무엇을 에워싼 채 머리를 맞대고 있었는데, 그게 무엇인지 이쪽에선 잘 보이지가 않았다. 그런데 불현듯 그 가운데서 코랄리가 불쑥 튀어나오더니, 파트리스가 서 있는 곳을 향해 두 손을 허우적거리며 비틀비틀 다가오는 것이었다. 하녀는 얼른 주인마님의 허리를 부둥켜안고 안락의자에 끌어당겨 앉혔다.

"무슨 일이오?"

참다 못한 파트리스가 묻자 여전히 경황없는 표정으로 하녀가 대답했다.

"마님께선 상태가 영 안 좋으십니다. 아! 내가 제정신이 아니지."

"대체 무슨 일인데 그래요? 왜 그러는 겁니까?"

"글쎄, 주인님이! 한번 생각해보세요. 저 광경이……. 아, 나도 얼이 다 빠질 지경이네."

"아니, 도대체 어떤 광경이기에?"

순간, 모여 있던 사람들 가운데 한 명이 빠져나와 이쪽으로 다가왔다.

"마담 에사레스께선 많이 불편하십니까?"

"괜찮을 겁니다. 잠깐 기절을 하셨을 뿐이에요. 마님께선 워낙 허약하신 편이라……."

"걸으실 수 있게 되면 즉시 데리고 나가주십시오. 곁에 계셔도 별 소용이 없을 것 같습니다."

신사는 곧장 파트리스 벨발을 돌아보며 신문하는 태도로 입을 열었다.

"대위님께선?"

하지만 파트리스는 못 알아들은 척, 재빨리 딴전을 피웠다.

"알겠습니다, 선생. 우리가 마담 에사레스를 데리고 나가리다. 하긴 여기 있어봐야 도움도 못 될 것 같으니까. 난 그럼 이만⋯⋯."

파트리스는 얼른 몸을 돌려 상대를 피하고 나서, 저만치 모여 있는 사람들이 다소 어수선해지는 틈을 놓치지 않고 부리나케 다가섰다.

급기야 그의 눈에 고스란히 들어온 광경은 코랄리가 왜 기절했는지, 하녀는 또 왜 그토록 혼비백산했는지 충분히 이해할 만했다. 전날에 목격했던 광경은 저리 가라 할 정도로 끔찍한 현장 앞에서 그는 머리끝까지 소름이 쭉 끼치는 것을 느끼지 않을 수 없었다.

벽난로에서 그리 멀리 떨어지지 않은 바닥, 그러니까 고문을 당했던 거의 그 지점에 에사레스 베가, 전날과 같이 밤색 플란넬 바지와 장식끈이 달린 벨벳 상의(上衣)의 실내복 차림으로 반듯하게 누워 있었다. 어깨와 얼굴이 헝겊으로 덮여 있었는데, 아마 법의학자인 듯한 사람이 그 한쪽을 들춰 얼굴을 가리키면서, 나지막한 목소리로 뭔가 설명을 늘어놓고 있었다.

아, 한데 그 얼굴이라는 것이⋯⋯. 아니, 과연 그렇게 뭉뚱그려진 살덩이도 사람의 얼굴이라고 부를 수 있을지조차 의문이었다! 일부가 새카맣게 타버렸는가 하면, 나머지는 온통 피가 뚝뚝 듣는 것이, 뼈와 살가죽, 머리카락과 수염이 한데 엉겨 붙어 뒤죽박죽 버무려진 채, 일그러진 안구가 툭 비어져 나온 그 몰골이라니!

파트리스는 차마 입을 다물지 못한 채 이렇게 더듬거렸다.

"오! 어찌 이다지도 처참할 수가! 누군가 그를 죽였을 때, 얼굴이 통째로 불덩이 속에 처박힌 거야! 그런 다음 되는대로 긁어모은 게 바로 저 지경이라고."

아마 그곳에 모인 사람들 중 제일 중요한 인물인 듯한데, 방금 전 그에게 말을 붙였던 신사가 다시 다가와 말을 건넸다.

"도대체 당신은 누구신지요?"

"벨발 대위라고 합니다. 마담 에사레스의 친구이기도 하죠. 그녀의 극진한 간호를 받았던 상이군인 중 한 명이올시다."

"그렇군요. 하지만 이곳에 이대로 계실 수는 없습니다. 아무도 이곳에 머물러 있으면 안 돼요. 경찰서장님, 미안하지만 의사만 남기고 모든 사람을 밖으로 내보내주십시오. 그리고 입구를 차단해주세요. 어떤 이유에서도 사람을 출입시키지 말아주십시오. 이유 여하를 막론하고 말입니다."

하지만 파트리스는 다그치듯 매달렸다.

"이보시오, 므슈. 당신에게 대단히 중요한 사실을 공개할 게 있습니다."

"기꺼이 듣겠습니다만, 조금 이따가요. 미안합니다."

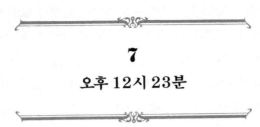

7
오후 12시 23분

　레이누아르 가에서 정원의 제일 상단으로 통하게 되어 있는 널찍한 현관은 그 절반 정도가 큼직한 층계로 채워져 있는데, 바로 그 현관을 통하지 않고는 건물을 크게 양분하고 있는 두 구역을 지나다닐 수 없게 되어 있었다.

　다시 말해서 현관 좌측은 거실과 서고가 자리하고 있고, 거기에 이어서 별도의 계단이 딸려 있는 건물 구조가 갖춰져 있다. 그런가 하면 그 우측으로는 당구장과 식당이 다른 곳보다 비교적 낮은 천장을 받치고 자리해 있으며, 그 위로는 거리를 면한 에사레스 베의 방과 정원을 면한 코랄리의 방이 위치해 있다.

　아울러 그에 이어서는 시메옹 영감을 위시한 하인들의 숙소로 사용되는 행랑(行廊)이 가지런히 자리 잡고 있다.

　파트리스가 세네갈인과 더불어 대기하도록 종용된 곳은 그중 당구장이었다. 그곳에서 약 15분 정도 기다리자, 시메옹과 하녀가 들어왔다.

시메옹 영감은 주인의 끔찍한 죽음 앞에서 완전히 넋이 나간 기색이었고 묘한 태도로 끊임없이 뭔가 중얼거리고 있었다. 파트리스가 넌지시 질문을 하자, 그는 귀엣말로 이렇게 속삭였다.

"아직 끝난 게 아닙니다. 우려할 만한 일들이 있어요. 우려할 만한 일들이…… 심지어 오늘…… 조금 있으면……."

"조금 있으면, 뭐요?"

파트리스가 다그치자 노인은 부들부들 떨며 중얼거렸다.

"아무렴, 아무렴."

그러고는 입을 다물었다.

반면 하녀에게 질문을 던지자, 이런 대답이 흘러나왔다.

"선생님, 무엇보다도 오늘 아침 제일 처음 놀란 건 말입니다. 이곳 급사장도 사환도 관리인도 한꺼번에 모습을 감췄다는 거예요! 셋이 모두 떠나버렸단 말입니다. 그리고 6시 반이 되자 므슈 시메옹이 오더니 주인님 지시라면서 이러는 거예요. 주인님께선 지금 서고에 틀어박혀 계시며, 누구의 방해도 받지 않길 바라신다고요. 심지어는 식사도 거르고 말입니다. 그때도 마님께선 약간 힘들어하셨어요. 그래서 오전 9시경에 코코아를 갖다 드렸죠. 10시가 되자 마님께선 므슈 시메옹과 밖으로 나가셨어요. 저는 방 청소를 끝낸 다음 부엌에만 틀어박혀 있었죠. 그렇게 11시가 지나고 정오도 지나갔는데……. 오후 1시 종소리가 울리자 별안간 출입구 쪽에서 시끄럽게 초인종이 울리는 거예요. 창문으로 내다보니 자동차가 한 대 서 있고, 네 남자가 보이더군요. 얼른 문을 열어주었죠. 경찰서장이 주인님을 뵙고 싶다고 하더군요. 저는 일행을 서고로 안내했죠. 처음엔 노크를 했는데 반응이 없어서 굳게 잠긴 문을 마구 흔들어댔어요. 그래도 여전히 묵묵부답이었답니다. 결국 일행 중 수완이 좋은 한 명이 곁쇠질로 문을 땄죠. 그런데……. 그다음은 보셨겠죠? 아니지, 지금보다 더 심했답니다! 가엾은 주인님은 그 당시 머리를 아예 벽난로 석쇠 아래 쑤셔 박고 있었어요! 결국 누군가 난입했다는 얘기 아니겠어요? 일부러 그렇게 죽인 거 아니겠냐고요! 근데도 저와 함께 방에 들어갔던 분들 중 한 명이 금세 이러는 거예요. 주인님이 죽은 건 뇌졸중 때문이라고요. 그대로 쓰러지셔서 벽난로 속에 처박히셨답니다. 한데 제가 보기에는⋯⋯."

시메옹 영감은 여전히 덥수룩한 수염과 목도리에 푹 싸인 채, 노란 안경 너머 깊숙이 들어간 눈을 끔벅이며 아무 말 없이 듣고만 있었다. 그러다가 하녀가 채 말을 마치기도 전에 뭔가 히죽거리며 구시렁대더니, 파트리스에게 접근해 또다시 귀엣말로 이러는 것이었다.

"우려할 만한 일들이 있어요! 우려할 만한 일들이 있다고요! 코랄리 마님은⋯⋯. 빨리 이곳을 떠야 합니다. 당장 말이에요. 그러지 않으면 그녀에게 불행이 닥칠 겁니다."

대위는 흠칫 몸서리를 치며 질문을 하려고 했으나, 경찰관 한 명이 마침 그때 나타나 노인을 서고로 데려가는 바람에, 그 이상의 정보를 끌어낼 수가 없었다.

시메옹 영감의 증언 시간은 꽤 오래 지속되었다. 그리고 연이어서 요리사와 하녀의 증언이 뒤를 이었다. 그것이 다 끝나고 나서야 코랄리를 데리러 사람이 왔다.

오후 4시쯤에는 또 다른 자동차 한 대가 집 앞에 멈춰 섰다. 파트리스는 모두로부터 깍듯한 인사를 받는 두 신사가 현관으로 걸어 들어오는 것을 지켜보았다. 한 명은 법무 장관이었고 다른 한 명은 내무 장관이었다. 그들은 서고에서 약 30분가량 회의를 한 다음, 곧바로 떠났다.

급기야 오후 5시쯤, 경찰관 한 명이 나타나 파트리스를 2층으로 데리고 올라갔다. 경찰관은 문 앞에서 노크만 해주고 자리를 피했다. 아담

한 규모의 규방이었는데, 한쪽 구석에서 장작불이 아늑하게 타고 있었고 두 사람이 의자에 앉아 있었다. 우선 그중 코랄리에게 고개를 숙여 인사를 한 뒤 파트리스는 맞은편에 앉아 있는 신사를 바라보았다. 그가 처음 서고에 들어섰을 때 말을 걸었던 바로 그 신사였는데, 아마도 신문 과정을 총지휘하고 있는 모양이었다.

한 50대쯤 되는 나이에다 얼굴이든 몸이든 살집이 두둑하고 다소 둔중해 뵈는 편이었지만, 눈빛만큼은 지적인 광채가 날카롭게 번득이고 있었다.

"수사판사이시겠죠?"

파트리스가 넘겨짚자, 이런 대답이 돌아왔다.

"아닙니다. 나는 전직 판사이자 특별히 이번 사건 해결을 위임받은 므슈 데말리옹이라는 사람입니다. 당신 말씀대로 예심을 하기 위한 건 아니지요. 이건 예심을 적용할 만한 사안이 아닌 듯합니다."

"그래요? 예심 사항이 아니란 말입니까?"

파트리스는 의외라는 듯 소리치면서 코랄리를 바라보았다. 그녀는 다소 긴장된 눈빛으로 잠시 대위를 마주 보더니, 이내 고개를 돌려 이렇게 얘기하는 데말리옹 씨를 바라보았다.

"대위님, 일단 설명을 듣고 나면 아마 모든 점에서 수긍하게 될 거라고 확신합니다. 여기 부인과 나 사이에 의견 일치를 본 것처럼 말이죠."

"물론 그야 그렇겠죠. 하지만 과연 여러 가지 점에서 확실히 규명될지 우려가 되는군요."

"반드시 그럴 겁니다. 우리가 함께 풀어나갈 수 있을 거예요. 그런 뜻에서 당신이 아는 걸 한번 말씀해주시겠습니까?"

파트리스는 잠시 생각에 잠기더니 이렇게 말했다.

"그나저나 이건 정말 의외로군요, 므슈. 내가 앞으로 할 얘기는 대단히 중요한 건데, 여긴 얘기를 받아 기록할 사람조차 와 있지 않습니다. 결국 증거가치도 부여되지 않고, 선서 따위도 필요치 않은 진술이 될 거라는 얘긴데?"

"대위님, 당신의 진술에 증거가치를 부여하고 효력을 발휘하게 하느냐 마느냐는 전적으로 당신이 결정할 문제입니다. 지금은 일단 그에 앞선 대화를 하자는 것이고, 사실관계에 대한 상대적인 시각을 서로 교환하자는 것뿐이지요. 게다가 당신이 제시할 만한 정보는 이미 여기 마담 에사레스께서 모두 제공한 바 있습니다."

파트리스는 일단 대답을 미루고 있었다. 어쩐지 여자와 전직 사법관 사이에 일종의 합의가 이루어진 상태라는 느낌이었고, 그 앞에서 자신은 제아무리 열정을 다해도 그저 대충 얼러서 외면하고 싶은 귀찮은 존재에 불과한 것이 아닐까 하는 어렴풋한 예감이 드는 것이었다. 결국 그는 상대의 의중이 완전히 드러나기 전까지는 무조건 다소곳이 있기로 작정했다.

"그야 부인께서 어련히 알아서 다 말씀드렸겠죠. 그럼 당연히 어제 레스토랑에서 내가 엿들은 대화 내용도 다 아시겠군요?"

"그렇습니다."

"마담 에사레스가 납치당할 뻔한 일도요?"

"네."

"살인 사건에 관해서도?"

"물론입니다."

"그러니까 간밤에 므슈 에사레스를 상대로 벌어진 공갈 협박 건에 대해서라든지, 어떤 고문을 가했는지, 대령이 어떻게 죽었는지, 400만 프랑이 어디로 갔는지, 또 므슈 에사레스와 그레그와르라는 작자 사이의 전화 통화 내용이 무엇인지, 그리고 부인이 남편으로부터 어떤 협박을 당했는지, 마담 에사레스가 당신에게 몽땅 털어놓았다 이 말이지요?"

"그렇습니다, 대위님. 그 모든 것은 이미 다 알고 있는 사실입니다. 결국 당신이 아는 건 나도 다 알고 있는 셈이지요. 거기다 내 나름대로 조사해서 얻은 정보도 그 이상인 걸로 나타나고 있습니다."

"그렇군요. 그래요. 그만하면 내 얘기는 별로 도움이 안 될 거라는 걸 알겠습니다. 그럼 이제 결론 내릴 일만 남았겠군요."

그러면서도 대위는 자신에게 질문이 돌아올 틈을 주지 않고 계속해서 묻기만 했다.

"혹시 어떤 방향으로 결론이 내려질지 여쭤봐도 되겠습니까?"

"오, 대위님, 내 결론이래봐야 결정적인 거라곤 할 수 없습니다. 다만 이렇다 할 반증(反證)이 나타나기 전까진, 므슈 에사레스가 오늘 정오쯤 부인에게 남긴 편지에 전적으로 매달릴 따름입니다. 쓰다 만 편지 같은

데, 그의 책상 위에서 우리가 발견했지요. 마담 에사레스는 내게 그걸 보여주며, 필요하다면 당신에게도 보여줄 것을 청했습니다. 바로 이겁니다."

4월 4일 오늘, 정오
코랄리에게
어제 당신이 나를 떠나보내면서 당치도 않은 이유로 몰아붙인 건 잘못이었어. 아마도 당신의 비난에 적절히 스스로를 방어하지 않은 내 잘못도 있겠지. 내가 떠나는 단 하나의 이유는, 사실 당신도 그게 얼마나 지독한지 충분히 보았겠지만, 나를 향한 주위의 증오 때문이야. 수단과 방법을 가리지 않고 내 모든 것을 강탈하려는 적들 앞에서 유일한 구원책은 도피하는 것밖에 없어. 그래서 난 이렇게 떠나지만, 어디까지나 내 의지가 어떤지 당신에게 다시 한번 더 상기시키고 싶군, 코랄리. 내가 첫 신호를 보내자마자 당신은 내게 합류해야만 해. 만약 당신이 한사코 이 파리를 떠나지 않는다면, 당연히 야기될 당신을 향한 분노에서 결코 무사하지는 못할 것이야. 아무렴, 설사 내가 죽고 나서도 마찬가지지. 그럴 경우를 대비해서 나는 이미 내가 할 수 있는 모든 조치를 취해놓은 상태이니까.

"편지는 거기서 끝나 있습니다."
데말리옹 씨는 편지를 코랄리에게 돌려주며 말했다.
"우린 움직일 수 없이 명확한 증거에 입각해, 거의 편지의 마지막 줄을 쓰자마자 므슈 에사레스에게 죽음이 닥쳤다는 결론을 내릴 수 있었습니다. 왜냐면 그가 쓰러지면서 함께 바닥에 떨어진 책상 위의 소형 추시계가 정확히 오후 12시 23분을 가리킨 채 멈춰 있었거든요. 내 생각에 그는 편지를 쓰다 말고 아마 뭔가 대단히 편치 않은 상태에서 일어나려고 시도했고, 곧장 현기증에 사로잡혀 바닥으로 곤두박질친 것으로 보입니다. 불행히도 격렬한 불꽃이 타고 있는 벽난로가 지나치게 가까이 있었고, 하필 그 안 석쇠에 머리를 부딪치는 바람에 상처가 너무 깊어져—의사가 확인한 바입니다만—그대로 정신을 잃은 거지요. 나머지는 가까이 타고 있던 불길이 해치운 셈이고요. 사체의 얼굴 상태가 어떠한지는 당신도 이미 보셨을 줄 압니다."

파트리스는 전혀 예상치 못한 이 같은 해명을 넋 나간 표정으로 듣고만 있다가, 이렇게 중얼거렸다.

"그러니까 당신은 므슈 에사레스가 사고로 죽었다는 겁니까? 살해당한 게 아니고요?"

"살해당하다니요! 천부당만부당한 말씀입니다! 어떤 단서도 그런 가설을 정당화시켜주지 못하고 있습니다."

"하지만……."

"대위님, 당신은 지금 일종의 망상에 사로잡혀 있을 뿐입니다. 하긴 충분히 그럴 만도 하다고 봅니다. 어제부터 공교롭게도 당신은 일련의 험한 광경을 계속해서 목격해왔습니다. 그러니 살인이라는 가장 극단적인 파국을 예상하는 것도 어찌 보면 당연합니다. 다만…… 한번 곰곰이 생각해보시기 바랍니다. 대체 살인의 이유가 무엇이며, 누가 그것을 저질렀겠습니까? 부르네프와 그 일당이? 뭐하려요? 그들은 이미 배가 터질 만큼의 돈을 챙긴 상태입니다. 설사 그레그와르라는 미지의 인물이 그것을 도로 빼앗았다고 쳐도, 과연 므슈 에사레스를 이런 식으로 처단한다고 해서 그들에게 돈이 다시 돌아갈 리가 있겠습니까? 더구나 그들이 어디를 통해 이곳에 들어올 수 있단 말입니까? 또 어디로 나갔고 말입니다. 미안하지만 대위님, 그건 아닌 듯하군요. 므슈 에사레스는 사고로 죽은 겁니다. 모든 사실에 이론의 여지가 없어요. 법의학자의 소견 역시 그런 방향으로 가닥이 잡혀 있고, 또 그렇게 보고서를 작성할 참입니다."

듣고 있던 파트리스 벨발이 이번엔 코랄리를 돌아보며 말했다.

"부인의 생각도 같은가요?"

여자는 약간 상기된 얼굴로 대답했다.

"네."

"시메옹 영감 생각도 그렇답니까?"

거기엔 전직 사법관이 불쑥 끼어들며 대답했다.

"오! 시메옹 영감은 계속 횡설수설만 하더군요! 그의 말을 들어보면 모든 것이 다시 시작될 것처럼 여겨지지요. 무언가 대단한 위협이 마담 에사레스를 겨냥하고 있기 때문에, 부인이 당장 이곳을 떠나야 한다고 하더이다. 그에게서는 오로지 그 말밖에는 끌어낼 수가 없었지요. 한 가지 이색적인 것은, 레이누아르 가와 수직으로 만나는 골목 쪽 정원의 어느 낡은 문 앞으로 그가 나를 데리고 가서는, 집 지키는 개의 사체를 보여주더니, 그다음에는 문에서 시작해 서고 옆의 작은 계단에 이르기까지 누군가의 발자국이 남아 있는 걸 구경시켜주었다는 사실입니다. 물론 그 발자국이야말로 당신도 잘 아는 흔적이겠죠? 안 그렇습니까, 대위님? 당신과 당신이 데리고 다니는 그 세네갈인의 발자국일 테니까요. 개를 목 졸라 죽인 건에 관해서는 당신의 그 세네갈인에게 혐의를 두어도 되겠지요? 그렇지 않습니까?"

파트리스는 이제야 상황이 조금 이해되는 느낌이었다. 이 전직 사법관이 왜 말을 아끼는지, 왜 이번 사건을 이런 식으로 해명하려고 하는지, 여자와는 어떻게 합의가 되었는지, 그 모든 것이 차츰차츰 진정한 의미를 두르기 시작하는 것이었다.

파트리스는 천천히 입을 열었다.

"그럼 범죄행위가 없었다는 겁니까?"

"없었습니다."

"예심도 없는 거고요?"

"없습니다."

"결국 이번 일 가지고 부산을 떨 필요도 없겠군요? 그저 침묵하고 잊어버리는 게 좋다는 말씀이죠?"

"바로 맞혔습니다."

그렇게 뜬금없는 질문을 던지면서, 벨발 대위는 늘 하던 습관대로 방 안을 이리저리 서성이기 시작했다. 그러면서 이제는 에사레스가 예언처럼 내던진 말이 새록새록 머릿속에 떠오르는 것이었다.

'날 체포할 순 없어. 체포한다 해도, 금세 풀어줄 수밖에 없겠지. 사건 자체가 완전 무마되어 있을걸.'

에사레스는 그때 이미 모든 것을 정확히 꿰뚫어 보고 있었던 것이다! 사법당국은 역시 입을 다물고 있다. 하물며 코랄리를 침묵의 동조자로 끌어들이는 것은 일도 아닐 것이다.

이 같은 처신은 대위의 마음을 몹시도 심난하게 만들었다. 그는 코랄리와 데말리옹 씨 사이의 부정할 수 없는 어떤 계약관계에 비추어, 분명 후자(後者)가 여자를 농락하는구나 생각했으며, 결국 일련의 수수께끼 같은 이해관계를 위해 여자 자신을 희생하도록 유도하는 것이 아닐까 의심했다. 그 같은 사정에서, 제일 먼저 파트리스를 소외시켜야겠다고 판단한 것이리라.

'흠흠! 이 친구의 데면데면한 모습하고 빈정대는 투가 슬슬 눈에 거슬리기 시작하는걸! 정작 중요한 문제에선 나를 철저히 무시하겠다는 투야.'

파트리스는 그렇게 생각하고 있었다.

하지만 일단 마음을 진정시킨 뒤, 그는 유화적인 태도를 가장하면서 전직 사법관의 곁에 자리를 잡고 앉았다.

"실례지만, 선생, 자칫 무례하게 보일지 모르는 내 이 고집을 양해해 주시기 바랍니다. 사실 나의 이러한 태도는 마담 에사레스가 그 어느 때보다 고립된 지금과 같은 시기에 그녀에 대해 품을 수밖에 없는 동정이나 그와 유사한 애틋한 감정 때문만은 아닙니다. 물론 그녀 자신은 이전보다 훨씬 더 완강하게 나의 그런 감정을 거부하는 것 같지만 말입니다. 내가 이러는 것은, 그녀와 나 둘 다 도무지 감이 없는 까마득한 옛 시절 언젠가 서로를 맺어주었을 어떤 비밀스러운 관계로 인한 것입니다. 내게는 너무도 중요하게 여겨지는 그 관계에 대해서는 혹시 마담 에사레스가 아무 이야기 안 하던가요? 나로서는 왠지 그 관계가 지금 우리 모두에게 닥친 이 사건들과 모종의 관련이 있다고 생각할 수밖에 없는데 말입니다."

데말리옹 씨는 코랄리를 가만히 바라보았고, 그녀는 살짝 고개로 신호를 보냈다. 전직 사법관은 그제야 이렇게 대답했다.

"그것도 말해주었습니다. 마담 에사레스는 이미 다 털어놓았어요, 심지어……."

그는 문득 주춤했고, 망설이는 빛이 역력한 가운데, 발갛게 상기되어 평정을 잃어가는 여자의 얼굴을 다시 한번 바라보았다.

데말리옹 씨는 여자 쪽에서 계속해도 괜찮다는 의사표시가 돌아올 때까지 마냥 기다렸다. 급기야 나지막한 목소리로 여자가 입을 열었다.

"벨발 대위님도 우리가 그 점에 관해 알아낸 사실을 알고 있어야 합니다. 진실은 나뿐만 아니라 그에게도 관련된 것이니, 나로선 숨기고 있을 권리가 없어요. 그러니 말씀하세요, 므슈."

그러자 데말리옹 씨는 대뜸 이렇게 말했다.

"굳이 말로 할 필요가 있을까요? 내가 찾아낸 이 사진첩을 그냥 보여드려도 충분할 것 같은데요. 자, 여기 있습니다, 대위님."

전직 사법관은 파트리스에게 회색빛 천으로 제본이 되어 있고 고무줄로 묶인 얄팍한 사진첩을 내밀었다.

그것을 받아 들면서 파트리스는 여간 불안한 심정이 아니었다. 그리고 겉장을 펼쳐서 들여다보자마자, 전혀 예상치 못한 안의 내용에 그만 버럭 소리를 지르고 말았다.

"아니, 이럴 수가!"

첫 장에 두 장의 사진이 네 귀퉁이가 끼워져 고정되어 있었는데, 오른쪽 사진은 영국 초등학교 복장의 소년이, 왼쪽 사진은 그보다 어린 예쁘장한 여자아이가 포즈를 취하고 있었다. 그리고 그 아래에는 이렇게 메모가 되어 있는 것이었다.

파트리스, 열 살
코랄리, 세 살

이루 말로 표현할 수 없을 만치 놀란 마음으로 파트리스는 계속해서 책장을 넘겼다.

두 번째 장에는 그의 열다섯 살 시절이, 코랄리의 여덟 살 때와 나란히 꽂혀 있었다.

계속해서 파트리스는 자신의 열아홉 살 때와 스물세 살 때, 그리고 스물여덟 살 때 모습을 확인했고, 그와 더불어 코랄리의 소녀 때 모습, 처녀 때 모습, 그리고 성숙한 여인의 자태를 보았다.

그의 입에서는 연신 아연실색한 중얼거림이 새어나오고 있었다.

"믿을 수가 없어! 어떻게 이럴 수가 있지? 분명 비전문가가 찍은 사진 같은데, 어쩜 이렇게 내 인생을 죽 따라서 사진들이 몽땅 여기 모여 있을 수 있지? 한창때 졸병 시절 모습도 있고, 말을 탄 사진도 있네. 대체 누가 이렇게 사진들을 찍어놓은 거지? 더구나 당신 사진과 함께 이렇게 나란히 배열을 해놓은 건?"

그는 코랄리를 뚫어져라 바라보았다. 여자는 캐묻는 듯한 남자의 시선을 슬그머니 피하면서, 마치 사진들이 증언하는 두 사람 인생의 긴밀한 관계가 그녀 자신도 여간 혼란스러운 게 아니라는 듯, 고개를 숙였다.

남자는 계속해서 몰아붙였다.

"누가 이렇게 모아놓은 겁니까? 당신은 알고 있죠? 이 사진첩 어디서 난 거냐고요?"

데말리옹 씨가 얼른 끼어들었다.

"그건 의사 선생이 므슈 에사레스의 옷을 벗기다가 발견한 겁니다! 므슈 에사레스는 일종의 내의를 하나 더 받쳐 입고 있었는데, 그 안쪽에 실로 꿰맨 주머니가 있었답니다. 의사 선생이 만져보니 뭔가 딱딱한 게 느껴져서 이렇게 보니 바로 이 사진첩이더라는 겁니다."

이번에는 파트리스와 코랄리의 시선이 정확히 마주쳤다. 다른 사람도 아닌 에사레스 씨가 그 두 사람의 사진을 무려 25년간이나 꼼꼼히 모아왔고, 그것을 가슴에 품은 채 지금까지 살아왔을 수도 있다는 사실, 그리고 그와 더불어 죽음을 맞이했다는 사실은, 그 자체만으로도 엄청난 충격일 뿐만 아니라, 도무지 거기에 무슨 수수께끼 같은 의미가 숨어 있는지 가늠해볼 엄두조차 나지 않는 것이었다.

"지, 지금 말씀하신 것……. 모두 사실이겠죠?"

고작 그렇게 더듬더듬 물어볼 뿐인 파트리스에게 데말리옹 씨가 대답했다.

"나도 바로 그 현장에 있었던 사람입니다. 사진첩을 발견하는 광경을 직접 목격했지요. 그뿐만 아니라, 나 자신, 이 사실을 정말이지 충격적으로 재확인시켜줄 만한 또 다른 발견을 했답니다. 다름 아니라 금세공으로 테를 두른 자수정 메달을 찾아냈지요."

"뭐, 뭐라고 하셨습니까, 지금? 방금 뭐라고 했느냐고요. 메달이라니? 자수정 메달이라니?"

벨발 대위는 소스라치듯 놀라며 소리쳤다.

"직접 한번 보시죠."

전직 사법관은 또다시 에사레스 부인과 눈으로 상의한 뒤, 물건을 건네주었다.

보아하니 그것은 코랄리와 파트리스가 가지고 있는 반쪽짜리 자수정 알을 합한 것보다 좀 더 큼직한 자수정이었는데, 그 나름의 묵주 장식줄이 달려 있었고, 또한 정확히 그 제작 방식에 부합하는 금세공 테를 두르고 있었다.

보석을 물고 있는 거미발은 일종의 걸쇠처럼 기능하고 있었다.

"벗겨봐도 되겠지요?"

파트리스가 양해를 구하자, 코랄리는 그러라는 표시를 했다.

파트리스는 조심스레 걸쇠를 벗겼다.

내부는 두 쪽의 수정 조각으로 나뉘어서 각각 축소된 사진을 한 장씩 담고 있었는데, 하나는 간호사 복장을 한 코랄리였고, 다른 하나는 장교 복장을 한 채 다리가 절단된 파트리스의 모습이었다.

파트리스는 무척이나 창백해진 얼굴로 곰곰이 생각에 잠겼다. 그리고 잠시 후, 이렇게 말했다.

"이 메달은 어디서 났습니까? 이건 당신이 찾아낸 거지요?"

"그렇습니다, 대위님."

"그래, 어디 있었습니까?"

전직 사법관은 잠시 망설이는 기색이었다. 코랄리의 태도를 보건대, 이 부분에 대해서는 그녀도 잘 모르는 모양이었다.

마침내 데말리옹 씨는 이렇게 대답했다.

"죽은 자의 손아귀에서 찾아냈습니다."

"죽은 자의 손아귀라고요? 므슈 에사레스의 손에 있더란 말입니까?"

파트리스는 소스라치게 놀라며, 한번 던져진 대답을 인정하기 전에 또다시 똑같은 대답을 들어야만 직성이 풀리겠다는 듯, 전직 사법관을 향해 잔뜩 몸을 기울인 채 되물었다.

"그렇소이다. 그의 손에 쥐어져 있었어요. 이걸 빼내느라 굳어버린 손가락을 억지로 펴야만 했습니다."

대위는 벌떡 몸을 일으켰고, 느닷없이 탁자를 주먹으로 후려치며 소리쳤다.

"그렇다면 이제야말로 마지막으로 남겨둔 얘기를 털어놓아야만 하겠습니다! 얘기를 듣고 나면 나의 협력이 결코 무용하지만은 않다는 걸 인정하게 될 거요! 방금 밝혀진 내용으로 봐서, 아주 중대한 사항이 될 겁니다. 오늘 아침 누가 내게 전화를 걸었습니다. 통화가 얼마 진행되지도 않았는데, 무척이나 흥분해 있던 그 미지의 인물이 그만 살해당하는 것 같았습니다. 끔찍한 비명과 요란한 소음이 전화상으로도 분명히 들려왔어요! 그중에서도 마치 엄청난 정보라도 전하려는 것처럼, 그자가 악착같이 전화기에다 대고 소리친 얘기가 있었답니다. '파트리스…… 코랄리…… 자수정 메달은…… 그래, 내가 가지고 있지. 이 메달…… 아! 하지만 너무 늦었어. 그토록 바랐건만! 파트리스…… 파트리스…… 코랄리……' 하며 말입니다! 므슈, 이제 우리가 인정하지 않을 수 없는 사실이 두 가지 있습니다. 우선 오늘 아침, 7시 19분에 자수정 메달을 가지고 있던 누가 무참히 살해되었다는 것! 이건 절대로 부인할 수 없는 사실입니다. 그리고 나서 몇 시간이 지난 다음, 오후 12시 23분, 똑같은 자수정 메달이 전혀 다른 사람의 손에 들려 있는 게 발견되었다는 사실! 이 두 번째 사실 역시 부인할 수 없습니다. 자, 이제 두 사실을 한번 접근시켜봅시다. 그럼 내가 전화상으로 들은 첫 번째 살인이 이곳 호텔, 바로 이 서고에서 발생했다는 결론이 나오지 않을 수 없지요. 요컨대 어젯밤 우리가 목격했던 온갖 끔찍한 작태가 연출됐던 바로 이곳에서 말입니다."

에사레스 베를 새롭게 고발하는 듯한 파트리스의 이번 증언은 실제로 전직 사법관의 심리를 적잖이 뒤흔들어 놓았다. 아닌 게 아니라 파트리스는 대단한 열정과 그 누구도 확고한 악의(惡意)를 품지 않고서는 결코 빠져나가지 못할 논리를 동원해 가차 없는 논지를 전개한 셈이었다.

한편 코랄리는 아예 고개를 돌리고 있었다. 파트리스는 그녀를 굳이 바라보려고 하지 않았지만, 당혹스러움과 치욕감으로 어쩔 줄 모른 채, 쩔쩔매는 그 심정만큼은 능히 헤아릴 수가 있을 것 같았다.

마침내 데말리옹 씨가 반론을 제기했다.

"방금, 그 두 가지 사실이 전혀 이론의 여지가 없다고 하셨습니까, 대위님? 그럼 내가 한번 말해보지요. 자, 우선 오늘 아침 7시 19분에 살해당했다는 그자의 시체를 우리로선 전혀 발견하지 못했다는 점을 주목하시기 바랍니다.

"그건 조만간 발견될 것입니다."

"그렇다고 치죠. 다음으로 에사레스 베의 손아귀에서 찾아낸 자수정 메달 말입니다. 과연 에사레스 베가 다른 사람도 아니고 하필 살해당한 사람의 손에서 그것을 취했을 거라고 생각하는 이유가 대체 뭐요? 게다가 그가 그 시각에 서고는커녕 집 안에 머물러 있었다는 점 또한 우리로선 알 방도가 없습니다.

"그건 내가 잘 알고 있습니다."

"어떻게 말이오?"

"처음 통화가 끊긴 다음 몇 분 지나지 않아 내가 이쪽으로 전화를 걸었는데, 대뜸 그가 받더군요. 더구나 만사 불여튼튼이라는 듯 그는 내게, 실은 자기가 전화를 했는데 통화가 그만 끊겼노라고 둘러대더라 이겁니다!"

데말리옹 씨는 생각에 잠긴 표정으로 되물었다.

"그가 오늘 아침에 외출을 했나요?"

"그건 마담 에사레스가 직접 답변해줄 겁니다."

파트리스의 말에, 코랄리는 대위와 눈을 안 마주치겠다는 의도가 고스란히 드러나는 태도로 이렇게 입을 열었다.

"그가 외출했다고는 생각지 않아요. 무엇보다 죽었을 당시 입고 있던 옷이 실내복인 것만 봐도 알 수 있죠."

"어젯밤 이후로 그를 본 적은 있습니까?"

"아침 7시에서 9시 사이에 세 차례나 내 방문을 노크하더군요. 나는 문을 안 열어주었죠. 그리고 11시쯤에 나 혼자 집을 나섰습니다. 한데 그이가 시메옹을 부르면서 나를 수행하라고 지시하는 소리가 들리더군요. 시메옹은 얼마 지나지 않아 거리를 걸어가는 내게 따라붙었습니다. 내가 아는 건 이게 전부예요."

이번에는 꽤 기나긴 침묵이 뒤를 이었다. 각자가 저마다 이 일련의 기이한 사태에 대해 곰곰이 생각을 정리하고 있었다.

급기야 데말리옹 씨는 벨발 대위 같은 인물은 결코 가볍게 떨쳐버리기 어려운 사람이라는 것을 깨달은 듯했다. 그는 타협에 들어가기에 앞서 상대의 밑천을 정확히 파악하고 넘어가야겠다는 어조로 이렇게 말했다.

"정 그렇다면 단도직입적으로 얘기하죠, 대위님. 내가 보기에 당신은 심히 애매모호한 가설을 세워놓고 계십니다. 대체 당신이 가정하고 있는 게 무엇입니까? 그리고 만약 내가 거기에 동조할 수 없다면 어떻게 하시겠습니까? 이 간명한 두 가지 질문에 대한 당신 대답을 먼저 듣고 싶습니다."

"당신의 그 두 질문만큼이나 간명하게 대답을 드리리다."

대위는 전직 사법관에게 한 발 다가서며 말했다.

"내가 설정한 쟁점(爭點)은, 아니 필요하다면 공세(攻勢)의 거점(據點)이라고도 할 수 있겠습니다만, 아무튼 이렇습니다. 옛날에 나를 알았고, 또한 어린 시절의 마담 에사레스를 알고 있으며, 우리 둘 다에게 지대한 관심을 가지고 있어서 연령별로 사진까지 수집해오고, 뭔가 비밀스러운 이유로 우리 둘한테 애정을 갖고 있는 누가 있습니다. 그는 이번 사건이 없었다면 우리에게 정식으로 그 이유를 공개하면서 둘을 맺어주려는 계획을 품은 채, 이곳 정원의 열쇠를 몰래 내게 보내주기까지 했지만, 결정적인 순간에 그만 살해당하고 말았습니다. 한데 모든 정황으로 볼 때, 나는 그가 므슈 에사레스에게 살해당했다고 보는 겁니다. 따라서 나는 어떤 결과를 감수하고서라도 정식으로 그를 고발할 생각입니다. 우선 선생께서 결코 좌시해선 안 될 것은, 그런 나의 의지는 함부로 무마시킬 수 없을 거라는 사실입니다. 방법이야 많으니까요. 정 뭐하면 지붕 위에 올라가 만천하에 진실을 폭로하는 한이 있더라도 말입니다."

데말리옹 씨는 너털웃음을 터뜨렸다.

"크허허허허, 세상에! 대위님도 보통이 아니시구려!"

"난 내 양심에 따라 전진할 뿐입니다. 확신하건대 마담 에사레스도 그 점은 양해해줄 겁니다. 내가 그녀를 위해 이런다는 걸 알 테니까요. 또한 이번 사건이 유야무야(有耶無耶)되거나 사법부의 지원이 따르지 않는다면, 그녀 자신의 파멸도 시간문제라는 것 역시 짐작하고 있을 겁니다. 자신을 위협하는 적이 얼마나 집요하고 막강한지 모를 리가 없지요. 그들은 자신들에게 방해가 되는 그녀를 제거하고 목표를 달성하기 전에는 결코 물러서지 않을 것입니다. 가장 두려운 점은, 제아무리 명민한 눈으로 바라봐도 당최 그들이 노리는 바가 무엇인지 현재로선 오리무중이라는 사실입니다. 지금 우리는 그들, 적에게 대항해서 엄청나게 치열한 게임을 치르고 있으면서도, 그 게임의 판돈이 어느 정도인지조차 가늠하지 못하고 있는 꼴입니다. 오로지 사법당국이 나서서 그것을 낱낱이 밝혀주길 기대할 따름이지요."

데말리옹 씨는 잠시 침묵을 지키더니, 한쪽 손을 파트리스의 어깨 위에 얹고는 조용히 말했다.

"만약 사법당국에서 그 '판돈'에 대한 정보를 가지고 있다면 어쩌시겠소?"

파트리스는 화들짝 놀라며 상대의 눈을 바라보았다.

"무슨 소리요? 그럼 뭔가 알고 있다는 뜻입니까?"

"그럴지도 모르죠."

"말씀해주실 수 있습니까?"

"세상에! 당신이 그토록 원하는 데에야 별수 있겠소?"

"대체 무엇입니까?"

"오, 따지고 보면 뭐 그리 대단하지도 않소이다."

"그러지 말고 어서……."

"10억 프랑이오."

"10억이라고요?"

"더도 덜도 아니고 딱 그 정도지요. 그중 유감스럽게도 4분의 3, 아니 3분의 2는 벌써 전쟁 이전에 프랑스 밖으로 빠져나갔지요. 다만 아직 국내에 남아 있는 2억 5000만 내지는 3억 정도가 그럴 만한 어떤 이유 때문에 10억 이상의 가치를 가지고 있는 실정이오."

"그럴 만한 이유라니요?"

"그게 금(金)으로 이루어져 있소."

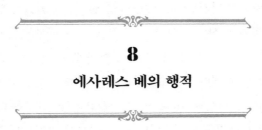

8
에사레스 베의 행적

　그제야 벨발 대위는 다소 누그러진 태도로 변했다. 사법당국이 싸움을 신중하게 이끌어갈 수밖에 없는 사정을 어렴풋하게나마 엿보았던 것이다.

　"그게 정말이오?"

　"그렇습니다, 대위님. 지금으로부터 2년 전, 나는 이 일을 검토할 책임을 맡게 되었습니다. 내가 조사한 바로는 프랑스에서 정말 불가해하기 이를 데 없는 황금 반출이 이루어지고 있는 사실이 확인되었지요. 하나 솔직히 말해서, 여기 마담 에사레스와 대화를 나누기 이전까지는, 그러한 반출이 어디서 비롯되고 있는지, 또 일개 시골 촌락에 이르기까지 프랑스 전역에 걸쳐 대체 누가 어마어마한 조직을 만들어서 그처럼 필요 불가결한 금속을 조금씩, 조금씩 빼돌리고 있는지 알 길이 없었습니다."

　"그렇다면 마담 에사레스는 그 모든 사실을?"

"확실히 알고 있다기보다는 많은 것을 넘겨짚고 있었을 뿐입니다. 그러던 중 간밤에 당신이 나타나기 전, 괴한들과 에사레스 사이에서 오간 대화를 통해 더 많은 정보를 직접 얻어듣게 된 거지요. 그 모든 내용을 부인께선 내게 죄다 털어놓으셨는데, 그중에는 만만치 않은 수수께끼가 포함되어 있답니다. 바로 그 수수께끼만큼은 당신을 배제한 채 나 혼자 완벽하게 해결하려 했습니다만……. 사실 그건 내무장관 각하의 지시이자, 마담 에사레스가 바라는 바이기도 하지요. 한데 당신의 그 열정이 나를 적잖이 망설이게 만들더군요. 하긴 지금 보니, 이 사건에서 당신을 효과적으로 따돌릴 마땅한 방도도 없을 것 같고……. 그래서 솔직하게 나아가려고 합니다. 더구나 나로서도 당신처럼 정열적인 협력자를 업신여길 입장은 못 되니까요."

파트리스는 한층 몸이 달아 다그쳤다.

"그렇다면 역시?"

"역모(逆謀)의 주모자가 바로 이곳에 있었다는 거지요. 라파예트 가(街)에 위치한 프랑스—동방 은행장이며, 겉으로는 이집트인이자 사실은 터키 혈통이면서, 그동안 파리에 터를 잡고 금융계를 쥐었다 폈다 해온 에사레스 베 말입니다. 그는 또한 영국에 귀화한 몸으로서 이집트의 옛 실력자들과 긴밀한 관계를 유지해오는 가운데, 아직은 딱히 집어낼 수 없는 외국의 권부(權府)를 위해 자신의 역량이 허용하는 한 모든 황금을 프랑스로부터 출혈(出血)시켜왔던 것입니다. 네, '출혈'이라는 단어밖에 적당한 표현이 떠오르지가 않는군요. 일부 자료에 의하면, 그는 불과 2년 사이에 그런 식으로 무려 7억 프랑어치에 달하는 황금을 반출했답니다. 가장 최근 시도는 전쟁이 선포될 즈음에 막 준비 단계에 있었죠. 당신도 잘 아시겠지만, 평상시에 비해 전시(戰時)에는 그 정도 막대한 양의 황금 밀반출은 더 이상 쉽게 기대할 수가 없죠. 국경

마다 화물 차량이 일일이 검사를 받도록 되어 있으니까요. 항구에서도 출항하려는 선박 모두 예외 없는 수색 대상에 포함되어 있지요. 요컨대, 그 후로는 밀반출이 일어나지 않았습니다. 그렇게 해서, 아까 말한 2억 5000만 내지 3억 프랑어치의 황금 덩어리가 프랑스 국내에 머물게 된 거랍니다. 그런 상태로 열 달이라는 시간이 흘렀고, 결국에는 올 것이 오고야 만 셈이라고나 할까요? 어마어마한 노다지를 보관해오던 에사레스 베는 서서히 물욕을 드러내기 시작했고, 점점 그것이 자기 것인 양 착각하다가, 급기야는 진짜 자기 소유로 만들어버릴 결심을 굳히게 된 것입니다. 문제는 그동안 함께해온 공범들인데……."

"간밤에 내가 봤던 그자들 말이겠군요?"

"그렇습니다. 명확하진 않지만 근동 제국 출신인 데다 위장 귀화한 자들이며, 다소간 변장한 채 불가리아인 행세를 하면서, 저쪽 독일연방의 군소 제후령(諸侯領) 앞잡이 노릇을 하기도 하는 대여섯 명의 모리배가 바로 그들입니다. 모두들 이전까지는 지방에 위치한 에사레스의 은행 지점을 맡아 관리하고 있었죠. 물론 진짜 임무는 방방곡곡 마을마다 득실거리는 수백에 달하는 똘마니들을 매수해서 오로지 에사레스의 과업에 복무하도록 하는 거였지만요. 즉, 현지 촌부(村夫)들과 한껏 지저분하게 어울려 다니면서 가는 곳마다 장(場)을 벌여 프랑스의 금 조각들을 있는 대로 화폐나 증권으로 바꿔치기한 다음, 몰래 쌓아놓았다가 몽땅 빼돌리는 일 말입니다. 한데 전쟁이 터져서 아지트인 상점들이 죄다 문을 닫게 되자, 라파예트 가의 본사(本社) 역시 폐점해버린 두목 에사레스 주위로 자연 몰려들게 된 거랍니다."

"그래서요?"

"그야 우리가 세세히 알 수는 없는 일련의 일들이 벌어졌겠죠. 틀림없이 패거리는 그들 정부들 소식통에 의해 마지막 밀반출이 이루어지지 않았다는 사실을 알았을 테고, 에사레스 베가 모두의 노고로 거두어들인 3억 프랑어치의 금덩어리를 제 것으로 삼으려 한다는 걸 당연히 눈치챘을 겁니다. 이런 일에는 으레 그렇듯, 어제의 동지들 사이에 치열한 다툼이 일어나게 되었고, 그 와중에 한쪽은 자기들 몫의 과자를 요구하는가 하면, 반대편에선 반출이 이루어졌다고 잡아떼면서 티끌한 조각조차 악착같이 내놓으려 하지 않았던 것이죠. 바로 어제가 그 싸움이 극단으로 치달은 때였고 말입니다. 우선 오후에 그들은 마담 에사레스를 납치하려고 했습니다. 아내를 인질로 내세우면 남편을 제 맘대로 요리할 수 있을 거라는 계산이었던 것이죠. 한데 그게 여의치 않자 밤에는…… 밤에는 당신이 목격한 그대로였습니다."

"하지만 왜 하필 어젯밤이었단 말입니까?"

"황금이 어젯밤을 기화로 감쪽같이 처분될 거라고 믿을 만한 이유가 분명 있었을 겁니다. 에사레스 베가 밀반출에 직접적으로 어떤 방식을 활용했는지 전혀 모르는 그들로선, 물건이 반출될 때마다 최소한 어떤 사전(事前) 신호가 있을 것이라고 막연히 예상하고 있었습니다."

"맞아요! 그게 혹시 불똥비 아닙니까?"

"바로 그겁니다. 정원 한쪽 구석에 오래 묵은 온실(溫室)들이 줄지어 있는데, 그 아래 커다란 화덕에서 불을 지필 수 있도록 되어 있지요. 한데 화덕 자체에 워낙 그을음이나 자질구레한 찌꺼기가 덕지덕지 낀 상태라 거기에 불을 지필라치면, 수많은 불티라든가 불똥이 굴뚝을 통해 미친 듯이 솟구치기 마련이랍니다. 멀리서도 볼 수 있는 그것이야말로 더없이 자연스러운 신호가 되는 셈이지요. 마침 어젯밤 에사레스 베는 그곳에 손수 불을 지폈고, 그것을 본 패거리는 기겁을 하며 모든 것을 작정한 뒤, 현장에 들이닥친 것입니다."

"그럼 결국 에사레스 베의 계획이 좌절된 것입니까?"

"그런 셈이죠. 그뿐만 아니라 패거리의 계획 역시 좌절되긴 마찬가지였습니다. 대령이 죽었으니까요. 나머지 놈들이래봐야 지폐 몇 다발을 나눠 가졌을 뿐이죠. 그나마 도로 다 빼앗겼을 테지만 말입니다. 하지만 그걸로 싸움이 다 끝난 건 아니지요. 그 가장 처절한 발악이 급기야는 오늘 아침에 최고조에 달한 셈이니까요. 당신이 장담한 바에 의할 것 같으면, 당신을 잘 알고 연락을 취하려고 했던 어떤 사람이 오전 7시 19분 살해당했는데, 가해자는 그의 개입을 우려한 에사레스 베일 가능성이 높습니다. 그리고 오후 12시 23분 이번에는 에사레스 베 자신이 패거리 중 누구의 손에 무참히 살해당했습니다. 이것이 대위님이 주장하는 사건의 전모입니다. 자, 이제 당신도 이 사건에 대해 나만큼 알고 있는 셈이니, 예심이 비밀리에 진행되어야 하고, 상궤를 약간은 벗어난 방식으로 추진되어야 한다는 데 동의하실 수 있을 겁니다. 안 그렇습니까, 대위님?"

"네, 생각해보니 그렇군요."

파트리스가 잠시 뜸을 들인 뒤 흔쾌히 대답하자, 데말리옹 씨는 반가운 기색으로 말했다.

"자, 그렇다면 말입니다. 상상력을 흥분시킬 뿐인 그 사라진 황금의 향방은 차치하고, 지난 2년 동안이나 그처럼 엄청난 양의 황금을 아무 탈 없이 빼돌리려면 지극히 유감스러운 공모 관계가 광범하게 작용했을 거라는 것 역시 충분히 이해하실 겁니다. 나는 개인적인 조사 활동을 통해, 비교적 유명한 은행과 일부 금융 관련 기관들에서 세상에 알려지면 큰 재앙을 초래할 만한 과실(過失)과 일련의 검은 흥정이 있었음을 밝혀낼 생각입니다. 따라서 그 전까지는 되도록 침묵을 유지하려는 것이지요."

"하지만 침묵한다는 게 가능하겠습니까?"

"왜, 안 될 이유라도 있나요?"

"맙소사! 벌써 시체가 한둘이 아닙니다. 예컨대 파키 대령 같은 이 말이에요!"

"그는 자살로 처리될 겁니다."

"무스타파라는 자의 시체 역시 갈리에라 박물관 관내에서 발견될 것입니다."

"기껏해야 신문 사회면 말단에 실릴 기삿거리 정도에 불과하죠."

"므슈 에사레스의 죽음은 어쩌고요?"

"그건 사고사(事故死)로 보도될 뿐입니다."

"그럼 결국 같은 배후로 빚어진 이 모든 현상이 끝내 별개로 인식될 거란 말입니까?"

"적어도 그 각각을 서로 연계시킬 만한 근거는 쉽게 드러나지 않을 겁니다."

"하지만 대중의 생각은 다를 거예요."

"대중은 우리가 유도하는 방향대로 생각할 것입니다. 지금은 어디까지나 전시(戰時) 상태입니다."

"언론이 가만있지는 않을 거예요."

"언론은 떠들어대지 못할 겁니다. 우리에겐 검열이라는 수단이 있어요."

"하지만 새로운 사건이 터지면요? 예컨대 또다시 살인이 일어나기라도 한다면?"

"또다시 살인이 일어난다고요? 왜 그런 생각을 하죠? 사건은 이미 끝났는데요, 적어도 그 가장 극적인 부분에 한해서는 말이죠. 중요 인물들은 죄다 죽었습니다. 에사레스 베가 살해당함으로써 일단 막(幕)이 내린 사건이란 말입니다. 부르네프와 그 일당 같은 단역들의 경우야 일주일이 채 못 돼 일망타진될 거고 말입니다. 우리에게 남은 건, 그 누구도 감히 소유권을 주장할 수 없고, 오로지 프랑스만이 손댈 권리가 있는 어마어마한 양의 금덩어리만이 있을 뿐입니다. 내가 적극적으로 매달려야 할 대상은 오로지 그것뿐이란 말입니다."

파트리스 벨발은 고개를 가로저으며 말했다.

"아직 마담 에사레스의 문제가 남았습니다, 므슈. 그녀의 남편이 분명히 경고한 위협을 간과해선 안 돼요."

"하지만 그는 이미 죽었습니다."

"상관없어요. 위협은 그래도 여전합니다. 시메옹 영감이 적나라하게 얘기하지 않았습니까?"

"그는 반쯤 미친 사람이나 다름없어요."

"정확히 말하면, 그의 머릿속에 엄청난 위험에 대한 인식이 너무도 절박하게 자리 잡고 있기 때문입니다. 싸움은 결코 끝난 게 아닙니다. 아니, 심지어 이제 막 시작된 것일 수도 있어요."

"대위님, 정 그렇다 해도, 지금은 우리가 있지 않습니까? 당신의 능력과 내가 제공할 수단들을 총동원해서 마담 에사레스를 보호하세요. 어차피 내가 일할 곳도 여기인 데다 난 회의적이지만 당신은 틀림없다고 보는 싸움이 바로 이 집 안에서 벌어지는 한, 우리 사이의 공조 체제는 확고할 테니까요."

"하면 굳이 이 집에 한정해서 생각하는 근거라도?"

"마담 에사레스가 어젯밤에 들었던 얘기가 그렇습니다. 파키 대령이 수차례에 걸쳐 말했다는군요. '황금은 여기 있어, 에사레스'라고 말입니다. 그러면서 이랬다는 겁니다. '지난 수년간 매주 라파예트 가의 자네 은행으로부터 자동차가 물건들을 이곳으로 실어 날랐지. 시메옹하고 운전기사하고 자네가 함께 건물 맨 좌측 지하실 환기창을 통해서 자루들을 들여보냈단 말이거든. 한데 그다음부터 어떻게 물건들을 반출했는지는 전혀 모르겠어. 어쨌든 전쟁이 발발한 다음부터는 저쪽에서 기다리던 700~800여 개에 달하는 자루들이 이곳에서 하나도 빠져나오지 않은 것만은 분명해. 난 대번에 의심이 들었고 밤낮 가릴 것 없이 감시해보았지만, 도무지 오리무중이더군. 황금은 틀림없이 이곳 어딘가에 있어.'"

"그래, 어떤 단서도 못 찾았습니까?"

"전혀요. 기껏해야 이것 하나뿐인데, 그나마 상대적인 가치가 있을 따름입니다."

그러면서 전직 사법관은 호주머니 속에서 구겨진 종이 하나를 꺼내 펴 보이며 말했다.

"에사레스의 손아귀 안에 메달과 함께 있었던 건데, 잉크로 마구 휘갈겨 끄적거린 가운데에도 가까스로 읽을 수 있는 글자는 오로지 이거, '황금삼각형'이라는 것뿐이더군요. 대체 이 '황금삼각형'이라는 게 무슨 의미인지……. 이게 대체 우리가 골몰하는 이 사건과 무슨 관련이 있겠습니까? 현재로선 알 수가 없죠. 다만 가까스로 추리해보건대, 이 종잇조각도 메달과 마찬가지로 오늘 아침 7시 19분에 살해당한 바로 그 미지의 인물로부터 에사레스 베가 빼앗은 거였고, 그 역시 오후 12시 23분에 살해당할 당시, 이걸 두고 고민하고 있었을 거라는 사실입니다."

"그렇군요. 틀림없이 그랬을 거예요."

파트리스는 역시 그 모든 사항이 결국 서로서로 연관이 있다고 확신하면서 이렇게 못을 박는 것이었다.

"그것 보십시오, 므슈. 어쨌든 하나의 사건이 아니겠습니까?"

데말리옹 씨는 자리에서 일어나며 대꾸했다.

"그렇다고 할 수 있지요. 두 부분으로 이루어진 한 가지 사건이지요. 대위님은 그 두 번째 부분을 맡아 캐보십시오. 당신 입장으로는 마담 에사레스와 당신의 사진이 같은 메달, 같은 사진첩에 나란히 담겨 있다는 사실만큼 이상한 게 없을 테니까요. 그것이야말로, 해결만 된다면, 진실이 대번에 모습을 드러낼 만큼 중요한 문제인 듯합니다. 자, 그럼 또 보기로 하죠, 대위님. 다시 한번 말씀드리지만 언제라도 나와 내 부하들 도움이 필요하면 말씀만 하십시오."

그렇게 말하면서 악수를 건네는 그를, 파트리스는 덥석 붙들며 다그쳤다.

"물론 그래야죠, 므슈. 하지만 지금 당장 뭔가 필요한 조치가 내려져야 하는 것 아닙니까?"

"대위님, 이미 웬만한 조치는 내려진 거나 다름없습니다. 이 집을 일단 우리가 점거한 상태 아닙니까?"

"그래요. 그래…… 그건 압니다만……. 난 아무래도 오늘의 사태가 이대로 끝나지는 않을 것 같은 예감이 듭니다. 시메옹 영감의 이상한 얘기를 상기해보세요."

데말리옹 씨는 껄껄거리며 웃기 시작했다.

"이봐요, 대위님. 너무 그럴 건 없습니다. 설사 우리가 경계해야 할 적이 남아 있다 해도, 지금 당장은 그들 역시 잠자코 힘을 비축해야 할 때일 겁니다. 그러니 이 일에 대해서는 내일 다시 의논하기로 하는 게 어떻겠습니까?"

그는 파트리스와 악수를 하고 마담 에사레스에게는 깍듯이 인사를 한 후, 방을 나갔다.

벨발 대위는 일단 그를 따라 숙녀에게 자리를 피해주는 척하다가, 문가에서 걸음을 돌려 되돌아왔다. 마담 에사레스는 대위의 발소리를 미처 못 들은 듯, 고개를 돌린 채, 꼼짝 않고 다소곳이 앉아 있었다. 대위는 조용히 입을 열었다.

"코랄리……."

아무 대답이 없자 그는 재차 이름을 불렀다.

"코랄리……."

그러면서도 차라리 지금은 아무 말도 듣지 않는 게 낫다는 생각에, 대답이 없기를 바라는 것이었다. 여자는 이제 더 이상 거북해한다거나 노골적으로 거부하지 않았다. 남자가 도움을 주는 친구로서 곁에 머무는 것을 그런 식으로 인정하고 있는 셈이었다. 파트리스는 지금껏 자신의 골치를 썩이던 문제들, 연거푸 터진 살인 사건이랄지 계속적으로 주변을 배회하는 위협에 대한 생각은 더 이상 하지 않았다. 오로지 여자가 시달리고 있을 심적 고통과 홀로 남은 처지에 대한 안타까운 심정뿐이었다.

"대답하지 마요, 코랄리. 아무 말도 하지 마요. 나 혼자 얘기하게 내버려두시구려. 이제는 당신이 의식하지 못한 것에 대해 내가 좀 알려줘야 할 것 같군요. 당신이 이 집과 당신 인생으로부터 왜 자꾸만 나를 떼어놓으려 했는지, 그 진짜 동기에 대해서 말입니다."

그는 여자가 앉은 안락의자 등받이에 손을 얹었는데, 그 순간 여자의 머리쓰개에 손길이 살그머니 스쳤다.

"코랄리, 당신은 당신 가정사의 수치 때문에 나를 멀리해야 한다고 생각하고 있어요. 당신은 자신이 그런 남자의 아내라는 것 자체가 부끄러웠고, 그 때문에 마치 스스로 죄인인 양 어쩔 줄을 몰라 하는 겁니다. 하지만 그럴 이유가 대체 뭐란 말입니까? 그게 어디 당신 잘못인가요? 이미 증오와 비참함으로 얼룩진 부부의 연(緣)에 당신이 어인 일인지 얽매여 있다는 사실을 내가 눈치채지 못하고 있을 줄 알았습니까? 천만에요, 코랄리. 다른 이유가 있어요. 이제 내가 그걸 얘기해주겠어요. 다른 게 있단 말입니다."

그는 여자에게 한층 몸을 기울였다. 장작불의 반영과 어울리며 근사하게 드러난 여자의 옆얼굴을 눈으로 더듬으면서, 그는 애정 어린 마음이 서려 있는 반말 투에다가 점점 달아오르는 열정을 가득 담아 이렇게 외쳤다.

"오, 굳이 내 입으로 말해야 할까? 코랄리, 그건 아니겠지? 왜냐면 당신도 이미 알고 있을 테니까. 이미 자신 안에서 훤히 드러난 얘기일 테니까 말이야. 아! 당신, 사시나무 떨듯 떨고 있어! 맞아, 처음부터 당신은 온통 칼자국투성이고 다리까지 절단된 당신의 이 덩치 큰 상이용사를 사랑하고 있었던 거야! 아무 말도 하지 마. 부정할 필요 없어. 그래, 다 이해하고 있다고. 당장 오늘 이런 말을 듣는 게 기분이 언짢을 수도 있겠지. 내가 좀 더 참았어야 하는 건지도 모르겠어. 왜냐고? 난 당신한테 바라는 게 없기 때문이지. 내가 당신 마음을 안 것만으로도 충분하기 때문이야. 이제 앞으로 얼마나 걸릴지 모르지만 더 이상은 이런 말 하지 않을게. 당신 스스로 말하지 않으면 안 될 때가 오기 전까지는 절대 내 입으로 말 안 해. 그때까지 묵묵히 있을 생각이야. 그럼에도 우리 사이에는 분명 사랑의 감정이 언제까지나 함께할 거야. 아, 코랄리, 얼마나 감미로운지 몰라. 당신이 나를 사랑한다는 걸 아는 이 기분 말이야. 그래, 당신도 이제 우는군! 아직도 부정하고 싶은 건가? 하지만 당신이 암만 눈물을 보여도 난 다 알아. 그건 당신의 그 고운 마음이 애정으로 넘치기 때문이라는 걸 말이야. 당신 정말 우는 거야? 아, 난 또 당신이 날 그 정도까지 사랑하는 줄은 모르고 있었네."

파트리스의 눈에도 어느덧 눈물이 그렁그렁 고여 있었다. 그는 눈물이 주르륵 흘러내리는 코랄리의 양 볼에 입을 맞추고 싶었다. 하지만 그 어떤 애정 어린 행위도 지금 이 순간만큼은 무례한 것으로 느껴졌다. 그러니 그저 애틋한 눈길로 바라만 볼 뿐.

한데 문득 여자가 자신과는 동떨어진 생각을 하고 있다는 느낌이 드는 것이었다. 뭔가 예기치 못한 광경에 눈길이 쏠리는 듯하더니, 사랑의 침묵 속에서 남자의 귀에는 미처 잡히지 않은 어떤 소리가 여자의 귓전을 맴도는 모양이었다.

그러더니 불현듯 남자의 귀에도 뭔가 알 수 없는 소리가 흘러들었다. 글쎄 뭐랄까, 멀찌감치 도심(都心)의 어지러운 소음 속에 뒤섞인 채 뭔가 인기척 같은 느낌이 있기는 있었다.

대체 무슨 일이 벌어지고 있는 것일까?

파트리스가 의식하지 못한 사이, 어느덧 날은 저물어 있었다. 그런가 하면 그리 넓지 않은 방 안이 너무 후텁지근하게 데워져 있는 바람에 마담 에사레스가 창문을 살짝 열어놓은 상태라는 것을 파트리스는 모르고 있었다. 한데 지금 여자의 눈길이 머물고 있는 곳이 그 창문 쪽이었고, 바로 그로부터 서서히 위험이 접근해오고 있었던 것이다!

뒤늦게 깨달은 파트리스는 얼른 창문가로 달려갈 참이었다. 하나 그때는 이미 위험이 뚜렷하게 드러났고, 파트리스는 그 자리에 붙박인 듯 서 있었다. 황혼 녘의 어스름한 배경을 두고 웬 사람의 윤곽이 창틀 너머 스르르 모습을 드러내는 것이 아닌가! 비스듬히 열린 창문 사이로 불빛에 반짝이며 반사되는 권총의 총신(銃身) 같은 것이 시선을 치면서 들어오는 순간, 파트리스의 머리가 빠르게 회전했다.

'만약 내가 조금이라도 경계하고 있는 걸 눈치채면 코랄리가 위험해진다.'

아닌 게 아니라, 창문을 마주한 여자는 완전 무방비로 노출되어 있는 것이나 다름없었다. 파트리스는 일부러 아무렇지도 않은 척, 큰 소리로 이렇게 외쳤다.

"코랄리, 상당히 피곤해 보이시는군요! 이제 작별 인사를 해야겠습니다!"

그와 동시에 그는 의자를 빙 돌아서 창문으로부터 그녀를 가리려고 했다.

하지만 유감스럽게도 미처 그럴 틈마저 없었다. 총신이 번쩍하는 것을 이미 눈치챘는지, 여자가 소스라치듯 몸을 움찔하며 더듬대는 것이었다.

"아, 파트리스…… 파트리스……."

그때였다. 요란한 총성이 두 번 울리면서 여자의 신음 소리가 이어진 것은.

"다친 거요, 코랄리?"

대위는 여자에게 와락 달려들며 소리쳤다.

"아, 아니에요. 아, 무서워요."

"이 우라질 놈, 만약 조금이라도 상처만 나봐라. 내 이놈을 당장!"

"아니에요, 아니라니까요."

"정말 괜찮겠소?"

남자는 부랴부랴 전등불을 켰고, 여자의 몸 상태를 이리저리 살펴보면서 안정을 되찾을 때까지 불안한 마음으로 지켜보고 있었다. 한데 그러느라 30~40초의 시간이 속절없이 흘러가 버리고 말았다.

뒤늦게나마 파트리스는 창가로 내달려 창문을 활짝 열어젖히고는, 곧장 발코니 난간을 넘어섰다. 방의 위치는 2층이었지만, 다행히도 벽을 따라 철망이 쳐져 있었다. 물론 그럼에도 불구하고 한쪽 다리만이 성한 터라, 지면까지 내려가는 데 여간 애를 먹는 것이 아니었다.

그뿐만 아니라 가까스로 착지(着地)하자마자, 테라스에 아무렇게나 나뒹굴어 있는 사다리에 다리가 걸려 뒤뚱거리지 않을 수 없었다. 한편 1층에서 우르르 몰려나오는 경찰관들 중 한 명이 이렇게 소리치는 것이었다.

"웬 놈의 그림자 하나가 방금 저만치 달아나더이다!"

"어느 쪽이었소?"

파트리스는 부리나케 물었고, 그 순간 비좁은 골목길 방향으로 줄행랑을 치는 괴한의 윤곽을 목격했다. 파트리스는 즉시 같은 방향으로 내달렸다. 한데 그쪽 문 근처로부터 날카로운 굉음과 더불어 느닷없이 사람 울부짖는 소리가 들리는 것이었다.

"살려줘요! 살려줘······."

파트리스가 도착했을 때는 이미 경찰관 한 명이 손전등을 들이대며 바닥을 훑고 있었다. 이윽고 두 사람의 시야에 덤불 속에서 몸부림을 치고 있는 사람의 형체가 포착되었다.

"문이 열려 있소! 놈이 도망친 것 같아. 어서 가보시오!"

파트리스가 버럭 소리치기 무섭게, 경찰관은 얼른 골목으로 빠져나갔다. 그리고 거의 동시에 야봉이 뒤따라 달려왔고, 대위는 대뜸 이렇게 지시를 내렸다.

"뛰어라, 야봉. 경관이 골목을 거슬러 올라갔으니 자넨 아래쪽을 맡아! 어서 뛰어! 난 이 사람을 살필 테니까."

파트리스는 허리를 잔뜩 수그린 채, 땅에 나뒹굴고 있는 사내에게 경찰이 놔두고 간 손전등을 비췄다. 알고 보니 피해자는 시메옹 영감이었다. 숨이 턱에까지 찬 채, 캑캑거리는 그의 목에는 붉은 비단 끈이 친친 동여매어져 있었다.

"괜찮겠소? 내 말 들리오?"

파트리스는 같은 질문을 반복하며, 우선 끈부터 풀어주었다. 한데 시

메옹은 한동안 도저히 알아들을 수 없는 소리를 연신 뱉어대더니, 갑자기 노래를 부르기 시작하는가 하면, 난데없는 웃음을 터뜨리는 것이었다. 웃음이라고는 하지만, 중간중간 딸꾹질이 뒤섞이는 가운데 제멋대로 끊어졌다 나지막하게 이어지는 기괴한 소리였다. 그는 미쳐 있었다.

잠시 후, 달려와서 자초지종을 알게 된 데말리옹 씨에게 파트리스가 이렇게 말했다.

"이래도 사건이 종결된 걸로 보십니까?"

데말리옹 씨는 인정하지 않을 수 없었다.

"당신이 옳았습니다. 이제부터 마담 에사레스의 안전을 위해 모든 조치를 취하도록 하겠습니다. 밤새 건물 경비를 철저히 해야겠어요."

그로부터 몇 분이 지나자, 경찰관과 야봉이 허탕만 치고 돌아왔다. 단 하나 수확이 있다면 문을 여는 데 사용되었을 것이 뻔한 열쇠 하나가 골목길에 떨어져 있었다는 사실뿐이었다. 그것은 파트리스가 가지고 있는 것과 정확히 일치했고, 마찬가지로 낡고 녹슬어 있었다. 아마도 놈이 도망치면서 저도 모르게 흘린 것이 분명했다.

저녁 7시가 되어서야 파트리스와 야봉은 레이누아르 가의 호텔을 떠나 뇌일리 가로 접어들었다.

늘 하던 버릇대로 대위는 세네갈인의 팔 한쪽을 매달리다시피 붙들며 걸었다.

"자네 생각을 한번 말해볼까, 야봉?"

역시 그르렁대는 소리 하나로 답변이 돌아왔고, 벨발 대위는 거기에 다시 맞장구를 치듯 떠벌리기 시작했다.

"그렇지, 바로 그거야! 역시 우린 모든 점에서 서로 통하는 데가 있어! 무엇보다도 의아스러운 건, 이번 일에 경찰이 너무도 속수무책이었다는 점이지, 안 그런가? 모조리 무용지물이라 말하고 싶겠지? 하지만 야봉 선생, 자네가 그렇게 말한다면 그건 어리석은 얘기일세. 게다가 무엄하기도 한 표현이지. 아, 물론 자네가 다소 그런 면이 없지 않다는 건 내 익히 알지만, 계속 그러다간 나한테 따끔하게 혼이 날지도 몰라. 어쨌든 그건 그렇다 치고……. 자네가 이번 일에 대해 뭐라고 하건, 경찰로선 할 바를 다 한 셈이라네. 지금 같은 전시체제하에서 마담 에사레스와 벨발 대위 사이의 수수께끼 같은 사연에 골몰하는 것 말고도 다른 할 일이 많을 텐데 말이야. 그러니 나 하나 간수만 하면 되는 이 몸이 선뜻 나서서 행동해야만 하겠지. 한데 과연 내가 저런 상대와 대적하여 싸움을 벌여나갈 수 있을지 그게 의문이야. 생각 좀 해보라고! 놈은 대범하게도 경찰이 득실거리는 건물로 돌아와 사다리를 타고 기어 올라서 데말리옹 씨와 내가 나눈 대화는 물론, 코랄리에게 내가 주절댄 얘기까지 몽땅 엿듣고는, 권총 두 방을 보란 듯이 선사하기까지 했단 말씀이야! 자, 어떻게 생각해? 내가 그런 놈을 상대할 실력이 될까? 이미 기진맥진할 대로 기진맥진한 프랑스 경찰이 내게 이렇다 할 도움을 줄 수나 있을까? 아니지. 이런 문제를 헤쳐나가기 위해서는 모든 능력을 제 맘대로 부릴 줄 아는 뭔가 특별한 존재가 필요할 거야. 정말로 보기 드문 친구 말이야."

파트리스는 동료의 팔에 더욱 친근하게 기대면서 이렇게 덧붙였다.

"자네처럼 두루두루 인간관계가 좋은 사람이야 그런 인물쯤 한둘 아는 게 아니겠지? 뭔가 천재적이고, 반신(半神)과도 같은 탁월한 존재 말이야."

야봉은 쾌활한 태도로 또다시 그르렁거리면서, 친구가 붙잡고 있는 팔부터 뺐다. 그러더니 늘 몸에 지니고 다니는 자그마한 손전등을 꺼내 불을 켠 다음, 손잡이 부분을 잇새에 물었다. 그렇게 자유로워진 손으로 가로 줄무늬 장식의 상의(上衣) 호주머니에서 분필 한 자루를 냉큼 꺼내 드는 것이었다.

길을 따라 죽 펼쳐진 담벼락은 회반죽이 발라져 있었지만, 세월의 때가 덕지덕지 껴서 우중충한 빛깔을 띠고 있었다. 야봉은 그 벽 앞에 떡 버티고 서서 입에 문 전등으로 계속 비춘 채, 마치 글자 하나하나가 각고의 노력을 기울여야 쓸 수 있는 것처럼, 낑낑대며 뭔가 끄적이기 시작했다. 그렇게 해서 겨우겨우 이런 글자를 적어놓았고, 물론 파트리스는 그것을 단숨에 읽어버렸다.

아르센 뤼팽

"아르센 뤼팽이라……."

파트리스는 나지막이 중얼거리면서 검둥이를 놀란 눈으로 바라보았다.

"자네 머리가 어떻게 된 것 아냐? 대체 이게 무슨 뜻인가? 아르센 뤼팽이라니? 지금 아르센 뤼팽을 내게 추천하겠다는 거야?"

야봉은 부랴부랴 고개를 끄덕였다.

"자네가 그럼 아르센 뤼팽을 안다는 말인가?"

"네."

파트리스는, 아닌 게 아니라 세네갈인이 병원에서도 몇몇 동료를 졸라 아르센 뤼팽에 관한 모든 기사를 줄기차게 읽어달라고 했던 사실을 머릿속에 떠올리고는, 이렇게 이죽거렸다.

"그야 얘기책에 나오는 사람 알듯이, 자네도 그를 모를 리는 없겠지."

"아니요."

야봉이 발끈했다.

"그럼 정말 개인적으로 친분이 있다는 말인가?"

"네."

"이런 한심한 친구 같으니! 이보게, 아르센 뤼팽은 죽었어! 그는 암벽 꼭대기에서 바다로 떨어져 죽었단 말이야(『813』 참조─옮긴이)! 그런데도 안다고 고집하는 거야?"

"네."

"아니, 그럼 그가 죽은 다음에 만나기라도 했다는 말인가?"

"네."

"맙소사! 정 그렇다면 야봉 선생의 능력이 워낙 대단하셔서 죽은 아르센 뤼팽을 되살릴 뿐만 아니라, 한마디 말만 하면 그 양반께서 득달같이 달려오시기라도 한다 이거로군?"

"네."

"오호라! 그렇지 않아도 존경스러우신 분 앞에서 이젠 몸 둘 바를 모르고 절로 고개가 숙여질 수밖에 없겠는걸! 고(故) 아르센 뤼팽의 친구가 되신다…… 히야, 그보다 더 멋진 일이 과연 있을까? 그래, 그 유령을 우리 앞에 불러들이려면 어느 정도 시간이 필요하실까? 여섯 달? 석달? 한 달? 아니면 보름?"

야봉은 몸짓으로 말했고, 대위는 즉각 이렇게 해석했다.

"대략 보름 정도 걸릴 거라고? 좋아, 그럼 어서 자네 친구의 영혼을 불러와 주게. 나야 그와 사귈 수만 있다면 그보다 더한 영광이 없지. 그나저나 내가 누군가의 도움을 필요로 한다 해서 자네 혹시 날 별 볼 일 없는 친구로 생각하는 모양인데…… 그게 뭐가 어때서? 설마 나를 무능한 바보 정도로 여기는 건 아니겠지?"

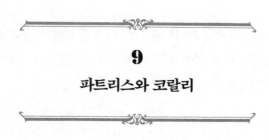

9
파트리스와 코랄리

모든 상황이 데말리옹 씨가 예견한 대로 진행되고 있었다. 언론은 잠잠했고, 대중은 조용했다. 신문 사회면이나 장식할 이런저런 사건들은 별다른 주목을 끌지 못한 채 금세 묻혀버렸다. 최고 갑부 측에 드는 에사레스 베의 장례식도 하는 둥 마는 둥 관심 밖에서 해치워졌다.

다만 장례식이 있은 바로 다음 날, 벨발 대위가 군 유력 인사를 대상으로 일련의 수완을 발휘하고, 거기다가 파리 경시청의 적극적인 협조를 이끌어낸 끝에, 레이누아르 가의 저택에 대한 모종의 새로운 조치가 내려지게 되었다. 즉, 샹젤리제의 병원 제2 별관으로 지명되면서, 그 건물 자체가 이제부터 마담 에사레스의 주관하에 벨발 대위를 위시한 일곱 명의 부하 상이용사 전용 숙소로 배정된 것이었다.

그렇게 해서 코랄리는 그곳에서 홍일점이 된 셈이었다. 하녀도 요리사도 더는 필요 없고, 일곱 명의 빠릿빠릿한 상이용사가 시중들어 주는 것으로 충분했다. 예컨대 한 명은 관리인, 한 명은 요리사, 한 명은 급사장 역할을 맡는 식이다. 하녀 역할을 맡은 야봉은 코랄리 어멈의 개인 시중을 들기로 했으며, 밤이면 그녀의 방문 앞 복도에 누워 잠을 청했다. 그리고 날이 밝으면 곧장 그녀의 방 창가에서 보초를 섰다.

파트리스는 그에게 이렇게 일렀다.

"문이건 창문이건 그 누구도 접근하게 해선 안 돼! 누구도 들여보내선 안 된다고! 모기 한 마리라도 드나들었다간, 자네는 아주 혼쭐날 줄 알아!"

그럼에도 불구하고 파트리스의 마음은 좀처럼 편치가 않았다. 세상에 어떤 수단들을 동원한다 해도 완벽한 보호 체계가 갖춰졌다고 믿기에는, 적이 도발할 가능성에 대한 증거들이 너무도 많았던 것이다. 자고로 위험이란 늘 예기치 못한 곳을 통해서 잠입하는 법. 어디로 어떻게 닥칠지 모르는 한, 그것을 효과적으로 피하기는 그만큼 어려울 수밖에. 에사레스 베가 죽은 지금, 그의 파렴치한 행적을 이어나갈 자가 대체 누구란 말인가? 그가 마지막으로 남긴 편지에서처럼, 코랄리 어멈을 향한 신랄한 협박의 정체는 또 무엇이란 말인가?

데말리옹 씨는 자기 식의 조사 활동을 즉각 개시했지만, 이처럼 사건의 수수께끼 같은 부분들에 대해서는 무관심으로 일관했다. 파트리스가 전화상으로 단말마의 비명 소리를 들었다고 한 사람의 시체는 찾지 못했고, 해 저물 무렵 파트리스와 코랄리에게 총을 발사하고 사라진 의문의 침입자에 대해서도 티끌만 한 단서 하나 확보하지 못했으며, 그가 사용한 사다리가 어디에서 난 것인지조차 오리무중 속에 맴돌자, 그는 아예 그러한 문제들에 관심을 딱 끊은 듯했고, 오로지 1800여 개에 달하는 자루들의 행방을 찾는 일에만 온갖 노력을 기울이는 것이었다. 그것만이 그에게는 중요한 문제였다.

그는 이렇게 말하곤 했다.

"분명 이곳 어딘가에 있다고 믿을 만한 이유가 충분합니다. 이곳 건물들과 정원으로 이루어진 사변형의 공간 안에 말입니다. 분명 50킬로 그램짜리 황금 자루는 같은 무게의 석탄 자루보다 부피가 훨씬 작을 거라는 건 틀림없습니다. 하지만 아무리 그렇다 해도, 1800여 개의 자루라면 적어도 7~8세제곱미터 정도의 공간은 너끈히 잡아먹을 것이고, 그러한 공간을 차지하는 짐은 쉽사리 은닉되기가 어렵지요."

어쨌든 이틀간의 조사가 끝나자, 그는 물건이 결코 건물 내부나 그 지하에는 존재하지 않는다는 확신에 이르렀다. 일련의 밤 시간을 통해서 에사레스 베의 자동차 운전기사가 프랑스-동방 은행의 금고 내용물을 운반해왔을 때, 에사레스 베 자신과 운전기사, 그리고 그레그와르라는 자가, 대령이 얘기했다는 지하 환기창을 통해 일단 굵직한 철사를 설치했다는 사실은 다행히 확인되었다. 그 기다란 철사에 미끄러지도록 고리들을 매단 뒤, 그것에 자루를 하나씩 걸어서 정확히 서고(書庫) 바로 아래에 해당하는 거대한 지하 저장고로 보내는 작업을 거쳤을 것이라는 점도 어느 정도 사실로 입증되었고 말이다.

데말리옹 씨와 경찰관들이 그야말로 은근과 끈기, 지독한 꼼꼼함을 총동원하여 그 지하 저장고의 구석구석을 샅샅이 뒤진 것은 두말할 필요도 없다. 하지만 그렇게 각고의 고생을 한 끝에 겨우 알아낸 사실이라면, 지하 저장고에는 눈곱만치의 비밀 장소도 없다는 것. 딱 하나 이색적인 사실은, 서고로부터 직접 내려오도록 설치된 계단이 있다는 것과 그 입구의 뚜껑 문은 서고 바닥의 양탄자로 감춰져 있다는 것뿐이었다. 그런가 하면 레이누아르 가 쪽의 지하 환기창 말고도 정원 쪽으로 향한 환기창이 하나 더 있는데, 둘 다 안으로부터 육중한 철문으로 차단되어 있어, 수천수만 개에 이르는 황금 덩어리가 안전하게 반출될 때까지 조용히 갈무리되고도 남았을 법했다.

데말리옹 씨는 곰곰이 생각을 했다.

'그나저나 밀반출은 어떤 식으로 이루어진 걸까? 정말이지 수수께끼야. 그리고 뭐하러 이곳 레이누아르 가의 지하로 일단 운반해온 것일까? 그 또한 수수께끼가 아닐 수 없어. 더군다나 파키와 부르네프를 위시한 일당이 마지막 밀반출이 이루어지지 않은 것과 물건이 이곳에 있다는 건 어떻게 안 것일까? 그래서 그저 뒤지기만 하면 발견할 수 있을 거라고 확신한 근거가 대체 뭐냐 말이야? 아무튼 집은 그만하면 샅샅이 뒤진 셈이니, 이젠 정원을 살펴보아야겠지.'

18세기 말엽, 이 고풍스러운 정원은 파시의 질 좋은 광천수를 찾아 사람들이 모여드는 광대한 지역의 일부였다. 레이누아르 가로부터 시작해 센 강 기슭에 이르기까지 폭 200여 미터에 걸쳐서 네 개의 평평한 성토(盛土)가 겹겹이 층을 이루는 가운데, 짙푸른 관목 숲이 군데군데 우거지고, 군집을 이루는 키 큰 나무들이 의연하게 굽어보는 우아한 잔디밭이 저 아래까지 펼쳐져 있었다.

하지만 정원의 아름다움은 뭐니 뭐니 해도 네 개에 이르는 성토층과 그로부터 강의 좌안(左岸) 평야 지대와 그 너머의 아련한 구릉 지대로 펼쳐지는 근사한 전망에서 오는 것이라고 할 수 있었다. 그런가 하면 스무 개에 달하는 계단들과 오솔길들이 축대를 타고 요소요소에 자리 잡거나, 때로는 물결처럼 위에서 아래로 퍼져 내려오는 송악 군집 사이사이로 숨은 채, 각 성토층을 이어주고 있었다.

여기저기 조각상과 기둥이 불쑥불쑥 솟아 있는가 하면, 제일 상단 성토층의 가장자리를 빙 둘러 자리 잡은 석조 발코니는 아주 오래된 토기 화병들로 고풍스레 장식되어 있었다. 그뿐만 아니라, 옛날 약수터로 이용되었던 원형(圓形)의 소규모 사원 건물 두 채가 그럴듯한 폐허의 잔영을 드리우고 있었고, 서고의 창문 앞에는 소년 석상(石像)이 소라고둥을 통해 가느다란 물줄기를 내뿜고 있는 둥그런 분수대가 정겨운 풍취를 더해주고 있었다.

그러고 보니 이곳에 발을 들여놓은 첫날 저녁, 파트리스가 맞닥뜨렸던 축축한 바위들은 바로 그 분수의 물이 넘치는 바람에 흥건하게 젖은 것이었다.

"좌우간 한 3~4헥타르 정도는 쑤셔봐야겠어."

데말리옹 씨가 중얼거렸다.

이 작업에 그는 파트리스의 상이군인들 대신 경찰관 10여 명을 동원했다. 사실 그다지 어려운 작업도 아니었고, 결국에는 확실한 결과에 도달할 수밖에 없는 일이었다. 데말리옹 씨가 늘 주장하듯, 자루 1800여 개를 감쪽같이 숨기기란 결코 쉽지 않은 일일 테니까 말이다. 자고로 흙을 한번 파면 반드시 그 흔적이 남는 법이다. 땅을 파고 들어가거나 다시 나오거나 하나의 출입용 구멍이 있을 수밖에 없다. 한데 잔디밭의 어느 지점, 오솔길의 어느 모래 위에도 흐트러졌던 자국일랑은 눈곱만치도 남아 있지 않은 것이었다. 혹시 송악의 군집 속일까? 축대일까? 아니면 성토층? 그 어느 것 하나 빠뜨리지 않고 몽땅 건드려보았지만, 별 소득이 없었다. 이곳저곳에 드문드문 모습을 드러낸 도랑들 속에서는 센 강을 향해 흘러들도록 만들어진 옛 수로의 흔적과 파시의 광천수를 유통시키는 도관 토막들이 눈에 띄기도 했지만, 무슨 지붕이랄지 엄폐물로서 무엇을 은닉하는 데 활용될 만한 것은 그 어디에도 보이지 않는 것이었다.

한편 파트리스와 코랄리는 이와 같은 조사 활동을 내내 지켜보았다. 그러한 종류의 조사가 갖는 중요성을 십분 이해하고, 느닷없이 덮쳐왔던 처절한 사건들로 인해 아직도 불안에 시달리고는 있었지만, 두 사람의 주된 관심은 오로지 수수께끼처럼 얽혀 들고 있는 자신들의 운명 그 자체였고, 서로 나누는 얘기도 거의 다 저 아득하게 머나먼 과거로만 흘러가고 있었다.

그녀의 어머니는 테살로니키 주재 프랑스 영사의 딸이었는데, 현지에서 세르비아계(系)의 유서 깊은 가문 출신이자 나이 지긋한 갑부인 오돌라비츠 백작과 혼인을 했다. 코랄리가 태어나고 난 이듬해 남편과 사별한 어머니는 딸을 데리고 프랑스로 돌아왔고, 비서이자 집사인 젊은 이집트인 에사레스를 시켜 백작이 생전에 구입해둔 바로 이 레이누아르 가의 호텔에 정착했다.

코랄리는 그곳에서 3년 동안의 어린 시절을 지내고는 또다시 어머니마저 저세상으로 보내고 만다. 결국 혼자가 된 그녀를 에사레스는 다시 테살로니키로 데리고 갔는데, 여전히 영사직을 맡고 있던 그녀의 외할아버지는 코랄리의 죽은 어머니보다 나이가 한참 아래인 이모에게 외손녀를 보살피게 한다. 한데 불행히도 이 여인은 완전히 에사레스의 농간에 휘둘리게 되었고, 일련의 서류들에 자신뿐만 아니라 어린 질녀에게도 섣불리 서명하게 해서, 결국 아이에게 상속될 재산을 이집트인의 전적인 관리하에 떨어뜨려, 점점 축나게 했다.

그러던 중 열일곱 살쯤 되었을 때 코랄리에게는 차후 엄청 끔찍한 기억과 더불어 평생을 따라다니며 치명적인 악영향을 끼칠 사건이 들이닥친다. 어느 날 아침 갑자기 테살로니키의 들판에서 터키 산적에게 납치당해, 2주 동안을 언덕 지대에 위치한 그 지방 두령(頭領)의 궁전에서 갇혀 지내야만 했던 것이다. 결국에는 에사레스가 그녀를 구해주었지만, 전후(前後) 사정이 보통 수상쩍은 것이 아니어서, 코랄리는 이후로도 줄곧 그 터키인과 이 이집트인 사이에 사전에 은밀하게 꾸며진 계획이 있었던 것은 아닐까 하는 의혹을 떨쳐버릴 수가 없었다.

어쨌든 언제 또 그런 봉변을 당할지 몰라 불안에 떨고 심약해진 상태에서 그녀는 한 달 뒤, 이모의 강권에 떠밀리다시피 에사레스와 혼인식을 올리게 되었다. 이미 그녀에게 구애 공세를 펼쳐온 데다가 납치 사건을 통해 명실상부한 구원자의 후광을 두르게 된 바로 그 남자와 말이다. 물론 두 사람 사이의 결합은 성사된 바로 당일부터 그 추악한 면모를 드러내기 시작했다. 어쩌다 보니 코랄리는 그만 자신이 가장 혐오하는 남자의 아내가 되어 있었고, 여자가 증오와 경멸의 감정을 드러내면 드러낼수록 남자의 왜곡된 애정은 더더욱 거세게 증폭되는 것이었다.

신혼 첫해에 부부는 레이누아르 가의 호텔로 돌아와 살림을 차렸다. 오래전부터 테살로니키에서 프랑스-동방 은행 지점을 개설하고 이끌어온 에사레스는 그 은행의 주식을 거의 깡그리 긁어모아 라파예트 가의 그럴듯한 건물로 이주했고, 이젠 파리에서도 내로라하는 금융계의 대부 중 하나로 등극하여, 결국 이집트로부터 베의 칭호를 받기에 이른다.

이상은 어느 날 파시의 아름다운 정원을 하염없이 거닐면서 코랄리가 털어놓은 자신의 과거였다. 파트리스와 코랄리 두 사람은 그렇게 각자의 지난 인생을 허심탄회하게 쏟아놓고, 서로의 암울한 과거를 비교해보았지만, 둘이 공유할 만한 구석이라고는 단 한 군데도 발견되지 않았다. 우선 살아온 지역이 서로 판이했으며, 어떤 사람의 이름을 두고도 두 사람 다 동시에 같은 기억을 떠올리는 일이 없었다. 아무리 서로의 인생을 뒤져보아도, 두 사람이 똑같은 자수정 메달의 반쪽씩을 나눠 갖게 된 사정이랄지, 하나의 자수정 메달 안에, 그리고 같은 사진첩 안에 둘의 사진이 나란히 보관된 연유에 대해서는 아무것도 알 수가 없었다.

마침내 파트리스는 이렇게 말했다.

"어찌 됐든 분명한 것은, 에사레스의 손아귀에서 발견된 그 메달은,

늘 우리를 지켜봐오던 어느 미지의 인물을 그 자신이 직접 죽이고 나서 갈취한 것임에 틀림없다는 사실입니다. 다만 그자가 속옷의 비밀 호주머니에 넣어 간직하고 다니던 사진첩만큼은 여전히 오리무중이에요."

두 사람은 한동안 말이 없다가, 파트리스가 문득 이렇게 물었다.

"시메옹은 어떻습니까?"

"시메옹은 이전부터 늘 이곳에 살던 사람이에요."

"당신 어머니 생전에도 말입니까?"

"그건 아니고요. 어머니가 돌아가시고 1~2년 후, 내가 테살로니키로 떠난 다음에 에사레스 베에게 고용된 사람입니다. 이곳을 유지 관리할 책임을 맡았지요."

"아울러 에사레스의 비서이기도 했죠?"

"사실 그의 정확한 역할은 나도 잘 몰라요. 비서요? 그건 아니에요. 그렇다고 개인참모는 더더욱 아닐 겁니다. 두 사람은 거의 서로 대화를 나누지 않거든요. 서너 번쯤 그가 우리를 보러 테살로니키까지 온 적이 있어요. 지금도 기억하지만, 그중 한 번은 내가 아주 어릴 적이었는데, 에사레스에게 지극히 격한 말투로 뭐라고 떠들어대는 거예요. 마치 뭔가 경고하는 듯했지요."

"뭐에 대한 얘기였는지 혹시 기억하십니까?"

"아뇨, 그건 모르겠어요. 사실 시메옹에 대해서는 나도 전혀 아는 바가 없답니다. 이곳에서도 따로 동떨어져 사는 편인데, 거의 언제나 정원에서 파이프 담배를 피우며 몽상을 즐기곤 하는 것 같더군요. 이따금 두세 명의 정원사를 불러들여 함께 꽃이나 나무를 정성껏 돌보기도 하고요."

"당신이 보기에 그의 행동거지가 어떻습니까?"

"그 점 역시 뭐라고 딱히 말씀드릴 수가 없군요. 우리끼리도 별로 말을 안 해본 데다가, 그가 맡아 하는 일이 좀처럼 나오는 부닥칠 문제가 없는 거라서……. 다만 노란 안경 너머 가끔씩 나를 바라보는 눈빛이 예사롭지가 않다는 건 느꼈어요. 뭐랄까, 매우 진지하게 눈으로 내 기분을 좇는 듯한 느낌 말이에요. 그뿐만 아니라, 최근 들어 병원에까지 즐겨 나와 동반해주곤 했는데, 특히 길거리에서 평소보다 훨씬 긴장하고 다급해하는 눈치였어요. 심지어 엊그제부터는 이런 생각까지 들더군요."

여자는 잠시 주저하는 듯하더니, 이렇게 말했다.

"아, 이건 참으로 애매한 발상인데……. 그러고 보니 내가 당신한테 말할 생각을 미처 하지 못한 얘기가 있어요. 내가 들어가 일하게 된 병원이 왜 하필 샹젤리제의 그 병원이었을까요? 당신이 이미 부상을 당해 누워 있는 그 병원 말이에요! 그건 다름 아니라 시메옹이 나를 그리로 데려갔기 때문이랍니다. 내가 간호사로 일하고 싶어 하는 줄 알았던 그는 바로 그 병원을 추천했던 거예요. 그렇게 해서 우리 두 사람이 서로 맞닥뜨릴 거라는 걸 확신하고 말입니다. 한번 생각해보세요. 메달에 들어 있는 우리 사진 말이에요. 군복을 입은 당신과 간호사 옷을 입은 내 모습을 그렇게 찍을 수 있는 곳은 다름 아닌, 병원 안뿐입니다. 그런데 이 집 사람들 중에 그곳을 자유자재로 들락거렸던 자는 오로지 시메옹 한 사람밖에 없어요. 게다가 그가 테살로니키에 온 적이 있다는 말 기억하죠? 거기에서라면 내가 어렸을 적과 처녀였을 때를 다 보았을 거예요. 당연히 작은 사진첩 하나 꾸밀 만큼의 스냅사진 정도야 충분히 찍을 수 있었지 않겠어요? 따라서 만약 그가 어떤 대리인을 시켜 당신의 인생 역정도 마찬가지로 추적해올 수가 있었다면, 당신 말마따나 정원 열쇠를 보내주고 우리 관계에 개입하려고 시도한 그 미지의 '친구' 역시……."

"시메옹 영감이라고 생각할 수도 있다 이 말인가요?"

파트리스는 느닷없이 말을 가로막더니, 덧붙였다.

"터무니없는 가정입니다!"

"왜요?"

"그자는 죽었기 때문이지요. 당신 말대로 우리 관계에 어떻게든 개입하려고 애쓰고, 정원 열쇠를 내게 보낸 데다가, 전화를 걸어 진실을 공개하려고 했던 바로 그 친구는 살해당했답니다. 그 점만큼은 의심의 여지가 없어요. 틀림없이 내가 전화상으로 들었던 비명 소리는 마지막 숨을 내쉴 때나 가능한 단말마의 비명 소리였단 말입니다."

"정말 확신하는 거예요?"

"물론 확신하고말고요. 그렇게 믿는 데 전혀 주춤할 이유가 없어요. 내가 '친구'라고 부른 그자는 자기가 목표로 한 일을 마무리하기 직전에 죽음을 맞이했단 말입니다. 그것도 살해당했다고요. 한데 시메옹은 버젓이 살아 있지 않습니까?"

그렇게 내뱉은 다음 파트리스는 잠시 뜸을 들이다가 이렇게 말을 이었다.

"게다가 전화 속의 그자 목소리는 시메옹과는 영 딴판이었어요. 내가 한 번도 들어본 적이 없는 목소리였고, 아마 앞으로도 그럴 겁니다."

코랄리로서도 어느 정도 수긍이 가는지, 더는 고집을 부리지 않았다.

두 사람은 정원의 벤치들 중 한 곳을 골라 앉아, 4월의 화사한 햇살을 즐기고 있었다. 잔가지 끄트머리마다 마로니에의 새순이 반짝이는가 하면, 화단으로부터는 꽃무의 진한 향기와 더불어 그 금빛 띤 적갈색의 꽃들이, 마치 말벌과 꿀벌이 한데 뒤엉켜 웅웅대는 것처럼, 은은한 산들바람에 출렁거리고 있었다.

갑자기 파트리스가 흠칫 놀랐다. 우아하고도 자연스러운 동작으로 코랄리의 손이 남자의 손등에 살포시 얹어진 것이다. 휘둥그레 바라보는 남자의 눈에, 눈물이 글썽일 정도로 감정이 복받쳐 오르는 여자의 상기된 얼굴이 고스란히 들어왔다.

"무슨 일이오, 코랄리 어멈?"

여자의 고개가 비스듬히 기울여지는가 싶더니, 부드러운 볼이 장교의 어깨에 닿았다. 파트리스는, 혹시라도 이 우정 어린 동작에다 섣부르게 연정(戀情)의 색채를 부여해서 코랄리를 또다시 발끈하게 만들까봐, 꼼짝도 않고 가만히 있었다. 잠시 후 그는 이렇게 되물었다.

"무슨 일이오, 친구? 어디 불편한 데라도?"

"오! 정말 이상해요! 저 꽃들……. 너무 이상하지 않아요, 파트리스?"

그들이 지금 앉아 있는 곳은 세 번째 성토층이었고, 제일 낮은 네 번째 성토층을 굽어보는 곳이었다. 한데 그곳에는 꽃무가 만발한 대신에, 튤립과 십자화 등 온갖 봄꽃이 흐드러지게 어울린 화단이 펼쳐져 있는 것이었다. 또한 중앙에는 삼색제비꽃들이 커다랗게 둥그런 원을 그리며 한데 모여 있었다.

여자는 팔을 뻗어 그 원을 가리키며 중얼거렸다.

"저기요. 저길 가만히 봐요. 글자가 보이지 않아요?"

아닌 게 아니라 자세히 보면 볼수록, 다른 봄꽃들 속에서도 유독 삼색제비꽃들이 바닥에 어떤 글자들을 그리며 피어 있다는 것이 조금씩 느껴졌다. 처음 언뜻 보아서는 전혀 분간하기 어려웠지만, 시간을 두고 계속 지켜볼수록 분명 꽃들로 이루어진 글자들이 저절로 다음과 같이 드러나는 것이었다.

파트리스와 코랄리

파트리스는 나지막이 탄식을 발했다.

"아! 이제야 알겠습니다."

그들 둘의 이름이 삼색제비꽃으로 한데 엮이도록 누군가 꽃씨를 일부러 정교하게 뿌려놓았다는 얘기이니……. 파트리스와 코랄리는 꽃으로 수놓아진 자신들의 이름을 함께 바라보며 이상한 기분과 함께 가슴이 쩡하는 것을 느꼈다! 어떤 알 수 없는 섭리에 의한 것처럼, 땅거죽을 힘겹게 밀치고 나와 정연한 질서 속에서 활짝 피어오른 자그마한 꽃송이들조차 이번에도 역시 두 존재를 저토록 맺어주고 있지 않은가! 코랄리는 벌떡 일어서며 말했다.

"정원을 손질한 건 시메옹 영감이에요."

하지만 파트리스는 다소 당혹스러운 기색이면서도 여전히 고집을 굽히지 않았다.

"그야 그렇겠지만, 내 생각엔 변함이 없습니다. 그 미지의 친구는 죽었어요. 아마 시메옹이 그와 아는 사이인지는 모르겠군요. 혹시 두 사람이 어떤 점들에서 서로 공모를 했을 수도 있을 겁니다. 아! 만약 시메옹이 뭔가 더 깊이 알고 있다면 제발 우리에게 귀띔을 해주어서 올바른 방향으로 나아갈 수 있도록 해주면 좋으련만……."

한 시간 정도가 지나자 해가 지평선으로 뉘엿뉘엿 기울기 시작했고, 두 사람은 서둘러 성토층들을 거슬러 올라갔다.

제일 위층까지 다다르자, 데말리옹 씨가 가까이 오라는 신호를 하고는 이렇게 말했다.

"아주 흥미로운 사실을 하나 알려드리겠습니다. 부인에게도 대위님에게도 아주 특별히 여겨질 만한 발견입니다."

그는 두 사람을 이끌고 마당 가장자리까지 가서, 서고에 이어진 텅 빈 구역 앞에 멈춰 섰다. 거기엔 경찰관 둘이 곡괭이를 들고 서 있었다.

그들은 데말리옹 씨가 지시한 그대로 맨 먼저 토기 화병들이 즐비한 작은 담의 송악들부터 걷어냈다. 그곳의 어떤 점이 유독 데말리옹 씨의 주의를 끌어당겼던 것이다. 자세히 보니 담은 수 미터에 걸쳐 비교적 최근에 손질한 것으로 보이는 석고층으로 뒤덮인 흔적이 있었다.

데발리옹 씨가 입을 열었다.

"과연 왜 그랬을까요? 이거야말로 내가 비중을 둬야 할 중요한 단서가 아닐까요? 나는 바로 이 석고층을 일부 허물라고 지시했답니다. 그러자 보시다시피 아래에 좀 더 엷게 자리 잡은 껄껄한 석재층이 드러나더군요. 자, 이리 좀 더 다가와 보십시오. 아니, 그보다는 약간 떨어지는 게 낫겠군요. 어때요, 뭐가 좀 보이십니까?"

아래의 석재층은 사실, 검은색 자갈들 가운데 일련의 흰색 자갈들을 마치 모자이크처럼 어떤 큼직한 글자들로 배열해놓기 위한 틀의 구실을 하고 있을 뿐이었다. 그리고 그 글자들은 이런 것이었다.

파트리스와 코랄리

"자, 어떻게 생각하십니까? 글자가 새겨진 건 꽤 오래전이라는 점을 주목해주십시오. 담에 매달려 있는 송악으로 추정컨대, 최소한 10년 전은 거슬러 올라갈 것입니다."

파트리스는 코랄리와 단둘이 남게 되자, 데말리옹 씨의 얘기를 떠올리며 이렇게 중얼거렸다.

"최소한 10년이라…… 10년 전이라면 당신이 아직 미혼인 상태로 테살로니키에 살던 때입니다. 즉, 이 정원에 사람이 드나들지 않았을 때이죠. 단 시메옹 자신과 함께, 그가 기꺼이 드나들도록 내버려둘 만한 사람들을 제하고 말입니다."

그리고 이렇게 결론을 내리는 것이었다.

　"이봐요, 코랄리, 바로 그런 사람들 가운데 우리의 수수께끼 같은 친구가 끼여 있었을 것입니다. 결국 시메옹은 모든 진실을 알고 있을 거예요."

　그날 오후가 끝날 즈음, 그들은 시메옹 영감을 목격했다. 그는 사건이 일어난 이후 줄곧 그래왔듯, 안경을 바짝 끼고 목도리를 얼굴에 둘둘 만 채, 불안과 광기에 찌든 모습으로 건물 복도나 정원을 하염없이 쏘다니면서, 연신 알아들을 수 없는 말만 흘리고 있었다. 심지어 상이군인 중 한 명은 밤에 그가 흥얼흥얼 불러대는 노랫소리를 수차례 들었다고도 했다.

　파트리스는 두 번에 걸쳐 그의 입을 열어보려고 시도했다. 하지만 시메옹 영감은 고개를 가로저으면서 아무 대답도 하지 않거나, 멍청한 웃음을 지어 보일 뿐이었다.

　그렇게 해서 문제는 더더욱 복잡하게 얽혀 들었고, 결코 어떤 식으로든 해결될 기미를 찾을 수가 없었다. 대체 누가 두 남녀의 운명을 마치 불가피한 섭리로 미리 묶어놓듯, 어린 시절부터 서로의 배필로 정해놓았단 말인가? 지난가을, 그러니까 두 사람이 아직 서로를 잘 알지도 못했을 때, 누가 삼색제비꽃의 씨앗을 이런 식으로 파종해놓았단 말인가? 또한 무려 10년이나 전에 대체 누가 담 속에다 흰색 자갈로 둘의 이름을 나란히 박아놓은 것일까?

　이런 모든 의문점은, 갑작스럽게 서로의 애정에 눈뜨고, 서로 연결된 기나긴 과거를 덜컥 감지해버린 두 사람의 가슴을 사정없이 뒤흔들어놓았다. 정원을 함께 거닐면서도 매 발걸음을 내디딜 때마다 그것이 곧 잃어버린 기억 속으로의 순례인 것처럼 느껴졌고, 오솔길의 모퉁이를 돌아들 때마다 자신들도 모르는 또 다른 인연의 증거들이 기다리고 있을까 봐 은근히 마음 설레곤 했다.

실제로 요 며칠 사이 나무줄기에서 두 차례, 벤치 등받이에서 한 차례, 그들은 자신들의 이름이 서로 얽힌 채 새겨져 있는 것을 발견했다. 그리고 송악이 뒤덮인 낡은 담벼락의 회반죽 칠 위에서는 두 번이나 더 그와 같은 경우를 목격했다.

한데 그 두 번은 모두 날짜까지 병기되어 있는 것이었는데…….

　　파트리스와 코랄리, 1904년
　　파트리스와 코랄리, 1907년

그것을 바라보며 장교는 이렇게 중얼거렸다.

"하나는 11년 전이고, 하나는 8년 전이로군. 여전히 우리 둘의 이름이야. 파트리스와 코랄리."

둘은 지그시 손을 맞잡았다. 서로 직접적인 표현은 삼가고 있지만 깊디깊은 사랑의 감정이 가슴 한가득 차오르면서, 알 수 없는 과거의 엄청난 비밀이 두 사람을 더더욱 결속시키는 기분이었다. 그럴수록 두 사람은 자신들도 의식하지 못하는 사이, 좀 더 호젓한 곳만 찾아다녔는데, 에사레스 베가 살해당한 2주 후 어느 날, 우연히 골목길에 면한 쪽문 앞을 지나치다가 문득 밖으로 나가, 내친김에 센 강의 제방까지 가보기로 결심하게 되었다. 워낙 쪽문 주변과 그에 이르는 오솔길이 키 큰 회양목 숲에 가려져 있는 데다, 데말리옹 씨도 때마침 부하들과 더불어 정원 반대편, 신호용 굴뚝이 자리 잡은 구식 온실을 조사하고 있던 터라, 밖으로 빠져나가는 두 사람을 아무도 보지 못했다.

한데 정작 밖으로 나서자마자 파트리스는 그 자리에 붙박인 듯 멈춰 서고 말았다. 정면으로 바라보이는 맞은편 담벼락에 거의 똑같이 생긴 쪽문이 하나 눈에 띈 것이었다. 물끄러미 그것을 바라보며 생각에 잠기는 대위에게 코랄리가 말을 건넸다.

"별로 놀랄 일은 아니에요. 저 벽 너머로는 옛날에, 방금 우리가 나온 정원에 딸려 있었던 또 다른 정원이 있거든요."

"지금은 누가 거하고 있답니까?"

"아무도요. 저 정원 안에는 레이누아르 가의 우리 집보다 더 먼저 지어진 작은 집이 하나 있는데, 늘 폐쇄된 상태랍니다."

"음······. 문이 같으니까······. 열쇠도 같을지 모르겠군."

파트리스는 그렇게 중얼거리면서 열쇠 구멍에다가 가지고 있던 녹슨 열쇠를 꽂아보았다.

아니나 다를까, 맞아 돌아갔다.

"그럼 그렇지! 역시 기적의 연속이로군. 이번 기적은 제발 우리한테 호의적인 것이어야 할 텐데."

휘둘러보는 파트리스의 시야에, 온갖 잡다한 식물이 방치되어 있는 좁다란 부지가 들어왔다. 부스스하게 자라난 잡초 한가운데, 사람의 빈번했던 발길이 만들어냈을 오솔길이 문에서부터 시작해 좀 위쪽의 높은 지대로 비탈을 이루며 뻗어 있었다. 바로 그 위에 별장이 하나 세워져 있었는데, 온통 덧문이 채워지고 남루할 대로 남루해진 단층 건물 꼭대기엔 램프 모양의 자그마한 전망대 같은 구조물이 자리 잡고 있었다.

보아하니 레이누아르 가 쪽으로 난 출입구가 따로 있었는데, 거긴 안뜰과 높은 담벼락으로 거리와 차단되어 있었고, 그나마 출입구라는 것도 말뚝과 널빤지들이 단단하게 서로 얽어져서 막혀 있는 상태였다.

두 사람은 건물을 빙 돌아가며 이리저리 살펴보기 시작했다. 한데 바로 우측 귀퉁이를 돌아들면서 눈앞에 펼쳐진 어떤 광경에 화들짝 놀라는 것이었다. 거기엔 수목(樹木)으로 이루어진 일종의 회랑이 장방형으로 펼쳐져 있었는데, 회양목과 주목(朱木)으로 가지런히 배열된 아치와 더불어 아주 정성 들여 가꾸어놓은 듯했다. 적막과 평화만이 오랜 세월 쌓여온 듯한 그 공간은 마치 정원의 정교한 모형과도 같은 느낌을 주었다. 여기에도 역시 향꽃무와 삼색제비꽃 등이 어우러져 있었다. 회랑의 네 귀퉁이로부터는 각각 하나씩 오솔길이 중앙을 향해 뻗어나와 하나로 합치면서, 다섯 개의 기둥이 빙 둘러가며 지붕을 이고 있는 앙증맞은 사원(寺院)식 구조물이 자리 잡고 있었다. 자갈과 건축용 석재를 반반씩 버무려서 서툴게 지어놓은 축조물이었다.

그런가 하면 돔 형식으로 만들어진 지붕 아래엔 묘석(墓石)이 하나 떡하니 버티고 있었고, 그 앞에는, 좌측 창살에 상아로 조각한 그리스도상(像)을, 우측 창살엔 자수정과 황금 줄로 이루어진 묵주를 겸비한 채, 낡은 목재 기도대가 설치되어 있었다.

파트리스는 떨리는 목소리로 중얼거렸다.

"코랄리……. 코랄리……. 저, 저기엔 누가 묻혀 있는 거요?"

둘은 조심조심 묘석 있는 데로 다가갔다. 묘석 위에는 지난 19년에 걸쳐 모두 열아홉 차례의 제조 연도가 고스란히 새겨진 진주 화환(花環) 열아홉 개가 가지런하게 겹쳐져 있었다. 그것들을 들추자, 빗물로 지저분하게 닳아 문드러진 금박 글자로 다음과 같이 새겨져 있었다.

여기
파트리스와 코랄리가 편히 쉬다.
1895년 4월 14일.
그들의 복수는 이루어질 것이다.

10
붉은 끈

　코랄리는 별안간 두 다리가 후들거릴 정도로 혼비백산했고, 그 즉시 기도대에 쓰러지듯 꿇어앉아 정신없이 기도하기 시작했다. 대체 누구를 위한 기도일까? 알지도 못하는 어떤 영혼의 안식을 위해서? 그녀 자신도 모르는 일이었다. 다만 그녀의 지금 상태가 그저 기도문이라도 무턱대고 뇌까려야지만 진정될 정도로, 신열과 흥분에 휩싸여 있는 것이었다. 파트리스는 그녀의 귓가에 입을 갖다 대고 이렇게 속삭였다.

　"당신 어머님 성함이 어찌 되지요?"

　"루이즈예요."

　"내 아버지의 이름은 아르망입니다. 그럼 결국 당신 어머니도 내 아버지도 아니라는 얘긴데……."

　파트리스 역시 당혹스러워하기는 마찬가지였다. 그는 허리를 숙여 열아홉 개의 관과 묘석을 면밀히 살펴보더니, 이렇게 말했다.

　"하지만 코랄리, 우연의 일치치고는 보통 이상한 게 아닙니다. 내 아버지가 돌아가신 해가 바로 1895년이거든요."

"우리 어머니도 바로 그해에 돌아가셨어요. 날짜는 정확히 기억 못하지만요."

"그건 두고 보면 알게 되겠지요. 모든 것은 차차 밝혀질 겁니다. 일단 지금으로서 확실한 건 이겁니다. 여태껏 보아온 대로 파트리스라는 이름과 코랄리라는 이름을 한데 엮어놓은 자는 우리를 염두에 두고 그런 것도 아니며, 미래를 내다본 것도 아니라는 사실입니다. 그보다는 아마도 과거가 그에게 중요했을 겁니다. 비운의 죽음을 맞이한 코랄리라는 사람과 파트리스라는 사람을 생각하면서, 복수를 다짐했던 것으로 보이는군요. 자, 어서 갑시다. 우리가 여기까지 왔다는 걸 그자가 눈치채지 못하는 게 낫겠어요."

두 사람은 그대로 오솔길을 다시 내려와, 골목에 면한 문을 통해 정원으로 돌아왔다. 아무도 그들이 들어서는 것을 보지 못했다. 파트리스는 집 안까지 코랄리를 데려다 놓고는 야봉과 그의 동료들에게 경계를 배가하도록 지시한 다음, 밖으로 나왔다.

이후로 그는 밤이 어둑해서야 돌아왔고, 다음 날도 날이 밝는 대로 곧장 밖으로 나섰다. 그렇게 해서 다음다음 날 오후 3시가 되자, 드디어 코랄리에게 면담을 요청했다.

여자는 대뜸 물었다.

"뭘 좀 알아내셨나요?"

"많은 것을 알아냈지만 현재의 수수께끼를 풀어내는 데엔 별로 도움될 만한 것이 없었습니다. 그보다는 오히려 과거 일에 대해서 매우 흥미로운 점들이 밝혀졌다고 말할 수 있겠어요."

"물론 그저께 우리가 보았던 것에 대해서 말이겠죠?"

불안한 표정으로 묻는 여자를 마주 보고 앉으며 파트리스는 차분하

결정판 아르센 뤼팽 전집

게 말했다.

"잘 들어요, 코랄리. 내가 어떻게 했는지는 일일이 얘기하지 않겠습니다. 다만 그 결과에 대해서만 간략히 요약해 말씀드리지요. 무엇보다도 먼저 나는 파시의 동사무소와 세르비아 공사관으로 달려갔답니다."

"그럼 여전히 우리 어머니가 연관됐다고 보시는 건가요?"

"그렇습니다. 코랄리. 당신 어머님의 사망신고서 사본을 떠보았습니다. 그분은 1895년 4월 14일에 돌아가셨더군요."

"오! 묘석에 새겨져 있던 바로 그 날짜로군요."

"같은 날짜이죠."

"하지만 그 코랄리라는 이름은? 어머니 이름은 루이즈란 말이에요."

"오돌라비츠 백작부인이신 어머님께서는 루이즈코랄리라고 불리셨습니다."

여자는 잇새로 이렇게 더듬거렸다.

"아, 어머니가…… . 우리 어머니가…… . 그럼 살해당하셨다는 얘긴가요? 그때 내가 기도했던 게 바로 우리 어머니를 위해서였단 말인가요?"

"그런 셈이죠, 코랄리. 그리고 우리 아버지를 위한 기도이기도 했습니다. 아버지의 온전한 이름은 아르망파트리스 벨발이었어요. 드루오가(街)에 위치한 동사무소에서 정확한 이름을 알아냈죠. 사망 시기는 1895년 4월 14일로 되어 있었답니다."

과연 과거의 흥미로운 점들이 밝혀지고 있다는 파트리스의 말은 거짓이 아니었다. 묘석에 새겨진 내용은 다름 아닌 두 사람의 아버지와 어머니에 관련된 것이며, 그 둘이 같은 날에 살해당했다는 사실이 더없이 명료하게 밝혀졌으니 말이다. 한데 대체 누구에게 살해당했단 말인가? 이유는 또 무엇인가? 대체 어떤 사연이 있어서? 코랄리는 그러한 문제들에 관해 한꺼번에 다그치듯 질문을 퍼부어댔지만, 파트리스는 그저 이렇게 대답할 뿐이었다.

"아직은 뭐라고 얘기할 수 없습니다. 하지만 좀 더 쉽게 해결할 수 있는 문제가 있긴 있지요. 아주 근본적인 문제에 관한 확신을 가져다줄 만한 것이지요. 그 별장이 대체 누구의 소유냐 하는 겁니다. 일단 레이누아르 가 쪽에서 보기에는 아무런 단서도 눈에 띄지 않지요. 담벼락이나 문 어디에도 이렇다 하게 시선을 끄는 점이 없습니다. 하지만 실은 번지수 하나만으로도 추적할 수 있는 근거는 충분하지요. 나는 그 구역 세금 징수원을 찾아가서, 그곳의 세금 납부가 오페라 가도에 거주하는 어느 공증인에 의해 이루어지고 있다는 사실을 알아냈답니다. 곧장 그 사람을 찾아갔지요. 한데 알고 보니…….."

여기서 그는 잠시 뜸을 들이다가 대뜸 선언하듯 내뱉었다.

"그 별장은 지금으로부터 21년 전에 내 아버지가 구입하셨다는 겁니다. 그로부터 2년 뒤, 아버지가 돌아가시자 자연 유산 목록에 포함된 별장은, 현 공증인의 전임자 중개로 시메옹 디오도키스라는 그리스인에게 팔려나갔고 말입니다."

순간 코랄리가 버럭 소리를 질렀다.

"바로 그 사람이에요! 디오도키스가 바로 시메옹의 성(姓)이라고요!"

파트리스는 얘기를 계속했다.

"그런데 바로 그 시메옹 디오도키스가 내 아버지의 친구였던가 봅니다. 아버지께서 유언장에다 그를 총괄적인 수유자(受遺者)로 지목하신 데다, 아까 언급한 전임 공증인과 런던의 변호사 알선으로, 향후 나의 연금 관리와 성년이 되면서 20만 프랑에 달하는 나머지 유산 금액을 일괄 지급할 의무 또한 그 사람이 맡기로 된 걸 보면 알 수 있지요."

이번엔 두 사람의 침묵이 꽤 오래갔다. 처음보다는 많은 사연이 밝혀졌지만, 아직도 저녁 안개 너머 바라보이는 풍경처럼, 어딘지 애매하고 어렴풋한 기분이었다.

그러다가 문득 그중에서도 한 가지 사실이 다른 모든 것을 압도했는데, 파트리스가 이렇게 중얼거렸다.

"그러니까 결국 당신 어머님과 내 아버지가 서로 사랑하는 사이였습니다, 코랄리."

이 생각은 둘을 저 깊은 곳으로부터 뒤흔들면서도 서로를 더더욱 가깝게 결속시켰다. 그들 사이의 애정은, 필시 비극적인 시련과 결국에는 피비린내 나는 죽음으로 끝맺었을 또 다른 옛사랑으로 인해 더더욱 돈독해지는 셈이었다.

파트리스가 되풀이해 말을 이었다.

"당신 어머님과 내 아버지는 서로 사랑하고 계셨던 겁니다. 분명 두 분의 사랑은 지극히 참신하고도 순박한 열정으로 충만했던 것 같습니다. 그러니 아무도 사용하지 않는 그들만의 방식으로 서로를 부르고 싶어 했겠지요. 당신과 나처럼 굳이 두 번째 이름으로 말입니다. 그러던 어느 날 당신 어머님이 자수정 알로 만들어진 묵주를 우연히 떨어뜨렸고, 그 바람에 가장 큰 묵주 알이 두 동강 나게 되었겠죠. 아버지는 그중 한쪽을 자신의 시곗줄에 장신구 삼아 달고 다니기로 한 겁니다. 공교롭게도 당신 어머님과 내 아버지 두 분 다 배우자와 사별하고 홀몸인 상태였죠. 그때 당신은 두 살, 나는 여덟 살이었고요. 아버지는 사랑하게 된 여인에게 완전히 헌신하기 위해 일단 나를 영국으로 보냈습니다. 그러고 나서 당신 어머님이 살고 있는 저택에 바로 이웃한 별장을 구입했고, 그때부터 어머님은 골목을 가로질러 이것과 똑같은 열쇠로 문을 따고 들어가 자유롭게 아버지와 만났던 겁니다. 아마도 그 별장이나 정원 안에서 두 분이 살해당하셨을 거예요. 틀림없이 그 같은 살인에는 흔적이 뚜렷이 남기 마련이고, 시메옹 디오도키스가 바로 그 증거를 목격한 게 분명합니다. 오죽하면 묘석에다 그 점을 명시했겠어요."

"그럼 살인자는 대체 누구란 말인가요?"

여자는 떨리는 음성으로 중얼거렸다.

"코랄리, 당신도 아마 나처럼 대충은 짐작하고 있을 겁니다. 비록 이렇다 할 확실한 단서는 아직 없지만, 꽤나 끔찍스러운 이름 하나가 당신 머릿속에도 맴돌고 있을 거예요."

"아, 에사레스!"

마침내 코랄리는 고통 어린 신음 소리와 함께 내뱉었다.

"그럴 가능성이 높지요."

여자는 순간 얼굴을 두 손에 파묻었다.

"아냐, 아니라고. 그럴 수는 없어. 내가 어머니를 살해한 자의 아내였다니."

"당신은 비록 그자의 성(姓)을 사용하고 있지만, 결코 그의 아내였던 적은 없습니다. 그건 그자가 죽기 바로 전날 내가 보는 앞에서 당신이 한 얘기예요. 우리가 확신할 수 없는 것을 장담할 필요는 없습니다. 다만 반드시 명심해야 할 것들도 있어요. 우선 에사레스 그자는 당신에겐 악령 같은 존재입니다. 그리고 시메옹은 내 아버지의 친구이자 포괄 수유자이면서, 두 연인의 추억이 어려 있는 별장을 일부러 구입했지요. 그곳에 묘석을 마련하고 원수를 갚아줄 것을 다짐하기 위해서 말입니다. 그뿐만 아니라, 당신 어머님이 돌아가신 뒤 몇 달이 지나지 않아 에사레스 밑에 일부러 들어가 비서로 일해왔지요. 그런 식으로 그자의 인생 깊숙이 잠입해 들어간 셈입니다. 과연 이유가 무엇이었을까요? 복수의 계획을 실행에 옮기기 위해서가 아니었을까요?"

"하지만 복수는 없었어요."

"과연 장담할 수 있을까요? 에사레스 베가 어떻게 죽었는지 알지 않습니까? 물론 시메옹이 죽이진 않았지요. 당시 그는 병원에 와 있었으니까요. 하지만 누굴 시켜서 거사(擧事)를 했을 수는 있지 않겠어요? 게다가 복수의 방법에도 여러 가지가 있을 수 있습니다. 어쨌든 시메옹은 필시 아버지의 지시를 그대로 따른 걸로 보입니다. 내 아버지와 당신 어머님이 제시한 목표를 이루려고 처음부터 마음먹고 있었던 게 틀림없어요. 즉, 당신과 나의 결합 말입니다. 그 목표가 그의 인생 자체를 지배하기까지 했죠. 당신의 묵주에 있는 자수정의 나머지 반쪽을 어렸을 적 내 잡동사니들 속에 가만히 넣어둔 것도 물론 시메옹입니다. 우리의 사진을 모아온 것도 그이고, 내게 열쇠와 더불어, 안타깝게도 내 손에 전달되지는 못했지만, 편지까지 보내준 그 미지의 친구 역시 시메옹이랍니다!"

"어머나, 파트리스! 그럼 이제 더는 당신의 그 친구가 죽은 거라고 생각하지 않는 건가요? 단말마의 비명 소리를 들었다면서요?"

"모를 일이지요. 시메옹이 단독으로 일을 벌여왔는지도 의문이에요. 혹시 자기 일에 조언자라든가, 직접적으로 돕는 가담자를 따로 두지는 않았을까요? 그래서 7시 19분에 살해당한 사람이 바로 그자가 아닐까요? 정말이지 모를 일입니다. 그날 불길한 아침에 일어났던 모든 일이 아직까지 완강한 어둠 속에 머물러 있어요. 현재 우리가 유일하게 확신할 수 있는 것은, 지난 20년간 시메옹 디오도키스는 우리를 위해, 그리고 우리 부모의 살해자에게 대항해 모종의 작업을 끈기 있게 벌여오고 있었다는 사실입니다. 물론 그는 현재 살아 있고요."

그러고 나서 파트리스는 이렇게 덧붙였다.

"사실 제정신이라고는 할 수 없지만요! 그렇기 때문에 그에게 지난날의 노고를 감사할 수도 없을 뿐만 아니라, 그가 알고 있을 수수께끼 같은 사연이랄지, 당신을 위협하는 정체에 관해 물어볼 수도 없는 실정이랍니다. 그래도 오직 그만이……. 그만이…….”

파트리스는 답답한 심정에 다시 한번 더 시도해보기로 작정했다. 비록 아무 소득이 없을 것이 뻔하지만 말이다. 시메옹은 이전까지 하인들의 숙소 역할을 했던 행랑채 중 상이군인 두 명이 사용하는 바로 옆방을 쓰고 있었다. 파트리스는 내친김에 그곳으로 갔고, 시메옹 영감을 만났다.

그는 안락의자에 앉아, 정원을 향해 비스듬히 고개를 돌리고 반쯤 잠들어 있었는데, 입에는 불 꺼진 파이프가 그대로 물린 채였다. 변변한 가구는 없었지만, 비교적 청결하고 앙증맞은 방이었다. 늙은이의 베일에 가려진 인생이 방 전체를 부유하는 느낌이었다. 주인이 없을 때 데말리옹 씨는 이 방을 수차례 들여다보곤 했다. 이제 파트리스도 그럴 참이었다. 물론 전혀 다른 관심과 시각을 가지고 말이지만.

딱 하나 주의를 끄는 것이 있었는데, 서랍장 뒤쪽에서 발견한 연필 스케치였다. 세 개의 선(線)이 서로 엇갈리게 그어져서 큼직한 삼각형을 만들고 있는 그림이었다. 한데 그 기하학적 도형의 한가운데가 접착성 금칠로 아무렇게나 마구 칠해져 있는 것이었다. 언뜻 황금삼각형을 그리려던 것 같은데! 데말리옹 씨가 조사한 내용보다 그리 진전된 바도 없는 이 정도가 고작일 뿐, 눈에 확 띄는 별다른 단서는 전혀 없었다.

파트리스는 곧장 영감 쪽으로 다가가 가볍게 어깨를 두드렸다.

“시메옹.”

영감은 눈을 뜸과 동시에 얼른 노란 안경을 추켜올렸는데, 순간 파트리스는 그 유리 방패 같은 물건을 냅다 치워서 그 너머에 감춰진 눈빛, 그 깊은 속의 영혼과 아득한 기억의 비밀을 캐 들어가 보고 싶은 충동을 느꼈다.

시메옹은 별안간 멍청하게 웃음을 지어 보였고, 파트리스는 속으로 중얼거렸다.

'아, 나의 친구이자 내 아버지의 친구이셨어. 아버지를 사랑했고 그의 의지를 존경했으며, 그에 대한 기억에 충실하셨지. 일부러 묘석을 따로 마련해주셨고, 그 앞에서 복수를 맹세하기까지 했다고. 한데 이젠 정신이 혼미해지다니…….'

파트리스는 그 어떤 말을 해도 소용이 없다는 것을 느꼈다. 단, 사람의 목소리가 영감의 흐트러진 머릿속에 아무런 반향도 불러일으키지 못하는 반면, 눈동자만큼은 일말의 기억을 간직하고 있을 거라는 생각이었다. 그는 종이 위에다 시메옹이 숱하게 보았을 글자를 한 줄 적어보았다.

파트리스와 코랄리―1895년 4월 14일

영감은 힐끗 보더니 고개를 설레설레 흔들 뿐, 또다시 그 멍청하면서도 맥없는 웃음을 지어 보이는 것이었다. 장교는 계속해서 써 내려갔다.

아르망 벨발

그러나 멍청한 상태는 여전했다. 파트리스는 끈질기게 시도를 거듭했다. 에사레스와 파키 대령의 이름을 끄적이는가 하면, 삼각형을 무턱대고 그려보았다. 영감은 역시 아무것도 이해하지 못하는 듯, 헤벌어지게 웃고 있었다.

한데 문득 그의 웃음 어딘가 약간의 심상치 않은 뉘앙스가 풍기는 순간이 있었다. 다름 아닌 에사레스의 공범 부르네프의 이름을 썼을 때였는데, 이번에는 어떤 기억이 이 노(老)비서의 머릿속을 자극하는 듯 보였다. 그는 천천히 일어서려고 하다가 안락의자에 풀썩 주저앉는가 싶더니, 다시금 가까스로 일어서서 벽에 걸려 있는 모자를 집어 들었다. 일단 방을 벗어난 그는, 파트리스가 뒤따르는 것을 아는지 모르는지, 집 밖으로 내처 나가 좌측으로 방향을 바꿔 오퇴이유 쪽으로 걸어갔다.

그 걷는 모습이 마치 어딘지도 모르고 무작정 걷도록 최면이 걸린 몽유병자의 걸음과도 같았다. 그는 조금도 서두르지 않는 발걸음으로 불랭빌리에 가(街)로 접어들어 곧바로 센 강을 건너더니, 그르넬 구역으로 들어섰다.

그러고는 대로변에 문득 멈춰 서서 팔을 쭉 뻗고는 파트리스에게도 멈추라는 신호를 보내는 것이었다.

신문 가판대 하나가 자연스레 두 사람을 가려주고 있었는데, 영감이 고개를 살짝 내밀자 파트리스도 슬그머니 그 너머를 엿보았다. 맞은편에는 두 개의 대로가 만나는 모퉁이에 카페가 자리 잡고 있었고, 참빗살나무 화분 여럿이 가장자리를 수놓고 있는 테라스가 겸비되어 있었다.

바로 그 참빗살나무 뒤쪽으로 네 손님이 앉아 있었는데, 그중 세 명은 이쪽을 등진 채였다. 따라서 파트리스가 보기에 맞은편에 앉은 단 한 사람만 얼굴이 보였는데, 다름 아닌 부르네프 그자였다.

언뜻 코앞을 보니 이미 시메옹 영감은 혼자서 저만치 자리를 뜬 뒤였다. 마치 자기 역할은 다했으니, 나머지는 다른 사람더러 처리하라는 것이나 같았다. 파트리스는 주위를 두리번거렸고, 이내 우체국을 발견하자 부리나케 달려 들어갔다. 머릿속으로는 레이누아르 가에 있을 데말리옹 씨를 생각하면서 말이다. 그는 부랴부랴 그에게 전화를 걸어 부르네프가 나타났다는 사실을 알렸다. 데말리옹 씨는 곧장 당도하겠다고 대답했다.

그렇지 않아도 에사레스 베가 살해당한 뒤, 데말리옹 씨의 수사는 파키 대령의 4인조 일당에 관해서 단 한 발짝도 진전을 보이지 못하고 있는 상태였다. 물론 그레그와르의 은신처와 벽장이 있는 방은 찾아냈지만, 이미 그 모두가 텅텅 비고, 공범 일당은 흔적도 없이 사라진 뒤였던 것이다.

파트리스는 생각했다.

'시메옹 영감은 저들의 습관에 대해 훤히 꿰고 있었던 거야. 아마도 주중 어느 날, 몇 시쯤에는 저 카페에 모여든다는 것을 알고 있었을 테고, 부르네프라는 이름을 보자 문득 그 생각이 떠오른 것이겠지.'

과연 얼마 지나지 않아 데말리옹 씨는 부하 경찰관들을 대동하고 막 도착한 자동차에서 내렸다. 작전은 신속히 진행되었고 카페의 테라스는 금세 겹겹이 포위되었다. 일당은 웬일인지 별다른 저항조차 하지 않았다.

데말리옹 씨는 그중 세 명을 따로 떼어내 파리 경시청 유치장에 감금하고, 부르네프는 특별히 독방에 수감했다.

"같이 가십시다. 함께 신문하도록 하죠."

그의 제안에 파트리스는 난색을 표했다.

"마담 에사레스가 혼자 있는데……."

"혼자라니요! 당신 부하들이 함께 있지 않습니까?"

"그렇긴 합니다만, 이왕이면 내가 같이 있는 게 나을 것 같아서요. 이렇게 떨어져 있는 게 처음이라 여간 걱정되는 게 아닙니다."

"그래봤자 몇 분 안 걸릴 겁니다. 자고로 체포된 직후 경황이 없는 틈을 노리는 게 관건이란 말입니다!"

데말리옹 씨가 하도 보채는 바람에 따라나서기는 했지만, 부르네프

가 결코 쉽게 동요하는 타입이 아니라는 사실을 파트리스는 금세 깨달아야 했다. 아무리 위압적으로 다그쳐도 그는 그저 어깨를 으쓱할 뿐이었다.

"아무리 겁을 줘도 소용없소이다, 선생. 나는 어디까지나 멀쩡할 거요. 왜, 총살이라도 시키시게? 웃기는 소리! 프랑스에서는 공연히 사람을 총살시키지 않는 거 다 압니다. 게다가 우리 넷은 모두 중립국 사람들이오. 재판? 그래서 유죄판결을 받고 감옥살이라도 할까 봐? 천만의 말씀! 당신들도 다 아시다시피, 지금까지 사건을 유야무야해온 데다 무스타파나 파키, 그리고 에사레스의 죽음까지도 쉬쉬해온 마당에, 이제 와서 그럴듯한 이유도 없이 같은 사건을 들쑤실 리가 없지요. 아무렴요, 선생. 나는 끄떡없습니다. 기껏해야 정치범 수용소가 고작이겠죠."

"그럼 정녕 대답을 하지 않겠다는 거요?"

데말리옹 씨는 발끈하며 다그쳤다.

"그야 여부가 있겠소! 어서 정치범 수용소에나 보내주시오! 다만 그곳에도 단계가 여럿 있는 줄 아는데, 어디 그런 쪽에서 당신의 호의(好意)나 한번 기대해봅시다. 그래야 종전(終戰)을 좀 안락하게 맞이할 수 있을 테니까. 그나저나 당신이 아는 건 어디까지요?"

"거의 다 알고 있소."

"그거 섭섭하구려. 그럼 내 가치도 그만큼 떨어지는 셈이니……. 에사레스가 죽기 직전 밤에 벌어진 일도 아시겠군요?"

"그렇소. 400만 프랑을 놓고 벌인 흥정까지……. 그래 그 돈은 몽땅 어떻게 되었소?"

순간 부르네프는 갑작스레 분통이 터지는 듯 소리를 버럭 질렀다.

"도로 가져갔지! 몽땅 훔쳐갔어! 함정이었단 말이오!"

"누가 가져갔다는 말이오?"

"그레그와르라는 작자요."

"그게 누군데요?"

"그치가 염병할 놈인지는 이번에야 제대로 안 셈이지. 그레그와르라는 그놈 알고 보니 평소에 에사레스의 자동차 운전기사 노릇을 하던 친구더군."

"그러니까 결국 에사레스의 은행에서 저택까지 금 자루들을 운반하는 걸 도와준 바로 그자 말이오?"

"그렇소이다. 그리고 아무래도 말입니다. 그래, 거의 확실하다고 말해도 되겠지. 그레그와르라는 그자 말이오. 아, 글쎄 바로 여자이지 뭡니까!"

"여, 여자라고요?"

"그렇다마다요! 에사레스의 정부(情婦)인 셈이죠. 그렇게 생각할 만한 증거도 몇 가지 있지요. 다만 워낙 사내 못지않게 강단 있고, 그 무엇에도 눈 하나 꿈쩍하지 않을 여장부랍니다."

"그 여자 주소는 알고 있소?"

"아뇨."

"그럼 황금에 관해서는 무슨 단서나 짚이는 바라도 있는 거요?"

"전혀요. 황금은 정원이나 레이누아르 가의 저택 내부에 있겠지요. 일주일 내내 그리로 황금이 들어가는 것만 지켜보았으니까요. 그 후로 나오는 걸 못 봤다고요. 매일 밤마다 매복을 하고 있었는데도 전혀 움직이는 기색이 없었습니다. 장담하건대, 자루들은 분명 그 안 어딘가에 있어요."

"에사레스의 살인범에 관해서도 어떤 단서도 없는 거요?"

"전혀요."

"확실한 거겠지?"

"내가 왜 거짓말을 하겠소?"

"만약 범인이 당신이라면? 혹은 당신네 패거리 중 하나든지?"

"우리도 사람들이 그리 생각할 거라고 충분히 짐작은 하고 있었소. 한데 다행스럽게도 우연찮게 우리에겐 알리바이가 있어요."

"증명할 수 있겠소?"

"그야 여부가 있겠소이까?"

"좋소, 그건 어디 두고 봅시다. 그 밖에 다른 할 말은?"

"없어요. 아 참, 한 가지……. 이건 오히려 당신 쪽에서 대답해주어야 할 문제인데……. 대체 누가 일러바친 거요? 대답이 어떤가에 따라 매우 중요한 사실이 밝혀질 수도 있는 문제요. 왜냐면 매주 오늘 오후 4시에서 5시 사이에 이곳에서 우리가 모인다는 사실을 아는 사람은 딱 한 명, 에사레스 베뿐이었거든. 심지어 그는 직접 우리와 자리를 함께

하러 오기도 했으니까. 한데 에사레스 베는 죽었단 말이거든. 대체 누가 당신에게 귀띔해준 거요?"

"시메옹 영감이었소."

"뭐라고요! 시메옹이! 시메옹 디오도키스가?"

"그렇소, 시메옹 디오도키스! 에사레스 베의 비서 말이오."

"그자가! 아, 우라질 영감탱이, 어디 두고 보자. 아니지, 도저히 그럴 리가 없지!"

"그럴 리가 없다니? 왜 그렇게 생각하는 거요?"

"왜라니요? 그야 당연히……."

부르네프는 꽤 오랫동안 뜸을 들였는데, 마치 말을 해도 괜찮은 건지 꼼꼼히 따져보는 듯했다. 그는 내처 이렇게 말했다.

"왜냐면 시메옹 영감은 우리와 타협을 본 자이기 때문이오."

"무슨 소리 하는 거요?"

당연히 맨 먼저 깜짝 놀랐을 파트리스가 불쑥 끼어들었다.

"분명히 말하지만 시메옹 디오도키스는 우리와 타협한 사이란 말이오, 말하자면 우리 편인 셈이지. 그간 에사레스 베의 수상쩍은 행동거지를 우리에게 나날이 알려준 것도 바로 시메옹이었소. 밤 9시에 전화한 통화로 에사레스 베가 이제 막 구식 온실 화덕에 불을 지폈고, 곧 불똥 신호가 피어오를 거라고 우리에게 알려준 이가 바로 그였단 말이오. 그러고는 저항하는 척하면서 사실 우리에게 문을 열어준 것도 그였고, 관리인 숙소에 얌전히 묶인 채 붙어 있어준 것도 그였습니다. 그뿐만 아니라 나머지 하인들에게 돈을 쥐여주며 내보낸 것도 바로 그였단 말입니다."

"하지만 파키 대령은 그에게 말할 때 같은 편인 것처럼 굴지 않던데."

"에사레스의 태도를 바꿔보려는 일종의 연극이었죠. 처음부터 끝까지가 몽땅 연극이었던 셈입니다."

"그건 그렇다고 칩시다. 하지만 시메옹이 에사레스를 배신할 이유가 대체 뭐요? 돈 때문에?"

"아뇨, 증오심 때문입니다. 에사레스에 대한 그의 증오심은 종종 우리들조차 놀라게 할 정도였지요."

"대체 무엇 때문에?"

"그건 모릅니다. 시메옹은 워낙 과묵한 사람이라……. 어쨌든 꽤 오래전에 있었던 일 때문이라는 느낌은 들었어요."

"혹시 그가 황금이 감춰진 장소를 압니까?"

데말리옹 씨는 긴장한 음성으로 물었다.

"아뇨, 물론 샅샅이 다 찾아봤겠죠! 그 역시 자루들이 지하 저장고에서 어떻게 빠져나왔을지는 전혀 모른답니다. 그곳은 임시적인 은닉처에 불과했거든요."

"하지만 그동안 자루들이 밖으로 유출되어온 것만은 분명한 사실이오. 그러니 이번에도 그렇지 않다고는 말 못하는 거 아니겠소?"

"한데 이번 경우는, 우리가 사방에서 감시하고 있었거든요. 시메옹 혼자서는 할 수 없는 일이었죠."

다시 한번 파트리스가 끼어들었다.

"시메옹에 대해서 더 아는 건 없습니까?"

"없어요. 아 참, 그러고 보니 좀 이상한 일이 있긴 있었습니다. 그날 밤 일이 벌어지기 전 오후에 편지를 한 장 받았는데, 시메옹이 몇 가지 정보를 전하는 내용이었습니다. 한데 같은 봉투 안에 틀림없이 어처구니없는 실수로 잘못 넣었을 것 같은 엉뚱한 편지가 한 장 더 들어가 있지 뭡니까. 상당히 중대한 내용이었거든요."

"뭐라고 돼 있던가요?"

파트리스는 바짝 긴장한 태도로 다그쳤다.

"무슨 열쇠 얘기였습니다만······."

"좀 더 분명하게 얘기해줄 수 없겠소?"

"이럴 게 아니라, 그 편지를 직접 보시죠. 나중에라도 그에게 도로 돌려주고 주의를 줄 생각으로, 죽 간직하고 있었습니다. 자, 이겁니다. 분명 그의 필체죠."

편지를 받아 든 파트리스의 눈에 제일 먼저 자신의 이름이 들어왔다. 역시 짐작했던 대로 자신에게 썼지만, 정작 엉뚱한 사람 손에 들어가 버린 편지였다.

파트리스,

오늘 저녁 열쇠 하나가 자네에게 배달될 것이네. 센 강으로 내려가는 골목길 중간쯤의 문 두 개를 열 수 있는 열쇠라네. 하나는 자네가 사랑하는 여인의 정원 문이고, 다른 하나는 4월 14일 아침 9시에 자네와 만나기로 할 정원의 문이지. 자네가 사랑하는 여인도 그날 그 장소에 나와 있을 것이야. 그때 자네와 그 여인은 내가 누군지 알게 될 것이고, 내가 기다려온 목표가 무엇인지도 알게 될 것이네. 아울러 자네들 두 사람을 좀 더 가깝게 다가서게 할 일들의 내력에 대해서도 상세히 알게 될 것이네.

그때까지는 일단 오늘 밤에 벌어질 끔찍한 싸움의 향방을 두고 보아야겠지. 만약 거기서 내가 실패한다면, 자네가 사랑하는 여인이 대단히 위험한 지경에 빠질 것이 틀림없네. 그러니 그녀를 잘 돌보게나, 파트리스. 한시도 한눈팔아선 안 돼. 하지만 나는 결코 실패하지 않을 것이네. 그리고 내가 그토록 오랜 세월 준비해온 자네들 둘의 행복이 반드시 이루어지고야 말 거야.

애정을 듬뿍 담아서

"보시다시피 발신자의 서명은 없습니다만, 분명 시메옹의 필체인 것은 틀림없지요. 물론 여자는 마담 에사레스일 것이고 말입니다."

파트리스는 초조한 기색을 물씬 풍기며 외쳤다.

"도대체 그녀가 무슨 위험한 지경에 빠진단 말이오? 에사레스는 죽었고, 더 이상 두려워할 일이 없을 텐데?"

"그거야 모르지요. 보통 지독한 인간이 아니니까."

"그럼 자기 대신 앙갚음을 해달라고 누구한테 사주하기라도 했단 말인가요? 자기 일을 계속해서 추진해달라고 말입니다!"

"정확한 건 모르지만, 어쨌든 조심은 할 필요가 있지요."

파트리스의 귀에는 더 이상 아무 말도 들어오지 않았다. 그는 데말리옹 씨에게 편지를 건넨 다음, 황급히 밖으로 뛰쳐나갔다.

"레이누아르 가로 빨리 갑시다!"

자동차에 올라타자마자 파트리스가 내뱉은 말이었다.

차 안에서도 그는 계속해서 안절부절못하고 있었다. 시메옹 영감이 살짝 비친 바로 그 위험이 갑작스레 코랄리의 머리 위를 맴도는 듯한 기분이었다. 이미 적(敵)은, 그가 없는 틈을 타서, 사랑하는 여인에게 다가가고 있는지도 모른다. "내가 쓰러지면 누가 그녀를 돌보겠는가?"라고 시메옹도 말하지 않았는가! 이제 그가 제정신을 잃은 상태이니, 그 걱정은 현실로 다가온 것이나 마찬가지가 아니겠는가!

그러는 가운데에도 파트리스는 혼잣말로 이렇게 중얼거리고 있었다.

"가만있자, 이런 한심한 일이 있나. 내가 공연한 망상을 품는 게 아닐까? 사실 걱정할 이유가 딱히 있는 것도 아니지 않은가!"

그러면서도 사실 불안감은 시간이 지날수록 더해만 갔다. 가만히 생각해보건대, 시메옹 영감은 애당초 파트리스로 하여금 코랄리의 정원 문을 따고 들어와 사태가 돌아가는 것을 좀 더 효과적으로 조망하다가, 유사시엔 여자의 곁을 지켜줄 수 있도록 조치를 취한 것이었다.

멀찌감치 시메옹 영감 모습이 눈에 들어왔다. 곧이어 어둠이 내렸고, 영감은 호텔 안으로 들어갔다. 관리인 숙소 앞에서 영감을 앞질러 지나치면서 파트리스는 그가 흥얼거리며 콧노래를 부르는 것을 얼핏 들었다. 파트리스는 보초를 서는 병사에게 물었다.

"별일 있는가?"

"없습니다, 대위님."

"코랄리 어멈은?"

"정원을 산책했고, 한 30분 전에 방으로 올라갔습니다."

"야봉은?"

"야봉은 코랄리 어멈을 수행했습니다. 아마 문 앞에 대기하고 있을 겁니다."

파트리스는 다소 안심하며 계단을 걸어 올라갔다. 한데 2층에 올라가면서 전등이 켜져 있지 않은 데 흠칫 놀라고 말았다. 얼른 스위치를 돌려보았다. 그제야 저만치 복도 끝 코랄리 어멈의 방 앞에서 무릎을 꿇은 채, 머리를 벽에 기대고 있는 야봉이 눈에 들어왔다. 보아하니 방문이 열려 있었다.

"자네 지금 거기서 뭐하고 있는 건가?"

달려가면서 소리쳐 물었으나 대답은 얼른 나오지 않았다. 이렇게 보니 야봉의 어깨 부위가 피로 얼룩져 있었다. 야봉은 파트리스를 힐끔 보더니 그만 기절해버리고 말았다.

"맙소사! 다쳤어! 이러다간 사람 잡겠구먼!"

그는 후닥닥 세네갈인의 몸뚱이를 건너뛰어 방 안으로 쇄도했고, 곧장 전등부터 켰다.

아니나 다를까, 코랄리도 소파 위에 널브러져 있었다. 보기에도 소름이 끼치는 붉은색 비단 끈이 그녀의 목을 친친 감고 있었다. 파트리스는 흠칫 놀라면서도, 웬일인지 그처럼 처참한 광경 앞에서 으레 엄습할만한 가슴 옥죄는 절망감까지는 느끼지 않았다. 어쩐지 코랄리의 안색이 죽음을 떠올릴 만큼 창백하지는 않았던 것이다. 실제로 여자의 가슴은 가냘픈 호흡으로 조용히 들썩거리고 있었다.

'죽지는 않았어. 죽지는 않았다고. 결코 죽지는 않을 거야. 야봉도 마찬가지야. 치명타는 아닌 거야.'

그렇게 속으로 중얼거리면서 파트리스는 붉은 끈을 풀기 시작했다.

잠시 후, 여자는 크게 한 번 숨을 들이쉬더니 정신을 차렸다. 그리고 대위에게 부드러운 미소를 지어 보였다.

그러나 문득 어떤 기억이 떠오른 듯, 아직은 맥없는 두 팔로 남자를 껴안으며 떨리는 목소리로 이러는 것이었다.

"오, 파트리스, 무서워요. 당신 일도 걱정돼고요."

"걱정된다니, 뭐가 말이오? 대체 어떤 놈이었습니까?"

"보지는 못했어요. 들이닥치자마자 불을 끄는 바람에……. 그자는 곧장 내 목부터 움켜쥐더니 나지막한 목소리로 이랬어요. '너부터 먼저 없애주고……. 오늘 밤엔 네 애인을 손봐주겠어.' 오! 파트리스, 당신이 걱정돼요. 당신이 어찌 될까 두렵단 말이에요, 파트리스."

11
심연 속으로

　파트리스는 즉각적으로 결단을 내렸다. 그는 우선 여자를 안아다가 침대 위에 누인 다음, 꼼짝하지 말고 누구를 부르지도 말라고 신신당부 했다. 그리고 야봉의 상태가 심각하지는 않다는 것도 확인했다. 마지막 으로 저택의 곳곳에 자신이 지정한 경계 장소들마다 소리가 닿는 대로 호출 벨들을 모조리 울려대는 것이었다.

　얼마 지나지 않아 모든 인원이 헐레벌떡 달려왔고, 그들에게 파트리 스는 이렇게 말했다.

　"너희 모두가 멍청한 미물(微物)에 불과해! 누군가 이곳에 침범했단 말이다. 그래서 야봉과 코랄리 어멈이 죽을 뻔했다고!"

　죄다 벌집을 쑤신 듯 웅성거리자, 파트리스는 더더욱 큰 소리로 윽박 질렀다.

　"조용히 해! 너희 모두 몽둥이찜질을 당해 마땅하다! 하지만 딱 한 가지 조건만 충족되면 전원 용서해주지. 즉, 오늘 저녁과 밤새도록 코랄리 어멈이 죽었다고 떠들어대는 거야."

그러자 한 명이 불쑥 질문을 던졌다.

"하지만 누가 듣는다고 그런답니까? 여긴 우리 말고 아무도 없잖아요?"

"이 멍청아, 코랄리 어멈과 야봉이 습격당한 걸 보면 모르겠나? 이곳엔 분명 누군가 있어! 너희 소행이 아니라면 말이다. 너희 짓은 아니라고? 거봐, 그러니 이제 바보 같은 소리는 그만 좀 하고! 누구 다른 사람을 일부러 찾아 얘기하라는 게 아니라, 그냥 너희끼리 떠들란 말이다. 심지어 가슴속 깊은 곳에서도 그에 관해서만 생각하라고. 누군가 너희를 엿듣고 엿보고 있어. 너희가 얘기하는 건 물론이고, 입 밖에 내지 않는 것조차 넘겨짚고 있다고 생각하란 말이다. 코랄리 어멈은 일단 내일까지 방에서 두문불출하고 있을 것이야. 이제부터 각자 돌아가면서 그녀를 밤새 지킨다. 나머지는 저녁 식사를 끝내자마자 잠자리에 들고 말이다. 그 밖에는 어느 누구도 절대 집 안을 서성거리지 않도록 한다. 철저하게 침묵을 유지하고."

"그럼 시메옹 영감은 어떻게 되는 겁니까, 대위님?"

"당분간 그의 방에 가둔다. 그는 제정신이 아니기 때문에 위험할 수가 있어. 누군가 그의 정신 상태를 악용해서, 문을 따주게 할지도 모르니까. 따라서 그의 발도 철저히 묶어두는 게 상책이야!"

사실 파트리스의 계획은 단순했다. 지금 적은 코랄리가 곧 죽을 것으로 믿고 파트리스마저 살해하겠다는 자신의 계획을 귀띔해준 상태이다. 따라서 누구의 의심도 받지 않고 어떤 경계 태세도 이루어지지 않은 가운데, 자유로이 행동할 수 있다고 믿게 만드는 것이 중요하다. 그러면 적은 또다시 행동을 개시할 것이고, 저절로 함정에 빠지고 말 것이다.

파트리스는 오로지 적이 준동하기만을 학수고대하며 야봉의 상태를 살펴보았다. 다행히 상처가 그리 심각한 수준은 아니었다. 대위는 코랄리 어멈과 야봉에게 번갈아 같은 질문을 늘어놓았다.

둘의 대답은 똑같았다. 여자는 당시 의자에 나른하게 누운 채 책을 읽던 중이었고, 야봉은 일부러 열어둔 방문 앞에서 아랍인처럼 쭈그리고 앉아 있었다고 했다. 한데 둘 중 어느 누구도 수상쩍은 소리는 못 들었다는 것이다. 그러던 중 난데없이 웬 그림자 하나가 복도 불빛을 슬쩍 가리면서 엄습해오는가 싶더니, 전등에서 뿜어져 나오던 불빛이 느닷없이 꺼지면서, 거의 동시에 방 안을 비추던 전등 불빛 역시 한꺼번에 꺼졌다고 했다. 그때 이미 반쯤 몸을 일으키려던 참인 야봉은 순간 어깻죽지에 극심한 통증을 느끼며 정신을 잃었고, 규방 문을 통해 도망치려던 코랄리 역시 문을 열기도 전에 붙들려 나동그라지면서 비명을 질렀다는 것이다. 이 모든 일이 불과 몇 초 사이에 후닥닥 지나가버렸다고 했다.

파트리스가 집어낸 단 한 가지 단서가 될 만한 사실은, 놈이 계단을 통해 접근하지 않고, 소위 하인들 행랑채라고 불리는 건물의 옆쪽에서 곧장 잠입했다는 것이다. 그곳은 소형 계단을 통해 부엌에 이르도록 되어 있으며, 거기서 곧장 찬방으로 나가 뒷문을 거쳐 레이누아르 가로 빠지도록 되어 있었다.

한데 파트리스가 확인한 바로는 그 마지막 문이 열쇠로 잠겨 있는 것이었다. 그렇다면 그 열쇠를 가지고 있는 자가 반드시 있을 터인데…….

그날 저녁 파트리스는 코랄리의 침대 머리맡을 지키고 있다가 9시가 되어서야 건물의 같은 쪽, 조금 떨어져 있는 자기 방으로 돌아왔다. 그곳은 예전에 에사레스 베가 흡연실로 사용하던 방이었다.

적어도 밤이 깊어지기 전까지는 설마 어떤 도발이 있겠는가 싶은 마음으로 파트리스는 벽에 붙여놓은 개폐식 뚜껑 달린 책상 앞에 앉았다. 거기서 그는 사건의 상세한 추이를 적어놓은 장부를 꺼내, 일기를 끄적 이기 시작했다.

그렇게 30~40여 분이 지났을까, 마침 장부를 덮으려는 찰나, 신경이 극도로 예민해져 있지 않았더라면 그만 놓쳐버렸을 정도로 뭔가 희미 하게 스치는 소리가 어렴풋이 들리는 것이었다. 소리는 분명 창문 밖으 로부터 새 들어오고 있었다. 문득 창문을 통해 그와 코랄리에게 누군가 총질을 해왔던 날이 뇌리를 스쳤다. 물론 이번에는 창문이 단단히 닫혀 있지만 말이다.

그는 고개도 돌리지 않은 채 계속해서 끄적이고 있었다. 이미 경계 태세를 잔뜩 갖추고 있다는 것을 혹시라도 침입자가 눈치채지 못하도 록 할 생각이었다. 그러다 보니 자기도 모르는 사이에 그가 쓰는 문장 들이 고스란히 불안에 떠는 마음을 담아내고 있었다.

지금 놈이 여기 와 있다. 나를 바라보고 있어. 과연 어떻게 나올까? 유리창을 깨고 총을 쏠 것 같지는 않아. 그런 방식은 불확실하고 성공하 기가 힘들 테니까. 아냐, 놈은 색다르고 지능적인 계획을 가지고 있을 거야. 아마도 내가 잠자리에 들기를 기다렸다가, 푹 잠이 들고 나면 그 제야 쥐도 새도 모르게 잠입하려는 생각인지도 몰라.

그때까지는 놈의 시선 아래 아슬아슬하게 앉아 있는 이 짜릿한 기분 이나 만끽하고 있어야겠군. 그도 나를 보통 증오하고 있는 게 아닌 것 같던데, 이거야말로 둘의 적개심이 서로 마주친 검처럼 불꽃 튀기는 지 경이 되겠어. 놈이 마치 야수처럼 내게 눈독을 들이고 있군. 어둠 속에 웅크린 채로 어디에다 송곳니를 박아 넣을까 이리저리 먹이를 살피고 있는 거겠지. 하지만 내가 생각하기엔 놈이야말로 내 먹잇감이라고나 할까. 이미 으깨져버리도록 운명이 정해진, 글자 그대로 먹잇감 말이야. 아마 단도랄지 붉은 끈 따위나 준비하고 있겠지. 물론 싸움을 결판내는 건 나의 이 단단한 두 손에 달려 있을 것이고 말이야. 이것 봐. 벌써부터 뭔가 불끈 힘이 솟아오르잖아. 이 두 손이야말로 일말의 실수도 없이 움직여줄 무기란 말이거든.

거기까지 끄적인 파트리스는 접이식 책상 덮개를 덮은 뒤, 여느 한가로운 저녁 한때처럼, 느긋하게 담배 한 대를 피워 물었다. 담배를 다 피우자, 그는 옷을 벗어 의자 등받이에 가지런히 걸쳐놓고 시계태엽을 감은 다음, 침대에 누워 전등을 껐다.

'자, 이제 어디 두고 보자. 대체 어떤 놈인지 두고 보자고. 에사레스의 친구일까? 진짜 그가 저지르던 행적을 계속해나갈 또 다른 놈이 있는 걸까? 한데 대체 왜 코랄리한테는 그토록 앙심을 품고 있는 걸까? 나를 해코지하려는 걸 보면 그녀에게 유별난 흑심을 품고 있는 것 같은데. 이제 곧 알게 되겠지. 알게 될 거야.'

그런 생각을 굴리는 동안, 어느새 한 시간이 흘러갔다. 그리고 또 한 시간……. 그러나 창문 쪽에서는 별다른 움직임이 일어나지 않았다. 딱 한 번 삐거덕하는 느낌이 있었는데, 그것은 창문 쪽이 아닌 책상 쪽에서 나는 소리였다. 그것도 한밤중 적막이 깊다 보면 흔히 들리는 듯 여겨지는 사소한 소음 같은 것에 불과했다.

한데 그러다 보니 파트리스의 기대를 잔뜩 부풀려왔던 생각 자체가 부질없게 느껴지는 것이었다. 코랄리 어멈의 죽음을 가장한 연극이 따지고 보면 별로 효과가 없는 같았고, 지금의 상대가 그 정도 얕은수에 넘어갈 위인 같아 보이지도 않았다. 싱거운 기분에 어느덧 졸린 기운까지 온몸 가득 엄습하던 중, 어느 한순간 아까와 비슷한 방향에서 마찬가지로 삐거덕하는 소리가 들렸다.

그렇지 않아도 근질근질하던 차에 파트리스는 솟구치듯이 침대를 박차고 일어났다. 후닥닥 불을 켰지만, 방 안의 모든 것은 예전 그대로인 것 같았다. 뭐 하나 수상한 흔적은 찾을 수가 없었다.

'흠⋯⋯. 아무래도 틀린 것 같군그래. 놈이 내 계획을 간파하고 함정 파놓은 걸 냄새 맡은 게 분명해. 잠이나 자야겠군. 오늘 밤엔 아무 일도 일어나지 않겠어.'

실제로 그날 밤은 아무 일도 없었다.

다음 날 창문을 조사하면서 파트리스는 건물 전면(前面)에 걸쳐 1층 상단을 따라 석조 쇠시리가 죽 이어져 있어, 발코니와 빗물받이 홈통을 붙들고 사람 한 명 정도가 너끈히 지나다닐 공간이 존재한다는 사실을 확인했다.

그는 이 쇠시리를 따라 접근 가능한 2층의 모든 방을 둘러보았다. 그랬더니 그중 한 곳이 다름 아닌 시메옹 영감의 방이었다.

그는 경비를 맡은 두 사병에게 물었다.

"어디 나가진 않았겠지?"

"그럴 겁니다, 대위님. 적어도 문을 열어준 적은 없으니까요."

파트리스는 선뜻 문을 열고 들어섰다. 여전히 불 꺼진 파이프를 물고 있는 노인을 제쳐두고 그는 방 안을 여기저기 뒤지기 시작했다. 괴한이 혹시라도 방 어딘가에 숨어들었을 수도 있다는 생각이었다.

하지만 역시 아무도 없었다. 반면 데말리옹 씨와 함께 조사했을 당시엔 전혀 보이지 않던 몇 가지 물건을 벽장 속에서 발견했는데, 줄사다리하고 가스관처럼 생긴 납으로 만든 도관 토막 하나, 그리고 용접용 소형 램프가 있었다.

파트리스는 물건들을 훑어보며 속으로 중얼거렸다.

결정판 아르센 뤼팽 전집

'이거 대단히 수상쩍은걸! 이것들이 어떻게 여기 들어와 있는 거지? 시메옹이 아무 이유 없이 그냥 모아놓은 걸까? 아니면 그가 적의 하수인이라도 된다는 말인가? 하긴 정신이 멀쩡했을 때 알고 지내던 적이, 상태가 정상인 아닌 지금의 그에게 못된 영향력을 행사하고 있을지도 모르지.'

시메옹은 그에게 등을 돌린 채 창문 앞에 앉아 있었다. 한데 살그머니 다가간 파트리스가 그만 소스라치게 놀라는 것이 아닌가! 이렇게 보니, 영감의 손에 흑진주와 백진주로 꿰어 만든 화환이 들려 있는 것이었다. 거기엔 1915년 4월 14일이라는 제조 일자가 명확히 새겨져 있었다. 즉, 시메옹이 죽은 벗들의 묘석 위에 갖다 놓아야 할 스무 번째 화환인 셈이었다.

파트리스는 일부러 큰 소리로 외쳤다.

"아무렴 그는 갖다 놓을 거야! 친구이자 원수를 갚아줄 사람으로서 한평생을 살아온 몸이지 않은가! 제아무리 광기(狂氣)에 사로잡힌 처지이지만 그것만은 변치 않은 것이야! 아무렴 기필코 그걸 갖다 놓아야 하고말고. 그렇죠, 시메옹? 내일 그걸 가져갈 거죠? 바로 4월 14일, 신성한 기일(忌日)이니까요."

그러면서 이 수수께끼 같은 존재, 마치 교차로에서 모든 길이 만나듯, 온갖 좋고 나쁜 사연이 복잡한 실타래처럼 얽혀 든 것 같은 이 의문의 존재에게로 파트리스는 천천히 몸을 기울였다. 한데 시메옹은 자신의 화환을 누군가 훔치려고 하는 줄 알고 와락 물건을 끌어안는 것이었다.

파트리스는 부드러운 목소리로 타이르듯 말했다.

"걱정 마요. 건드리지 않을 테니까. 내일 봐요, 시메옹. 코랄리와 나는 당신이 약속한 장소에 정확히 나가 있을 겁니다. 어쩜 내일이면, 끔찍한 과거의 기억에서 당신의 머리가 비로소 자유로워질 수 있을지도 모르겠군요."

그날 하루는 파트리스에게 몹시도 길게 느껴졌다. 그만큼 어둠 속의 빛과도 같은 그 무엇을 기다리는 마음이 간절했던 것이다! 스무 번째 4월 14일을 맞이하는 바로 내일이야말로 그에게는 일거에 어둠을 몰아낼 찬란한 빛처럼 여겨졌다.

해가 뉘엿뉘엿 기우는 오후 늦은 시각, 레이누아르 가에 들른 데말리옹 씨는 파트리스를 보자, 이렇게 말했다.

"이것 좀 보시오. 참으로 이상한 것을 받았소. 필체를 일부러 꾸민 듯한 익명의 편지인데……. 내가 한번 읽어볼 테니, 잘 들어보시구려."

> 므슈,
> 황금이 몽땅 사라질 거라는 통보는 이미 받았을 것이오.
> 그러니 주의하시오.
> 내일 밤, 자루 1800개가 국외로 반출될 것이오.
>
> 프랑스의 벗으로부터

"내일이라면 4월 14일이지 않은가!"
곧장 머릿속이 빠르게 회전하면서 파트리스가 외쳤다.
"그야 그렇지만……. 왜 그러시오? 날짜가 중요한가요?"
"오, 아닙니다! 그냥 해본 소리요."

하마터면 데말리옹 씨에게 그 4월 14일에 얽힌 모든 사연하며 시메옹 영감이라는 기이한 인물에 관한 사실들을 죄다 털어놓을 뻔했다. 하지만 끝내 입을 열지 않은 것은, 아마도 데말리옹 씨를 과거의 비밀에 개입시키지 않으려는 조심성과 더불어, 이번 사건의 이 부분만큼은 혼자서 끝까지 한번 가보겠다는 욕심이 앞섰기 때문인 듯했다. 결국 파트리스는 시침을 떼면서 이렇게 말했다.

"그나저나 웬 편지입니까?"

"맙소사, 나도 어떻게 생각해야 할지 당최 오리무중이외다. 과연 타당한 경고로 받아들여야 할지? 아니면 일부러 어떤 행동으로 우리를 유도하려는 술책일지? 하여튼 부르네프와 얘기나 해보려고 합니다."

"그자에게선 별로 특별한 정보를 기대할 게 없을 텐데요?"

"오, 더 이상 뭘 바라지도 않습니다. 그가 제시한 알리바이가 사실이라는 게 확인됐어요. 그자와 패거리는 역시 단역(端役)에 불과했습니다. 이미 다 끝난 역할인 셈이죠."

이런 얘기를 주고받는 가운데 파트리스는 분명한 사실 하나에만 주목하고 있었다. 즉, 날짜가 우연찮게 서로 일치한다는 점!

데말리옹 씨와 파트리스가 각자 나름대로 이 사건에 대해 접근해온 두 가지 노선이, 오래전부터 운명적으로 정해졌던 한 날짜 안에서 별안간 마주치는 셈이었다. 즉, 과거와 현재가 이제 막 합치려는 순간이라고나 할까? 바야흐로 결말이 다가오고 있는 것이다. 황금이 사라지려 하는 날이 바로 4월 14일임과 동시에, 어떤 미지의 목소리가 지금 파트리스와 코랄리를 불러내 20년 전 같은 날 각자의 부모가 다짐했던 약속을 이어가려 하고 있다.

그 결정적인 날, 4월 14일이 드디어 다가왔다!

9시가 되자마자 파트리스는 시메옹 영감의 동태부터 물었다.

"외출했습니다, 대위님. 금족령을 해제하셨지 않습니까?"

파트리스는 방 안으로 들어가 진주 화환을 찾아 두리번거렸다. 그러나 물건을 보이지 않았고, 벽장 속에 있던 줄사다리와 납봉, 용접용 램프도 온데간데없었다. 그는 보초를 서던 병사를 붙들고 다그쳐 물었다.

"시메옹이 뭐 가지고 나가진 않던가?"

"진주 화환을 하나 가지고 나갔습니다, 대위님."

"다른 건?"

"없었는데요, 대위님."

보아하니 창문이 열려 있었다. 장비들은 그리로 빠져나간 것이 틀림없었다. 영감이 무의식중에 누군가의 하수인 역할을 하고 있을 거라는 가정이 현실로 입증되는 순간이었다.

10시가 미처 못 된 시각, 코랄리는 정원에서 파트리스와 만났다. 그는 여자에게 그사이에 일어났던 일들을 알려주었고, 여자는 곧장 파랗게 질려서 안절부절못했다.

두 사람은 잔디밭을 산책하는 척하다가, 골목으로 난 문을 감추고 있는 참빗살나무 숲 속으로 잽싸게 숨어들었다. 파트리스는 슬그머니 문을 열었다.

계속해서 맞은편 쪽문마저 열며 그의 마음은 일순 멈칫하지 않을 수 없었다. 이제까지의 정황으로 볼 때 위험할 게 분명한 이 같은 모험을 미리 데말리옹 씨에게 귀띔하지 않고 코랄리와 단둘이 수행한다는 것이 여간 께름칙하지 않은 것이다. 하지만 이내 불안감을 떨쳐버리기로 작정했다. 조심하느라 권총도 두 자루씩이나 준비해오지 않았는가 말이다. 대체 두려워할 것이 뭐란 말인가?

"어때요, 코랄리? 함께 들어갈 거죠?"

"네."

마지막으로 다짐하듯 묻자 여자가 조용히 대답했다.

"하지만 왠지 망설이는 듯 보입니다."

"그건 맞아요. 마음이 조마조마하군요."

"왜요? 두렵습니까?"

"글쎄요. 그렇다고 해야겠군요. 어쩜 오늘이 아니고 옛날 때문에 두렵다고 해야 할 것 같아요. 어느 4월의 아침, 지금 나처럼 이 문을 넘어섰을 우리 가엾은 어머니가 생각나는군요. 얼마나 행복했겠어요! 온통 사랑을 향해 달려가는 마음이었겠죠. 그런데 지금 같아선 어머니를 부여잡고 이러고 싶은 심정이에요. '가지 마세요. 죽음이 도사리고 있어요. 가지 말라고요.' 바로 지금 내 귀에 그런 끔찍한 소리가 들리는 것 같단 말이에요. 내 귓속에서 그런 목소리가 웅얼거리고 있어요. 그 소리가 내 발목을 붙드는 것 같아요. 그래서 두려워요."

"그렇다면 여기서 돌아갑시다, 코랄리."

하지만 정작 그렇게 말하는 파트리스의 팔뚝을 여자는 덥석 그러쥐며, 이러는 것이었다.

"아뇨, 어서 앞으로 나아가요. 가서 기도할 거예요. 기도를 하면 나아지겠죠."

여자는 옛날에 어머니가 걸어가셨던 바로 그 좁다란 오솔길을 따라 성큼성큼 걸음을 내딛으며, 어지러운 나뭇가지들과 헝클어진 잡초들을 헤쳐 나아갔다. 둘은 별장을 왼편으로 끼고 그렇게 의연히 걸어가 마침내 각자의 아버지, 어머니가 잠들어 있는 아늑한 녹지로 들어섰다. 그곳에는 언뜻 보아도 스무 번째 진주 화환이 새로 놓여 있다는 것이 느껴졌다.

"시메옹이 왔다 갔어요. 그 무엇도 흩어놓을 수 없는 강력한 본능이 그를 여기까지 이끌어 온 겁니다. 지금도 아마 이 근처 어딘가에 있을 거예요."

파트리스는 그렇게 중얼거린 뒤, 코랄리가 무릎을 꿇고 기도를 올리는 동안, 수목(樹木)의 회랑 여기저기를 살펴보았고, 정원의 절반 정도까지 도로 내려가 시메옹을 찾아 돌아다녔다. 하지만 영감의 모습은 어디에도 보이지가 않았다. 이제 남은 것은 별장 안을 조사해보는 것뿐인데, 사실 그것이야말로 두 사람이 미루고 미뤄오던 일이었다. 딱히 뭐가 두려워서라기보다는, 살인과 죽음의 현장일지도 모를 그곳에 들이닥친다는 것 자체가 일종의 신비스러운 공포감으로 다가왔던 것이다.

이번에도 행동을 부추긴 것은 오히려 여자 쪽이었다.

"어서 가요."

여자는 먼저 앞장서면서 짤막하게 끊어 말했다.

하지만 파트리스는 창문이건 출입구이건 온통 잠겨 있는 것 같은 그 건물 안으로 대체 어떻게 들어가야 할지 난감하기만 했다. 하지만 점차 접근함에 따라 작은 뜨락을 향한 뒷문만은 의외로 활짝 열려 있다는 게 드러났고, 아마도 안에서 시메옹이 그들을 기다릴지 모른다는 생각이 드는 것이었다.

둘이 그렇게 별장 문턱을 넘어선 것은 정확히 10시가 되어서였다. 비좁은 현관 양쪽으로는 각각 부엌과 방 하나가 자리 잡고 있었다. 한편 정면에 위치한 방이 아마도 주 생활공간인 듯싶었다. 코랄리는 반쯤 열린 그 방문을 바라보며 이렇게 중얼거렸다.

"옛날에……. 일이 벌어졌던 곳이 아마 저 방이었을 거예요."

그러자 파트리스도 조용히 맞장구를 쳤다.

"그래요. 시메옹도 아마 저 안에 있겠지요. 하지만 코랄리, 정 마음이 내키지 않으면 여기서 물러서도 돼요."

그러나 이미 여자의 가슴속은 무모할 정도의 의지력이 독차지하고 있었다. 지금 이 순간만큼은 이 세상 그 무엇도 그녀의 앞길을 막을 수 없을 것 같았다. 여자는 의연하게 앞으로 나섰다.

꽤 널찍하면서도 가구가 배치된 방식 때문에 비교적 아기자기한 느낌을 주는 방이었다. 디방(팔걸이나 등받이가 없는 침대 겸용의 긴 의자—옮간이)과 안락의자, 바닥 양탄자와 벽지 등등 그 모두가 편안한 분위기를 연출하고 있었고, 흡사 거기 살고 있던 사람이 비명횡사한 이후에도 어느 것 하나 변한 것 같지가 않았다. 그런가 하면, 전망대 같은 구조물이 위치한 높다란 천장 부위가 큼직한 유리로 되어 있어, 그리로부터 쏟아져 들어오는 햇빛이 전체적으로 마치 아틀리에 같은 느낌을 유발하기도 했다. 창문이 두 군데 있었지만 거기엔 하나같이 커튼이 쳐져 있었다.

"시메옹은 없군요."

파트리스가 중얼거렸다.

코랄리는 아무 대꾸도 하지 않고 이것저것 물건들을 심각한 표정으로 살피고 있었다. 그중에는 지난 세기까지 거슬러 올라가는 책들이 있었는데, 그중 몇 권은 노랗거나 파란 표지 위에 연필로 '코랄리'라는 서명이 되어 있었다. 또한 자수용 캔버스라든가 한쪽 귀퉁이에 바늘이 아직도 꽂힌 채 방치되어 있는 미완성 태피스트리 작품도 있었다. 한편 '파트리스'라는 서명이 적힌 책들도 있었고, 시가 상자와 글 쓸 때 사용하는 밑받침, 펜대와 잉크병 등도 여기저기 보였다. 아울러 두 아이를 담은 사진틀, 즉 어린 파트리스와 코랄리의 사진도 한쪽 구석에 자리를 차지하고 있었다.

그렇게 과거의 삶은 지속하고 있었고, 그것은 비단 격렬하면서 덧없이 스러져간 두 연인 간의 사랑뿐만 아니라, 오랜 세월에 걸쳐 이처럼 안정되고 평온한 공간을 공유해온 두 존재 자체한테도 마찬가지로 해당되는 얘기였다.

"오! 어머니, 엄마……."

코랄리는 감정에 복받친 듯 허공에 대고 속삭였다.

새록새록 샘솟는 옛 기억이 그녀의 감정 상태를 점차 고양시키고 있었다. 마침내 그녀는 온몸을 부들부들 떨면서 파트리스의 어깨에 기댔다.

"자, 이제 그만 갑시다."

남자의 말에 여자는 힘없이 대답했다.

"그래요. 그러는 게 낫겠어요. 나중에 다시 와보도록 하죠. 이분들 곁에서 우리가 다시 살아줘야겠어요. 그들의 결딴난 인생을 우리가 함께 이어나가도록 해요. 이만 떠나요. 오늘은 더 이상 기운이 없어요."

한데 몇 발짝을 옮기기도 전에 두 사람은 기겁을 하며 걸음을 멈출 수밖에 없었다. 열어두었던 문이 꽉 닫혀 있는 것이 아닌가!

두 사람의 불안에 흔들리는 눈길이 서로 마주쳤다.

"분명 열어두지 않았나요?"

남자의 다급한 물음에 여자도 서둘러 대답했다.

"네, 분명 열어두었어요!"

천천히 다가가 살펴보니 손잡이도, 잠금장치도 없는 문이었다.

보기에도 묵직하고 단단하기가 만만치 않은 통나무 문이었다. 아마도 아름드리 참나무 줄기를 통째로 베어다가 만든 모양이었다. 한데 자세히 보니, 페인트칠도 되어 있지 않았고 별다른 광택 처리도 없는 그 문 여기저기에, 무슨 도구를 사용해 일부러 가한 듯한 긁힌 자국이 나 있는 것이었다.

그리고 좀 더 오른쪽으로 시선을 옮기자, 다음과 같은 글자가 연필로 적혀 있었다.

파트리스와 코랄리 ─1895년 4월 14일
하느님께서 원수를 갚아주실 것이다.

그 바로 아래에는 십자가가 그려져 있었고, 그 십자가 아래에는 조금 다른 필체일 뿐만 아니라 좀 더 최근의 것이 분명한 글자가 이렇게 적혀 있는 것이었다.

    1915년 4월 14일

"1915년이라니! 1915년이라니! 이런 끔찍한 일이 있나! 바로 오늘 아닌가! 대체 누가 이걸 적은 거야? 방금 적은 것 같은데. 오, 섬뜩해라! 아무래도 이대로 있다가는……."

파트리스는 호들갑을 떨면서 창가로 달려가, 후닥닥 커튼부터 젖히고는 창문을 열려고 했다.

순간 그의 입에서 외마디 비명이 터져나왔다.

유리와 덧문 사이가 건축용 석재로 단단히 틀어막혀 있는 것이 아닌가!

다른 쪽 창문으로 달려가 살펴보아도 마찬가지였다.

언뜻 보니 우측으로는 다른 방으로 통해 있고, 좌측으로는 부엌에 딸린 쪽방에 이를 것이 분명한 문이 두 개 나 있었다.

파트리스는 득달같이 달려가 둘 다 활짝 열어보았다.

그러나 역시 몽땅 벽으로 막혀 있는 것이었다.

온 방 안을 미친 듯이 헤치고 다니면서 출구를 찾던 파트리스는 제일 처음 매달린 문짝을 다시금 골라 마구 흔들어대기 시작했다. 물론 꼼짝도 하지 않았다. 문 자체가 무슨 돌담처럼 그 느낌이 완강하기 이를 데 없었다.

남녀는 절망적인 눈빛으로 서로를 마주 보았고, 바로 그 순간 똑같이 무시무시한 생각이 뇌리를 파고드는 것을 느꼈다. 즉, 과거의 일이 고스란히 재현될 것이라는 생각! 처절한 비극이 똑같은 조건하에서 다시 벌어지려는 참인 것이다. 아버지와 어머니 다음으로 이제는 그 아들과 딸 차례라는 얘기인가! 옛날의 연인들과 마찬가지로 이제는 오늘의 연인들이 꼼짝달싹 못하는 지경에 빠진 것이다. 원수의 막강한 발톱이 두 사람을 그러쥔 셈이었고, 이제 머지않아 부모가 어떤 식으로 비참한 최후를 맞이했는지를, 자신들이 당할 죽음을 통해 생생히 깨닫게 될 것이었다. 1895년 4월 14일에 벌어진 끔찍한 사건을 1915년 4월 14일에 다시금 말이다.

결정판 아르센 뤼팽 전집

◁ 제2부 ▷

아르센 뤼팽의 승리

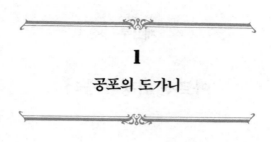

1
공포의 도가니

"아! 안 돼! 안 된다고! 이럴 수는 없어."

파트리스는 고함을 질러대면서 창문이건 문짝이건 냅다 몸을 부딪치며 난리를 피웠다. 또한 벽난로 안의 장작 받침쇠를 집어 들고 나무 문짝이건 석조 벽체이건 가리지 않고 마구 두드려댔다. 물론 모두 허망한 짓거리일 뿐! 옛날 그의 아버지가 이미 보였던 것과 똑같은 반응일 뿐이며, 돌에든 나무에든 똑같이 부질없는 긁힌 자국만 만들어낼 따름이었다.

그는 마침내 절망적인 목소리로 절규했다.

"아! 코랄리 어멈! 코랄리 어멈! 모든 게 내 잘못이오. 내가 당신을 엄청난 구렁텅이로 끌어들였구려! 혼자 싸우려고 한 것부터가 미친 짓이었소! 뭘 좀 알고, 이런 일에 익숙한 자들의 도움을 구했어야 하는 건데! 난 내가 할 수 있을 거라 믿었소. 날 용서해주시오, 코랄리."

여자는 안락의자에 쓰러지듯 앉았고, 남자는 무릎을 꿇은 채 두 팔을

결정판 아르센 뤼팽 전집

벌려 여자를 끌어안다시피 하며 애원하고 있었다.

그런 그를 여자는 지그시 미소를 지으며 부드럽게 달랬다.

"이봐요, 용기를 잃지 마세요. 우리가 공연히 착각하고 있는지도 몰라요. 이 모든 게 그저 우연의 결과인지도 모르잖아요!"

하지만 남자는 더더욱 목멘 소리로 울부짖었다.

"아, 이 날짜를 봐요! 이 연도와 이 날짜는 정녕 또 다른 손에 의해 쓰인 거란 말이오! 다른 것은 분명 우리의 부모님이 적어놓은 게 맞지만, 이건…… 오, 코랄리, 이건 아예 작심하고 누군가 우리를 해치기 위해 끄적여놓은 거라는 걸 모르겠소?"

그 말에 여자 역시 부르르 몸서리를 치면서도, 끝끝내 남자의 용기를 북돋우려는 듯 이렇게 고집했다.

"좋아요, 그렇다고 쳐요! 하지만 아직은 끝장난 게 아니잖아요? 어딘가에 적이 우릴 노리고 있다면 우리를 도우려는 친구도 분명 있을 거예요. 어쩜 지금쯤 우릴 찾고 있는지도 모른다고요."

"우릴 찾고 있을지는 모르지만 대체 무슨 수로 발견한단 말이오, 코랄리? 우리가 어디로 가는지 모르게 하려고 모든 수단을 다 쓴 데다 이런 곳이 근처에 있다는 걸 아는 사람도 하나 없지 않소?"

"시메옹 영감이 있잖아요?"

"시메옹은 분명 이곳에 왔어요. 와서 진주 화환을 놔두고 갔지요. 하지만 그와 더불어 다른 누구도 이곳에 왔단 말입니다. 정신이 혼미해진 시메옹을 제 맘대로 주무르고, 어쩌면 지금쯤 그마저 제거해버렸을지 모르는 누가 말입니다. 따지고 보면 이제 시메옹 영감의 역할은 다한 셈이니까요."

"그럼 대체 어쩌자는 건가요, 파트리스?"

남자는 문득 여자의 심기가 여간 뒤틀린 게 아니라는 것을 느꼈고,

주책맞게 호들갑을 떨며 나약한 모습을 보인 자신이 부끄러웠다.

결국 스스로를 가다듬으며 파트리스는 이렇게 말했다.

"좌우간 기다려보기로 하죠. 아직은 이 모든 것이 결정적인 도발은 아닐 수도 있으니까요. 잠시 갇혀 있다고 해서 우리가 완전히 파멸한 것도 아니고요. 적어도 유사시에는 맞붙어 싸울 것 아닌가요? 이래 봬도 난 아직 힘도 있고 싸울 수단도 있답니다. 기다립시다, 코랄리. 그러면서도 적극적으로 방법을 모색해보는 거예요. 일단 현재 중요한 건, 어디든 예기치 않은 도발이 자행될 만한 출입구가 따로 있는가 조사해보는 겁니다."

하지만 꼬박 한 시간을 이리저리 쑤시고 다녔는데도 별다른 공격로가 보이지 않았다. 사방의 벽체를 아무리 두드려봐도 똑같은 정도의 반향음만 들릴 뿐이고, 양탄자를 걷어내면 또박또박 사각 무늬가 박혀 있는 타일 바닥이 드러날 뿐이었다.

결정적으로 이제 남은 것은 역시 문밖에 없는 셈. 바깥으로 여닫게 되어 있기에 누가 문을 여는 것을 안에서는 막을 수가 없었다. 결국 가구들을 문 앞에 잔뜩 쌓아서 일종의 바리케이드를 쳐둠으로써 임시방편으로나마 불의의 습격을 막아보기로 했다.

그런 다음, 파트리스는 권총 두 자루를 장전해서 손이 잘 닿는 곳에 놓아두었다.

"자, 이로써 좀 안심이 되는군요. 누구든 불쑥 나타나기만 하면 죽은 목숨입니다."

파트리스의 그런 말에도 불구하고, 과거의 기억은 두 사람의 머리 위를 엄청난 중압감으로 내리눌렀다. 그들이 지금 무슨 말을 하든, 무슨 행동을 하든, 그것들은 옛날 이와 비슷한 상황 속에서 비슷한 생각을 가진 다른 누가 이미 말하고 행한 것들이라는 바로 그 사실 말이다! 파

결정판 아르센 뤼팽 전집

트리스의 아버지 역시 무기를 준비했을 것이고, 코랄리의 어머니 역시 두 손을 모으고 기도를 드렸을 것이다. 그들 역시 가구들로 바리케이드를 쳤을 것이고, 벽을 두드려보거나 바닥 양탄자를 들춰보았을 것이다.

가뜩이나 불안해 죽을 지경인데, 이처럼 과거의 불길한 사실까지 겹치니, 두 사람의 심정은 여간 곤혹스러운 것이 아니었다.

끔찍한 생각을 억지로 떨쳐버리기 위해 두 사람은 부모들이 읽었을 장서들과 소설책들, 그리고 가제본 된 몇몇 소책자를 이리저리 훑어보기 시작했다. 그중 몇몇 책은 장(章)이 끝날 때쯤, 아니면 책을 덮을 때쯤, 몇 줄의 친필이 적혀 있곤 했는데, 물론 파트리스의 아버지와 코랄리의 어머니가 서로에게 끄적여놓은 편지글이었다.

나의 사랑하는 연인 파트리스, 오늘 아침, 나는 어제의 우리 삶을 다시 느끼고, 이제 곧 닥쳐올 우리 인생에 대해 곰곰이 생각해보기 위해서 이리로 달려왔답니다. 다음에 당신이 나보다 먼저 도착하면 이 글을 읽어보세요. 내가 당신을 얼마나 사랑하는지를……

그리고 또 다른 책에는 이렇게 적혀 있었다.

　사랑하는 나의 코랄리
　당신 방금 떠났구려. 내일까지는 아마 또 못 보겠지. 우리의 사랑이
그토록 아름답게 꽃피었던 은신처를, 이제 다시는 당신에게 말 한마디
없이 떠나지 않을 것이오.

　둘은 그렇게 책의 거의 대부분을 훑어보았지만 정작 이 상황을 해결
해줄 그 어떤 단서도 찾을 수 없었고, 오로지 두 남녀 간의 애정과 정열
만을 확인할 수 있을 뿐이었다.

　그렇게 두 시간이라는 시간이, 언제 들이닥칠지 모를 위험에 대한 두
려움과 긴장 속에서 흘러갔다.

　"어쩌면 아무 일도 일어나지 않을 겁니다. 한데 정작 두려운 건 바로
그 점이죠. 왜냐면 이 상태 이대로 아무 일도 일어나지 않는다면 우린
영영 이곳에서 빠져나가지 못할 수도 있기 때문입니다. 만약 그렇게 된
다면……"

　파트리스가 차마 마무리하지 못한 말의 내용을 코랄리는 금세 짐작
했다. 둘의 머릿속에는 서서히 현실로서 다가오는 굶주림으로 인한 죽
음의 그림자가 어렴풋이 느껴지는 것이었다. 하지만 파트리스는 이내
이렇게 외쳤다.

　"아니지! 아니야! 그런 건 겁낼 필요가 없어요. 아무렴! 우리처럼 젊
은 사람들이 굶어 죽으려면 적어도 사나흘, 아니 그보다 훨씬 더 많은
나날이 꼬박 걸릴 것이오. 하지만 그 전에 우린 구조될 겁니다."

"어떻게 말인가요?"

코랄리가 눈빛을 반짝이며 물었다.

"어떻게라니요? 당연히 우리 사병들이나 야봉, 아니면 데말리옹 씨라도 나타나주는 거죠. 그들 모두는 오늘 밤이 넘어도 우리가 보이지 않을 때 대단히 불안해할 것입니다."

"하지만 파트리스, 당신 입으로 말했잖아요? 그들은 결코 우리가 어디로 갔는지 모를 거라고."

"하지만 머지않아 알아낼 겁니다. 따지고 보면 그리 불가능한 일도 아니지요. 아시다시피 두 정원은 골목길 하나를 사이에 두고 인접해 있으니까요. 게다가 우리의 모든 행동거지가 내 방 책상 속에 있는 일기장에 고스란히 기록되어 있답니다. 야봉이 그걸 알고 있죠. 틀림없이 데말리옹 씨에게 그걸 얘기하고 말 겁니다. 그리고…… 그리고 또 시메옹도 있고요. 대체 그는 지금 어찌 된 걸까요? 그가 이리저리 배회하는 걸 누군가 목격할 만도 하지 않을까요? 그럴 경우, 그가 뭔가 언질을 줄 수도 있을 게 아니겠습니까?"

하지만 아무리 이런저런 가능성을 주워섬긴다 해도 진정으로 마음이 안정되는 것은 아니었다. 설사 굶어 죽는 것을 면한다 해도, 그 대신 적은 다른 수단을 도모해놓았을 것이다. 어쨌든 이렇게 속수무책으로 꼼짝달싹 못하고 있다는 것 자체가 두 사람에게는 견디기 어려운 고역이었다. 어쨌든 파트리스는 우연히 새로운 방향으로 또다시 조사를 시작했다.

미처 들춰보지 않은 다른 책들을 이리저리 훑어보던 중, 1895년에 출간된 어떤 책을 살펴보게 되었는데, 그중 두 장이 함께 귀가 접혀 있는 것이었다. 자세히 살펴보니, 아버지가 그에게 남긴 메모가 다음과 같이 적혀 있었다.

파트리스, 내 아들아, 만에 하나 네가 이 메모를 보게 된다면, 그건 우리를 노리고 있는 지독한 죽음의 그림자가 기어이 덮치는 바람에, 미처 이걸 지울 수 없었기 때문일 것이다. 그 죽음에 대해서는 말이다, 파트리스, 아틀리에의 두 개 창문 사이 벽에서 진실을 찾아보아라. 거기에 그걸 심어놓을 시간은 아마도 있을 테니까.

다시 말해서 그 당시 두 희생자는 자신들에게 예정된 비극적의 운명을 어느 정도 예감했던 것이 틀림없으며, 이 별장을 드나듦으로 인해 어떤 위험을 감수해야 하는지를 알고 있었던 것이다.

이제 파트리스의 아버지가 적은 그대로, 과연 진실의 실마리를 지정한 장소에 심어놓았는지 살펴보는 일만 남은 셈이다.

두 개의 창문 사이를 바라보니, 방의 다른 벽체와 마찬가지로 상단에 수평 쇠시리가 가미된 장식용 목재 패널이 약 2미터 높이에 걸쳐서 부착되어 있었고, 쇠시리 위쪽으로는 바로 회반죽 칠을 한 단순한 벽체였다. 사실 그곳 장식용 패널의 광칠이 나머지 것들과 좀 다른 것이, 나중에 따로 손질한 것처럼 보이는 것을 파트리스와 코랄리는 한눈으로 그냥 흘려버린 터였다. 파트리스는 장작 받침쇠를 지렛대 삼아 해당 부분 쇠시리를 뜯어내고 패널을 들어냈다.

의외로 작업은 간단했다. 아니나 다를까, 횡하니 드러난 벽면에는 뭔가 글자가 새겨져 있는 것이 부분적으로 나타났다.

'음…… 시메옹이 하던 방식과 똑같군. 벽에다 글을 새기고 나서 회반죽 칠을 하거나 판자로 덮어놓는 것 말이야.'

파트리스는 그렇게 생각하면서 다른 패널들도 죄다 뜯어내기 시작했고, 그럼에 따라 연필로 서둘러 끄적여놓은 글줄이 완전한 모습을 드러내는 것이었다.

파트리스는 복받치는 심정을 쓰다듬으며 글자들을 해독하기 시작했다. 아버지가 죽음의 위협에 시달리는 가운데 아들에게 절절한 필체로 남긴 글이 아닌가! 그것은 곧 고뇌의 증언이자, 자신을 죽이고 애인의 목숨마저 앗아간 적에 대한 치열한 저주일 것이었다.

파트리스는 나지막한 목소리로 읽어 내려갔다.

나는 악당 놈이 끝내 그 계획을 이루지 못하고 벌을 받을 수 있도록 지금 이 글을 쓰고 있다. 아마도 코랄리와 나는 죽을 것이다. 그러나 우리가 왜 죽는지 그 이유만큼은 최소한 세상에 알려야 할 것이다.

불과 며칠 전에 그자가 코랄리에게 이렇게 말했다고 한다.

"당신은 나의 사랑을 거부했소. 당신의 증오심으로 나를 아주 뭉개버렸지. 좋아, 그럼 나는 당신들을 죽일 것이오. 당신과 당신의 그 잘난 애인을 말이오. 사람들은 자살이라고 말할 테고, 내게 혐의를 두는 사람은 아마 없을 것이오. 이제 만반의 준비가 갖춰졌어. 조심하시오, 코랄리!"

그렇다, 실제로 그때 모든 준비가 갖춰진 것이다. 그는 나와 안면이 전혀 없는 처지이지만, 코랄리가 이곳에서 매일같이 누구와 밀회한다는 걸 알았을 테고, 바로 이 별장을 우리의 무덤 장소로 선택한 것이다.

대체 우릴 어떻게 죽일 작정인가? 도무지 모르겠다. 물론 먹을 것은 절대 부족한 상태이다. 벌써 이렇게 갇혀 있은 지 네 시간이 지났다. 대단히 육중한 문짝 하나는 꿈쩍도 하지 않는데, 필시 간밤에 일부러 설치한 듯하다. 나머지 문짝들고 창문들에는 석재와 시멘트로 빈틈없이 메워져 있는데, 모두 우리가 지난번에 재회한 다음, 공작이 이루어진 것이다. 결국 빠져나가는 건 불가능한 셈이다. 아, 우린 이제 어찌 될 것인가?

일단 발견된 글은 거기서 끝나 있었다. 파트리스는 코랄리를 보며 이렇게 말했다.

"봤죠, 코랄리? 그들도 우리와 똑같은 지경에 빠졌던 겁니다. 그들한테도 제일 먼저 배고픔이 가장 큰 걱정이었어요. 그들 또한 우리처럼 장시간 꼼짝달싹 못하고 있다 보니 여간 고충이 아니었나 봅니다. 이런 글을 남긴 것도 자꾸만 허물어지려는 정신을 가다듬기 위함이었던 것 같아요."

그러고는 잠시 글을 유심히 살피다가 이렇게 덧붙였다.

"그들은 필시 자신들을 죽음으로 내몬 장본인이 이 글을 읽지 못할 거라고 생각했을 겁니다. 실제로도 그런 것 같고요. 보세요, 그때만 해도 여기 창문하고 그 사이 벽체는 넉넉한 커튼 한 장만이 가리고 있었을 뿐이에요. 저 위에 커튼을 매다는 가로대가 단 하나인 것만 봐도 알 수 있지요. 두 분이 죽은 다음에도 웬일인지 사람들은 그 커튼을 젖혀 볼 생각을 못했고, 진실은 그렇게 영영 감춰지고 만 셈이죠. 그러다가 어느 날 시메옹이 그걸 발견하고는, 조심스럽게 장식용 패널들로 가린 데다가, 커튼 한 장이 늘어져 있던 곳에 커튼 두 장을 쳐놓은 겁니다. 그래서 모든 게 더욱 자연스레 은폐되도록 한 거죠."

파트리스는 다른 패널들도 계속해서 뜯어갔고, 그럴수록 더 많은 글자가 모습을 드러냈다.

아, 차라리 나 혼자만 고통을 당하는 거였으면! 나 혼자만 죽어가는 것이었으면! 정작 견디기 힘든 고통은, 내가 사랑하는 코랄리를 이 지경으로 끌어들였다는 사실이다. 그녀는 잠깐 혼절했다가 지금은 안정을 취하고 있다. 그리고 자신이 내동댕이쳐진 엄청난 공포의 도가니로부터 회복하기 위해 안간힘을 쓰고 있다. 오, 가엾은 연인! 벌써 그녀의 사랑스러운 얼굴 한구석에 죽음의 창백한 기운이 맴도는 듯싶구나! 용서해주오. 용서해줘, 사랑하는 여인아.

그 대목에 이르러 파트리스와 코랄리는 서로를 마주 보았다. 글 속의
내용은, 지금 바로 두 사람의 가슴을 뒤흔드는 감정 그대로였고, 상대
의 고통 앞에서 자신을 잊어버리는 고귀한 마음 그대로였던 것이다.

파트리스는 나지막이 중얼거렸다.

"내가 당신을 사랑하는 것과 똑같이 아버지도 당신 어머님을 사랑하
셨던 거요. 나 역시 죽음이 두려운 게 아니라오. 죽음이라면 지금까지
도 숱하게 웃으며 헤쳐온 몸이오! 내가 괴로워 견딜 수 없는 건 오로지
당신…… 코랄리 당신이 이곳에 있기 때문이오!"

그는 울컥 치미는 울화통으로 오히려 기운이 치솟는 듯, 이리저리 성
큼성큼 거닐기 시작했다.

"당신을 구해내고야 말겠어, 코랄리! 내가 맹세하리다! 그리고 통
쾌하게 복수하고야 말 거야! 놈이 우리를 위해 준비해둔 그 파멸을
오히려 그 자신이 맛보도록 해줄 테야, 알겠소, 코랄리? 놈은 이곳에
서 최후를 맞이할 것이오. 바로 이곳에서! 아, 이 끓어오르는 증오심
으로 그냥!"

그는 이를 부득부득 갈면서 패널 뜯어내기를 계속했다. 이제 당시와
지금 모두가 똑같은 조건하에 벌어진 사태라는 것이 분명해진 이상, 뭔
가 대책을 세우기에 유용한 내용이라도 있지 않을까 잔뜩 몸이 다는 것
이었다.

하지만 연이어 드러나는 문장은 이전 것과 크게 다르지 않은 감정 섞
인 복수의 다짐뿐이었다.

코랄리, 그는 반드시 징벌을 받고야 말 것이오. 우리 손에 의하지 않

더라도, 아마 하늘의 준엄한 심판을 받을 거란 말이오. 아무렴, 놈의 악마적인 계획은 결국 좌절을 맞게 될 것이야. 이 세상 아무도 우리가 기쁨과 행복뿐인 인생에서 벗어나고자 자살을 시도했다고는 생각지 않을 거요. 놈의 범죄행위는 만천하에 알려질 거요. 매시간마다 나는 이곳에다 결코 부정할 수 없는 증거들을 심어놓을 겁니다.

"아, 말뿐이야! 말뿐이라고!"

파트리스는 안달을 내며 버럭 소리를 질렀다.

"암만 가도 위협이나 고통의 신음뿐이지 않은가! 정작 우리를 안내해줄 유용한 정보는 하나도 없어. 아버지, 도대체 당신 연인의 딸을 구해줄 수 있을 만한 얘기는 한마디도 안 해주시렵니까? 당신의 연인은 비록 쓰러졌지만, 아버지 덕분에 나의 애인만이라도 불행에서 벗어나게 해주시면 안 되겠습니까? 절 좀 도와주세요! 방법을 알려달란 말입니다!"

하지만 아버지는 여전히 절망과 호소의 넋두리만을 아들에게 전하고 있을 따름이었다.

누가 우리를 도와줄 것인가? 우린 지금 산 채로 이 무덤 속에 갇혀 있다. 알 수 없는 위험에 무방비로 노출된 상태로 말이다. 탁자 위에는 내 권총이 있다. 하지만 무슨 소용이 있겠는가? 적이 모습을 드러내지 않는데. 그가 가진 공격 무기는 아마도 시간 자체인 모양이다. 오로지 자신의 힘 하나만으로 삼라만상을 죽음으로 내모는 막강한 시간 말이다. 그러니 누가 우리를 도와줄 것인가? 누가 있어, 나의 사랑하는 코랄리를 구해줄 것인가?

정말이지 끔찍한 상황이었다. 심지어 두 사람은 옛날 다른 두 사람이 겪었던 시련마저도 사실은 자신들이 치른 것이며, 그때 이미 한 차례 죽은 다음, 지금 다시 똑같은 악조건하에서 죽음을 맞이하는 거라고 느끼고 있었다. 옛날에 그랬던 것처럼 똑같은 시련의 과정을 고스란히 겪어가면서 말이다. 자신들의 운명과 부모들의 운명이 어쩌나 닮았는지, 고통은 배가될 수밖에 없고, 이제 그 두 번째 시련을 맞이하고 있을 뿐이라는 절망감이 처절하게 몰아쳤다.

완전히 기진맥진한 코랄리가 마침내 울음을 터뜨렸다. 연인의 눈물을 보자 파트리스는 속이 발칵 뒤집어지는지 발악을 하듯 패널들에 달라붙었고, 가로장이 단단히 결속된 채 붙어 있는 판자들을 뜯어내느라 여간 고생을 하는 것이 아니었다.

그리고 마침내 다음과 같은 문장을 읽기에 이르렀다.

이건 또 뭘까? 정원 쪽에서 누군가 걸어 다니는 느낌이다. 저 석재 담벼락으로 꽉 막힌 창에다 귀를 바짝 갖다 대면, 사람 발소리가 들리는 듯하다. 과연 그럴 수 있을까? 오, 제발 그렇기만 하다면! 그래야 비로소 정식으로 맞붙어 싸울 수 있을 텐데. 지금처럼 밑도 끝도 없는 불안과 숨 막히는 적막만 아니라면 무엇이든 대환영이지!

그래, 바로 이거다! 바로 이거야! 이제야 소리가 점점 명확해지는구나. 지금 또 저 소리는 곡괭이로 땅을 팔 때 생기는 소리다. 누가 땅을 파고 있다. 집 앞쪽이 아니라, 우측, 부엌 근처에서 말이다.

파트리스는 더더욱 열을 내며 패널을 뜯어냈고, 코랄리도 어느새 곁에 다가와 돕기 시작했다. 뭔가 비밀의 베일 한쪽 끝자락이 슬쩍 걷히는가 싶었고, 아닌 게 아니라 글자는 계속해서 드러나고 있었다.

소음과 적막이 번갈아 자리 잡으면서 한 시간이 또 흘러갔다. 흙이 파헤쳐지는 똑같은 소리와 마찬가지의 적막이 자리바꿈을 하는 가운데, 우리는 모종의 작업이 계속적으로 추진되고 있음을 간파했다.

그리고 급기야 누군가 현관 쪽으로 들어왔다. 한 사람인 모양인데⋯⋯. 분명히 그자다. 그의 발소리를 알아보겠다. 그는 소리를 죽일 생각도 없이 태연하게 걷는다. 그는 곧장 부엌으로 향했고, 그곳에서 이전과 마찬가지로 곡괭이질을 시작했다. 하지만 이번엔 그냥 흙이 아니라 알짜배기 돌덩이다. 곧이어 바닥의 타일들이 깨져나가는 소리가 들렸다.

지금은 또 바깥으로 나간 모양이다. 그리고 이번엔 건물 외벽을 타고 올라가는 소리가 들린다. 무슨 짓을 하려는지 몰라도, 위로 올라가야 되는 일인가 보다.

파트리스는 읽기를 멈추고 문득 주위를 살폈다.

두 사람 모두 잔뜩 귀를 기울이고 있었다. 남자가 나지막이 속삭였다.

"들어봐요."

"네, 들려요, 밖에서 나는 저 발소리. 집 앞이든가 아니면 정원 쪽에서 나는 소리예요."

둘은 누가 먼저랄 것도 없이 창가로 다가가 바짝 귀를 갖다 댔다.

과연 누군가 걷는 소리가 분명했다. 적이 다가오고 있음을 미루어 짐작하는 가운데, 두 사람은 옛날 똑같은 상황에서 자신들의 부모가 차라리 잘됐다고 반가워하던 느낌을 그대로 경험했다.

발소리는 집 주위를 두 번에 걸쳐 맴돌았다. 하지만 역시 옛날과 마찬가지로 발소리의 정체를 파악하기는 불가능했다. 전혀 모르는 낯선 발소리일 뿐 아니라, 어쩌면 누가 일부러 보조를 불규칙하게 바꾸는 느낌도 들었다.

그런 다음 문득 발소리가 끊기더니, 몇 분에 걸쳐 아무 소리도 들리지 않았다. 그러다 이번엔 갑자기 전혀 다른 소리가 솟구쳤는데, 어느 정도 예상하고 있었음에도 그만 둘 다 혼비백산하는 것이었다. 마침내 파트리스는 20년 전 아버지가 적어놓은 글귀를 머릿속에 떠올리며 중얼거렸다.

"곡괭이로 흙을 팔 때 나는 소리가 바로 저거다."

사실이 그랬다. 누군가 집 앞이 아닌 부엌 오른쪽 어딘가에 곡괭이질을 하고 있었다.

결국 신기하게도 끔찍한 사건이 한 치의 오차도 없이 20년이라는 간격을 두고 재현되고 있는 셈이었다. 상황 자체만을 놓고 보면 평범할지 모르나, 이미 오래전에 똑같이 벌어졌던 일인 데다, 한번 예고된 그대로 일어났던 죽음을 다시금 똑같은 방식으로 예고하는 만큼, 그 느낌은 이루 형언할 수 없을 만치 당혹스럽고 괴이했다.

한 시간이 그렇게 흘러갔다. 작업은 간헐적으로 이어졌다. 아마 무덤이라도 파는 모양이었다. 누군지 몰라도 인부가 그다지 서두르는 기색은 아니었다. 쉴 만큼 쉬다가 다시 일을 시작하곤 했다.

파트리스와 코랄리는 서로 손을 맞잡고 마주 본 채 서서, 귀를 기울이고 있었다.

"멈췄어."

파트리스가 나직이 속삭이자 코랄리도 맞장구를 쳤다.

"네, 이제 아마도……."

"그래요, 코랄리. 아마도 현관을 통해 들어오겠지. 아, 이거야 원 굳이 소리로 추적할 필요도 없겠소. 그냥 옛일을 떠올리는 걸로 족해. 봐요. '그는 곧장 부엌으로 향했고, 그곳에서 이전과 마찬가지로 곡괭이질을 시작했다. 하지만 이번엔 그냥 흙이 아니라 알짜배기 돌덩이다'라고 하지 않았소. 그다음엔…… 아, 그다음엔…… 코랄리…… 저것 좀 들어봐요. 역시 타일 깨지는 소리가 아닙니까?"

그건 어쩜 옛날 일에 대한 기억이었는지도 몰랐다. 그렇게 옛 기억이 음산한 현실과 마구 뒤섞이고 있었다. 과거와 현재는 이제 둘이 아닌 하나였다. 어떤 상황이든 막 벌어지려는 바로 그 순간에 두 사람은 이미 그 전모를 죄다 내다볼 수 있었다.

적은 여지없이 바깥으로 나갔고, 곧이어 '건물 외벽을 타고 올라가는 소리가' 들렸다. '무슨 짓을 하려는지 몰라도, 위로 올라가야 되는 일'인 모양이었다.

그다음엔……. 그다음엔……. 대체 무슨 일이 일어날 것인가? 두 사람은 더 이상 벽에 쓰인 글자들을 알아볼 생각을 못하고 있었다. 아니 아예 그럴 엄두가 나지 않았는지도 모른다. 그저 자신들의 능력을 벗어난, 전혀 가늠할 수 없는 상태에서 벌어지고 있을 일련의 위협적인 행동에만 정신이 쏠려 있었다. 그 행동은 두 사람의 파멸을 겨냥하여, 마치 시계태엽 같은 움직임으로 꼬박꼬박 진행되어온 미지의 음모이자 사악한 기도(企圖)의 결과였다. 그것도 무려 20년이라는 세월을 말이다!

적은 이제 집 안으로 들어와 있는 것이 분명했다. 문 아랫부분에서 뭔가 부드러운 물체들이 서로 스치는 소리가 들렸는데, 아마 나무 문짝 아래로 뭔가 쌓으면서 꾸역꾸역 다져놓는 모양이었다. 그런 다음, 양쪽으로 이웃한 방들로부터 막힌 문을 통해 또 다른 소리가 혼란스레 새어들었고, 바깥쪽 창문을 막은 석재 담벼락과 덧문 사이에서 그와 똑같은 소리가 들려왔는가 하면, 마지막으로 지붕 위에서 소리가 들렸다.

두 사람은 고개를 들어 천장을 지켜보았다. 이번에야말로 이 모든 것의 대단원이, 적어도 그 한 장면이 닥쳐오고 있다는 생각을 하지 않을 수 없었다. 그들에게 지붕이란 천장 한복판을 차지하는 유리창을 의미하며, 그로부터 새어 드는 유일한 광선이 방 안을 비추고 있었다.

여전히 그들의 머릿속에는 똑같은 질문 하나만이 곤혹스럽게 맴돌고 있었다. 대체 무슨 일이 일어날 것인가? 적이 과연 저 유리창을 통해 자신의 얼굴을 드러낼 것인가? 지금까지의 가면을 벗어던질 것인가?

계속 소리가 들리는 것으로 봐서, 지붕 위의 작업은 꽤나 오랫동안 진행될 낌새였다. 지붕을 덮고 있는 함석판 위로 발소리가 요란하게 들려왔는데, 그 방향이 건물 우측에서 시작해 천창(天窓) 쪽으로 진행되고 있었다.

그러다가 불현듯 천창의 일부, 즉 사각으로 나뉜 유리창들 중 하나가 가볍게 들리는가 싶더니, 손이 하나 불쑥 나타나 막대기를 창문 사이에 끼워 반쯤 열린 상태로 유지시키는 것이었다.

그러고 나서 적은 다시 지붕을 가로질러 걸어가, 아래로 내려가고 있었다.

정말이지 실망이었다. 적의 정체를 알고 싶은 마음에 잔뜩 안달이 난 파트리스는 벽에 부착된 장식 패널들 중 마지막 판자, 즉 마지막 글자들이 감춰져 있는 부분을 거칠게 떼어냈다.

아니나 다를까, 드러난 글자의 내용은 방금 벌어진 사태를 고스란히 담아내고 있었다. 적이 집 안으로 들어왔다가 문짝 아래와 막힌 창문들에서 부스럭대는 소리가 나고, 곧이어 천장에서 나는 소리, 그리고 천창이 반쯤 열린 채 고정되도록 행해진 방식 등등, 모든 일이 실제와 똑같은 순서, 똑같은 시간만큼 기록되어 있는 것이었다. 여기서도 역시 파트리스의 아버지와 코랄리의 어머니는 지금과 똑같은 체험, 똑같은 느낌에 시달렸다는 얘기이다. 정녕 운명은 같은 오솔길을 20년 만에 다시 걸어와, 마찬가지의 보조로, 똑같은 목표에 기어코 도달하겠다는 것일까?

어쨌든 불가해한 상황은 여전히 지속되고 있었다.

"다시 올라가고 있어. 다시 올라가고 있다고. 다시 발소리가 지붕을 지나가고 있어. 천창 쪽으로 다가가는 거야. 이번엔 안을 들여다볼까? 놈의 역겨운 얼굴을 우리도 볼 수 있을까?"

파트리스가 중얼거리자 코랄리 역시 바짝 가슴을 파고들며 더듬거렸다.

"올라가고 있어요. 올라가고 있어요."

실제로 적의 발걸음은 함석지붕을 쿵쾅쿵쾅 요란하게 울리고 있었다.

"맞아. 놈은 옛날에 한 번 저질렀던 계획에서 한 치의 벗어남 없이 올라가고 있는 거야. 제발 놈의 얼굴이 어떻게 생겨먹었는지만이라도 알고 싶군그래……. 우리의 부모님도 상대를 알고는 있었을 겁니다."

파트리스의 말에 코랄리는 어머니를 살해한 자의 얼굴을 마음속에 그려보며 부르르 몸서리를 쳤다.

"어머니를 죽인 사람도 바로 저자였겠죠?"

"그렇소, 바로 저자였어요. 여기 아버지가 적어놓은 놈의 이름이 있소이다."

그러고 보니 이미 파트리스는 벽에 적힌 채 묻혀버렸던 글자들을 거의 모두 복원해놓은 상태였다. 그는 반쯤 구부정하게 허리를 숙이고서 손가락으로 어느 한 대목을 가리켰다.

"자, 여길 봐요. 이름을 한번 읽어보세요. 에사레스……. 어때요, 보이죠? 아버지가 마지막 순간에 쓴 글자 중 하나입니다. 읽어봐요, 코랄리!"

천창이 조금 더 들어 올려졌다. 손 하나가 밀어 올리고 있다. 이제야 보인다. 우릴 보고 그자가 웃었다. 아! 망할 녀석. 에사레스……. 에사레스가…….

한데 그가 열린 창문을 통해 무엇을 내리고 있다. 무엇인가가 방 한가운데로 줄줄이 내려오고 있다. 우리 머리 위로……. 가만히 보니 줄사다리다.

도무지 무슨 영문인지 모르겠다. 줄사다리가 지금 우리 눈앞에서 흔들거리고 있다. 아하, 이제야 알 것 같다. 사다리 아래쪽에 종이 두루마리 하나가 핀으로 꽂혀 있다. 그걸 펼쳐보자, 에사레스가 쓴 글씨가 나온다.

코랄리 혼자만 올라오너라.
그녀는 목숨을 건질 것이다.
앞으로 10분간 여유를 줄 테니 결정해라.
그렇지 않으면…….

"아!"
파트리스는 몸을 일으키면서 탄식을 내뱉었다.
"그렇다면 이 모든 게 다시 벌어질 거란 말인가? 줄사다리라면……. 시메옹 영감 방의 벽장 속에 있던 바로 그 줄사다리…….."

위쪽에서는 계속해서 발소리가 끊이지 않았기에 코랄리는 천창으로부터 눈을 뗄 수가 없었다. 그러다가 어느 한순간 소리가 뚝 끊기자, 코랄리와 파트리스 모두 드디어 올 것이 왔으며, 이제 적의 정체를 두 눈으로 확인하는 일만 남았다는 것을 직감했다.

파트리스는 메마른 목소리로 속삭였다.

"대체 누굴까? 옛날에 한 번 벌어졌던 이런 끔찍한 비극에 연루된 인물이라면 단 세 명밖에 없을 텐데. 그중 두 명, 에사레스와 내 아버지는 이미 죽었고……. 나머지 시메옹은 미쳐버렸지 않은가! 혹시 그가 광증에 사로잡힌 상태에서, 자신도 모르는 사이에 이 모든 작태를 계속하는 건 아닐까? 과연 정신이 온전치 못한 그가 이처럼 빈틈없는 행동을 수행할 수 있을까? 아니지. 아니야. 다른 놈이 있어. 그를 뒤에서 조종하면서 아직 정체를 드러낸 적이 없는 다른 존재 말이야."

순간 코랄리가 팔을 지그시 움켜잡는 것이 느껴졌다.

"조용히 하고……. 저, 저길 좀 봐요."

그녀는 이미 다음에 일어날 일을 내다보고 있었다. 역시 옛날에 벌어졌던 그대로, 누군가의 손이 천창을 조금 더 밀어 여는가 싶더니, 별안간 얼굴 하나가 불쑥 나타나는 것이 아닌가!

창문을 통해 빼꼼히 들여다보고 있는 얼굴은 분명 시메옹 영감이었다.

사실 두 사람은 그다지 놀란 편은 아니었다. 자신들을 괴롭혀온 존재가 다른 누구도 아닌 바로 저기 저자라는 사실은 적어도 두 사람에게는 그리 괴이한 일이라고 할 수 없었다. 저기 저자가 지난 몇 주간 그들의 삶에 깊숙이 관련을 맺으며 지내온 것을 생각하면, 이 수수께끼 같은 사태에 그 역시 중요한 역할 한몫쯤 차지한다고 크게 이상할 것은 없을 테니 말이다. 두 사람이 어디서 무얼 하든, 시메옹 영감은 늘 그들 주위를 배회해왔고, 뭔가 알 수 없는 애매모호한 위치에 있어온 것이 사실이다. 혹시 자기도 모르는 사이에 범인의 공범 역할을 해온 것은 아닐까? 운명의 맹목적인 위력에 이끌려서? 아무려면 어떤가! 이제 와 달라질 것도 없는데. 어쨌든, 여태껏 손쓸 수 없도록 집요하게 도발을 해오던 자가 다름 아닌 그로 판명이 난 마당이다! 파트리스는 잇새로 중얼거렸다.

황금삼각형

"저 미친 사람이…… . 미친 사람이…… ."

하지만 코랄리는 슬그머니 이렇게 대꾸하는 것이었다.

"혹시 전혀 미치지 않았을 수도 있지요. 아니, 미쳤을 리가 없어요."

그렇게 말하면서도 여자는 끊임없이 몸서리를 쳐댔다.

한편 저 위에서는 노란 안경으로 눈동자를 가리고 그 어떤 증오나 만족의 기색도 비치지 않는 무표정한 얼굴이 이쪽을 빤히 내려다보고 있었다.

"코랄리, 내가 시키는 대로 해요. 자, 이쪽으로…… ."

그렇게 나지막이 속삭이면서 파트리스는, 여자를 부축해 안락의자로 데려가는 척하며 부드럽게 떠밀었다. 하지만 사실 그의 머릿속에는 어떻게든 탁자 쪽으로 다가가 그 위에 놓아둔 권총을 집어 들고 재빨리 위를 향해 사격을 가해야겠다는 생각뿐이었다.

시메옹은 마치 폭풍우를 일으키려고 구름 위에서 잔뜩 벼르고 있는 사악한 정령처럼, 꼼짝 않고 내려다보기만 했다. 코랄리는 특히 자신에게 악착같이 꽂혀 있는 그 기분 나쁜 시선을 도저히 의식하지 않을 수가 없었다.

"안 돼요. 그래서는 안 돼요."

파트리스의 계획을 눈치챈 코랄리는, 자칫 잘못될 경우 모든 것이 그만 끔찍한 파국으로 치달을 것을 우려해 머뭇거렸다.

하지만 파트리스의 정해진 마음은 그보다 더욱 완강했고, 결국 목표 지점까지 거의 다 접근했다. 이제 슬쩍 손만 내밀면 권총을 집을 수가 있다.

그는 지체 없이 결단을 내렸다. 순식간에 총구가 하늘로 치솟는가 싶더니 요란한 총성이 울렸다.

저 위의 얼굴은 쏜살같이 모습을 감췄다.

"아! 틀렸어요, 파트리스. 이제 더욱 앙갚음을 하려고 들 거예요."

코랄리가 절규하듯 소리치자, 파트리스는 권총을 그대로 움켜쥔 채 이를 악물고 중얼거렸다.

"아닙니다. 혹시라도……. 맞혔는지 누가 압니까? 물론 창문틀에 맞기는 했지만, 총탄 파편이 타격을 입혔을지도 모릅니다. 그렇게만 됐다면……."

두 사람은 손을 맞잡고 기대감을 품은 채, 잠시 기다렸다.

하지만 은근한 기대는 그리 오래가지 못했다. 지붕 위에서 또다시 소리가 들리는 것이었다.

그리고 곧이어, 더도 덜도 아닌 옛날처럼, 정말이지 옛날에 직접 본 것이 재현되기라도 하는 것처럼, 열린 창문을 통해 뭔가 방 한가운데로 줄줄이 내려오는 것이…… 슬금슬금 내려오는 줄사다리가 눈에 들어오는 것이었다. 파트리스가 시메옹 영감의 벽장 속에서 발견했던 바로 그 줄사다리였다!

옛날처럼 두 사람은 속수무책 바라만 보고 있었다. 이미 모든 것이 놀랄 만큼 엄정하고 정확한 방식으로 다시 시작되고 있다는 것을 그들은 잘 알고 있었다. 둘의 시선은 이제 사다리 아래쪽에 틀림없이 핀으로 고정되어 있을 종이를 찾아 절망적으로 더듬거렸다.

과연 돌돌 말린 종이가 눈에 띄었다. 누렇게 색이 바랜 데다 바싹 메마른 것이, 매우 오래된 종이였다.

아니나 다를까, 그것 역시 20년 전 에사레스 본인에 의해 쓰인 옛날 그 종이였고, 옛날과 마찬가지로 협박과 유혹의 목적을 띠고 작성된 바로 그 메시지였다!

코랄리 혼자만 올라오너라.

그녀는 목숨을 건질 것이다.

앞으로 10분간 여유를 줄 테니 결정해라.

그렇지 않으면……

2
음산한 못질

"그렇지 않으면⋯⋯."

파트리스는 무시무시한 의미가 뻔히 드러나는 그 말을 수차례에 걸쳐 중얼거리고 있었다. '그렇지 않으면⋯⋯'이라는 말은 결국 코랄리가 이 지긋지긋한 감옥의 열쇠를 쥔 자에게 복종해서 목숨을 구걸하지 않는다면 오로지 죽음뿐임을 말하고 있는 것이다!

지금 이 순간만큼은 둘 다 그 죽음이 어떤 종류일지, 아니 죽음 자체에 대해서도 생각할 겨를이 없었다.

그 대신 적이 요구하는 것이 결국 두 사람의 영원한 이별이라는 점만 머릿속에 골똘히 떠오르는 것이었다. 하나는 살고 다른 하나는 죽는 것! 파트리스만 버린다면 코랄리의 생명은 보장받을 수가 있다. 하지만 그 보장의 대가가 대체 무엇이란 말인가? 애인을 희생한 보상을 과연 무엇으로 대신할 것인가?

두 사람 사이에 오랫동안 침묵과 고뇌의 시간이 흘러갔다. 이제야 무슨 일이 벌어지고 있는지 명확해졌다. 더 이상 모호한 상태에서 벌어지는 수수께끼 같은 사건이 아니라, 두 주인공이 무기력한 희생자로서 참여할 수밖에 없는 비극이 눈앞에 펼쳐지는 것이었다. 비극은 그들 밖에서 벌어지고 있는 것이 아니었으며, 그들의 내부에서, 그들의 결정에 의해 결말이 바뀔 수도 있는 엄연한 현실이었다. 아, 너무나도 지독한 난제(難題)가 아닌가! 이미 오래전에 코랄리라는 이름의 한 여성에게 부여되었고, 결국 사랑을 택함으로써 죽음으로 결론이 났던 문제…….

바로 그 사생결단의 문제가 다시 제시된 것이다.

파트리스는 벽에 쓰인 마지막 글씨들 중에서 마구 휘갈겨 써서 희미하게 보이는 대목을 빠르게 읽었다.

나는 코랄리에게 애원했다. 그녀는 내 앞에 무릎을 꿇었다. 나와 함께 죽고 싶다는 것이다.

파트리스는 여자를 물끄러미 바라보았다. 방금 나지막이 속삭이듯 읽어준 글귀를 여자는 전혀 듣지 않은 듯한 얼굴이었다.

남자는 복받치는 감정을 담아 온몸으로 여자를 끌어안으며 외쳤다.

"떠나야 해, 코랄리! 아까 처음부터 당장 그 말을 하지 않은 건, 뭘 주저했기 때문이 아니라는 거 당신도 잘 알 거야. 천만에, 단지 난 저자가 이런 제안을 하는 내심을 살펴보느라 잠시 멈칫했을 뿐이야. 당신 걱정을 한 거지. 놈의 요구는 끔찍하기 그지없어. 오, 코랄리, 저놈이 당신 생명을 보장하겠다는 건 당신한테 흑심을 품고 있기 때문이야. 하지만 상관없어. 코랄리, 제안을 받아들여야만 해. 우선 살아야만 한다고. 자, 어서 떠나. 10분이 흐르도록 기다릴 것도 없어. 자칫 놈이 생각을 고쳐먹을지도 몰라. 당신도 함께 죽이겠다고 말이야. 안 돼. 코랄리,

어서 떠나요! 지금 당장 저 위로 올라가."

하지만 여자의 대답은 간단했다.

"난 머무를 거예요."

남자가 펄쩍 뛰는 것은 당연했다.

"그건 정신 나간 짓이야! 뭐하러 그런 쓸데없는 희생을 감수한단 말인가? 놈의 제안을 받아들이고 나서 닥칠 일을 걱정하는 건가?"

"아니에요."

"그렇다면 어서 떠나!"

"난 머물러요."

"하지만 왜? 뭐하러 고집을 부리는 거요? 그래봤자 아무 소용이 없는데. 도대체 왜?"

"왜냐면 나는 당신을 사랑하니까요, 파트리스."

남자는 순간 어안이 벙벙해졌다. 물론 여자가 자신을 마음에 두고 있다는 것을 모르지도 않았고, 자기 입으로 그럴 거라고 넘겨짚기까지 한 그였다. 하지만 곁에서 함께 죽어줄 정도까지 그런 줄은 미처 몰랐고, 이젠 그 사실 자체가 전혀 예기치 못한 희열임과 동시에 끔찍한 느낌으로 와 닿는 것이었다.

"아! 나를 사랑하고 있었구려, 코랄리. 정녕 나를 사랑하고 있었어."

"당신을 사랑해요, 파트리스."

그렇게 속삭이며 여자는 남자의 목에 팔을 둘렀는데, 이 세상 그 무엇으로도 떼어놓을 수 없을 것 같은 느낌이었다. 하나 그렇다고 해서 마음을 돌릴 수는 없는 노릇. 어떻게든 여자의 목숨만은 구해야만 한다!

"정말 당신이 나를 사랑한다면, 내 말을 따라 살아나가야만 하오. 혼자 죽어가는 것보다 당신과 함께 죽는 것이 내게 얼마나 더 괴로운 일인지 한번 생각해보라고. 반면 당신이 무사히 살았다는 걸 알면 죽음조차 내게는 감미로울 것이오."

남자의 절규에 가까운 말을 여자는 전혀 듣고 있지 않았다. 그리고 오랜 시간 가슴속에 묻어둔 고백을 기꺼운 마음으로 줄기차게 털어놓기만 하는 것이었다.

"오, 파트리스. 처음 당신을 보는 순간부터 사랑하고 있었어요. 당신이 내게 굳이 얘기해줄 필요조차 없었답니다. 내가 좀 더 일찍이 고백하지 않은 것은, 뭔가 엄숙한 순간을 기다렸기 때문이에요. 당신의 눈을 마주 바라보면서, 나를 온전히 당신께 바치면서 얘기할 수 있을 적당한 기회를 말이에요. 이 세상에서 가장 그럴 만한 순간을 고르라면 내가 죽음의 문턱에 와 있을 때일 거예요. 그러니 내 말 들으세요. 결코 죽음보다 못한 이별을 내게 강요하지는 마세요."

하지만 남자는 정신을 가다듬으려는 듯 고개를 가로저으며 내뱉었다.

"아니야, 아니야, 당신은 떠나야만 해!"

"나는 내가 사랑하는 사람 곁에 머물러야만 해요!"

파트리스는 안간힘을 다해 여자의 두 손을 꼭 붙들며 중얼거렸다.

"제발……. 당신은 도망쳐야만 하오! 그래서 자유의 몸이 되고 난 다음 나를 구하기 위한 시도를 해야 할 거란 말이오."

"그게 무슨 말이에요, 파트리스?"

"그래, 나를 구하기 위해서란 말이오. 일단 이곳을 빠져나가고 나면 저 악당 놈의 마수(魔手)를 벗어나지 못하라는 법도 없질 않소? 가서 놈을 고발해요! 도움을 청하고, 우리의 친구들에게 알려요. 비명을 지르든 꾀를 부리든 말이오."

하지만 여자가 어쩌나 회의적이고 쓸쓸한 미소를 띤 채 자신을 바라보는지 파트리스는 머쓱하게 입을 다물 수밖에 없었다.

여자는 조용히 말했다.

"가엾은 내 사랑, 나를 속이려 들지 마요. 방금 한 얘기는 당신 스스로도 믿지 못하잖아요. 아니에요, 파트리스. 내가 저 남자한테 넘어가면 결코 자유롭지 못하리라는 건 당신도 잘 알아요. 저자는 당신이 마지막 숨을 거두는 그 순간까지 나를 어디든 가두고 손발 할 것 없이 꽁꽁 묶어둘 거예요."

"정말 그렇게 생각하는 거요?"

"그렇게 생각하는 건 당신도 마찬가지예요. 그 뒤로 어떤 일이 벌어질지 당신도 잘 알잖아요?"

"대체 어떤 일이 벌어진다고 생각하는 거요?"

"이봐요, 파트리스. 저자가 내 목숨을 구해주는 건 결코 관대해서가 아니에요. 나를 일단 수중에 넣은 다음에 그의 역겨운 속셈이 뭔지 정말 모른단 말이에요? 그로부터 내가 벗어나는 방법은 오로지 단 하나뿐임을 정말 모르시냐고요! 어차피 여기서 빠져나간 다음 내가 택할 길도 죽음일진대, 차라리 당신 품에 안겨 죽는 길을 내가 왜 마다하겠어요? 당신과 입을 맞춘 채, 똑같이 한날한시에 말이에요. 죽음이란 그런 것 아닌가요? 그렇게 죽는 것이야말로 오히려 인생의 가장 아름다운 한순간을 멋지게 사는 것 아닌가요?"

여자는 그러면서 입술을 내밀었지만, 남자는 여자의 포옹을 단호하게 만류했다. 그 단 한 번의 입맞춤에 자신의 의지가 일거에 허물어지리라는 것을 너무도 잘 알고 있었던 것이다.

"오, 당치도 않은 소리. 어떻게 나더러 당신의 희생을 두고만 보란 말이오? 그토록 젊고…… 아직 행복하게 살아야 할 나날이 저리도 많이 남았는데……."

"당신과 함께가 아니라면, 행복의 나날이 아니라 애도와 절망의 세월이겠죠."

"그래도 살아야 해요, 코랄리. 내 영혼을 다 바쳐 이렇게 간절히 청하는 거요!"

"나는 당신 없이는 못 살아요, 파트리스. 당신은 나의 유일한 기쁨이에요. 당신을 사랑하는 것 외에 내겐 존재의 의미가 없어요. 당신은 내게 사랑을 가르쳐준 분이에요. 당신을 사랑해요."

오! 참으로 신성한 말이 아닌가! 따지고 보면 이 방 안에서 두 번째 울려 퍼지는 말이었다. 똑같은 열정과 똑같은 자기희생의 숭고한 심정으로 예전에 어머니가 털어놓았던 사랑의 언어를 지금은 그 딸이 되뇌고 있는 것이다! 옛날의 죽음에 대한 기억과 더불어 현재의 죽음마저 목전에 둔 그 절절한 말은 이중으로 배가된 신성한 감정을 한껏 담아내고 있었다! 그러한 엄청난 말을 지금 코랄리는 눈 하나 깜빡하지 않고 의연히 내뱉고 있는 것이다. 모든 두려움이 사랑 앞에서 흩어진 듯했고, 그녀의 눈동자와 목소리는 오로지 사랑의 감정 하나로 불꽃처럼 흔들리고 있었다.

파트리스는 열에 들뜬 눈빛으로 여자를 바라보았다. 그러다 보니, 지금이야말로 죽음을 받아들일 만큼 값진 순간이라는 생각이 저도 모르게 마음 한구석을 비집고 들어오는 듯했다.

그럼에도 불구하고 그는 최후의 안간힘을 발휘하듯 여자를 만류했다.

"그래도 내가 기어코 당신을 떠나보내려 한다면 어쩌겠소, 코랄리?"

"그럼 기어코 나더러 저 남자의 품에 가서 안기란 얘긴가요? 그것이 정녕 파트리스 당신이 원하는 거예요?"

여자가 중얼거리듯 묻자, 남자는 가슴이 철렁했다.

"오! 끔찍한 소리! 저 인간에게…….아, 저 인간에게 가서 안기다니. 코랄리, 당신처럼 순수하고, 청순한 여인이…….."

사실 천창 너머의 남자에게서 확실하게 시메옹의 이미지가 떠올려지는 것은 아니었다. 비록 눈에 바라보이는 모습은 그렇다 해도, 두 사람의 마음속에 적(敵)은 어딘지 수수께끼 같은 느낌을 연신 던지고 있었다. 글쎄……. 아마도 시메옹이겠지만, 정작 영감은 다른 누구의 하수인에 불과할는지도 모른다. 어쨌든 지금 저 위에서 마치 사악한 정령처럼 굽어보고 있는 악당은 두 연인을 위한 단말마의 고통을 준비하고 있고, 그중 젊은 여인을 역겨운 욕망으로 잔뜩 노리고 있는 것은 틀림없는 사실이다.

파트리스는 조용히 물어보았다.

"그동안 혹시 시메옹이 당신에게 눈독을 들이는 걸 느끼진 못했소?"

"전혀요. 오, 전혀 못 느꼈어요. 그는 나에게 추근댄 적이 한 번도 없었어요. 그러기는커녕 나를 피하는 눈치였는걸요."

"그렇다면 결국 미쳤기 때문에 저런다는 얘기로군."

"그는 미치지 않았어요. 난 그렇게 생각 안 해요. 그는 그저 앙심을 품고 있는 거예요."

"그럴 리가 없소. 그는 내 아버지의 친구였고, 일생을 바쳐 우리 둘을 결합시키려고 애써왔단 말이오. 그런 그가 이제 와서 우리 둘을 왜 죽이려고 들겠소?"

"모르겠어요. 파트리스, 뭐가 뭔지 정말 모르겠어요."

둘은 더 이상 시메옹에 관해 얘기하지 않았다. 하긴 지금으로선 누구의 손에 죽음을 맞이하든 별로 중요한 것이 아니었다. 누가 자신들을 죽음으로 내몰든 상관없이, 죽음 그 자체에 가능한 한 저항하는 것이야말로 당면한 문제인 것이다. 하지만 무슨 수로?

"내 말에 따르는 거죠, 파트리스?"

마침내 코랄리가 나지막이 속삭였다.

남자에게서 대답이 안 나오자, 여자는 되풀이해 물었다.

"아무래도 당신 곁을 떠나진 않을 테지만, 그래도 이왕이면 당신 동의를 구하고 싶어요. 제발 부탁이에요. 이 일 때문에 당신 마음이 괴롭다고 생각하는 것 자체가 내게도 고통이에요. 우리 각자 공평하게 결정하기로 해요. 어때요, 내 말에 따르는 거죠?"

"그래……."

결국 남자의 입에서 신음처럼 대답이 흘러나왔다.

"두 손을 이리 주세요. 그리고 내 눈을 바라보고 웃으세요, 파트리스."

잠시 두 사람은 그야말로 광적인 사랑의 희열 속에 깊이 잠겨 들었다. 그러다가 문득 여자가 물었다.

"왜 그래요, 파트리스? 아직도 심기가 안 좋은 거예요?"

"저, 저길 좀 봐요. 저기를……."

남자의 입에서 목쉰 신음 소리가 더듬더듬 새어나왔다. 뭔가 섬뜩한 광경을 본 모양이었다.

여자가 홱 돌아본 곳에선 줄사다리가 천천히 올라가고 있었다. 그 사이에 10분이 흘러가 버린 것이었다.

남자는 후닥닥 내달아 사다리 하단을 움켜잡았다.

여자는 꼼짝 않고 있었다.

대체 어쩌자는 것일까? 하긴 그 자신도 어찌해야 할지 막막하기만 했다. 다만 줄사다리가 코랄리의 목숨을 구하는 데 유일한 기회를 제공한다는 사실만은 분명했다. 과연 그것을 포기하고 불가피한 운명에 승복할 것인가? 사다리 끄트머리를 부여잡은 채 1분이 지나고 2분이 흘렀다. 팽팽하게 잡아당겨지는 것으로 봐서 줄사다리는 저 위 어딘가에 단단히 고정된 모양이었다.

코랄리는 연신 애원하듯 소리쳤다.

"파트리스, 파트리스……. 대체 뭘 하려는 거예요?"

그는 주위를 한 번 둘러보더니 위쪽을 치켜 보았다. 무슨 좋은 생각을 떠올리기 위해 이리저리 두리번거리는 듯했는데, 그러다 보니 자신의 내면을 들여다보는 것 같기도 했다. 이를테면, 아버지 역시 사력을 다해 사다리를 움켜잡았을 그 절체절명의 순간을 머릿속에 떠올리면서, 뭔가 아이디어를 건져내려는 듯 말이다.

그러더니 갑자기 왼발로 힘껏 도약을 함과 동시에 사다리의 다섯 단을 훌쩍 뛰어올랐고, 팔을 쭉쭉 뻗으며 내처 줄사다리를 기어오르기 시작하는 것이 아닌가!

정말이지 터무니없는 시도라고 아니할 수 없었다. 지금 이 마당에 줄사다리를 오른다? 그래서 저 위 천창까지 도달하겠다고? 결국 적을 동댕이치고 자신과 코랄리의 목숨을 한꺼번에 건지겠다 이 말인가? 도대체 아버지가 실패했던 그 일을 무슨 수로 이루겠다는 말인지…….

아니나 다를까, 모험은 미처 3초도 지속되지 못했고, 파트리스는 바닥으로 곤두박질치고 말았다. 천창 부근의 나사에 매달려 있던 줄사다리가 벗겨지면서 아래로 나뒹구는 파트리스와 함께 주르륵 떨어지고 만 것이다.

그와 동시에 저 위로부터 듣기 거북한 새된 웃음소리가 쏟아져 내렸다. 곧이어 요란한 굉음과 함께 천창마저 닫혀버렸다.

파트리스는 적을 향해 거친 욕설을 내뱉으면서 벌떡 일어났고, 갑작스레 울화통이 치미는지 천창을 향해 권총을 두 발 발사해 유리 두 장을 깨뜨렸다.

그뿐만 아니라 문이건 창문이건 할 것 없이 장작 받침쇠로 마구 두드려대는가 하면, 내친김에 벽과 바닥에다가도 미친 듯이 화풀이를 하면서, 보이지 않은 채 조롱을 일삼는 악마를 겨냥하듯, 허공에다 주먹질을 해대는 것이었다. 하지만 그처럼 기운만 빼는 난동도 잠시, 이내 잠

결정판 아르센 뤼팽 전집

잠해지는 파트리스……. 한편 저 위 천창에서는 두꺼운 베일 같은 것이 스르르 미끄러지면서 전면을 덮어버렸고, 그 즉시 캄캄한 어둠이 방 안 가득 들어찼다.

파트리스는 즉시 상황을 깨달았다. 놈이 저 위 천창마저 큼직한 덧문으로 차단해버린 것이다.

난데없는 암흑천지에 기겁을 한 코랄리가 남자를 애타게 불렀다.

"파트리스! 파트리스! 어디 있어요, 파트리스? 아, 무서워요. 어디 있는 거예요?"

두 사람은 마치 소경이라도 된 듯, 손으로 더듬거리면서 서로를 찾았고, 이 한 치 앞도 분간 못할 칠흑 같은 어둠 속에서 더없는 두려움에 치를 떨었다.

"파트리스! 어디 있어요, 파트리스?"

마침내 서로의 손이 부닥치자, 얼음장 같은 코랄리의 손과 열에 들떠 불덩이 같은 파트리스 손이 한데 뒤엉키면서, 두 사람, 오로지 그것으로만 서로의 존재를 확인할 수 있다는 듯 악착같이 부여잡는 것이었다.

"아, 날 떠나지 마요, 파트리스."

"두려워 마요, 내가 이렇게 곁에 있소. 아무도 우릴 갈라놓지 못해."

남자의 대답에 여자는 이렇게 중얼거렸다.

"맞아요, 아무도 우리를 갈라놓지 못할 거예요. 우린 지금 우리의 무덤 속에 있는 거예요."

그런 끔찍스러운 말을 어찌나 고통스러운 어조로 얘기했는지, 가만히 듣고 있던 파트리스가 발끈했다.

"무슨 소리! 대체 무슨 말을 하는 거요? 절대로 좌절해서는 안 돼요! 마지막 순간까지 구원의 가능성을 믿어야만 한단 말이오!"

그는 연인의 손을 쥐고 있던 한쪽 손을 빼내, 권총을 그러쥐고 천창의 미세한 틈새로 새어 들어오는 광선을 겨냥한 뒤, 내리 세 발을 발사했다. 곧이어 나무 삐거덕거리는 소리와 함께 적의 빈정대는 소리가 웅얼거리며 들려왔다. 도무지 총을 쐈는데도 균열조차 전혀 나지 않는 것을 보면 천창을 가린 덧문이 금속제인 모양이었다.

잠시 후, 그나마 빛살 한 줄기가 새어 들어오던 틈새마저 금세 무엇으로 틀어막히고 있었다. 아마도 다른 창문들과 문짝에 가한 공사를 지금은 저 천창에다 하는 모양이었다. 완전히 작업이 마무리되는 데에 꽤 오랜 시간이 걸렸고, 그만큼 철두철미하게 신경을 쓰는 것이 분명했다. 심지어는 다 된 덧문을 원래의 천창 틀에다가 아예 못으로 쾅쾅 박아버리는 것이었다.

정말이지 무시무시한 소리였다! 빠르게 못질하는 망치 소리는 두 사람의 머릿속을 표독스럽게 파고드는 것만 같았다! 그건 마치 두 사람을 함께 매장한 관의 뚜껑에 가하는 못질 같았다. 견고한 뚜껑으로 머리 위를 뒤덮는 하나의 거대한 관에 지금 단단한 못질을 하고 있는 셈이다. 이제 더 이상 희망은 없다! 더 이상 구원의 여지도 없다! 망치질을 한 번 할 때마다 어둠의 감옥은 그만큼 견고해지고, 두 연인과 세상 사이에는 인간의 힘으로 건너뛸 수 없는 거대한 장벽이 높아만 가는 것이다.

코랄리는 연신 안타깝게 중얼거렸다.

"오, 파트리스…… . 파트리스…… . 무서워요. 오, 저 망치 소리…… ."

그러더니 이내 남자의 품 안에 허물어지듯 안겼다. 그녀의 눈물로 범벅이 된 볼을 파트리스는 조용히 쓰다듬었다.

위에서의 음산한 작업은 마무리가 다 된 듯했다. 두 사람의 지금 심정은 마치 최후의 날 새벽에 사형수가 느끼는 처절한 감정에나 비할 만했다. 감방 구석에 처박힌 채 사형수들은 여러 가지 죽음을 위한 채비가 갖춰지고 음산한 장치가 설치되는 요란한 소리를 듣기 마련이다. 여러 사람이 달라붙어서, 사형수의 죽음에 조금의 행운도 얼씬하지 못하도록 만전을 기하고, 한 치의 오차 없이 엄정한 운명이 가동되도록 심혈을 기울이는 소리를 잠자코 들어야 하는 그 끔찍한 심정!

이제 두 사람은 그러한 심정으로 최후를 기다리고 있었다. 죽음이 적의 편을 들고 있다. 죽음과 적이 함께 손을 맞잡고 일을 벌여왔으며, 서로 일심동체가 되어, 압살하고자 하는 상대를 겨냥한 싸움을 주도면밀하게 이끌어왔던 것이다.

코랄리는 여전히 흐느끼고 있었다.

"나를 떠나지 마요, 파트리스. 제발 떠나지 마요."

"조금만 참읍시다. 이 모든 건 나중에 죄다 갚아주고야 말 거야!"

"오, 파트리스, 소용없어요. 그래봤자 도리가 없잖아요?"

마침 파트리스에겐 성냥 몇 개비가 들어 있는 성냥갑이 있었다. 그것들을 하나씩 켜가면서 파트리스는 글씨가 쓰인 벽 쪽으로 코랄리를 이끌고 갔다.

"뭐하려는 거예요?"

여자의 물음에 남자는 단호하게 대답했다.

"사람들이 우리의 죽음을 자살로 생각하도록 내버려둘 순 없지. 나는 우리의 부모님이 미래를 대비해 하신 일을 그대로 이어서 해둘 작정이오. 내가 앞으로 적어 내려갈 글을 훗날 어느 누군가 읽게 되면 반드시 우리의 한을 풀어줄 것이오."

그는 잔뜩 웅크린 채 호주머니 속에서 연필을 꺼냈다. 다행히 벽에는 빈 공간이 그래도 남아 있었고, 그는 거침없이 끄적여나가기 시작했다.

파트리스 벨발과 애인인 코랄리는

같은 날 같은 시각
시메옹 디오도키스의 손에 죽음을 당했다.
1915년 4월 14일

한데 막 다 썼을 때쯤, 옛날에 적힌 글자들 중에서 미처 읽지 못했던 대목이 불현듯 눈에 띄는 것이었다. 아마도 다른 글들과 동떨어져 마구 휘갈겨 쓰인 바람에 아까는 빠뜨리고 읽은 모양이었다.

파트리스는 흥분을 감추지 못하고 소리쳤다.

"성냥 하나만 더! 어때, 잘 보여? 여기 또 글자가 있어. 분명 아버지가 마지막으로 남기신 글인 것 같아."

코랄리는 얼른 성냥을 켜서 비춰주었다.

아슬아슬하게 흔들리는 불빛 속에서 과연 급하게 휘갈긴 티가 물씬 풍기는 몇몇 글자가 엉망으로 드러나 보였다.

질식…… 산소.

거기서 성냥불이 꺼져버렸다. 두 사람은 서로 아무 말 없이 몸을 일으켰다. 질식이라니. 이제야 부모님이 어떻게 죽어갔고, 자신들이 또 어떤 식으로 죽어갈지 알 것 같았다. 하지만 아직도 구체적으로 무슨 일이 일어날지는 좀처럼 파악되지가 않았다. 어둡다 보니 비록 실내가 다소 답답하게 느껴지기는 하지만 두 사람을 질식사시킬 만큼 산소가 절대적으로 부족한 것은 아니었다. 워낙 넉넉한 공간인지라, 당장 산소 공급이 차단된다고 해도 꽤 오랜 기간을 숨을 쉬며 살기에 전혀 부족함이 없을 만했다.

그러나 파트리스는 잠시 생각하다가 이렇게 중얼거리는 것이었다.

"안의 공기 상태가 변질되지만 않는다면…….

순간, 그는 펄쩍 뛰며 소리쳤다.

"맞아! 바로 그거야. 이제야 기억이 나."

그는 즉시 코랄리에게 자신이 추리한 바, 아니 더 이상 의심의 여지가 없을 정도로 현실에 부합하는 얘기를 풀어내기 시작했다.

애당초 시메옹 영감의 벽장에서 본 것은 줄사다리뿐만이 아니었다. 분명 납으로 된 도관도 거기 함께 있었다. 그리고 두 사람이 갇힌 직후부터, 별장 여기저기를 어슬렁거리고, 사방 틈새란 틈새를 꼼꼼히 틀어막는가 하면, 벽과 지붕을 따라 오랜 시간을 들여 뭔가 작업했던 것 등등, 시메옹의 여러 행동을 되짚어보건대 모든 것이 명명백백하게 드러났다. 즉, 그동안 시메옹 영감은 부엌에 위치한 가스계량기에다가 미리 가지고 온 도관을 연결하여 벽과 지붕을 따라 배치하기만 하면 되는 것이었다.

결국 그런 식으로 두 사람의 부모가 숨을 거둔 것이며, 이제는 그들 자신이 그와 똑같은 조명용 가스에 질식사할 차례이다.

두 사람은 기겁을 한 채 이 방 저 방으로 뛰어다녔고, 완전히 혼비백산한 상태에서 서로 손을 붙들고 마치 폭풍 속을 정처 없이 휘날리는 보잘것없는 사물들처럼 어쩔 줄을 몰랐다.

코랄리는 연신 두서없는 하소연을 늘어놓았다. 그런 그녀를 제발 조용히 좀 하라고 다그치면서도, 파트리스 자신 역시 엄습해오는 죽음의 압박감 때문에 무얼 어떻게 해야 할지 갈피를 잡지 못한 채, 우왕좌왕하긴 마찬가지였다. 정말이지 할 수만 있다면 어디로든 도망쳐 나가고 싶었다. 벌써부터 목덜미를 서늘하게 감아 들어오는 저 차가운 가스의 느낌……. 도망쳐야만 한다. 일단 벗어나야만 한다. 하지만 어디로 어떻게? 사방이 틀어막혀 있는 데다 이 칠흑 같은 어둠은 또 어쩌한단 말인가!

마침내 두 사람은 완전 기진맥진한 채, 제자리에 멈춰 섰다. 어디선가 쉭쉭거리는 소리가 들려왔다. 열어놓은 가스관으로부터 새어나오는 소리가 분명했다. 가만히 귀 기울여 들어보니, 소리는 저 위쪽으로부터 들려오고 있었다.

서서히 고통이 죄어오기 시작했고, 파트리스는 쉰 목소리로 중얼거렸다.

"반 시간에서 기껏해야 한 시간 정도의 여유밖에 없어."

그즈음 가까스로 정신을 가다듬은 코랄리가 이렇게 대꾸했다.

"우리 용기를 잃지 마요, 파트리스."

"아, 내가 혼자였기만 해도……. 코랄리 당신만 없다고 해도……
아……."

여자는 나지막이 속삭였다.

"나는 괜찮아요."

"아니야, 안 그래도 당신은 몸이 안 좋아. 조금 있으면 고통스러울 거요."

"워낙 몸이 안 좋으니 별로 고통도 못 느낄 거예요. 게다가 우리는 괴로워하지 않을 거라는 걸 나는 알아요, 파트리스."

갑자기 코랄리는 평정을 되찾은 듯, 그렇게 의연한 태도를 보이는 것이었다.

둘은 여전히 두 손을 맞잡고 넉넉한 디방에 가만히 앉아 있었다. 이를테면 이미 결판이 난 상황으로부터 완전히 초연한 분위기에 젖어갔으며, 도저히 저항할 수 없는 운명의 힘 앞에서 점점 더 체념과 복종의 태도 속으로 침윤되어갔다. 사실 두 사람의 천성은, 일단 운명의 정체가 확연하게 드러난 앞에서 더 이상의 저항일랑은 하지 않는 타입이었

결정판 아르센 뤼팽 전집

다. 이제는 기도하는 길밖에 남지 않은 셈이다.

여자는 파트리스의 목을 껴안으며 말했다.

"하느님 앞에서 당신은 나의 반려자예요. 하느님께서 우리 둘을 참다운 부부로 맞아주시기를 바라요."

여자의 말에 감격한 남자의 눈에서는 어느새 뜨거운 눈물이 흐르고 있었다. 여자는 그 눈물을 입술로 훔치면서 자연스럽게 입맞춤을 했다.

"아……. 당신 말이 맞아요, 코랄리. 이렇게 죽는 건 곧 사는 것이오."

남자의 속삭임과 함께 영원할 것 같은 침묵이 두 사람을 휘감았다. 천장으로부터 가라앉는 가스의 매캐한 냄새가 느껴졌지만 둘은 전혀 두렵지 않았다.

파트리스가 다시 속삭였다.

"모든 것이 마지막 일분일초에 이르기까지 옛날과 똑같을 것이오. 우리가 이렇게 사랑하듯 서로를 사랑했던 당신 어머님과 내 아버지는 지금 우리처럼 포옹을 하고 입을 맞댄 채 돌아가신 것이오. 그때 이미 우리 둘의 결합을 원하셨고, 기어코 우리는 이렇게 하나가 되어 있소."

그러자 코랄리도 이렇게 화답했다.

"우리의 무덤도 그들의 무덤 가까이에 만들어질 거예요."

둘의 머릿속은 점점 더 희미해졌으며, 마치 부연 안개 너머로 서로를 바라보고 있다는 생각이 들었다. 벌써 입에 음식을 갖다 대지 못한 지가 꽤 오래되었고, 배고픔이 점점 현기증으로 번져와 정신마저 명하게 가라앉는 느낌이었다. 하긴 현기증이 더해갈수록 불안감과 고통의 느낌은 그만큼 무뎌지는 듯도 했다. 차라리 이것은 일종의 황홀경 내지는 무감각한 마비증상과도 같았고, 더 이상 이 세상에 존재하지 못하게 될 거라는 두려움 자체를 깡그리 망각할 수 있는 절대적인 휴식 상태라고 할 만했다.

정신을 잃기 시작한 것은 코랄리가 먼저였다. 그녀가 마구 늘어놓기 시작하는 헛소리는 파트리스를 언뜻 질겁하게 만들었다.

"사랑하는 당신, 이걸 좀 봐요. 장미꽃이 하늘하늘 떨어져 내리고 있어요. 오, 너무나 아름다워!"

처음엔 그런 코랄리의 횡설수설에 당황했던 파트리스 역시 잠시 후, 마찬가지로 나른하면서 희희낙락 감미로운 기분에 휩싸이며 점점 몽환적인 황홀경 속에 빠져들고 있었다.

이제 두려움은 더는 찾아볼 수 없었다. 그는 여자가 자신의 품에 안긴 채 축 늘어지는 것을 느꼈다. 그뿐만 아니라 그런 여자를 따라 자신도 빛으로 일렁이는 거대한 심연 속을 헤매는 기분이었으며, 둘이 함께 끝없는 희열의 영역을 향해 훨훨 활공해 내려가는 느낌이었다.

수 분이 지나는지 수 시간이 지나가는지 몰랐다. 눈을 감은 채 입가에는 알 수 없는 미소를 머금고 한껏 뒤로 젖힌 여자의 몸뚱어리가 남자의 팔에 걸치다시피 안긴 채, 둘은 바닥 모를 심연 속으로 하염없이 가라앉고 있었다. 파트리스의 몽롱한 의식 속에서는 광휘와 대기에 잔뜩 취한 채 창공을 미끄러지듯 부유하고 있는 두 정령의 커플이 어렴풋이 보이는 듯했으며, 스스로 희열의 영역 위를 커다랗게 활공하고 있는 것만 같았다.

그런데 점점 심연의 언저리로 접근할수록 기운이 몸에서 빠져나가는 것이 느껴졌다. 팔에 안긴 코랄리의 몸무게가 버거워지는가 싶더니, 하강하는 느낌이 점차 빨라지는 것이었다. 아울러 빛의 파도가 어둑해지기 시작했고, 두꺼운 구름 한 줄기가 느닷없이 휘감아 도는가 하면, 또 다른 구름이 어둠의 소용돌이를 이루며 휘몰아치는 것이었다.

어느새 신열로 후들거리는 몸뚱어리 전체가 땀으로 흠뻑 젖은 채, 그는 큼직한 어둠의 구덩이 속으로 곤두박질치고 있었다.

결정판 아르센 뤼팽 전집

3
낯선 사나이

아직 완전한 죽음은 아니었다. 다만 지극히 낯선 고통의 상태 속에서 가까스로 버티는 의식의 끝자락이 실재 현실의 편린들을 전혀 새로운 세계, 이를테면 상상 속 죽음의 세계와 마구 뒤섞으며 일종의 악몽을 연출해내고 있었다.

지금 파트리스가 방문하는 세계 속에서는 더 이상 코랄리가 존재하지 않았고, 그것은 미칠 듯한 괴로움으로 가슴을 파고들었다. 그 대신 감긴 눈꺼풀 너머 어른거리면서 뭔가 중얼거리는 어떤 그림자로 미루어, 누군가 함께 있다는 어렴풋한 느낌이 들 뿐이었다.

바로 그 누구를 파트리스는 어떤 특별한 이유도 없이 시메옹 영감이라고 막연히 짚어보는 것이었다. 희생자들이 완전히 죽었는지를 확인하러 와서, 코랄리부터 옮겨간 다음, 다시 돌아와 파트리스마저 어디론가 옮겨 눕히는 것으로 말이다. 한데 갈수록 그 모든 행동이 어찌나 선명하게 느껴지는지, 자기 스스로 완전히 깨어난 것이 아닌가 의문이 들

정도였다.

그러고도 또 몇 시간이 흘러갔다. 아니 실은 몇 초가 흘러간 것인지도 몰랐다. 급기야 파트리스는 자신이 깊은 잠에 곯아떨어져 있다는 느낌이 들었다. 그리고 그 지옥처럼 깊은 잠 속에서 마치 사형수가 겪는 것과 같은 정신적·육체적 고통에 끊임없이 시달린다고 생각했다. 그는 지금 어둠의 구멍 한가운데 처박힌 상태에서, 흡사 바닷속에 빠진 조난자가 수면 위로 부상하기 위해 안간힘을 쓰는 것과 같이, 사력을 다해 그로부터 벗어나려고 발버둥을 치는 격이었다. 숨을 턱턱 막으며 차오르는 물결을 헤치고 또 헤치면서 파트리스는 죽어라고 몸부림을 쳐대는 심정이었다. 하염없는 물결에 부유하는 물건들을 팔다리로 부여잡으면서, 사라지려고 하는 허깨비 같은 줄사다리에 악착같이 매달리면서……

얼마쯤 그랬을까, 어둠이 조금은 엷어진 듯했고, 그 속으로 청록색 햇살이 녹아드는 느낌이었다. 파트리스는 어딘지 약간은 후련해진 기분에 눈을 슬그머니 뜨면서 깊은 숨을 몰아쉬었다. 한데 눈앞에 펼쳐진 광경이라니. 문은 활짝 열려 있고, 그 바로 옆 탁 트인 바깥에 놓인 디방에 자신이 누워 있는 것이 아닌가!

옆에는 또 다른 디방에 코랄리가 축 늘어진 채, 가끔씩 몸을 뒤치며 괴로워하고 있었다.

'그녀 역시 암흑의 구멍으로부터 벗어나려 하고 있어. 나처럼 발버둥을 치는 거라고. 아, 가엾은 코랄리.'

파트리스는 속으로 중얼거렸다.

가만히 보니 둘 사이에는 외발 원탁이 있었고 그 위에 물 잔이 두 개 놓여 있었다. 너무도 목이 말라 파트리스는 그중 하나를 덥석 집어 들었다. 하지만 감히 마실 엄두는 내지 못하고 있는데, 누군가 별장 문밖으로 불쑥 튀어나왔다. 시메옹 영감이려니 하면서 자세히 보자, 난생처음 보는 사람이었다.

파트리스는 속으로 중얼거렸다.

'난 지금 자는 게 아니야. 지금이 생시인 건 틀림없는데, 이자는 아무래도 우리 친구인 것 같군.'

그러면서 마치 그것이 사실인지 아닌지 확인이라도 받아내려는 듯, 있는 힘껏 자신의 생각을 소리쳐 토해내려고 애썼다. 하지만 왠지 아무 소리도 나오지 않는 것이었다.

낯선 사내는 천천히 다가오더니 부드러운 음성으로 이렇게 말했다.

"공연히 기운 뺄 것 없소, 대위. 모든 것이 잘되어가고 있습니다. 자, 어서 마셔요."

사내는 물 잔을 입에다 마저 갖다 대주었고 파트리스는 아무런 의심 없이 냉큼 들이켰다. 그리고 바로 곁에서 마찬가지로 물 잔을 들이켜는 코랄리를 흐뭇한 마음으로 바라보며 이렇게 중얼거렸다.

"그렇군요. 모든 게 잘되어가고 있는 것 같아요! 오, 하느님, 산다는 게 이렇게 좋은 거로군요! 코랄리도 살아 있는 거 맞죠?"

하지만 대답은 미처 듣지 못한 채 그대로 나른한 잠에 곯아떨어지고 마는 파트리스…….

그가 다시 깨어났을 때, 머릿속은 아직도 윙윙거리고 숨 쉬기가 조금은 거북했지만, 일단 중요한 고비는 완전히 넘긴 상태였다. 그러다가 드디어 몸을 일으켰고, 이내 자신의 감각이 한낱 망상을 벗어난 명료한 상태라는 것을 깨달았다. 아울러 현재 위치가 별장 입구이며 방금 물 잔을 내리 두 차례 연거푸 비운 코랄리가 곤한 잠에 빠져들고 있다는 것도 확인했다. 그는 제법 큰 소리로 기분 좋게 외쳤다.

"아! 산다는 건 정말 좋은 거야!"

하지만 뭔가 움직여보려고 하면서도, 왠지 활짝 열려 있는 별장 문 안으로는 들어가 볼 엄두가 나지 않았다. 그보다는 무덤이 위치한 수목 의 회랑을 끼고 돌면서 은근히 멀어져 가기만 했다. 하긴 그렇다고 딱 히 어디로 방향을 정해 걷는 것도 아니었다. 그러기엔 아직은 무슨 일 이 일어난 것인지, 왜 이렇게 걷고 있는 것인지, 당최 아리송한 정신 상 태에서 그냥 막연히 발걸음을 떼고 있었던 것이다. 그러다가 문득 도달 한 곳을 보니 다시금 별장 쪽이었고, 이번엔 출입구가 있는 곳의 정반 대, 정원을 향한 외벽이었다. 거기서 파트리스는 문득 걸음을 멈추지 않을 수 없었다.

벽체에서 몇 미터 정도 떨어진 지점, 비스듬히 굽은 오솔길을 굽어 보는 아름드리나무 아래, 한 사내가 얼굴은 나무 그늘 속에, 두 발은 따 스한 양달에 묻은 채, 버들가지로 만들어진 기다란 의자 위에 느긋하게 누워 있는 것이었다. 반쯤 기분 좋게 졸고 있는 듯한 사내의 무릎께에 책이 한 권 펼쳐져 있었다.

파트리스는 그제야 자신과 코랄리가 정녕 죽음에서 벗어났으며, 자 신들의 목숨을 구해준 장본인이 바로 지금 눈앞에 있는 이 사내라는 사 실을 실감했다. 이 남자의 나른한 선잠이야말로 이제는 절대적으로 안 전하다는 점뿐만 아니라, 구원자로서의 뿌듯한 심정을 그대로 반영하 는 것이 아니겠는가 말이다!

파트리스는 사내를 자세히 살펴보았다. 다소 야윈 듯한 체격에 넓은 어깨, 파리한 혈색에 입술 위 가지런히 자리 잡은 섬세한 콧수염, 그런 가 하면 관자놀이 근처의 희끗한 머리카락 등등, 많아봐야 한 50대쯤으 로 보이는 분위기였으며, 복장으로 말하자면 우아함을 대단히 중시한 차림새였다. 파트리스는 허리를 숙이고 책의 제목을 훑어보았다.

벤저민 프랭클린의 회고록

　그런가 하면 바로 옆 풀숲에 떨어진 사내의 모자 안감에는 다음과 같
은 이니셜이 수놓아져 있었다.

　　L. P.

　'이자가 날 구했어. 그러고 보니 얼굴을 알아보겠는걸. 우리 두 사
람을 별장 바깥으로 끌어내서 돌봐주었지. 하지만 어떻게 이런 기적
같은 일이 일어날 수 있었을까? 대체 이자가 어떻게 여기까지 오게 된
거지?'

파트리스는 그렇게 속으로 중얼거리며, 사내의 어깨를 툭 건드렸다. 그러자 금세 벌떡 일어서더니 얼굴 가득 환한 미소를 지어 보이는 것이었다.

"이거 실례했소이다, 대위. 워낙 다사다난한 인생이라 잠시 짬만 나면 그저 눈 좀 붙이기에 바쁘답니다. 장소 불문하고 말이오. 나폴레옹도 아마 그랬다죠? 말이 나왔으니 얘긴데, 이런 사소한 닮은 점도 그리 기분 나쁜 건 아니랍니다. 이런! 이거 너무 내 얘기만 했소이다그려. 어떻소, 대위? 좀 괜찮아진 겁니까? '코랄리 어멈'께서도 불편한 게 많이 가셨나요? 내가 문짝을 활짝 열어젖히고 당신 둘을 밖으로 옮겨냈을 때에는, 아무리 뒤흔들어 깨운다 해도 소용이 없다는 판단이었소. 해서 그저 침착하게 필요한 조치만을 취했을 따름이죠. 어쨌든 두 분이 호흡이라도 제대로 하실 수 있도록 말입니다. 그다음은 맑은 공기가 다 알아서 해줄 테니까요."

그는 문득 파트리스의 어리둥절한 표정을 대하자, 환한 미소를 활달한 너털웃음으로 바꾸더니 이렇게 덧붙였다.

"하하하, 이런 내 정신 좀 보게나. 당신은 아직 내가 누군지 모르죠? 아마 그렇겠죠. 내가 보낸 편지가 도중에서 차단당했을 테니……. 우선 소개부터 해야겠군요. 유서 깊은 에스파냐 명문가(名文家) 출신 귀족, 돈 루이스 페레나라고 하오. 정식 신분증명서도……."

그러더니 웃음소리가 더욱 커지면서 내뱉었다.

"아하, 참 이래봤자 소용없겠군요. 틀림없이 야봉이 이쪽 거리 어느 담벼락에다가 내 이름을 적었을 땐 완전히 다른 이름이었을 테니까요. 한 보름 전쯤 되는 어느 저녁 무렵이었죠, 아마? 하하하, 이제 서서히 이해가 되시는 모양이구려. 네, 맞습니다. 당신이 구원을 요청한 신사는 바로……. 글쎄요, 내 입으로 굳이 적나라하게 그 이름을 내뱉어야 할지 모르겠습니다만……. 까짓 뭐 어떻습니까, 대위! 자, 여기 아르센 뤼팽이 당신을 돕기 위해 대령했소이다!"

파트리스는 더더욱 어안이 벙벙한 표정이었다. 그러고 보니 그는 야봉이 했던 제안과 이 유명한 모험가에게 도움을 요청해도 좋다고 허락한 사실을 까마득히 잊어버리고 있었던 것이다. 그런데 이렇게 아르센 뤼팽이 그의 눈앞에 버젓이 나타나 있는 것이다. 게다가 그가 일단 한 번 움직인 것만으로도, 그토록 교묘한 방식으로 밀폐되었던 무덤 속에서 다 죽어가던 두 사람이 기적적으로 생환한 것이 아닌가!

그제야 파트리스는 상대에게 악수를 청하며 말했다.

"고맙습니다."

"저런! 그만 뚝!"

루이스는 장난스레 말을 막았다.

"고맙다는 말은 마시구려! 그저 이렇게 따뜻한 악수 한 번이면 족한 거요. 정말이지 나와 악수한다고 큰일 날 건 하나도 없습니다, 대위. 그동안 살아오면서 비록 양심 한구석이 찔릴 만한 사소한 일들도 있긴 했지만, 그 대신 내로라하는 점잖은 인사들의 찬사를 얻을 만한 공도 수없이 세운 몸이라오. 우선은 나 자신이 봐서 훌륭한 일들부터 말이오. 자, 그건 그렇고……."

거기서 또다시 잠깐 말을 멈춘 사내는 파트리스의 제복 앞 단추 중 하나를 붙잡고 한쪽으로 이끌며 뭔가 골똘한 생각에 잠기는가 싶더니, 불쑥 이러는 것이었다.

"움직이지 마시오. 누군가 우릴 엿보고 있어요."

"누, 누가 말입니까?"

"정원 끄트머리 너머 강의 제방 위에서 누군가 이쪽을 넘겨다보고 있어요. 아시다시피 담벼락이 그리 높은 편이 아닙니다. 게다가 그 위에 있는 거라곤 엉성한 철책뿐이오. 창살 사이로 얼마든지 안을 엿볼 수가 있지요. 근데 지금 누군가 일부러 우릴 엿보고 있단 말입니다."

"그걸 어떻게 아십니까? 제방 쪽이라면 당신이 등지고 있질 않소? 게다가 나무숲으로 가로막혀 있고……."

"잘 들어봐요."

"별로 특별한 소리는 들리지 않는걸요."

"아니요. 자동차 엔진 소리가……. 세워둔 차에서 들리는 엔진 소리 말이오. 과연 이렇다 할 건물도 서 있지 않은 담 쪽 제방 길가에 차를 세웠다면, 무슨 의도이겠소?"

"그렇다면……. 대체 누가 엿볼 것 같습니까?"

"그거야 당연히 시메옹 영감이죠!"

"시메옹요?"

"틀림없소. 그는 지금쯤 내가 당신 둘을 구해낸 걸 분명히 알고 있을 겁니다."

"그럼 그자가 기어이 미친 게 아니란 말씀이오?"

"미치다니요. 그가요? 당신이나 나처럼 멀쩡한걸요."

"하지만……."

"하지만 시메옹이 당신들을 보호해왔고, 두 사람을 맺어주길 원했으며, 당신에게 정원 열쇠를 보내주었다는 말씀을 하고 싶은 거겠죠?"

"아니, 그 모든 걸 알고 있었단 말입니까?"

"당연히 알고 있어야죠. 그렇지 않고서야 어떻게 당신들을 도울 수 있었겠소?"

"그렇다면……."

파트리스는 더럭 불안한 표정이 되어 말했다.

"놈이 근처를 계속 어슬렁거리는데, 우리 쪽에서도 뭔가 조심하고 있어야 하는 게 아닙니까? 이렇게 밖에 누워 있다니. 어서 별장 안으로 들어갑시다. 코랄리가 출입구 쪽에 혼자 있어요!"

"괜찮을 겁니다. 위험하진 않아요."

"어떻게 장담하죠?"

"내가 있기 때문이오."

파트리스는 완전히 아연실색한 눈치였다. 그는 다그치듯 물었다.

"그럼 시메옹이 당신을 안다는 말입니까? 당신이 이곳에 있는지 알아요?"

"그렇소. 야봉을 경유해서 내가 당신에게 보낸 편지를 그가 가로챘으니까요. 말하자면 내가 올 거라는 걸 미리 예고하자, 그가 이처럼 일을 서두른 겁니다. 나는 평소 내 방식 그대로 도착 일정을 몇 시간 정도 앞당겼죠. 누구든 수작 부리는 현장을 급습하기 위해서 말입니다.

"하지만 그때까지만 해도 당신은 그가 범인이라는 사실을 모르고 있었을 테고, 결국 당신이 아는 건 거의 없었단 얘긴데⋯⋯."

"전혀 몰랐지요."

"그럼 오늘 아침에 도착한 겁니까?"

"아니요. 오후 1시 45분에 도착했소."

파트리스는 얼른 시계를 보더니 말했다.

"지금이 4시니까, 그럼 불과 두 시간 만에⋯⋯."

"그만큼도 아니지요. 정작 이곳에 온 건 1시간 전이니까요."

"야봉에게 물어봤겠군요?"

"내가 그렇게 시간 낭비할 사람같이 보이오? 야봉은 자신도 혼비백산한 가운데 당신이 사라졌다는 말밖에 해준 게 없소.

"그렇다면?"

"그때부터 당신 있는 곳을 뒤지고 다녔지요."

"아니, 어떻게 말이오?"

"우선 나는 당신 방부터 조사했소. 워낙 이런 일에는 이력이 난 터라, 얼마 지나지 않아 당신의 그 벽에 바짝 붙여놓은 개폐식 책상 구석에 자그마한 구멍이 벌어져 있는 걸 발견했지요. 한데 그 틈새가 공교롭게도 책상이 기대져 있는 이웃 방 벽에 난 똑같은 정도의 구멍과 연결되어 있는 겁니다. 일단 책상 속에는 당신이 일상을 매일 기록해둔 장부가 있더군요. 그걸 보고 사건의 전모를 대충 파악했는데, 마찬가지로 시메옹 역시 이웃 방에서 몰래 당신의 장부에 기록된 일거수일투족을 검토할 수 있었던 거요. 4월 14일 당신이 성지순례를 하듯 이곳을 돌아볼 거라는 사실도 그렇게 해서 놈에게 알려진 것이고요. 간밤에도 당신이 뭔가 끄적이고 있는 걸 눈치채고는, 해치우기 전에 무슨 내용인지 파악해두는 게 순서라고 판단했을 겁니다. 한데 그 내용이, 당신이 이미 만반의 방어 태세를 갖추고 있다는 것이었기에, 일단 야밤 습격을 보류하기로 한 것이지요. 이제 아시겠죠? 일이 그렇게 수월히 이루어진 겁니다. 당신이 사라진 걸 알면 바짝 달아오를 데말리옹 씨도 아마 여기까지는 파악하게 되겠지만, 아마도 내일쯤이나 되어서야 가능할 겁니다."

"결국 너무 늦게 되겠죠."

파트리스가 감탄 어린 표정으로 중얼거렸다.

"그렇죠, 너무 늦는 거죠. 이런 건 그나 경찰이 나설 일이 못 됩니다. 나 역시 경찰이 개입하는 건 가급적 꺼리는 편이고 말입니다. 해서 나는 당신의 상이용사들에게 뭐든 애매해 보이는 것에 대해서는 진위를 막론하고 입조심하도록 당부해두었지요. 므슈 데말리옹이 오늘 당도한다고 해도 모든 것이 정상처럼 느껴지도록 말입니다. 일단 그쪽은 그렇게 정리를 해둔 다음, 이미 당신 자신의 일기를 통해 필요한 정보를 충분히 습득한 나는 즉각 야봉을 대동하고 옆 골목을 건너 이곳 정원으로 파고든 겁니다."

"문이 열려 있던가요?"

"아뇨, 그 대신 때맞춰 시메옹이 정원을 빠져나오는 것이었습니다. 그로서는 재수가 없었던 거겠죠? 물로 나에게는 절호의 기회였지만 말입니다. 나는 덥석 문 걸쇠부터 부여잡았죠. 우리가 들어가는 걸 그가 감히 나서서 노골적으로 막을 계제는 아니었지요. 게다가 내가 누구인지 그는 대번에 알아봤을 테니까요."

"하지만 당신은 달랐잖아요? 그가 문제의 장본인이라고는 알 리가 없었지 않습니까?"

"모른다니 그게 무슨 말씀입니까? 그럼 당신 일기는 뭐고요?"

"일기에 그런 식으로 적은 줄은 미처 몰랐는데……."

"이봐요, 대위. 당신 일기는 매 장마다 그에 대한 고발이나 진배없었소. 가만히 보니까 그자가 등장하지 않는 사건은 단 한 건도 없더이다. 그자가 배후에서 준비하지 않았을 행동은 아무리 봐도 하나 없더란 말입니다!"

"그렇다면 무엇보다 그자를 잡아 족쳐야 했던 것 아닌가요?"

"그래서 어쩌게요? 그렇게 해서 도움이 되는 게 뭐가 있겠습니까? 그자의 자백을 억지로 받아내게요? 그건 아니지요. 오히려 자유롭게 풀어두는 것만이 놈을 확실하게 잡아두는 길입니다. 그렇게 해야 놈이 스스로 파멸의 구렁텅이에 빠지고 말아요. 보십시오. 벌써부터 놈은 줄행랑을 치는 대신, 집 주변을 어슬렁대고 있질 않습니까? 게다가 당장은 당신 두 사람부터 구해내는 것이 급선무였지요. 그나마 시간이 너무 늦진 않았을지가 걱정이었으니까요. 그래서 나와 야봉은 이것저것 생각할 것 없이 부랴부랴 별장 문 앞까지 달려온 겁니다. 출입구는 열려 있었는데, 계단 쪽 문은 열쇠로 잠긴 데다 빗장까지 채워져 있더군요. 우선 빗장 두 개부터 빼낸 다음, 워낙 자물쇠를 해체하는 건 우리 같은 사람에겐 식은 죽 먹기나 다름없었죠. 일단 매캐한 가스 냄새가 코를 찌르더군요. 난 대번에 상황을 파악했죠. 시메옹이 필시 골목길 가로등에 가스를 공급하는 계량기에다 일련의 수작을 건 것이라고 직감한 겁니다. 당신들은 그 바람에 질식사를 당하고 있을 것이고요. 우리로선 당신 둘을 한시바삐 밖으로 옮겨 마사지라든가 인공호흡 등등 일상적인 조치를 취할 수밖에 도리가 없었지요. 그리고 이렇게 살아난 겁니다."

파트리스는 궁금한 듯 다그쳐 물었다.

"물론 놈은 그 살인 장치들을 몽땅 거두어갔겠죠?"

"아닙니다. 그는 필시 사전에 다시 돌아와 모든 걸 정리하는 걸 보류했을 것입니다. 그렇게 해서 자신의 개입을 가급적 삼가고, 두 사람의 자살 현장을 되도록 그대로 놔둬서 사람들이 쉽게 믿게끔 하려고 말이죠. 이렇다 할 이유가 없는 수수께끼 같은 자살 말입니다. 즉, 옛날 당신의 부친과 코랄리 어멈의 모친 되시는 두 분의 비극이 재현되는 셈이지요."

"아니, 거기까지 알아내셨단 말입니까?"

"저런, 눈은 괜히 달고 다니는 줄 아시오? 벽에 휘갈겨놓은 그 글은 다 뭐고, 부친께서 남긴 글은 또 뭡니까? 이제는 대위 당신 못지않게 나도 훤히 꿰고 있는 사실이라오. 어쩜 더 알고 있을지도 모르지."

"더라니요?"

"맙소사, 체험이나 경륜이라는 게 거저 있는 건 줄 아시오? 보통 사람들에게는 복잡하고 난해하게만 보일 뿐인 숱한 문제도 내 앞에서는 세상 그렇게 간단명료할 수가 없는 법이라오. 그래서⋯⋯."

"그래서요?"

돈 루이스는 잠시 주저하는 듯하다가, 마침내 이렇게 내뱉었다.

"아니요, 아닙니다. 말 안하는 게 좋겠소. 어차피 어둠은 서서히 걷히게 마련이니까. 그냥 기다리기로 합시다. 일단은……."

그러면서 뭔가에 잔뜩 귀를 기울이더니, 속삭였다.

"거봐요, 그자가 당신을 본 모양입니다. 이제 상황을 파악했으니 꺼지겠지요."

파트리스는 안달이 나는 모양이었다.

"꺼지다니! 여보세요, 차라리 놈을 덮치는 게 낫지 않겠습니까? 그 악당 놈을 다시는 찾지 못할 수도 있지 않겠어요? 언제 또 우리에게 복수의 기회가 주어지겠습니까?"

돈 루이스는 그러나 지그시 웃으며 이러는 것이었다.

"허어, 그러고 보니 지난 20여 년간 당신을 보살펴 오고 코랄리 어멈과 맺어주려고 한 자를 이제는 완전히 악당 취급을 하시는구려! 당신한테는 은인일 텐데!"

"아, 당최 뭐가 뭔지! 그 모든 게 온통 오리무중이란 말이오! 현재 나로선 그자를 미워할 수밖에 없어요. 어찌 됐든 그가 도망치는 건 영 내키지 않습니다. 그자를 붙들어다가 고문이라도 해봐야겠어요."

파트리스는 이내 절망적인 태도를 취했고, 머리를 두 손으로 감싸 쥐었다. 돈 루이스는 조용히 타일렀다.

"너무 걱정할 것 없소이다. 지금이야말로 놈이 파국으로 치달을 때입니다. 이 낙엽처럼 내 손아귀에 거의 다 들어온 셈이에요."

"하지만 어떻게 말입니까?"

"놈이 탄 자동차의 운전기사가 내 사람입니다."

"뭐라고요? 지금 뭐라고 하셨습니까?"

"내 부하 중 한 명이 택시를 몰고 골목 어귀를 배회하도록 했답니다.

시메옹이 그걸 냉큼 잡아타지 않을 수 없도록 말이죠."

"그럼 결국 추측에 불과하다는 얘긴데……."

갈수록 황당해하며 파트리스가 정정(訂正)을 하자, 뤼팽은 자신 있는
어조로 덧붙였다.

"아까 당신한테 귀띔했을 때, 이미 정원 저쪽에서 들리는 엔진 소리
를 알아보고 하는 얘깁니다."

"부하는 믿을 만한가요?"

"물론이죠."

"그래봤자 마찬가집니다! 시메옹은 자동차를 파리에서 먼 곳까지 몰
도록 한 뒤, 당신 부하에게 치명타를 먹일지도 몰라요. 그렇게 되면 우
리로선 속수무책 아닙니까?"

"만약 누구든 이 같은 전시(戰時)에 특별한 허가 없이 자동차를 타고
파리 시가지를 벗어나 대로(大路)를 마음껏 나다닐 수 있다면 그렇겠지
요! 천만의 말씀입니다. 시메옹이 파리를 떠나려면 어디든 무조건 역
(驛)으로 가는 수밖에 없습니다. 그럼 아무리 늦어도 20분 뒤에는 우리
귀에 소식이 들어오게 되어 있죠. 그 즉시 우리도 출발하는 겁니다."

"어떻게 말입니까?"

"물론 자동차를 타고 말이죠."

"그럼 당신은 자동차 통행증을 가지고 있단 말입니까?"

"그렇소. 프랑스 전역(全域)을 아우르는 통행증이오."

"아니, 그게 가능하단 말입니까?"

"물론이오. 돈 루이스 페레나 이름으로 된 정식 통행 허가증이라오.
내무 장관의 친필 서명뿐만 아니라 연서(連署)로……."

"연서까지?"

"그것도 공화국 대통령의 연서까지 첨부된 허가증이오."

이쯤 되고 보니 그저 어안이 벙벙하던 파트리스는 그만 격한 흥분 상태에 빠지지 않을 수가 없었다. 지금까지는 너무도 막강한 적의 위력에 속수무책 휘둘리며 언제 닥칠지 모를 파멸의 위협에 시달리는 게 고작이었던 처지에서, 이제 느닷없이 그보다 훨씬 강력해 뵈는 세력이 자신의 편을 들어주겠다고 나선 것이 아닌가! 갑자기 모든 것이 변하는 셈이다. 불현듯 불어닥치는 순풍에 뱃머리가 항구 쪽을 향하는 것처럼, 운명이 그 방향을 트는 순간이라고 할 만했다.

"허허, 이러다간 당신도 코랄리 어멈처럼 눈물을 보이는 거 아닌지 모르겠소이다, 대위. 아무래도 지금은 신경이 지나치게 예민해져 있는 것 같소. 그리고 많이 허기졌을 테고. 일단 좀 기운을 차려야겠습니다. 자, 이쪽으로……."

그렇게 말하며 돈 루이스는 대위를 부축해 별장으로 인도했다. 천천히 걸음을 옮기며 그는 다소 진지한 목소리로 이렇게 덧붙였다.

"이보시오 대위, 지금 말한 모든 사항에 대해서는 절대 함부로 입을 놀려선 안 됩니다. 몇몇 오래된 친구와 아프리카에서 우연히 만나 내 목숨까지 구해준 야봉을 제하고는 이 프랑스 땅에서 나의 본명을 정확히 알고 있는 사람은 없습니다. 내 이름은 어디까지나 돈 루이스 페레나인 겁니다. 내가 모로코에서 한창 싸울 때(『813』 참조—옮긴이), 우연찮게 우리 프랑스의 이웃 국가나 다름없는 어느 중립국의 호의적인 왕에게 도움을 준 적이 있는데, 그는 내심을 표하기 어려운 위치였으면서도, 우리가 승리하기를 열정적으로 기원해주었답니다. 결국 그는 나를 불러들였는데, 그때 내가 요청을 했지요. 전적으로 나를 신임해줄 것과 완벽한 통행 허가증을 하나 확보해달라고 말입니다. 결국 나는 이틀 안에 완수해야만 하는 비공식적인 비밀 임무를 띤 채 입국하게 된 겁니다. 요컨대 정확히 이틀 후에는 전쟁 중 내 나름대로 프랑스를 위해 봉사한 그곳으로 돌아가야만 할 입장이지요. 조만간 내가 그곳에서 이룬 일들이 세간에도 알려지게 될 테지만, 그리 나쁘지는 않았답니다(이에 대해서는 『호랑이 이빨』에 자세히 기술되었다─옮긴이)."

둘은 이제 코랄리가 곤히 잠들어 있는 의자 곁에 와 있었다. 돈 루이스의 얘기가 이어졌다.

"한마디만 더 하겠소, 대위. 나는 이번 임무 기간 동안 모든 시간을 오로지 내 조국의 이익을 지키는 데 바치기로, 나를 신뢰해준 분께 서약을 한 몸이오. 따라서 미리 당신에게 말해두건대, 비록 당신한테 적잖은 호감을 가지고는 있지만, 1800개의 금 자루를 발견하는 그 순간 이후론 한시도 더 이상 이곳에 지체할 수 없다는 점을 분명히 하는 바입니다. 실은 야봉의 청에 답을 한 것도 오로지 그 이유 때문이었소. 다시 말해서, 늦어도 모레까지 그 금 자루들이 우리 수중에 떨어지고 나면, 나는 떠난다는 거요. 어쨌든 작금의 두 사건이 서로 연계되어 있다는 것만은 분명하오. 하나가 풀리면 다른 하나도 해결을 보는 셈이지. 아, 아무튼 얘기가 너무 많았던 것 같군요. 어서 코랄리 어멈에게도 나를 좀 소개시켜주시구려. 그리고 어서 일에 나서야죠!"

그러고는 너털웃음을 지으며 이랬다.

"허허허, 여자분께는 굳이 가릴 것 없습니다, 대위. 내 진짜 이름을 알려주세요. 뭐 걱정할 것 없답니다. 모든 여인은 이 아르센 뤼팽 편이니까요!"

그로부터 40분 후, 코랄리 어멈은 자신의 방에서 안정된 간호를 받고 있었다. 한편 돈 루이스가 테라스에서 담배를 피우는 동안, 파트리스는 푸짐한 음식으로 배를 채웠다.

"됐습니까, 대위? 준비되셨소?"

돈 루이스는 힘차게 외치며 시계를 들여다보았다.

"현재 시각 5시 반! 아직 날이 저물려면 한 시간은 남았소이다. 그만하면 충분해요."

"충분하다니요? 설마하니 한 시간 안에 일을 마무리하겠다는 뜻은 아니겠지요?"

"물론 완벽한 마무리는 아니지만 내가 설정한 데까지는 도달할 수 있을 겁니다. 심지어 그보다 덜 걸릴 수도 있어요. 한 시간? 뭐 꼭 그렇게까지 필요치도 않지! 불과 몇 분 안에 황금이 숨겨진 곳을 알아낼 수도 있을 테니까."

돈 루이스는 그렇게 내뱉은 다음, 에사레스 베가 반출 직전까지 황금 자루들을 보관해둔 서고 밑 지하 저장고로 향했다.

"그러니까 이곳 환기창을 통해 자루가 투입되었다 이 말이죠, 대위?"

"그렇습니다."

"다른 통로는 없습니까?"

"서고로 직접 통하는 계단하고, 같은 높이의 환기창 말고는 없습니다."

"그건 정원 쪽으로 향하는 것이겠죠?"

"그렇습니다."

"그럼 분명하군! 자루들은 첫 번째 환기창으로 들어와서 두 번째 환기창으로 빠져나간 것입니다."

"하지만……."

"'하지만'이란 없소이다, 대위. 다른 가능성이 없질 않소? 이보시오, 사람들이 늘 저지르는 잘못이란, 모든 걸 너무 어렵게만 보려고 한다는 것이오."

두 사람은 함께 정원 쪽으로 나섰다. 돈 루이스는 그쪽 지하 환기창 옆에 바짝 붙어 서서 주위를 샅샅이 둘러보기 시작했다. 그리 오래 걸리지는 않았다. 서고의 창문으로부터 한 4미터 정도 떨어진 지점, 중앙에 서 있는 아이의 소라고둥 모양 장식에서 물을 뿜도록 되어 있는 원형 분수대가 당장 눈길을 끈 것이다.

돈 루이스는 천천히 그곳으로 다가가 분수대를 살펴보더니, 이내 허리를 숙여 아이 조각상을 오른쪽에서 왼쪽으로 돌려보았다. 아니나 다를까, 조각상의 토대가 4분의 1 정도 같은 방향으로 돌아가는 것이 아닌가!

"됐습니다."

돈 루이스는 몸을 일으키며 아무렇지도 않은 듯 내뱉었다.

"네?"

"이제 수반(水盤)의 물이 비워질 것입니다."

실제로 빠르게 수위가 내려갔으며, 얼마 안 되어 수반의 바닥이 드러났다.

돈 루이스는 안으로 들어가 잔뜩 허리를 구부리고 뭔가 살피기 시작했다. 수반의 내벽에는, 보통 그리스식(式) 번개 문양이라고 부르는 모자이크 무늬가 붉고 하얀 대리석으로 장식되어 있었다. 돈 루이스는 그 문양들 중 한 곳 가운데에 박혀 있는 어떤 고리 하나를 찾아내 잡아당겨 보았다. 그러자 문양이 자리한 내벽 전체가 반응을 보이는가 싶더니, 덜컹하면서 가로세로 30센티미터, 25센티미터 정도 되는 구멍이 생기는 것이었다.

"자루들은 이곳을 통해 빠져나갔습니다. 말하자면 2단계인 셈이지요. 1단계와 마찬가지로 철사에 매달린 고리를 통해 옮겼을 겁니다. 여기 그 시발점에 철사가 보이는군요."

돈 루이스의 말에 벨발 대위는 탄성을 금치 못했다.

"세상에! 하지만 철사를 일일이 따라가 볼 수는 없지 않습니까?"

"물론 그거야 그렇지요. 하지만 어디에 도달하는지 아는 걸로도 충분합니다. 자, 당신은 이제부터 건물과 수직이 되는 방향을 따라서 담벼락 근처까지, 정원 저 아래쪽으로 가십시오. 거기서 조금 기다란 나뭇가지 하나를 골라 꺾으세요. 아 참, 하마터면 잊을 뻔했군! 나는 골목으로 나가야 하는데, 당신, 열쇠 가지고 있죠? 그걸 내게 주십시오."

파트리스는 시키는 대로 열쇠를 건넨 다음, 즉시 제방에 인접한 벽에까지 다가갔다.

"조금만 더 우측으로! 조금만 더! 좋습니다. 자, 일단 거기서 기다리십시오."

돈 루이스는 그렇게 외친 다음, 골목길로 나가서 곧장 제방에 다다라, 벽 맞은편에 도착했다.

"거기 있죠, 대위?"

돈 루이스의 부름에 파트리스는 얼른 대답했다.

"네, 여깁니다."

"나뭇가지가 이쪽에서도 보이게 꽂아놓으십시오. 좋습니다!"

파트리스는 돈 루이스와 합류해, 함께 제방을 가로질러 갔다.

제방은 기존의 센 강 둑길 위에 따로 하천 운항을 위해 축조된 것이었는데, 강줄기를 따라 나지막이 펼쳐져 있었다. 바닥이 평평한 하천용 수송선들이 이따금 여기저기 닿은 채 짐을 부리거나 실었지만, 대부분은 그저 선창에 매인 채로 떠 있기 일쑤였다.

파트리스와 돈 루이스가 제방의 계단을 통해 내려간 곳에는 일종의 선대(船臺)가 줄지어 있었으며, 그중에서도 아마 전쟁 발발 이후 버려지다시피 한 작업장이 덩그러니 자리 잡고 있는 곳으로 둘의 발걸음이 향했다. 잡다한 석재 더미와 벽돌 등 거의 쓸모없는 자재들이 수북한 가운데, 유리창이 모조리 깨진 오두막이 하나 있었고, 증기기중기의 토대만이 흉측한 잔해로 남아 있었다. 말뚝에 걸린 판자에는 이렇게 쓰여 있었다.

베르투 조선소

돈 루이스는 제방을 받치는 축대를 따라 계속 걸어갔다.

축대의 거의 절반 정도는 모래로 채워져 있었는데, 그 속에 반쯤 묻히다시피 한 철책 하나가 문득 눈에 띄었다.

돈 루이스는 철책을 끌어당기면서 농담처럼 뇌까렸다.

"이번 모험에서는 어떤 문도 항상 열려 있다는 사실 혹시 눈치채셨소? 이번 것도 그러기를 바라봅시다!"

아닌 게 아니라 바람이 현실로 드러난 건지, 놀랍게도 철책이 열렸고, 둘은 일꾼들이 연장을 재놓곤 하던 후미진 구석으로 들어갔다.

"여기까지는 별로 이상한 거라곤 없는데."

돈 루이스는 손전등을 켜면서 중얼거렸다.

"양동이에다 곡괭이, 수레, 사다리 등등……. 아하, 그럼 그렇지! 내가 예상했던 게 여기 있어. 레일이라……. 잘게 분리되었기에 망정이지 제대로 조립하면 나무랄 데 없는 선로가 되겠어. 날 좀 도와주시오, 대위! 저 구석 짐들 좀 치워봅시다! 그렇지! 드디어 나타났군그래!"

제방의 지면(地面) 높이로 철책을 마주 보는 지점쯤, 저쪽 수반에 마련된 것과 유사한 크기의 직사각형 구멍이 휑하니 드러나는 것이었다! 아니나 다를까, 위쪽으로 철사가 이어져 있었고, 고리들이 연달아 매달려 있는 것이 눈에 들어왔다.

돈 루이스의 설명이 시작되었다.

"그러니까 결국 금 자루는 이곳으로 당도하게 되어 있는 셈입니다.

즉, 거기 그쪽 구석에 보이는 소형 수레 안으로 떨어져서, 날이 어둑해 지면 기막히게 펼쳐질 선로를 따라 둑길을 가로질러 수송선이 대기하 고 있는 곳까지 감쪽같이 다다르는 거죠!"

"그럼 결국엔……."

"결국엔 프랑스의 황금이 바로 이곳을 통해 빼돌려져 왔다는 말입니 다. 어딘지 모를 외국으로 말이지요."

"그럼 1800여 개에 달하는 금 자루도 정녕 이곳으로 밀반출되었다고 보시는 겁니까?"

"글쎄요, 그랬을까 봐 걱정이오."

"하면 우리가 너무 늦은 건가요?"

문득 두 사람 사이에 기나긴 침묵이 자리 잡았다. 돈 루이스는 깊은 생각에 잠기느라 그랬지만, 파트리스는 예기치 못한 결과에 대한 낙담 도 낙담이려니와 이토록 짧은 시간 안에 수수께끼의 일단을 훌쩍 풀어 버린 대단한 사내의 솜씨에 어안이 벙벙했기 때문이었다.

그는 마침내 이렇게 중얼거렸다.

"이건 정말 기적이오. 대체 어떻게 한 겁니까?"

돈 루이스는 대답 대신, 아까 무릎 위에 덮어놓고 잠을 잤던 『벤저민 프랭클린의 회고록』이라는 책을 호주머니에서 꺼내 손가락으로 어느 부분을 짚어 보여주었다.

보아하니 루이 16세의 치세 말년에 쓰인 대목이었다.

매일같이 우리는 내 주거지에 인접한 파시 마을로 간다. 그곳의 아름 다운 정원에서 물을 긷는 것이다. 그곳에는 사방 시냇물과 작은 폭포가 즐비한데, 지극히 잘 정비된 일련의 수로에 의해 가지런히 물이 모아지 고 있다.

내가 기계 쪽에 일가견이 있음을 알고 있는 사람들이, 근방의 모든 샘물이 그런 식으로 죄다 모여드는 수반을 내게 보여주었다. 그곳에 있는 대리석 조상(彫像)을 왼쪽 방향으로 4분의 1쯤 돌리면 내벽에 구멍이 열리면서 수로를 통해 센 강으로 곧장 물이 빠져나간다는 것이었다.

거기서 파트리스는 책을 덮었다. 돈 루이스는 황당해하는 그에게 이렇게 설명을 덧붙였다.

"물론 그 후, 에사레스의 조작으로 약간의 변화가 있었지요. 물은 다른 방식으로 빠져나가게 되었고, 기존의 수로는 황금이 흘러나가는 길로 바뀐 거랍니다. 또한 하상(河床)의 면적도 다소 비좁아졌지요. 제방이 새로 건설되었고, 그 아래로 수로가 지나가게 되었으니까요. 자, 이제 아시겠습니까? 책에 쓰인 정보를 보고 나면 해결이 그리 어려운 문제도 아니지요. 현자(賢者)는 늘 책과 함께하나니(doctus cum libro)……."

"옳은 말씀이십니다. 하지만 책도 책 나름이지요. 하고많은 책 중에 하필 그 책을 읽을 생각을 하셨는지……."

"우연이었습니다. 시메옹의 방에서 뽑아 들었는데, 무슨 이런 책을 다 읽나 하는 궁금한 생각에 일단 호주머니 속에 슬쩍하고 나왔지요."

파트리스는 이제야 알겠다는 듯 외쳤다.

"아! 실은 그 역시 에사레스 베의 비밀을 몰랐을 텐데, 바로 그렇게 해서 알게 된 거였군요! 주인의 서류 더미 속에서 그 책을 발견하고는 곧장 자료 조사에 들어갔을 겁니다. 어떤가요? 그렇지 않나요? 어째 다른 생각이신 것 같습니다?"

돈 루이스 페레나는 아무런 대답도 하지 않고, 그저 강 쪽을 물끄러미 바라볼 뿐이었다. 선대에서 약간 떨어진 제방 저 멀리, 버려진 듯한 수송선이 한 척 매여 있었다. 한데 자세히 보니 갑판에 비죽이 튀어나와 있는 어떤 관으로부터 난데없는 연기 한 줄기가 희미하게 피어나오는 것이었다.

"가서 살펴봅시다."

돈 루이스 페레나의 입에서 짧게 한마디 튀어나왔다.

배에는 **농살랑트루아호(號)**라는 글자가 새겨져 있었다.

일단 배 사이의 간격을 힘껏 건너뛴 다음, 갑판 위에 어질러져 있는 밧줄 꾸러미와 텅 빈 대형 통들을 헤쳐나가자 계단이 나타났고, 그 너머 침실 겸 주방으로 사용되는 선실이 자리하고 있었다. 웬 사람 하나가 불쑥 튀어나왔는데, 딱 벌어진 가슴팍에 강건해 뵈는 체격, 시커먼 고수머리에다 수염 하나 없는 얼굴의 사내였다. 차림새는 윗옷과 바지 모두 여기저기 기운 자국이 있는 지저분한 복장이었다.

돈 루이스는 다짜고짜 20프랑짜리 지폐를 건네주었고, 사내는 냅다 받아 챙겼다.

"뭐 하나 물어보세, 친구. 요즘 들어 베르투 조선소 근방에서 수송선 한 척 본 일이 있는가?"

"동력선 한 척이 어제 출항한 일이 있는데요."

"배 이름이 뭐였지?"

"**벨엘렌호(號)**였습니다. 남자 둘하고 여자 하나가 탄 배였는데, 글쎄요, 영어인가 에스파냐 말인가 잘 모르겠지만, 아무튼 뭔지 모를 언어로 꽤나 수다를 떨더군요. 죄다 외국에서 온 사람 같았습니다만……."

"베르투 조선소에선 더 이상 일을 안 하나 보지?"

"네, 그곳 사장이 동원령으로 군에 갔다고 하더군요. 작업 감독들도 죄다 동원되어 갔답니다. 누구나 다 그렇지 않습니까? 나 역시 소집을 기다리는 중이니까요. 심장병이 좀 있는데도 불구하고 말입니다."

"작업장도 폐쇄된 마당에 그 배는 거기서 뭘 하던가?"

"그건 모르죠. 아무튼 밤새도록 뭔가 일을 하긴 하는 것 같았죠. 제방을 따라 레일을 놓더라니까요. 수레 굴러가는 소리도 들렸고, 무슨 짐을 나르긴 했는데⋯⋯. 뭔지야 내가 알 바 아니죠. 어쨌든 그러고 나서 동이 트자마자 출항하더라고요."

"어디로 향하는 배인지는 혹시 아는가?"

"강을 따라 망트(파리에서 루앙 사이의 센 강변 도시─옮긴이) 쪽으로 죽 내려가던데요."

"고마우이, 친구. 궁금증이 속 시원히 풀렸어!"

그로부터 10분 후, 에사레스의 저택으로 돌아온 파트리스와 돈 루이스는 시메옹 디오도키스가 잡아탔던 바로 그 자동차의 운전기사와 마주쳤다. 역시 돈 루이스가 예상했던 대로 시메옹은 곧장 생라자르 역으로 차를 몰게 해, 그곳에서 표를 구입했다는 것이었다.

"행선지는?"

돈 루이스의 다그치는 질문에 운전기사가 대답했다.

"망트행입니다!"

4
벨엘렌호(號)

파트리스는 흥분을 감추지 못했다.

"이건 영락없군요! 황금이 몽땅 빠져나갈 거라며 므슈 데말리옹 앞으로 노골적인 편지가 전해진 일하며, 밤새 별다른 준비 없이 신속하게 일이 치러진 것, 뱃사람들이 외국 국적을 가지고 있었다는 점, 배가 떠난 방향……. 이 모든 게 정확히 들어맞고 있어요. 자, 그렇다면 처음 금 자루들이 재여 있었던 지하 저장고하고 최종적으로 도달한 그 후미진 구석 중간 어디쯤에 혹시 따로 보관해둘 만한 곳이 있지 않을까요? 자루들이 모두 한꺼번에 선적되지 않는 한, 철사에 1800개의 금 자루가 주렁주렁 매달려서 차례를 기다리고 있진 않았을 테니까 말입니다. 하지만 이것도 그리 중요한 문제는 아니지요. 어디까지나 핵심은, 변두리 어디쯤에서 잔뜩 웅크리고 있던 벨엘렌호가 그동안 절호의 순간만을 기다려오고 있었다는 사실일 겁니다. 예전부터 에사레스 베는 주도면밀하게도 온실을 관리하는 척하면서 예의 그 불티들로 배에 신호를 보내왔습니다. 그런 것을 이번에는 죽은 주인의 일을 대신해서 맡은 시메옹 영감이 분명 자기가 착복할 속셈으로 뱃사람들에게 같은 신호를 보내, 동방행 증기선이 대기하고 있을 루앙이나 르아브르 쪽으로 금 자루들을 빼돌린 겁니다. 어쨌든 배 밑창에 10여 톤쯤 금가루를 깐다 해도 그 위에 석탄 약간만 살짝 덮으면 별문제는 없을 테니까요. 어떻게 생각하세요? 이만하면 사건이 완전히 드러나는 것 아닌가요? 적어도 나는 확실하다고 보는데. 망트도 그래요! 기차도 그곳을 향하고 벨엘렌호도 마찬가지 아닙니까? 이만하면 모든 게 확실해지는 거 아닌가요? 그곳 망트에서 놈은 황금을 가로챈 다음, 뱃사람 분장을 하고서 어디론가 출항을 시도하겠죠. 그야말로 쥐도 새도 모르게 황금과 도둑 모두가 감쪽같이 사라지는 겁니다. 어때요? 영락없지 않습니까?"

하지만 이번에도 역시 돈 루이스는 묵묵부답이었다. 하지만 잠시 후 이렇게 내뱉는 것으로 봐선, 파트리스의 그런 의견에 어느 정도는 수긍한 듯했다.

"좋아요! 가봅시다. 차차 알게 되겠죠."

이어서 운전기사에게 말했다.

"당장 차고로 가서 80마력 차종을 가지고 오게. 한 시간이 채 못 돼 망트에 가 있어야 하니까. 그리고 대위 당신은……."

"물론 동행하는 거겠죠?"

"그럼 뒤는 누가 돌봅니까?"

"코랄리 어멈 말인가요? 이젠 위험할 것도 없지 않습니까? 더는 아무도 해코지하지 않을 텐데요. 시메옹도 그렇게까지 실패했으니, 이젠 자기가 무사하기만을 바랄 겁니다. 물론 황금 자루들하고 말이죠."

"정말 같이 갈 생각입니까?"

"당연하죠!"

"아마 실수하는 걸 거요. 아무튼 그건 당신이 알아서 할 문제이니……. 그럼 떠납시다. 아 참, 한 가지 빠뜨릴 뻔했구먼."

그러고는 버럭 소리쳤다.

"야봉!"

세네갈인이 헐레벌떡 달려왔다.

파트리스에 대한 야봉의 감정이 주인에 대한 충견(忠犬)의 애정과 같다면, 돈 루이스를 향한 감정은 일종의 종교적 경외감에 비할 만했다. 이 대(大)모험가의 일거수일투족은 글자 그대로 그를 황홀경 속에 빠뜨렸다. 그래서 그런지 거물 앞에 당도해서도 그저 싱글벙글 얼굴 가득 희색을 금치 못하는 것이었다.

"야봉, 몸은 좀 어떤가? 상처는 다 나았는가? 피로도 회복되고? 좋았어! 그렇다면 나를 따라오게."

그는 베르투 조선소에서 약간 떨어진 제방까지 앞서가더니 이렇게 지시했다.

"오늘 밤 9시가 되면 여기 이 벤치에 앉아서 즉각적인 감시에 들어가야 하네. 아예 먹을 것 마실 것 죄다 챙겨 가지고 오게. 특히 저 아래에서 무슨 일이 벌어지는지 놓치지 않고 감시해야 하네. 글쎄, 무슨 일이 벌어질까? 어쩜 아무 일 없을지도 모르지. 그래도 내가 돌아올 때까지 꼼짝하면 안 돼. 무슨 일이 일어나지 않는 한 말일세. 혹시 여하한 사태가 벌어지면 모를까……."

돈 루이스는 잠시 멈칫하더니 다시 말을 이었다.

"야봉, 특히 시메옹을 조심하게. 그자는 자네를 공격한 장본인이야. 만에 하나 그가 모습을 나타내면 가차 없이 달려들어 모가지를 끌고 이리로 오게나. 하지만 절대로 죽여서는 안 돼! 이건 괜히 하는 소리가 아닐세! 내게 시체를 끌고 와선 안 된다 이 말일세. 싱싱하게 살아 숨 쉬는 사람을 데려 오라 이 말이네. 알겠는가, 야봉?"

불안한 마음에 파트리스가 끼어들었다.

"정말 그게 걱정되는 겁니까? 설마 그럴 리가 있나요? 시메옹은 떠났지 않습니까?"

"이봐요, 대위. 자고로 훌륭한 장군은 적을 추격하는 마당일수록 이미 정복한 지역에 대한 방비에 소홀하지 않는 법이라오. 수비대를 주둔시켜 튼튼히 지킨 다음에야 추격에 나서는 것이지요. 베르투 조선소야말로 우리가 상대하는 적에게는 가장 중요한 요충지 중 하나일 것입니다. 그래서 신경을 쓰는 거고요."

그 밖에도 돈 루이스는 코랄리 어멈에 대해서 역시 진지한 주의를 기울였다. 많이 쇠약해진 젊은 여자는 무엇보다 완벽한 휴식과 간호가 필요한 상황이었다. 우선 여자를 차에 태운 다음, 혹시라도 있을지 모를 염탐을 따돌리기 위해 일부러 파리 중심가를 향해 전속력으로 달리고는, 마이요 대로의 병원 별관으로 데리고 가 의사의 직접 관리하에 맡기도록 했다. 물론 그 후로는 여하한 외부인도 근접하지 못하게 하고 말이다. 아울러 혹시 날아올 편지에는 절대 답장을 하지 못하도록 했다. 단 '파트리스 대위'라는 서명의 편지만 제외하고 말이다.

이렇게 해서 밤 9시, 자동차는 생제르맹에서 망트 사이의 도로를 달리고 있었다. 뒷좌석 돈 루이스 옆에 앉은 파트리스는 승리의 기쁨을 만끽하고 있었으며, 자기가 보기엔 너무나도 확실할 뿐인 온갖 신나는 가설을 이리저리 머릿속에서 굴리고 있었다. 그럼에도 몇 가지 남는 의문점은 여전했는데, 그로서는 이 든든한 아르센 뤼팽의 의견을 청하지 않을 이유가 없었다.

"내가 보기에는 두 가지 문제가 아직도 철저한 베일에 가려 있다고 봅니다. 우선 4월 4일 오전 7시 19분에 에사레스 베의 손에 살해당한 사람이 과연 누구인가 하는 점입니다. 분명 단말마의 비명 소리를 전화상으로 들었는데 말입니다. 그리고 시체는 또 어디로 갔고요?"

돈 루이스는 여전히 대답이 없었고, 파트리스는 계속했다.

"두 번째 문제는 좀 더 어려운데, 시메옹의 태도 말입니다. 그 사람은 평생을 친구 벨발의 복수와 더불어, 그 자식인 나와 코랄리라는 여성의 행복을 빌며, 그야말로 일편단심으로 살아왔거든요. 지금까지 그의 인생을 흐트러뜨린 단 하나의 사례도 없었답니다. 심지어는 그런 그를 보며 일종의 집착과 광기를 논하는 사람도 있었을 정도이니까요. 한데 자신의 원수인 에사레스 베가 죽자마자 어떻게 그리 돌변할 수가 있단 말입니까? 에사레스 베가 우리 부모들한테 사용한 똑같은 장치와 가증할 만한 수법을 동원해서 이번엔 코랄리와 나를 해치려고 하다니요! 이만하면 정말 터무니없다는 말이 절로 나오지요. 어느 날 갑자기 비밀의 전모를 알아내자, 제 손에 굴러든 거나 마찬가지인 엄청난 보물에 정신이 그만 돌아버린 걸까요? 그걸로 과연 설명이 가능하겠습니까? 과연 나무랄 데 없던 한 인간이 갑작스레 눈뜬 본능을 충족시키기 위해 완전히 정반대인 악당으로 돌변할 수가 있는 겁니까?"

돈 루이스의 입은 역시 굳게 다물어져 있었다. 이 같은 모든 수수께끼가 이 유명한 모험가의 간단명료한 설명 하나로 깨끗이 해결될 거라고 기대했던 파트리스는 일순 놀랍기도 하고, 은근히 부아가 나기도 했다.

마지막으로 그는 다시 한번 기대하는 심정으로 말했다.

"또 그 황금삼각형은 어떻고요? 그것 또한 수수께끼 아닙니까? 아무리 지금까지 일들을 살펴봐도 삼각형은 눈을 씻고 찾아봐도 없을 듯한데……. 황금삼각형이라는 게 대체 어디 있단 말입니까? 이 점에 대해선 어떻게 생각하시는지요?"

역시 침묵뿐……. 급기야 장교는 이렇게 내뱉지 않을 수 없었다.

"대체 뭡니까? 대답은 않고, 뭔가 걱정스러운 표정만 지으시면……."

"아마도 그럴 겁니다."

그제야 돈 루이스가 짤막하게 대꾸했다.

"대체 뭐가 걱정스러운 겁니까?"

"뭐 딱히 꼬집을 만한 이유가 있는 건 아닙니다."

"하지만……."

"어쨌든 앞으로는 잘 굴러갈 거라고 생각합니다."

"뭐가 잘 굴러갈 거란 말입니까?"

"우리의 과업 말이오."

돈 루이스는 상대가 더 몰아붙이려고 하자, 비로소 말을 막고 나섰다.

"이봐요, 대위. 당신에 대해서 나는 지극히 소탈한 애정을 품고 있고 당신과 관련한 모든 일에 대단한 흥미를 가지고 있소이다. 하지만 고백하건대, 당장 내 머릿속에는 오로지 단 한 가지 문제만 가득한 데다 모든 노력도 단 하나의 목표점을 지향하고 있어요. 다름 아닌 우리나라로부터 도둑질해간 황금을 되찾아오는 일 말이오. 난 그게 우리 손을 영영 떠나는 걸 두고 볼 수 없소. 현재 당신 문제는 어느 정도 해결을 본 셈이지만, 다른 문제는 아직 아니오. 당신들 두 사람은 이제 무사하며 건강을 되찾아가고 있지만, 내게는 아직도 1800개의 황금 자루가 들어와 있지 않단 말이오. 그게 있어야 합니다. 그게 돌아와야만 해요."

"하지만 어디에 가 있는지 아니까 결국엔 몽땅 되찾을 것 아니겠습니까?"

"내 이 눈앞에 줄줄이 펼쳐져 있어야만 내 손에 들어온 겁니다! 그때까지는 모르는 일이지요."

망트에서의 수색은 그리 오래 걸리지 않았다. 다행히 도착하자마자

결정판 아르센 뤼팽 전집

시메옹 영감과 행색이 비슷한 여행객 하나가 트루아 장프뢰르 호텔에 투숙했으며, 현재는 4층 객실에서 곤히 잠을 자고 있다는 사실을 알아낸 것이다.

돈 루이스는 같은 호텔 1층에 묵는 반면, 다리 때문에 남의 이목을 끌기 쉬운 파트리스는 그랑 호텔에 따로 투숙하기로 했다.

다음 날 늦잠을 자던 파트리스는 돈 루이스의 전화벨 소리에 깨어났다. 호텔을 나선 시메옹이 제일 먼저 우체국에 들르더니, 센 강 기슭으로 갔다가 다시 역으로 가서, 짙은 모자 베일로 얼굴을 반쯤 가린 꽤 우아한 분위기의 여자를 한 명 데리고 왔다는 것이다. 둘은 함께 4층 객실에서 점심을 들었다고 했다.

오후 4시, 다시 전화 벨소리가 울렸다. 돈 루이스가 말하기를, 지금 당장 도시 어귀쯤 강을 마주한 어느 작은 카페로 지체 없이 와달라는 것이었다. 그곳에 당도하자 파트리스의 눈에 제방 위를 어슬렁거리고 있는 시메옹의 모습이 들어왔다.

두 손 다 뒷짐 진 채 한가로이 어슬렁대는 모양이, 흡사 이렇다 할 목적지도 없이 그저 시간을 보내는 사람 같았다.

"목도리에 저 안경하며……. 여전히 같은 차림새에 같은 걸음걸이야."

파트리스는 저도 모르게 중얼거리다가, 이렇게 덧붙였다.

"잘 보세요. 언뜻 태연한 척하고 있지만, 눈길이 자꾸만 저쪽 강어귀를 향하고 있잖아요! 바로 벨엘렌호가 들어올 곳을 말입니다."

돈 루이스도 중얼거렸다.

"맞아요. 그렇군요. 저기 여자도 있습니다."

"아! 바로 저 여자 말이군요! 일전에 길거리에서 두세 번 본 적이 있어요."

개버딘 외투로 감싼 여자의 어깨와 체격은 유난히 당당하고 강건해 보였고, 펠트 천으로 된 챙 넓은 모자 가장자리로는 베일이 늘어뜨려져 있었다. 여자는 시메옹에게 푸른색 전보용지 한 장을 건넸고, 그는 곧장 받아 읽었다.

두 사람은 이내 뭔가 얘기를 주고받으며 걷기 시작했고, 카페 앞을 지나쳐 좀 더 걷다가 다시 멈춰 섰다.

거기서 시메옹은 종이에다 무엇을 끄적인 다음 여자에게 건네주었다. 여자는 자리를 떠서 시내 쪽으로 향했고, 시메옹은 강가를 다시금 거닐기 시작했다.

"가만히 있으시오, 대위."

돈 루이스의 지시에 파트리스가 발끈하듯 대꾸했다.

"하지만 경계하는 눈치가 전혀 아닌데요. 이쪽으론 눈길조차 주지 않고 있다고요."

"그래도 신중하게 처신하는 게 나을 거요. 시메옹이 방금 적어준 글의 내용을 알 도리가 없어서 걱정이오."

"내가 뒤따라가면……."

"누구를? 저 여자를 말이오? 오, 안 될 말씀! 기분 나쁘라고 하는 소린 아니지만, 당신은 아직 기운이 달려요. 내가 나선다면 또 모를까."

그렇게 내뱉고 나서, 돈 루이스는 훌쩍 자리를 털고 멀어져 갔다.

파트리스는 우두커니 앉아 기다렸다. 몇 척의 선박이 강줄기를 이리저리 오갔다. 파트리스는 무심코 그 배들 이름을 바라보고 있었다. 돈 루이스가 자리를 뜬 지 30여 분 지났을까, 문득 수년 전부터 일부 화물 운송용 선박에 실용화되어오던 강력한 모터의 귀 따가운 굉음이 들리는 것이었다.

아니나 다를까, 강의 만곡을 벗어나는 수송선 한 척이 서서히 모습을 드러내고 있었다. 마침내 바로 앞을 지나치는 배를 바라보면서 파트리스는 흥분을 감추지 못한 채 뱃머리에 새겨진 이름을 읽었다.

벨엘렌

그것은 규칙적인 모터의 폭발음과 더불어 매끄럽게 수면을 가르며 지나가고 있었다. 비교적 선체가 육중하면서 불룩하고, 별 화물도 싣지 않은 것 같으면서도 푹 꺼진 것이, 여간 안정감 있어 보이는 것이 아니었다.

배 위에는 뱃사람 둘이 한가로이 앉아 담배를 피우고 있었고, 선미(船尾)에는 소형 보트가 한 척 매인 채 두둥실 떠가고 있었다.

수송선은 점점 멀어져서 또 다른 만곡 지점에 도달했다.

파트리스는 한 시간을 더 꼼짝 않고 기다렸고, 그제야 돌아온 돈 루이스에게 대뜸 물었다.

"그래, 벨엘렌호는요?"

"여기서 2킬로미터 떨어진 지점에서 소형 보트를 띄워 시메옹을 찾으러 나오더군요."

"그래, 그가 함께 떠나던가요?"

"그렇소."

"아무것도 눈치는 못 챘겠죠?"

"대위, 그건 너무 어려운 질문이로군요."

"아무려면 어떻습니까! 이제 승리는 거의 거머쥔 거나 다름없는 걸 말입니다! 차로 가면 충분히 따라붙을 수 있고, 심지어 앞지를 수도 있을 겁니다. 그럼 베르농쯤에서 헌병대나 경찰에 신고해 곧바로 체포 작전에 들어갈 수 있을 거예요!"

하지만 돈 루이스는 이렇게 잘라 말했다.

"대위, 우린 아무에게도 신고 따윈 안 합니다. 우리 스스로 그 소소한 작전을 수행할 겁니다."

"우리 스스로라니요? 아니, 어떻게 말입니까?"

두 사람은 서로를 한참 동안 바라보았다. 그러는 동안 파트리스의 머릿속에 출몰하는 생각이 얼굴 표정에 고스란히 드러났지만, 돈 루이스는 조금도 싫은 내색을 하지 않았다.

"당신은 내가 3억 프랑어치의 황금을 몽땅 들고 튈까 봐 걱정인 거로군요. 허허, 그것참⋯⋯. 아무래도 그런 식으로 꿀꺽하기엔 좀 지나치게 버거운 짐이 아니겠소?"

돈 루이스가 아무렇지도 않은 듯 내뱉자, 파트리스도 정색을 하며 대꾸했다.

"그렇다면 정작 당신의 계획이 무엇인지 좀 더 자세히 말해줄 순 없겠습니까?"

"궁금해하는 것도 무리는 아니오. 하지만 우리가 최종적인 성공을 거둘 때까지 내 대답을 유보하는 걸 양해하시구려. 지금으로선 수송선을 따라잡는 일이 급선무입니다."

둘은 곧장 트루아 장프뢰르 호텔로 돌아와 다시 자동차를 타고 베르농 방향으로 향했다. 이번에는 두 사람 다 아무 말도 없었다.

길은 수 킬로미터를 더 가, 로스니에서 시작되는 깎아지른 언덕 자락에서 다시금 강과 만나고 있었다. 자동차가 로스니에 도착할 즈음, 벨엘렌호는 정점에 로슈기용이라는 마을이 위치한 거대한 만곡으로 이미 들어서 있었다. 그곳은 다시 보니에르의 국도(國道) 쪽으로 빠져나오게 되어 있었는데, 수로로 그 여정을 다 거치려면 최소한 세 시간은 걸리는 데 반해, 언덕을 그대로 가로질러 달린 자동차는 불과 15분 만에 보니에르에 도달할 수 있었다.

자동차는 여유 있게 마을을 가로지르고 있었다.

좀 더 멀리 오른쪽에 여관 하나를 발견한 돈 루이스는 잠깐 멈추게 하고는, 운전기사에게 말했다.

"만약 자정까지 우리가 돌아오지 않으면 파리로 돌아가게. 자, 대위, 같이 가실까요?"

파트리스는 차에서 내려 그를 따라 오른쪽 길로 꺾어 들어갔고, 좀 더 좁은 길을 통해서 강둑길까지 나아갔다. 그렇게 둑길을 따라 한 15분 정도 더 걸어가자, 드디어 돈 루이스가 찾고 있던 것이 눈앞에 드러났다. 소형 보트 한 척이, 덧문까지 죄다 닫혀 있는 어떤 별장 부근의 말뚝에 매여 있는 것이었다.

돈 루이스는 보트를 묶어놓은 쇠사슬을 지체 없이 풀었다.

때는 저녁 7시 즈음. 어둠은 빠르게 내렸지만, 만월(滿月)이 공간을 환하게 비추고 있었다.

돈 루이스는 조용히 속삭였다.

"우선 한마디만 하리다. 우린 이제 강으로 나가 수송선을 기다릴 것이오. 배는 아마 한 10시쯤 되면 모습을 드러낼 것입니다. 그러면 즉각 정지 명령을 보낼 터인데, 달도 훤한 데다 손전등으로 신호까지 보내고, 게다가 당신의 그 군복도 있고 해서 아마 서지 않고는 배기지 못할 것이오. 일단 배가 서면 우리가 직접 승선할 것이외다."

"만약 정지 명령을 무시하면 어쩌죠?"

"일단 접현(接舷)을 시도해야겠죠. 저들은 셋이지만 우리도 둘이오. 그러니……."

"그러니 어쩌겠다는 겁니까?"

"생각해보시오. 선원 중에 그나마 두 명은 영문도 자세히 모른 채, 그냥 시메옹을 돕고 있는 단역일 가능성이 크오. 자신들이 무슨 짓을 하는 건지도 모를뿐더러, 배 안의 화물이 무엇인지도 아마 잘 모를 것이오. 따라서 시메옹만 무력화하고 나머지는 보수를 두둑이 쳐주면 내가 원하는 곳으로 배를 움직여 줄 수 있을 것이오. 요컨대 수송선을 맘대로 부리는 것이야말로 내가 기도하는 바라는 점을 이참에 분명히 해두겠소. 내가 지정한 시각에 정확히 하역을 하게 할 것이며, 그 안의 모든 짐은 물론 몽땅 나의 전리품이 될 것입니다. 오로지 승자인 나만이 권리를 주장할 수가 있는 전리품 말이오!"

장교는 순간 발끈했다.

"그렇다면 나는 이 일을 거들 수가 없소이다."

"그럼 이 모든 일을 비밀에 부치겠다는 약속을 내게 해주어야겠소. 그리고 각자 여기서 찢어질 수밖에. 나는 배를 수송선에 갖다 댈 것이고, 당신은 당신 일로 돌아가면 될 것이고······. 단, 지금 당장 대답을 요구하는 건 아니오. 충분히 생각해서 당신의 실익과 명예로운 자부심에 가장 잘 어울리는 결정을 내리도록 하시오. 자, 언젠가 당신한테 내 사소한 약점을 고백한 대로, 지금 나는 약간의 짬을 이용해서 또 눈이나 잠시 붙일까 하오만. 어느 시인이 말했다지요. '잠을 붙잡아라(Carpe Sumnum)!' 봉수아르(Bonsoir), 그럼 이만 실례하겠소, 대위!"

그걸로 그만. 돈 루이스는 훌쩍 망토를 뒤집어쓰더니 소형 보트로 냉큼 올라타 느긋하게 드러눕는 것이었다.

울컥 치밀어 오르는 울화통을 참느라고 파트리스는 안간힘을 썼다. 이 돈 루이스라는 작자의 유난히 깔끔한 척하는 말투와 세련된 억양, 그러면서도 그 속에 도사리고 있는 차가운 빈정거림이 도무지 감당하기 어려울 정도로 신경에 자극을 주는 것이었다. 하지만 파트리스는 그 없이 아무것도 해낼 수가 없는 상황이라는 사실을 직감하고 있었다. 게

다가 자신은 물론 코랄리의 목숨까지 구해준 은인이라는 점을 어찌 간과하겠는가!

　속절없는 시간만 흘러가고 있었다. 모험가가 시원한 밤공기에 젖어 곤히 잠을 자는 동안, 파트리스는 시메옹을 덮치되, 돈 루이스로 하여금 엄청난 보물에 손 하나 대지 못하게 만들면서도 적을 해치울 수 있는 방법이 과연 무엇일지 골몰하고 있었다. 어떻게 하다 보니 이름난 도둑의 하수인으로 전락해버렸다는 생각에 파트리스는 몹시 난감했다. 그러나 저 멀리 수송선의 모터 소리가 어렴풋이 들리고, 그 바람에 돈 루이스가 눈을 비비며 일어났을 때, 파트리스는 이미 행동에 돌입할 준비를 갖춘 모습으로 곁에 남아 있었다.

　둘 사이에는 어떤 말도 오가지 않았다. 마을의 시계 종소리는 11시를 알리고 있었고, 저만치 벨엘렌호가 다가오고 있었다.

　파트리스는 가슴 전체가 서서히 달아오르는 것이 느껴졌다. 벨엘렌호가 코앞에 다가온다니! 그것은 이제 시메옹을 사로잡고, 수백만 프랑을 되찾으며, 코랄리가 영영 위험에서 벗어나고, 지독한 악몽이 종말을 고하는 것, 즉 에사레스의 과업이 완전히 괴멸된다는 것을 의미했다. 모터의 단조로우면서도 힘찬 소리가 점점 가깝게, 그리고 잔잔한 센 강의 수면을 타고 서서히 넓게 퍼져갔다. 돈 루이스는 노를 부여잡고 부리나케 배를 저어 강의 한가운데로 나아갔다.

　멀리서나마 희끄무레한 달빛 속으로 시커먼 덩어리가 불쑥 드러난 것은 바로 그때였다. 그리고 12분에서 15분 정도가 더 걸려서야 선박의 면면이 눈에 집힐 정도가 되었다.

　"도와줄까요?"

　파트리스가 속삭였다.

　"아무래도 유속(流速)을 감당하기가 버거운 것 같은데요. 배의 균형 맞추기를 힘들어하시는 것 같아요!"

"허허, 전혀 아니올시다! 대위."

돈 루이스는 그러면서 콧노래까지 흥얼거리기 시작했다.

"하지만……."

순간 파트리스는 기겁을 했다. 보트가 갑자기 급선회하더니 기슭을 향해 돌아가는 것이 아닌가!

"아니 왜 갑자기 등지는 거죠? 포기하는 겁니까? 도무지 영문을 모르겠군요. 우리가 둘이고 저쪽이 셋이라서 혹시…… 겁이 나는 겁니까? 그거예요?"

연신 중얼대는 파트리스에겐 아랑곳하지 않고, 기슭에 배가 닿자마자 훌쩍 뛰어내린 뒤, 돈 루이스는 상대에게 손을 쑥 내밀었다.

파트리스는 얼른 뿌리치며 투덜거렸다.

"대체 무슨 영문인지나 좀 압시다!"

"얘기하려면 너무 길어요. 문제는 단 하납니다. 내가 시메옹 영감의 방에서 발견한 그 책 있지 않소. 왜 『벤저민 프랭클린의 회고록』이라는 그 책, 당신이 그 방을 조사할 때도 있었소?"

"맙소사, 지금 다른 얘기를 하던 중인 걸로 아는데요?"

"급한 질문이오, 대위!"

"좋아요, 없었습니다. 보지 못했어요."

돈 루이스는 펄쩍 뛸 듯하며 내뱉었다.

"바로 그거였어! 우리, 아니 정확히 말해서 내가 완전히 농락당한 거야! 어서 갑시다, 대위, 서둘러야 해요!"

하지만 파트리스는 배에서 꼼짝도 하지 않았다. 그뿐만 아니라, 후닥닥 기슭으로부터 배를 밀치더니 노를 부여잡으며 구시렁대는 것이었다.

"제기랄! 저 작자가 나를 가지고 놀려고 작정한 거 아냐?"

아울러 한 10여 미터쯤 나아간 뒤, 배 위에서 이렇게 소리쳤다.

"정 그렇게 두려우면 나 혼자 하겠소! 아무도 필요 없단 말이오!"

그러자 기슭으로부터 돈 루이스의 대답이 들려왔다.

"그럼 나중에 봅시다, 대위! 여관에서 기다리고 있겠소!"

이렇게 해서 홀로 뛰어든 가운데 파트리스는 의외로 별다른 어려움을 겪지 않았다. 강력한 목소리로 던진 정지 명령에 수송선 벨엘렌호는 얌전히 따랐고, 접현 과정도 더없이 평온한 가운데 이루어졌다.

아마도 바스크 지방(피레네산맥의 프랑스와 에스파냐 양쪽 구릉 지역—옮긴이) 출신임이 분명한 나이 지긋한 선원 두 명에게 자신이 군 당국에서 나온 조사관이라고 소개하자, 기꺼이 승선이 허용되었다.

한데 시메옹 영감은 물론이고 금 자루는 단 한 개도 없는 것이 아닌가! 배의 화물창은 거의 텅텅 빈 것이나 다름없었다!

즉각 간결한 신문이 이어졌다.

"어디로 가는 길이오?"

"루앙으로 가는 길입죠. 식량국(局)에 징발된 배인데요."

"이리로 오는 도중에 누구를 추가로 태우지 않았소?"

"네, 망트에서 태웠죠."

"그자의 이름은?"

"시메옹 디오도키스입니다."

"그자는 어떻게 되었소?"

"승선하고 나서 조금 있다가 기차를 타겠다며 내리더군요."

"그래, 용건은?"

"보수를 주겠다고 했습니다."

"뭣 때문에?"

결정판 아르센 뤼팽 전집

"파리에서 짐을 실어주는 대가로……. 이틀 전이었지요."

"자루들이었소?"

"그렇습니다."

"속엔 뭐가 들었던가요?"

"그건 우리도 몰라요. 그저 보수가 두둑해서 상관 안 했지요."

"그 짐은 모두 어디 갔습니까?"

"간밤에 프와시 어귀에서 접현한 소형 증기선에 죄다 옮겨 실었지요."

"그 증기선 이름은?"

"샤무아호(號)였어요. 선원이 모두 여섯이었고요."

"지금 그 배는 어디쯤 있을까요?"

"앞서갔을 겁니다. 엄청 빠르더군요. 아마 루앙 이상은 나갔을걸요. 시메옹 디오도키스와 그곳에서 합류하기로 했다던데."

"당신들은 언제부터 시메옹 디오도키스와 알고 지냈소?"

"직접 본 건 그때가 처음이었는데, 이전부터 므슈 에사레스의 밑에서 일하는 사람이라는 건 알고 있었지요."

"아, 그러니까 당신들은 므슈 에사레스를 위해 일해왔던 것이오?"

"몇 차례 일은 했죠. 매번 똑같은 작업에다 똑같은 여정이었습니다."

"신호를 통해서 호출을 해왔던가요?"

"네, 낡은 화덕에 불을 지피면 굴뚝을 통해서 신호가 만들어지지요."

"짐은 늘 자루였소?"

"그래요, 온통 자루뿐이었습니다. 뭔지 몰라도 보수는 늘 두둑했고요."

파트리스는 더 이상 묻지 않았다. 부랴부랴 소형 보트로 옮겨 탄 뒤 기슭에 다다르자마자, 그는 여관으로 들이닥쳤다. 돈 루이스는 탁자 앞에 앉아 편안하게 밤참을 드는 중이었다.

"어서 서둘러요! 짐은 지금 샤무아호라는 소형 증기선에 있어요. 루 앙과 르아브르 사이에서 따라잡자고요!"

돈 루이스는 벌떡 자리에서 일어나더니 흰색 종이로 포장된 꾸러미 하나를 장교에게 내밀었다.

"여기 샌드위치 두 개 있소, 대위. 이제 힘든 밤이 될 것이오. 나처럼 잠이라도 실컷 자두지 않은 게 걱정되는구려. 자, 어서 움직입시다. 이 번엔 내가 직접 운전대를 잡겠소. 한번 세차게 달려보는 거요. 내 옆에 바짝 붙어 앉으시오, 대위."

두 사람과 운전기사, 이렇게 셋이 자동차에 훌쩍 올라탔다. 한데 대로로 접어들자마자 파트리스가 버럭 소리치는 것이었다.

"아니, 정신 차려요! 이쪽이 아닙니다! 이리로 가면 망트와 파리로 가는 거 아닙니까?"

"내가 원하는 바가 바로 그거요."

돈 루이스는 슬그머니 웃으며 내뱉었다.

"뭐라고요? 파리로 가다니?"

"물론이오."

"아, 안 돼요! 이건 좀 심하지 않소? 아까 선원 두 명 얘기도 했는 데⋯⋯."

"당신의 그 선원 말이오? 순 허풍쟁이들이지."

"그들 얘기는 짐을 중간에서⋯⋯."

"짐을 중간에서 옮겨 실었다? 웃기는 소리."

"하지만 샤무아호가⋯⋯."

"샤무아호라고? 웬 뜨내기 배 이름이겠지. 다시 말하지만 우리가 당 한 거요, 대위. 그것도 아주 처참할 정도로! 그놈의 시메옹 영감, 정말 이지 무서운 친구란 말이오! 과연 대단한 적수야! 일이 재밌어지겠어!

그가 처놓은 함정 속에 내가 완전히 꼬라박힌 꼴이라니깐! 좋아, 어디 한번 해보는 거야! 뭐 그래봤자 아니겠소? 제아무리 재주를 부려도 결국 한계가 있는 법이니까. 놈도 이제 좋은 시절 다 간 거지!"

"하지만……."

"아직도 모르시겠소, 대위? 벨엘렌을 물고 늘어졌으니 이제 샤무아 차례라 이거요? 정 그렇다면 당신 편할 대로 하시구려. 원한다면 망트에서 내려요. 단, 이것만은 분명히 알아두시오. 시메옹은 파리에 있습니다. 그것도 우리보다 서너 시간은 먼저 가 있을 것이오."

파트리스는 몸서리를 쳤다. 시메옹이 파리에 있다니! 코랄리가 있는 파리에 말이다! 더 이상 뭐라고 토를 달 말이 없었다. 돈 루이스는 계속 몰아붙였다.

"아, 불한당 같으니라고! 정말이지 대단한 솜씨가 아닌가! 난데없이 『벤저민 프랭클린의 회고록』이라니. 내가 나타날 걸 미리 짐작하고서 이랬을 게 아닌가! '아르센 뤼팽이 납신다? 위험한 친구지. 그라면 이 정도는 후딱 해결하고, 황금 자루뿐만 아니라 나까지도 제 호주머니 속에 충분히 엮어 넣을 거야. 그를 처치하려면 단 한 가지 방법밖에 없어. 그로 하여금 진짜 흔적을 쫓게 만드는 것! 그것도 아주 신이 나는 바람에, 진짜 흔적이 가짜가 되어버리는 절묘한 순간을 미처 눈치채지 못하게 만드는 거야!' 어떻소? 이만하면 대단하지 않소? 결국 프랭클린의 책이 미끼처럼 던져졌고, 때마침 저 혼자 그럴듯하게 펼쳐진 책장 속에서 나는 수로(水路)의 내력을 발견할 수밖에 없었던 거요. 결국 아리아드네의 실 끝이 저절로 손에 쥐어진 거나 마찬가지인 셈이지. 그리고 시메옹이 잡아끄는 대로 지하 저장고에서 베르투 조선소까지 얌전히 따라가고 만 것이란 말이오! 하긴 거기까지만 해도 괜찮았지! 단, 문제는 정작 거기서부터 벌어진 거요. 베르투 조선소는 사람 하나 없이 썰렁했소. 그리고 근처에 하천 운송용 수송선 한 대가 그럴듯한 포즈로 떠 있었지. 떠도는 정보를 캐기엔 안성맞춤인 모습으로 말이야. 내가 코를 갖다 대고 킁킁거려보는 건 당연했고, 딱 한 번 킁킁거리자, 그걸 로 모든 게 엉망이 되고 만 거지."

"그렇다면 그때 그 사내는?"

"물론 시메옹과 한패이죠. 그자로 하여금 망트로 방향을 유도하게 만 든 것도 모자라, 생라자르 역까지 추적당할 걸 내다본 시메옹은 주도면 밀하게도 망트행 기차표까지 끊어 의심의 여지가 없게 만든 겁니다! 망 트에서도 연극은 계속됐지요. 시메옹과 금 자루를 싣고 있을 벨엘렌호 가 우리 눈앞을 유유히 지나갔으니까 말이오. 우린 덮어놓고 벨엘렌호 를 쫓아다녔고요. 물론 배 위에는 시메옹도 금 자루도 있을 리 만무한 거지만. 한데 그것도 모자라 '그럼 샤무아호나 쫓아보시지 그래? 모든 걸 그 배에 옮겨 실었으니까'라고 내게 말하는 겁니까? 자, 그럼 어디 샤무아호를 따라가 볼까요? 어디로? 루앙으로, 르아브르로, 아니 이 세 상 끝까지? 그래봤자 당연히 허탕만 칠걸! 왜냐면 샤무아호인지 뭔지 그런 배는 있지도 않으니까! 그럼에도 불구하고 당신은 **참 고집스럽게도** 그게 존재하는 걸로 믿고, 그저 우리 추적을 용케 벗어난 걸로만 생각 하려 하고 있소! 그러니 속임수가 먹혀드는 거지. 수백만 프랑과 시메 옹은 눈앞에서 저만치 도망가 버리고 말이오. 이제 남는 건 딱 하나! 모 든 걸 단념하고 조사를 포기하는 것! 이제 아셨소, 대위? 우리가 더는 캐고 들지 못하게 만드는 것, 그거야말로 놈이 노리는 거란 말이오! 하 마터면 그렇게 될 뻔했지."

자동차는 전속력으로 달리고 있었다. 그러다가도 가끔 기막힌 솜씨 로 사뿐하게 멈추곤 하는 것이었는데, 다름 아닌 국민병들이 지키는 초 소와 맞닥뜨릴 때가 그랬다. 통행 허가증을 요구했고 그것을 제시함과 동시에 차는 부르릉 출발했으며, 또다시 현기증 나는 광란의 질주가 이어지곤 했다.

그즈음 반쯤 수긍하지 않을 수 없게 된 파트리스가 물었다.

"그렇다면 대체 당신은 어떤 단서로 그런 판단에 이른 겁니까?"

"망트에서 본 그 여자 때문이었소. 일단은 애매한 단서에 불과했죠. 한데 불현듯, 처음 우리에게 정보를 제공한 그 농샬랑트호(號)의 사내가 머리에 떠오르는 겁니다. 왜 기억나죠? 베르투 조선소 근처에서 봤던 뱃사람 말이오! 한데 왠지 그자 얼굴이……. 그때도 뭔가 이상한 기분이다 싶더니만……. 흡사 남장을 한 여자를 대하는, 묘한 기분 있지 않습니까? 근데 또다시 그런 기분이 불쑥 솟아오르는 게 아니겠습니까? 결국 망트의 그 여자 얼굴과 저절로 비교하게 되더군요. 그리고……. 그리고 별안간, 아차, 이거다! 했죠."

돈 루이스는 잠시 생각에 잠기더니 나지막이 말을 이었다.

"그나저나 도대체 그 여자는 어디서 나타난 괴물이란 말이오?"

약간의 침묵이 흐른 뒤, 파트리스가 저도 모르게 중얼거렸다.

"필시 그레그와르일 겁니다."

"뭐요? 지금 뭐라고 했소? 그레그와르?"

"그래요, 그런 여자가 하나 있어요."

"이봐요, 지금 무슨 말을 하고 있는 거요?"

"잘 생각해봐요. 카페테라스에서 체포됐던 에사레스 베의 공범들이 귀띔해준 여자 말입니다."

"맙소사! 하지만 당신 일기에는 그에 관해 일언반구도 없었잖소?"

"아 참, 그건 또 빠뜨렸군요."

"빠뜨리다니! 나 참, 이 양반 말하는 것 좀 봐! 그거야말로 가장 중요한 정보란 말이오, 대위! 내가 만약 그 사실을 알았다면, 애당초 그 뱃

사람을 봤을 때부터 그레그와르라고 감을 잡았을 테고, 그럼 꼬박 하룻밤을 이처럼 낭비하지 않아도 되었을 거요! 제길, 당신 정말 큰 실수 한 거요, 대위!"

그렇게 호들갑을 떨면서도 돈 루이스는 왠지 전혀 낭패한 것 같은 인상이 아니었다. 오히려 불길한 생각에 파트리스가 점점 침울해지는 동안, 그는 마치 승리를 코앞에 둔 사람처럼 큰소리를 쳐대기 시작하는 것이었다.

"좋다, 어디 해보자고! 이제야 싸움이 그럴듯하게 다가오는군그래! 어쩐지 모든 게 너무 깔끔하게 진행된다 했지. 바로 그래서 내가 그토록 찌뿌둥했던 거야. 이 모험 좋아하는 뤼팽이 말이야! 글쎄, 과연 모든 게 현실 속에서 그처럼 잘 맞아떨어질 수 있을까? 그렇게 짜 맞춘 것처럼 척척 돌아갈 수가 있어? 프랭클린 회고록에서 황금 운반로에 이르기까지 일사천리로 이어지더니만, 망트에서의 약속과 벨엘렌호까지 놈의 흔적이 저절로 눈앞에서 좌르륵 펼쳐졌잖아? 아니지, 그럴 수는 없는 거야. 아닌 게 아니라 그 모든 걸 추적하면서도 어딘지 꺼림칙하더라니까! 오호라, 여인이여, 이제 그만하면 됐으니 슬슬 본색을 드러내시지 그래! 따지고 보면 그런 수송선으로 황금을 빼돌린다는 발상 자체가 문제였어! 평상시라면 모를까, 전시에는 아무래도 통행 허가 제도가 단단히 옥죄고 있고, 정찰선도 수시로 도는 데다 걸핏하면 수색이다 압류다하는 판인데……. 과연 시메옹 같은 교활한 인간이 그런 불안을 감수할 리가 있을까? 아니야, 그렇게는 생각하지 않아. 이봐요, 대위. 바로 그런 연유로 내가 야봉더러 베르투 조선소를 감시하라고 시킨 거요. 가만히 보니 이런 생각이 들더라 이겁니다. 즉, 그 폐기 처분된 작업장이야말로 이번 사건의 요처 중 요처다! 어때요, 내 이런 판단이 옳은 것일까요? 아니면 이 뤼팽이 그 잘난 통찰력을 아예 상실한 걸까요? 이보시오, 대위. 단언하건대 내일 저녁에 나는 이곳을 떠날 것이오. 아무래도 한번 뱉은 말이니, 그렇게 되긴 될 거요. 이기든 지든, 난 떠날 것이오. 하지만 크게 걱정할 일은 없을 거요. 우린 반드시 이길 테니까. 모든 것이 낱낱이 밝혀질 거고. 더 이상 애매한 구석은 없을 겁니다. 그 수수께끼 같은 황금삼각형도 마찬가지요. 오, 그렇다고 당신에게 삼각형 모양의 진짜 귀금속을 떡하니 내놓겠다는 얘긴 아니오. 단어 자체에 너무 현혹되면 곤란하지. 그건 어쩌면 황금 자루들을 기하학적으로 그렇게 배치했다는 의미일지도 모른다오. 가령 전체적으로 삼각형 모양이 되게 쌓아놓았다든지……. 아니면 땅에 구멍을 판 게 그런 모양일 수도 있겠고……. 어쨌든 우린 그 문제도 보란 듯이 해결하고야 말 거요! 물론 황금 자루들도 우리 차지가 되는 거지! 파트리스, 코랄리, 당신네 둘은 당당히 시장님 앞에 나가게 될 것이고 나의 축복도 듬뿍 받게 될 것이오. 아이들도 주렁주렁 낳을 것이고!"

어느새 자동차는 파리 관문 앞까지 와 있었다. 한편 점점 근심이 커져만 가던 파트리스가 불쑥 물었다.

"그럼 정녕 걱정할 일이 앞으론 없다고 보십니까?"

"허허, 그런 얘기는 하지 않았소. 아직은 사건이 끝난 게 아니니까. 이를테면 '일산화탄소의 장(場)'이라고 부르면 딱 좋을 3막(幕)의 장관이 이제 막 지난 거라면, 앞으로는 필시 4막이 오를 것이고, 아마도 5막까지 있을지 모르오. 빌어먹을 적이 아직 기세등등하니까!"

자동차는 센 강 제방을 따라 달리고 있었다.

"여기서 내립시다."

마침내 돈 루이스의 말이 떨어졌다.

그는 가볍게 휘파람을 분 다음, 연달아 세 번 반복했다.

"음……. 대답이 없네. 야봉이 없다는 뜻이야. 벌써 싸움이 시작된 모양이로군."

그렇게 중얼거리는데, 파트리스가 창백해진 얼굴로 더듬댔다.

"그럼 코랄리는……."

"뭐가 그리 걱정이시오. 시메옹은 그녀가 어디 있는지 모릅니다."

돈 루이스의 말이었다.

베르투 조선소는 여전히 인적 하나 없이 썰렁했고, 제방 저 아래도 마찬가지였다. 한데 훤한 달빛에 문제의 수송선, 농샬랑트호가 을씨년스럽게 모습을 드러내고 있는 것이었다.

"가봅시다. 저 배가, 말하자면 바로 그 그레그와르의 숙소나 마찬가지라 이건가? 우리가 르아브르로 향하고 있다 믿고 벌써 돌아와 있을까? 그랬으면 좋으련만. 어쨌든 야봉이 저기를 그냥 지나쳤을 리는 없을 테고, 뭔가 표시라도 남겼을 텐데. 자 가실까요, 대위?"

하지만 파트리스는 영 께름칙한 모양이었다.

"그러죠. 한데 거참 이상하게 걱정이 되는군요!"

"뭐가 말입니까?"

사실 돈 루이스는 상대의 그런 심정쯤은 충분히 이해할 만큼 너그러웠다.

"저 안에 뭐가 있을지 말입니다."

"맙소사, 별것 아닐 거요."

그러면서도 각자 권총 손잡이를 잔뜩 그러쥔 채 손전등을 켰다.

제방과 배를 연결하는 판자를 넘어서 몇 발짝 더 걸어가자 선실이 나왔다.

선실 문은 잠겨 있었다.

"이보게, 문 좀 열지 그래!"

아무런 대답이 없었다. 하는 수 없이 강제로 열기 시작했는데, 워낙 일반적인 배의 선실 문과는 달리 육중하기 그지없는지라, 결코 만만치가 않았다.

결국 이리저리 안간힘을 쓴 끝에 가까스로 문이 열렸다.

"제기랄! 이럴 줄은 몰랐는걸!"

먼저 안으로 뛰어든 돈 루이스 입에서 신음 같은 외마디 소리가 튀어나왔다.

"뭡니까? 왜 그래요?"

"보세요. 그레그와르인가 하는 이 여자……. 죽은 것 같습니다."

여자는 쇠침대 위에 벌렁 누운 채, 남자용 상의(上衣) 앞가슴이 V 자형으로 헤쳐져 가슴이 온통 드러나 있었다. 얼굴에는 극도의 공포로 일그러진 표정이 그대로였고, 선실 안의 온갖 집기가 엉망진창으로 어질러진 것이, 몸싸움이 꽤나 격렬했다는 것을 알 수 있었다.

"역시 내 생각이 틀리진 않았군. 여기 바로 옆에 여자가 망트에서 입었던 옷가지가 그대로 흩어져 있어. 그나저나 대체 어인 일일까요, 대위?"

순간 파트리스는 터져나오려는 비명을 간신히 참았다.

"저, 저기……. 저 앞……. 창문 아래……."

강 쪽으로 난 자그마한 창문이었는데, 유리가 깨져 있었다.

돈 루이스는 어리둥절한 목소리로 중얼거렸다.

"글쎄요, 그러고 보니 누군가 저기를 통해 뛰쳐나간 것 같군요."

파트리스는 여전히 기겁한 얼굴로 더듬거렸다.

"저 두건…… 저, 저 푸른 두건은, 간호사용 두건인데…… 저건 코랄리가 쓰는 두건이란 말입니다."

돈 루이스는 펄쩍 뛰었다.

"그럴 리가! 이봐요, 그녀가 있는 곳을 알 리 없다고 하지 않았소!"

"하지만……."

"하지만 뭐요? 그동안 혹시 편지를 한다거나 전보를 쳐낸 건 아니겠죠?"

"사실은……. 망트에서……. 전보를 치긴 쳤는데……."

"아니, 지금 무슨 소리 하는 거요? 그럼 결국……. 이봐요, 이봐! 터무니없는 소리 그만하고……. 설마 그랬을 리가!"

"아닙니다."

"아니, 그럼 정말 망트 우체국에서 전보를 쳤단 말이오?"

"그래요."

"그곳 우체국에 그때 다른 사람이 있었습니까?"

"네, 어떤 여자가 있었지요."

"어떤 여자 말이오? 여기 무참히 살해당한 바로 이 여자?"

"네."

"설마 당신의 전보 내용을 읽은 건 아니겠지?"

"그건 아닐 겁니다. 하지만 한 번 전보를 썼다가 망쳐서 다시 썼거든요."

"아……. 바로 그거였어요! 처음 쓴 건 그냥 구겨서 아무 데나 버렸을 테지. 아무나 주워 볼 수 있게……. 아뿔싸!"

파트리스는 벌써 저만치 자동차가 있는 데로 달려가고 있었다.

그로부터 반 시간 후, 그는 전보 두 장을 손에 쥔 채 헐레벌떡 돌아왔다. 둘 다 코랄리가 있던 방 탁자 위에 놓여 있더라는 것이다.

한 장은 파트리스가 직접 보낸 바로 그 전보로, 이런 내용이었다.

모든 것이 잘되어갑니다.

안심하되, 밖으로 나오지는 마세요.

애정을 듬뿍 담아 보냅니다.

　　　　　　　　　　　　　　　　—대위 파트리스

한데 나머지 한 장은 분명 시메옹이 보낸 것이 틀림없었다.

　중대한 일 발생.
　계획이 수정되었음.
　당신 집 정원 쪽문 앞에서 오늘 밤 9시에 기다리겠음.

　　　　　　　　　　　　　　　　—대위 파트리스

　이 위조된 전보를 코랄리는 저녁 8시에 받았고, 곧장 밖으로 나선 것
이었다.

5
4막(幕)

"이보시오, 대위, 아무래도 두 가지 맹랑한 실수가 모두 당신의 공적 (功績)으로 저질러진 것 같소이다. 그 첫째는 그레그와르가 여자라는 말을 내게 안 해준 것이고, 둘째는······."

그렇게 말은 꺼냈지만, 장교의 한참 풀 죽은 모습을 보자, 돈 루이스는 도저히 추궁을 계속할 수가 없었다. 그는 하는 수 없이 한 손을 상대의 어깨 위에 가만히 올려놓으며 이렇게 말했다.

"자, 그렇다고 너무 의기소침할 건 없어요. 상황은 당신이 생각하는 것만큼 그렇게 나쁘지는 않습니다."

"그자의 손아귀에서 도망치느라 코랄리가 저 창문으로 몸을 던졌는지도 몰라요."

침울하게 중얼거리는 파트리스에게 돈 루이스는 어깨를 한 번 으쓱해 보이며 대꾸했다.

"어쨌든 코랄리 어멈은 지금 살아 있습니다. 비록 시메옹에게 붙들려

결정판 아르센 뤼팽 전집

있긴 하지만 분명 살아 있어요."

"당신이 그걸 어떻게 압니까? 게다가 그런 괴물의 손아귀에 붙들려 있다면, 그 자체로 끔찍한 죽음 아닌가요?"

"죽음의 위협은 물론 있겠죠. 하지만 우리가 제때에 손만 내밀 수 있다면 기필코 목숨은 건질 겁니다. 물론 우린 제때에 그녀를 구출해낼 거고요."

"뭐 짚이는 구석이라도 있나요?"

"아니, 당신은 내가 팔짱만 낀 채 있을 거라고 생각하는 거요? 그리고 이 선실에 펼쳐져 있는 온갖 수수께끼를 나같이 노련한 사람이 풀어내는 데 설마 30분 이상이나 걸릴 것 같소?"

"그럼 어서 출발합시다! 한시라도 빨리 놈의 뒤를 쫓아가자고요!"

파트리스는 이미 임전 태세를 갖춘 모습이었다.

하지만 돈 루이스는 여전히 주변을 두리번거리면서 말했다.

"아직 그럴 때는 아니오. 일단 내가 하는 말을 잘 들으세요. 지금까지 내 머릿속에서 맴돌던 생각을 되도록 간명하게 풀어 얘기하리다. 나의 추리 솜씨를 굳이 자랑하지도 않고, 증거로 삼은 온갖 세부적인 사실을 일일이 거론하지도 않겠소. 다만 있는 그대로의 현실만을 제시하리다. 더도 덜도 말고 있는 그대로를 말이오."

"어서 말씀해보십시오."

"코랄리 어멈은 밤 9시 정각에 약속 장소로 나왔습니다. 시메옹은 공범 한 명과 미리 그곳에 잠복하고 있었지요. 그 둘은 다짜고짜 여자를 결박하고 재갈까지 물려 이곳으로 끌고 왔습니다. 중요한 사실은, 어느 모로 보나 당신과 내가 함정을 간파하지 못한 게 분명하므로, 이곳이야말로 그들 눈에 더없이 확실한 피신처로 여겨졌다는 점입니다. 하지만 가만히 생각해보니 이 또한 어두운 밤에만 임시로 쓸 만하다는 판단이

들었고, 시메옹은 코랄리 어멈을 공범의 손에 맡겨 감옥처럼 아주 결정적인 은신처를 재차 찾아보기로 했습니다. 천만다행으로—역시 내 선견지명이 통한 셈이지만—근처에 마침 야봉이 버티고 있었죠. 그는 어둠 속에 완전히 파묻힌 채 벤치에서 망을 보고 있었던 겁니다. 일당이 제방을 가로질러 가는 게 그의 눈에 분명 띄었을 테고, 그중 시메옹의 모습을 확인했을 겁니다. 즉각 추격에 나선 야봉은 수송선 갑판으로 가뿐히 들이닥쳤고, 두 놈이 미처 선실로 들어가 문을 닫아걸기 전에 냅다 그들을 덮쳤습니다. 이처럼 비좁은 공간, 그것도 캄캄한 어둠 속에서 네 사람이 한데 맞부딪쳤으니 얼마나 요란했을지 상상이 갑니다. 비슷한 상황에 처했을 때의 야봉을 잘 알아서 하는 말이지만, 정말이지 무지막지한 친구죠. 유감스럽게도 그런 야봉의 무자비한 손끝에 걸린 건 시메옹이 아니라, 바로……. 바로 이 여자였습니다. 그 바람에 시메옹은 코랄리를 놓치지 않을 수가 있었고요. 그는 여자의 팔을 잡아끌다시피 하며 갑판 위로 팽개쳐 놓고 나서, 다시 두 명이 몸싸움을 벌이는 현장으로 돌아와 문을 잠갔던 겁니다."

"정말 그렇게 보십니까? 이 여자를 죽인 게 시메옹이 아니라 야봉이라고 생각하느냐고요?"

"틀림없습니다. 뭐 이렇다 할 증거가 있다곤 볼 수 없지만, 여기 이 부분, 후두(後頭)가 골절된 것은 영락없는 야봉의 솜씨입니다. 다만 한 가지 이해할 수 없는 점은, 상대를 처치한 야봉이 왜 그대로 문을 들이받고 뛰쳐나가 시메옹을 뒤쫓지 않았는가 하는 점입니다. 언뜻 생각하면 아마 어딘가 부상을 입어서 그럴 만한 여력이 남아 있지 않았다고 생각할 수도 있겠지만……. 어쩌면 여자가 아직 숨이 붙어 있었고, 자기를 대신해 싸워주진 못할망정 버리고 도망친 시메옹에 대해 뭔가 고발하느라 지체되었다고도 볼 수 있겠지요. 어찌 됐든 야봉이 창문을 깨고 이 소굴을 빠져나간 건 확실합니다."

"외팔이인 데다 부상까지 당한 몸으로 센 강에 뛰어들었다?"

파트리스는 고개를 갸우뚱했다.

"천만에, 그건 아니지요. 잘 보면 창문 바깥으로 배 가장자리에 여유가 좀 있습니다. 그곳을 밟고 빠져나갔겠죠."

"좌우간 시메옹보다 최소한 10여 분에서 20여 분은 뒤늦었겠군요."

"그래도 여자가 숨을 거두기 전에 시메옹이 어디에 숨어 있는지를 말해주었다면 그 정도 늦는 게 대수였겠습니까?"

"아니, 그걸 어떻게 장담하십니까?"

"이봐요, 대위, 우리 둘이서 이렇게 입을 놀리는 동안에도 나는 계속그 점을 밝혀내려고 두리번거리고 있었소. 그리고 방금 그 사실을 알아낸 겁니다."

"이곳에서 말입니까?"

"아마 야봉도 마찬가지였을 겁니다. 이 여자는 선실 어느 한 곳을 가리켰습니다. 보세요, 분명 저기 저렇게 열린 채로 있는 서랍이었을 겁니다. 어떤 주소가 적혀 있는 명함이 그 안에 들어 있었지요. 야봉은 냉큼 그걸 집어 들었고, 내게도 알리기 위해 저기 저 커튼에다 핀으로 꽂아두었습니다. 처음부터 그걸 보긴 봤습니다만 정작 주의를 기울인 건, 거기 꽂힌 핀에 주목하면서부터였지요. 내가 직접 모로코 십자무공훈장을 야봉의 가슴에 달아줄 때 사용한 황금 핀이랍니다."

"그럼 주소는?"

"명함을 보니 기마르 가(街) 18번지, 아메데 바슈로라고 되어 있군요. 기마르 가라면 여기서 매우 가까운 곳인데, 그것만 봐도 확실한 정보임이 분명합니다."

둘은 여자의 사체를 버려둔 채, 후닥닥 길을 나섰다. 돈 루이스의 말대로 그런 것은 경찰이 알아서 처리할 문제였다.

베르투 조선소를 지나가면서 둘은 누가 먼저랄 것도 없이 후미진 구석을 훑어보았는데, 돈 루이스가 뭔가 발견한 듯 이렇게 짚고 넘어갔다.

"사다리가 없어졌소. 머리에 새겨둡시다. 시메옹이 이쪽으로 지나간 게 분명한데, 이제 그도 슬슬 허점을 보이는 것 같군요."

자동차는 곧장 기마르 가로 향했다. 파시 가(街)에서 뻗어나간 비좁은 그 거리 18번지는 지은 지 제법 오래된 널찍한 임대용 아파트가 들어서 있었는데, 두 사람이 초인종을 누른 것은 새벽 2시가 다 되어서였다.

문이 열리는 데 꽤 오래 걸렸고, 마차가 드나들 수 있는 대문을 넘어서자 비로소 관리인이 고개를 불쑥 내밀었다.

"거 누구시오?"

"므슈 아메데 바슈로를 꼭 좀 뵈러 왔습니다."

"바로 내가 그 사람이오만."

"당신이오?"

"그렇소. 이 건물 관리인이라오. 한데 무슨 권리로 이 야심한 시각에?"

"경시청에서 나왔소이다."

그렇게 내뱉으면서 돈 루이스는 무슨 메달을 덜컥 내보였다.

일행은 그렇게 해서 관리인 숙소로 순순히 들어설 수 있었다.

아메데 바슈로는 점잖은 얼굴에 하얀 구레나룻을 기른 자그마한 체구의 노인으로, 흡사 교회지기 같은 인상을 풍기고 있었다.

돈 루이스는 다짜고짜 거친 어투로 말했다.

"이리저리 돌리지 말고, 간명하게 대답해야만 하오. 알겠소? 우리는 지금 시메옹 디오도키스 영감을 찾고 있소이다."

관리인은 화들짝 놀랐다.

"그를 어쩔 셈이오? 만에 하나 그에게 화를 입힐 생각이라면 내게 암만 물어도 소용없을 거요! 그 선량한 므슈 시메옹에게 해가 되느니, 난 차라리 자진(自盡)해서 죽어갈 것이오."

돈 루이스는 이번엔 말투를 다소 누그러뜨리며 말했다.

"해가 되다니요? 그 반대입니다. 그를 돕고, 엄청난 위험을 예방하기 위해서 찾고 있는 거예요."

"엄청난 위험이라!"

순간 바슈로 씨의 입에서 외마디 비명이 터져나왔다.

"아뿔싸, 내 그럴 줄 알았다니까. 평생 그토록 황망해하는 모습은 본 적이 없었거든."

"그가 왔습니까?"

"그렇소. 자정이 조금 지난 시각이었죠."

"아직도 있습니까?"

"아뇨, 다시 나가더군요."

순간 파트리스는 낭패감을 보이며 물었다.

"혹시 누군가 남겨두고 나가진 않았나요?"

"아뇨, 하지만 누구를 데려오고 싶어 했습니다."

"혹시 어떤 여자 아니었습니까?"

머뭇머뭇 대꾸를 못하는 므슈 바슈로를 보더니, 돈 루이스가 끼어들었다.

"우리가 알기로, 시메옹 디오도키스는 자기가 더없이 경애해 마지않는 한 여성에게 은신처를 마련해주고 싶어 했습니다."

하지만 여전히 미심쩍어 하는 눈빛을 이리저리 굴리면서 관리인이 되물었다.

"그 여자 이름을 먼저 밝혀주실 순 없겠소?"

"물론 가능하죠. 그간 시메옹이 비서직을 수행하며 모셔오던 은행가의 미망인, 마담 에사레스입니다. 지금 마담 에사레스는 일군의 적에게 둘러싸여 핍박받고 있는 상태인데, 그가 가까스로 보호하고 있는 형편입니다. 해서 그 두 사람 모두에게 도움을 주면서, 이에 얽힌 일련의 범죄 사건을 처리하려고 우리도 이렇게 동분서주하는 거랍니다. 따라서 당신한테 도움을 요청하지 않을 수가 도저히……."

이제야 완전히 안심했는지 바슈로 씨는 이렇게 입을 열었다.

"알겠소이다. 나는 시메옹 디오도키스를 아주 오래전부터 알아왔어요. 그는, 내가 목수로 일할 당시부터 많은 도움을 주었답니다. 돈도 빌려주고 지금 이 자리도 그가 얻어준 것이죠. 틈만 나면 이곳 내 숙소로 찾아와 이런저런 세상 돌아가는 얘기로 시간 가는 줄 모르곤 했답니다."

"이를테면 에사레스 베에게서 겪은 여러 얘기랄지, 파트리스 벨발에 관한 계획 같은 것 말이죠?"

돈 루이스는 아무렇지도 않게 흘리듯 떠보았다.

그러자 관리인은 또다시 찔끔한 기색을 보이며 이러는 것이었다.

"뭐 아무튼 이런저런 잡다한 얘기들이오. 므슈 시메옹은 정말 훌륭한 사람입니다. 좋은 일도 참 많이 해왔고요. 특히 이 동네에서 여러 좋은 일을 하는 데에 나도 동참시켜주었습니다. 얼마 전에는 마담 에사레스를 구하느라 목숨까지 잃을 뻔했다지 뭡니까."

"하나만 더 묻겠습니다. 에사레스 베가 죽은 뒤에도 줄곧 그와 만났습니까?"

"아뇨, 이번이 처음 본 거였어요. 그러고 보니, 새벽 1시 종이 울릴

즈음이었던 것 같네요. 숨이 턱에까지 찼던데, 거리 쪽에서 나는 소리에 계속 신경 쓰며 나지막이 속삭이는 거예요. '지금 누구에게 쫓기고 있다네. 누가 날 쫓고 있어.' 그래서 물었죠. 대체 누가 쫓아다니느냐고요. 그러자 아 글쎄, 이러는 게 아닙니까? '자넨 말해도 모를 걸세. 팔이 하나인데, 그걸로 사람 목을 졸라 죽인다네.' 그러고는 입을 꾹 다무는 것이었어요. 잠시 후, 나한테도 겨우 들릴 정도의 작은 소리로 다시금 주절대기 시작하더군요. '해서 말이네만……. 나와 좀 같이 가주어야겠네. 여자를 한 명 찾아 나서야 해. 마담 에사레스라고……. 다들 그 여자를 죽이려고 하는 걸 내가 모처에 숨겨놓았거든. 한데 그만 기절해 버렸어. 그 여자를 데리고 와야 하는데……. 아니, 아니지. 나 혼자 해야겠어. 내가 알아서 처리할 거야. 그나저나 내 방은 아직 비어 있는 거지?' 아 참, 과거 언젠가 그도 피해 다니던 처지였을 때부터 이곳에 아담한 숙소를 하나 가지고 있다는 말을 안 했군요. 이따금 들르곤 했는데, 다른 세입자들 숙소와 동떨어진 조용한 곳이라, 만약의 경우를 대비해 계속 보유해오고 있었답니다."

"그래서요? 그러고 나서 또 뭐라던가요?"

잔뜩 안달이 난 파트리스가 다그쳐 물었다.

"그러고 나서 다시 나가더라니까요!"

"방에 대해 물었다면서, 왜 아직 안 돌아오는 겁니까?"

"솔직히 나도 지금 그 점이 엄청 불안하오. 혹시 그 쫓아다닌다는 괴한의 공격을 받은 게 아닐까요? 아니면 그 여자 말입니다. 그 여자한테 결국 불행한 일이 생겼다든지……."

"그게 무슨 소리요? 그 여자한테 불행한 일이 생기다니?"

"따지고 보면 걱정할 만하죠. 아까 말했다시피, 그 여자를 찾아 나서자고 했을 때, 장소를 설명하면서 이랬거든요. '서둘러야 하네. 여자를 구하기 위해서 어떤 구멍 속에 처박아두다시피 했거든. 한 두세 시간은 괜찮겠지만, 그 이상은 위험하다고. 공기가 모자라 질식할지도 몰라.'"

순간 파트리스는 늙은이를 와락 부여잡았다. 보아하니 거의 제정신이 아니었다. 그렇지 않아도 병약한 데다 기진맥진한 상태이고 이곳저곳 성한 데가 없을 코랄리가 공포에 사로잡혀 개죽음을 당할지도 모른다는 생각에 그만 기겁을 하고 만 것이었다.

그는 고래고래 소리를 질러대기 시작했다.

"지금 당장 말하시오! 그녀가 있는 곳을 당장 대란 말이오! 아, 세상에 이렇게까지 우리를 골탕 먹이다니. 대체 그녀가 어디에 있는 거요? 그자가 말했다지 않았소? 당신은 알고 있어."

파트리스는 바슈로 씨의 어깨를 움켜잡고 마구 흔들어대면서 끔찍한 분노를 제멋대로 쏟아내고 있었다.

그런 모습을 바라보며 돈 루이스는 이렇게 비아냥거렸다.

"잘하는 짓이로군요, 대위! 정말이지 치하(致賀)해 마지않을 태도올시다! 나와 함께 일하더니 정말 장족의 발전을 했소이다그려! 이렇게 므슈 바슈로를 족치게 되었으니 정말 대단해요!"

"두고 보시오! 기필코 내가 이자의 입에서 대답을 끄집어낼 것이오!"

파트리스가 버럭 외치자, 또다시 예의 완고하고 침착한 분위기로 돌아간 관리인이 차분하게 잘라 말했다.

"소용없을 것이오, 므슈. 당신들은 나를 속였소이다. 당신들, 알고 보니 므슈 시메옹의 적이야. 어디 도움 될 만한 얘기가 단 한 마디라도 내 입에서 나오는지 두고 보시구려!"

"정말 얘기 안 할 테냐? 정말 입 다물 거야?"

격분한 나머지 파트리스는 권총을 들어 노인을 겨누었다.

"자, 셋까지 센다. 그때까지 결단을 내지지 않으면 이 벨발 대위가 어떤 인물인지 톡톡히 알게 해주마!"

순간 관리인은 펄쩍 뛰다시피 소스라쳤다. 노인의 얼굴 표정을 미루어보건대, 현재의 상황을 완전히 딴판으로 뒤바꿔놓을 정도의 새로운 요인이 발생한 듯했다.

"벨발 대위라니! 지금 당신 뭐라고 했소? 당신이 벨발 대위라 이거요?"

"아하, 이 영감탱이, 내 이름을 듣더니만 뭔가 찔끔하는 모양이지?"

"당신이 벨발 대위냐고 물었소! 당신이 파트리스 벨발이야?"

"그렇소이다! 자, 앞으로 2초 안에 내게 털어놓지 않으면……."

"파트리스 벨발! 스스로 파트리스 벨발이라면서 므슈 시메옹의 적(敵)임을 자처하는 거요, 지금? 자, 이러지 맙시다. 이럴 수가 없어요. 아니 어떻게……."

"그렇다, 놈을 아주 개처럼 죽여버릴 작정이야. 시메옹인지 뭔지 그놈의 사기꾼 녀석과 그 공범인 네놈까지 몽땅 말이다. 아, 지독한 놈들! 다 집어치우고, 어디 결정은 내렸나?"

길길이 날뛰는 대위를 바라보며 관리인은 마침내 안타깝다는 듯 혀를 찼다.

"저런……. 망측한 양반 같으니. 딱하기도 하지. 스스로 지금 어떤 짓을 하고 있는지 전혀 모르고 있어. 므슈 시메옹을 죽이겠다니! 당신이! 당신이 말이야! 당신이 그런 죄를 저지르겠다니 말도 되지 않는 소리!"

"어허, 그러서? 자, 어서 말하기나 해! 늙은 쭉정이 같으니라고!"

"당신이 므슈 시메옹을 죽인다고? 파트리스 당신이……. 벨발 대위가! 당신이!"

"그래서 왜, 불만이오?"

"그 이상(以上)이지."

"그 이상이라니?"

"그러니까 저……."

"아, 이런 제기랄! 대체 왜 이러는 거야? 어서 속 시원히 털어놓지 못해, 이 노친네야?"

"당신, 파트리스가…… 므슈 시메옹을 죽인다니……."

"대체 안 될 게 뭔데? 어서 말해봐! 그게 뭐가 그리 대수야?"

한동안 아무 말 없이 가만히 있던 관리인은 마침내 주춤주춤 이렇게 중얼거렸다.

"당신은……. 그의 아들이외다."

순간, 지금을 포함해서 여태껏 파트리스를 괴롭혀온 모든 분노와 불안, 특히 사랑하는 코랄리가 시메옹의 손아귀에 붙잡혀 있거나 어떤 구멍 속에 틀어박혀 있다는 끔찍한 생각, 그 고통과 공포 모두가, 난데없이 터져나오는 엄청난 폭소에 자리를 내주고 말았다.

"푸하하하하! 뭐야, 시메옹의 아들이라고? 지금 무슨 헛소리를 지껄이는 거야? 아, 정말이지 웃기는 노릇이로군! 좋아, 당신 정말이지 그 늙은 도적놈 하나 구해주느라 대단한 활약을 하는군그래! 거참, 편리해. '그자를 죽이지 마시오. 그잔 당신 아버지요.' 뭐 이건가? 내 아버지가 파렴치한 시메옹이라! 시메옹 디오도키스가 벨발 대위의 아버지야? 그야말로 배꼽을 잡다 까무러칠 얘기가 아닌가 말이야!"

한편 돈 루이스는 이 모든 얘기를 조용히 듣고만 있었다. 이윽고 그는 파트리스에게 손짓을 한 다음 말했다.

"대위, 미안하지만 나한테 이 일의 처리를 맡기지 않겠소? 몇 분이면 족하오. 결코 그 정도 가지고 심하게 지체되지는 않을 거요. 오히려 그 반대면 모를까."

미처 장교의 대답이 떨어지기도 전에 그는 노인 앞에 허리를 숙인 채 천천히 질문을 던졌다.

"자, 므슈 바슈로, 어디 우리에게 자초지종을 털어놔 보시지요. 방금 말씀하신 내용, 무척 흥미 있는 얘깁니다. 그냥 편하게 말씀하세요. 쓸데없는 군더더기는 모두 빼고 사실만 간략하게요. 이미 너무도 많은 걸 내비친 바람에 이제는 끝까지 얘기를 털어놓을 수밖에 없어요. 시메옹 디오도키스는 필시 당신이 고마워하는 바로 그 사람의 진짜 이름이 아닌 거죠?"

"그렇소이다."

"그의 진짜 이름은 아르망 벨발일 것이고, 그의 연인이 부르던 이름은 파트리스 벨발일 겁니다."

"그렇소. 그의 아들과 마찬가지로요."

"바로 그 아르망 벨발은 자신이 사랑하는 여인이자 코랄리 에사레스의 모친과 한날한시에 살해당할 뻔했죠?"

"그렇습니다. 단 코랄리 에사레스의 어머니는 죽었지만, 그는 죽지 않았지요."

"그때가 1895년 4월 14일이었고요?"

"1895년 4월 14일 맞습니다."

파트리스는 그쯤에서 돈 루이스의 팔뚝을 와락 붙들며 더듬더듬 중얼거렸다.

"이, 이봐요! 지금 코랄리가 고통을 겪고 있어요! 괴물 같은 놈이 그녀를 땅에 묻어버렸단 말입니다. 지금 중요한 건 오직 그거라고요!"

하지만 돈 루이스는 이렇게 대꾸하는 것이었다.

"그 '괴물 같은 놈', 그게 바로 당신 아버지라고는 전혀 생각이 안 드는 모양이죠?"

"당신 미쳤군!"

"허허, 그러면서도 무척 떨고 계십니다."

"뭐, 그거야……. 코랄리 때문이고요! 난 이 작자가 떠드는 얘기 따위는 귀에 담지도 않고 있소! 아! 무슨 그런 악몽 같은 말이 다 있나! 제발 이자더러 입 좀 닥치라고 해요! 입 닥치라고! 아니면 내 이 손으로 목이라도 분질러버릴 테야!"

파트리스는 마침내 의자 위에 허물어지듯 주저앉은 채, 탁자에 팔꿈치를 괴고 얼굴을 양손에 묻어버렸다. 정말이지 끔찍한 순간이었고, 이 세상 어떤 재앙도 한 인간을 그보다 더 송두리째 뒤흔들어 버릴 수는 없을 것 같았다.

돈 루이스는 그런 그를 안타깝게 바라보더니 관리인을 돌아보며 말했다.

"므슈 바슈로, 어서 설명해보시오. 지나치게 세부적인 건 치우고, 간단히 요약해주는 겁니다, 알겠죠? 결국 나중에 가서 어차피 밝혀질 일일 테니……. 자, 1895년 4월 14일부터 시작해볼까요?"

"1895년 4월 14일, 어느 공증인 사무소의 서기가 경찰서장과 함께 이 근처에 있던 우리 가게에 찾아와 관 두 개를 급히 제작해달라고 했습니다. 우린 곧장 팔을 걷어붙이고 작업에 들어갔죠. 그날 밤 10시쯤, 우리 가게 사장님과 나, 그리고 동료 한 명이랑 레이누아르 가의 어느 별장으로 찾아갔습니다."

"거긴 나도 알고 있소. 계속하시오."

"시체 두 구가 있더군요. 수의로 둘둘 말아놓은 걸 우리는 조심스럽게 관 속에 뉘었습니다. 좀 지나 11시가 되자, 사장님과 동료는 나를 어느 수녀와 단둘이 남겨놓고 먼저 자리를 떠났지요. 이제 남은 일은 관 뚜껑에 못을 치는 일뿐이었거든요. 한데 그때까지 열심히 기도문을 외우던 수녀가 살그머니 잠이 든 사이였어요. 어느 한순간, 정말 놀랄 만한 일이 일어난 겁니다. 아, 그땐 머리털이 죄다 쭈뼛 일어서는 줄 알았다니까요, 정말이지 평생 잊지 못할 사건이었답니다. 제대로 서 있을 수조차 없고……. 어쩌나 무섭던지 온몸이 사시나무 떨듯 떨리는 거예요. 아 글쎄, 남자의 시체가 꿈지럭거리는 게 아니겠습니까! 사람이 살아 있었던 거예요!"

돈 루이스는 놓치지 않고 다그쳐 물었다.

"그럼 살인 사건에 관해서는 전혀 몰랐습니까?"

"전혀요. 그저 둘 다 가스중독으로 질식사했다고만 했으니까요. 어쨌든 그 남자가 완전히 정신을 차릴 때까지는 수 시간이 더 필요했습니다. 중독이 심한 편이었으니까요."

"한데 왜 곧장 수녀한테 알리지 않았습니까?"

"당시 완전히 넋이 빠져 있었던지라 미처 그럴 생각을 못했습니다. 죽은 사람이 바로 이 눈앞에서 다시 살아나고, 조금씩, 조금씩 의식을 되찾아가, 마침내 눈을 번쩍 뜨는 광경을 한번 상상해보시오! 그의 첫 마디 말이 이거였습니다. '여자는 죽었습니까?' 그러더니 금세, '아무 말도 하지 말아주시오. 이 일에 관해서는 철저히 침묵을 지켜주세요. 내가 그대로 죽은 줄 아는 게 여러모로 낫습니다.' 아, 이러는 게 아니겠습니까! 난 이유도 모른 채 그러겠다고 했지요. 눈앞에 기상천외한 기적을 목격하자 그만 모든 정신이 맥없이 빠져나가버린 듯했습니다. 그저 어린애처럼 시키는 대로 하게 됐지요. 그는 마침내 몸을 일으켜 옆의 관을 굽어보더니, 수의를 헤치고 여자에게 몇 번이나 입을 맞추는 것이었어요. 그러면서 내내 이렇게 중얼거렸답니다. '내가 원수를 갚아주겠소. 내 평생을 바쳐 당신의 복수를 해줄 거요. 그리고 당신 뜻대로 우리 아이들만큼은 행복하게 서로 맺어주도록 하겠소. 내가 지금 당장 목숨을 끊지 못하는 건, 바로 그 아이들을 위해서요. 파트리스와 코랄리를 위해서 말이오. 잘 가시구려!' 그리고는 나더러 자신을 좀 도와달라고 하더군요. 우린 죽은 여자를 관에서 빼내 자그마한 옆방으로 데려다 놓았습니다. 그런 다음 정원에 나가 묵직한 돌멩이들을 다수 가져다가 두 구의 시체 대신 관을 채워 넣었지요. 그렇게 일이 다 마무리되고 나서야 나는 관 뚜껑에 못을 박고 수녀를 깨워 함께 그곳을 빠져나왔습니다. 남자는 문을 걸어 잠그고 여자와 함께 작은 방 안에 틀어박혔고요. 다음 날 아침 장례식을 거행하러 사람들이 관 있는 곳으로 몰려왔습니다."

그즈음, 파트리스는 얼굴을 감싸고 있던 손을 풀고, 일그러질 대로 일그러진 표정으로 돈 루이스와 관리인을 번갈아 바라보았다. 그러더니 퀭한 눈을 노인에게 고정시킨 채 이렇게 중얼거리는 것이었다.

"하지만 무덤은 어떻게 된 겁니까? 두 망자(亡者)가 누워 있다는 그 비명(碑銘)은 또 뭐고요? 살인이 일어난 별장 근처의 그 무덤은 뭐냔 말입니다."

"모든 게 아르망 벨발이 의도한 대로 이루어진 것이지요. 그 당시 나는 바로 이 건물 지붕 밑 다락방에 살고 있었는데, 시메옹 디오도키스라는 이름으로 숨어 지내던 그에게 숙소를 빌려주었지요. 아르망 벨발은 법적으로 죽은 처지였기 때문에 그는 처음 몇 달간 거의 두문불출 틀어박혀 지냈답니다. 그러고 나서 나의 중개로 그는 새 이름을 걸고 자신의 별장을 다시 사들였답니다. 그런 다음 둘이서 힘을 합해 조금씩 조금씩 무덤을 파 들어갔어요. 이름하여 자신과 코랄리의 무덤을 말이죠. 다시 말하지만 자신도 죽은 걸로 돼 있길 바랐기에 자기 몫의 무덤도 필요했던 겁니다. 파트리스와 코랄리는 둘 다 죽은 거였죠. 그런 식으로라도 자신이 여자 곁을 결코 떠나지 않았다고 느꼈나 봅니다. 물론 절망에 시달리다 보니 약간 제정신이 아니었다고도 할 수 있겠죠. 오, 물론 아주 조금 그렇다는 얘깁니다. 단지 1895년 4월 14일에 죽은 여자에 대한 기억과 그 추모의 정(情)에 한해서 말이지요. 그는 여자와 자신의 이름을 무덤이건 벽이건 나무건 화단이건 할 것 없이 닥치는 대로 새겨 넣었답니다. 그건 곧 당신과 코랄리 에사레스의 이름이기도 한 거죠. 오, 선생……. 그는 말입니다, 그는 그때부터 살인자에 대한 복수와 자기 아들과 죽은 여자의 딸 생각밖에 없는 사람 같아 보였어요! 오로지 그 생각만 하는 사람이었단 말입니다!"

파트리스는 별안간 험악한 얼굴과 함께 두 주먹을 관리인의 코앞까지 들이밀며 목멘 소리로 외쳐댔다.

"증거를! 당장 증거를 대! 지금도 어디선가 그 악당 놈의 흉계로 인해 누군가 죽어가고 있단 말이다. 고통을 겪고 있는 여자가 하나 있어. 그러니 증거를 대란 말이야!"

그러자 바슈로 씨는 이렇게 대답하는 것이었다.

"하나 걱정할 것 없소이다. 내 친구는 그 여자를 죽이려는 게 아니라 목숨을 구하려고 하는 것뿐이라오."

"그는 우리 부모에게 했던 것과 똑같이, 우리 두 사람을 살해하려고 그 별장에 끌어들인 적이 있어."

"당신과 그 여자를 맺어주기 위해서 그런 것이오."

"맞아, 죽음 안에서 맺어주려고 했겠지."

"살아서 맺어주려고 했답니다. 당신은 그가 애지중지하는 아들이오. 당신 얘기를 할 때면 늘 자랑스러워하셨지요."

"놈은 악당이야! 괴물이라고!"

장교가 으르렁거리자 노인도 지지 않고 맞섰다.

"이 세상 더없이 고귀한 인물이오! 당신의 아버지란 말이오!"

마침내 파트리스는 피가 거꾸로 솟듯 울화통이 터지는지 자리에서 벌떡 일어섰다.

"증거! 증거를 대! 앞으로 확고부동한 진실을 내 눈앞에서 증명해 보이지 않으면 단 한 마디도 더 이상 지껄이지 못하게 해주겠어!"

노인은 의자에서 꼼짝 않고 있었다. 단지 낡은 개폐식 마호가니 책상 쪽으로 팔만 슬쩍 뻗어 뚜껑을 연 다음, 용수철 장치를 눌러 서랍 하나를 열었을 뿐이었다. 잠시 후, 그는 웬 서류 한 묶음을 파트리스에게 내밀었다.

"대위님은 아버지의 필적을 알고 있겠죠? 아마 영국에서 초등학교를 다녔을 때 아버지에게서 온 편지들을 소중히 간직하고 있을 겁니다. 자, 그가 내게 보낸 이 편지들을 한번 읽어보시죠. 아마 모르긴 해도 당신 이름이 백 번은 더 적혀 있을 겁니다. 자기 아들로서 말입니다. 아울러 그가 당신의 배필로 미리 정해준 그 코랄리라는 여성의 이름도 확인할 수 있을 거외다. 당신의 생활, 공부, 여행, 일 등등 모든 것이 그 안에 담겨 있어요. 그뿐만 아니라 심부름꾼들을 동원해 찍어놓은 당신 사진들하고, 테살로니키까지 찾아가서 찍은 코랄리의 사진들도 거기 있을 겁니다. 무엇보다 그 안에서 에사레스 베에 대한 그의 증오심을 주의 깊게 살펴볼 필요가 있습니다. 자신이 비서로 들어가 일하면서 몰래 가꾸고 있던 복수 계획과 그 집요한 의지, 인내심 말입니다. 아울러 에사레스와 코랄리의 결혼 소식을 듣고 그가 얼마나 절망했는지, 그리고 자기 자식 파트리스와 에사레스의 아내를 맺어준다면 오히려 복수가 얼마나 가혹한 것이 될지에 생각이 미치자, 또 얼마나 기쁨에 들떠 있었는지 잘 나타나 있을 겁니다."

노인은 차근차근 편지들을 펼쳐놓았고, 그럴수록 아버지의 친숙한 필체와 더불어 파트리스라는 이름이 끊임없이 대위의 시선에 밟히는

것이었다.

바슈로 씨는 가만히 대위를 바라보더니 내뱉듯 이렇게 말했다.

"이제 아시겠소, 대위?"

파트리스는 또다시 두 주먹을 그러쥔 채 관자놀이에 갖다 대고는 뇌까렸다.

"그자가 우리 둘을 별장에 가둬놓았을 때 지붕 천창으로 내민 그의 얼굴을 똑똑히 보았단 말이야. 우리가 죽어가는 모습을 가만히 지켜보고 있었어. 지독한 증오심으로 일그러진 표정이었다고. 에사레스보다 더 우리를 싫어하는 눈치였어."

"착각이겠죠! 뭔가 잘못 본 겁니다!"

노인이 발끈하자 파트리스가 중얼거리듯 덧붙였다.

"아니면 내가 정신이 돌았든가……."

그러다가도 문득 분통이 터지는지, 주먹으로 탁자를 쾅 내리치면서 이러는 것이었다.

"사실이 아니야! 도저히 그럴 리가 없어! 그자는 내 아버지가 아니라고! 아니야! 그런 간악한 인간이 어떻게……."

한동안 방 안을 이리저리 서성대던 그는 갑자기 돈 루이스 앞에 척 멈추더니 딱딱 끊어지는 말투로 말했다.

"자, 어서 갑시다. 이러다간 아무래도 나까지 돌아버리겠소. 이건 악몽 그 자체야! 모든 것이 뒤죽박죽 헝클어지고 머리가 뒤집어지는 요지경이란 말이오! 아무튼 지금은 코랄리가 위험해요. 중요한 건 그것뿐이야."

노인은 어쩔 수 없다는 듯 고개를 절레절레 흔들었다.

"내가 걱정인 건……."

"그래 뭐가 그리 걱정이오?"

장교는 버럭 울부짖었다.

"내 가엾은 친구가 자기를 뒤쫓는 그 괴한과 맞닥뜨리지 않았을까, 그게 걱정이오. 만약 그랬다면 마담 에사레스를 제때에 구하지도 못했을 테니까 말이오. 그 친구 얘기가 그 가엾은 여자, 숨 쉬기가 거의 힘들 거라고 했단 말이오."

파트리스는 가슴속 깊은 곳에서부터 그 말을 되뇌는 듯했다.

"숨 쉬기가 거의 힘들 거라고……. 그래, 코랄리는 죽어가고 있어. 오, 코랄리……."

그는 돈 루이스한테 매달리다시피 한 채, 마치 술 취한 사람처럼 비틀거리며 관리인 숙소를 빠져나왔다.

"그녀는 지금쯤 끝장났겠죠, 안 그런가요?"

장교의 애절한 말에 돈 루이스는 침착하게 대답했다.

"천만에! 시메옹은 당신과 마찬가지로 잔뜩 몸이 달아 있을 거요. 거의 결말에 다 가 있는 셈인 데다 불안에 떠는가 하면 입도 제대로 간수하지 못하고 있소. 그러니 내 말을 믿어요. 코랄리 어멈은 당장 어떤 위험에 처한 건 아니라오. 아직은 몇 시간 정도 여유가 있어요."

"정말 확실한 겁니까?"

"절대적으로 확실하오."

"하지만 야봉이……."

"야봉이 뭐가 어쨌다는 겁니까."

"만에 하나 야봉이 그를 건드렸다면?"

"어떤 경우라도 죽이지 말라고 야봉한테 지시를 내린 바 있소. 그러니 시메옹은 살아 있을 것이오. 어찌 됐든 시메옹이 살아 있는 것만은 틀림없으니, 그 문제는 그리 걱정할 것 없소. 즉, 코랄리 어멈 역시 그대로 죽게 방치할 리가 없다는 얘기지."

"어떻게 그걸 장담하죠? 그자는 그녀를 증오한단 말입니다! 도대체 어떻게 된 건지……. 대체 그자는 무슨 꿍꿍이속을 가졌단 말입니까? 평생을 우리 두 사람을 위해 헌신했다면서, 부지불식간에 애정이 증오로 바뀌는 그의 내심이 과연 무어냔 말입니다!"

넋두리를 늘어놓듯 떠들어대던 파트리스는 별안간 돈 루이스의 팔을 와락 움켜잡으며 흔들리는 목소리로 다그쳐 물었다.

"당신도 그가 내 아버지라고 생각합니까?"

"이보시오, 대위. 일단 몇 가지 확실한 일치점을 부정할 순 없소이다."

하지만 장교는 더 듣지도 않고 가로막았다.

"제발……. 돌려 말하지 마요. 간단히 대답만 해요. 당신 입장을 말해달란 말입니다!"

결국 별수 없어진 돈 루이스는 던지듯 대꾸했다.

"시메옹 디오도키스는 당신의 아버지요, 대위."

"아! 집어치워요! 집어치워! 끔찍해라! 오, 하느님, 눈앞이 캄캄합니다."

"그 반대요, 대위. 이제야 뭔가 눈앞이 환해지는 것 같소이다. 솔직히 말해서 아까 므슈 바슈로와 나눈 대화가 내게 상당한 빛을 던져준 느낌이란 말이오."

"아니, 어떻게 그럴 수가……?"

돈 루이스와는 딴판으로 파트리스의 혼란한 머릿속에선 이 생각 저 생각이 미친 듯이 날뛰고 있을 뿐이었다.

그는 갑자기 걸음을 멈추고 말했다.

"시메옹이 혹시 다시 숙소로 돌아가는 거 아닐까요? 한데 우리가 이렇게 나와 있으면……. 만에 하나 코랄리를 데리고 들어갈지도 몰라요."

그러나 돈 루이스는 일언지하에 잘라 말했다.

결정판 아르센 뤼팽 전집

"그건 아닙니다. 만약 그럴 수 있었다면 벌써 그렇게 했을 것이오. 우리 쪽에서 지금 그에게 다가가고 있는 겁니다."

"하지만 어디로 말입니까?"

"내 참, 그거야 당연히 모든 싸움이 기원(起源)하는 곳이지요. 다름 아닌 황금이 있는 곳 말입니다! 적의 모든 계략은 바로 황금을 둘러싸고 벌어지고 있어요. 확실한 건, 놈이 어딘가로 숨어든다 해도 황금이 있는 곳으로부터 많이는 떨어지지 못한다는 사실입니다. 그러니 결국엔 베르투 조선소 근처 어딘가에 있다는 결론이 나오지요."

그제야 파트리스는 아무 말 없이 따랐다. 한데 문득 돈 루이스가 다급하게 속삭였다.

"들었소?"

"네, 총소리였어요."

둘은 이제 막 레이누아르 가로 나오던 참이었다. 주위의 건물들이 꽤 높아서 총소리가 난 정확한 위치를 파악하기는 어려웠지만, 어림잡아 에사레스의 저택이나 그 근방 어디쯤일 것 같았다.

"야봉일까요?"

파트리스가 걱정스러운 표정으로 중얼거리자, 돈 루이스도 맞장구를 쳤다.

"나도 그게 걱정이오. 야봉은 총을 사용하지 않으니까, 아마 그를 향해 발사된 총소리일 겁니다. 아, 우라질. 내 가엾은 야봉이 쓰러진다면……."

"혹시 코랄리를 겨냥한 것일지도 몰라요!"

파트리스의 말에 돈 루이스는 별안간 웃음을 터뜨렸다.

"허허허. 대위, 이제 보니 아무래도 난 이 사건에 공연히 끼어든 것 같소이다그려. 내가 개입하기 전에 당신은 그런대로 강인하고 똑똑했는데……. 이봐요, 그 빌어먹을 시메옹이 자기 수중에 들어온 코랄리 어멈을 뭐하러 공격하겠소?"

둘은 서둘러 소리가 난 방향으로 달려갔다. 에사레스의 저택 앞을 지나쳤지만 모든 것이 조용했고, 둘은 내처 골목길을 따라 내려가기 시작했다.

파트리스에게 열쇠가 있었으나, 별장 정원으로 향한 쪽문은 안에서 빗장이 채워져 있었다.

돈 루이스는 흥분을 감추지 못하며 말했다.

"오호라! 우리가 제대로 들이닥쳤다는 징표요. 이 길로 곧장 제방 쪽으로 가 있으시오, 대위. 나는 나대로 베르투 조선소로 달려가 사태를 알아보겠소."

불과 몇 분 사이에 밤의 어둠 속으로 희미한 서광의 기운이 뒤섞이기 시작했다.

제방은 여전히 인적 하나 없이 썰렁한 상태…….

베르투 조선소에서 역시 별다른 징후를 포착하지 못한 돈 루이스는 이내 제방에서 파트리스와 합류했다. 한데 대위가 손가락으로 가리키는 곳을 바라보니, 정원 담벼락에 인접한 보도 위에 베르투의 작업장 구석에서 사라졌던 사다리가 쓰러져 있는 것이 아닌가! 순간, 돈 루이스는 특유의 순발력 넘치는 직관으로 이렇게 상황을 정리해냈다.

"시메옹에게 정원 열쇠가 있는 걸로 미루어, 저 사다리는 야봉이 정원으로 침입하기 위해 사용한 걸 겁니다. 그럼 결국 친구 바슈로의 집에서 돌아와 이곳에 숨어들려고 하던 시메옹의 모습이 야봉의 시야에 포착됐다는 얘기지요. 물론 코랄리 어멈을 데리러 온 다음에 말입니다. 이제 문제는 코랄리 어멈을 과연 빼내어 데리고 있는 건지, 그 전에 일단 제 몸부터 숨어든 건지입니다. 어느 쪽인지는 아직은 잘 모르겠군

결정판 아르센 뤼팽 전집

요. 그나저나…….”

돈 루이스는 갑자기 허리를 잔뜩 숙여 보도 위를 면밀히 관찰하면서
말을 이었다.

“그나저나 확실해진 사실이 하나 있습니다. 야봉은 현재 황금 자루가
숨겨진 곳을 알고 있으며, 코랄리가 있던 곳 역시 바로 그 장소라는 사
실입니다. 안타까운 건, 불행히도 시메옹이 자신의 안전에 급급한 나머
지 코랄리를 빼낼 겨를이 없었는지라, 아직도 그녀가 그곳에 방치되어
있을 거라는 점입니다!”

“확실한 겁니까?”

“이봐요, 대위, 야봉은 늘 분필을 몸에 지니고 다니지요. 내 이름 외
에는 글자를 모르는 친구이지만, 여기 이곳을 잘 보십시오. 두 개의 교
차하는 선이 정원 담벼락의 밑변과 더불어 삼각형을 만들고 있지 않습
니까? 바로 황금삼각형이지요.”

그는 몸을 일으키며 이렇게 덧붙였다.

“좀 지나치게 간단하다 싶은 정보지만, 야봉은 나를 대단한 마법사쯤
으로 생각하니 이럴 수도 있겠지요. 그는 내가 이곳까지 당도할 것을 믿
어 의심치 않은 데다, 이 세 개의 선으로 된 단순한 도형 하나만으로도
충분한 정보가 되리라고 확신했을 겁니다. 오, 야봉, 이 친구야…….”

“하나 당신 말 대로였다 해도, 이 모든 건 우리가 파리로 돌아오기
전에 벌어진 일들 아니겠습니까? 즉, 자정에서 새벽 1시 사이에 말입
니다.”

“그런 셈이죠.”

“그렇다면 우리가 방금 들었던 총소리는 그보다 네다섯 시간이나 후
에 벌어진 상황일 거고요?”

“거기서부터 나도 좀 헷갈리고 있습니다. 일단 시메옹이 어둠 속에

잔뜩 웅크린 채 꼼짝도 하지 않은 걸로 볼 수 있을 겁니다. 그러다가 동틀 무렵이 될 때까지 야봉의 인기척을 전혀 느끼지 못하다 보니 다소 안심한 마음에 슬슬 거동을 시작했겠지요. 근데 마찬가지로 숨죽인 채 버텨오던 야봉에게 결국 발각되어 기습을 당했을 수 있습니다."

"그럼 결국 당신 생각은……."

"네, 격투가 벌어졌을 거라고 추측하고 있습니다. 야봉은 부상을 당했을 것이고 시메옹은……."

"도망치기라도 했을까요?"

"그랬거나 혹은 죽었을지도 모르죠. 어쨌든 앞으로 수 분 내에 진상이 밝혀질 것입니다."

돈 루이스는 사다리를 들어 올려 담벼락 위에 치솟은 철책에 걸쳐 세웠다. 먼저 돈 루이스의 도움을 받아 파트리스부터 담을 넘었다. 그리고 뒤따라 담을 넘어선 돈 루이스는 사다리를 집어 올려 정원 구석에 팽개친 다음, 사방을 둘러보았다. 마침내 두 사람은 키 큰 풀숲과 우거진 관목 숲을 헤치면서 별장 쪽으로 접근했다.

날은 빠르게 밝아지고 있었고, 그에 따라 주변 사물들은 본래의 윤곽을 신속히 되찾아가고 있었다. 두 사람은 별장을 에둘러 지나갔다.

그렇게 해서 도로 쪽 뜨락이 시야에 들어오자, 앞서가던 돈 루이스가 갑자기 파트리스를 돌아보며 던지듯 말했다.

"내 생각이 틀리지 않았소."

그러고는 곧장 내달리는 것이었다.

이렇게 보니, 현관문 앞에 두 개의 몸뚱어리가 서로 뒤엉킨 채 자빠져 있는 것이 아닌가! 야봉은 머리에 끔찍한 총상을 입어 피범벅이 된 상태였고, 그 옆에는 시메옹이 흑인의 손에 목이 졸린 채 뻗어 있었다.

야봉은 죽었고, 시메옹 디오도키스는 살아 있었다.

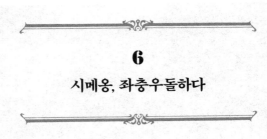

6
시메옹, 좌충우돌하다

야봉의 움켜쥔 손아귀를 풀어내는 데에는 얼마간 시간이 필요했다. 세네갈인은 죽어가면서까지 먹이를 손에서 놓지 않고 있었다. 강철처럼 강력한 손가락과 호랑이 발톱처럼 날카로운 손톱이 혼절한 채 헐떡거리는 적의 모가지를 잔뜩 틀어쥐고 있었던 것이다.

뜨락의 포석 위에는 시메옹이 사용한 권총이 나뒹굴어 있었다.

돈 루이스가 나지막한 목소리로 중얼거렸다.

"노친네가 대단한 기세였나 보구먼. 야봉의 무지막지한 완력마저도 권총이 발사되는 걸 미처 막지 못한 걸 보면 말이야. 하지만 너무 뻐길 필요는 없어. 야봉이 늙은 네놈을 봐준 걸 테니까. 덕분에 야봉은 즉사했지만, 그래도 네놈한테는 가족에게 작별 편지라도 쓰고 지옥에 자리 하나 거하게 마련할 시간은 있을 거다. 데 프로푼디스(De Profundis. 『수정마개』, 『아르센 뤼팽의 고백』 참조—옮긴이), 디오도키스. 너 역시 더 이상 이 세상 사람이 아니야."

그러고는 야봉을 돌아보며 목멘 소리로 이렇게 말했다.

"가엾은 야봉, 언젠가 아프리카에서 끔찍한 죽음을 당할 뻔한 걸 자네 덕에 목숨을 건졌지. 한데 오늘은 결국 내 지시를 따르다가 이렇게 죽고 말다니. 아, 야봉, 이 친구야!"

그는 세네갈인의 부릅뜬 두 눈을 다소곳이 감겨주었다. 그리고 그 옆에 무릎을 꿇은 채 피투성이가 된 흑인의 이마에 입을 맞춘 뒤, 귀에다 입을 바짝 갖다 대고서, 옛 추억이며 앞으로의 복수며, 단순하고 충직한 영혼을 위한 온갖 추도의 말을 속삭여주는 것이었다.

마침내 돈 루이스는 파트리스의 도움을 받아 시체를 큰 방 옆의 작은 방으로 옮겼다.

"오늘 밤 내로 사건이 일단락되고 나면 그때 경찰에 알리도록 합시다. 그 전에는 일단 이 친구와 다른 이들의 복수를 우리 손으로 마무리하는 게 중요합니다."

돈 루이스는 그렇게 말한 뒤, 격투가 벌어졌던 곳을 면밀히 조사하기

시작했다. 그리고 다시 야봉에게로, 그다음 시메옹에게로 가더니 웃가
지와 신발들을 꼼꼼히 들여다보는 것이었다.

　파트리스 벨발은 바야흐로 지긋지긋한 원수를 마주하고 있었다. 별
장의 외벽에 기대어 앉혀놓은 시메옹을 그는 증오로 이글거리는 눈빛
을 부라리며 조용히 노려보고 있었다. 시메옹이라! 시메옹 디오도키스!
전전날까지만 해도 이 가증할 악마는 끔찍한 계략을 꾸며놓고서 천창
너머로 고개를 내민 채, 단말마의 고통에 시달리는 두 연인을 슬슬 웃
으며 내려다보고 있었지 않은가! 게다가 이제는 흉악한 들짐승처럼 코
랄리를 어디론가 납치해서 나중에 제멋대로 괴롭히려고 꽁꽁 숨겨두고
있지 않은가 말이다!

　슬쩍 보아도 숨을 쉬기가 몹시 힘이 드는 모양이었다. 필시 야봉의
엄청난 괴력 때문에 목 부위에 골절을 입은 듯했다. 싸움을 하는 동안
노란 안경은 벗겨졌고, 두꺼운 눈꺼풀 위로 희끗한 눈썹이 수북이 넘쳐
나고 있었다.

　돈 루이스가 말했다.

　"놈을 뒤져보시오, 대위."

　하지만 파트리스가 왠지 꺼리는 것 같아, 돈 루이스 자신이 호주머니
와 지갑을 뒤져 장교에게 내밀었다.

　일단 그리스인 시메옹 디오도키스 이름으로 발부된 체류 허가증이
있었다. 거기엔 목도리와 안경, 치렁치렁한 머리카락 등등 비교적 최근
에 찍은 듯한 증명사진이 부착되어 있었고, 1914년 12월 자의 파리 경
시청 소인이 찍혀 있었다. 그 밖에도 에사레스 베의 비서 시메옹 앞으
로 된 이런저런 사업 관련 서류, 견적서, 계산서 등이 있었는데, 그 가
운데 관리인 아메데 바슈로로부터 온 다음과 같은 편지도 한 장 끼여
있었다.

친애하는 므슈 시메옹께

성공했습니다. 젊은 친구들 중 하나가 병원 안에서 마담 에사레스와 파트리스가 나란히 있는 모습을 용케 사진 찍었답니다. 어쨌든 기쁘게 해드릴 수 있어서 저 역시 행복합니다. 그나저나 언제 아드님에게 진실을 공개할 생각이신지요? 아, 그도 얼마나 좋아하겠습니까!

그런가 하면, 편지 밑에는 개인 메모인 듯, 시메옹 디오도키스의 친필로 이렇게 적혀 있었다.

다시 한번 더 나 자신과 엄숙하게 맹세하는 바이다. 나의 배필 코랄리의 복수가 끝나기 전에는, 그리고 파트리스와 코랄리 에사레스가 자유롭게 서로를 사랑하며 결합할 수 있을 때까지는, 내 사랑하는 아들에게 아무것도 공개하지 않겠다고……

"당신 아버지 필체 맞습니까?"

돈 루이스가 불쑥 질문을 던지자, 파트리스는 당황하며 더듬더듬 대답했다.

"그, 그렇습니다. 그뿐만 아니라 이자가 친구 바슈로 앞으로 보낸 편지의 필적과도 일치하는군요. 오, 파렴치한 것 같으니! 이 극악무도한 악당 놈!"

순간 시메옹이 약간 움직거렸고, 몇 차례에 걸쳐 눈꺼풀도 떴다 감았다 하는 것 같았다. 그러더니 별안간 정신이 돌아오면서 파트리스를 쳐다보는 것이었다.

그 즉시 대위는 탁한 목소리로 다그쳐 물었다.

"코랄리는?"

한데 아직은 정신이 몽롱한 듯 무슨 말인지 이해 못하고 그저 멍청히 바라만 보고 있자, 파트리스는 더욱 다그쳐 캐묻는 것이었다.

"코랄리, 어디 있소? 대체 어디다 숨겨놓은 거요? 혹시 죽은 것 아니오?"

마침내 시메옹은 의식을 완전히 회복하는 기색이었다.

그는 가까스로 이렇게 중얼거렸다.

"파트리스⋯⋯. 파트리스⋯⋯."

주위를 둘러보면서 돈 루이스도 알아보는 눈치였고, 분명 야봉과의 격렬했던 혈투도 기억하는 듯했다. 그러나 그뿐 다시금 눈을 감자, 이젠 완전히 격노한 파트리스가 버럭 소리를 질렀다.

"이보시오! 머뭇거릴 때가 아니란 말이오! 어서 대답하시오! 당신 생명이 걸린 문제일 수도 있어!"

그 바람에 남자는 다시 눈을 떴는데, 눈자위가 불그스레한 데다 벌겋게 핏줄까지 곤두선 눈이었다. 그는 말하기가 곤혹스럽다는 것을 알리려는 듯 자신의 목을 가리키며 끙끙거렸다. 안간힘을 쓰는 기색이 훤히 드러나는 태도로 그는 이렇게 더듬거렸다.

"파트리스, 너야? 이 순간을 얼마나 기다려왔는지 모른다! 그런데 오늘에야 마치 서로 원수지간처럼⋯⋯."

파트리스는 또박또박 끊는 어투로 대꾸했다.

"치명적인 불구대천의 적으로 만난 거지. 우리 사이에는 죽음이 개입되어 있소이다! 야봉이 죽었고, 어쩌면 코랄리도 죽었을지 모르오! 자, 대체 그녀는 어디 있는 거요? 말을 하시오. 그렇지 않으면⋯⋯."

남자는 여전히 들릴 듯 말 듯 중얼거렸다.

"파트리스⋯⋯. 너란 말이더냐?"

한데 이런 반말 투는 파트리스의 울화통을 터지게 만들기에 충분했다. 그는 상대의 멱살을 와락 움켜쥐고는 다짜고짜 마구 흔들어댔다.

그런데도 파트리스의 다른 손에 쥐어진 서류 지갑에 눈길이 가 닿자, 시메옹은 전혀 저항하지 않고 그저 이렇게 중얼거릴 뿐이었다.

"날 해치지는 않겠지, 파트리스? 필시 편지들을 보았을 것이다. 그럼 우리 둘이 어떤 관계로 맺어져 있는지 모를 리 없지. 아, 네가 알아준다면 참 좋겠구나!"

파트리스는 붙잡고 있던 손을 놓으며 기겁한 표정으로 찬찬히 상대의 데면데면한 얼굴을 들여다보았다. 잠시 후, 이번엔 자신이 나지막한 목소리로 이렇게 중얼거렸다.

"더 이상 그런 말 하지 마시오. 절대로 그렇게 될 일은 없을 테니까."

"하지만 진실이 그렇단다, 파트리스."

"거짓말! 거짓말이야!"

더 이상 참을 수가 없어진 장교는 고통으로 거의 알아볼 수 없을 만큼 일그러진 얼굴로 부르짖었다.

"아하, 그러고 보니 너도 이미 어지간히 짐작하고 있었던 거로구나. 그럼 내 입으로 굳이 설명할 필요도 없겠네."

"거짓말이다! 너는 한낱 불한당일 뿐이야! 만약 그게 사실이라면 나와 코랄리에 대한 지금까지의 흉계는 다 뭐란 말이더냐? 살인 행각을 왜 저질렀겠어?"

"내가 정신이 돌았던 거다, 파트리스. 가끔가다 정신이 돌아버리곤 한단다. 그간의 온갖 참화(慘禍)를 겪으면서 머리가 어떻게 된 거야. 그 옛날 나의 코랄리를 먼저 보냈을 때부터……. 그리고 난 후 내 평생을 에사레스의 그늘 밑에서 온갖 수발을 들어왔지. 그다음……. 그다음엔……. 무엇보다 그 금 때문에 말이다. 내가 과연 진정으로 너희 둘을 죽이고 싶어 했을까? 아, 더 이상 기억조차 나지 않는 일이다. 기껏해야 꿈이라도 꾼 기분이라고 해야 하나. 아마 별장에서였겠지? 그 옛날처럼 말이다. 아! 이 광증(狂症)……. 얼마나 고통스러운지! 마치 누구로부터 강요받은 것처럼, 자신의 뜻과는 무관한 짓을 저질러야 한다니! 분명 옛날과 마찬가지로, 별장 안에서 뭔가 일이 벌어졌던 거지. 똑같은 방식 아니었나? 똑같은 장치로 말이다. 그렇지? 그래, 그거야. 나와 내 사랑하는 연인이 함께 겪었던 단말마의 순간을 꿈속에서 다시금 재연(再演)한 거란다. 아, 얼마나 고통스러운지!"

그는 중간중간 주저하듯 말을 끊었다가는 이내 가슴 깊은 곳에서 웅얼거리듯이 이야기를 이어갔다. 그러면서 이루 형언할 수 없는 고통에 시달리는 기색이었다. 파트리스는 점점 커져만 가는 불안감을 안은 채 가만히 듣고 있었고, 돈 루이스도 상대의 의중을 파악하려는 듯, 한시도 노인에게서 시선을 떼지 않고 있었다.

시메옹은 다시금 말을 이었다.

"내 가엾은 파트리스……. 너를 몹시도 사랑해왔단다. 한데도 이제는 더없이 지독한 원수를 대하는 것 같구나. 어떻게 해야 달라질 수 있겠니? 어떻게 해야 그 일을 잊을 수 있겠어? 아, 에사레스가 죽은 후, 왜 나를 붙잡아 가두지 않은 걸까? 그때 아무래도 내 정신이 달아나버린 것 같은데……."

"그럼 당신이 그를 죽인 겁니까?"

파트리스가 놓치지 않고 물었다.

"아니, 그건 아니란다. 내 복수는 다른 사람이 해주었어."

"누가 말입니까?"

"나도 모른다. 그 점은 모든 게 오리무중이야. 거기에 대해선 말을 말자꾸나. 생각만 해도 내가 고통스럽구나. 코랄리가 죽은 이후, 그렇지 않아도 고통으로 찌든 인생이었다!"

"코랄리의 죽음이라니요?"

"그래. 내가 사랑했던 코랄리 말이다. 그 딸아이라면, 그 역시 내게는 고통을 안겨다주었을 뿐이야. 그 아이는 에사레스와 결혼하지 말았어야 했어. 그랬다면 숱한 다른 일도 일어나지 않았을 것이다."

파트리스는 미어지는 가슴을 쓸어내리며 중얼거렸다.

"대체 그녀는 지금 어디 있습니까?"

"그건 말해줄 수가 없구나."

순간 또다시 울화통이 치미는 듯 벌컥 소리치는 파트리스.

"여자가 죽었다는 얘기입니까?"

"아니다. 여자는 살아 있어. 그건 맹세하지."

"그럼 어디에 있는지 말해요! 중요한 건 그것뿐입니다. 나머지는 죄다 과거사일 뿐이에요. 하지만 이건 한 여자의 목숨, 코랄리의 생명이 달린 문제란 말입니다."

"내 말 좀 들어봐라."

시메옹은 말을 하려다 말고 문득 멈춘 다음, 돈 루이스 쪽을 힐끗 바라보고는 나직이 속삭였다.

"얘기는 하겠다만, 좀…….."

"왜요? 말하기 불편한 점이라도 있나요?"

"저 남자가 있어서 그렇다, 파트리스. 먼저 저자를 좀 보내버릴 순 없겠니?"

순간, 쾌활하게 웃음을 터뜨리며 돈 루이스가 끼어들었다.

"하하하, '저 남자'라면, 곧 나를 말하는 거겠지?"

"그렇소. 당신 말이오."

"내가 가줘야겠다 이 말씀인가?"

"그렇소."

"요 늙은 악당 같으니. 그렇게 하면, 그대가 코랄리 어멈 있는 곳을 가르쳐주겠다?"

"그렇소."

"오호라! 코랄리 어멈이 금 자루가 숨겨진 곳에 함께 있을 터! 코랄리 어멈을 구하는 일이 곧 금 자루를 넘겨주는 일일 텐데…….."

돈 루이스가 더더욱 유쾌한 어투로 떠들어대자, 파트리스는 다소간 반감을 드러내며 발끈했다.

"그래서요?"

"그래서 말인데, 대위, 내 생각에는 저 경애하올 므슈 시메옹께서는 약속대로 그걸 곧이곧대로 알려줘서 코랄리 어멈을 찾아가게끔 순순히 만들어주지는 않을 거라는 거지. 설마 저자의 말을 그대로 믿는 건 아니겠죠?"

"그건 아니오."

"거봐요, 당신은 저자를 조금도 믿지 않고 있는데, 그건 참 잘하는 일이오. 경애하올 므슈 시메옹께서는 비록 제정신이 아니라고는 하지만, 우리를 망트 근방에서 공연히 서성거리게 만듦으로써, 제법 뛰어난 지략과 침착성을 과시한 바 있소. 그러니 저자의 약속에 일말의 비중이라도 두는 날엔 엄청난 곤경에 처하고야 말 것이오. 따라서 결론은…….."

"결론은?"

"이렇게 될 거라는 거요, 대위. 저 경애하올 므슈 시메옹께서는 아마도 당신에게 일종의 거래를 제안할 것이오. 필시 이런 식일 테지. '너에게 코랄리를 넘겨주고 나는 금을 차지하겠다.'"

"그래서요?"

"그래서라니? 당신을 저 경애하올 신사분과 단둘이 남겨만 준다면 더 바랄 게 없어진다는 거지. 거래는 신속히 성사될 것이고. 하지만 그건 나와……. 그리고 또 숙녀분조차 실은 염두에 두지 않는 처사란 말이거든!"

파트리스는 마침내 벌떡 일어섰다. 그는 돈 루이스 앞에 바짝 다가서서 무척이나 도발적인 어투로 내뱉듯 말했다.

"설마하니 당신이 이 문제를 가로막고 나서리라곤 생각지 않소. 이건 한 여인의 목숨이 달린 문제요."

"물론이오. 하지만 이건 또한 3억 프랑이 걸린 문제이기도 합니다."

"그럼 끝내 반대하겠다는 말이오?"

"당연하지. 나는 반대요!"

"여자가 죽어가는 마당에 반대를 하겠다니! 여자가 죽어도 좋다는 얘기인가! 보아하니 당신은 이 일, 이 모든 사건이 애당초 나와 직접 관련 있는 문제라는 점을 간과하는 것 같은데……."

두 사내는 서로를 마주한 채 한 치도 양보 없이 버티고 서 있었다. 한데 돈 루이스 쪽이 어딘지 상대를 내려다보는 듯한 여유와 한 수 위라는 태도가 다분했기에, 파트리스는 다소 초조해하지 않을 수 없었다. 결국 파트리스는 상대의 우위(優位)를 받아들였고, 성질을 죽이는 대신 과거 경력을 잘 아는 이 협력자의 도움을 계속 받아야 한다는 사실이 못내 께름칙하게 느껴지는 것이었다. 그는 주먹을 불끈 쥐면서 다시 한 번 딱 부러지게 물었다.

"기필코 반대하는 겁니까?"

여전히 느긋한 태도의 돈 루이스가 대답했다.

"그렇소, 대위. 내가 보기에 말도 안 되는 그 같은 거래엔 찬성할 수가 없소이다. 쳇, 정말이지 바보들이나 좋다고 덤빌 거래이지! 자그마치 3억 프랑이야. 그 정도의 횡재를 그냥 포기하다니! 절대로 안 될 말씀! 하지만 당신이 경애하올 므슈 시메옹과 머리를 맞대고 협상하는 것 자체를 반대하지는 않겠소. 단, 나를 너무 멀찌감치 떨어뜨려놓지 않는다는 조건하에! 그 정도면 괜찮겠죠, 시메옹 영감?"

"좋소이다."

"그럼 이제부터 둘이 마음껏 논의를 하시구려. 합의를 보도록 해요. 자, 자제분을 철석같이 신뢰하는 경애하올 므슈 시메옹 디오도키스께서는 이제 대위 당신에게 은닉처가 어디인지를 알려줄 것이고, 그럼 당신은 코랄리 어멈을 구하러 가는 거요."

"그럼 당신은? 당신은 어쩔 셈이오?"

파트리스가 격앙된 어조로 다그쳐 물었다.

"나는 당신이 죽을 뻔했던 장소를 다시 한번 돌아보면서 과거와 현재에 관한 내 보잘것없는 조사 활동이나 좀 더 보완해보려고 하오. 자, 나중에 봅시다. 그리고 대위, 무엇보다 보장(保障)을 튼튼히 해두어야만 하오."

돈 루이스는 그렇게 말한 뒤, 손전등을 켜 들고 별장 안으로 들어갔다. 덧문이 쳐져 있는 창문 너머로 전등 불빛이 어른거리는 것이 밖에 있는 파트리스의 눈에도 언뜻언뜻 내비쳤다.

장교는 곧장 시메옹에게 돌아와 다급한 목소리로 재촉했다.

"자, 됐소이다. 그가 갔으니 어서 서두릅시다."

"정말 안 들릴까?"

"절대 안 들릴 거요."

"파트리스, 저자를 조심해라. 그는 황금을 빼앗아 다 가지려 드는 거야."

파트리스는 더욱 안달이 나서 다그쳤다.

"자, 시간 낭비하지 말고, 코랄리는……."

"아까도 말했지만 코랄리는 살아 있어."

"당신이 자리를 뜰 당시에는 살아 있었겠지만 그다음에는……."

"하긴 그다음이……."

"뭐요? 그럼 불확실하단 말입니까?"

"지금으로선 뭐라고 대답할 수가 없구나. 벌써 대여섯 시간이 지난 밤이었으니, 실은 걱정이……."

파트리스는 식은땀이 등줄기를 타고 내려오는 것을 느꼈다. 제발이지 결정적인 말 한마디를 듣기 위해서는 모든 것을 내놓을 수 있을 것 같은 심정이었다. 반면 눈앞의 늙은이를 처벌하기 위해 당장 목이라도 조를 기분이기도 했다.

하지만 가까스로 진정하고 다시 캐물었다.

"우리 시간 낭비 더 이상 하지 맙시다. 쓸데없는 말은 집어치우고 어서 그녀 있는 곳만 대시오."

"안 돼. 나랑 함께 가야 한다."

"하지만 당신은 그럴 힘이 없을 텐데."

"아니야. 있어, 있다고. 그리 멀지 않은 곳이다. 단지, 단지 말이다. 내 말 좀 잘 들어봐."

노인은 거의 탈진 상태인 듯했다. 아직도 야봉의 손아귀에 목이 붙들려 있기라도 하듯, 이따금 호흡이 중간중간 끊어지는가 하면, 헐떡거리면서 몸을 가누지 못하는 것이었다.

파트리스는 몸을 잔뜩 기울인 채 말했다.

"자, 이렇게 잘 듣고 있어요. 맙소사, 어서 좀!"

"그래, 앞으로 몇 분만 지나면……. 코랄리는 자유의 몸이 되겠지. 다만 한 가지 조건이 있다. 딱 한 가지 조건……. 파트리스."

"알겠어요. 수락하죠. 무슨 조건입니까?"

"파트리스, 그녀의 목숨을 두고 맹세해주어야 한다. 황금은 그대로 놔두는 거야. 그리고 세상 어느 누구도 알아서는 안 돼."

"맹세하죠."

"그래, 맹세한 건 좋다. 하지만 아직 남은 게 있어. 너의 그 빌어먹을 친구 말이다. 그가 우릴 따라올지도 몰라. 알게 될 거라고."

"그건 아닙니다."

"아니야, 맞을 거야. 네가 동의하지 않는 한 말이다."

"뭐를 또 동의해야 한단 말입니까? 아, 이런 우라질!"

"잘 들어봐. 다만 코랄리를 구해야 한다는 걸 잊으면 안 돼. 서둘러야지. 그러지 않으면……."

안달이 날 대로 난 파트리스는 왼쪽 다리를 구부려 거의 무릎을 꿇은 상태로 가쁜 숨을 몰아쉬고 있었다. 그는 이제 완전히 반말 조로 다그치기 시작했다.

"자, 어서 말을 하란 말이다. 어서……. 자꾸 이러면 코랄리는……."

"그래, 하지만 저자가……."

"이런! 코랄리 먼저!"

"무슨 소리냐? 그러다가 저자가 우릴 보면 어떡해? 그가 황금을 가로채면?"

"상관없어!"

"오! 그렇게 말하지 마라, 파트리스! 모든 게 그 황금에 달려 있어! 황금이 내 수중에 들어온 뒤 내 인생 전체가 달라졌다. 이제 더 이상 과거는 중요치 않아. 증오도, 사랑도……. 이젠 황금뿐이야. 황금 자루들 말이다. 그게 없으면 난 차라리 죽을 것이야. 코랄리도 죽고……. 온 세상이 사라져버린다 해도 괜찮아."

"대체 무얼 원하는 거야? 어떻게 해주면 되겠어?"

파트리스는 자신의 아버지이자, 그 어느 때보다도 혐오스럽게 느껴지는 이 남자의 두 팔을 와락 부여잡고 혼신을 다해 애원했다. 늙은이가 눈물에 약하다면 그 앞에서 진짜 눈물이라도 흘려 보이고 싶은 마음이었다.

"대체 무얼 원하느냔 말이다?"

"잘 들어라. 그가 아직 이곳에 있지?"

"그렇다."

"아틀리에에?"

"그래."

"그렇다면 그가 나오지 못하도록 해라."

"무슨 소리!"

"아, 그게 아니고……. 우리 일이 끝날 때까지만 그가 안에 머물러 있어야 한단 말이다."

"하지만……."

"간단해. 내 말 잘 알아들어야 한다. 하나만 하면 돼. 문을 잠가놓는 거야. 물론 자물쇠는 망가져 있지만 빗장이 두 개나 되니까 상관없어. 내 말 알아듣겠니?"

파트리스는 당장 발끈했다.

"당신 정말 미쳤어! 내가 과연 그따위 제안에 동의할 것 같나? 내 목숨을 구해준 사람이야. 코랄리의 생명까지도 말이야!"

"하지만 지금은 그자 때문에 여자의 목숨이 위태로워. 잘 생각해봐. 그가 현장에 나타나지 않고 이 일에 더는 끼어들지 않는다면……. 코랄리는 자유다. 어때, 인정하지?"

"싫다."

"대체 이유가 뭔가? 저 남자, 너도 누군지 잘 알지 않니? 한낱 강도일 뿐이야. 오로지 관심사라고는 돈다발을 가로채려는 게 전부인 불한

당이라고! 그런데 너는 양심의 가책이나 느껴야 하나? 이봐, 파트리스,
그건 말도 안 되는 소리잖아? 어때, 안 그래?"

"어쨌든 그건 안 된다. 절대로 안 돼!"

"그럼 코랄리는 하는 수 없지. 알았어! 네가 상황을 조금도 이해하고
있지 못하다는 걸 이제야 깨달았다. 시간 다 됐어, 파트리스. 아니 너무
늦었는지도 모르지."

"오, 입 닥치시오!"

"하지만 사실인 걸 어떡하나. 너도 네 책임을 직시하고 받아들여야
지. 그놈의 검둥이 녀석이 나를 쫓아다닐 때 나는 기껏해야 한두 시간
후에는 빼내줄 수 있으리라 믿고 코랄리를 떼어놓았지. 그런데…… 그
런데 그다음은 너도 잘 알지. 그때가 밤 11시였으니. 그로부터 이제 곧
여덟 시간이 경과하는 셈이로구나. 자, 잘 생각해봐라."

파트리스는 움켜쥔 주먹을 안타깝게 뒤틀면서 부르르 떨었다. 이토
록 한 인간의 존재를 짓이기는 고통이 존재하리라고는 예전엔 미처 상
상조차 못했다. 시메옹은 아예 작심한 듯 무자비하게 몰아붙였다.

"분명히 말하지만 그녀는 숨도 쉴 수 없을 거야. 공기가 그녀 있는 곳
까지 통한다 해도 극히 보잘것없지. 게다가 지금은 그녀를 가리고 있
는 구조물이 무너지지나 않았는지가 사실 더 걱정돼. 그럼 아주 질식할
텐데 말이야. 네가 지금 이렇게 말싸움이나 하고 있는 동안 그녀는 숨
이 컥컥 막히고 있다는 얘기지. 자, 그런 마당에 저 남자를 기껏해야 한
10여 분 가둬놓는 일이 뭐가 그리 대수일까? 알겠니? 기껏해야 10분이
채 못 돼. 그런데도 머뭇거릴 거야? 좋아, 정 그렇다면 그녀를 죽이는
건 다름 아닌 너다. 파트리스, 잘 생각해봐. 여자를 산 채로 매장하는
거와 다름없어!"

마침내 결단을 내렸는지, 벌떡 일어선 파트리스…… 지금 이 순간만

큼은 그 어떤 힘겨운 행동이라고 해도 마다하지 않을 태세였다. 하물며 시메옹이 요구하는 행동이래봐야 별것 아니지 않은가!

"좋아. 뭘 어떻게 해야 하는지 말해봐!"

파트리스의 말에 노인이 중얼거렸다.

"잘 알면서……. 내가 원하는 건 극히 간단해! 문 앞까지 가서 잠그고 돌아와."

"그게 정녕 마지막 조건이렷다? 다른 건 없는 거지?"

"다른 건 전혀 없다. 그렇게만 해준다면 코랄리는 수 분 내에 자유의 몸이 될 것이야."

장교는 단호한 발걸음으로 별장으로 들어가 현관을 건너갔다.

아틀리에 저 구석에서 손전등 불빛이 이리저리 맴돌고 있었다.

그는 아무 말도 하지 않았다. 일말의 망설임도 없었다. 먼저 문을 잽싸게 닫고, 단번에 빗장 두 개를 채운 다음, 신속히 되돌아왔다. 이제야 마음이 좀 가라앉는 듯했다. 행위 자체는 비열했지만, 어쩔 수 없는 의무를 다했다는 점에는 의심의 여지가 없었던 것이다.

"자, 다 됐소. 어서 서두릅시다!"

파트리스가 내뱉자, 늙은이가 힘겨운 목소리로 중얼거렸다.

"날 좀 도와줘. 일어설 수가 없어."

파트리스는 노인의 겨드랑이에 손을 넣어 번쩍 일으켰다. 하지만 이내 다리가 후들거리는 바람에 그대로 부축하고 있어야만 했다.

시메옹이 힘겨운 듯 우물거렸다.

"음……. 이런 젠장! 그 망할 놈의 검둥이 녀석이 나를 완전히 못쓰게 만들어놨어. 숨 쉬기도 버거워. 걸을 수도 없을 것 같아."

부축이라고는 하지만, 시메옹이 우물우물 지시하는 대로, 죽어라고 몸뚱어리를 들고 다니는 거나 같았다.

결정판 아르센 뤼팽 전집

"이쪽이야. 이제 죽 앞으로 가."

그렇게 별장 모퉁이를 지나 두 사람은 묘석 있는 곳으로 향하고 있었다.

노인은 계속해서 중얼중얼 입을 놀렸다.

"문을 잠근 건 확실하겠지? 그렇지? 좋아, 알겠어. 아, 그 녀석, 정말이지 지독한 놈이라고. 그를 경계해야 한다. 너 분명히 아무 말도 그에게 하지 않겠다고 맹세한 거지? 다시 한번 더 맹세해보아라. 네 어미에 대한 기억을 두고 맹세해봐. 아니, 그보다는 코랄리를 두고 맹세하는 게 낫겠어. 맹세를 어기는 바로 그 순간 여자의 목숨이 꺼지도록 말이야!"

그러다가 문득 걸음을 멈추었다. 더 이상 견딜 수가 없는지, 노인은 온몸을 부르르 떨면서 폐부 깊숙이 공기가 스며들도록 호흡을 가다듬는 것이었다. 하지만 한 번 그렇게 숨을 고르자 또다시 우물거리기 시작했다.

"나 안심해도 되는 거지? 더구나 너는 황금 따위 안중에도 없으니까 말이야. 하긴 그런 데 네가 뭐하러 입을 놀리겠어, 안 그래? 아무튼 그렇다 해도 침묵을 지키겠다고 맹세해. 자, 어서 입으로 맹세를 해봐. 네가 하는 맹세, 무엇보다 믿을 만하겠지. 안 그래?"

파트리스는 노인의 허리를 부둥켜안다시피 하고 있었다. 오로지 코랄리를 구하기 위해서 혐오스럽기 그지없는 인간을 이렇게 끌어안고 낑낑대며 걸어야만 하는 것 자체가 그에게는 골고다 언덕을 오르는 것처럼 견디기 힘든 고역이었다. 그런가 하면 역겨운 몸뚱어리가 밀착되는 것을 느끼면서, 차라리 이대로 질식해 죽을 때까지 조르고 싶은 기분이 들기도 했다.

하지만 그럴 때마다 마음 저 깊은 곳으로부터 생각만 해도 끔찍한 목소리가 스멀스멀 이렇게 솟아오르는 것이었다.

'나는 이자의 자식이다. 나는 이자의 자식이다.'

마침내 노인이 말했다.

"다 왔다."

"여긴 무덤 아닙니까?"

"코랄리와 나의 무덤이지. 바로 이곳이야."

그러더니 문득 기겁을 하며 뒤를 돌아보는 것이었다.

"아차, 발자국! 나중에 돌아가면서 반드시 지워야 한다! 그렇지 않으면 그자가 흔적을 추적해올지도 몰라."

하지만 파트리스는 그런 건 전혀 안중에 없다는 듯 버럭 소리쳤다.

"그건 걱정할 필요 없어요! 어서 서두르기나 합시다! 그래, 코랄리가이 안에 있다는 말이오? 이 속에? 아! 가증스러운 짓이야!"

파트리스에게는 흐르는 분초(分秒) 하나하나가 한없이 길게만 느껴졌고, 코랄리의 구원도 얼마나 머뭇거리고 덤벙대느냐에 따라 성패가 갈라진다는 생각이었다. 그러니 요구하는 대로 약속이든 맹세든 할 수밖에 없었던 것이다. 코랄리의 목숨을 두고 맹세했고, 명예를 걸고 약속했다. 적어도 지금 이 순간만큼은 하지 못할 행동이 없었다.

시메옹은 풀밭에 쭈그린 채, 사원 모양으로 축소해 지은 자그마한 구조물 아래를 손가락으로 가리키며 중얼거렸다.

"여기야. 이 아래……."

"이럴 수가! 그럼 진짜 묘석 아래에 있단 말입니까?"

"그래."

"아니, 이 무거운 돌이 들어 올려집니까?"

파트리스는 미심쩍은 눈치로 물었다.

"그렇다니까."

"하지만 나 혼자 힘으로는 들 수가 없을 텐데. 아무래도 불가능해요.

적어도 장정 셋은 동원되어야 할 것 같아."

하지만 노인의 말은 달랐다.

"아니야. 지렛대처럼 한쪽이 들리게 되어 있어. 그리 어렵진 않을 거야. 한쪽 끝에 살짝 힘을 주기만 하면 된다고."

"여기 말인가요?"

"거기 오른쪽."

파트리스는 시메옹이 가리킨 쪽으로 다가가 큼직한 석판을 붙잡고 힘을 주었다. 그 위에는 '여기 파트리스와 코랄리가 편히 쉬다'라고 새겨져 있었다.

과연 평형추가 있어서 다른 쪽을 푹 꺼지게 만든 것처럼, 석판이 번쩍 들어 올려졌다.

"잠깐! 거길 그대로 지탱해야 돼. 그러지 않으면 도로 닫힌다고!"

노인이 허겁지겁 말했다.

"지탱하다니, 어떻게 말인가요?"

"쇠막대기로 괴어야 해."

"그게 어디 있는데요?"

"계단에 있을 거야. 한 두 번째쯤."

보아하니 성인 남자가 잔뜩 구부린 채 기어 들어갈 정도의 비좁은 통로로 세 단짜리 내리막 계단이 만들어져 있고, 거기에 쇠막대기가 놓여 있었다. 파트리스는 일단 어깨로 석판을 받친 상태에서 쇠막대기를 주워 적당히 괴었다.

시메옹이 말을 이었다.

"좋았어. 그 정도면 꿈쩍도 않을 거야. 이제 몸을 숙이고 굴속으로 들어가기만 하면 돼. 그 안에 내 관이 있을 거야. 종종 내 사랑하는 코랄리의 곁에 있고 싶을 때마다 그 안에 드러누워 지내곤 했지. 심지어 몇

시간 동안을 그대로 누운 채 그녀에게 얘기를 주절대기도 했어. 장담하
건대, 우린 서로 얘기를 나누기도 했다고. 아, 파트리스!"

파트리스는 그 훤칠한 체격을 잔뜩 웅크린 채 비좁은 공간으로 기어
들었다.

"자, 이제 어떻게 하면 됩니까?"

"코랄리의 목소리가 들리지 않아? 그래봤자 그녀가 있는 곳과는 불
과 내벽(內壁) 하나로 가로막혀 있을 뿐인데. 벽이래야 흙으로 덮은 벽
돌 몇 장이 고작이야. 문도 하나 있어. 그 너머가 바로 코랄리의 지하
묘인 셈이지. 그리고 그 뒤에도 또 하나 공간이 있는데, 거기가 바로 황
금 자루가 있는 곳이야."

노인은 무릎을 꿇고 몸을 숙인 채, 조사를 지시하고 있었다.

"문은 왼쪽에 있어. 좀 더 멀리……. 못 찾겠어? 거 이상하군. 좀 더
서둘러야겠어. 아! 찾은 모양이로군. 아니야? 이런, 내가 내려갈 수만
있다면! 하지만 어떡해. 한 사람 드나들 공간밖엔 없으니."

한동안 조용히 뜸을 들이던 노인이 다시금 말을 이었다.

"길게 한번 누워봐. 그렇지. 어때 움직일 수 있겠니?"

"네."

"많이는 힘들지?"

"겨우 조금…….."

"좋아. 계속 수고해요, 내 새끼."

그러고는 난데없이 터져나오는 노인의 웃음소리!

후닥닥 몸을 빼면서 쇠막대기를 잡아채는 것이었다. 아울러 평형추
의 작동에 따라 느리지만 돌이킬 수 없이 묵직한 움직임으로 석판이 드
르륵 닫히기 시작했다.

땅속에 완전히 누운 채로 갑작스러운 공포감이 엄습한 파트리스는

결정판 아르센 뤼팽 전집

반사적으로 몸을 일으키려고 했다. 하지만 이미 손에 쇠막대기를 잔뜩 그러쥐고 있던 시메옹은 파트리스의 머리에 가차 없는 일격을 가하고 말았다. 끔찍한 비명 소리가 터져나왔고 장교는 그대로 뻗었다. 그 위로 육중한 석판이 완전히 닫혔고, 그 모든 사태가 마무리되는 데 걸린 시간은 불과 몇 초였다.

시메옹은 대차게 고함을 질러댔다.

"이제야 내가 왜 네 동료 녀석을 떼어놓으려고 했는지 알겠지? 그 녀석은 여간해선 함정에 걸려들지 않을 거란 말이야! 그나저나 너 땜에 정말 코미디 한번 잘했다!"

시메옹은 조금도 지체하지 않았다. 파트리스는 머리에 상처도 입었을 테고 워낙 불편한 자세를 감수하느라 기진맥진할 테니까, 결코 석판을 들어 올릴 만큼의 힘을 발휘할 순 없을 것이다. 즉, 더 이상 신경을 쓰지 않아도 괜찮은 상태가 된 것이다.

시메옹은 곧장 발길을 돌려 별장으로 향했다. 아직은 다소 힘겨운 형편이지만 현관까지 조금도 쉬지 않고 직행하는 것을 보면, 아까는 분명 엄청 엄살을 부렸던 것이 틀림없었다. 심지어 걸어가면서 발자국을 깨끗이 지우는 여유까지 보이는 것이었다. 그는, 이미 계획이 전부 다 세워져 있고, 그것을 완수하기만 하면 모든 면에서 자유로워진다는 사실을 익히 알고 있는 사람처럼, 곧장 목표 지점으로 다가갔다.

일단 현관에 다다르자 바짝 귀부터 기울였다. 아틀리에 안과 그 옆방쪽에서 돈 루이스가 사방 벽을 닥치는 대로 두드리는 소리가 들렸다.

시메옹은 히죽거리며 중얼댔다.

"좋았어! 녀석도 혼쭐나고 있군그래. 이제 슬슬 요리를 시작해볼까. 그나저나 두 양반 다 그리 센 편은 아닌 걸!"

동작은 더없이 신속히 이루어졌다. 그는 우측에 위치한 부엌으로 걸어가 계량기 문을 연 다음, 손잡이를 돌렸다. 말하자면 파트리스와 코랄리에게 실패했던 것을 이번에는 돈 루이스를 상대로 다시 시도하는 셈이었다.

그렇게 하고 나서야 그의 신체에 엄청난 피로감이 엄습했고, 한 2~3분가량 실신 상태에 빠지기까지 했다. 그의 가장 강력한 적은 물론 말할 것도 없었다.

하지만 그것으로 모든 게 끝난 것은 아니었다. 아직은 부지런을 떨어야 했고, 일신(一身)의 구원을 좀 더 확고히 다져야만 했다. 그는 서둘러 별장을 돌아 자신의 노란 안경을 집어 들어 착용한 다음, 곧장 정원을 내려가 문을 빠져나갔다. 그리고 골목을 통해 제방까지 나아갔다.

베르투 조선소를 굽어보는 흉벽(胸壁) 앞에서 그는 또다시 우두커니 멈춰 섰다. 무엇을 어떻게 해야 할지 결정을 내리느라 잠시 망설여지는 모양이었다. 하지만 짐수레꾼과 채소 재배상 등 사람들이 지나다니는 것을 보자 이내 마음이 정해졌는지, 택시 한 대를 소리쳐 불러 곧장 기마르 가 바슈로의 숙소로 향했다.

문가에 서 있던 바슈로 씨는 열정과 애정을 다해 손님을 맞이했다.

"아, 당신이로군요, 므슈 시메옹! 세상에, 형색이 왜 이 모양입니까?"

반갑게 외치는 관리인 앞을 그대로 지나쳐 숙소로 들어서면서 시메옹이 중얼거렸다.

"쉿! 내 이름을 부르지 말게. 아무도 나를 본 사람은 없지?"

"없습니다. 이제 겨우 7시 반인데, 아직은 입주자들이 거의 잠자리에서 뒹굴 시간이거든요. 그나저나 선생님, 그놈들이 무슨 짓을 한 겁니까? 숨이 몹시 가쁘신 것 같아요. 폭행을 당하신 게 분명하군요."

"그렇다네. 나를 미행하던 그 검둥이 놈이……."

"다른 사람들은요?"

"다른 사람들이라니?"

"여기 왔는데. 파트리스 말입니다."

"뭐? 파트리스가 여길 왔어?"

시메옹은 여전히 나지막한 목소리로 내뱉었다.

"그럼요. 간밤 당신이 다녀간 다음에 바로 온걸요. 친구도 한 명 데리고 왔답니다."

"그에게 말했나?"

"당신 아들이라고요? 물론입니다. 그럴 수밖에 없었어요."

시메옹은 더듬더듬 중얼거렸다.

"그, 그랬던 거로군. 그래서……. 내가 말했을 때 별로 놀란 기색이 아니었어."

"그들은 지금 어디 있습니까?"

"코랄리와 함께 있네. 다행히 내가 그녀를 구할 수 있었거든. 해서 그들 손에 맡겨두었지. 지금 문제는 그녀가 아닐세. 아, 어서 의사를……. 시간이 없네."

"그렇지 않아도 입주자 중 한 명이 의사입니다."

"아니, 그건 싫어. 전화번호부 있나?"

"여기 있습니다."

"펼쳐서 찾아주게."

"누굴 말입니까?"

"제라덱 박사."

"네? 오, 안 될 말씀입니다. 하필 제라덱 박사라니요! 설마 그한테서……."

"왜? 그가 운영하는 진료소가 근처에 있지 않은가? 몽모랑시 대로, 그것도 아주 한적한 곳에 말일세."

"압니다. 하지만 모르고 계시는 모양인데……. 그에 관해서 좋지 못한 소문이 파다합니다. 므슈 시메옹. 위조 신분증이라든가 가짜 여권 등등 말이 많아요!"

"상관없네."

"이보세요, 므슈 시메옹, 또 떠나실 생각인가 보죠?"

"어쨌든!"

하는 수 없이 관리인은 전화번호부를 뒤적인 다음, 전화를 걸었다. 마침 통화 중이라, 신문 조각에 번호를 적어둔 다음, 다시 벨을 울리고서야 통화가 이루어졌다.

한데 저쪽 얘기가, 박사는 지금 출타 중이며 오전 10시가 되어야 돌아온다는 것이었다.

"잘됐군."

시메옹이 말했다.

"그렇지 않아도 당장은 거기까지 갈 힘도 없어. 10시에 그리로 가겠노라고 전하게."

"시메옹이라는 이름으로 예약할까요?"

"본명으로 하게, 아르망 벨발이라고. 급하다고 하게나. 외과 시술이 급히 필요하다고 말이네."

관리인은 시키는 대로 했고, 수화기를 내린 다음 한숨을 내쉬었다.

"아! 정말이지 딱하십니다, 므슈 시메옹! 당신처럼 자애롭고 친절하신 분이……. 대체 무슨 일이 일어난 겁니까?"

"그건 신경 쓸 필요 없네. 내 숙소는 준비되어 있겠지?"

"그럼요."

"아무에게도 눈에 띄지 않게 어서 가보세."

"누구한테 들킬 염려는 없습니다."

"서두르게나. 권총도 가지고 가게. 근데 자네 여긴 비워둬도 되는가?"

"네, 한 5분 정도는 괜찮습니다."

관리인의 숙소는 뒤쪽으로 작은 안뜰에 면해 있었고 곧장 긴 복도로 통하게 되어 있었다. 그 복도를 끝까지 가자 또 다른 작은 뜰이 나왔고, 지붕 밑 다락방을 겸비한 단층 건물 한 채가 자리 잡고 있었다.

둘은 그 안으로 들어갔다.

현관을 지나자 곧바로 방이 세 개 연달아 늘어서 있었다.

그중 두 번째 방에만 가구들이 갖춰져 있었고, 세 번째 방은 기마르 가와 나란히 나 있는 어느 거리로 직접 연결되어 있었다.

둘이 멈춰 선 곳은 두 번째 방이었다.

그즈음 시메옹은 기력이 거의 쇠진한 듯했다. 그러나 다소 휘청하다 가도 곧장 꼿꼿이 몸을 추슬렀는데, 그 모습이 마치 단호한 결의에 가 득 차서 그 무엇으로도 굴복시킬 수 없는 사람 같아 보였다.

그가 입을 열었다.

"들어올 때 바깥문은 잘 닫았겠지?"

"네, 므슈 시메옹."

"아무도 우리가 여기 들어오는 걸 못 봤을 테고?"

"그럼요."

"자네가 여기 와 있는 걸 누구도 짐작 못하겠지?"

"그럴 겁니다."

"자네 권총을 이리 내게."

"여기 있습니다."

시키는 대로 관리인이 권총을 내주자, 시메옹은 이렇게 중얼거렸다.

"내가 만약 총을 쏜다면 소리가 사람들한테 들릴까?"

"그렇진 않을 겁니다. 누가 신경이나 쓰겠어요? 한데……."

"한데 뭔가?"

"설마 총을 쏘시진 않겠죠?"

"아무래도 내가 힘들어질 것 같으이."

"아니 그럼…… . 혹시 당신 자신을? 오, 므슈 시메옹! 자살을 하려는 겁니까?"

"멍청이 같은 소리!"

"그럼 누구를……?"

"날 힘들게 하고 결국엔 배신할 자를 쏘려는 거지."

"그게 누군데요?"

"바로 자네야, 염병할!"

시메옹은 냅다 뇌까리며 방아쇠를 당겼고, 총성과 함께 바슈로의 뇌수가 튀었다.

그 자리에서 즉사한 바슈로의 몸뚱어리는 마치 목석처럼 고꾸라졌다.

시메옹은 권총을 내던진 뒤, 잠시 휘청거리면서 멍하니 서 있었다. 그러면서 손가락을 하나하나 펴서 여섯까지 셌다. 불과 몇 시간 만에 자기가 제거해버린 사람 수가 그 정도 되는 것이었다. 그레그와르, 코랄리, 야봉, 파트리스, 돈 루이스, 그리고 바슈로 영감.

그의 입가에 만족의 미소가 비죽거렸다. 이제 한 번만 더 신경을 쓰면 완전히 모든 것을 털어버리고 홀가분해질 수 있다.

하지만 지금 당장은 그 어떤 것도 시도할 수가 없다. 머리가 핑글핑글 도는 것 같고, 두 손이 부들부들 떨고 있었던 것이다. 그는 엄청난 돌덩이가 가슴을 짓누르는 것처럼, 숨을 헐떡이며 그대로 쓰러져버렸다.

하지만 9시 45분이 되자 초인적인 의지력으로 정신을 차린 그는, 몸을 벌떡 일으킴과 동시에 육체적인 고통을 아무렇지도 않게 치부하며, 다른 쪽 출구를 통해 건물을 빠져나가는 것이었다.

자동차를 두 번 갈아탄 끝에 오전 10시, 그는 몽모랑시 대로에 도착했다. 때마침 리무진에서 내리던 제라텍 박사는, 개전(開戰) 이후 줄곧 진료소를 차려 운영하고 있는 자신의 호화 저택 계단을 오르고 있었다.

7
제라덱 박사

제라덱 박사의 진료소를 중심으로 해서 아름다운 정원이 펼쳐져 있었고, 몇몇 특수한 용도로 쓰이는 별채들이 빙 둘러서 자리 잡고 있었다.

시메옹 디오도키스가 안내된 곳은 박사의 집무실이었다. 한데 거기서 간호사의 간략한 검사를 마치자, 다시 별도의 익랑 구석에 마련된 방으로 안내되는 것이었다.

박사는 바로 그곳에 있었다. 나이는 한 60대쯤 되어 보였지만 아직은 정정한 편이었고, 깔끔하게 면도를 한 데다 오른쪽 눈에 낀 외알박이 안경 때문에 약간 찡그린 듯한 표정이 얼굴 가득 자리를 틀고 있었다. 차림새로 말하자면 커다란 흰색 앞치마로 발끝에 이르기까지 감싼 것이 눈에 보이는 전부였다.

시메옹은 거의 말도 제대로 할 수 없었기에, 어렵게 어렵게 자신의 상태를 설명했다. 즉, 간밤에 웬 뜨내기의 습격을 받았는데, 다짜고짜 목이 졸렸고 소지품을 강탈당한 다음, 보도 위에 반쯤 죽어 내팽개쳐졌

결정판 아르센 뤼팽 전집

다는 것이다.

"이후 언제든 의사를 부를 수 있었을 텐데요?"

상대를 똑바로 바라보며 박사가 질문을 던졌다.

대답이 없자, 그는 또 이렇게 덧붙였다.

"아무튼 크게 걱정할 건 없습니다. 당신이 이렇게 살아 있는 걸 보면 골절이 있거나 한 건 아니니까요. 보아하니 후두(喉頭)에 약간의 경련이 있는 것 같습니다만, 대개는 삽관법(挿管法)으로 간단히 해결할 수 있습니다."

그가 조수에게 일련의 지시를 내리자 환자의 목구멍 속으로 즉시 기다란 알루미늄 관이 삽입되었고, 그 상태로 30분을 견디고 있어야 했다. 그동안 자리를 비웠던 박사는 돌아오자마자 도관을 빼내 환자의 상태를 살펴보았다. 과연 아까보다 훨씬 호흡이 순조로웠다.

"다 됐습니다. 생각했던 것보다 빨리 끝났네요. 당신 경우는 목구멍을 경직시키는 기타 저해 현상이 없는 게 확실합니다. 이제 안심하고 돌아가십시오. 약간의 휴식만 취하면 다시는 재발하지 않을 겁니다."

시메옹은 진료비를 묻고 돈을 지불했다. 한데 박사의 배웅을 받으며 문까지 다가가다 말고, 그는 별안간 비밀스러운 고백이라도 하듯 이렇게 속삭이는 것이었다.

"나는 마담 알부엥의 친구입니다!"

하지만 박사가 무슨 말인지 이해하지 못하는 기색을 보이자, 다시 힘주어 말했다.

"아마 이름만으로는 감이 오지 않는 모양이죠? 하지만 그 이름 뒤에 마담 모스그라넴이 도사리고 있다고 말씀드리면 뭔가 얘기가 통하리라 보는데요?"

"얘기가 통하다니, 대체 무슨 말씀인지?"

어안이 벙벙한 표정 때문에 더욱 찡그려진 얼굴로 박사가 중얼거렸다.

"이봐요, 박사. 대단히 조심스럽구려. 하지만 그럴 필요 없소이다. 여기 우리 단둘뿐이오. 모든 문이 이중인 데다 속으로 안을 댄 것도 다 알고 있소. 마음 놓고 얘기를 나눌 수 있단 말이오."

"얘기 나누는 거야 상관없지만……. 그래도 당최 영문을 알아야……."

"그러니 차근차근 여유를 갖고 얘기를 나눠보자 이거 아니오."

"기다리는 환자가 많습니다."

"오, 그리 오래 걸리진 않을 거요, 박사. 길게 얘기하자는 건 절대 아니고, 단지 몇 마디만 하면 됩니다. 자, 우선 앉읍시다."

시메옹은 결연한 자세로 의자에 앉았고, 그런 그를 마주한 채 박사도 자리를 잡았다. 언뜻 보아도 점점 더 놀라는 기색이 역력했다.

시메옹은 지극히 단도직입적으로 말문을 열었다.

"나는 그리스 사람입니다. 아시다시피 그리스는 중립국인 데다 이제까지 프랑스와 친숙한 사이이기에, 여권을 소지하는 거나 국외로 빠져나가는 게 비교적 자유로웠습니다. 하지만 개인적인 이유 때문에 나는 더 이상 내 이름으로 된 여권 말고 다른 이름으로 된 게 필요합니다. 그걸 함께 찾아보자는 거지요. 일말의 위험 부담 없이 깨끗하게 이곳을 뜰 수 있을 새 이름으로 된 여권 말이오."

박사는 별안간 분개한 듯 벌떡 일어섰다.

하지만 시메옹은 계속 몰아붙였다.

"제발 부탁인데 구차하게 여러 얘기는 맙시다. 보아하니 비용이 좀 들 거라 이건데……. 난 이미 결정한 몸입니다. 자, 얼마면 되겠소?"

박사는 대답 대신 단호한 동작으로 문 쪽을 가리켰다.

그러자 시메옹도 더는 고집하지 않았다. 하지만 모자를 집어 들고 문 앞에 다다르자, 다시 이러는 것이었다.

"2만? 그 정도면 충분하겠소?"

"기어이 누굴 불러야 하겠소? 그래서 바깥으로 팽개치기라도 할 까요?"

박사의 일갈에 시메옹 디오도키스는 껄껄 웃음을 터뜨렸다. 그러더 니 또다시 느긋한 태도로 또박또박 끊어가며 이렇게 말했다.

"3만? 4만? 5만? 허허, 그보다 더? 이거 도박이 거해지는구먼. 이미 대단한 판돈인걸. 좋아요, 어디 한번 해봅시다. 하지만 일단 액수가 정 해지면 그걸로 군말 없기요! 어디 하나 나무랄 데 없는 여권을 만들어 주는 건 물론이고, 프랑스를 떠날 기타 수단들을 보장해주는 겁니다. 내 여자 친구인 마담 모스그라넴을 위해서 좀 별난 조건으로 그래준 것 처럼 말이오! 아무튼 불필요한 흥정은 하지 않겠소. 어차피 나는 당신 을 필요로 하오. 자, 어때요, 이만하면 화통한 편 아니오? 10만 프랑 어 떻습니까?"

제라렉 박사는 상대를 한참 동안 바라보더니 서둘러 문의 빗장부터 채웠다. 그런 다음, 책상 앞에 돌아와 앉고 나서 이렇게 말했다.

"얘기해봅시다."

"뭐 다른 요구는 없소이다. 점잖은 사람끼리는 그만하면 통하는 법이 오. 어쨌든 다시 묻겠는데, 10만 프랑으로 합의를 보는 겁니까?"

"그렇게 합시다. 다만 당신이 지금 제시한 것보다 만에 하나 상황이 명확하지 않게 돌아가면 문제가 달라집니다."

"그건 또 무슨 뜻이오?"

"이를테면 10만 프랑이라는 액수는 얘기를 시작하는 기본일 뿐이라 는 얘기지요."

시메옹 디오도키스는 잠시 머뭇거렸다. 상대가 보기보다 탐욕스러운 자라는 것을 깨달은 것이다. 그럼에도 그는 울컥하려는 속을 가라앉혔고, 박사의 말이 이어졌다.

"실례지만 당신의 본명은 무엇입니까?"

"그건 알려줄 수 없소. 아까도 말했지만 개인적인 이유 때문에…….'

"그렇다면 20만입니다!"

"뭐요?"

시메옹은 펄쩍 뛰었다.

"맙소사! 당신 이제 보니 보통내기가 아니구려! 어떻게 그 정도까지!"

하지만 제라텍은 더없이 침착했다.

"누가 억지로 그러자는 겁니까? 거래는 결렬된 셈이군요. 안녕히 돌아가십시오."

"아니, 도대체 위조 여권 하나 만들어주는 마당에, 당신한테 내 본명이 뭐가 그리 중요합니까?"

"그건 무척 중요합니다. 아무 문제가 없는 사람보다는, 이를테면 첩자 같은 인물을 해외로 탈출시키는 게 내겐 훨씬 더 위험한 일이기 때문이죠."

"난 첩자가 아니오."

"그걸 내가 압니까? 생각 좀 해보십시오. 당신은 난데없이 내게 들이닥쳐 나쁜 짓을 해달라고 부탁했습니다. 아울러 당신 이름과 신분은 철저히 가리면서, 10만 프랑을 선뜻 낼 정도로 다급하게 이곳을 뜨려 하고 있소. 그러면서도 당신 스스로를 아무 문제가 없이 점잖은 신사로 봐주길 바란단 말입니까? 오호, 이러지 마시오. 말도 안 되는 소리입니다. 점잖은 사람은 그렇게 도둑이나 살인자처럼 행동하지 않는 법이오."

시메옹 영감은 꿈쩍도 하지 않았다. 그리고 잠시 후, 손수건을 꺼내 이마에 맺힌 땀방울을 닦아냈다. 틀림없이 이 제라덱이라는 인물이 만만치 않은 상대이며, 차라리 이자한테 부탁을 하러 오지 말걸 그랬다는 생각이 굴뚝같은 게 분명했다. 그러나 따지고 보면 계약이라는 것은 어디까지나 조건부일 뿐, 늘 깨질 여지는 있기 마련이다.

"허허허, 그거 말씀이 좀 지나치십니다그려!"

억지웃음을 지어 보이며 시메옹이 내뱉자, 박사도 지지 않고 응수했다.

"말이 그렇다는 것뿐입니다. 나는 공연히 넘겨짚는 타입이 아니오. 그저 주어진 상황을 정리하고 그로부터 나의 주장을 정당화할 따름입니다."

"당신 말이 백번 옳소."

"그렇다면 당신 말마따나 합의가 이루어진 겁니까?"

"그렇소이다. 그리고 이건 내 마지막 잔소리인데, 사실 마담 모스그라넴의 친구라고 밝힌 이 사람에게 좀 더 부드럽게 대해줘도 될 것 같은데?"

"내가 그녀를 지금 당신과는 다르게 대했으리라는 걸 어떻게 압니까? 무슨 정보라도 갖고 계시는지요?"

"마담 모스그라넴 본인이 내게 그랬소. 당신이 아무것도 취한 게 없다고."

그 말을 듣자 박사는, 잔뜩 거드름을 피우는 웃음을 얼굴 가득 피워 올리면서 이렇게 중얼거렸다.

"내가 그녀에게서 취한 건 하나 없지만 그녀는 내게 엄청 많이 베풀었답니다. 마담 모스그라넴은 호의(好意) 하나로 천 냥 빚을 갚을 만한 매력적인 여자이지요."

한동안 침묵이 흘렀다. 시메옹 영감은 상대와 마주하는 것이 점점 더 힘겹게 느껴졌다. 박사는 은근한 말투로 중얼거렸다.

"아무래도 내가 섣불리 떠들어대서 기분이 언짢으실 수도 있겠군요. 마담 모스그라넴과 당신 사이에 혹시 모종의 애정 관계가 있었습니까? 만약 그런 거라면 내 망발을 용서하시구려. 아무튼 최근 발생한 일에 비하면 이 모든 게 그저 다 하찮을 뿐이랍니다."

그러고는 길게 한숨을 내쉬며 중얼거렸다.

"휴우, 가엾은 마담 모스그라넴!"

"왜 그런 식으로 말하는 거죠?"

시메옹이 갸우뚱하며 물었다.

"왜냐고요? 그야 최근 일어난 일 때문이지요."

"난 전혀 모르는 얘기인 것 같은데……."

"아니, 어떻게 그처럼 끔찍한 사건을 모를 수가 있습니까?"

"그녀가 떠난 후로는 편지 한 장 없었으니 어쩌겠소."

"아……. 나한테는 바로 어젯밤에 딱 한 장 왔습니다. 그녀가 프랑스에 다시 들어왔다고 해서 엄청 놀랐지요."

"이곳 프랑스에요? 마담 모스그라넴이?"

"그렇소이다. 오늘 아침에 만나자는 약속을 해왔습니다. 한데 그게 영 이상한 약속인지라……."

"어디서 보자고 하더이까?"

시메옹은 바짝 달아오른 태도로 다그쳐 물었다.

"1000프랑 내면 말해드리리다."

"어서 말하시오!"

"하천 운송용 수송선 위에서 보자고 하더군요."

"뭐요?"

"네, 그래요. 베르투 조선소를 따라 죽 나 있는 파시 제방에 농샬랑트라는 이름의 수송선 한 척이 매여 있는데, 거기서 보자는 겁니다."

"그럴 리가?"

시메옹이 놀란 표정으로 더듬거렸다.

"사실입니다. 게다가 편지에는 뭐라고 서명이 돼 있는 줄 아십니까? 글쎄, 그레그와르라고 되어 있지 뭡니까!"

"그레그와르······. 남자 이름인걸."

노인은 나지막한 목소리로 중얼거렸다.

"남자 이름이죠. 여기 편지 있습니다. 그녀 얘기가, 무척 위험한 지경에 처해 있으며, 현재 자신의 재산 문제가 연루된 어떤 남자를 도저히 믿지 못하겠으니, 조언을 바란다는 것이었습니다."

"그래서······. 그래서 약속 장소에는 나갔나요?"

"갔죠."

"언제 말입니까?"

"그야 오늘 아침이죠. 당신이 이곳에 전화를 걸었을 즈음, 바로 거기가 있었던 겁니다. 한데 유감스럽게도······."

"유감스럽게도?"

"너무 뒤늦게 도착한 거예요."

"너무 뒤늦었다?"

"그렇소. 그레그와르 씨가, 아니 마담 모스그라넴이 죽어 있지 뭡니까."

"주, 죽었다고?"

"누가 목을 졸랐더군요."

박사의 던지는 듯한 대답에 또다시 호흡곤란 증세가 재발된 것처럼, 시메옹은 숨을 헐떡이며 말했다.

"끔찍한 일이군요. 그래, 그 밖에······. 좀 더 알아낸 건 없습니까?"

"무엇에 대해 말입니까?"

"이를테면……. 여자가 얘기했다는 '어떤 남자'에 관해서 말이오."

"아, 여자가 믿지 못하겠다던 그 남자 말이죠?"

"그렇소."

"그럼요. 알죠. 편지에 그자의 이름을 밝혀놓았거든요. 시메옹 디오도키스라는 이름의 그리스인이랍니다. 심지어 그의 인상착의까지 설명해놓았답니다. 뭐 당시엔 별로 생각 없이 한 번 쓱 읽고 치워버렸지만요."

박사는 편지를 펼쳐서 둘째 페이지를 훑어보며 이렇게 중얼거렸다.

"음, 여기 있군. 아주 노쇠한 데다……. 늘 목도리를 걸치고……. 노랗고 두툼한 안경을 걸친 모습이라……."

제라덱 박사는 갑자기 읽기를 멈추더니 어안이 벙벙한 표정으로 시메옹을 쳐다보았다. 두 사람은 아무 말 없이 한동안 가만히 있었다. 이윽고 박사가 먼저 침묵을 깼다.

"아주 노쇠한 데다……. 늘 목도리를 걸치고……. 노랗고 두툼한 안경을 걸친 모습……."

그러면서 각 묘사 끄트머리마다 말을 멈추면서 상대의 모습을 일일이 확인하는 것이었다.

급기야 박사의 입에서 툭 튀어나온 말이라니…….

"바로 당신이 시메옹 디오도키스로군요!"

물론 상대는 굳이 부인하지 않았다. 일련의 사태가 흘러가는 것이 한편으로는 매우 기이하면서도 동시에 상당히 자연스러웠기에, 거짓말을 갖다 붙인다는 것이 쓸데없는 일로 느껴졌던 것이다.

제라덱 박사는 크게 손동작을 해가며 외쳤다.

"사실 내가 예상했던 바 정확히 그대로입니다. 상황은 당신이 생각하는 것과는 이제 판이하게 다르다는 게 밝혀진 셈입니다. 더는 시시한 사기 행각 따위가 아니라, 엄청 위험하고 중한 범죄행위가 내 앞에 놓여 있는 거예요!"

"하고 싶은 얘기가 뭐요?"

"결국 가격이 좀 달라져야겠다는 뜻이죠."

"얼마로 말이오?"

"100만 프랑은 들여야겠는걸요."

"아, 말도 안 돼!"

시메옹은 기겁하며 소리쳤다.

"절대로 안 돼! 게다가 나는 마담 모스그라넴에게는 손끝 하나 댄 적이 없어. 오히려 그녀를 목 졸라 죽인 놈한테 나 역시 당한 몸이란 말이야! 야봉이라는 검둥이였는데, 놈이 나한테까지 쫓아와 내 목을 졸랐다고!"

박사는 길길이 날뛰는 노인의 팔뚝을 부여잡고 말했다.

"지금 방금 그 이름 다시 한번 말해보세요. 야봉이라고 했습니까?"

"그렇소! 세네갈인이었지. 한쪽 팔이 없었고……."

"그럼 야봉과 들러붙어 싸웠단 얘긴가요?"

"그렇소."

"그래, 당신이 그를 죽였나요?"

"정당방위 차원이었소."

"아무렴요. 하여간 당신이 죽였나요?"

"말하자면 그렇다는 얘기지."

박사는 어깨를 한 번 으쓱하며 씩 웃었다.

"거참, 정말 흥미로운 우연의 일치로군요. 수송선에서 나오는데, 한 대여섯 명 정도 되는 상이군인들이 내게 말을 물어오는 것이었습니다.

사람들을 찾아 헤매고 있었는데, 방금 얘기한 그 야봉이라는 검둥이 동료와 벨발 대위, 그리고 그 친구 된다는 남자 한 명과 자신들이 묵고 있는 집주인인 어느 부인을 찾고 있더라고요. 이상 네 명이 행방불명됐는데, 그 배후에 어떤 인물이 있다면서 붙잡으면 요절을 내겠다고 벼르더란 말입니다. 한데 그들이 지목한 인물이 글쎄……. 이거 점점 일이 괴이하게 꼬여갑니다만……. 그게 바로 시메옹 디오도키스라는 이름이지 뭡니까? 결국 그들 모두가 당신을 범인으로 지목하더라 이겁니다. 이상하지 않습니까? 자, 이 정도면 상황이 또다시 새로운 차원으로 넘어간다고 생각지 않으십니까? 결국에는…….."

잠시 침묵이 따랐고, 마침내 박사의 간명한 선언이 떨어졌다.

"200만 프랑은 되어야 할 겁니다!"

이번엔 아예 시메옹도 덤덤하게 앉아 있었다. 그러면서 이 남자의 마수에, 마치 쥐가 고양이의 손아귀에 붙잡힌 것처럼, 꼼짝없이 걸려들었다는 사실을 실감하고 있었다. 그러고 보니 박사는 그를 완전히 데리고 노는 격이었으며, 슬쩍 놓아주었다가 다시금 붙잡고 또 놓아주기를 반복하면서, 급기야는 이 치명적인 놀음에서 완전히 빠져나갈 희망을 스스로 포기하게끔 만드는 것이었다.

노인은 그저 이렇게 중얼거렸다.

"이건 완전히 공갈 협박이로군."

박사는 부인하진 않겠다는 표정이었다.

"나 역시 달리 좋은 표현은 떠오르지 않는군요. 네, 공갈 협박이라면 공갈 협박이겠죠. 어쨌든 그걸 통해 내게 유리한 상황을 이끌어낼 수만 있다면 굳이 마다할 것도 없지요. 어쩌다 기막힌 우연의 기회가 내 수중에 제 발로 기어들었다고 칩시다. 나는 옳다구나 하며 달려듭니다. 당신이라도 내 입장이었으면 그러하겠죠. 달리 어쩌겠습니까? 당신도 아시다시피 나는 이 나라 사법당국과 몇몇 분쟁에 휘말린 예가 있습니다. 현재로선 그쪽과 나 사이에 일종의 평화협정이 체결된 상태이지요. 하지만 요즘 내 직업적 상황이 여간 흔들리는 게 아니라서, 당신이 고맙게도 싸들고 찾아온 횡재의 기회를 나 몰라라 내칠 수가 도저히 없단 말입니다."

"만약 내가 수락을 거부한다면 어쩌겠소?"

"그야 경시청에다 전화를 거는 수밖에요. 지금도 이쪽을 훤히 들여다보고 있을 테고, 평소에도 그곳 분들께 일련의 서비스를 제공하기까지 하는 입장이니."

시메옹은 허둥지둥 창문 쪽과 문 쪽을 번갈아 바라보았다. 그런가 하면 박사는 천연덕스럽게 수화기를 집어 드는 것이었다. 이제 더는 어쩔 수가 없었다. 훗날 좋은 기회가 닥쳐주기를 기약하며 일단은 그대로 굴복하는 수밖에…….

별안간 시메옹이 큰 소리로 외쳤다.

"좋소이다! 아무래도 당신 의견을 따르는 게 낫겠군요! 당신도 나를 알고 나도 당신을 아니까, 서로 잘해봅시다."

"이미 말씀드린 기본 조건을 깔고 말씀이죠?"

"그렇소."

"200만 프랑요?"

"그래요. 자, 어서 당신 계획이나 말해보시오."

"오, 그럴 필요는 없지요. 나는 나대로 방식이 있는 건 확실하고, 그걸 사전에 떠벌릴 필요는 전혀 없다고 생각합니다. 중요한 건 당신의 국외 탈출 아니겠습니까? 아울러 당신을 위협하는 모든 위험 요소를 일소하는 것이죠? 그 모든 걸 책임지고 해결해드리지요."

"그걸 뭐로 보증하겠소?"

"금액의 절반은 일단 현금으로 지불하고, 나머지 절반은 일이 끝날 때쯤 마저 지불하면 될 겁니다. 여권을 만드는 일은 내게 부차적인 문제일 뿐입니다. 평소 만드는 것에 하나 더 추가하면 그만이니까요. 이름은 뭐로 하시겠습니까?"

"알아서 정하시구려."

박사는 인상착의를 기록해두기 위해 종이 한 장을 꺼냈다. 그리고 상대를 찬찬히 뜯어보면서 우물우물 중얼거렸다.

"회색빛 머리에······. 수염 안 난 얼굴······. 노란 안경······."

그러더니 느닷없이 불쑥 묻는 것이었다.

"가만, 그러는 당신은, 돈 지불이 확실히 이행될 거라는 보장을 뭐로 하시겠습니까? 나는 어디까지나 은행권 지폐로 원하오. 진짜 확실한 은행권 지폐 다발로 말이오."

"당연히 그렇게 될 것이오."

"돈이 어디 있는데요?"

"난공불락의 은닉처가 따로 있소."

"좀 더 정확히 해주시죠."

"뭐 어려운 건 아니오. 하지만 설사 내가 그 위치를 알려준다 해도 당신 혼자선 결코 찾아낼 수 없을 겁니다."

"그렇다면?"

"그곳을 지키던 게 바로 그레그와르였소. 무려 400만 프랑이 숨겨져 있지. 다름 아닌 수송선 내부에 말이오. 함께 가서 당신 눈앞에서 첫 100만 프랑을 세어 주리다."

박사는 책상을 탁 치면서 외쳤다.

"뭐라고요? 지금 뭐라고 했습니까?"

"수백만 프랑이 수송선 내부에 있다고 했소."

"베르투 조선소에 매어져 있는 그 수송선 말이오? 마담 모스그라넴이 목 졸려 죽은 바로 거기?"

"그렇다니까. 그곳에 400만 프랑을 숨겨두었지. 그중 한 덩어리가 당신에게 돌아갈 거요."

박사는 고개를 절레절레 저으며 잘라 말했다.

"싫소. 그 돈은 보수에서 제해야겠어요."

"아니 왜요? 당신 미쳤소?"

"왜냐고 물으셨소? 이유는 이미 자기 돈인 걸 가지고 보수를 받을 수는 없기 때문이지요."

"지금 뭐라고 떠드는 거요?"

시메옹은 기막히다는 표정으로 소리쳤다.

"그 400만 프랑은 이미 내 것이란 말이오. 따라서 당신이 그걸 내게 준다는 건 어불성설이지."

박사의 어이없는 말에 시메옹은 어깨를 한 번 으쓱하고는 이렇게 대꾸했다.

"무슨 헛소리를 하는지 모르겠군. 그게 당신 게 되려면 일단 수중에 집어넣었어야 말이 되지!"

"그야 당연하죠."

"그래, 당신 수중에 그 돈이 들어갔단 말인가요?"

"물론이오."

"뭐? 대체 무슨 소리요? 당장 설명을 해보시오, 설명을!"

시메옹은 펄펄 뛸 듯 흥분한 채 다그쳤다.

"설명이야 드려야겠죠. 당신이 말한 그 '난공불락의 은닉처'란 다름 아닌 낡아빠진 네 권의 두꺼운 보탱 상공 연감(商工年鑑)(세바스티앙 보탱(Sébastien Bottin. 1764~1853)은 최초의 상공 연감 편찬자—옮긴이)이지요.

파리 연감과 각 도별 연감이 각각 두 권씩이었죠. 속이 송두리째 도려 내어진 그 네 권의 묵직한 책자 안에 각각 100만 프랑씩 지폐 다발이 들어 있더군요."

"거짓말! 거짓말이야!"

"모두 선실 바로 옆의 자그마한 창고 선반 위에 얌전히 놓여 있던 걸요."

"그래서? 그래서 어떻게 했소?"

"어떻게 하다니요? 이곳에 모셔두었죠."

"여기 말이오?"

"당신 눈앞에 있는 저 선반 위에 말이오. 자, 그러니 이미 합법적인 소유자로서 그 돈을 다시 받을 수는 없다는 점 이해하시겠죠?"

시메옹은 분노로 펄펄 달아오른 주먹을 흔들어대며 소리쳤다.

"도둑이야! 날도둑놈이라고! 당신은 천하에 둘도 없는 도둑놈이란 말이야! 반드시 다 토해내도록 만들겠어! 아, 이 날강도 같으니라고."

한편 제라덱 박사는 더없이 침착한 태도로 슬그머니 미소를 지으며, 한 손을 들어 만류하는 표시를 했다.

"거 말씀이 많으시군요. 게다가 참으로 부당한 말씀만 골라 하십니다 그려. 그래요, 정말 너무하세요! 당신의 정부(情婦)였던 마담 모스그라 넴이 내게 호의를 베풀었다는 사실, 굳이 또 상기시켜드려야 되겠습니 까? 어느 날 아침 그녀는 내게 한참이나 답답한 심정을 토로하더니, 끝 에 가서 이러더군요. '이봐, 친구―그래요 그녀는 나를 친구라고 불렀 습니다. 게다가 그때부터 은근히 말을 편히 낮추고 싶어 하더라고요― 내가 죽거든―그즈음 그런 우울한 예감이 든다고 했습니다―내가 죽 거든 말이야, 내 숙소에 있는 모든 것을 너한테 물려줄 테야'라고 말입 니다. 한데 그녀가 숨을 거둘 당시 숙소는 분명 그 수송선이었거든요.

그런 마지막 유언을 무시해서 고인의 뜻을 더럽혀야겠습니까?"

시메옹 영감은 더는 듣고 있지도 않았다. 다만 지독한 생각 하나가 속에서 꿈틀거리고 있었으며, 박사를 향해 그지없이 경직된 동작으로 벌떡 일어나 있을 뿐이었다.

박사가 계속 뇌까렸다.

"지금 우리는 소중한 시간을 낭비하고 있습니다, 므슈. 자 어떡하실 작정입니까?"

그러면서 손으로는 여권을 만들기 위해 필요한 사항을 적어놓은 종잇장을 연신 만지작거리고 있었다. 시메옹은 아무 말 없이 다가와서는 이렇게 중얼거렸다.

"그 종이를 이리 내시오. 내 여권을 어떤 식으로 만들지 좀 봐야겠소이다. 어떤 이름으로 할지도……."

그는 냅다 종이를 낚아채 한번 쓱 훑어보는가 싶더니 그만 소스라치면서 뒤로 물러나는 것이었다.

"이게 대체 무슨 이름이오? 무슨 이름을 기입해 넣은 거야? 대체 무슨 권한으로 내게 이 이름을? 대체 왜? 이유가 뭐요?"

"내 맘대로 이름을 정하라고 하시지 않았나요?"

"하지만 이건……. 이건……. 왜 하필 이 이름을?"

"나 원 참, 그야 나도 모르죠. 이런저런 생각 중 하나를 골라잡은 것뿐인데. 어차피 시메옹 디오도키스라는 이름은 사용할 수 없는 것 아닙니까? 앞으로 그렇게 불리면 안 되니까 말입니다. 그렇다고 파트리스 벨발이라고도 할 수 없지요. 마찬가지로 이제는 사용할 수 없는 이름일 테니 말입니다. 그래서 이걸로 한 건데요."

"글쎄, 왜 하필 이 이름이냔 말이오?"

"맙소사, 그거야 이게 바로 당신 본명이니까 그렇죠!"

노인은 한 번 움찔하더니, 점점 가까이 의사에게 접근하면서 떨리는 음성으로 중얼거렸다.

"단 한 사람……. 그걸 짐작할 만한 사람은 단 한 사람이야."

꽤 오랜 침묵이 흐른 다음에야, 박사가 먼저 빈정대는 투로 말문을 열었다.

"나 역시 그럴 만한 사람은 단 하나라고 생각합니다. 까짓, 내가 바로 그 사람이라고 해두죠, 뭐."

그러자 또다시 호흡곤란 증상이 재발된 듯한 시메옹이 이어서 더듬거렸다.

"그래 단 한 사람……. 당신처럼 극히 짧은 시간 안에……. 수백만 프랑이 숨겨진 장소를 알아낼 수 있는 사람은……. 역시 단 한사람밖에 없지."

박사는 묵묵부답이었다. 그러면서 점점 화사하게 번지는 미소가 얼굴 전체의 찡그린 표정을 서서히 펴나가는 것이었다.

반면 시메옹은 아마도 입술 끝까지 올라와 맴도는 그 무시무시한 이름을 차마 입 밖에 내지 못하는 기색이었다. 갑자기 그의 고개가 푹 수그러졌다. 마치 그 몰골이 주인 앞의 노예와도 같아 보였다. 아까부터 둘이 기(氣) 싸움을 하는 내내 범상치 않은 중압감으로 다가오던 엄청난 무엇이 이제는 완전히 그의 존재를 압살해버린 지경이었다. 지금 마주하고 있는 인간은 그의 정신 속에서 마치 거인(巨人)처럼 어마어마하게 확대되어, 말 한마디만으로 그를 깔아뭉개고, 동작 하나만으로도 그를 사라지게 만들 것만 같았다. 모든 인간적인 차원을 초월하는 능력의 사나이, 그 단 하나의 장본인이 지금 눈앞에 버티고 앉아 있는 것이다.

급기야 시메옹 영감의 입에서 슬슬 흘러나오는 목소리에는 이루 형

　　　　결정판 아르센 뤼팽 전집

언할 수 없는 공포감이 배어 있었다.

"아르센 뤼팽……. 아르센 뤼팽……."

"이제야 알았나, 잘난 친구."

박사는 천천히 자리에서 일어서며 외쳤다.

먼저 외알박이 안경부터 벗은 그는, 피부 연고가 담겨 있는 작은 상자를 호주머니에서 꺼냈다. 이어 얼굴에 그것을 골고루 바르고 벽장 속에 장치된 세면기에서 물로 깨끗이 닦아낸 다음 다시 나타난 그의 모습은, 깔끔한 안색에 빈정대는 듯한 미소가 근사하게 어우러진 얼굴의, 스스럼없는 태도를 갖춘 사내였다.

아연실색한 표정의 시메옹의 입에서는 연신 이런 말이 중얼중얼 새어나오고 있었다.

"아르센 뤼팽이야. 아르센 뤼팽이라고. 난 망했어."

"망해도 아주 철저하게 망했지, 어리석은 노친네야. 그래 분명 한참 어리석은 건 틀림없어! 한심한지고! 내 명성은 아마 익히 들어 알고 있으련만……. 게다가 자네처럼 다 늙어빠진 사기꾼으로선 당연히 나 정도의 훌륭한 인물 앞에서 강력한 공포심을 품는 게 신상에도 도움이 될 터인데……. 감히 자네는 내가 그 장난감 같은 가스실에 기어 들어갈 정도로 멍청하리라고 생각을 하더군그래."

뤼팽은 이리저리 서성거리면서 마치 능란한 배우처럼 대단한 장광설을 늘어놓는가 하면, 중간중간 의미심장하게 뜸을 들이다가도, 연설의 효과에 스스로 취해보기도 하고, 약간의 도취감 속에서 자신의 명대사를 음미하기도 하는 것이었다. 아마 그 광경을 누가 본다면 절대로 자신의 역할과 현재 위치만큼은 억만금을 준다 해도 바꾸지 않을 것만 같은 분위기였다.

그는 그렇게 계속 몰아붙였다.

"사실 그때 이미 자네를 꼼짝 못하게 족쳐서, 지금 우리가 벌이고 있는 이 5막의 위대한 장면으로 즉시 들어가 버릴 수도 있었다는 점을 명심해! 단지 그러려다 보니까 나의 5막이 왠지 좀 심심해 보이더라 이거야. 한데 나는 어디까지나 화려한 배우이거든! 반면 이런 식으로 하면 얼마나 흥미진진하냔 말이야! 그리고 자네의 그 어설픈 대가리 속에 묘한 생각이 싹트는 것을 지켜보는 것도 얼마나 재미있던지! 그뿐이야? 곧장 아틀리에로 가서 내 손전등을 끈에다 매달아 저 선량한 파트리스로 하여금 내가 안에 있다고 믿게 한 다음, 도로 나와서 생명의 은인을 세 번이나 부정하는 그의 목소리를 엿들었지. 그는 물론 아주 조심조심 그걸 가둬버렸고 말이야. 그게 뭐냐고? 아, 그거야 당연히 나의 애꿎은 손전등이지! 어때, 대단한 활약이었지? 아주 감탄을 하느라 입이 다물어질 줄 모르는군그래. 하여튼 10여 분이 지나자 자네가 어슬렁거리며 돌아왔지. 한데 그때도 무대 뒤편은 얼마나 재미있는 장면이 벌어지고 있었는지……. 실제로 그때 나는 아틀리에와 그 왼쪽 방 사이의 문을 두드리고 있었어. 다만 시메옹 영감의 생각과 다른 점이라면 내가 있던 곳이 아틀리에 안이 아니라, 옆방 쪽이었다는 사실이지! 한데도 시메옹 영감은 추호의 의심도 하지 않더라고. 자기 뒤에 죽어가는 불쌍한 사람 하나 남겨두었다고 믿고는 얌전히 자리를 피해주더라 이거야. 멋지게 한 방 속아 넘어간 셈이지, 안 그런가? 그리하여 결국 나는 상황을 완전히 장악할 수 있게 된 거야. 굳이 자네의 족적(足跡)을 끝까지 따라갈 필요조차 없어진 거지. 왜냐면 이젠 2에다 2를 더하면 4가 되는 것과 마찬가지로, 자네가 영락없이 그 관리인 친구를 찾아가리라고 확신했거든. 므슈 아메데 바슈로 말이야. 아니나 다를까, 역시 뒤도 안 돌아보고 즉각 그리로 행차하시더군."

이쯤에서 뤼팽은 숨을 한 차례 돌렸고, 잠시 후 계속해서 몰아붙였다.

"아, 한데 거기서는 자네도 꽤 신중을 기했더라고! 약간은 당혹스러울 정도였지. 거길 가보았는데 아무도 없는 거야. 어찌해야 할지 가슴이 덜컥하더구먼. 이거 어디서 흔적을 찾아야 하지? 한데 다행히도 하느님이 나를 도우셨나 봐! 신문 조각에서 내가 무엇을 읽었을까? 연필로 방금 쓰인 게 분명한 웬 전화번호였어. 야호! 신난다! 이거야말로 틀림없는 족적이 아닌가 말이야! 당연히 그 번호로 전화를 걸어보았지. 그리고 간단히 이렇게 말했어. '아, 므슈? 방금 전화했던 사람인데요, 전화번호는 아는데 그만 제가 주소를 모르는군요'라고 말이야. 그러자 재깍 답이 나오던걸. 몽모랑시 대로, 제라덱 박사라고 말이지. 그래서 알게 됐지. 제라덱 박사라면……. 그래 그거야! 우선 시메옹 영감은 삽관법 치료를 받으러 가는 걸 테고, 그다음은 당연히 여권이 아쉬워서일 테지. 제라덱 박사라고 하면 위조 여권 제작의 전문가로 알 만한 사람은 다 아는 유명 인사이니까 말이야. 오호라, 시메옹 영감이 슬슬 꽁무니를 빼시겠다 이건가? 허허, 그것만은 곤란하지! 해서 나는 자네의 그 딱한 친구 바슈로는 미처 돌볼 틈도 없이 곧장 이리로 달려온 것이네. 물론 그 양반이야 나중에 혹시 귀찮은 존재가 될지도 모르니, 어느 구석에서인가 자네 손에 살해당했을 테지. 아무튼 이곳에 당도해서 보니 그 제라덱 박사라는 사람 참 괜찮은 남자더군그래. 일단 불안감부터 가라앉혀 주고 부드럽게 타이르니까, 오늘 아침에는 기꺼이 자리를 내주더라고! 물론 조금 비싸게 먹힌 셈이지. 하지만 목적을 위해선 할 수 없잖겠어? 한데 자네 약속이 오전 10시로 잡혀 있어서 두 시간 정도 여유가 남는 거야. 그래서 내친김에 수송선이나 둘러보러 갔지. 아, 물론 그 수백만 프랑을 고이 모셔왔고 말이야. 그렇게 해서 바로잡을 일들은 바로잡아 놔야 하는 거 아니겠어? 자, 일이 그렇게 된 거야!"

　서성거리던 뤼팽은 노인의 코앞에 우뚝 멈춰 서서 내뱉었다.

"어때, 마음의 준비는 됐겠지?"

완전히 넋이 나간 듯한 시메옹은 부르르 몸서리를 쳤다.

뤼팽은 대답을 기다리지 않고 말을 이었다.

"뭘 준비하느냐고? 물론 기나긴 여행길이지. 자네 여권은 이미 만들어진 거나 다름없거든. 파리발(發) 지옥행(行)으로 말이야. 당연히 표는 편도(片道), 특급열차고. 안락한 관(棺)이 마련된 침대차로 모시지. 자 출발이야!"

이번에는 꽤 오랫동안 침묵이 이어졌다. 노인은 열심히 머리를 굴리면서 적의 마수로부터 도망칠 수 있을 구실만을 골똘히 찾아 헤매고 있었다. 하지만 아르센 뤼팽의 거침없는 유머가 이미 정신을 여간 혼란스럽게 만든 게 아니어서, 그저 밑도 끝도 없는 헛소리만 더듬더듬 흘리는 게 고작이었다.

그래도 악착같이 정신을 추스른 끝에 노인은 이렇게 불쑥 질문을 던질 수 있었다.

"파트리스는 어찌 되었소?"

"파트리스?"

"그렇소. 그는 어떻게 되겠느냔 말이오."

"그래 무슨 좋은 생각이라도 있다는 거야?"

"그의 목숨과 내 목숨을 교환하고 싶소이다."

뤼팽은 어이가 없다는 표정이었다.

"자네 얘기는 그가 지금 목숨이 위태롭기라도 하다는 건가?"

"그렇소. 그러니까 거래를 제안하지. 그의 목숨과 내 목숨을 바꿉시다."

뤼팽은 팔짱을 꼈다. 적잖이 기분이 상한 분위기였다.

"그것참! 정말이지 자네 굉장히 뻔뻔한 친구야! 이 아르센 뤼팽이 친

황금삼각형

구인 파트리스를 과연 그냥 내버려두었을 거라고 생각하는 건가, 지금? 이 천하의 뤼팽이 친구가 사지(死地)를 헤매고 있는 순간에, 자네의 임박한 죽음에 관해 시답잖은 농담이나 흘리고 있을 줄 알았느냐 이 말일세! 이보게, 시메옹 영감, 이제 그만 고개를 숙이지 그래. 지금은 좀 더 나은 세상에서 편히 쉬러 떠날 시간일세."

그러고는 벽걸이용 휘장을 훌쩍 젖히고 문을 열면서 버럭 소리치는 것이었다.

"자, 좀 어떻소, 대위?"

뤼팽은 한 차례 더 부르고는 이렇게 덧붙였다.

"아, 이제 정신이 좀 드는 모양이군요. 잘됐소이다! 날 보고 너무 놀라는 건 아니겠죠? 오, 아니요! 고맙다는 말은 제발 사양하겠소이다. 그냥 이곳으로 좀 나와만 주시면 됩니다. 우리의 시메옹 영감께서 당신 얼굴 한번 보고 싶다는구려. 적어도 지금만큼은 그에게 그럴 권리가 있다고도 볼 수 있으니까."

뤼팽은 마지막으로 노인을 향해 홱 돌아서면서 우렁차게 외쳤다.

"자, 타락한 아비여, 여기 당신의 아들이 있소이다!"

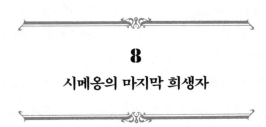

8
시메옹의 마지막 희생자

　파트리스는 머리에 붕대를 친친 감은 채 안으로 들어섰다. 시메옹한테 얻어맞은 것 때문만 아니라, 내리누르는 석판의 무게가 예전의 상처를 도지게 만들었던 것이다. 무척이나 창백한 얼굴이었고, 아직도 심한 통증에 시달리는 기색이었다.

　시메옹 디오도키스를 보자마자 그는 울컥 치미는 분노에 몸을 부르르 떨었지만, 가까스로 진정을 하고 있었다. 두 사람은 서로 마주 본 채 꼼짝도 하지 않았고, 뤼팽은 그 가운데에서 두 손을 비비적거리며 나지막한 목소리로 이렇게 말했다.

　"거참 볼만한 장면이외다! 멋진 광경이오! 이만한 연극도 아마 없을 것이오! 아버지와 아들이 범죄자와 피해자로서 이렇게 마주하다니! 오케스트라……. 저음(低音)의 트레몰로로……. 그렇지! 자, 과연 그들이 어떻게 나올 것인가? 아들이 아비를 죽일 것인가, 아니면 아비가 아들의 목숨을 끊어놓을 것인가? 아, 가슴 떨리는 순간이로고. 이 긴장된 침

황금삼각형

묵! 오로지 거꾸로 들끓는 피의 흐름 소리만이 비장한 사연을 증언하누나! 그래 그거다! 피의 목소리가 이르노니, 이제 둘은 서로의 숨을 조이기 위해 서로에게 와락 달려들 것이로다!"

아닌 게 아니라 파트리스는 어느새 두어 발짝 앞으로 나서고 있었고, 점점 뤼팽이 말한 그대로 동작이 이루어질 듯, 두 팔을 은근히 벌린 채 싸움에 뛰어들 분위기였다. 그에 반해 시메옹은 그렇지 않아도 극심하게 조여오는 목의 통증에 맥을 못 추는 데다 상대의 기세에 완전히 짓눌려서, 갑자기 이렇게 애원하는 것이었다.

"파트리스……. 파트리스……. 지금 무얼 하려는 거냐?"

그러면서 두 팔을 애처롭게 내뻗고 상대의 동정심만을 노골적으로 물고 늘어지는 것이었다. 달려들다 말고 멈칫할 수밖에 없었던 대위는 도무지 알 수 없는 고리에 의해 자신과 연결되어 있다는 이 남자의 가련한 몰골을 어지러운 마음으로 물끄러미 바라보고 있었다.

파트리스는 불끈 쥔 두 주먹을 어중간하게 들어 올린 채 외쳤다.

"코랄리! 코랄리! 그녀가 지금 어디 있는지만 말해라. 그럼 네 목숨 하나는 건질 것이다."

순간 노인은 펄쩍 뛰었다. 코랄리에 대한 기억과 더불어 순간적으로 다시 불 지펴진 증오심이 오기를 불어넣어 준 덕분에, 그는 표독스러운 미소까지 지어가며 이렇게 뇌까리는 것이었다.

"안 되지. 안 돼. 코랄리를 구하겠다고? 그건 안 될 말이야. 그럴 바엔 차라리 내가 죽겠어. 게다가 코랄리가 있는 곳은 황금이 숨겨진 곳이야. 안 돼. 절대로, 죽어도 안 돼!"

"대위, 그럼 어서 이자를 죽이게나. 그게 좋겠다니까 어서 죽여버려!"

뤼팽이 불쑥 끼어들자, 다시금 즉각적인 복수의 욕망이 장교의 얼굴을 불그스름하게 물들였다. 하지만 여전히 머뭇머뭇 결정타는 미뤄지기만 했다.

"아니지. 아니야. 그럴 수는 없어."

그렇게 중얼거리는 대위를 향해 돈 루이스의 벽력같은 고함 소리가 쏟아졌다.

"왜 그러는가? 너무도 쉬운 일 아니야? 자, 어서! 녀석의 목을 닭 모가지 비틀 듯 비틀어버리라고!"

"그럴 수는 없소."

"이유가 뭔가? 이자 목을 조르는 게 자네한테 무슨 큰일이라도 되는가? 왜, 그런 짓 하기가 역겨워? 하지만 이자는 전쟁터에선 독일 놈 편이었어."

"알아요. 하지만 이자는……."

"마음은 그렇지 않은데, 손이 말을 안 듣는 모양이로군, 그렇지? 이 살갗을 움켜잡고 쥐어트는 게 영 내키지가 않는가 봐? 좋아, 대위. 그럼 내 권총을 줄 테니 놈의 뇌수를 날려버려."

파트리스는 얼른 권총을 움켜쥐고는 시메옹 영감의 머리에 갖다 댔다. 끔찍한 침묵이 순간적으로 감돌았다. 두 눈을 질끈 감은 시메옹 영감의 창백한 얼굴에 진땀이 지저분하게 얼룩지며 흘러내렸다.

급기야 장교의 손은 맥없이 떨어졌고 그의 입에서는 신음처럼 중얼거림이 새어나왔다.

"할 수가 없어요."

"해치워, 어서!"

돈 루이스의 다급한 재촉이 가시처럼 귓가를 찔러도 파트리스의 입에서는 연신 무기력한 말만 흘러나왔다.

"안 돼요. 안 돼."

"도대체 이유가 뭔가?"

"도저히 할 수가 없습니다."

"할 수가 없다? 좋아, 내가 그 이유를 말해줄까? 지금 이자가 자네 아버지라고 생각하기 때문이야."

돈 루이스의 말에 장교는 나지막이 중얼거렸다.

"글쎄요, 겉모습 때문에 가끔 그런 생각이 들기는 하지만……."

"그럼 뭐해! 놈은 비열한 악당이고 파렴치한 강도인걸!"

"아니에요. 아니야. 내겐 권리가 없어요. 그가 죽는 건 개의치 않지만 내 손으로 그럴 순 없어요. 내겐 권리가 없어."

"그럼 복수를 단념하겠다는 말인가?"

"하지만 너무도 끔찍한 짓이오! 인간으로서 할 수 있는 짓이 못 돼!"

돈 루이스는 그제야 대위에게 다가가 어깨를 가볍게 두드리며 진지하게 말했다.

"만약 이자가 자네 아버지가 아니라면 어쩌겠나?"

파트리스는 퍼뜩 고개를 들고 그를 쳐다보았다. 전혀 무슨 말인지 이해하지 못하는 표정이었다.

"무슨 뜻입니까?"

"내 말은, 자고로 확실한 건 이 세상에 없다는 뜻이네. 아울러 의혹이라는 것도 그것이 사물의 외양에 기초한 것이든, 단순한 추측에 의한 것이든, 그 어떤 확고한 증거로도 두둔되지 않는다는 것일세. 반면 자네의 그 거부감과 불쾌한 느낌을 곰곰이 한번 생각해보게나. 왜냐면 그러한 것들도 충분히 고려의 대상이 되어야 하기 때문이지. 만약 누가 자네처럼 정직하고 깨끗하며 명예심과 자긍심으로 펄펄 살아 숨 쉬는 사내가 저런 하찮은 파렴치한의 아들이라고 한다면, 과연 그 사실을 받아들일 수 있을까? 그 점을 잘 생각해봐, 파트리스."

잠시 뜸을 들인 후, 돈 루이스의 말이 이어졌다.

"그 점을 잘 생각해보라고, 파트리스. 그리고 나름대로 고려할 가치가 있는 게 또 있지."

"그게 뭡니까?"

파트리스는 상대를 간절한 시선으로 바라보며 다그쳐 물었다.

"내 과거가 어떠했든, 나에 대한 자네의 평소 생각이 어떻든, 자네는 이번에 행동을 같이하면서 내 안에서 양심의 존재를 확인하지 않았는가? 이번 일을 치르는 가운데, 오로지 소리 높여 외칠 수 있는 정정당당한 동기(動機) 이외의 다른 것에도 나의 행동거지가 일절 영향을 받지 않는다는 걸 지켜보지 않았는가 말이네."

"그랬죠. 분명 그랬습니다."

파트리스 벨발은 힘주어 대답했다.

"좋아. 그렇다면 대위, 만약 이자가 자네의 아버지라면, 과연 내가 자네에게 이자를 죽이라고 부추겼을까?"

파트리스는 문득 어리둥절한 표정이 되었다.

"오……. 분명히 당신은 뭔가 알고 있어요! 제발, 말해주세요. 부탁입니다."

돈 루이스는 아랑곳하지 않고 얘기를 계속했다.

"만약 이자가 자네의 아버지라면 심지어 자네더러 이자를 미워하라고 내가 말했을까?"

"오! 그럼 이자가 내 아버지가 아니라는 말인가요?"

안달을 하는 파트리스를 향해 드디어 돈 루이스는 열정과 확신에 가득 찬 목소리로 이렇게 외쳤다.

"아니지! 절대로 아니야! 천만의 말씀이지! 자, 이자를 잘 보게! 이 불한당 같은 면상을 좀 봐! 저 짐승 같은 얼굴 안에 온갖 죄악과 악덕이 새겨져 있는 꼴을 잘 보란 말이야! 이번 사건은 처음 발단부터 마지막까지 이자의 작품이 아닌 악행이 단 한 건도 존재하지 않았네. 단 하나도 말일세, 알겠나? 지금까지 믿어온 것처럼 범인은 결코 둘이 아니었다네. 극악무도한 일을 벌이고 마무리하는 데 있어서 처음에는 에사레스 베가, 그다음에는 시메옹 디오도키스가 있었던 게 아니라는 얘길세. 오로지 범인은 하나였어. 단 하나! 알겠나, 파트리스? 오로지 한 명의 악당이 야봉을 죽였고, 관리인 바슈로를 죽였고, 자신의 공범마저 저세상으로 보내버린 거야. 그뿐만 아니라 애당초 똑같은 범인이 일을 꾸미기 시작했을 때부터 방해가 될 만한 사람들은 일찌감치 제거해두었지. 그렇게 제거된 사람들 중 하나가 파트리스 자네도 잘 아는 사람이네. 자네와 너무도 가까운 사람을 죽여버린 거지."

"그게 누굽니까? 대체 누굴 두고 그렇게 말씀하시는 거예요?"

파트리스는 여전히 어리둥절한 표정으로 캐물었다.

"전화상으로 단말마의 비명을 들었다는 바로 그 사람 말이네. 자네를 파트리스라 이름 짓고 자네만을 위해 평생을 살아온 사람이지! 이자가 바로 그 사람을 죽였어! 다름 아닌 자네의 아버지를 말이야! 아르망 벨발을! 이제 알겠나, 파트리스?"

하지만 파트리스는 아직도 영문을 모르겠다는 태도였다. 돈 루이스가 내뱉는 말은 그 어느 것 하나 빛을 뿌리지 않고 몽땅 바닥 모를 어둠 속으로 잠겨 드는 느낌이었다. 그러면서도 웬지 엄청난 의미로 다가오는 한 가지 사실이 그의 정신 한구석을 무겁게 압박하는 것이었다. 파트리스는 저도 모르게 중얼거렸다.

"내가 그때 전화로 들은 목소리가 그럼 아버지? 내게 전화한 사람이 정녕 아버지?"

"자네 아버지였네, 파트리스."

"그럼 그를 죽인 자가 바로?"

"바로 이자이지."

돈 루이스는 노인을 가리키며 단호하게 잘라 말했다.

시메옹은 퀭한 눈을 부릅뜬 채, 마치 사형 언도를 기다리는 사람처럼 꼼짝 않고 있었다. 파트리스는 그에게서 시선을 떼지 않은 채, 불같이 끓어오르는 분노를 온몸 가득 사르고 있었다.

그런가 하면 온갖 어지러운 내면의 혼란 속에서 난데없는 환희의 감정 하나가 천천히 고개를 내미는가 싶더니, 생각의 흐름을 모조리 휘어잡는 것이었다. 다름 아니라 이 가증스러운 인간이 자신의 아버지가 아니라는 생각! 아버지는 죽었지만, 차라리 그편이 낫다. 이제 숨을 쉬어도 편히 쉴 것 같다. 고개를 떳떳하게 들고 마음껏 미워하면서, 정정당당하고 신성한 증오심을 실컷 발산할 수가 있는 것이다.

"너는 도대체 누구냐? 도대체 웬 놈이냐고?"

파트리스는 노인을 향해 두서없이 내뱉다가는, 문득 돈 루이스를 돌아보며 또 정신없이 다그쳐 물었다.

"이자 이름이? 제발 알려주십시오. 으깨버리기 전에, 이자의 이름을 알아야겠습니다."

"이름? 아니, 아직 짐작을 못했다는 말인가? 사실 나도 한참 동안 골머리를 앓아왔지만 오로지 이해할 만한 가설은 딱 하나더군."

돈 루이스의 애매한 말에 더욱 안달이 난 파트리스가 버럭 소리쳤다.

"대체 그게 어떤 가설이었냐고요! 무슨 생각을 말하는 겁니까?"

"알고 싶나?"

"아! 제발 간청합니다! 놈을 당장이라도 깔아뭉개고 싶지만 그 전에 이름만이라도 반드시 알아야겠단 말입니다!"

"정 그렇다면……."

두 사람 사이에는 문득 무거운 침묵이 가로놓였다. 둘은 서로 똑바로 마주 본 채, 한동안 아무 말도 하지 않았다.

그러다가, 아직은 진실을 공개할 때가 안 됐다는 판단인지, 돈 루이스는 이렇게 입을 여는 것이었다.

"자네는 아직 진실에 직면할 준비가 되어 있지 못하네. 나중에 알게 되더라도 그 진실이 자네에게 거부감을 불러일으키지 않았으면 하네. 그리고 이건 공연히 하는 얘기가 아닌데, 우리가 사는 인생에서도, 극예술과 마찬가지로 적절한 준비를 갖추지 못하면 그 효과가 반감되고 마는 돌발 사태가 있는 법이라네. 물론 내가 무슨 효과를 바라고 이러는 건 아니고, 이자의 정체에 관해서만큼은 자네에게 조금도 흔들림 없는 전격적인 확신을 단번에 심어주고 싶은 마음이네. 이제는 자네도 이자가 아버지가 아니라는 사실을 수긍하고 있지만, 그렇다고 시메옹 디오도키스도 아니란 말이거든. 비록 외모나 신분, 심지어 살아온 과거까지 시메옹 디오도키스의 모든 걸 갖추고는 있지만 말이야. 어떤가, 슬슬 이해가 되는가? 아까 한 얘기를 그대로 반복해야겠나? '지금까지 믿어온 것처럼 범인은 결코 둘이 아니다. 극악무도한 일을 벌이고 마무리하는 데 있어서 처음에는 에사레스 베가, 그다음에는 시메옹 디오도키스가 있었던 게 아니다'라는 얘기 말일세. 살아 숨 쉬며 버젓이 악행을 저질러온 범인은 단 한 명뿐! 처음부터 훼방꾼을 무참히 제거했고, 그중 한 희생자의 외모와 정체를 뒤집어쓴 채 거침없이 악행을 저질러온 범인 말일세. 이제 알겠는가? 과연 이 엄청난 음모를 처음부터 일일이 세우고, 노골적으로 반기를 드는 동료들과 훼방꾼들을 모조리 제거해가면서 늘 죄악의 중심에 서 있던 그자의 이름을 내 입으로 뱉어내야겠는가? 오, 파트리스, 자네의 눈으로 볼 수 있는 것 이상으로 올라가 보게나. 자네 자신의 기억만 더듬지 말고, 사건의 발단을 한번 따져봐. 다른 사람들의 기억도 조회해보고, 코랄리가 과거에 대해 들려준 얘기도 참조해보라고. 자네 아버지와 코랄리의 어머니, 그리고 코랄리와 파키 대령, 그레그와르, 야봉, 바슈로 등등, 이번 처참한 사건에 연루된 모든 이를 대상으로 행해진 온갖 악행의 배후 인물이라면 과연 누굴까? 누가 유일한 범인이고, 누가 유일한 악당이며, 누가 유일한 살인마이겠냐 이 말이네! 그렇지, 그거야. 자네 표정을 보아하니 거의 근접해가는 것 같군그래. 아직도 진실이 자네 앞에 모습을 드러내지 않는다면, 그자의 보이지 않는 허깨비라도 자네 주변을 맴도는 모양이지. 그자의 이름은 이미 자네의 머릿속에 씨앗으로 움트고 있어. 그자의 가증스러운 영혼이 어둠으로부터 서서히 벗어남에 따라, 그 진짜 정체가 형상을 취하기 시작하고, 가면이 떨어져 나가게 돼. 그러다 보면 자네 바로 앞에 어느새 그 범인이 적나라한 모습을 드러내는 거지. 즉……."

아뿔싸! 과연 누가 그 끔찍한 이름을 내뱉을 것인가? 열의와 확신으로 똘똘 뭉친 돈 루이스일까? 아니면 이제야 겨우 진실에 눈을 뜨기 시작하면서 아직은 놀람과 주저함을 떨쳐버리지 못하는 파트리스일까? 어쨌든 장교는 비장한 침묵 속에서 그 이름이 떠올랐을 때, 단 한순간도 의혹을 품지 않았다. 그 이름이 진실 그 자체라는 사실을 이해하기 위해, 단 1초도 따로 애쓸 필요가 없었다. 거의 즉각적으로 그는 진실을 받아들였으며, 가장 명확한 사실들로 이미 증명이 끝난 것 같은 확신을 느꼈다. 그렇게 파트리스는, 여태껏 전혀 생각지도 못했지만, 일단 의식의 수면(水面) 위로 떠오르자 가장 불가해한 사건을 가장 논리적이고도 범상치 않은 방식으로 해명해주는 그 이름을 몇 번이고 되뇌기 시작했다.

"에사레스 베……. 에사레스 베……."

"그렇다네. 에사레스 베……."

돈 루이스가 즉각 맞장구를 쳤다.

"자네 아버지를 죽인 자, 에사레스 베일세. 어찌 보면 두 번 죽인 셈이지. 그 옛날 별장 안에서 모든 행복과 인생의 의미를 앗아감으로써 한 번 죽였고, 지금으로부터 불과 보름 전, 서고에서 자네에게 전화를 걸던 아르망 벨발을 살해함으로써 두 번째 같은 사람을 죽인 셈이지. 그뿐만 아니라 코랄리의 어머니를 죽였고, 그 딸인 코랄리도 어딘지 알 수 없는 무덤 속에 매장해버린 에사레스 베이기도 하다네."

이번에야말로 살의(殺意)가 확고해지는 순간이었다. 장교의 두 눈은 돌이킬 수 없는 결의의 매서운 빛으로 사정없이 번뜩이고 있었다. 아버지의 살해범이자 코랄리의 살해범은 지금 당장 죽어야 마땅하다. 이제 놈을 죽이는 일은 그 자체로 확고부동한 의무나 다름없어졌다. 가증스러운 에사레스 베는 희생자의 아들이자 배우자의 손에 가차 없이 죽음을 맞이해야만 하는 것이다.

"기도나 해라. 앞으로 10초 후면 죽은 목숨일 테니."

파트리스의 입에서 마침내 싸늘한 최후의 통보가 튀어나왔다.

실제로 그는 초를 셌는데, 열 번째까지 세는 순간 방아쇠를 당길 참이었다. 한데 노쇠한 육체 안에 아직은 좀 더 젊고 혈기 있는 존재가 숨어 있었기라도 하듯, 갑작스럽게 시메옹이 후닥닥 몸을 추스르는 것이 아닌가? 그는 파트리스를 움찔하게 만들만큼 요란한 소리를 버럭 질러댔다.

"그래, 좋다. 죽여라! 좋아, 어서 끝내자고! 내가 졌어. 패배를 인정하지. 하지만 이건 승리이기도 해. 왜냐면 코랄리도 죽고 황금은 무사할 테니까! 나는 죽는다. 하지만 어느 누구도 황금을 손에 넣을 수는 없어. 내가 사랑하는 여자도, 내 목숨이나 다름없는 황금도 말이야. 아, 파트리스……. 우리 둘이 미친 듯이 사랑해오던 여인은 이제 더 이상 이 세상 사람이 아니든지, 아니면 지금으로선 도저히 구출이 불가능한

결정판 아르센 뤼팽 전집

상태로 마지막 신음을 흘리고 있을 거야. 내가 그녀를 차지하지 못한다면 파트리스 너 역시 그녀에게 손 못 대. 모든 게 나의 기막힌 복수극이지. 코랄리는 이제 끝장이야! 완전히 끝장이라고!"

그렇게 고래고래 고함을 질러대고 때론 더듬거리면서, 그는 서서히 야만적인 원기를 회복해가는 듯싶었다. 한편 파트리스는 상대를 똑바로 마주 보고 언제든 행동에 돌입할 각오를 한 채, 과연 얼마나 지독한 독설이 뿜어져 나오는지 지켜보고 있었다.

노인은 더더욱 기승을 부리며 악을 썼다.

"끝장이란 말이다, 파트리스! 더 이상 어쩔 수가 없어! 내가 황금 자루와 함께 묻어둔 땅속에서 그녀의 시신조차 찾아내지 못할 거야. 글쎄, 묘석 아래에 있는 걸까? 천만에! 천만의 말씀이고말고! 그렇게 어설프진 않아! 파트리스, 넌 그녀를 끝끝내 찾아내지 못할 거야! 아마 황금에 파묻혀 죽어 있을 거다! 코랄리가 죽었단 말이다! 아, 네 상판대기에다 이런 말을 토해내니까 기분 정말 째지는구나! 어떠냐? 대단히 괴롭지? 코랄리는 죽었다! 코랄리가 죽었다고!"

그때였다, 돈 루이스의 조용한 음성이 슬그머니 끼어든 것은.

"너무 시끄럽게 떠들지 마라. 그러다가 여자가 잠 깰라."

그는 책상 위에 있던 금속 담뱃갑에서 담배를 한 대 꺼내 불을 붙인 뒤, 균등한 크기의 연기를 연신 소용돌이 꼴로 내뿜었다. 마치 방금 전에 지극히 평범한 말 한마디를 아무런 생각 없이 내뱉은 사람 같았다.

하지만 그 짧막한 말 한마디는 나머지 두 사람을 전혀 예기치 못한 충격으로 일순간에 몰아넣었다. 권총을 겨누던 파트리스는 그만 팔을 툭 떨구었고, 시메옹은 멍한 표정으로 안락의자에 쓰러지듯 주저앉았다. 둘 다 뤼팽의 능력이 어디까지인지 익히 아는 터라, 방금 내던진 그의 말 한마디의 의미 역시 대번에 파악한 눈치였다.

하지만 파트리스에게는, 아직은 일종의 허풍으로 치부될 수 있는 그런 애매한 말보다 더한 무엇이 필요했다. 뭔가 확실한 증거를 내심 바랐던 것이다. 그는 더듬더듬 물었다.

"뭐, 뭐라고 하셨습니까? 여자가……. 잠을 깨다니요?"

"맙소사! 너무 떠들면 사람이 곤히 잘 수가 없지 않겠는가!"

돈 루이스는 여전히 아무렇지도 않게 내뱉었다.

"그럼 그녀가 살아 있단 말입니까?"

"그럼 죽은 사람도 잠에서 깨어나는가? 산 사람이나 떠든다고 잠에서 깨는 법이지."

파트리스는 마침내 얼굴까지 달라질 정도로 희열에 들뜨면서 중얼거렸다.

"코랄리가 살아 있다! 코랄리가 살아 있다고! 아, 이럴 수가! 게다가 혹시 이곳 어딘가에? 오, 제발 애원합니다. 확실하게 말해주세요! 아니야. 사실이 아닐 거야. 그럴 리가 없어. 농담하려는 걸 거야."

하지만 돈 루이스는 이렇게 되뇌는 것이었다.

"이봐요, 대위. 좀 전에 이 비열한 인간에게 뇌까렸던 말이 무슨 뜻인지 말해주리다. 그건, '내가 과연 마무리를 하지 않은 채 한번 뛰어든 일을 단념할 것 같으냐?' 뭐 이런 뜻이었소. 당신은 나를 잘 몰라. 나는 한번 손댄 일은 반드시 성공해놓고야 마는 사람이오. 그게 그대로 습관이 되어버렸지. 더구나 좋은 습관이니까 더욱 충실할 수밖에. 그래서 말인데……."

그러면서 그는 천천히 방 한쪽 구석으로 다가갔다. 아까 파트리스가 걸어 들어온 문을 가린 벽걸이용 휘장과 정확히 대칭 지점에 위치한 또 다른 휘장을 젖히자, 두 번째 문이 나타났다.

파트리스 벨발은 들릴 듯 말 듯한 목소리로 이렇게 중얼거렸다.

"아니야. 설마 그녀가 저 안에 있지는 않을 거야. 도저히 믿을 수 없어. 공연히 믿었다가 아니면 그 실망을 어쩌려고. 아, 내게 맹세해줘요."

"대위, 당신에게 맹세할 필요조차 전혀 없소이다. 그저 당신은 두 눈을 크게 뜨고 지켜보기만 하면 돼요. 저런, 명색이 프랑스군 장교로서 행색이 그게 뭡니까? 너무 창백해요! 자, 그래요, 바로 그녀입니다. 코랄리 어멈이 와 있단 말이오. 지금 간병인 두 명의 보호하에 침대에 누워 자고 있지요. 더는 아무런 위험도 없습니다. 상처도 없고요. 단지 약간의 신열이 있고, 무척 기운이 없는 상태일 뿐입니다. 가엾은 코랄리 어멈……. 난 결국 이처럼 기진맥진하고 무기력한 상태에 빠진 그녀 모습밖에 보지 못할 팔자인 모양입니다그려."

파트리스는 넘치는 기쁨을 가까스로 다독이면서 앞으로 걸어나갔다. 한데 문득 앞을 막으며 돈 루이스가 말했다.

"됐습니다, 대위. 더 이상 다가가지 마세요. 내가 일부러 그녀를 집이 아닌 이곳으로 데려온 것은 뭔가 환경을 바꿀 필요가 있다고 봤기 때문이오. 지금 상태로는 지나친 흥분은 금물입니다. 이미 충분히 겪을 만큼 겪었으니, 당신이 불쑥 모습을 보이면 모든 걸 망치게 될지도 모릅니다."

"당신 말씀이 옳습니다. 하지만 확실한 거죠?"

파트리스의 질문에 돈 루이스는 씽긋 웃으며 대답했다.

"살아 있느냐고요? 당신이나 나처럼 펄펄 살아 있지요. 그리고 조만간 스스로를 파트리스 벨발 부인이라 칭하면서, 당신에게 합당한 행복을 마음껏 선사해줄 겁니다. 그러니 조금만 더 기다려요. 그리고 아직 넘어야 할 장애물이 하나 남았다는 것도 잊지 말고 말이죠. 다름 아니라 그녀가 임자 있는 몸이라는 사실 말이오."

돈 루이스는 문을 닫은 다음 파트리스를 데리고 에사레스 베 앞에 가서 세웠다.

"자, 이것이 바로 장애물입니다, 대위. 이제는 준비가 되었겠죠? 코랄리 어멈과 당신 사이에 아직도 이 파렴치한이 버티고 있는 겁니다. 자, 어떡하시겠소?"

에사레스는 돈 루이스 페레나의 말이라면 의심의 여지가 없다고 아예 믿어버린 사람처럼, 방금 열리고 닫혔던 문 쪽은 바라보지도 않고 있었다. 그는 그저 안락의자에 푹 파묻혀 잔뜩 몸을 수그린 채, 무기력하게 흐느끼고 있을 뿐이었다.

돈 루이스가 말을 건넸다.

"이봐, 친구, 왠지 불편해 보이는데? 무엇 때문에 그렇게 구겨지셨는가? 두려운가 보지? 이유가 뭐야? 내가 약속하지 않았던가? 우리 모두가 같은 의견하에 합의를 하지 않는 이상, 아무 짓도 하지 않을 거라고 말이야. 어때, 이제야 좀 인상을 펴시는군! 좋아, 이렇게 하지! 이제 곧 우리 셋이서 약식 재판을 시작할 거야. 파트리스 벨발 대위와 돈 루이스 페레나, 그리고 시메옹 영감이 재판부를 구성하고, 심리(審理)는 자유 토론 형식이야! 어라, 아무도 에사레스 베를 변호하러 나서지 않네! 아무도 없어. 그럼 하는 수 없지. 에사레스 베는 사형선고를 받게 되는군. 뭐 정상참작을 할 거리도 전혀 없는걸! 상고(上告)도 하지 않는다고? 사면 요청도 포기해? 집행유예도 없네. 그럼 즉각 처형이라는 셈인데. 이로써 판결 끝!"

그러면서 상대의 어깨를 가볍게 톡톡 두드린 다음, 또 이렇게 덧붙이는 것이었다.

"어때, 별로 오래 안 걸리지? 전원 만장일치 판결이야! 아주 만족스러운 판결인 데다, 모든 이의 기분을 좋게 해주는 판례라고 할 수 있지. 자, 이제 어떤 죽음을 택하느냐가 문제로군. 자네 의견은 어때? 총 한 방으로 끝낼까? 좋아. 아무래도 그게 빠르고 깨끗하지. 벨발 대위는 어서 준비하시고……. 과녁도 자리를 잡았고, 권총도 준비되었소."

하지만 파트리스는 꼼짝도 하지 않았다. 그는 자신을 그토록 괴롭혀온 가증스러운 존재를 물끄러미 바라보았다. 엄청난 분노가 속에서 들끓었다. 하지만 그의 입에서 나온 대답은 간단했다.

"나는 이자를 죽이지 않을 겁니다."

그러자 돈 루이스가 선뜻 이러는 것이었다.

"잘 생각하셨소이다. 결국 당신의 지금 그 판단은 옳은 것이오. 당신의 그런 태도가 스스로를 영예롭게 하는 겁니다. 그럼요, 당신은 이자를 죽일 권리가 없죠. 적어도 당신이 사랑하는 여자의 남편이니 말이오. 장애물을 제거하는 건 당신 몫이 아니지요. 게다가 살인 행위 자체를 당신은 달가워하지 않소. 그건 나 역시 마찬가지고요. 하긴 저 짐승같은 놈은 죽이기에도 너무 더러워. 자, 그러고 보니 이런 미묘한 상황을 해결하는 데, 자네 자신이 우리를 좀 도울 수 있을 것 같네만……."

돈 루이스는 문득 말을 중단하더니 에사레스에게 바짝 몸을 기울이며 들여다보았다. 이 파렴치한 악당 놈이 얘기를 듣긴 들은 걸까? 아직 숨이나 쉬고 있는 걸까? 가만히 보니 의식을 잃고 혼절한 것 같기도 했다.

돈 루이스는 상대의 어깨를 부여잡고 마구 흔들어댔고, 그제야 에사레스는 가냘프게 신음을 뱉어냈다.

"황금…… 황금 자루……."

"아, 왜 이러나 했더니, 요 늙은 놈팡이가 지금까지 그 생각을 하고 있었구면? 그게 오로지 관심사인 모양이지?"

그러면서 느닷없는 너털웃음을 터뜨리는 돈 루이스!

"그러고 보니 거기에 대해 얘기하는 걸 깜박했네! 그래, 그걸 생각하고 있었다 이 말이지? 그게 흥미가 있다 이거야? 하지만 친구, 이 걸 어쩌나. 황금 자루들도 몽땅 내 호주머니 속에 들어와 있는데. 무려 1800개의 금 자루가 들어갈 공간은 충분하거든."

상대는 당연히 발끈했다.

"하지만 은닉처는……."

"아하, 자네의 그 잘난 은닉처? 하지만 그건 내게는 없는 거나 다름 없어. 코랄리가 이곳에 와 있으니 따로 증거를 제시할 필요도 없겠지? 네놈 말마따나 황금 자루들과 함께 코랄리를 처넣어놨으니 당연한 결 과 아니겠어? 결론적으로 너는 완전히 망한 거지! 네가 갈망하던 여 자는 지금 자유의 몸이야. 그것도 그녀 자신이 진정 사랑하고 다시는 떨어지지 않을 진정한 사내와 함께 말이지. 물론 자네의 그 잘난 보물 도 완전히 까발려졌고 말이야. 자, 그러니 이제는 완전히 끝난 거지? 어때, 동의해? 자, 그러면 여기 이 장난감이 너의 영혼을 자유롭게 해 줄 거다!"

돈 루이스는 말을 마치자마자 권총을 건넸는데, 상대는 거의 기계적 으로 그것을 받아 쥐는 즉시 바로 돈 루이스 자신에게 겨누는 것이었 다. 하지만 이내 덜덜 떠는 팔은 힘을 잃고 그대로 축 처지고 말았다.

"암, 그래야지!"

돈 루이스가 빈정댔다.

"그래도 양심이 들썩대는 모양이로군. 그렇지, 총을 겨눠야 할 대상 은 내가 아니라 바로 자네 자신이지. 좋았어! 이제야 서로를 이해하게 된 모양이야. 자네가 해야 할 마지막 행동이야말로 자네의 못돼먹은 인 생을 일거에 속죄하는 격이 될 것이네. 모든 잘못된 희망이 사라져버리 고 나면, 남는 건 바로 그런 마지막 행동이지. 즉, 자살 말이야. 정말이 지 위대한 피난처인 셈이야."

그는 에사레스 베의 맥없는 손가락을 잡아 권총 손잡이를 감아쥐게 한 뒤, 그대로 들어 올려 총구를 얼굴로 향하게 해주었다.

"자, 조금만 더 용기를 내봐. 지금 자네가 결심한 건 정말 좋은 일이야. 대위와 내가 자네를 죽임으로써 불명예스러워지는 걸 거부한 대신, 자네 스스로 처리해주기로 한 거 아니야? 우리로선 감동에 겨운 찬사를 베풀어줄 수밖에. 내가 늘 말해왔잖아, '에사레스는 늙은 협잡꾼에 불과하지만, 죽음의 순간이 닥쳐오면 단추 구멍에 꽃을 꽂고 입가에는 미소를 띤 채, 영웅으로서 아름다운 모습을 보일 것이다'라고 말이야. 아직은 좀 걸리는 부분들이 있겠지만, 그래도 우린 목표에 접근해가고 있어. 이제 다시 한번 자네를 격려하는 바이네. 자네의 퇴장 방식, 그거 정말 멋진 거야! 자넨 드디어 자네 자신이 이 세상에 불필요한 잉여물 같은 존재이며, 그대로 두었다간 파트리스와 코랄리에게 누만 끼칠 거라는 사실을 용케 깨달은 거라고. 세상엔 엄연히 섭리라는 게 있고, 도리라는 게 있거든. 그와 같이 자네도 이제는 물러서는 게 좋다고 판단한 거야. 정말 대단한 결단이지 뭐야! 자네 그러고 보니 정말 신사야! 얼마나 옳은 판단인지 몰라! 이젠 사랑도 황금도 싫다 이거지! 황금도 지긋지긋해, 에사레스! 자네가 그토록 탐하던 고 반짝거리는 조각들……. 그걸 갖고 정말 말랑말랑한 인생을 꾸려가고 싶었겠지만, 그 모든 게 훨훨 날아가 버렸어. 온통 사라졌다고. 그래, 결단코 그렇게 되는 게 훨씬 낫지, 안 그런가?"

에사레스는 조금도 저항하는 기색이 없었다. 완전히 무기력한 상태에 빠진 걸까? 아니면 정말로 돈 루이스 말대로 자신의 삶이 더는 지탱할 가치가 없어져버렸다고 수긍한 것일까? 이마에까지 올라간 권총의 총구는 정확히 관자놀이를 겨누고 있었다.

차가운 금속이 살갗에 닿자, 그는 움찔하며 신음을 내뱉었다.

"제발……."

"안 돼! 자네 자신이 스스로를 봐주면 안 되는 거야. 나도 거들지 않고 가만히 있을 거야. 자네가 만약 야봉을 죽이지만 않았어도, 이와는 좀 다른 결말을 모색해봤을지도 몰라. 하지만 정말이지 자넨 나에게, 자네 스스로 품고 있는 동정심 이상을 느끼게 하지 못하고 있어. 자넨 죽을 거고, 그건 옳은 거야. 내가 굳이 방해할 일이 아니지. 게다가 이제는 자네의 여권도 준비되었고, 차표도 이미 자네 호주머니 속에 들어 있어. 더는 몸을 사릴 방도가 없는 거야. 저곳에서 자네를 기다리고 있어. 자네도 알다시피, 최소한 심심하지는 않을 거야. 왜, 지옥 풍경을 그린 그림 본 적 있지? 각자 할당된 무덤이 있는데, 그 위를 엄청난 석판이 덮고 있잖아. 한데 모두가 그것을 등으로 간신히 떠받치고 있지. 왜냐면 아래로부터 치솟는 뜨거운 불길을 조금이라도 피하기 위해서 말이야. 그야말로 화끈한 찜질 목욕이라 아니할 수 없지. 이런저런 여흥거리도 꽤 된다지, 아마? 자 무덤은 이미 예약됐어. 불꽃도 좋고. 나른한 찜질욕이 준비됐습니다요, 므슈!"

그렇게 떠벌리면서 돈 루이스는 참을성 있게 천천히 천천히 에사레스의 둘째 손가락을 방아틀뭉치 안으로 집어넣는 데 성공했다. 에사레스는 완전히 몸을 내맡긴 상태였다. 이제 그는 한낱 넝마로 된 꼭두각시나 다름없었고, 이미 죽음이 몸 안에 자리 잡은 상태와도 같았다.

돈 루이스의 입심이 계속되었다.

"어디까지나 자네는 완전히 자유의사에 따른다는 걸 명심해. 방아쇠를 당기는 건 전적으로 자네야. 자네의 마음이 명하는 거라고. 나는 아무 상관 없어. 여하한 경우라도 난 자네에게 영향을 미치지 않을 거야. 나는 자네를 자살하도록 만들기 위해 있는 게 아니라, 단지 인생 상담을 좀 해주면서 약간의 도움을 주는 것뿐이라고."

실제로 그는 상대의 손가락에서 자신의 손을 떼고 오로지 팔뚝만 지탱해주고 있었다. 하지만 막강한 의지와 기세만으로도 그는 에사레스의 전 존재를 압도하고 있었다. 상대를 파괴하려는 의지, 완전히 말살하려는 기세, 그 모든 정신적인 기운 앞에서 에사레스는 도저히 도망칠 수가 없었다.

매 순간, 죽음은 맥이 빠져나간 육체 안을 조금씩 조금씩 비집고 들어와, 본능을 해체하고 사고(思考)를 허물어뜨리면서, 오로지 휴식과 무(無)를 향한 거대한 욕구만을 불어넣고 있었다.

"거봐, 아주 쉽잖아. 서서히 취기가 머릿속으로 거슬러 올라올 거야. 거의 희열 수준일걸, 그렇지? 얼마나 시원해! 더 이상 살지 않아도 된다는 것! 더 이상 고통스러워하지 않아도 된다는 것 말이야! 수중을 떠나서 더는 만져보지도 못할 황금일랑 구차하게 생각하지 않아도 되고, 다른 남자의 품으로 떠나, 남에게 입술과 매력적인 온몸을 내맡길 여인을 더는 보지 않아도 되니……. 어때, 그처럼 괴로운 것들을 평생 짊어지고 살아야 하겠어? 그 두 연인의 한없는 행복을 평생 죽을 때까지 두고 볼 참이야? 아니지. 그건 아닐 거야. 자, 그러니 어서……."

가련한 악당은 점점 더 이완된 정신 상태 속으로 빠져들고 있었다. 그러다가 어느 한순간, 존재 자체를 뭉개버리는 초월적인 힘과 마주하게 되었다. 그것은 숙명과도 같은 자연의 힘, 도저히 거역할 수 없는 괴력이었다. 굉장한 현기증이 휘돌았고, 다음 순간 그는 끝 모를 심연 속으로 곤두박질치고 있었다.

"자, 어서 결행해. 자네는 이미 한 번 죽은 목숨이라는 걸 잊지 마. 기억해봐. 에사레스 베의 장례식은 전에 이미 거행되었잖아. 자넨 이미 무덤에 매장되기까지 한 몸이야. 그러니 정의의 심판대에 오르는 것 말고는, 에사레스 베가 이 세상에 다시 나타날 가능성은 원래부터 전무한 셈이지. 물론 필요하다면 그 정의로 인도하기 위해 내가 나설 수도 있어. 그래봤자, 감옥과 교수대이겠지만 말이야. 어때? 얼음장같이 싸늘한 새벽에……. 날카로운 단두대의 칼날의 느낌……."

그것으로 얘기는 끝난 것이나 다름없었다. 에사레스는 완전한 암흑 속으로 잠겼고, 현실 속의 모든 사물은 그저 주위를 어지러이 맴돌 뿐이었다. 마침내 돈 루이스의 의지가 그를 철저히 꿰뚫고 무력화시킨 것이다.

마지막으로 한순간 그는 파트리스 쪽을 돌아보며 애원의 눈길을 보냈다.

하지만 파트리스는 여전히 덤덤한 포즈를 견지할 뿐이었다. 팔짱을 낀 채, 그는 아버지의 살해범을 일말의 동정심 하나 없이 바라보고 있었다. 징벌은 어느 모로 보나 정당한 조치이다. 이제 운명이 굴러가는 대로 지켜만 보면 그뿐. 파트리스 벨발은 전혀 개입할 마음이 없었다.

"자, 어서어서……. 아무것도 아니야. 그저 편안한 휴식일 따름이라고! 벌써 생각만 해도 좋잖아? 모든 걸 잊어버리는 거야. 더 이상 버둥대며 싸울 필요도 없고 말이야. 자네가 놓쳐버린 황금 생각을 좀 해봐. 3억 프랑이 물에 떠내려가 버렸다고 말이야. 코랄리 역시 떠나버렸지. 결국 자네는 그 어미와 딸, 둘 다 손에 넣지 못한 꼴이라고. 그런 마당에 인생이란 곧 겉만 번지르르한 기만 아니고 또 뭐겠어? 숱한 것이 눈 앞에서 그저 지나쳐 가버리고 말이야. 자, 조금만 노력하면 돼. 그저 손가락 하나만 까딱하면……."

그 까딱하는 동작을 악당은 드디어 해치우고 말았다. 무의식적으로 손가락이 방아쇠를 당긴 것이다. 총알은 발사되었다. 그는 무릎을 바닥에 짚은 채 앞으로 고꾸라졌다.

돈 루이스는 깨진 머리통에서 솟구치는 선혈에 옷을 더럽히지 않기

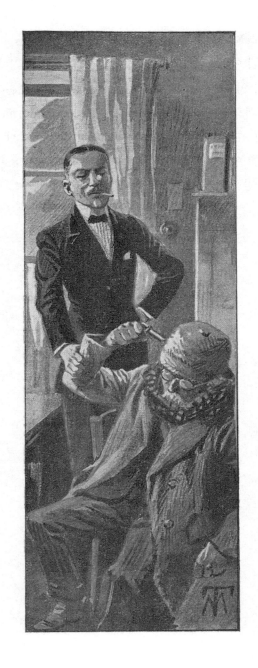

위해, 옆으로 훌쩍 비켜서야 했다.

"빌어먹을! 이런 협잡꾼의 피라면 분명 재수가 없을 거야! 대단한 불한당이었어! 어쨌든 이로써 내 인생에 선행(善行)을 하나 더 추가한 셈이야. 이 자살로 인해서 나는 천국 낙원에 확실한 자리 하나를 요구할 권리가 생긴 셈이지. 오, 뭐 그렇다고 까다로운 요구를 할 생각은 아니야. 그저 다소 어둑한 곳에라도 보조 의자 하나 펴고 앉을 수 있을 정도면 돼. 그럴 만한 권리는 충분하잖아? 자넨 어떻게 생각해, 대위?"

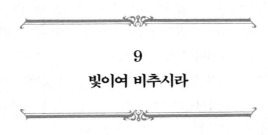

9
빛이여 비추시라

당일 저녁, 파트리스는 파시 제방 위를 어슬렁거리고 있었다. 시각은 대략 6시쯤. 이따금 전차가 지나다녔고, 트럭도 왔다. 하지만 한가로이 걸어 다니는 사람은 극히 드물었고, 파트리스는 거의 혼자나 다름없이 산책로를 거니는 셈이었다.

아침 이후로 그는 돈 루이스 페레나를 보지 못했다. 단지 야봉의 시신을 에사레스의 저택으로 옮겨주고, 베르투 조선소 위로 와달라는 전갈을 받았을 뿐이다.

약속 시간이 점점 다가왔고, 파트리스는 모든 진실이 환하게 밝혀질 이 면담을 달가운 마음으로 고대하고 있었다. 물론 부분적으로 짐작을 못하는 바는 아니었으나, 아직 얼마나 많은 부분이 어둠 속에 가려져 있는가! 미처 해결되지 못한 문제가 어디 한둘인가 말이다! 물론 비극은 끝났다. 악당의 죽음으로 연극의 막이 내린 것은 확실하다. 이제 모든 것이 잘되어갈 것이다. 더 이상 두려워해야 할 대상도, 경계해야 할 함정도 없다. 경악을 금치 못할 적은 영원히 쓰러졌다. 하지만 이 음산했던 비극 위로 무한한 광채가 범람해 완전히 들어차기를 파트리스 벨발은 아직도 마음 졸이며 고대하고 있는 것이다!

'뤼팽이라는 이 기상천외한 인물의 입에서 그저 몇 마디 말만 나오면 미스터리는 완전히 가시는 거야. 그는 간단명료하게 마무리를 지어줄 거야. 어차피 한 시간 정도 후면 떠나야 할 테니까.'

그런 생각을 굴리다가 파트리스는 문득 이런 의문이 떠올랐다.

'혹시 황금의 비밀을 그대로 간직한 채 떠나버리는 건 아닐까? 나를 위해서 그 삼각형의 비밀을 풀어주려고 할까? 그리고 그 황금, 혼자서 어떻게 차지하겠다는 거지? 그걸 다 가져가는 것도 보통 일이 아닐 텐데?'

그때 마침 트로카데로 방면으로부터 자동차가 한 대 도착했다. 차는 천천히 속도를 줄이다가, 이내 보도와 나란히 멈춰 섰다. 분명 돈 루이스이리라!

한데 놀랍게도 자동차 문을 열고 내려서서 곧장 손을 내밀며 다가오는 사람은 데말리옹 씨였다.

"어이구, 이거 안녕하십니까, 대위님? 정확히 약속 시간에 도착한 거죠? 그나저나 머리에는 또 상처를 입으신 겁니까?"

"아, 예……. 별것 아닙니다. 한데 약속이라니요?"

파트리스는 어안이 벙벙한 표정으로 물었다.

"무슨 말씀입니까? 당신이 약속을 주셨지 않습니까?"

"난 그런 적이 없는데요?"

데말리옹 씨는 펄쩍 뛰면서 이렇게 얘기했다.

"허허, 저런! 그게 무슨 소리입니까? 여기 경시청으로 날아온 전갈이 있는걸요. 내가 읽어보지요. '벨발 대위는 삼각형 문제가 궁극적으로 해결되었음을 므슈 데말리옹께 알립니다. 1800개의 황금 자루도 현재 그의 수중에 있습니다. 따라서 저녁 6시, 물건 인도 조건을 수락하기 위해 필요한 공권력을 충분히 대동하고 파시 제방으로 나와주기를 청하는 바입니다. 한 스무 명 정도 규모의 경찰력을 투입하되, 절반은 에사레스 영지 100여 미터 전방에, 나머지 절반은 그 후방에 사전 배치하는 게 좋을 것입니다.' 자, 어떻습니까? 이 정도면 명확한 거 아닙니까?"

"그건 그렇습니다만, 내가 작성한 게 아닌걸요."

"그럼 누가?"

"음……. 아주 범상치 않은 누가 작성한 걸 겁니다. 슬슬 장난치듯이 그 모든 수수께끼를 풀어냈고, 아마 조만간 스스로 나타나 당신에게 직접 설명을 해줄 이가 말입니다."

"그 사람 이름이 뭔데요?"

"그건 말씀드릴 수가 없군요."

"오호라! 지금 같은 전시체제하에서는 마냥 쉬쉬하긴 어려울 텐데?"

"아뇨, 아주 쉽습니다. 그럴 마음만 있으면……."

별안간 데말리옹 씨의 어깨 너머에서 난데없는 음성이 그렇게 튀어나왔다.

파트리스와 데말리옹 씨는 후닥닥 고개를 돌렸고, 바로 코앞에, 기다란 성직자풍의 검은 외투로 온몸을 가리고 높은 칼라를 빳빳이 세워서, 마치 영국 성공회 목사 같은 복장을 한 사내와 맞닥뜨렸다.

파트리스는 사내에게서 돈 루이스를 금방 알아보기가 사실 쉽지는 않았지만, 그래도 이렇게 말했다.

"내가 말씀드리던 바로 그 친구입니다. 나와 내 배우자의 목숨을 두 번씩이나 구해준 사람이지요. 보장하죠. 믿을 만한 사람입니다."

데말리옹 씨는 곧 인사를 건넸고, 돈 루이스는 이내 가벼운 악센트가 들어간 어조로 얘기를 시작했다.

 "므슈, 우린 서로 시간이 아까운 사람들입니다. 특히 나는 오늘 밤 내로 파리를 벗어나 내일은 프랑스를 떠나야 할 입장이니까요. 따라서 아주 간략하게만 설명을 드리겠습니다. 더구나 오늘 아침에 결말을 본 사건의 줄기를 대강은 파악하고 계실 테고, 미처 빠뜨린 부분들은 차후에라도 벨발 대위가 알아서 보충해드릴 테니까 말입니다. 그뿐만 아니라, 선생의 탁월한 전문적 역량과 이런 문제에 관한 날카로운 감식력이라면 아직 어둠 속에 가려진 여타 문제점들을 마저 헤쳐나가는 데 그리 어렵지는 않을 겁니다. 요컨대, 나는 요점만을 간추려서 말씀드릴까 합니다. 우선 이겁니다. 우리의 가엾은 야봉은 사망했습니다. 간밤에 나쁜 놈과 격투를 벌이다가 그만 죽었지요. 그 밖에도 선생이 발견하게 될 시신이 세 구 더 있습니다. 저기 저 수송선 안에 그레그와르─진짜 이름은 마담 모스그라넴이지요─의 시신이 있고, 기마르 가 18번지의 어느 건물 구석에 방치되어 있을 바슈로 선생의 시신도 있습니다. 그리고 몽모랑시 대로에 위치한 제라덱 박사의 진료실에는 시메옹 디오도키스의 시체가 있을 겁니다.

 "어라, 시메옹 영감 말이오?"

 데말리옹 씨는 적잖이 놀란 기색이었다.

 "시메옹 영감은 자살했습니다. 그자의 진짜 정체에 관해서는 앞으로 벨발 대위가 충분한 설명을 해드릴 것이며, 아마 선생도 나처럼 그 건에 관해서는 그대로 덮어두는 게 적당하리라는 결론을 내릴 거라고 믿습니다. 어쨌든 그건 그렇고……. 선생의 특수한 입장으로 봐서도 이 모든 사항은 그저 지엽적인 문제이며 지나간 세부 사안들에 불과할 것입니다. 필시 선생의 주요 관심사이자 기꺼이 이렇게 나와주신 가장 중요한 이유는 황금 문제가 아닌가 싶은데요?"

"물론이오."

"자, 그럼 이제부터 그 얘기를 해보도록 하지요. 경찰관들은 대동하셨습니까?"

"네, 하지만 도무지 영문을 모르겠더군요. 그 은닉처라는 곳은 당신이 내게 위치를 가르쳐준다고 해도, 거길 모르는 사람들한테는 여전히 미지의 장소로 남아 있을 텐데 말이오."

"그야 그렇지요. 하지만 위치를 아는 사람이 한 사람이라도 많아질수록 비밀을 유지하기는 그만큼 어려워질 것입니다. 어쨌든─돈 루이스는 이 부분에 이르자 지극히 또박또박 끊어 말했다─어쨌든 말입니다, 경찰관을 대동하는 게 내 조건 중 하나입니다."

데말리옹 씨는 지그시 웃음을 띠며 대답했다.

"그렇지 않아도 그 조건은 이미 수락되었다는 거 잘 아실 겁니다. 우리 인원들은 모두 각자의 위치를 지키고 있어요. 다음 조건은 뭡니까?"

"다음은 훨씬 중요한 조건입니다. 워낙 중대한 문제라, 당신이 동원 가능한 공권력이 어느 정도인지 모르나, 그게 충분할지는 아무래도 의문일 정도입니다."

"어서 말씀이나 해보시지요."

"바로 이겁니다."

돈 루이스 페레나는 마치 하찮은 얘기를 늘어놓듯 담담한 어조로 자신의 기상천외한 제안을 노골적으로 풀어내기 시작했다.

"지금으로부터 두 달 전이었습니다. 그동안 내가 동방 제국과 맺어온 관계와 일부 오스만 왕실 일족에 대한 나의 영향력에 힘입어, 나는 터키를 현재 이끌어가는 당파가 단독강화를 추진할 생각을 하도록 만드는 데 성공한 바 있습니다. 단지 문제는 수억 프랑에 달하는 할당금이었는데, 연합군 측에 내가 전달하도록 한 제의가 그만 재정적 이유가 아닌 정치적 이유로 인해 거부되었답니다. 말하자면 내 소관을 벗어난 차원에서 결렬된 것이죠. 이 같은 외교적 실패를 나는 더 이상 겪고 싶지 않습니다. 두 번째 기회가 오면 절대로 실패하지 않을 생각이지요. 그래서 지금도 이토록 조심을 하는 겁니다."

거기서 잠시 말을 멈추었는데, 완전히 어리둥절해진 데말리옹 씨는 감히 말을 가로막을 엄두를 내지 못하고 있었다. 곧이어 얘기를 재개하는 돈 루이스의 목소리는 아까보다 훨씬 더 엄숙해져 있었다.

"요컨대 1915년 4월 현재, 아직 중립으로 남아 있는 유럽 최강의 강대국과 우리 연합군 진영 사이에서 모종의 협상이 진행 중이라는 사실은 선생도 아마 모르진 않을 겁니다. 이 협상은 현재 성사 단계에 와 있으며, 조만간 분명 그 윤곽을 드러낼 것입니다. 왜냐면 그 강대국의 숙명 자체가 그걸 요구하는 처지이며, 그곳 전체 민중이 다 같이 들떠 있는 상황이거든요. 수많은 문제가 논의되고 있으나 그중 첨예하게 이견을 낳는 대목이 바로 자금 문제입니다. 그 유럽의 강대국은 우리에게 3억 프랑에 달하는 황금을 지원금으로 요청해놓고 있는 상태입니다. 어차피 우리 측에서 거절한다 해도 이미 진행 중인 결정 과정에는 그다지 큰 변화가 없을 거라는 묵계하에 말입니다만. 한데 마침 그 3억 프랑에 달하는 황금이 내 수중에 떨어진 겁니다. 내가 임자예요. 우리의 새로운 동반자를 위해 사용할 수 있게 된 거지요. 이것이야말로 사실 내가 내걸 유일한 조건인 셈입니다."

데말리옹 씨는 완전히 아연실색한 표정이었다. 도대체 이 모든 것이 무슨 얘기란 말인가? 더없이 심각한 문제들을 가지고 마치 요술을 부리는 듯하고, 국제적인 거대한 분쟁들을 종식시키기 위해 지극히 개인적인 처방을 서슴없이 들고나오는 이 황당무계한 인물은 대체 누구란 말인가?

그는 이렇게라도 대꾸하지 않을 수 없었다.

"하지만 므슈, 지금 그런 사안들은 전적으로 우리의 한계를 벗어난 얘기 같습니다. 우리 말고 다른 곳에서 논의되고 다루어져야 할 문제라고 생각합니다."

"그러나 누구든 자기 돈을 자기 맘대로 사용할 권리는 있는 거 아닙니까?"

데말리옹 씨는 여전히 난색을 표했다.

"이것 보십시오, 므슈, 당신 자신 입으로 말씀하셨잖습니까? 그 유럽의 강대국도 어디까지나 유보적인 차원에서 그 문제를 제안한 거라고 말입니다."

"그렇긴 하죠. 하지만 그 문제를 가지고 논의한다는 사실 하나만으로도 일단 합의점에 이르는 데 수일이 지체될 겁니다."

"그깟 수일 늦어지는 게 무슨 큰 지장이 있겠습니까?"

"단 몇 시간이 지체되어도 문제가 큽니다, 므슈."

"이유가 뭡니까?"

"당신뿐만 아니라 이곳의 모든 사람도 알 수 없는 이유가 있습니다. 단지 나와 이곳에서 5000리 떨어진 곳의 사람들만이 그 이유를 알지요."

"대체 그게 뭐냔 말입니다!"

"러시아군(軍)의 군수품이 떨어져가고 있습니다."

데말리옹 씨는 더는 참지 못하겠다는 듯 어깨를 으쓱했다. 도대체 이 엉뚱한 이야기가 다 무어란 말인가? 지금 서서 잠꼬대하자는 건가?

하지만 돈 루이스는 전혀 개의치 않고 얘기를 계속했다.

"러시아군(軍)의 군수품이 바닥을 보이고 있어요. 아울러 불과 몇 시간 후면 결판이 날 치열한 전투가 그쪽에서 진행 중이란 말입니다. 이대로 방치하다가는 러시아 전선(戰線)이 궤멸될 것이고, 전군(全軍)이 퇴각에 퇴각을 거듭할 것입니다. 그러다 보면 결국 어디까지 가겠습니까? 물론 이처럼 필연적인 결말도 아까 언급한 강대국의 의지에 별다른 영향을 미치지는 못할 겁니다. 하지만 그 내부에는 아직도 극렬한 중립 지지 세력이 엄존하는 실정입니다. 그런 상황에서 타협을 미룬다면 그들에게 어떤 빌미를 제공하게 될지 아무도 모릅니다! 전쟁을 대비하고 지휘하는 세력을 어떤 곤경에 처하게 만들지 모른다 이겁니다. 그렇게 되면 그야말로 용납될 수 없는 실책을 저지르는 셈이지요. 난 우리 조국이 그런 실책만은 피하게 하고 싶습니다. 바로 이것이 내가 이상과 같은 조건을 내건 이유입니다."

데말리옹 씨는 완전히 황당한 기색이었다. 그는 이런저런 제스처를 취하는가 하면, 고개를 가로젓기도 하는 둥, 어쩔 줄을 몰라 하다가 마침내 이렇게 더듬거렸다.

"이거 안 되겠습니다. 그 같은 조건이라면 도저히 수용할 수가 없어요. 시간을 두고 봅시다. 협상이 필요한 문제인 것 같아요."

"5분밖에 안 됩니다. 길어야 6분 이상은 안 돼요."

"하지만 당신이 얘기한 그런 내용은……."

"이 세상 누구보다도 내가 잘 알고 있는 내용이지요. 지극히 명확한 상황인 데다 더없이 현실적인 위험에 관한 얘기이며, 눈 깜짝할 사이에 뒤바뀔 수 있는 사안입니다."

"하지만 그건 불가능해요! 절대 불가능합니다! 우리로선 여간 장애가 많은 게……."

"어떤 장애 말입니까?"

데말리옹 씨는 안달이 나서 버럭 소리를 질렀다.

"아, 그야 이루 말할 수 없이 다양한 애로가 많지요! 도저히 우리로선 극복 못할 장애 요인들이 허다합니다."

바로 그때였다. 언제부터인가 다가와서, 돈 루이스의 얘기를 경청하고 있던 사람 하나가 허둥대는 데말리옹 씨의 팔 위에 가만히 손을 얹는 것이었다. 그는 좀 더 멀찌감치 세워둔 자동차에서 내렸는데, 파트리스가 보기엔 놀랍게도, 그의 존재에 대해 데말리옹 씨나 돈 루이스 페레나 어느 누구도 전혀 당혹감을 표하지 않는 것이었다.

나이는 꽤 지긋한 데다 심각한 고뇌와 더불어 기력이 넘쳐 보이는 얼굴의 노신사가 입을 열었다.

"이보시오 데말리옹, 내가 보기엔 당신이 이 문제를 보는 시각은 별로 현실에 입각한 것 같지 않군그래."

"저 역시 같은 의견입니다, 각하."

돈 루이스가 곧장 맞장구를 치자, 이 낯선 노신사는 깜짝 놀란 표정으로 쳐다보며 물었다.

"아니, 나를 압니까, 므슈?"

"발랑글레 내무 장관님 아니십니까? 지금으로부터 수년 전 당시 총리이셨을 때 뵌 적이 있었지요(『813』 참조—옮긴이)."

"아, 그랬던가요. 글쎄, 꼭 짚어낼 순 없지만……. 나도 기억이 나는 얼굴 같군요."

"굳이 떠올리실 것 없습니다, 각하. 과거가 중요한 건 아니니까요. 지금 중요한 건 각하께서도 저와 같은 의견이시라는 점입니다."

"내 의견이 당신과 일치하는지는 모르겠으나, 어쨌든 그건 별로 중요한 문제는 아니라고 생각합니다. 데말리옹 당신에게 내가 방금 얘기한 것도 바로 그런 취지였소. 지금 이분의 제안에 이러쿵저러쿵 토를 달아야 할 것인가는 하등 중요하지 않다는 얘기지. 자꾸만 그러다 보면 거래는 발붙일 곳이 없는 법이오. 일단 거래를 하고자 하면 각자 내놓는 물건이 있어야 하는데, 우리로선 아무것도 내놓지 못하고 있고, 이분은 모든 걸 내놓고 있지 않소? 그러면서 이렇게 선언하고 있지. '3억 프랑을 원하는가? 그렇다면 이렇게 해야만 한다. 만약 싫거든 그뿐이다.' 어떤가요, 지금이 바로 그런 상황이지 않나요, 데말리옹?"

"그렇습니다, 각하."

"자, 그렇다면 과연 이분 없이 문제를 풀 수 있을까? 이분의 도움 없이 황금의 은닉처를 찾아낼 수 있겠느냐 말이오? 적어도 이분은 이미 큰 몫을 우리에게 던져주고 있다는 사실을 명심하시오. 왜냐면 이렇게 현장으로 안내해서 거의 위치를 가리켜준 거나 다름없으니까. 그 정도면 충분한 것 아니겠소? 자, 이제 지난 몇 주, 몇 달 동안 애타게 찾아오던 비밀을 밝혀낼 수 있을 것 같소?"

데말리옹 씨는 조금도 주저 없이 솔직하게 대답했다.

"아닙니다, 각하. 더 이상 바라지도 않습니다."

"그래요?"

발랑글레는 이번엔 돈 루이스를 돌아보며 물었다.

"자, 그럼 므슈, 당신 얘기는 다 끝난 겁니까?"

"그렇습니다."

"우리가 거절하면…… 그뿐이다?"

"정확히 말씀하셨습니다, 각하."

"만약 우리가 수락하면 황금은 즉시 인도될 것이고?"

"즉시 인도됩니다."

"좋소. 수락합니다."

결정적인 대답이었다. 이 전직 총리는 자신의 대답에다 그에 부합하는 단호한 손동작까지 겸비해서, 그 확실한 가치를 강조하기까지 했다.

잠시 뜸을 들인 후, 그는 이렇게 덧붙였다.

"조건은 모두 수락합니다. 오늘 밤 내로 대사관에 통지문이 전달될 것입니다."

"약속해주시는 겁니까, 각하?"

"약속하리다."

"그렇다면 합의가 된 셈이군요."

"합의가 된 것이오. 자, 이제 말해보시지요."

이상의 모든 대화는 대단히 신속하게 진행된 것이었다. 전직 총리가 판에 뛰어든 것은 불과 5분 전이었는데, 이제는 돈 루이스가 약속을 지키기만 하면 되는 단계까지 와 있는 것이다. 이제는 빠져나올 구멍도 핑계도 있을 수 없었다. 더 이상 말도 필요 없고, 명확한 사실과 물증만이 있을 뿐이다.

정말이지 엄숙한 순간이었다. 네 남자는 마치 우연히 산책로에서 마주쳐 이런저런 잡담을 잠시 나누는 사람들처럼 오순도순 모여 서 있었다. 발랑글레는 제방 너머를 굽어보는 흉벽(胸壁)에 한쪽 팔을 기대고 센 강 쪽을 바라본 채, 모래 더미 위로 지팡이를 들었다 놨다 하고 있었고, 파트리스와 데말리옹 씨는 약간 경직된 얼굴로 묵묵히 서 있었다.

돈 루이스는 멋쩍게 웃음을 터뜨리며 말했다.

"각하, 제가 무슨 요술 지팡이라도 부려서 황금을 솟아나게 한다거나, 노다지로 그득한 동굴로라도 안내할 거라고 기대하지는 마십시오! 사실, 그동안 '황금삼각형'을 통해 뭔가 신비스럽고 희한한 것만을 연상하다 보니 엉뚱하게 빗나가기만 하는 거라고 생각해왔습니다. 제가 보기에 그건 단지 황금이 위치한 공간의 형태가 삼각형이라는 뜻일 터인데 말입니다. 즉, '황금삼각형'이라 함은, 황금 자루들이 삼각형으로 배치되어 있어서, 결국 그 자리가 삼각형을 이루고 있다는 뜻일 겁니다. 현실이란 알고 보면 너무도 단순한지라, 아마 각하께서도 적잖이 실망하실 것 같습니다만!"

"허허, 내 눈앞에 1800개의 황금 자루를 보여주기만 한다면, 아무래도 실망은 하지 않을 것 같은데요!"

발랑글레가 받아넘기자 돈 루이스는 놓치지 않고 힘주어 말했다.

"그럼 방금 말씀하신 대로 해드리지요. 이러다간 아마 각하의 칭찬이 넘칠 것 같군요."

"내 앞에 황금 자루만 보여주시오. 칭찬이 차고 넘쳐흐르게 하리다."

"지금 각하께선 바로 그 황금 자루 앞에 서 계십니다."

"뭐, 뭐요? 내 앞에? 그게 무슨 소리요?"

"정확히 말씀드린 그대로입니다, 각하. 현재 손만 대고 있지 않다 뿐이지, 지금 계신 것보다 더 가까울 수가 없지요."

발랑글레는 아무리 진정하려고 해도 놀라움을 금할 수가 없었다.

"설마하니 보도의 포석을 들춘다든지, 혹은 이 흙벽을 무너뜨리기라도 하면 황금이 튀어나온다는 건 아니겠죠?"

"그렇다면 아직 걷어내야 할 장애물이 있다는 뜻이겠죠. 하지만 현재 각하와 목표물 사이엔 그 어떤 장애물도 없습니다."

"나와 목표물 사이엔 아무런 장애물도 없다?"

"전혀 없습니다. 왜냐면 극히 사소한 동작 하나만으로도 각하께선 황금 자루에 닿으실 수 있으니까요."

"극히 사소한 동작이라!"

발랑글레는 저도 모르는 사이에 돈 루이스가 하는 말을 그대로 따라 하고 있었다.

"제가 사소한 동작이라 함은, 별로 큰 힘을 들이지 않고도 능히 수행할 수 있는 동작을 의미합니다. 거의 움직인다고 볼 수도 없죠. 예컨대 지금 가지고 계신 그 지팡이를 물웅덩이에 푹 담가본다든가, 아니면……."

결정판 아르센 뤼팽 전집

"아니면?"

"아니면 모래 더미를 쿡 찔러본다든가…….."

순간 발랑글레는 아무 말 없이 꼼짝 않고 그 자리에 서 있었다. 기껏 해야 어깨를 미세하게 떨고 있을 뿐, 돈 루이스가 암시한 그 어떤 동작도 감히 시도해볼 엄두가 나지 않았다. 아니 굳이 그럴 필요도 없었다. 이미 모든 걸 깨달았던 것이다.

나머지 사람들도, 마치 섬광처럼 눈앞에 드러나기 시작한 진실의 그토록 단순하면서도 신기한 양상에 그만 할 말을 잃은 채 아연실색할 따름이었다.

아무도 감히 이의를 제기하거나 의혹을 표하지 못하고 있는 침묵 속에서, 돈 루이스는 느긋하게 얘기를 계속했다.

"각하, 만에 하나 일말의 의심이 가신다면—아마 그러신 것 같지는 않지만—그 지팡이를 한번 꽂아보시기 바랍니다. 오, 너무 깊이는 말고요. 한 50센티미터쯤? 그러면 곧장 뭔가 덜컥 막혀 있다는 게 느껴지실 겁니다. 거기가 바로 황금 자루들이 모여 있는 곳입니다. 무려 1800개의 자루가 말입니다. 아시다시피, 개수만 많았지, 그리 큰 부피를 차지하는 건 아닙니다. 굳이 기술적인 세부 문제까지 거론을 해보자면, 금화 1킬로그램당 3100프랑의 값어치를 지닌다고 할 수 있습니다. 따라서 어림잡아 계산해봐도, 1000프랑어치 자그마한 금화 꾸러미로 15만 5000프랑 정도를 담은 무게 50킬로그램짜리 자루라고 해봐야 그리 큰 부피는 아닌 셈이죠. 자루들을 서로서로 포개어 쌓다 보면 전체 부피는 대략 5세제곱미터 정도를 넘지 않을 것입니다. 이것을 밀집된 피라미드 형태로 단단히 다지게 되면 각 밑변이 대략 3미터에서, 각 자루들 사이의 빈 공간을 감안하면 3미터 50센티미터 정도에다 높이는 이 벽체에 달하는 부피에 이를 만하지요. 마지막으로 그 위를 모래로 그럴듯하게 덮어둔다면 바로 지금 눈앞에 보이는 모래 더미가 완성되는 셈입니다."

돈 루이스는 다시 잠깐 숨을 돌린 뒤, 말을 이었다.

"그렇게 해서 지난 여러 달 동안 황금 자루들은 감쪽같이 안전하게 그곳에 방치될 수 있었던 겁니다, 각하. 황금을 찾아 헤매는 사람들이 그 아래를 뒤져볼 생각을 못했음은 물론이고, 우연찮게 그 존재가 노출되는 경우도 전혀 없이 말입니다. 생각해보세요, 그저 평범한 모래 더미라니! 보통 이런 물건을 찾는 경우, 사람들은 무조건 동굴 같은 곳만을 생각하기 마련이죠. 그저 우물이든 하수구든, 구멍이 파여 있다든지, 어떻게든 안으로 파고든 지하 토굴 같은 공간만을 염두에 두기 일쑤란 말입니다. 하지만 모래 더미였습니다! 과연 누가 이 모래 더미에 작은 창(窓)이라도 하나 내서 대체 그 안에서 무슨 일이 벌어지고 있을지 들여다볼 생각을 할 수 있겠습니까? 지나가던 개들이 귀퉁이에다 오줌이나 싸고, 아이들이 모래언덕을 다지며 노니는가 하면, 가끔 뜨내기 부랑아들이 퍼질러 낮잠이나 즐기는 이런 평범한 장소를 누가 의심이나 했겠느냔 말입니다! 비에 후벼 파이고, 뙤약볕에 혹독히 시달리는가 하면, 새하얀 눈에 덮인다 해도 그건 모두 표면에서 일어나는 일, 눈에 보이는 부분만의 문제일 따름입니다. 내부는 언제나 난공불락의 불가사의한 세계일 수밖에 없지요. 누구도 파헤칠 수 없는 미지의 암흑 그 자체인 셈이죠. 이 세상에 공공장소에 버젓이 쌓아놓은 모래 더미 속만큼 기발한 은닉처는 또 없을 것입니다. 무려 3억 프랑에 달하는 황금을 이런 데를 이용해서 숨길 생각을 한 작자는 분명 대단한 인물임에 틀림없습니다, 각하!"

발랑글레는 돈 루이스의 말을 아무 소리 없이 경청하고 있었다. 마침내 설명이 끝나자 그는 고개를 두세 번 끄덕인 다음, 이렇게 말했다.

"정말 대단한 인물일 것 같군그래. 하지만 그보다 더한 인물이 있는 것 같소이다, 므슈."

"설마 그럴 리가요."

"아니요. 모래 더미 속에 웅크리고 있는 3억 프랑어치 황금의 실체를 간파해낸 사람이 바로 그 인물이오. 그런 인물이야말로 고개가 숙여질 만큼 대단한 존재일 것이오."

돈 루이스는 칭찬을 흐뭇한 표정으로 받아들이며 살짝 고개를 숙여 답례했다. 발랑글레는 정식으로 그에게 악수를 청하며 말했다.

"당신이 조국을 위해 행한 일을 무엇으로 보상해야 할지 모르겠소."

"보상은 바라지 않습니다."

돈 루이스는 정중하게 사양했다.

"알겠소. 하지만 아무리 그래도 내가 그냥 이렇게 감사의 뜻을 표하는 것보다는, 좀 더 공식적인 차원에서 직접 당신의 노고가 치하되었으면 좋겠다는 생각입니다."

"정 그런 게 필요하다고 보십니까, 각하?"

"그야 물론이지요. 솔직히 이 비밀을 당신이 어떻게 밝혀내게 되었는지 그 과정도 무척이나 궁금하오. 자, 여기서 한 시간 거리밖에 안 되오. 함께 내무부 청사로 들어갑시다."

"이거 정말 죄송하게 됐습니다, 각하. 지금으로부터 15분 후에는 이곳을 떠나야 할 몸입니다."

"저런, 그건 안 됩니다. 그럴 순 없어요!"

발랑글레는 펄쩍 뛰듯이 만류했다.

"특별히 안 될 이유라도 있습니까?"

"세상에, 우린 당신의 이름도 신분도 전혀 모르지 않소!"

"그런 건 별로 중요치 않습니다."

"물론 평화기라면 그럴 수도 있겠지요. 하지만 지금과 같은 전시엔 도저히 용납될 수 없는 일입니다."

"까짓, 저에게만 좀 예외를 인정해주십시오, 각하!"

"허허, 예외라……."

"그렇게 해주시는 거야말로 제가 바라는 보상이라고 생각해주십시오. 자, 어쩌시겠습니까?"

"그것만큼은 당신의 뜻을 거절해야만 할 것 같소이다. 설마 진정으로 그걸 원하는 건 아니리라 보오. 게다가 자고로 당신처럼 나무랄 데 없이 훌륭한 시민이라면 지켜야 할 기본적인 사항들이 존재한다는 것쯤 이해해주시리라 믿습니다."

"각하께서 말씀하시는 기본적인 사항들은 충분히 이해합니다만, 유감스럽게도……."

"유감스럽게도?"

"저는 그걸 지키는 습관이 영 몸에 배지가 않아서……."

그렇게 말하는 돈 루이스의 어조에는 다소간 빈정대는 투가 역력했다. 다행히 발랑글레는 그 점을 눈치채지 못한 듯, 밝게 웃으며 말했다.

"허허, 그렇다면 별로 좋지 못한 습관이로군요. 이번에 그 악습을 한번 탈피해보는 것도 나쁘진 않을 것이오. 므슈 데말리옹이 도와드릴 겁니다. 안 그렇소, 데말리옹? 그 점 이분께 잘 이해시켜드리도록 하오. 한 시간 후에 청사에서 보는 겁니다? 자, 그럼 당신만 믿고 난 이만 가보겠소. 이따 또 봅시다."

발랑글레는 쾌활하게 인사를 한 후, 데말리옹 씨와 함께 연신 지팡이를 경쾌하게 휘둘러대면서 세워둔 자동차 쪽으로 멀어져 갔다.

"히야, 대단한 사람이로군!"

그 뒷모습을 바라보며 돈 루이스는 노골적으로 이죽거렸다.

"저 양반 눈 깜짝할 사이에 3억 프랑을 챙기고, 역사적인 조약에 서명도 한 데다, 이 아르센 뤼팽의 체포 영장까지 발부했어!"

파트리스는 어리둥절한 표정으로 물었다.

"무슨 말씀입니까? 당신을 체포하다니요?"

"최소한 내게 출두 명령을 내린 거나 다름없지. 신분증을 샅샅이 검사할 거고, 그밖에도 곤란한 일들이 첩첩산중이겠네."

"아니, 그럴 수가 있습니까?"

"어떡하겠소, 대위, 그게 다 합법적인 절차인걸. 그냥 수긍해버립시다."

"하지만……."

"이봐요, 대위, 이런 유의 사소한 시빗거리 때문에 내 조국에 큰 도움을 주게 된 만족감이 상하리라고는 행여 생각지 마시오. 이번 전쟁 기간 동안 나는 프랑스를 위해 무언가 할 수 있길 원했소. 그리고 이렇게 조국에 머무는 기간을 가능하면 통째로 헌신할 수 있길 바랐다오. 한데 그 모든 게 만족스럽게 달성되었소. 게다가 여분의 다른 보상까지 챙겼으니……. 그 400만 프랑 말이오. 사실 그것도 코랄리 어멈에게 속하는 거지만, 그토록 순박한 여인이 설마 그것까지 내놓으라고는 하지 않으리라 보는데……."

"그 점은 내가 보증하죠."

"고맙소, 대위. 물론 그 선물은 좋은 데 쓰일 거라고 안심해도 좋소. 단 한 푼도 내 조국의 영광과 승리가 아닌 다른 목적으로 사용되는 일은 결코 없을 것이오. 자, 그럼 모든 게 정리된 셈이군요. 이제 몇 분 정도밖에 시간이 남지 않았습니다. 그걸 잘 이용해봅시다. 데말리옹 씨는 벌써 부하들을 집합시키고 있을 것이오. 그들의 일을 좀 더 쉽게 해주고 불필요한 소란을 방지하기 위해, 우리는 제방 너머 모래 더미 앞으로 내려갑시다. 그렇게 해주는 게 내 덜미를 붙잡기에 더 수월할 테니까."

두 사람이 나란히 제방을 내려오는 동안, 파트리스가 이렇게 말했다.

"그나저나 우선 사과의 말씀을 좀 드려야 할 것 같습니다."

"무엇 때문에요? 다소간 나를 배신한 것 같아서? 별장 아틀리에에 날 가두었던 일로 말이오? 무슨 소리! 당신은 그렇게 함으로써 코랄리를 보호하려고 했던 것이오! 아니면 황금을 찾자마자 내가 몽땅 차지할 거라고 생각한 걸로? 당찮은 소리! 당신 말고 누구라도 이 아르센 뤼팽 같은 인물이 3억 프랑에 눈독을 들이지 않으리라고는 생각지 않았을 거요."

"정 그렇다면, 사과가 아니라 감사를 드려야겠군요."

파트리스는 활짝 웃으며 말했다.

"무엇 때문에요? 당신과 코랄리 어멈의 목숨을 구한 것 때문에? 그런 건 감사할 필요 없소이다. 사람들을 구하는 건 내게 일종의 스포츠와 같아요."

파트리스는 돈 루이스의 손을 꼭 쥐었다. 그리고 애써 감동을 억누르면서 짐짓 명랑한 척 말했다.

"그렇다면 감사의 말씀도 드리지 않겠습니다. 아울러 내가 그 괴물 같은 놈의 아들이 아님을 밝혀주고 놈의 정체를 폭로해줌으로써 끔찍한 악몽에서 해방시켜주었다고도 말하지 않겠습니다. 또한 덕분에 내가 무척 행복해졌고, 인생이 활짝 열린 것 같으며, 코랄리가 마음 놓고 나를 사랑하게 되었다고도 말씀드리지 않겠습니다. 그래요, 그런 걸 굳이 입으로 떠들어대지는 맙시다. 하지만 솔직히 이 점은 고백하고 싶군요. 나의 지금 행복은……. 뭐라고 표현할까요? 약간은 모호한……. 왠지 조심스러운 상태랍니다. 그렇다고 아직 내 안에 남은 의혹이 있는 건 아닙니다. 하지만 그럼에도 불구하고, 왠지 진실을 고스란히 파악하지는 못하고 있는 느낌입니다. 진실이 가려져 있는 한 어딘지 불안한 건 사실이거든요. 그래서 말씀인데, 좀 더 자세한 설명이 필요합니다. 속 시원히 말씀해주세요. 알고 싶습니다."

잠자코 듣고 있던 돈 루이스는 이렇게 외쳤다.

"진실은 의외로 지극히 명확합니다! 실은 가장 복잡해 보이는 진실일수록 속사정은 더없이 간명한 법이니까요! 저런, 아직 모르고 계셨단 말이군요? 문제가 벌어진 양상을 한번 잘 생각해보세요. 지난 16년 내지 18년 동안, 시메옹 디오도키스는 마치 완벽한 친구처럼 당신 주변에서 맴돌았습니다. 그러면서 한결같이 자기희생에 가까운 헌신을 보여주었지요. 마치 세상의 아버지들이 자식에게 하듯 말입니다. 그의 머릿속에 복수의 일념을 제한다면, 오로지 당신과 코랄리의 행복에 대한 생각밖에는 없었지요. 그는 진정으로 당신들 두 사람을 맺어주고 싶어 했습니다. 그래서 당신의 사진들을 수집했지요. 즉, 당신의 인생을 꼼꼼히 추적한 겁니다. 당신과의 연결 끈을 놓지 않고 있었던 셈이지요. 마침내 그는 당신에게 정원 열쇠를 보냈고, 만남을 준비했습니다. 한데 갑자기 모든 상황이 급변해버린 겁니다! 난데없이 그가 당신들의 악착같은 적이 되어버렸고, 집요하게 당신들을 죽이려고 들게 되었단 말입니다. 당신과 코랄리 둘 다를요! 도대체 그토록 상반된 정신 상태를 무어라 설명할 수 있겠습니까? 실은 단 하나의 사건 때문이었죠. 4월 3일에서 4일로 넘어가는 밤중에 에사레스의 저택에서 일어났던 사건과 그다음 날까지 이어진 일련의 상황 말입니다! 그날 이전까지 당신은 시메옹 디오도키스의 엄연한 아들이었습니다. 한데 그날 이후, 별안간 당신은 시메옹 디오도키스의 가장 강력한 앙숙이 되고 맙니다. 그 점을 유념하면 모든 게 환해질 것입니다. 나도 실은 사건을 처음 접했을 때부터, 그 같은 총체적 관점에 주목하면서 모든 조사를 펼쳐나갔던 거랍니다."

파트리스는 아무 말 없이 고개를 끄덕였다. 하나 어느 정도는 이해가 되었지만 그렇다고 수수께끼가 완전히 해명된 것은 아니었다.

그런 것을 눈치 못 챌 리 없는 돈 루이스는 이렇게 넌지시 말했다.

"자, 우리의 유명한 모래 더미 위에 좀 앉아보세요. 그리고 내 말을 잘 들어요. 10분 안에 모든 해명을 마무리 지으리다."

해가 뉘엿뉘엿 기울기 시작했고, 센 강 맞은편 기슭은 벌써부터 윤곽이 희미해지고 있었다. 제방 너머로는 수송선이 매어진 채 기우뚱거리며 떠 있었다.

돈 루이스의 얘기가 시작되었다.

"서고 안의 난간에 숨은 채 에사레스 저택의 비극을 참관하던 그날 밤, 당신은 두 사내가 패거리에게 붙잡혀 묶여 있는 걸 보게 되었습니다. 하나는 에사레스 베였고, 다른 하나는 시메옹 디오도키스였죠. 물론 지금은 두 사람 다 죽었습니다. 일단 그중 한 사람인 당신 아버지는 제쳐두고 에사레스 베에 관해 얘기해보지요. 그날 밤 상황은 매우 위험했습니다. 프랑스의 황금을 숱하게 고갈시켜가며, 분명 독일의 지원을 받는 동방의 어느 강대국을 살찌워오던 그는, 거두어들인 황금 중 잔여분 10억 프랑어치를 은근슬쩍 빼돌리려고 했습니다. 한편 불똥비의 신호를 받은 벨엘렌호(號)는 곧장 베르투 조선소에 닻을 내린 채 대기하고 있었지요. 동력 수송선에 모래 더미를 옮겨 싣는 일이 밤에 이루어지게 되어 있었거든요. 그렇게 모든 일이 척척 맞아떨어지던 중, 전혀 예기치 못한 돌발 사태가 벌어진 겁니다. 다름 아니라 시메옹의 밀고를 받은 다른 공범들이 불시에 들이닥친 것이지요. 그때부터 협박과 회유가 벌어지더니, 급기야 파키 대령이 비명횡사하는 등등의 사태가 걷잡을 수없이 벌어졌습니다. 그때쯤 에사레스는 눈치를 챘죠. 황금을 빼돌리려는 자신의 음모가 탄로 났다는 걸 말입니다. 아울러 파키 대령이 자신을 상대로 법원에 정식 고소를 해놓았다는 사실도 알았습니다. 한

마디로 망한 셈이었죠. 자, 어떻게 해야 할까? 도망을 쳐? 하지만 전시 체제하에서 도망친다는 건 거의 불가능한 일이지요. 더구나 이대로 도망친다면 곧 황금을 몽땅 포기하고 코랄리까지 단념한다는 얘긴데, 그건 절대로 안 될 말이었죠. 그럼 어떻게 하느냐? 딱 하나 방법은 이대로 자취를 감추는 거였습니다. 자취는 감추되, 계속해서 싸움의 현장에 머무는 것! 어디까지나 황금과 코랄리의 주변에 말입니다. 그런 생각 속에서 밤이 찾아왔고, 어두운 밤을 이용해 그는 자신의 새로운 음모를 실행에 옮기기로 했습니다. 여기까지가 에사레스에 관한 설명이었습니다. 자, 이제 제2의 인물인 시메옹 디오도키스로 넘어갈 차례이군요."

돈 루이스는 잠시 숨을 돌렸다. 파트리스는 한마디 한마디가 숨 막히는 어둠 속에 제각각 빛을 뿌려주기라도 하듯, 바짝 긴장한 채 경청하고 있었다.

"일명 시메옹 영감이라고 불리는 그자, 다시 말해 당신의 아버지는—이젠 그 사실에 의심의 여지는 없겠죠?—그래요, 당신의 아버지는 그때가 바로 인생에서 극적인 순간이었던 셈입니다. 그 옛날 코랄리의 어머니와 함께 에사레스의 농간에 휘말려 한 차례 죽음의 고비를 겪었던 당신 아버지 아르망 벨발이 드디어 목표를 달성하는 순간에 이른 것입니다. 원수를 밀고해서 파키 대령과 그 일당의 손에 넘겼을 뿐만 아니라, 당신을 코랄리와 가깝게 만들어주었으니까요. 당신에게 별장 열쇠도 넘겼겠다, 이제 조만간 모든 일이 바라던 대로 풀릴 것이라 생각하고 있었습니다. 하지만 다음 날 아침, 눈을 뜨자 뭔가 알 수는 없지만 위험이 닥치고 있다는 징후들을 감지할 수 있었으며, 배후에는 에사레스 베가 도사리고 있다는 예감이 들었습니다. 이번에는 그가 이런 질문에 골몰하게 되지요. 어떻게 해야 할까? 당신에게 일단 지체 없이 알리는 것, 당장에 전화를 걸어야 한다는 게 그의 결론이었습니다. 시간이 그만큼 급했으니까요. 이미 위협의 정체는 분명해졌을 겁니다. 에사레스의 감시가 조여들었을 테고, 두 번째로 노리는 희생자를 향해 서서히 접근하고 있었을 테니까요. 어쩜 노골적으로 쫓기다가……. 어쩔 수 없이 서고에 숨어들었는지도 모릅니다. 과연 당신과의 통화가 제대로 이루어질지도 의문이었죠. 어쨌든 수단과 방법을 안 가리고 당신에게 모든 걸 알려야겠다는 생각뿐이었습니다. 그래서 전화 연결을 시도했고, 마침내 가까스로 연결이 이루어졌죠. 당신의 목소리를 들었을 땐, 이미 에사레스가 강제로 문을 열려고 낑낑대던 순간이었고, 당신의 아버지는 숨을 헐떡이며 다급하게 외쳐댔죠. '파트리스? 열쇠는 받았는가? 편지는? 뭐, 못 받았다고? 이거 큰일이군! 그럼 여태 모르고 있는 거야?' 그러고 나서 전화에선 거친 고함 소리와 함께 누군가 떠들어대는 소리가 한꺼번에 수화기를 통해 몰려왔죠. 그러고는 곧장 선명한 목소리가 더듬더듬 이어진 겁니다. '파트리스……. 자수정 메달은……. 파트리스……. 그토록 바랐건만! 파트리스……. 코랄리…….' 그런 다음 엄청난 비명 소리가 들렸지요. 요란한 소음이 점점 잦아들면서 급기야 완전한 침묵뿐이었습니다. 그게 끝이었죠. 당신의 아버지는 그때 숨을 거둔 것이었습니다. 옛날에 별장에서 좌절된 살인이 마침내 성사되고 만 것이죠. 에사레스로 보자면 옛 연적(戀敵)에게 뒤늦은 복수를 한 셈이었다고나 할까요?"

거기서 돈 루이스는 잠시 멈추었다. 어찌나 실감 나게 얘기를 하는지 비극이 다시금 송두리째 되살아나는 느낌이었다. 끔찍한 살인 행각은 지금 피해자의 아들 눈앞에서 새롭게 재현되고 있었다.

두근거리는 가슴을 보듬으며 파트리스가 중얼거렸다.

"오……. 아버지……. 아버지……."

돈 루이스는 얼른 말을 되받았다.

"그래요, 당신 아버지였소. 당신이 정확히 짚어낸 그대로 그때가 아침 7시 19분이었습니다. 그로부터 몇 분 뒤, 궁금해서 견딜 수 없었던 당신은 번호를 찾아, 이번에는 이쪽에서 전화를 걸어보았죠. 한데 전화를 받은 건 에사레스 베였습니다. 당신 아버지의 시신을 발치에 둔 채로 말입니다."

"아! 죽일 놈. 결국 그 시신은 우리가 결코 찾아내지 못하게……."

"에사레스 베가 화장(化粧)을 시켰지요. 말하자면 적당히 훼손하고 변형을 가해서 에사레스 자신의 시체인 양 위장한 것입니다. 반면 사건의 핵심이 바로 거기에 있었던 셈인데, 죽은 시메옹 디오도키스는 에사레스 베로 부활하게 되었고 말입니다. 물론 그 실체는, 시메옹 디오도키스로 분한 에사레스 베가 그의 역할을 기막히게 수행하는 것에 불과하지만 말입니다."

"그래, 이제 알겠어요. 이제 모든 게 풀리는군요."

파트리스가 중얼거리자, 돈 루이스는 얘기를 본격적으로 재개했다.

"과연 두 사람 사이의 관계는 어떤 것이었을까요? 사실 그건 나도 잘 모릅니다. 에사레스는 전부터 혹시 알고 있었을까요? 시메옹 영감이 다름 아닌 그 옛날의 연적, 다시 말해 코랄리 엄마의 애인이었으며, 그 당시 가까스로 죽음을 모면했다는 사실을 말입니다. 시메옹이 당신의 아버지라는 사실, 즉 아르망 벨발이라는 사실을 과연 알았느냐 이 말입니다! 그렇게 따지다 보면 아직 풀리지 않은 문제가 한둘이 아닙니다. 하긴 이젠 별로 중요하지 않게 되었지만요. 다만 내가 추측하건대, 이 새로운 살인 행각은 결코 즉흥적으로 벌어진 게 아니라는 점입니다. 에사레스는 평소에 두 사람의 체격과 자태가 엇비슷하다는 점을 조심스레 염두에 두고 있었고, 상황이 어쩔 수 없게 돌아갈 경우 언제든 시메옹 디오도키스의 자리를 차지하리라 벼르고 있었다고 나는 굳게 믿고 있습니다. 실제로 그리 어려운 일도 아니었고요. 시메옹 디오도키스는 평소에 가발을 착용하고 다녔으며 수염이 전혀 없었습니다. 반면 에사레스의 경우는 대머리를 그대로 드러내놓고 다닌 데다 턱수염을 덥수룩하게 기른 상태였지요. 그래서 그는 우선 자신부터 깔끔하게 수염을 밀었고, 죽은 시메옹의 얼굴을 장작 받침쇠로 박살을 내 못 알아보게 한데다 피로 범벅이 된 얼굴에 자신의 수염을 그럴듯하게 엉겨 붙도록 연출했지요. 시신의 옷과 자신의 옷을 바꿔치기했음은 물론, 가발을 쓰고, 노란 안경과 목도리도 갖춰 착용했고 말입니다. 결국 완벽한 변신이 이루어진 셈이지요."

파트리스는 잠시 생각하다가, 이렇게 반문했다.

"아침 7시 19분의 상황은 그렇다고 치죠. 하지만 오후 12시 23분에는 무슨 일이 일어난 겁니까?"

"아무것도……."

"하지만……. 그 시각을 가리키고 있던 시계는?"

"아무것도 안 일어났다지 않습니까. 단지 추적을 따돌릴 필요가 있었던 것뿐입니다. 특히 새로운 시메옹에게 쏟아질 게 분명한 혐의점들을 가능한 한 회피해야만 했으니까요."

"혐의점이라니요?"

"그야 당연히 에사레스 베를 살해한 진범일지 모른다는 혐의점 말입니다. 시체는 아침에 발견될 것이고, 그럼 당연히 누가 죽었을지 문제가 될 게 아니겠습니까? 당연히 제일 먼저 의심을 받는 건 시메옹이겠지요. 당장 조사가 시작되고 여차하면 체포되기 십상인 상황이었습니다. 그러다 보면 결국 시메옹의 가면 너머 에사레스의 정체까지도 폭로될 가능성이 높지요. 안 되지요. 어떻게 해서든 새로 탄생한 시메옹은 행동의 자유를 확보해야만 했습니다. 그러기 위해서 그는 아침 내내 범죄 현장을 숨기기로 했습니다. 서고로 향하는 발길을 철저히 차단했지요. 일부러 아내 방 앞으로 가 문을 세 차례나 두드려댔습니다. 그럼으로써 오전 내내 남편이 살아 있는 것으로 믿게 하려는 계산이었죠. 결국 나중에 그녀가 방에서 나왔을 때 역시 일부러 큰 소리로 시메옹에게, 그러니까 바로 자기 자신에게 지시를 내리는 척했습니다. 그녀를 샹젤리제의 병원에까지 모시라고 말입니다. 그렇게 해서 마담 에사레스는 집엔 남편을 남겨놓고 자신은 시메옹 영감과 함께 외출한 것처럼 감쪽같이 믿게 된 것입니다. 실상은 집에 죽은 시메옹 영감을 놔두고 남편과 함께 밖으로 나온 것인데 말입니다. 자, 무슨 일이 벌어졌겠습니까? 바로 악당 놈이 바라던 그대로 되었지요. 파키 대령의 사전 고발 건으로, 오후 1시경에나 그곳을 들이닥친 사법관들은 난데없는 시체 한 구와 맞닥뜨려야 했습니다. 과연 누구의 시신일까요? 그 점에 있어서는 추호도 망설일 필요가 사실 없었습니다. 일단 하녀들이 주인의 모습을 알아보았고, 마담 에사레스조차 현장에 도착했을 때, 전날 밤 고문이 가해졌던 벽난로 앞에 처참한 몰골로 뻗어 있는 남편의 시신을 확인했으니까요. 당연히 시메옹 영감, 즉 에사레스 자신도 사체 확인에 한몫을 담당했지요. 그건 당신도 마찬가지였고 말입니다. 결국 속임수가 완벽하게 먹혀든 셈이었지요."

파트리스는 고개를 끄덕이며 중얼거렸다.

"맞아요. 그렇게 해서 일이 벌어지게 된 거였어요. 거기서부터 얽혀들기 시작한 겁니다."

"좌우간 기막힌 사기극 앞에서 사람들은 죄다 얼떨떨할 뿐이었습니다. 실은 그의 책상 위에서 에사레스가 직접 쓴 편지가 발견되지 않았습니까? 그 편지는 4월 4일 정오에 아내 앞으로 쓴 것으로, 자신이 어디론가 떠날 것을 암시하고 있는 내용이었지요. 그런 식으로 워낙 속임

수가 교묘하게 짜인지라, 자칫 모든 걸 탄로 나게 만들 뻔한 여러 단서도 오히려 거짓을 공고히 해주었을 뿐입니다. 예컨대, 당신 아버지는 평소에 속옷 안주머니에다가 작은 사진첩을 지니고 다녔지요. 그걸 에사레스는 깜빡하고 그냥 내버려두었습니다. 사람들이 그것을 발견했을 때는 물론 모두가 의아해했지요. 죽은 에사레스가 평소에 벨발 대위와 아내의 사진을 고이 간직하고 있었다는 얘기가 되니까, 어리둥절하지 않을 수가 없는 것이죠! 또한 죽은 자, 즉 당신 아버지의 손아귀에서 당신들 두 사람의 사진이 담겨 있는 자수정 메달과 함께 '황금삼각형'이라고 휘갈겨 쓴 종이쪽지가 발견되었을 때도 마찬가지였습니다. 사람들은 에사레스 베가 죽기 직전에 누구에게서 그것들을 빼앗아 쥔 채 죽음을 맞이했다고 손쉽게 믿어버리고 말았습니다. 그런 식으로 결국 에사레스 베가 살해당했으며, 눈앞에 뻗어 있는 시체가 바로 그의 것이라는 게 이론의 여지가 없는 사실로 자리 잡기에 이른 것입니다! 더는 아무도 그 점에 관해 신경 쓰려 하지 않았죠. 달리 말해서 이제부터는 새로 탄생한 시메옹이 모든 상황을 완전히 장악하게 된 것입니다. 에사레스 베가 죽었으니, 시메옹 만세인 셈이죠."

돈 루이스는 별안간 웃음을 터뜨렸다. 자신이 되짚어 말하는 가운데에도 사건의 추이가 그토록 재미있을 수 없었으며, 그 속에 담긴 온갖 짓궂은 음모와 사악한 발상을 무슨 예술가처럼 예민한 감성으로 즐기는 것이었다.

"이제 에사레스는 난공불락의 가면을 착용한 채 본격적인 작전에 들어갑니다. 우선 당신과 코랄리 어멈 사이의 대화를 창문 밖에서 엿들었을 때, 여자 쪽으로 잔뜩 몸을 기울이는 당신을 보자 벌컥 울화통이 치미는 바람에 권총을 발사하고 말았지요. 하지만 당신을 해치는 데엔 실패했고, 헐레벌떡 도망치던 그는 또다시 얄궂은 연극 한 편을 연출해보기로 한 것입니다. 즉, 정원 문 옆에 쓰러진 채, 고래고래 소리를 지르면서 살인범을 목격한 것 같은 포즈를 취한 것 말입니다. 물론 그 전에 열쇠를 담 밖으로 내던져서 거짓 흔적을 만들어놓고, 자신은 총을 쏜 범인에게 목을 졸려 반쯤 죽어 나자빠진 시늉을 하고 있었던 거죠. 결국 내친김에 아예 미친 증상까지 흉내 내면서 연극을 그럴듯하게 마무리 지었고 말입니다."

"하지만 뭐하러 미친 척까지 했을까요?"

"그야 당연히 사람들한테 시달리지 않기 위해서였죠. 미친 사람으로 치부됨으로써 최소한의 신문도 피할 수 있었고, 섣부른 혐의도 사전에 차단할 수 있었던 겁니다. 미친 사람이니까 혼자 동떨어진 채 지내도 아무도 뭐라 할 사람이 없었던 거죠. 만약 그렇지 않다면, 음성만큼은 제아무리 완벽하게 위조를 하려 해도 같이 살아온 마담 에사레스의 귀를 속이지는 못했을 겁니다. 아무튼 그는 미친 사람이었고, 따라서 아무런 책임도 없는 존재였죠. 제 맘대로 어디든 어슬렁거려도 누구 하나 심상치 않게 바라보는 사람이 없었습니다. 어차피 미친 사람이었으니까요! 하여튼 그 광증이라는 것도 어찌나 그럴듯하게 먹혀들었는지, 그가 당신을 옛 공범들 아지트로 이끌어가서 그 모두를 체포하게끔 만드는 가운데에도, 혹시 이 광인(狂人)이 자신의 이득을 따질 만한 명료한 의식을 가지고 제보한 게 아닐까 하는 생각을 그 누구도 하지 못했을 정도입니다. 그저 가엾은 광인, 오갈 데 없는 정신병자일 뿐이니, 아예 처음부터 한 수 접어주고 대하는 게 당연한 것이죠! 그때부터 그는 오로지 두 명만을 상대하면 되는 유리한 입장이었습니다. 즉, 코랄리 어멈과 당신 말입니다. 그건 아주 쉬운 일이었죠. 내가 생각하기엔 당신 아버지가 써오던 일기도 그의 수중에 들어갔다고 봅니다. 아시다시피 당신의 일기 역시 매일 일상처럼 점검할 수 있었고 말입니다.

결국 무덤에 관한 모든 사연을 죄다 파악하게 되었고, 4월 14일 당신과 코랄리 어멈이 마치 성지를 순례하듯 그 무덤을 찾아갈 거라는 사실 또한 알게 되었죠. 거기에 더해서 그는 교묘한 계략을 통해 당신을 재촉하기까지 했습니다. 그땐 이미 모든 계획이 완전히 짜인 상태였으니까요. 다시 말해, 오늘날의 코랄리와 파트리스에게, 그 옛날 두 사람의 부모를 상대로 해서 써먹었던 간계(奸計)를 그대로 겨냥하고 있었던 겁니다. 처음에는 그것이 제대로 먹혀드는 듯싶었습니다. 그리고 만약 우리의 친구 야봉의 아이디어로 그자 앞에 새로운 강적이 출현하지만 않았다면 끝까지 성공했을 겁니다. 자, 그다음 얘기는 굳이 당신한테 설명할 필요가 과연 있을까요? 그 나머지는 당신도 나처럼 또렷이 이해하고 있을 터인데 말입니다. 자신의 정부이자 공범인 마담 모스그라넴, 즉 그레그와르를 죽도록 방치하고, 코랄리 어멈을 모래 더미 속에 파묻었는가 하면, 야봉을 살해하고, 나를 별장 속에 가둔 데다가—실은 가두었다고 착각한 거지만—당신도 당신 아버지가 파놓은 무덤에 산 채로 매장해버리고, 관리인 바슈로를 무참히 제거해버리는 등, 불과 24시간 안에 온갖 가공할 악행을 서슴없이 해치워버린 저 악당의 행적을 당신도 훤히 꿰뚫고 있지 않느냔 말입니다! 그런 마당에 최후의 순간까지 당신의 아버지인 척 안간힘을 쓰던 그 맹랑한 사내가 자신의 머리에 총구를 겨누는 것을 과연 내가 막고 나섰어야 할까요?"

파트리스는 단호한 어조로 대꾸했다.

"당신의 행동은 두말할 나위 없이 옳았습니다. 처음부터 마지막까지 하나도 문제 삼을 게 없을 정도였어요. 이제는 사건의 전모가 세세한 부분까지 눈에 선하게 읽힙니다. 남은 거라면 단 하나, 황금삼각형의 비밀에 관한 것뿐입니다. 도대체 어떻게 그 비밀을 밝혀낸 겁니까? 어떤 근거로 이 모래 더미에까지 생각을 옮겨온 건지요? 아울러 코랄리를 그 끔찍한 상태에서 구할 수 있었던 것은 또 어떻게 해낸 겁니까?"

"오! 그 점이라면 더더욱 간단했습니다. 나도 모르게 섬광이 퍼뜩 뇌리를 스쳐 지나갔다고나 할까요? 간단한 설명으로도 충분히 이해할 수 있을 거외다. 하지만 그 전에 우선 자리를 좀 옮깁시다. 데말리옹 씨와 그 부하들이 슬슬 신경 쓰이는군요."

보아하니 경찰관들이 베르투 조선소의 두 출입구에 분산 배치되고 있었고, 데말리옹 씨는 한참 그들에게 지시를 내리고 있었다. 보나 마나 돈 루이스에 대한 사전 지침을 내리는 것이 분명했고, 조만간 다가올 태세였다.

"수송선 위로 올라갑시다. 거기 중요한 서류를 남겨놓은 것도 있고 하니……."

돈 루이스의 말대로 파트리스는 얌전히 뒤를 따랐다.

알고 보니 그레그와르의 시체가 있는 선실 맞은편에 같은 계단으로 통하는 또 다른 선실이 하나 더 있었는데, 둘은 그리로 들어갔다. 가구라고는 의자 하나와 책상이 전부였다.

돈 루이스는 책상 서랍을 열고 편지를 꺼내 봉하면서 말했다.

"이봐요, 대위, 미안하지만 이 편지를 좀 전해줬으면……. 아니야, 그럴 필요도 없지. 당신의 호기심을 충족시킬 여유가 그리 많진 않을 것 같군요, 대위. 신사분들이 다가오고 있습니다. 자, 일단 삼각형이 문제이지요. 어디 얘기해봅시다, 그럼."

그러면서 귀를 바짝 기울였는데, 파트리스 역시 알아서 숨죽인 채, 얘기가 시작되기만을 기다렸다.

돈 루이스는 계속해서 바깥의 동향을 살펴가며 말을 이어갔다.

"황금삼각형이라! 자고로 열심히 찾아다니지 않고도 저절로 풀리는 수수께끼가 있는 법입니다. 그럴 경우 이런저런 일들을 겪다 보면 어느새 문제의 해결점에 가 있기 일쑤이죠. 그 여러 일 가운데에서 무심코 이런저런 사실들을 특별히 따로 떼어놓고 주목하다 보면, 불현듯 눈앞에 해결점이 나타나게 되는 것이죠. 어쨌든 그날 아침, 당신을 무덤으로 유인해 산 채로 묘석 아래에 매장해버린 뒤, 에사레스 베는 나 있는 곳으로 돌아왔답니다. 내가 별장 아틀리에에 갇혀 있다고 믿은 그는 고맙게도 가스계량기를 열어주는 수고를 마다하지 않았고, 곧장 별장을 떠나서 이곳 베르투 조선소 바로 위의 제방으로 갔습니다. 한데 거기서 왠지 머뭇거리는 거예요. 미행하던 내게 그 모습은 뭔가 강력히 시사하는 유력한 단서로 다가왔지요. 틀림없이 거기서 코랄리 어멈을 빼낼까 궁리하고 있었던 겁니다. 한데 하필 그때 지나다니는 사람들이 꽤 있어서, 포기하고 다시 자리를 옮기더군요. 나는 일단 그의 다음 행선지를 알아둔 뒤, 당신을 구하러 돌아갔지요. 그러고는 에사레스 저택의 당신 친구들에게 알려서 당신을 맡아달라고 한 겁니다. 그런 다음 다시 이곳으로 왔지요. 사실 그간의 여러 상황을 종합해본 결과 어쩔 수 없이 발길이 이쪽으로 돌려지더라 이겁니다. 어쨌든 벨엘렌호(號)가 황금을 가져간 건 아니니까, 수로 안에도 정원 안에도 당최 없는 황금 자루들은 필시 이 근처 어딘가에 있을 것이라는 판단이었죠. 일단 여기 이 수송선을 조사해보기로 했습니다. 당연히 황금 자루도 찾아야겠지만 혹시 그와 관련해 예상치 못한 단서라도 있을까 하는 마음에서였죠. 아, 물론 그레그와르가 맡고 있는 400만 프랑을 찾을 욕심도 없진 않았습니다. 그런데 말입니다, 나는 늘 찾던 곳에서 원하는 물건을 쉽사리 발견하지 못할 때면, 으레 저 에드거 앨런 포의 괴이한 이야기를 떠올린답니다. 「도둑맞은 편지」라는 이야기 말이죠(『수정마개』 참조—옮긴이). 왜 아시죠, 외교문서를 도둑맞았지만 그게 어느 방에 숨겨져 있는지는 다들 아는 상황에서 전개되는 이야기 있지 않습니까? 사람들은 그 방을 샅샅이 뒤지

결정판 아르센 뤼팽 전집

죠. 심지어 바닥 널빤지까지 죄다 들어내니까요. 하지만 아무것도 없었지요. 바로 그때 뒤팽 선생이 등장하고, 현장에 나타나자마자 벽에 걸린 휴대품 보관함으로 다가가더니 웬 낡은 종이 한 장을 쓱 뽑아 듭니다. 바로 문제의 외교문서였죠! 하여튼 나도 똑같은 방식을 적용해보았습니다. 즉, 사람들이 결코 뒤져볼 생각조차 하지 않을 곳만을 찾아다녔지요. 너무 쉽게 눈에 띌 것 같아 도저히 은닉처가 될 수 없는 곳만을 말이죠. 여기 이 선반에 가지런히 놓여 있던 철 지난 낡은 보탱 연감집 네 권을 들춰본 것도 바로 그러한 생각에서 했던 짓이었습니다. 과연 400만 프랑이 고스란히 들어 있더군요. 바로 그 순간 모든 걸 알게 된 겁니다!"

"모든 걸 알게 되다니요?"

"말하자면 에사레스의 정신 상태에 대해서라고나 할까요? 그가 읽는 책들, 그의 습관들, 그가 좋은 은닉처를 고르는 방식 등등 말입니다. 우린 그동안 너무 멀리, 너무 깊게만 찾아다녔던 겁니다. 공연히 어렵게 게임을 풀어갔던 것이죠. 게임이란 쉽게 풀어나가는 게 능사인데 말입니다. 바깥으로 시선을 돌리고, 표면을 주시했어야 되는 거였어요. 그 밖에도 두 가지 사소한 단서가 도움이 되었답니다. 필시 야봉이 지나다녔을 계단에서 미세한 모래 알갱이를 발견한 겁니다. 그때 문득 생각이 났죠. 일전에 보도에 야봉이 분필로 그려놓은 삼각형이 두 변만 그려져 있고, 나머지 한 변은 담벼락이 대신했다는 사실 말입니다. 대체 왜 이런 식으로 삼각형을 그린 걸까요? 유독 선 하나는 왜 분필로 그려 넣지 않은 걸까요? 혹시 그 선을 담벼락이 대신한 게, 은닉처의 위치가 담벼락 바로 밑이라는 의미가 아니었을까요? 나는 담배를 한 대 피워 물고 배 갑판으로 나갔습니다. 거기서 주변을 한번 휘둘러보며 속으로 중얼거렸죠. '이보게 뤼팽, 자네에게 딱 5분만 주지.' 사실 내가 나더러 '이보게 뤼팽' 하고 부를 때는 대개 나 자신을 주체하기 어려울 때랍니다. 좌우간 담배를

4분의 1도 미처 태우지 않았을 때인데, 퍼뜩 감이 오더라 이겁니다!"

"그럼 그때 알았단 말인가요?"

"그랬죠. 그때 내 머릿속에서 고려하고 있던 요소들 가운데 어떤 것이 결정적으로 불꽃을 댕겼는지는 나 역시 정확히 모릅니다. 글쎄요, 그 모두가 동시에 불을 댕겼는지도 모르지요. 그건 마치 화학 실험처럼 무척이나 복잡한 심리적 작용에 해당하는 문제이니까요. 수많은 요소가 알 수 없는 과정을 통해 서로 조합하고 반응하는 가운데 하나의 정돈된 생각이 모습을 갖춘다고나 할까요? 아무튼 그때 내 안에서는 어떤 직감(直感)의 원리가 최고조로 작동했고, 그것이 매우 특수한 과민 상태로 발효(醱酵)되어, 나로 하여금 어쩔 수 없이 문제의 은닉처를 발견하게끔 몰아갔다고 할 수 있습니다. 거기엔 물론 코랄리 어멈도 있을 것이고요. 그때도 분명한 건, 나의 판단에 조금이라도 오류가 있고, 그래서 좀 더 오래 지체해야 한다면 여자는 그만 죽어버릴 거라는 사실이었습니다. 그러면서도 여자가 분명 수십여 미터에 이르는 저 영역 내에 있을 것이라는 생각뿐이었죠. 또다시 내 안에서 불꽃 반응이 일기 시작하더군요. 다시금 심리적인 조합이 일어나고 있었습니다. 그리고 어느 한순간, 나는 무작정 모래 더미 쪽으로 달려갔습니다. 불현듯 여기저기 발자국이 눈에 들어오더군요. 그리고 거의 꼭대기쯤에서 다른 데보다 발로 좀 더 다져진 부분을 발견했습니다. 당장에 파헤치기 시작했죠. 그러다가 처음 자루에 손이 닿는 바로 그 순간, 정말이지 온 정신이 말할 수 없이 흥분되는 것이었습니다. 하지만 감격에 겨워할 시간이 없었죠. 일단 자루 몇 개를 빼내보았습니다. 세상에, 거기에 코랄리 어멈이 있었습니다. 모래들이 점점 자루 틈새를 비집고 들어와 호흡을 방해하고 눈앞을 가려서, 조금만 더 지났다면 질식 상태에 빠질 뻔한 지경이었죠. 뭐 더 이상 설명이 필요 없을 겁니다. 나는 여자를 완전히 빼낸 다음, 택시를 불러서 우선 집으로 데리고 갔습니다. 그런 다음 곧장 에사레스와 관리인 바슈로를 챙기러 갔고, 거기서 놈의 흉계를 간파하고는, 선수를 쳐서 제라덱 박사와 볼일을 봤지요. 마지막으로 당신을 몽모랑시 대로의 진료소로 옮겨오도록 했고, 잠시 사람들과 떨어뜨려놓을 필요가 있던 코랄리 어멈도 그쪽으로 옮기도록 조치했지요. 그렇게 된 겁니다, 대위. 그 모든 일이 불과 세 시간 안에 이루어졌어요. 박사의 차로 다시 진료소로 돌아왔을 때, 마침 에사레스도 몸 상태를 점검하러 그곳에 도착하던 참이었습니다. 내 손에 제대로 걸려든 셈이죠."

거기서 돈 루이스는 입을 다물었다.

이젠 두 사람 사이에 더 이상의 설명이 필요치 않아 보였다. 그중 한 명은 이 세상 누군가에게 해줄 수 있을 가장 크나큰 은혜를 베풀어준 것이었고, 나머지 한 명은 그 은혜가 결코 어떤 감사의 말로도 갚아질 수 없다는 사실을 잘 알고 있었다. 아울러 감사의 뜻을 조금이나마 표시할 기회조차 자신에겐 허락되지 않을 거라는 점도 깨닫고 있었다. 은혜에 보답할 수가 없다는 사실만으로도 돈 루이스라는 인물은 그런 보답 자체를 초월한 존재 같아 보였다. 하긴 마치 일상사의 잡일을 처리하듯 수월하게 온갖 기적을 이뤄내고, 그토록 대단한 수완을 제 맘대로 발휘하는 존재에게 무엇으로 보답할 수 있겠는가?

파트리스는 아무 말 없이 다시 한번 그의 손을 꼭 붙잡았다.

그러한 침묵 어린 흠모의 정(情)을 돈 루이스는 기꺼이 받아들였다.

"혹시 앞으로 누군가 당신 앞에서 아르센 뤼팽 얘기를 하거든, 되도록 그를 변호나 해주시구려, 대위. 그래줄 만은 하지 않겠소?"

돈 루이스는 껄껄 웃으며 또 이렇게 덧붙였다.

"우습게 보일지 모르지만 나이가 들다 보니 나도 자꾸만 남의 평판이 신경 쓰입니다. 그래서 마귀가 수도승도 되는 모양이오."

그는 한참 귀를 기울이더니 이렇게 말했다.

"대위, 이제 작별할 시간이 된 것 같군요. 코랄리 어멈에게 안부나 전해주시구려. 앞으로도 그녀와 나는 서로 볼 일이 없을 것 같지만, 그러는 게 피차 나을지도 모릅니다. 그럼 또 봅시다, 대위. 혼쭐내줄 친구가 있다거나, 곤경에서 구해줘야 할 선량한 사람이 있다거나, 아니면 그저 풀어야 할 수수께끼라도 있거든, 주저 말고 나의 힘을 빌리도록 하시오. 내가 필요할 경우를 대비해서 항상 교신할 주소를 전해놓으리다. 자, 그럼 이만……."

"아니, 벌써 헤어지는 겁니까?"

"그렇소. 므슈 데말리옹의 목소리가 들리고 있어요. 미안하지만 그 친구 앞에 나서서 좀 다른 데로 유인해줄 수 있겠소?"

파트리스는 순간 멈칫했다. 왜 자신더러 데말리옹 씨 앞에 나서달라고 하는 걸까? 나서서 뭔가 도움이 되어달라는 뜻일까?

그렇게 생각이 미치자 저절로 몸이 들썩이는 것 같았다. 파트리스는 후닥닥 밖으로 나섰다.

그때의 상황은 너무도 순식간에 불가해한 방식으로 벌어져서, 파트리스로서는 도저히 이해할 수가 없을 정도였다. 그것은 마치 길고 어두운 모험의 터널이 갑작스러운 돌발 사태로 단번에 끝을 맺는 듯한 느낌을 주는 것이었다.

갑판에서 마주친 데말리옹 씨는 다짜고짜 이렇게 물었다.

"당신 친구 안에 있습니까?"

"네, 우선 몇 마디 좀 나누죠. 설마 당신 의도가……?"

"걱정할 것 없소. 전혀 해칠 생각은 없소이다."

워낙 간명한 태도라 장교는 뭐라고 토를 달 수가 없었다.

데말리옹 씨는 쓱 지나쳐갔고 파트리스는 얼른 그 뒤를 따랐다. 둘은 그렇게 계단을 내려갔다.

"이런, 아까 나오면서 문을 열어두었군요."

한데 열린 문 안에는 돈 루이스의 자취가 온데간데없었다.

즉각적인 조사 결과, 제방 아래에 있던 경찰관들이나 갑판을 건너온 다른 경찰관들의 눈에 누군가 선실 밖으로 빠져나오는 모습은 전혀 포착되지 않았다는 것이다.

파트리스가 단정적으로 말했다.

"이 배를 샅샅이 조사해볼 기회만 된다면, 아마도 상당히 복잡하게 변형된 구조를 발견할 수 있을 겁니다."

그러자 약이 바짝 오른 듯한 데말리옹 씨가 씩씩대며 대꾸했다.

"이를테면 당신 친구가 무슨 뚜껑 문으로라도 빠져나가 유유히 헤엄쳐 달아날 수 있도록 말이죠?"

"그야 물론이죠! 아니면 혹시 잠수함 같은 걸 이용했을지도……."

파트리스는 싱글벙글 웃고 있었다.

"아니 센 강에서 잠수함을 말이오?"

"왜 안 됩니까? 내 생각에는 그 친구의 수완과 의지 앞에선 안 될 것도 없을 듯싶은데요!"

하지만 정작 데말리옹 씨를 기막히게 만든 건, 책상 위에 그를 수신인으로 한 편지 한 장이 얌전히 놓여 있다는 사실이었다. 아까 파트리스 벨발과 얘기를 시작할 때부터 돈 루이스 페레나가 그곳에 놔두었던 편지 말이다.

"그럼 내가 이곳에 들이닥칠지 이미 알고 있었다는 말 아닌가? 우리가 서로 마주치기 전부터 내가 일련의 공식 절차를 요구하리라는 점을 간파한 것 아니냔 말이야!"

데밀리옹 씨는 황망하게 중얼거리면서 편지를 뜯어보았다.

므슈.

이렇게 훌쩍 떠난 걸 양해해주십시오. 내 입장에서는 당신이 이곳
에 온 목적을 도저히 모르고 지나칠 수 없었소이다. 사실 내 형편이 그
리 편안한 것도 아니고, 그렇다고 나의 해명을 공식적으로 요구할 권한
이 당신에게 없는 것도 아니고……. 약속하건대, 언젠가는 당신에게 깍
듯한 해명을 제공하겠소이다. 그때가 되면 아마 당신도 알게 될 것이오.
일단 내가 내 나름의 방식으로 프랑스에 봉사를 한다고 하면, 그 방식이
그리 나쁘지는 않다는 사실을 말이오. 또한 감히 말하건대, 전쟁 중 내
가 이뤄낼 엄청난 업적에 대해 조국 프랑스는 훗날 무척이나 고마워해
야 할 거라는 점도 아울러 깨닫게 될 것이오. 그때가 오면 당신 또한 내
게 감사하게 되길 바라오. 당신은 분명히 이 시대에 파리 경시청장 자리
에 앉게 될 것이오. 내가 당신의 야망을 모르는 바 아니라오. 그런 면에
서, 적임자라 생각하는 당신 같은 사람의 임명에 아마 내가 개인적인 도
움을 줄 수도 있을 것이외다. 아닌 게 아니라 지금부터 서서히 그래볼까
하오. 그럼 이만…….

데말리옹 씨는 한참 동안을 아무 말도 않고 가만히 있다가 급기야 입
을 열었다.

"이상한 사람이로군! 본인만 원하면, 우리 쪽에서 중대한 과업을 맡
길 수도 있었는데. 실은 므슈 발랑글레로부터 그런 제의를 전달할 임무
를 띠고 이렇게 온 것인데 말이야."

그러자 파트리스가 이렇게 대꾸했다.

"분명한 건, 그가 현재 일궈낸 일들이 모르긴 해도 그보다 훨씬 중대
한 과업일 거라는 사실입니다."

그러면서 이렇게 덧붙이는 것이었다.

"정말 이상한 사람이긴 해요! 필시 당신이 상상하는 것보다 훨씬 더 이상하고, 훨씬 더 강력하며, 훨씬 더 특별한 존재일 겁니다. 만약 연합군에 속한 각 나라들이 그와 같은 인물을 서너 명씩만 보유하고 있어도 전쟁은 여섯 달 이상을 끌지 않았을 겁니다."

　그 말에 데말리옹 씨도 중얼중얼 맞장구를 쳤다.

　"나 역시 그렇게 생각하오. 다만 문제는 그런 사람들일수록 대부분 외따로 놀고 반항적이라는 사실입니다. 자신의 두뇌만을 믿으면서 당최 구속을 받아들이지 않지요. 대위님, 그러고 보니, 수년 전의 어느 유명한 협객이 생각나는군요. 독일 카이저를 자신이 수감된 감옥으로 꼼짝없이 불러들여 자기를 석방하게끔 하는가 하면, 불행한 사랑 끝에 카프리의 절벽 꼭대기에서 몸을 던지기도 하고……. 참 대단했죠."

　"그게 누구입니까?"

　"아마 아실 텐데요. 뤼팽이라고. 아르센 뤼팽……."

황금삼각형

**결정판
아르센 뤼팽
전집**
5

1판 1쇄 발행 2018년 7월 2일
1판 5쇄 발행 2024년 7월 1일

지은이 모리스 르블랑 **옮긴이** 성귀수
펴낸이 김영곤 **펴낸곳** (주)북이십일 아르테
디자인 김형균 **문학팀** 김지연 원보람 권구훈
해외기획실 최연순 소은선
출판마케팅영업본부장 한충희
마케팅2팀 나은경 정유진 백다희 이민재
출판영업팀 최명열 김다운 권채영 김도연
제작팀 이영민 권경민

출판등록 2000년 5월 6일 제406-2003-061호
주소 (우 10881) 경기도 파주시 회동길 201(문발동)
대표전화 031-955-2100 **팩스** 031-955-2151

ISBN 978-89-509-7565-4 04860
    978-89-509-7560-9 (세트)

아르테는 (주)북이십일의 문학 브랜드입니다.

(주)북이십일 경계를 허무는 콘텐츠 리더

아르테 채널에서 도서 정보와 다양한 영상자료, 이벤트를 만나세요!
인스타그램 instagram.com/21_arte **페이스북** facebook.com/21arte
포스트 post.naver.com/staubin **홈페이지** arte.book21.com